Calíope
editorial

SIEMPRE CONMIGO

Cynthia Lorena Pérez

Siempre Conmigo

Primera edición: enero de 2018

ISBN: 978-84-17233-30-3
ISBN Digital: 978-84-17233-31-0

Grupo Editorial Max Estrella
Calle Fernández de la Hoz, 76
28003 Madrid

Editorial Calíope
editorial@editorialcaliope.com
www.editorialcaliope.com

imaginando a cada momento que quizás nunca podremos salir de allí, sin darnos cuenta de que lo único que necesitamos es escuchar atentamente a nuestra voz interior, en silencio. Al hacerlo, es ahí justamente, y en la oración, donde encontraremos a Dios. Él, sin dudarlo, hará encender la luz qua hay en nuestro corazón y en nuestra alma, iluminando así el camino que está frente a nosotros. De tal forma que, ahora sí, podamos ver con más claridad lo que está frente a nosotros y apreciemos, si nos lo proponemos, lo bella y hermosa que es la vida.»

CYNTHIA PÉREZ

Prólogo

Puedo decir que a lo largo del tiempo, quizás al igual que muchas otras personas, la vida en general me ha tratado muy bien. Por supuesto que en el camino también he tenido mis *altas* y mis *bajas*, y me siento muy agradecida de haberlas vivido. Pero, en especial me siento más afortunada de haber experimentado *mis malas rachas,* pues estas, realmente me hicieron crecer como persona. Y aunque en el momento no lo pasé para nada bien, ahora comprendo que gracias a ellas me hice una persona muchísimo más fuerte de lo que antes ya era. Y ahora, comprendo que especialmente en todo ese proceso, aprendí de todo eso lo suficiente y que dentro de mi confusión, pues antes no comprendía por qué me sucedían todas esas cosas, fue precisamente y gracias a todo eso que me hice una persona más resistente a todo, ya que con el tiempo, especialmente *mi actitud* fue la que me ayudó a no darme por vencida nunca.

Fue en el trabajo en donde me refugié y centré la mayoría de mi atención para lograr tener ocupada mi mente, ya que esta última se puede convertir en muchas ocasiones, tanto en nuestra mejor como nuestra peor enemiga en la vida. Y tal es el caso de la protagonista de esta historia; una chica valiente, la cual, a lo largo de los años pasó por algunos episodios no muy agradables en su vida. Sin embargo, y sin desistir nunca, siendo siempre perseverante, tuvo fe y nunca se dio por vencida, pues sabía que al final de cada túnel obscuro, siempre se encuentra una luz del otro lado. Así que con paciencia y dedicación y con cada caída y tropiezo que tuvo en el camino, se supo levantar con coraje, logrando poder llegar a la meta que se había fijado alcanzar algún día.

CAPITULO I

Cita con el doctor Monroe

Es un viernes por la tarde y son exactamente las 17.00.

Siempre he sido una persona muy puntual y no quería que hoy fuera la excepción en mi primer cita con el doctor Monroe; el cual, me recomendó uno de mis mejores amigos, y quizás, ahora que lo pienso, el único que tengo, Ferdinand. Ferdinand ha estado *siempre conmigo*, acompañándome tanto en los buenos como en los malos momentos a lo largo de mi vida.

Apenas tengo veinticinco años, pero siento como si ya hubiera vivido muchísimos años más. Muchas veces he sentido como si estuviera viviendo la vida de otra persona y no la mía propia, y eso, cada vez se vuelve más y más confuso para mí; sin poder explicármelo, porque además de mi insomnio…, *ese* es otro de los motivos por los cuales me encuentro aquí, en este consultorio, rodeada de toda esta gente extraña que nunca antes había visto.

Mientras espero aquí sentada a que llegue mi turno, me pregunto por qué razón, aunque todavía ni siquiera ha terminado la primavera, el calor ya se siente insoportable, causando en mí gran estrago. Pues, la presión de mi cuerpo empieza a bajar muchísimo, y la falta de apetito es sin lugar a dudas inevitable.

Ojalá algún día me pueda mudar a algún lugar más fresco. No me importa si llueve o si nieva todos los días del año; pues aquí, en esta

me, como si fuera una paleta helada.

—Enseguida le paso, señorita Bell —me dijo la secretaria del doctor Monroe al verme quizás ya un poco impaciente, pues no dejaba de mover el pie de un lado para el otro mientras cruzaba mi ya cansada pierna.

Al parecer, el doctor Monroe era una persona muy solicitada, pues habían pasado ya casi dos semanas desde que había hablado por teléfono para poder apartar una cita con él; cosa, que por un lado me pareció que estaría bien, pues eso quería decir que era bueno en su oficio. Y eso era justamente lo que ahora necesitaba, alguien que me pudiera ayudar con todos los problemas que ahora tenía.

—Adelante, por favor —me indicó la amable señorita de nuevo, a la vez que salía el paciente que acababa de consultar al doctor Monroe.

—Muchas gracias —le dijo el guapo joven.

—Nos vemos la próxima semana —le respondió amablemente el doctor mientras volteaba a vernos a todos, para ver quién era su siguiente paciente trastornado. Fue entonces que me levanté del asiento y me dirigí al consultorio del doctor, donde me pasó. Y ahora sí, me presenté formalmente estrechando su mano para saludarlo.

—¡Mucho gusto, doctor Monroe! —le dije—. Mi nombre es Miranda Bell—. Continué, al mismo tiempo que él estrechaba mi mano mostrándome una seca pero a la vez amable sonrisa.

—Por favor, señorita Bell, tome asiento —me dijo a la vez que extendía su mano indicándome con ella que me sentara.

—¿En qué la puedo ayudar? —me preguntó, mirándome fijamente a los ojos; como si además de mis palabras, quisiera ver más allá, dentro de mi alma. Cosa que me incomodó bastante, y empecé a sentirme un poco nerviosa. Entonces, guardé silencio por unos cuantos segundos; pues, sinceramente, no sabía cómo comenzar a contarle mi historia al doctor Monroe. Así que respiré como pude, profundamente, y ahora sí, comencé a hablar conservando por completo la calma.

—Bueno —le dije al doctor—, una de las muchas cosas que me traen hoy aquí con usted, es que ya llevo algo de tiempo sin poder dormir, y constantemente tengo muchas pesadillas. Además de eso, sueño a cada momento que soy perseguida por alguien; entonces,

como loca a revisar cada centímetro de mi casa para quedarme tranquila y así, poder conciliar el sueño de nuevo, cosa que casi nunca consigo hasta que pasan unas cuantas horas. Luego me invade el sueño, y como si eso no fuera suficiente, me duele muchísimo detrás de la cabeza y tengo bastante ansiedad, ya que constantemente me dan ganas de llorar sin motivo alguno.

Entre estas y mil cosas más, también le comenté al doctor que acababa de romper con mi novio, con el que llevaba poco tiempo de estar saliendo. Y que en una de las tantas fiestas organizadas en casas de los estudiantes, lo descubrí en una de las habitaciones de la casa teniendo relaciones con una mujer; cosa que no soporté, y me marché de ahí con algunas de mis compañeras de la universidad, que me habían acompañado para darle la sorpresa a todos en la fiesta. Y ¡vaya sorpresa que me llevé! Así que desde entonces, ya no he vuelto a creer ni creeré en ningún hombre. Además, también le comenté al doctor, que me acababa de independizar por completo, y que ahora vivía sola en una pequeña casita que mi padre me prestó por un tiempo y que adquirió unos cuantos años atrás, pensando que quizás algún día cualquiera de sus hijos la necesitaríamos. También pensó que podría ser un patrimonio para nosotros en el futuro, cosa que le agradezco muchísimo.

—Pues, créame —le dije al doctor Monroe que ahora que vivía sola, lejos de mi familia, vivía muchísimo más feliz; sin nadie que me estuviera molestando todo el santo día.

— ¿Molestando? —me preguntó el doctor con un poco de duda.

—Sí, doctor —le contesté.

—Más adelante le contaré el calvario que ha sido para mí vivir en ese infierno de casa por tanto tiempo.

El doctor, al terminar de contarle todo esto no me dijo absolutamente nada, ni siquiera mostró un gesto de preocupación o movió su cabeza para hacerme saber que me escuchaba. Nada, absolutamente nada.

—¿Acaso no me va a hacer alguna pregunta con respecto al tema? —me dije a mí misma un poco pensativa. Y entonces, después de unos cuantos segundos, al ver que seguía con esa actitud de seriedad,

siguiera hablando. Así que eso fue exactamente lo que hice, y seguí hablando.

—¿Sabe? —le dije siguiendo con mi historia—, siempre me he considerado una persona muy sensible, demasiado sensible para mi gusto, por todo lo que sucede a mi alrededor. Y en ocasiones, no le encuentro ninguna explicación a todo esto.

De pronto, el doctor Monroe me interrumpió, pues al parecer, esta parte de la conversación captó su interés por completo. Así que sin dudarlo y antes de que me extendiera aún más en el tema, me preguntó lo siguiente, esperando de inmediato una respuesta de mi parte.

—¿Podría darme un ejemplo de lo que *sensible* significa para usted, señorita Bell? —preguntó el doctor, y luego guardó silencio de nuevo. Fue entonces que pude notar en su mirada inquisitiva cómo observaba cuidadosamente cada uno de los movimientos que yo estaba haciendo, pues más que hablar con la boca parecía que hablaba con las manos. Eso es algo que siempre me ha caracterizado desde la infancia.

—¿Sensible? —volví a repetirle al doctor Monroe—. Bueno —contesté tomando unos cuantos segundos para escoger las palabras adecuadas que iba a decirle al doctor en ese preciso momento—. Hay veces, y no sé por qué, me pasa muy seguido últimamente; pues se lo juro que nunca antes me había pasado, que pienso en alguien que no había visto en muchísimo tiempo, o lo sueño un día antes; ya sea dormida o despierta. Y para mi sorpresa, la veo o me la encuentro al día siguiente en cualquier lugar, ya sea en la tienda o en la calle. Y eso, realmente me descontrola un poco, ¿sabe? Y no, nada más es eso —continué explicándole al doctor Monroe, notando en su rostro un poco más de interés en la plática; a diferencia del que había mostrado hace apenas unos cuantos minutos. Así que se sentó un poco más derecho, acercando ligeramente su cuerpo un poco más hacia el frente, para poder escucharme y mirarme.

—Continúe por favor, señorita Bell —me dijo el doctor, siguiendo con esa actitud de seriedad en su rostro, a la vez que tomaba un bolígrafo y su pequeña libreta y empezaba a anotar algunas cosas en ella.

bién, al rozar ligeramente a alguien en cualquier lugar donde me encuentre; ya sea en la universidad, o en alguna otra parte; o simplemente al tocarlos, o al estrechar sus manos, o cuando me son presentados por alguien más; puedo sentir, no en todos, pero sí en algunas personas, si están próximos a morir; no sé, quizás por alguna enfermedad, o están a punto de sufrir algún terrible accidente. Y como le dije antes, no siempre me pasa, o al menos hacía mucho que no me pasaba, pues cuando era niña llegué a experimentar lo mismo, ¿sabe? Y cuando se lo comuniqué a mis padres; estos, un poco sorprendidos, me dijeron que tratara de ignorar cuando me llegaran estos pensamientos a la mente, y eso fue exactamente lo que hice. Al principio me pareció un poco difícil, pero con el tiempo y la práctica llegué a controlarlos un poco y, luego, cada vez más. Hasta que un día ya no les presté ni la mínima atención, e inmediatamente me concentraba en alguna otra cosa, con tal de mantener a mi mente ocupada, hasta que este pensamiento se desvanecía por completo. Pensaba que solo era cualquier cosa insignificante, producto de mi imaginación, y con los años pude manejarlo perfectamente. Pero ahora, de unos cuantos días o meses para acá, sigo teniendo estas alucinaciones. Y después, me entero que esa persona que vi en mi mente fallece, o tiene alguna enfermedad incurable; y eso, créame que realmente me está asustando mucho, pues nunca antes se me había manifestado tan claro este don que ahora tengo, por así decirlo. O más bien, siento que de niña pude manejarlo quizás mejor, hasta que eso, de pronto, un día desapareció por completo, y jamás me volvió hasta hace poco. Ahora me está volviendo a pasar y a asustar, y me está causando muchísima ansiedad. Ya no sé cómo poder seguir manejándolo.

Una vez más, el doctor Monroe siguió sin decirme una sola palabra, cosa que empezó a desesperarme. Y continuó escribiendo notas y más notas en su libreta sin darme una opinión de lo que pudiera estarme sucediendo.

Entonces, ahora sí, me molesté un poco; así que decidí no contarle ya ni una sola palabra más de mí vida, y luego me quedé completamente callada. Así, tal cual. Mientras, el continuó escribiendo en su dichosa libreta, al parecer, algunas palabras abreviadas para poder

notó que yo me encontraba un poco molesta. Pues ¿de qué se trataba todo esto? ¿No se supone que era un doctor para el alivio del alma y la mente, y que, acaso no estaba ahí para ayudarme? Entonces, en un par de segundos se dio cuenta que ahora era yo la que estaba decidida a invertir los papeles de «doctor-paciente», y esperé un momento más para ver si reaccionaba y me comentaba algo más del asunto; pues, ya llevaba largo tiempo hablando y parecía que no mostraba ningún interés en mi caso.

Después de esto, el doctor Monroe solo se limitó a sonreír un poco, pues se había dado cuenta de mi jueguito vengativo. Y ahora fui yo la que me le quedé mirándolo a los ojos esperando a que me hablara y me dijera cualquier cosa que le diera la gana.

—¿Sabe?, señorita Bell —me dijo el doctor, ahora sí, rompiendo un poco el hielo—, siento que detrás de todo esto hay algo mucho más profundo y delicado que con el tiempo y poco a poco, iremos descubriendo juntos. Sin embargo —continuó el doctor Monroe—, pienso que su dolor de cabeza constante, acompañado de esa inquietante ansiedad y sin lugar a dudas su falta de apetito; pues lucía completamente delgada; se debe a que seguramente en este momento esté pasando por una pequeña depresión. Pero, no se preocupe por eso —me dijo tranquilo—, hoy en día, la depresión es algo que se puede curar. Además, créame, es algo que no está en usted poder controlar, y por tal motivo, sus estados de ánimo son tan variables y frecuentes. Esto se lo digo —continuó—, porque algunos pacientes piensan que se están volviendo locos, ya que de pronto se encuentran tranquilos y calmados y, luego, en dos segundos su estado de ánimo cambia a muy tristes o desmotivados, sin poder explicarse el porqué. Y eso aumenta aún más su ansiedad, llevándolos a cometer algunas veces los peores actos en contra de los demás o de ellos mismos.

—¿Sabe? —continuó el doctor, explicándome un poco más del tema—, la mayoría de las veces, esto se debe a la falta de endorfinas que tenemos en el cerebro. Es un líquido que perdemos cada vez que lloramos mucho o estamos muy tristes por algo, como la pérdida de un ser muy querido o alguna otra circunstancia. Y entonces, dejamos de reír; cosa que hacemos muy mal, pues la risa activa nuestras endor-

brio por completo en nuestro cerebro. Esto, a su vez se ve reflejado en nuestro comportamiento. Me pregunto señorita Bell si alguna vez ya se había sentido así, o es la primera vez que le está pasando esto —me dijo el doctor Monroe mostrando en su cara un poco de duda, a la vez que me seguía mirando a los ojos.

—Sí, doctor —le contesté al mismo tiempo que me corría una pequeña lágrima por mi mejilla derecha.

Al verme el doctor en tan penoso estado, inmediatamente me ofreció uno de sus pañuelos desechables que tenía encima de su escritorio, y entonces me limpié la cara cuidadosamente para no correrme el maquillaje ni el rímel.

—Tres veces —le contesté al doctor Monroe.

—¿Perdón? —me preguntó el doctor con un poco de duda, pues al parecer no había escuchado muy bien mi respuesta.

—Tres veces, doctor —volví a repetirle—. He tenido tres depresiones a lo largo de mi vida —le dije con un poco de pena.

—Y créame —insistí—, no sé si podré aguantar una cuarta —le dije sin decir ya ni una sola palabra más.

Al terminar de confesar al doctor lo penoso que era contar ya con tres depresiones en mi corta vida, noté en su rostro un poco de pena hacia mi persona, y al mismo tiempo un poco de sorpresa.

Después de eso guardó silencio por un par de segundos, y luego me preguntó si ya había tomado antes algún medicamento.

—Supongo entonces, señorita Bell, que ya ha tomado antes algún medicamento ¿No es así? —esperando oír de mí un *sí* como respuesta.

—No, doctor, nunca —le contesté, viendo de nuevo en su rostro un gran gesto de asombro por lo que estaba escuchando, y de nuevo, continué hablando—. Nunca antes he tomado ningún medicamento, y nunca antes había venido a ningún psicólogo. Y créame, ojalá antes lo hubiera hecho y mi familia me hubiera enviado con uno, así mi vida no hubiera sido una tortura todo este tiempo. Si ahora lo hago, es porque ya no aguanto más. Me siento un poco más desesperada que otras veces, ya que las otras, me llevó muchísimo tiempo poder superarlo y vencerlo, es más, le confieso que ni siquiera sé cómo lo hice, pero lo hice. Sin embargo, en esta ocasión, siento que me está

estoy aquí, ya que no estoy segura de poder hacerlo esta vez yo sola y por mi propia cuenta.

Al terminar de escucharme el doctor Monroe, se notaba que no podía dar crédito a ninguna de mis palabras, ya que no podía creer que yo sola hubiera podido salir de estas difíciles situaciones sin la ayuda de ningún medicamento, o un familiar, o un amigo. Así que solo se limitó a llevarse el puño cerrado, pegándolo a sus labios, y me miró. Me pareció un poco admirado y maravillado, a pesar de las circunstancias.

—Señorita Monroe, si es cierto lo que acaba de decirme, créame que realmente la admiro muchísimo, pues no cualquiera puede salir de una sola depresión, y menos de tres, como usted lo ha hecho hasta hoy. Y menos así, sin ayuda de nadie. Créame que para mí, eso merece de toda mi admiración y respeto. Pero, como usted bien acaba de decir, no nos podemos dar el lujo de que usted siga sufriendo de esa manera. Así que le voy a recetar estas pastillas que la harán sentirse mejor y mejor cada día, ya lo verá. Además, seguiremos con el tiempo hablando de todos los acontecimientos que la han afectado y marcado durante su vida. Trataremos de entender y dar solución a esos problemas para ayudarla, y poder superarlo juntos, se lo prometo. Por lo pronto, el tiempo hoy ya se nos terminó, pero verá que para la próxima vez que nos veamos, investigaremos desde la raíz el porqué de tantas depresiones en su corta vida —terminó diciendo en un tono más suave el Doctor Monroe.

—Sí, doctor. ¡Muchas gracias! —le contesté—. Después de eso, el doctor Monroe únicamente me sonrió y luego, se levantó para despedirse de mí amablemente con una de sus manos mientras con la otra me entregaba la receta del medicamento para que la surtiera lo más pronto posible en la farmacia más cercana.

—¡Gracias de nuevo! —volví a decirle al doctor, pues él no sabía, o quizás muy en el fondo sí, pues era psicólogo, que con el solo hecho de haberme escuchado ya me había ayudado bastante, y había logrado que me desahogara un poco y sacara dentro de mí un pedazo de la tristeza que estaba adherida en mi corazón, y también en mi alma.

era como si una pesada carga que llevaba encima de mí, hasta hoy, se hubiera hecho un poco más ligera; así que inmediatamente me dirigí a la farmacia que encontré más cerca en el camino y ahí, compré el medicamento que acababa de recetarme el doctor Monroe. El cual, por cierto, me salió carísimo, al igual que la consulta que tuve con él hacía un momento. Afortunadamente tenía guardado un poco de dinero para las emergencias, pues por el momento, me encontraba trabajando sin horario fijo creando murales hermosos en las paredes de las habitaciones de algunos niños en sus casas; ya que la pintura y la creatividad son algo que se me ha dado siempre de forma innata.

Además de eso, por las tardes también daba clases de inglés en una escuela primaria a niños pequeños, y de ahí también sacaba un extra para mis gastos personales; pues como había mencionado antes, no tenía que pagar ninguna renta, ya que la casa donde vivía era de mi padre, y por el momento me la estaba prestando hasta el día que yo quisiera, o alguno de nosotros se casara primero.

Por las mañanas, afortunadamente, me encontraba estudiando ya el último año de mi carrera en la universidad de artes. Yo era la más grande de edad del salón, pero eso no me importaba; pues nunca he sido lo suficientemente buena para aprender mil números, como lo requiere alguna ingeniería; y mucho menos revisar estados contables, como lo demandaría una carrera de contabilidad o finanzas; ya que desde muy pequeña siempre he tenido problemas para concentrarme y memorizar datos. Mi mente nunca ha sabido estar quieta, y todo el día estoy pensando y pensando en mil cosas, tanto, que a veces siento que me salgo un poco de la realidad. Y a veces creo que ni si quiera me doy cuenta.

Ya con el medicamento en mano, al llegar a mi pequeña casa, me encontré con la sorpresa de que ahí, sentado en las escaleras, me esperaba, supongo desde hace buen rato, mi muy querido amigo Ferdinand.

CAPITULO II

Ferdinand

—¡Hola odioso! —le dije, pues así nos hemos llevado desde que nos conocimos. A lo cual, él me contestó de igual manera y me movió el flequillo dejándomelo despeinado para todos lados.

—Hola odiosa. ¿Qué hay de nuevo? ¿Ya fuiste con el loquero hoy?

—De ahí vengo, justamente —le contesté a Ferdinand, mostrándole la bolsa con las medicinas dentro, luego pasamos a mi casa, donde me dirigí a la cocina para tomar un vaso con agua y así, poder tomarme la primer pastilla del tratamiento para ver si eso me calmaba un poco el dolor tan intenso que sentía en la parte de abajo de mi cerebro.

—¡Ah! —Exclamé reconfortada al tragarme la pastilla, subiendo un poco mis hombros y cerrando mis ojos por un par de segundos—, espero que con esto se me quite un poco, porque ya no aguanto el dolor ni un minuto más, te lo juro.

Ferdinand, después de escucharme decir estas palabras solo me dio un pequeño abrazo para animarme. Luego, sacó un juego de cartas viejo de su bolsillo y una bolsita llena de monedas, para apostar en pequeñas cantidades, como siempre lo hacíamos para divertirnos por las tardes. Como de costumbre, yo abrí una bolsa gigante de frituras con queso que tenía guardada en la alacena, pues, son mis frituras favoritas, y luego la vacié en un tazón enorme. Después reburujé las

y poder empezar a jugar al póker.

—¡Parte! —le dije.

—¡Ahí está! —me dijo.

Le entregué, sin ver, cinco cartas, y empezamos a jugar colocando nuestra moneda en el centro.

—Mmm… Traes buen juego —le dije pensando un poco, pues solo pidió una carta, y se la entregué para poder hacer yo mi descarte. Yo tomé tres, pero fue mucho mejor, ya que me llegaron dos ases y un rey. Afortunadamente, yo contaba con otro as y otro rey. Y esto mejoró indudablemente mi juego.

—Se aumenta la apuesta —le dije, y deposité otra moneda en el centro. Ferdinand, únicamente torció un poco la boca y me quiso poner a prueba diciéndome lo siguiente:

—Su moneda, señorita, y dos más —comentó, mientras que ponía un poco de presión en el juego, a lo que no me quedó más remedio que colocar mis monedas en el centro, dudando un poco de su juego, pues el mío era sin lugar a dudas ¡excelente…!

—Par de reinas y tres delicadas jotas —dijo.

—¡Pero, no como yo! —contestó el tonto. Yo me carcajeé por lo de *lo delicado de las jotas* y, luego, animosa le dejé ver mis cartas, a lo cual solo respondió: ¡Demonios! Y enseguida festejé como usualmente lo hacíamos con un bailecito ridículo, y tomé mi parte de la apuesta.

—¡Sí…! —grité una y otra vez. Y así continuamos jugando, Ferdinand y yo, por un par de horas más. No siempre jugábamos al póker, también jugábamos al dominó o algún otro juego divertido de mesa para entretenernos cuando nos veíamos. La verdad es que Ferdinand y yo disfrutábamos muchísimo de nuestra compañía juntos, pues podíamos pasar horas y horas hablando y nunca nos aburríamos uno del otro.

Sin embargo, a lo largo de los años, Ferdinand ya me había declarado su amor unas cuantas veces, pero tristemente, yo solo lo puedo ver como al mejor de mis amigos; quizás sea porque nos conocemos desde hace mucho tiempo y ya me había acostumbrado a verlo como si fuera otro de mis hermanos. Pero, a un hermano de verdad, no

para nada; al igual que a mi hermana menor, pues son unos pedantes y engreídos, y así han sido toda la vida conmigo. No obstante, Ferdinand me entiende muy bien y me sigue buscando todo el tiempo, pues como dije antes, somos inseparables y nos llevamos de maravilla. Además, quién sabe, la vida da muchas vueltas y no sé, quizás algún día pueda verlo de alguna otra manera.

—¡Ya son pasadas las diez de la noche! —le dije sumamente sorprendida al ver la hora en mi viejo reloj de mano. Él también volteó a ver el suyo sin poder tampoco creerlo, ya que cuando estamos juntos, el tiempo se nos pasaba volando.

—¡Nos vemos en la semana Mimí! — me dijo al despedirse apurado Ferdinand, pues, según él esa era su abreviación de Miranda; y luego, se despidió rápidamente de mí y me dio un pequeño beso en mi mejilla.

—¡Adiós! —le grité, y extendí la mano desde la puerta de mi casa, luego, trató de arrancar su coche viejo. Fue un milagro que al fin lo hiciera, de lo destartalado y usado que ya estaba.

CAPITULO III

Sueños extraños

Estaba al fin ya dentro de mi casa dispuesta a irme a descansar, pues estaba agotadísima ese día por todo lo que había hecho. El teléfono, sin esperármelo, repentinamente sonó, y entonces me apuré para ir a contestar antes de que colgaran y respondiera en su lugar el contestador.

Para mi sorpresa, al ver el número en el identificador de llamadas, me di cuenta que la persona que me hablaba a estas largas horas de la noche era nada más y nada menos que mi madre, cosa que me pareció un poco extraño, pues casi nunca lo hacía. Entonces, me apuré a contestarle para ver qué era lo que se le ofrecía, o si podría yo misma ayudarla en algo.

—¡Hola Miranda! —me dijo, pues casi siempre me llamaba por mi nombre, y casi nunca me decía hija, como a mis otros dos hermanos; ya que nunca fui uno de sus hijos consentidos, como lo eran mis otros dos hermanos. A veces, hasta dudaba en si realmente era parte de esta familia o no.

—¿Cómo te has sentido?

—Muy bien, gracias —le contesté mintiendo un poco, pues nunca antes se había preocupado mucho por mí, y ahora me llamaba la atención que quisiera hacerlo. Me siguió interrogando un poco más, como si mucho le importara, y como dije, continuó con su repertorio de preguntas por un buen rato.

preguntó con un tono un poco extraño, o hasta burlón, como si fuera algo muy malo, o de fuera de este mundo.

—Sí, hoy lo hice —le contesté un poco cortante, pues casi nunca hablábamos ni charlábamos de casi nada; ya que las veces anteriores que siempre quise hacerlo, siempre sentí que nunca me escuchaba del todo; o me dejaba hablando sola, o simplemente me interrumpía y empezaba ella a hablar de sus propias cosas sin dejarme nunca terminar de contarle las mías.

—¿Y cómo te fue? —me dijo, mostrando un poco de interés, cosa que no le creía.

—Pues supongo que bien —le dije.

—Además, me recetó algunas medicinas para mis dolores de cabeza y para que pueda dormir un poco mejor por las noches.

—Qué bien —me dijo.

—De verdad que me da mucho gusto oírlo, Miranda.

—Gracias, mamá —le contesté un tanto agradecida por su llamada, y hasta un poco arrepentida por juzgarla. Y antes de que pudiera decir alguna otra cosa, de pronto se adelantó y abrió de nuevo la boca sin poder quedarse nunca callada.

—¡Y...! —únicamente exclamó, guardando enseguida unos cuantos segundos de silencio.

—¿Ya le contaste lo otro? —me preguntó un poco preocupada, esperando que le contestara su pregunta.

—No mamá, todavía no —le respondí sintiéndome un poco culpable. Y antes de que siguiera contándole cómo me había ido hasta el final de mi consulta con el doctor Monroe, mi madre, como era su costumbre me interrumpió, y me dijo que en ese momento estaban llamando a su celular y que tenía que contestar inmediatamente; cosa que dudé que fuera cierta. Y entonces, colgué un poco triste todavía, sin poder acostumbrarme a su desprecio e indiferencia de siempre.

—¡Sí mamá! —me dije a mí misma.

—¡Como tú digas! Adiós —le dije, y luego simplemente colgué el teléfono y me dirigí a mi recámara para cambiarme de pijama y ver si ahora sí podía conciliar un poco de sueño. La cabeza seguía doliéndome mucho y me sentía un poco como si estuviera ida, pero

que por haber hablado con mi madre, y entonces, al verme de nuevo en esta situación tan desesperante, comencé a repetirme a mí misma como siempre lo hacía, lo siguiente:

—¡Ya pasará, ya pasará Miranda! Recuerda que no está en ti poder controlarlo, pero muy pronto lo harás, ya lo verás.

—¡No está en mí! —insistí.

—¡No está en mí! Y cuando estaba a punto de llorar por nada, como de costumbre en mis depresiones anteriores me sucedía, me subí inmediatamente a la caminadora y prendí el estéreo con música movida para sentirme un poco más motivada. Y seguí repitiéndome una y otra vez que no estaba en mí poder controlarlo mientras respiraba profundo, hasta que logré convencer a mi cerebro que pronto estaría bien, y me calmé entonces un poco.

Después de haber hecho un poco de ejercicio, sin haber tenido la menor de las ganas de hacerlo, pues más bien era sueño lo que siempre me daba, todavía me animé a tomar uno de mis libros favoritos del escritor brasileño Paulo Coelho y me puse a leerlo por un par de horas más. De pronto y como era de esperarse, el cansancio me ganó de nuevo y me acosté en la cama aventando de lado el libro. Y simplemente me dormí, después de no sé cuántas noches sin lograrlo.

Sin embargo, esta noche soñé un poco diferente a todas las demás, ya que ahora, no soñé que alguien me perseguía como casi todas las noches lo hacía, sino que en vez de esto, soñé que me tiraba de un avión en paracaídas y que volaba muy, muy alto por entre las nubes. Cosa que en la vida real nunca me atrevería a hacer. Y de pronto, como si verdaderamente estuviera ahí, empecé a sentir el aire fresco que golpeaba en mi cara mientras caía en picado a miles de metros por segundo.

—¡Guau! —me dije dentro del sueño, pues me sentía tan libre como si de verdad pudiera volar. Entonces, comencé a dar volteretas y volteretas al mismo tiempo que reía y gritaba de tanta alegría.

—¡Sí…! —grité una vez más totalmente emocionada y, luego, dentro de mi sueño me di cuenta de que le hablaba a alguien que se encontraba ahí, a un lado mío, volando por entre las nubes.

¿Quién es ese? —me dije, preguntándomelo dentro de mi sueño. Y luego, simplemente dejé de tomarle importancia y seguí viviendo al máximo esa experiencia maravillosa.

De pronto y sin esperar lo que vendría enseguida, uno de los listones del paracaídas se enredó en uno de mis zapatos y traté por todos los medios desesperadamente de soltarlo, pero no pude, cosa que cada segundo que pasaba me parecía más imposible, pues ya se veía que estaba próxima a tocar el suelo.

—¡No, Dios mío! —me dije completamente asustada—, ¡no quiero morir todavía! Así que seguí insistiendo en desatorar la cinta del paracaídas de mi zapato, pues ahora sí, faltaba muy poco para que tocáramos el suelo.

En mi sueño pude ver, además de a mí misma, a varias personas que me acompañaban mientras estábamos volando. Y aunque a ninguno lo reconocí, pues no podía mirarles fijamente las caras, de pronto, uno de ellos se me acercó, y como pudo logró zafarme de esa cinta que me tenía prisionera a mi zapato. Entonces, de inmediato jalé del otro cordón que llevaba colgando sobre mi cintura, y como por obra de magia, pude ver que mi paracaídas al fin se abrió, evitando a solo unos cuantos kilómetros de distancia que yo cayera y me estrellara en el suelo. De pronto, una emoción de profunda angustia hizo que me despertara de un brinco de la cama, y abrí inmediatamente los ojos, dándome cuenta que todo había sido únicamente un espantoso sueño.

—¡No, otra vez! —me dije, y permanecí ahí sentada por un tiempo, tratando de recuperar de nuevo mi aliento.

Unos minutos después, cuando al fin conseguí calmarme un poco por todo esto, decidí levantarme e ir a la cocina para calentar en un recipiente un poco de leche caliente, pues alguna vez había escuchado que este remedio ayudaba a conciliar el sueño de nuevo. Y así lo hice sin dudarlo dos veces, me la preparé y me la bebí toda hasta el fondo, sin dejar siquiera ni un pequeño sorbo. Luego, al terminar de hacerlo, miré de reojo a mi gatito *Silvestre,* que me maulló de cerca y dio un brinco a la mesa, pues al parecer, a él también se le había antojado y quería beber un poco.

despertador sonó como todos los días a las siete en punto de la mañana, y entonces me pregunté:

—¿Iré o no iré a la universidad? Luego, volví a repetírmelo por un par de veces más, ya que no tenía las mínimas ganas de levantarme ese día para asistir. Pero sin embargo, tuve que hacerlo, pues recordé que tenía un examen por el cual había estudiado varios días, ya que era una de las materias más difíciles y no me podía dar el lujo de reprobarlo.

CAPITULO IV

Sucesos inesperados

—¡A la una, a las dos y a las tres! ¡Arriba! —me dije una vez más, sin dudarlo. Y me levanté dirigiéndome al baño, donde me lavé la cara con un poco de agua fresca. Luego me apresuré para no llegar tarde a mi examen y únicamente me tomé un café con leche muy cargado que metí al microondas y me llevé dentro de una bolsita de plástico, una dona de chocolate para ir comiéndomela en el camino, rumbo a la universidad. No se encontraba muy lejos, quizás a unos siete minutos de la casa si me tocaban los semáforos en verde, que por cierto, al pararme en uno de ellos, que era el que duraba más tiempo, me di cuenta al mirarme el rostro por el retrovisor, que tenía unas ojeras tan marcadas y tan negras como pocas veces las había visto en mi cara.

—¡Oh là là! —me dije—, ¡lo único que me faltaba! ¡Parezco un maldito mapache!

¡A ver cómo salgo en la foto!—me dije, pues unos días antes nos habían hecho saber que irían del periódico local a tomar algunas fotos de la universidad para promocionar el instituto.

Luego, al verme unos segundos más mis tan marcadas ojeras, no me percaté que a un lado de mí se encontraba estacionado un coche con un hombre dentro, el cual, al voltearme a verlo, me mando un beso con la mano. Yo solo le hice un gesto de repulsión, e inmediatamente arranqué el auto cuando cambió el semáforo a verde.

fin al estacionamiento de la escuela, en donde me bajé y noté que todo mundo se me quedaba mirando. Incluso mientras seguía caminando por los pasillos de la escuela hasta mi salón, aún seguían observándome, y algunos hasta reían cuando pasaban a un lado de mí. Hasta que llegó a mi lado una de las coordinadoras de la universidad, la señorita Robinson. Se quitó el jersey y se dejó únicamente la blusa que tenía debajo para ponérmelo encima de mi espalda.

—¿Pero qué le pasa señorita Bell? ¿En que está pensando esta mañana tan calurosa? ¿Que acaso le afectó tan duro el calor como para venir nada más en sostén y la parte de debajo de su pijama? ¿O solo quiere llamar un poco la atención, como lo hace de costumbre, señorita Bell?

—¿Qué? —me dije sorprendida al escucharla, y volteé inmediatamente a verme, pues no me había percatado que había dejado la blusa que me iba a poner sobre la cama y que había salido casi desnuda y con pantuflas puestas. Y ahora entendí por qué todo mundo no dejaba de mirarme, e incluso entendí por qué el hombre en el semáforo me había mandado hasta un beso en el aire.

—¡Yo no...! —titubeé un poco—, no me di cuenta, maestra Robinson, que había salido así de mi casa esta mañana, ¡se lo juro! —le dije mientras hacía la señal de juramento al mismo tiempo que besaba mi mano.

—¿Cómo no puede darse cuenta de eso, señorita Bell...? ¡Mire nada más esas ojeras que trae...! —me dijo, todavía un poco indignada, la maestra Robinson.

—¿No estará consumiendo algún tipo de drogas, verdad? ¿O sí, señorita Bell? — me preguntó un poco curiosa la maestra, al mismo tiempo que me observaba detalladamente de pies a cabeza.

—¿Qué? ¡No! ¡Por supuesto que no! —le contesté un poco molesta—, únicamente el *Prozac* —me dije para mis adentros, pues no quería que nadie se enterara ahí de que estaba visitando a ningún psicólogo.

Así que tomé de nuevo mis cuadernos y mis pertenencias, que había colocado la maestra en el suelo, y me dirigí al salón, que se encontraba a unos cuantos pasos. Y luego, solo me volteé para decirle

Únicamente movió su cabeza a los lados y se dirigió a la sala de maestros.

—¿Pero, qué es esto? —me repetí de nuevo al ver el jersey de anciana que me había prestado la maestra Robinson. Entonces, volteé a ver el reloj de la pared, que se encontraba en los pasillos de la escuela, a ver si tenía la oportunidad de ir a cambiarme rápidamente a mi casa, pero era imposible; solo faltaban un par de minutos para que sonara la campana y todos corrieran a sus respectivos salones.

Ya dentro del salón me senté, y la campana de la escuela sonó; así que de pronto, todos ahí, guardamos silencio por completo al ver sacar al maestro los muy temidos exámenes de historia del arte de su portafolio negro de piel muy fina. Y estoy segura que muchos, al verlos, al igual que yo, encima del escritorio; listos para ser contestados, tragaron un poco de saliva de los nervios que sentíamos, o al menos estoy segura de que ese era mi caso.

Después de un rato, los minutos pasaron y pasaron rápidamente, en especial, supongo para todos aquellos que no habían estudiado lo suficiente, pues ya quedaba muy poco tiempo para que lo entregáramos, y aún me quedaba una pequeña parte para poder terminar con éxito el examen.

Afortunadamente, unos cuantos minutos después, logré contestarlo muy rápido. Y cuando por fin hube terminado de hacerlo, miré el reloj de la pared y noté que todavía me quedaba un poco más de tiempo para relajarme. Así que respiré un poco aliviada y me quedé un poco más de tiempo ahí sentada, esperando a que todos los que faltaban terminaran y entregaran el examen al final, junto conmigo.

Mientras tanto, al ver que nadie se animaba a entregar su examen para poder hacerlo yo también; pues me daba pena que volvieran a reírse de mí como hace un rato; únicamente me quede ahí calladita, contemplando en completa paz los árboles en el patio. Estos, movían sus ramas y sus hojas suavemente, guiados por la cálida brisa matutina que soplaba esa mañana.

Un árbol en particular, captó por completo mi atención, pues no tenía casi hojas… Su tronco y sus ramas eran muy grandes y fuertes, así que continué mirándolo por un poco más de tiempo. Sorpresiva-

pletamente extraños, como si estuviera convirtiéndose en un enorme y gigantesco monstruo.

De pronto, noté que el árbol también tenía ojos, y estaban mirando fijamente a los míos. Además, abría su enorme boca como si estuviera repitiendo mi nombre, el cual, se escuchaba muy claramente.

Mis ojos, en ese momento se abrieron, con un poco de pánico, y volteé a los lados para ver si mis compañeros también lo estaban mirando. Pero nada, todos seguían concentrados en sus apuntes, y el maestro de historia ni se diga. Se encontraba leyendo uno de sus tantos libros que se llevaba a clase mientras nosotros copiábamos alguna lectura, o bien como ese día, mientras contestábamos nuestro examen tan largo.

Sin embargo, el monstruoso árbol siguió hablándome, diciendo un montón de cosas que no entendí; y ahora, se estaba dirigiendo hacia mí, caminando a grandes pasos al mismo tiempo que repetía mi nombre.

De pronto y antes de que este rompiera los cristales de las ventanas y me atrapara con sus enormes ramas, el timbre de toda la escuela sonó. Entonces, yo me desperté pegando un enorme brinco, el cual me hizo caer de la silla, y acto seguido todos se rieron de mí, pues me había quedado profundamente dormida.

—¿Está usted bien señorita Bell? —me preguntó amablemente el maestro al verme volar del asiento.

¡Sí, señor, gracias! —le contesté, y luego me dije a mi misma—: ¡Qué alivio! —dándome cuenta de que todo había sido tan solo un sueño ridículo. Me levanté a darle mi examen al maestro al mismo tiempo que tropecé con el chico más guapo de toda la escuela, él únicamente me sonrió, y yo, de igual manera a él. Luego, de pronto, se le quitó el encanto cuando tuvo que abrir la boca para decirme las siguientes palabras hirientes:

—¡Lindo jersey, rara!

Por lo cual, yo solo cambié mi gesto de completa alegría por otro de enorme desprecio, y solo me di la media vuelta y salí de ahí, rumbo a la cafetería para tomar algo de alimento.

Ya ahí, mientras sacaba de mi bolsa de plástico lo que quedaba de mi dona aplastada y un jugo que también había tomado de mi raquíti-

raro, e incluso escuché a un estudiante que pasó a un lado de mí, con un amigo, diciendo que ahí estaba *la rara*, cosa que no me gustó para nada oír. Así que me apuré a comer mi dona y luego me levanté y me fui de allí al estacionamiento, donde me subí a mi coche y me dirigí casi volando hasta mi casa para cambiarme ese horrible jersey que la maestra Robinson me había prestado.

Para colmo de los colmos, ya estando dentro de mi casa, me apuré y me dirigí corriendo hasta mi recámara para cambiarme y ponerme una blusa bonita, pues disponía solo de unos cuantos minutos para hacerlo y regresar a tiempo a la universidad para mi próxima clase. Lo primero que hice fue aventar las llaves y la ropa que me fui quitando para ponerme unos pantalones cómodos, en vez de el pijama que no me había cambiado, y para mi mala suerte y para cerrar con broche de oro ese día, los pantalones se me enredaron de lo apuradísima que lo estaba haciendo. Así que, de pronto, perdí el equilibrio al atorárseme en ellos ambas piernas y me caí redondita al suelo, dándome un buen trancazo en el brazo.

—¡Bravo! —me dije a mí misma, y luego me levanté de nuevo mientras me sobaba el golpetazo que acababa de darme en el brazo.

Como era de esperarse, en unos cuantos segundos, este se me inflamó bastante y se me formó un enorme moretón, el cual abarcaba casi todo mi antebrazo. Después de eso, me dirigí de nuevo a la universidad, y entre trabajos de equipo, comprar material para mis murales, las clases de los niños e ir al supermercado para surtir de comida la alacena esa semana, el tiempo se me pasó volando; y de nuevo mi cita con el doctor Monroe llegó en un cerrar de ojos.

CAPITULO V

Segunda cita con el doctor Monroe

—Adelante señorita Bell —me dijo amablemente la secretaria.

—El doctor Monroe la está esperando.

—¡Gracias! —le respondí yo también y me dirigí de nuevo al consultorio, donde saludé con un poco más de confianza al doctor Monroe y me senté de nuevo en la banca de los acusados, como yo le decía cada vez que iba a mi consulta.

—¿Cómo se ha sentido este tiempo que lleva tomando los medicamentos? —me preguntó el doctor Monroe muy amablemente, a la vez que observaba mi enorme moretón en el brazo.

Pues más o menos —le contesté, ya que apenas había transcurrido una semana desde la última vez que nos habíamos visto, aunque para mí había sido como si hubiera sido un día antes.

Recuerde —insistió el doctor Monroe—, a veces las medicinas pueden tardar hasta dos o tres semanas en hacer efecto, depende de la situación y gravedad de cada uno de los pacientes. Imagínese, en usted con más razón, ya que nunca antes ha tomado ningún medicamento.

—Está bien —le contesté al doctor y, luego, para no quedarse con ninguna duda me preguntó qué era lo que me había sucedido en el brazo.

—¡Ah, esto…! —le dije con un poco de pena—, pues nada.

rer salir apurada de la casa, como toda la vida, y me caí al suelo dándome este tremendo golpetazo — le dije, tal cual, sin más rodeos.

—¿Y su tatuaje? —me preguntó de nuevo, pues al parecer ese día, a diferencia de la cita anterior, no podía quedarse ni un solo segundo callado.

—¿Qué significa ese trébol de la suerte en su antebrazo?

Dudé en contestarle y solo me limité a decir lo siguiente:

—Pues nada importante, en realidad —le dije.

De pronto, un día tuve una visión en un sueño y al siguiente sentí la necesidad de hacerme el tatuaje. Eso es todo, además, y no sé por qué, los tréboles siempre han crecido inexplicablemente cerca de mí, en un jardín o en macetas; en cualquier lado en donde he ido o vivido —le dije, contestando su inquisitiva pregunta.

—¿Sabe? —me dijo el doctor Monroe. Y no me lo tome a mal, señorita Bell —continuó hablando—, es extraño que ese tatuaje no signifique nada más para usted, ya que casi siempre cuando nos tatuamos es porque tiene algún significado especial para nosotros, pues es algo que permanecerá marcado en nuestra piel para toda la vida. ¿No lo cree usted así señorita Bell?

Yo solo me quedé un poco pensativa al terminar de escuchar al doctor Monroe, y no le dije nada más, pues me sentía como una completa tonta, allí sentada, sin saber que decirle o contestarle al doctor Monroe acerca de mi tatuaje.

—¿Sabe algo?, señorita Bell, desde la última vez que nos vimos, me quedé pensando por qué en su vida ha sufrido de tantas depresiones en tan corto tiempo. Y más usted, pues apenas es una jovencita con toda una vida por delante, y no puedo entender por qué a su corta edad ha pasado por algo tan difícil tantas veces y sin ninguna ayuda. Le confieso que desde que la conocí, y cuando me lo contó por primera vez… ¡Todavía es hora que no puedo explicármelo! —me dijo, todavía un poco sorprendido, el doctor Monroe.

—La verdad, me encantaría saberlo. No sé, quizás con lo que me vaya contando en cada consulta pueda entender más su situación para que nunca más vuelva a pasar por todo esto —me dijo el doctor, por la última charla que ya habíamos tenido la semana pasada.

vir con todo esto. Supongo que en el fondo siempre he tenido un poco de fe, y he llegado a pensar que muy pronto voy a poder salir de esta otra depresión que estoy sufriendo, y que es mucho más intensa que las otras anteriores.

—Ahora, si lo que quiere saber es como lo he hecho para superar la mayoría de las veces mis ataques de ansiedad, créame que a veces no es tan difícil como parece, no le miento. En el momento, unas veces me dan ganas de salir a correr sin rumbo fijo, y otras, siento que voy a explotar de la angustia por dentro. Entonces, solo comienzo a respirar, cada vez más y más profundo, a la vez que le repito una y otra vez a mi mente que todo esto va a pasar, hasta que así de pronto, esto, tal cual pasa, y me vuelvo a tranquilizar un poco. En otras ocasiones simplemente me dan ganas de llorar, y lloro, y ya cuando me desahogo, trato siempre de salir de la casa y de rodearme de gente; no sé, salgo simplemente al centro comercial; o al parque, a caminar; o me pongo a lavar mi auto, aunque no tenga ganas, más que de quedarme recostada en mi casa todo el santo día.

Sin embargo, ahora es diferente, no puedo explicárselo ni siquiera con palabras, pero trataré de hacerlo.

Esto no se lo he dicho absolutamente a nadie, ni siquiera a mi mejor amigo, pero ¿sabe? No sé por qué, siento como si estuviera atrapada ahora en un cuerpo que no es el mío —terminé diciéndole al doctor Monroe, el cual, permaneció unos cuantos segundos en shock al escucharme, sin decir una sola palabra. Luego, rompió de nuevo el silencio y trato de entender lo que en ese momento le estaba diciendo, pues, notó que yo no estaba jugando, y todo eso era muy en serio.

— A ver, señorita Bell, le voy a preguntar algo, pero por favor no quiero que me lo vaya a tomar a mal y mucho menos que se ofenda, ¿está bien?

—Sí, doctor, adelante, puede hacerlo —le dije, a lo cual el me preguntó lo siguiente:

—De casualidad ¿No ha asistido usted a cultos o a algunas sectas extrañas? No sé, ¿quizás ha presenciado de cerca algún tipo de exorcismo u otro evento de igual manera muy desagradable?

gracia a lo que acababa de decirme, y de momento, pensé que este doctor no me estaba tomando para nada en serio, y es más, me dije:

—Seguramente ha de pensar que soy un poco rara, como todos los demás, y mi rostro se lo dijo absolutamente todo. Luego, recapacité un poco más y pensé: Bueno, al fin y al cabo, el hombre está tratando de hacer bien su trabajo, y continué hablando un poco más del tema para despejar su duda por completo.

—No, doctor —le contesté.

Nunca he asistido a ninguna de esas sectas, ni he presenciado ningún tipo de exorcismo. Y después, un poco indignada, ya no quise contarle ninguna cosa más al doctor, hasta que él quisiera invadirme de nuevo con su repertorio de preguntas.

Al ver el doctor que mi comportamiento ya había cambiado un poco, trató de suavizar las cosas, y trató de darme un poco de esperanza diciéndome las siguientes palabras:

—Muy bien señorita Bell, para poder entenderla y poder ayudarla a que sienta mejor, tendremos que remontarnos muchos, pero muchos años atrás, cuando usted era todavía una pequeña niñita. ¿Le parece bien?

—Sí, doctor —le contesté.

—Pase para acá entonces —me dijo el doctor amablemente, y luego me dirigí a un pequeño sofá donde me recosté, y él se sentó enfrente de mí en una cómoda silla.

—Cierre sus ojos por un momento —me dijo—, necesito que se sienta completamente relajada y viaje a través del tiempo, hasta donde pueda recordar lo más pequeña que usted era.

Entonces, guardé silencio e hice caso a lo que el doctor Monroe me pedía, y en cuestión de segundos me acordé de cuando era una niñita muy pequeñita y de lo mucho que mis padres me querían, cuando todavía no había nacido ninguno de mis otros dos hermanos.

—¿Sabe? —le dije al doctor con un poco de melancolía—, no va a creer lo que a continuación voy a decirle, pero todavía recuerdo, aunque muy vagamente, el día que fue mi cumpleaños número tres; pues es el número de velas que trae también el pastel en el álbum de fotografías que mi madre tiene por ahí en algún lugar de la casa guar-

embarazada de mi hermana de casi ocho meses; según lo que ella me comenta al ver las fotos de los álbumes. Aun así, me parece que estaba muy hermosa y radiante en ese día. También recuerdo, como si estuviera ahí en ese preciso momento, haber soplado las velas de mi pastel mientras mi madre me tomada delicadamente de la cintura para que yo no me cayera de la silla. ¡Cielos, realmente me querían mucho! También recuerdo el haber abierto uno tras otro cada uno de mis regalos, los cuales me parecieron no tener fin. Todavía conservo un poni de peluche y una muñequita de trapo sobre la repisa, en la casa de mis padres; fueron mis favoritos ese día.

—¿Sabe? —le dije un poco triste al doctor Monroe.

—Ahora que lo pienso, creo que ese fue el único cumpleaños hermoso que tuve durante toda mi miserable vida. Se lo juro, ya que después de ese día ya nada volvió a ser igual.

—¿Por qué, señorita Bell? ¿Por qué ya nada volvió a ser igual? —continuó preguntando el doctor Monroe.

—Pues, muy sencillo, doctor —le respondí—, al siguiente año nació mi hermana Sofía y el siguiente mi hermano Johnny. No sé cómo explicárselo, pero siento que desde que ellos dos nacieron, se sintió un gran favoritismo con Sofía por parte de mi madre, y de Johnny por parte de mi padre. Y ¿sabe?, yo únicamente me quedé ahí sola, bailando como dicen, y todos los mejores vestidos y las mejores cosas siempre se las daban únicamente a ellos. Por ejemplo —le comenté al doctor Monroe con un poco de rencor—, vea la carcacha que yo tengo por carro. Era de mi padre, y él lo usó casi toda su vida, desde que nosotros éramos pequeños. Y ahora, pregúnteme qué auto le acaban de comprar a Sofía y cuál maneja ahora mi adorado hermano —le dije al doctor Monroe—, ¡los mejores! O por lo menos son modelos mucho más recientes que el mío —volví a comentarle al doctor Monroe.

—¿A qué cree usted, señorita Bell, que se debe este extraño favoritismo hacia ellos y no a usted? —me preguntó el doctor un poco confuso.

—Bueno, ahora que lo menciona, supongo que es porque Sofía es muy bella, y siempre ha sido muy inteligente en la escuela y ha

pues, de milagro he pasado siempre de *panzazo.* Además, batallo mucho para concentrarme y memorizar cosas, en especial números y fechas. Además, Sofía siempre se ha relacionado con gente de mucho dinero, cosa que ha puesto a mi madre siempre muy contenta, además de que ella siempre ha ganado todos los concursos de belleza en las escuelas donde ha estudiado desde que era pequeña.

El doctor, al escucharme decir todas esas cosas, me interrumpió por unos cuantos segundos, y me dijo tiernamente las siguientes palabras de consuelo:

—¡Usted también es muy bonita! —me dijo, con mucha sinceridad en sus palabras.

—Pero ella es mucho más hermosa —volví a repetirle.

Y ya no quiso volver a decirme nada, supongo que para no interrumpirme. Solo movió la cabeza a los lados como queriéndome decir que eso no era lo más importante en la vida.

—Y mi hermano —seguí hablando—, siempre se ha creído el bufoncito de la casa, ¿sabe? Es sumamente ocurrente y solo trata de buscar en la gente sus defectos, y los saca a relucir para hacer reír a las personas, en especial a mi padre, y vaya, que este todo le festeja.

—Mmm… qué pena, señorita Bell —me contestó el doctor Monroe. Qué pena que aún existan padres consentidores que escogen solo a uno o dos como sus favoritos, sin darse cuenta del dolor y del rencor que pueden causarle a los otros hijos por sus estúpidos favoritismos.

—Lo más increíble de todo —continué hablándole al doctor Monroe—, es que todavía, hasta hace poco, yo me trasladaba en camiones y a pie a todos lados, con temperaturas afuera hasta de cuarenta grados. Sin embargo, a él le compraron antes que a mí su auto, cuando cumplió sus dieciocho años. Y como le dije antes, aunque no somos ricos, pero tampoco pobres, a mí no me compraron nada en mi cumpleaños. Vaya, ni siquiera me hicieron un pastel para festejarme, y cada día, créame, era fastidioso llegar de la escuela caminando con muchísima hambre. Y tenía que comer cualquier cosa que hubiera en el refrigerador, porque mi madre ya ni siquiera nos guisaba un huevo por la flojera de hacerlo. Pero

comer decente para él! Entonces sí, mi mamá se dirigía a la carnicería y le compraba un buen trozo de carne, y al llegar a casa se lo preparaba de una manera muy especial; y yo, solo me quedaba ahí contemplándolo, al mismo tiempo que terminaba lo que me había tocado a mí ese día. ¿Sabe?, ahora que lo pienso, quizás yo también tuve un poco de culpa en eso —le dije al doctor—. Pues, nunca me he quejado absolutamente de nada, y he aceptado lo mucho o poco que ellos pudieron darme.

—Yo creo —me dijo un poco pensativo el doctor Monroe—, que más bien, usted se acostumbró desde muy pequeña a recibir las migajas de las grandes porciones que le tocaron a sus otros dos hermanos, señorita Bell. Además, ha sabido ser agradecida y una buena hija con ellos siempre, sin exigirles lo que no podían darle.

Luego, el doctor guardó silencio de nuevo para que yo siguiera hablando.

—Siento que lo mejor que he hecho en mi vida es haber salido de esa casa. En ella nunca me he sentido querida, ya que recuerdo que desde que era pequeña mis hermanos siempre se han burlado de mis bajas calificaciones. Me decían a cada momento que era una tonta y, quien sabe, quizás tienen razón; pues, ya estoy por cumplir los veinte y seis y apenas me voy a graduar de la escuela de artes, que ni siquiera se puede decir que es una universidad, ya que no se necesita demasiado intelecto, como en una ingeniería o una arquitectura lo demandan ¿verdad?

—Nunca, señorita Bell —me interrumpió abruptamente el doctor Monroe—, nunca se sienta usted menos y que no vale absolutamente nada. ¿Me escuchó bien, jovencita?

Yo solo moví la cabeza, y el doctor Monroe continuó hablando.

—Recuerde que «no todos servimos para todo, pero todos servimos para algo». ¿Estamos?

Al terminar de escucharlo, logró sacarme una leve pero significativa sonrisa.

—¿Hay algo más que quiera agregar, señorita, antes de retirarnos?, pues está a punto de terminar el tiempo y solo disponemos de unos cuantos minutitos para hacerlo.

—Piense un poco. Lo que se le ocurra dígalo, aunque sea cualquier detalle que usted crea que es insignificante, también puede ser importante y nos puede servir mucho para agregarlo en su expediente —me dijo.

Así que, después de escuchar al doctor Monroe, traté de hacer un poco más de memoria, pero ya no recordé nada más, pues también me sentía un poco cansada por lo ajetreado que había sido para mí ese día.

—A ver…, veamos, señorita Bell. Hasta ahora ha hablado un poco de sus padres en general, también de sus hermanos, pero regresemos un poco. Me gustaría que me hablara un poco más de su madre. ¿Qué otra cosa me puede decir acerca de ella? —me preguntó pensativo el doctor Monroe—, no importa si es bueno o es malo, algo que de alguna manera la haya marcado durante toda su vida hasta hoy —insistió un poco más el doctor Monroe.

Fue entonces que, al terminar de escuchar al doctor, mis labios comenzaron a temblar un poco, y mis ojos, repentinamente se llenaron de lágrimas al recordar algún que otro episodio desagradable que pasé a lado de ella, cuando todavía vivía en aquella casa.

—Bueno —le dije—, de mi madre puedo decirle que su segundo nombre es *perfección*. Todavía recuerdo las miles de veces que, sin quererlo, derramé el vaso de leche o de agua fresca sobre la mesa, pues, el vaso en ocasiones me parecía muy pesado, o estaba muy lleno. Al hacerlo, recuerdo que mi madre siempre me gritaba y me humillaba delante de mis hermanos o de algunos invitados. Me decía que era una completa tonta y que nunca ponía atención a nada de lo que me decía. No sé, quizás ya le tenía miedo, y el solo hecho de querer sorber de mi vaso un poco para no atragantarme con los alimentos, ya me ponía muy nerviosa. Yo creo que por esto, y por temor a ella, ya lo tiraba automáticamente, esperando que fuera a regañarme en ese preciso momento. ¿No cree usted?

—Usted lo ha dicho, señorita Bell —me contestó tiernamente el doctor Monroe.

—También recuerdo que en ocasiones olvidaba bajar la llave del inodoro cuando iba al baño, por estar viendo mi programa favorito

tonces, escuchaba sus gritos pronunciando mi nombre desde donde me encontraba en cualquier lado de la casa, y me hacía meter la mano dentro, donde se encontraban mis deshechos, para que nunca jamás se me olvidara bajar la palanca del inodoro. Y no se diga cuando se trataba de mi habitación, mi ropa tenía que estar perfectamente doblada y que no se me pasara siquiera tender mi cama antes de marcharme a la escuela, pues si no lo hacía, seguramente ese día me quedaría sin postre.

—¿Sabe? —continué quejándome con el pobre hombre—, fue por eso que me lastimé la columna y me desgarré todo el lado derecho de la espalda. Me di cuenta de que estaba rota la cadena de la palanca, y entonces me dirigí de inmediato al patio para buscar algo, como un recipiente. Antes de que mi madre se diera cuenta tomé un bidón gigante de agua que se encontraba en el patio, y que era, por cierto, casi de la mitad de mi tamaño. Lo llevé hasta el baño, y ahí, poco a poco lo fui llenando de agua con una jarra, hasta que llegó al tope. Como pude, se me ocurrió levantarlo para dejar muy limpio el inodoro, y justo cuando lo levanté y como era de esperarse, sentí un intenso dolor en la parte baja de mi espalda, y me hice un desgarre. Me dolió muchísimo en ese momento, pero después de un rato se me quitó un poco. Entonces, después de limpiar el baño me dirigí a mi cuarto, donde por el momento, le confieso, que no sentí mucho dolor. Pero, conforme fue pasando el tiempo, mientras hacía mi tarea, este empezó a inflamarse cada vez más y más. No me di cuenta que también me había lastimado uno de los discos de mi columna. Un poco de tiempo después, la cabeza me empezó a doler un poco por estar encerrada en mi cuarto estudiando…, pensando y pensando cómo resolver ese problema horrible de matemáticas…, así que me dirigí a la cocina para prepararme un sándwich o algo sabroso, pues, de pronto me dio muchísima hambre. Y justo cuando pasé a un lado de la sala, en la cual se encontraba mi hermana con uno de sus pretendientes ricos; de pronto, sentí de nuevo un intenso dolor en la parte baja de mi espalda. Y entonces me caí al suelo, pues como le dije, el dolor era insoportable; a tal grado, que el desgarre había hecho que todo el lado derecho se me inflamara por dentro. Esto estaba causando que se me

llar para jalar un poco de aire adecuadamente, así que le pedí ayuda a mi hermana, que al escucharme, únicamente se acercó y se rió de mí al verme ahí tirada en el suelo retorciéndome del dolor tan profundo que sentía. Le pedí por favor que me ayudara, pero ¿sabe…? No lo hizo, solo se dio media vuelta y volvió a sentarse muy cómodamente en la sala, dejándome ahí sola. Yo permanecí ahí, en el suelo, no sé por cuánto tiempo, hasta que pude arrastrarme y llegar hasta mi habitación, donde me recosté en la cama y descansé por un muy buen rato.

—¿Y sus padres? —me preguntó el doctor Monroe—, ¿dónde se encontraban ellos?

—Trabajando —le contesté inmediatamente—, ese día era un lunes por la mañana, Sofía salió temprano de la escuela preparatoria y su novio le hizo el favor de llevarla a la casa.

—¿Y usted no estudiaba entonces, señorita Bell? —me preguntó el doctor un tanto extrañado.

—Sí, doctor —le contesté con un poco de pena—, solo que yo lo hacía por las tardes, pues hacía casi un año que me habían corrido de la escuela por mis bajas calificaciones, y a los reprobados o a los muy vagos nos mandaban a estudiar en la tarde.

—¡Oh, ya veo…! —me respondió el doctor educadamente sin mostrar ninguna expresión en su rostro por respeto a mi persona.

—Pero lo peor no fue eso —le comenté al doctor mientras me acercaba la caja de pañuelos para que pudiera secarme las lágrimas que no dejaban de caerme.

—¿Ah, no? —me dijo el doctor Monroe en un tono un poco más bajo.

—¿Qué más le sucedió ese día señorita Bell?

—Ese día no —lo corregí—, fue más bien el siguiente —le dije, y el doctor me pidió que siguiera. No quería interrumpirme para que yo siguiera con mi historia.

—Ese día, al llegar mis padres del trabajo, pues trabajaban juntos en una dependencia del gobierno, apenas los escuché entrar, pues los estaba esperando. Me acerqué a mi madre para contarle lo sucedido y me preguntó muy preocupada qué es lo que me había pasado, pues me encontraba muy pálida y descolorida de la cara.

damente cómo me había lastimado la espalda. Y después de hacerlo, como era de esperarse que reaccionaría, en vez de cobijarme y darme un pequeño abrazo para que me sintiera un poco mejor; solo recibí un buen regaño, y me dijo que solo a mí se me ocurría levantar algo así de pesado. Bueno, supongo que en el fondo tenía un poco de razón, pero en aquel momento eso fue lo único que se me ocurrió, y ya no había vuelta atrás. Lo hecho ya hecho estaba, y yo acababa de lastimarme horriblemente la espalda, así que mi madre de inmediato habló al hospital para apartar una cita con un doctor general, y me dijo que la consulta no sería hasta el día siguiente a las dos de la tarde. Era la única hora en la que el doctor podía recibirme, ya que por ser una institución de gobierno tenía que ir a la hora que me tocara; pues eran miles, al igual que yo, los que hacían citas diariamente.

—Está bien —recuerdo que le contesté a mi madre—, allí estaré esperándote —le dije. Pues, ella no salía del trabajo hasta las tres y la cita era a las dos. Afortunadamente estaba a unos diez minutos de casa a pie, y ella me prometió que iba a hacer todo lo posible por salir antes del trabajo y poder acompañarme. Ese día, recuerdo no sé por qué, que se me pasó demasiado rápido, como si hubiera sido en un cerrar de ojos, y de pronto me encontré caminando rumbo al hospital, donde llegué rápidamente.

Al estar ahí dentro, parada, delante de tanta gente, me registré con mi número de ficha y le indiqué a la recepcionista el nombre del doctor que me habían asignado.

—Tome asiento, por favor —me dijo—, enseguida la llamamos.

—Muchas gracias —le contesté, y me dirigí a un asiento, donde me senté rodeada de todo tipo de gente. Algunos eran ancianos que apenas podían moverse e iban acompañados, supongo de sus hijos, para ayudarles a caminar y no caerse; otros, eran bebés o niños pequeños que no dejaban de llorar, quizás de lo mal que se sentían; y por último, había gente con yesos en las manos o en los pies, y algún que otro herido; y otros más, simplemente se encontraban estornudando o tosiendo.

—¿Miranda Bell? —mencionaron mi nombre de pronto. Y estando ahí en frente me pasaron a un cubículo donde me pesaron y me midieron antes de que hiciera su entrada triunfal el médico. Ahí perma-

por la puerta para ver si mi madre llegaba pronto para acompañarme, pero nada. Como siempre nunca llegó, poniendo como pretexto que había sido por culpa de mi padre, que es una persona sumamente impuntual, y mi madre tenía que vivir atenida a él, pues ella nunca quiso aprender a manejar.

Al ver que mi madre no aparecía por ningún lado, volví a entrar al consultorio y me senté justamente en el momento que vi entrar al doctor para revisarme. Muy amablemente me saludó, y luego comenzó a hacerme un montón de preguntas de todo tipo. Por último, me revisó la garganta y los oídos, para finalmente escuchar mi potente y fuerte corazón; que se encontraba, por cierto, perfectamente.

—¿Edad?

—Veinte —le contesté recordando que solo contaba con unos cuantos días antes de cumplir mis veintiún años de edad, pues el servicio médico gratuito vencía cuando yo cumpliera la mayoría de edad, que era a los veintiuno.

—¿Peso?

—Cincuenta y cinco kilogramos.

—¿Estatura?

—Un metro con sesenta y cinco centímetros —le contesté.

Y luego, me preguntó intrigado qué es lo que me sucedía en ese momento.

—Pues tengo un dolor muy fuerte, señor.

—¿En dónde? —me preguntó.

—Aquí, debajo de la espalda, y me está doliendo mucho —le contesté.

—¿Cómo se lo hizo? —preguntó el médico.

—Pues, levanté algo muy pesado, un bidón de agua, de este tamaño para ser exactos —le mostré de qué tamaño con mis manos para que no le quedara ninguna duda.

Entonces me mandó a hacerme unos estudios y me pidió que volviera a verlo lo más pronto posible para ver los resultados.

—Bueno, doctor Monroe. Para no hacerlo más largo, me despedí de ese doctor y regresé caminando hasta mi casa, pues mi madre nunca llegó. Se disculpó conmigo cuando por fin llegué a la casa.

tados sí estaré ahí, contigo, y llegaré muchísimo más temprano, como te había prometido.

—Está bien —le contesté.

Y como era de esperarse, una vez más, tampoco llegó cuando me entregaron los resultados. Y mucho menos cuando entré sola con ese doctor incompetente, que me dio una pésima noticia estando yo sola, sin nadie que estuviera ahí conmigo apoyándome al recibirla.

—Al parecer, tiene leucemia —me dijo el idiota sin el mínimo de tacto. Y yo, solo permanecí petrificada, ahí sentada, como si me hubiera caído un baldazo de agua helada.

—¿Qué? —le respondí un poco sorprendida.

—Al parecer tiene leucemia —volvió a repetírmelo preguntándome si yo sabía lo que significaba eso.

—Claro que sí —le contesté.

—Ya he escuchado hablar de esa enfermedad antes —le dije un poco triste.

—¿Me voy a morir? —le pregunté.

Pero el doctor, al escucharme, no me dijo absolutamente nada, y me pidió que volviera de nuevo para la próxima semana.

—Está bien —le contesté, tratando de contener lo más que pude las lágrimas para no llorar ahí, enfrente de él.

Pero al salir de ahí fue inevitable, empecé a llorar con un dolor tan profundo en mi alma... Luego, me senté en una banca hasta sentirme un poco mejor y poder marcharme de nuevo caminando hasta mi casa. Gracias a Dios esto no fue necesario y cuando me levanté para irme lo más rápido de ese espantoso lugar, me encontré a mis padres estacionados, que estaban llegando. Al encontrarme mi madre ahí parada, en tal mal estado, inmediatamente se bajó del coche e hizo lo que casi nunca hacía conmigo, me dio un abrazo y me pregunto qué era lo que estaba pasando.

—Tengo leucemia —le contesté, viendo en su rostro un gesto de suma preocupación, como pocas veces le había visto antes.

—O al menos eso fue lo que dijo el doctor, y me pidió que volviera de nuevo la próxima semana.

Mi madre, al terminar de escucharme, se sintió completamente apenada por no haberme acompañado y solo me abrazó y me acom-

también muy preocupado. La siguiente semana, ese día faltó al trabajo para que pudiéramos ir, ahora sí, juntas con ese mismo doctor que me había atendido antes.

Cuando al fin estuvimos enfrente de ese inepto doctor, mi madre notó que tartamudeaba un poco, y además tenía un tic nervioso en la cara que le hacía cerrar un ojo repetidamente cada cinco segundos. Además, después de escucharlo durante la consulta, le entró un poco la duda de si ese doctor se encontraba del todo bien, y mejor decidió sacarme cita con otro doctor. Pero, ahora lo hizo con un particular, al cual tuvo que pagar por la consulta, y también por los estudios de laboratorio, que por cierto salieron bastante caros. Así que, como verá, tuve que pasar por el mismo martirio dos veces, ya que de nuevo me sacaron miles de muestras de sangre, al igual que más liquido de la médula, o algo así. La verdad, ya ni lo recuerdo. Al fin, cuando tuvieron de nuevo mis resultados de laboratorio, fuimos de nuevo a este excelente doctor, el cual, nos hizo saber a mi madre y a mí que yo no tenía leucemia, que podíamos estar tranquilas. Vaya, me dijo que cómo podría tenerla viéndome esas mejillas tan rosadas, y le comentó a mi madre que solo tenía un grave desgarre en el lado izquierdo de la espalda baja, y que para eso tenía que tomar fisioterapia por unos cuantos meses, cosa que salió muy caro; pues, acababa de vencerse mi servicio médico gratuito por mayoría de edad y tuve entonces que poner de mi dinero para poder costearlo, pues ya empezaba a trabajar dando clases. Además, no soportaba que cada vez que le pedía dinero a mi padre para ir a fisioterapia, este me lo aventaba de mala manera al piso, haciéndome sentir muy mal, como si yo hubiera tenido la culpa de lo que me estaba pasando; fue solo un accidente. Afortunadamente, lo poco que ganaba alcanzaba a pagar mi fisioterapia, y créame que él pudo haberlo hecho sin esforzarse económicamente; sin embargo, creo que lo hacía por tratarse de mí, y además, porque era sumamente tacaño.

—¿Sabe? —le comenté al doctor Monroe—, estoy completamente segura que por el contrario, si se hubiese tratado de mi hermano, gustoso le hubiera pagado todo el tratamiento sin ninguna queja.

eso —me dijo una vez más el doctor Monroe. Sin embargo, le voy a pedir un enorme favor —insistió el médico.

—Dígame usted, doctor Monroe, ¿en qué puedo servirle?

—De ahora en adelante, fíjese bien lo que va a tener que hacer cada vez que vaya a visitar la casa de sus padres:

—Dígame señor, si puedo con mucho gusto lo haré…

—No se preocupe usted —me dijo el doctor Monroe.

—Es muy sencillo. Lo único que tiene que hacer es lo siguiente… Al bajar de su coche, y antes de entrar a la casa de sus padres, va a simular como si se pusiera un manto invisible encima que le va a cubrir desde la cabeza hasta los pies, y me va a hacer el favor de repetirse siempre la siguiente frase: «Nada de lo que me digan en esta casa o de lo que pase dentro de ella me mueve ni me afecta».

—¿Me escuchó bien, señorita Bell?_

—Sí, doctor —le contesté un poco más tranquila.

—Y además, se lo va a seguir repitiendo en la mente cada vez que vea o escuche algo que no le agrade, ahí o en cualquier otro lugar en donde se encuentre. Y también va a tratar de ir lo menos posible a esa casa, la cual está llena de pura energía negativa y malas vibras. Créame que es lo que menos necesita para su pronta recuperación en este preciso momento, ¿estamos de acuerdo, jovencita?

—¡Estamos, Doctor Monroe! —le respondí contenta, y luego me despedí de nuevo de él, sintiendo cada vez más confianza hacia su persona. Salí entonces del consultorio, y en el camino, rumbo a mi casa, me quedé meditando un poco todo lo que había hablado ahí dentro con el doctor Monroe.

—¡Qué tipo tan maravilloso! —me dije para mis adentros.

CAPITULO VI

Suerte y destino

Al llegar a mi pequeña casa me di cuenta que ahí fuera se encontraba de nuevo mi querido amigo Ferdinand. Se había estacionado en la orilla de la banqueta y me había estado esperando dentro de su auto, no sé por cuánto tiempo.

—¡A ver, qué horas, Mimí! —me dijo en tono de burla. Yo solo me reí, pues mira que lo conocía bastante bien. Luego lo invité a pasar a casa para que tomáramos un poco de agua, o quizás algún refresco.

—¿Te gustaría que fuéramos a la feria, Mimí? —me preguntó Ferdinand un poco emocionado.

—¿Ahora? —le contesté, pues apenas había llegado de la calle.

—¡Sí! ¿Por qué no? —me dijo—, anda no seas aburrida, que tengo muchas ganas de ir desde que la abrieron, y además estoy seguro de que con nadie más me divertiría tanto como contigo —, insistió para convencerme. Y entonces le dije que sí, pero que me dejara ir a cambiarme esos incómodos zapatos que traía puestos por unos de piso más cómodos, así que me apuré lo más que pude y luego nos fuimos hasta le feria en su antiguo auto.

—Anda, ven —me dijo jalándome de la mano—, yo invito por esta vez a las entradas.

—Está bien —le dije—, yo te invitaré a un helado.

cierto, apenas podíamos caminar de tanta gente que había.

—¡Mira Mimí! —me dijo Ferdinand señalando exactamente en uno de los puestos—. ¡Vamos a tirar con los rifles!

—¡Pero yo no sé hacerlo! —le dije.

—¡Pues, yo tampoco! —me dijo.

—Solo se trata de ir y divertirnos un poco, anda ven. Es más —me dijo—, si yo gano te daré la oportunidad de que escojas el peluche que más te guste y te lo regalaré para que lo tengas como un pequeño recuerdo y me recuerdes siempre, cada vez que lo veas ahí en tu recámara. ¿Qué te parece, Mimí?

—Está bien —le dije.

Nos dirigimos al puesto donde se encontraban los mejores premios de toda la feria y donde también, para nuestra desgracia, se encontraban Mark y Fred, los chicos más fastidiosos e insoportables de toda la escuela; estaban ambos haciendo fila con sus respectivas novias.

Como lo había supuesto, apenas nos acercamos, esos dos empezaron a molestarnos…

—Pero mira a quienes tenemos aquí —dijo uno de ellos—. Al más *nerd* de la escuela de leyes y a la más rara de todo el planeta.

—¡Excelente combinación! —comentó el otro. Y fue entonces que el idiota de Mark Müller se acercó a Ferdinand para molestarlo y por pura maldad le tiró sus lentes al suelo, haciendo que uno de los cristales se rompiera en mil pedazos y el otro se cuarteara. Así, el pobre de mi amigo se quedó con solo el cincuenta por ciento de visibilidad en uno de sus cristales.

Al ver los muy estúpidos que Ferdinand recogió del suelo sus lentes y se las puso rotas de nuevo, se empezaron a reír de él a carcajadas. La fila avanzó aún más rápido, hasta que llegó el turno de Fred, que se volteó a mirar muy despectivamente para que viéramos, según él, lo bueno que era tirando los patos con el rifle.

Después de unos cuantos tiros bien dirigidos y solo algún que otro pato levantado, el orgullo le creció aún más a ese patán y se volteó a mirar de nuevo diciéndonos y echándonos en cara lo bueno que era y que sería muy difícil que lo superáramos.

es como se hace. Nos volvió a decir con prepotencia, a la vez que su chica, igual de odiosa que él, lo abrazaba y lo besaba.

El encargado del puesto, al ver lo soberbio y maleducado que era, y para callarle supongo un poco la boca, únicamente le entregó un pequeño muñeco de peluche, por lo que Fred se molestó muchísimo y lo tiró muy lejos de él, al suelo, y reclamó al señor no haberle dado uno más grande.

—Pero ¿qué le pasa amigo? —le gritó el estúpido joven—. ¿Que no vio que tiré casi todos los patos? ¿Acaso está ciego?, ¿o lo está haciendo intencionalmente?

El señor, por cierto, ya de edad avanzada, le contestó enfadado lo siguiente:

—¡Tú lo has dicho, fueron *casi* todos! Pero no los suficientes para darte el más grande; así que si no estás de acuerdo vuelve a formarte en la fila y ya veremos si la próxima vez los tiras todos. Así que esto es por el momento lo que te toca, y si no estás de acuerdo, pues es tu problema y no el mío —le respondió ya un poco molesto el viejecito.

Apenas escuchó Fred terminar de decir esas palabras al anciano, quiso abalanzarse para golpearlo, y de inmediato la novia lo jaló para atrás para que no fuera a tocarlo y mucho menos hacerle daño al pobre hombre.

—¡Ya basta, Fred! —le gritó su amigo—, recuerda que ahora es mi turno, es más —le dijo confiado—, si quieres yo te regalo mi enorme peluche y puedes dárselo a Gladys.

—¡Ey! —le contestó su novia un poco molesta, pues ella también deseaba tener el enorme peluche que obsequiaban como premio.

Entonces, ahora seguía el turno de Mark, quien de igual manera que Fred solo tiró algunos, pero no los suficientes patitos; así que al recibir su pequeño premio, exactamente del mismo tamaño que el de su amigo; de igual manera se molestó y le dio un puntapié hasta mandarlo al otro lado del pasillo. Ferdinand y yo nos reímos bastante, cosa que no les gustó mucho, y a continuación era el turno de mi gran amigo Fer, ue parecía un poco nervioso.

Al ver Ferdinand que estos dos y sus novias todavía seguían ahí parados molestándolo para intimidarlo un poco, tomó el rifle un poco du-

Así que solo le cerré un ojo para que supiera que, como siempre, yo estaba ahí para apoyarlo,;y lo vi sentirse, ahora sí, un poco más confiado. Tomó el rifle y se lo colocó en los ojos para tirar los patos, pero justo en el momento en que estaba dispuesto a hacerlo, Mark y Fred empezaron a molestarlo de nuevo, pero ahora tocando sus nalgas y otras partes del cuerpo. Esto empezó a enfurecerme bastante, a la vez que solo veía moverse a los patitos sin que Ferdinand les disparara. Pasaba el tiempo y Fer perdía la oportunidad para hacerlo, así que no lo soporté más y me llené de tanta rabia que empecé a ponerme un poco roja.

—¡Hazte a un lado! —le dije a Ferdinand empujándolo, y le quité el rifle. De pronto sentí una seguridad como pocas veces antes había sentido en mi vida, y empecé a dispararle a los patitos uno tras otro, sin dejar siquiera ni uno solo parado.

Toda la gente de la fila, esos dos idiotas e incluso el encargado del puesto se quedaron totalmente sorprendidos al verme tirar todos. Incluso, yo también lo estaba; pues nunca jamás antes había disparado con un rifle, y menos de esa manera tan asombrosa.

—Aquí tiene, jovencita —me dijo el amable anciano cuando derrumbé todos los patos, que desfilaron enfrente de mí. Y con una gran sonrisa me entregó un enorme oso de peluche que era casi de mi tamaño, y todos los ahí presentes empezaron entonces a aplaudirme apenas lo tuve entre mis manos.

Fred y Mark, al igual que sus tontas novias no podían disimular la envidia que esto les causaba, así que únicamente me limité a levantar mis cejas como señal de triunfo ante ellos. Ferdinand también se burló de ellos a la vez que nos alejábamos triunfantes del puesto de tiros.

—¡Pero qué fue eso, Mimí! ¿Cómo lo hiciste? —me preguntó todavía sorprendido mi amigo.

—¡Nunca me habías dicho que supieras tirar así! Es más, ¿dónde aprendiste?, y ¿cuándo lo hiciste que nunca me lo dijiste?

Ferdinand continuó invadiéndome con un montón de preguntas mientras nos sentábamos un rato en una de las áreas de descanso.

—¿Sabes? —le contesté—, ni yo misma lo sé. Solo te puedo decir que de pronto sentí la necesidad de hacerlo, y me sentí como si fuera toda una profesional; y todavía no me explico ni como lo hice.

do—, te invito unos *hot dogs* por el gran triunfo que tuviste.

—Bueno, está bien, te los acepto — le dije. Pues tenía muchísima hambre, ya que últimamente había estado un poco corta de apetito.

—¿Viste la cara de esos dos tontos cuando derrumbé todos los patos?

—¡Sí! —me dijo.

—¡Fue tan divertido! Pero lo que me pareció aún más chistoso fue cuando el encargado del puesto le dio el oso más pequeño de todos, el cual, seguramente es del mismo tamaño que su parte masculina, y también que su cerebro —le dije.

—¡Jajaja! —Ferdinand se rió a carcajadas.

—Y más aún —continué.

—Cuando Mark le dio un puntapié hasta el otro lado del pasillo de los puestos; eso fue todavía más gratificante, ¡jajaja! —le dije a mi amigo, y seguí celebrándolo.

—¿Mayonesa? —me preguntó Ferdinand mientras sosteníamos nuestros *hot dogs* en la mano.

—¡Asco! —le contesté, y me tapé la nariz mientras él le ponía un poco al suyo, pues Ferdinand sabía lo mucho que odiaba la mayonesa.

—Qué bueno que no somos novios —le dije—. De otra manera no te hubiera dado ni un solo beso en toda la noche hasta que te lavaras bien los dientes unas veinte veces.

Fer soltó una enorme carcajada y nos sentamos por ahí en un lugar vacío a comérnoslo. Ese día, como muchos otros con él, me lo pasé increíble a su lado. No sé, quizás después de todo, no lo veía completamente como a un hermano, y no era tan feo tampoco como para no acercársele. Total, aunque tuviera la cara llena de barritos y fuera un flacucho cadavérico, yo lo quería muchísimo.

Ferdinand y yo permanecimos ahí casi hasta la media noche, y jugamos a aventarle aros a las botellas, y también dardos a los globos. De igual manera, entramos a la casa de espantos, e incluso tiré a Ferdinand de la silla del estanque con agua; pues, al parecer ese día andaba bárbara con mi puntería.

Luego, al notar ambos que ya todo mundo empezaba a retirarse, Ferdinand me llevó de nuevo hasta mi casa. Cuando llegamos ahí, se

mirándome fijamente a los ojos, por qué que no podía amarlo. No le contesté como todas las veces que le había dicho que lo quería como a un hermano, sino que esta vez no le dije absolutamente nada; y solo me despedí de él dándole un cariñoso beso en la mejilla. él también a mí, y antes de que otra cosa pasara, pues, comencé a ponerme un poco nerviosa, lo que nunca antes; me salí de su auto rápidamente y luego, solamente me despedí diciéndole que lo quería muchísimo y que siempre podía contar conmigo para todo lo que él quisiera.

—Tú también conmigo hermosa —me dijo Fer desde su auto, y luego, por último, únicamente ondeé mi mano para despedirme de él agradeciéndole de nuevo por la hermosa velada que habíamos tenido y de nuevo me metí a mí casa, esta vez agotadísima, como pocas veces me había sentido en mi vida.

CAPITULO VII

Murales artísticos

Al estar ahí dentro y verme mi gatito siamés de cerca, me maulló y se restregó un par de veces en mis piernas, pues supongo que me había extrañado un poco, o quizás solo tenía un poco de hambre; así que lo levanté en brazos y me lo llevé hasta mi cuarto, donde me puse mi pijama y caí como una tabla sobre mi cama hasta que llegó el siguiente día.

Ese día… Recuerdo que era un sábado y yo me tenía que levantar un poco más temprano, aunque no tuviera ganas de hacerlo; pues, aparte de dar clases de inglés en una escuela primaria, ya que siempre fui buena en aprender idiomas y era en lo único que sobresalía; también trabajaba haciendo murales en algunas casas en las recámaras de los pequeño,s y también de algunos otros que estaban próximos por nacer, o simplemente en los estudios y oficinas de algunos adultos.

Ese día me pidieron que hiciera algo muy hermoso y primaveral, pues era una bebita la que venía en camino, así que traté de apurarme lo más que pude y me llevé mis brochas, accesorios y todas las demás herramientas de trabajo que iba a necesitar.

Al llegar a la casa de la bella dama y su esposo, ambos me recibieron muy cordialmente y me llevaron hasta la recámara que iba a ser de la bebita, así que ahí aproveché y saqué mi carpeta, que se encontraba llena de un sin fin de bellos dibujos para que pudieran es-

yo también era lo suficientemente apta para dibujar por mí misma lo que ellos desearan.

—¡Este me gusta! —exclamó la amable señora.

Así que pronto lo saqué de mi carpeta para ir midiendo en la pared las proporciones de cómo quedaría ahí plasmado mi hermoso diseño. Después de explicarles paso a paso en que iba a consistir el dibujo en la pared y algunos otros detalles que también iba a agregar en la habitación, la joven dama aplaudió al escuchar mis ideas, supongo que de felicidad y emoción. Y luego, ahí me dejaron toda la mañana y gran parte de la tarde trabajando a solas, pues ambos tenían como negocio algunos locales de comida en el centro comercial, por lo que tuve entendido, y tenían que irse a trabajar dejándome ahí, en su casa. Así que se despidieron de mí con un afectuoso beso, y entonces me quedé ahí, completamente sola, sin parar de trabajar hasta que se hizo casi de noche.

De vez en cuando, la que se asomaba para llevarme algún bocado y para cerciorarse de que yo estuviera bien, era la señora que limpiaba la casa, a la cual yo solo le sonreí un par de veces y le agradecí por los alimentos que me había llevado. La verdad, yo podía estar horas y horas haciendo lo que realmente me gustaba, que en este caso era pintar. Y así, el tiempo se me pasaba volando, así que proyecté un hermoso dibujo de Strawberry Shortcake, la muñequita de las caricaturas, pues era el que a la señora le había gustado. Me hizo saber que cuando era muy pequeña su madre le había comprado toda la colección de lo mucho que le gustaba. Así que hice alarde de toda mi creatividad en ese mural, pero no solo ahí, también en el techo y en otras partes de la recámara, ya que colgué un sinfín de cosas, como algunas nubes, algunos pajaritos y abejas; y además un hermoso arcoíris y un sol que reía con sus gafas puestas a la vez que sostenía un vaso con limonada fresca y hielos en una de sus manos.

En varias ocasiones acerqué mi ventilador a la pared para que la pintura fresca se secara más rápido, y fue gracias a ello que pude terminar a tiempo mi hermoso mural antes de que la bella pareja de recién casados llegara.

Al oírlos llegar en su flamante coche Mercedes Benz, me acerqué hasta la puerta de la entrada y le pedí a Emily, que era el nombre

nada hasta que estuviera dentro de la recámara, cosa que le emocionó mucho. Gustosa se los cubrió, acompañándola del brazo su esposo, hasta que llegamos todos y entramos a la habitación. Cuando estuvimos todos al fin ahí dentro, pude ver al señor llevarse las manos a la boca de lo maravillado que estaba, al mismo tiempo que trataba de no decir nada para que su esposa lo viera por sí misma. Inmediatamente él le desanudó la mascada que tenía alrededor de los ojos y al ver mi hermosa creación ella dio un grito de completa felicidad y se puso a observar todavía agarrada de la mano de su esposo cada detalle de mi obra de arte, pues así es como yo sentía que eran cada vez que realizaba algo.

—¡Oh, por Dios! ¡Pero mira qué bello es! ¿De verdad tú hiciste todo esto sola?

—Sí, señora —le contesté a la dama completamente satisfecha.

—¿Sí?, ¿le gustó? —le pregunté todavía con un poco de duda.

—¿Preguntas que si me gustó? ¡Dios mío! ¿Es que no se nota en mi expresión? ¡Me encantó! Es algo irreal. Es como si de pronto cruzaras por una pared invisible a esta habitación, y aquí dentro estuvieras adentro de un hermoso cuento de hadas, o de alguna caricatura de la televisión o el cine. Y mira este bellísimo columpio con flores colgando nada más ni nada menos que del techo.

—¡Esto es simplemente increíble! ¡Maravilloso! —comentó también su esposo.

—Es algo fuera de este mundo —me comentaron una y mil veces agradecidos—. Deberías promocionarte en Facebook, internet o cualquier otro medio en que puedan verte —me dijeron.

—Estoy segura que tu clientela crecerá como la espuma —dijo la dama.

—¿Usted cree? —le pregunté un poco pensativa.

—¡Por supuesto que sí! ¡Hazlo hoy mismo!

—Está bien, y gracias por el cumplido —le dije—. Así lo haré.

Así que me puse a tomar algunas cuantas fotos a este mural, y de igual manera, al día siguiente también lo hice con otro que acababa de hacer en una de las recámaras de la casa que me habían prestado mis padres. Y poco después, como me sugirió la señora, me di a conocer

llené de clientela hasta el tope y tuve que contratar a una asistente para que me ayudara a pintar mis murales porque llegué a hacer hasta cuatro murales cada fin de semana. Únicamente lo podía hacer en ese tiempo, ya que entre semana todavía tomaba algunas clases en la universidad, pues estaba ya casi a punto de graduarme, y además seguía dando mis clases de inglés en la escuela primaria por las tardes.

Volviendo a lo anterior, cuando me preguntó la joven pareja que cuánto dinero iban a pagarme, yo únicamente les cobré lo del material y un poco extra por la mano de obra. Eso fue todo.

—Pero ¿acaso estás loca niña? —me dijo sorprendida Emily.

—Eso está bien para mí, señora —le dije, pareciéndome todavía lo justo; cosa que no le pareció bien, afortunadamente para mí, ya que vino pagándome muy gustosa el doble.

—¡Muchísimas gracias! —le dije de nuevo.

—¡Gracias a ti, muñeca! —me dijo.

—¡Eres una gran artista! —terminó diciéndome, y me acompañó entonces hasta la puerta, donde me despedí. Me dirigí de nuevo en coche hasta mi casa sumamente contenta por haber ganado mucho dinero ese día, el cual, ahorré en un sobre dentro de la casa y escondí por si llegase a presentárseme alguna emergencia; ya que lo que ganaba todos los días con mis clases en la tarde lo utilizaba para comprar comida y para mis gastos personales. Afortunadamente, mi padre todavía me pagaba las colegiaturas de la escuela; pero una vez antes, ya me había dicho que cuando me graduara de la universidad, al igual que mis hermanos, todo lo demás correría por mi propia cuenta. Tenía toda la razón, sin embargo, hoy en día yo le ayudaba muchísimo; pues, yo solita me pagaba, como dije antes, todos mis gastos personales.

CAPITULO VIII

Hogar a la medida

Los días siguieron pasando, y conforme pasaba el tiempo, yo me sentía cada día mejor y mejor, ya que no sentía ese terrible dolor punzante debajo de mi cerebro. Tampoco tenía ya esa horrible ansiedad, que fue disminuyendo cada vez más y más, gracias también a mis últimas consultas con el doctor Monroe.

Un día, de esos pocos tranquilos que rara veces tenía, recibí una llamada inesperada de mi madre; me invitaba a comer ese día a su casa. Desde que me había mudado a esta casa, no los había visto mucho últimamente, y la verdad, tampoco era algo que me importara.

—Está bien mamá —le dije—. Ahí estaré a las dos en punto.

¿Quieres que lleve algo que te haga falta? —le pregunté, tratando de ser amable por su invitación.

—Trae solo un poco de pan —me contestó ella.

—Me parece muy bien —le dije.

—Ahí nos vemos entonces, y gracias por la invitación —terminé diciéndole, pues supongo que desde que me había mudado me extrañaba un poco, después de todo. Al principio me pareció un poco extraño su llamada, pues mi madre y yo nunca habíamos sido de aquellas personas que nos sentáramos a hablar por largas horas, pero aun así estaba dispuesta a ir, al fin y al cabo era mi madre. Y aunque siempre chocábamos por nuestros diferentes puntos de

trañaba en ocasiones un poco.

Como de costumbre, y a diferencia de los otros días, ese en particular me apuré más en hacer los pendientes que tenía para terminar temprano y no llegar tarde para ir a comer con mi madre, pues ella era sumamente puntual, igual que yo. Así que me puse a alzar toda mi casa rápidamente, y luego me dirigí a la escuela a entregar unos trabajos que nos habían pedido algunos maestros.

El tiempo pasó rapidísimo, tanto, que en un chasquido de dedos se dieron las dos de la tarde.

—¡Santo cielo! —Mi madre odiaba la impuntualidad, y lo menos que quería en ese momento era llegar tarde a esa casa, y menos que me regañara delante de todo el mundo.

—Diez minutos para las dos —me dije—. Aún tengo tiempo de llegar a por la *baguette*. Al estar enfrente de la panadería, que estaba tan solo a media cuadra de la casa de mis padres, me bajé, y en solo 5 minutos lo escogí y lo compré; estando en casa de mi madre justamente a las dos en punto. Cuando al fin me bajé de mi auto y estuve a punto de tocar el timbre de la casa, recordé de pronto el favor que me había pedido el doctor Monroe cuando fuera esporádicamente a visitarlos; así que simulé ponerme encima de mí una especie de manto invisible desde la cabeza hasta mis pies, como si me cubriera por completo. Luego, repetí para mis adentros las mismas palabras que me pidió el doctor que dijera antes de entrar a esa casa, que estaba llena de pura negatividad y mala vibra, y entonces, me dije a mi misma muy segura y convencida:

—«Nada de esto me afecta ni me mueve» —volví a repetirlo, quizás unas dos o tres veces más para que quedara bien guardado en mi subconsciente. Y cuando me sentí perfectamente segura y lista timbré, y el que me abrió fue mi padre. Me encantó ver que me recibiera con una agradable sonrisa. De igual manera, yo lo saludé también a él, y le di un abrazo y un beso en la mejilla.

—¡Hola papi! —le dije, y luego nos dirigimos ambos al comedor, donde se encontraban ya sentados mis hermanos con sus respectivos acompañantes.

—¡Hola perdedora! —me saludó, como siempre de manera muy peculiar, queriéndose hacer el gracioso el estúpido de mi hermano.

pañaba.

—«Nada de esto me mueve ni me afecta» —volví a repetírme para mis adentros, pues empezaba a ponerme un poco ansiosa cuando entraba ahí, a esa casa.

—¡Hola Miranda! —me saludó cordialmente mi hermana, y sorpresivamente me dio un fuerte abrazo.

—¡Mira! —me dijo—, te presento a mi novio.

Noté que era uno nuevo, pues recuerdo que hace apenas un par de meses había tenido otro diferente.

—¡Mucho gusto! —me saludó el amable chico.

—¿Qué tal? —le respondí, y por último saludé a mi madre, quien de igual manera que mi hermana me dio un beso en la mejilla acompañado de un caluroso abrazo.

—Siéntense todos por favor —nos dijo contenta, pues hacía ya largo tiempo que no nos reuníamos todos juntos ahí, en la mesa.

—¿Cómo has estado hija? —me preguntó mi padre desde el otro lado de la mesa.

—Muy bien papá, ¿y tú? —le respondí sin contarle mucho de mi vida.

—Cuéntanos que has hecho —insistió—. ¿Cómo te ha ido últimamente?

Al escucharlo no me gustó para nada, pues ya sabía hacia dónde iba.

—Ya no sigues teniendo… — continuó hablando de nuevo.

Mi madre rápidamente lo interrumpió y le preguntó si no deseaba tomar algo de pan, como tratando que ya se callara la boca.

—¡No, gracias! —le respondió mi padre a mi madre un poco molesto, pues no le había parecido que mi madre lo interrumpiera, y antes de que dijera nada más, mi madre desvió un poco el tema de su conversación y me preguntó cómo me estaba yendo por ahora con la escuela.

—¡Me está yendo de maravilla! —le contesté.

—Solo me faltan tres materias para terminar el semestre y así poder graduarme —continué.

Y en ese momento fui interrumpida por el estúpido de mi hermano, el cual, como de costumbre se quiso hacer el chistoso delante de todos los que nos encontrábamos ahí sentados en la mesa.

una carcajada a todo mundo.

—¡Qué te importa! —le contesté, y luego lo ignoré.

Y seguí contándole a mi madre como me estaba yendo últimamente esos días.

—Como te dije mamá…, solo me falta lo que queda de este semestre y en menos de un par de meses ya estaré por fin graduándome —le comenté sintiéndome un poco orgullosa de mi misma por el esfuerzo que me había costado.

—¡Qué alivio! —Me interrumpió mi padre—. Pues, ya me estaba costando un ojo de la cara seguir pagando los estudios de esa carrera, a la cual no le veo ningún futuro —concluyó.

Mi hermano, al escucharlo se carcajeó, y me entró un poco de coraje al verlo burlarse de mí. Entonces, traté como pude de defenderme y arreglar un poco las cosas.

—Por eso ya no tendrás que preocuparte padre, pues, afortunadamente me está yendo muy bien con mis clases de inglés —le dije un poco molesta.

—Además, déjame presumirte que estoy dibujando algunos murales en algunas casas y me están pagando muy bien por eso—terminé diciendo, pues una vez más fui interrumpida, pero ahora por mi hermana, la cual no soportaba la idea que nadie fuera ni un poco mejor que ella. Así que empezó a hablar de sus futuros proyectos, quedando yo una vez más ahí, siendo ignorada por todos, y siguió hablando que estaba próxima a realizar un comercial local promocionando una de las tantas pastas de dientes que ya existían en el mercado. Mi madre la felicitó delante de todos, pues había exentado todas y cada una de sus materias.

—¡Qué bien! —le dije a mi hermana menor volteándome a verla sin una pizca de envidia, y terminé diciéndole con toda sinceridad lo siguiente:

—¡Muchas felicidades Sofía! La verdad, no esperaba menos de ti, te lo mereces por tu gran dedicación y las ganas que siempre le has puesto a la escuela —concluí, y ya no volví a abrir para nada la boca, pues, siempre era lo mismo con ellos.

Me apuré lo más que pude para terminar mis alimentos y luego, me retiré despidiéndome de cada uno, poniendo como pretexto que

po para llegar, si no se me iba a hacer muy tarde. Cuando lo hice, rápidamente salí de ahí y me metí de nuevo a mi auto.

—¡Fiu! ¡Qué alivio! —me dije, y luego, sin querer me di cuenta que las palabras que me había hecho decir el doctor Monroe antes de entrar a esa casa realmente habían de alguna manera funcionado. Luego sonreí un poco y me dije a mi misma, tal cual como me lo había sugerido el doctor Monroe, que iba a tratar de venir lo menos posible a esta casa de locos, lo cual me afectaba y me llenaba de negatividad. Así que metí la llave inmediatamente en mi auto y luego me apuré para ir a llevar un libro a mi querido amigo Ferdinand a su casa, el cual me había pedido le prestara desde hace ya un largo tiempo.

CAPITULO IX

Episodios de depresión

—¡Toc toc! —le grité a la vez que tocaba a su puerta.

—¿Quién es? —me preguntó, sabiendo desde un principio que era yo.

—¡La vieja Inés! —le contesté siguiendo con su simpleza.

—¿Qué quería? —continuó con su gracioso jueguito.

—¡Darte unas buenas patadas si no me abres rápidamente la puerta, me oíste! —le contesté, pues me estaba muriendo del calor ahí afuera.

—¡Toma *molestón*! —le dije saludándolo con un beso en su mejilla apenas lo tuve enfrente.

—Me lo cuidas y me lo devuelves pronto, ¿me oíste?

—Sí Mimí, no te preocupes. En unos cuantos días te lo devuelvo y te lo llevo a la escuela ¿Está bien?

—Está bien —le contesté, y me despedí rápidamente de él con un beso, pues recordé que tenía cita con el doctor Monroe. Además, de ahí, de la casa de Ferdinand, me quedaba un poco lejos.

—¡Hasta pronto! —me despedí ahora desde el auto.

—¡Mañana nos vemos si Dios quiere! —le grité de nuevo, y luego arranqué para llegar a tiempo al consultorio del siempre muy amable doctor Monroe.

—¿Qué tal, señorita Bell? ¿Cómo se siente usted hoy? —me preguntó el doctor al mismo tiempo que me señalaba el asiento para que

bíamos dejado la última vez que nos habíamos visto.

—Pues, sinceramente mucho mejor, doctor Monroe —le dije un poco sorprendida y contenta por los grandes logros que había alcanzado en tan poco tiempo.

—Sin embargo, le voy a confesar algo que me está pasando últimamente por las noches y no puedo parar de hacer.

—¿Ah sí, señorita Bell? ¿Y qué es? Si puedo saberlo

—Bueno —le contesté un poco sonriente—. Le va a parecer un poco extraño lo que a continuación le voy a decir, pues a nadie más se lo he dicho, ni siquiera a mi mejor amigo Ferdinand; y es lo siguiente…

El doctor Monroe, al terminar de escucharme decir estas palabras, se quedó un poco pensativo y guardó silencio, levantando como de costumbre una de sus cejas, como esperando a que yo continuara hablando, pues lo había dejado completamente intrigado.

—¿Sabe? —comencé, dudando en si esto sería importante contar o no, pues yo lo veía más como una tontería. Pero aun así decidí hacerlo, pues ya una vez él me había dicho que lo hiciera, aunque lo que yo pensara fuera algo completamente insignificante.

—Bueno, es solo que últimamente me levanto todos los días en la madrugada y empiezo a sentir como si tuviera un millón de antojos. La verdad es que es algo un poco desesperante, pues se me antoja horriblemente todo, en especial la coca cola y todas las verduras que se puedan comer con limón y chile en polvo, en especial las zanahorias y los pepinos. Esto se me ha venido presentando últimamente, de dos o tres semanas para acá; al igual que uno que otro mareo. Además, todo lo que me he comido en la madrugada, como le dije, he tenido ganas de vomitarlo.

—El doctor, para mi sorpresa y sin esperármelo, soltó una tremenda carcajada al escucharme y, luego, simplemente me hizo saber lo que pensaba en ese momento.

—Señorita Bell… No sé por qué se preocupa tanto. Bueno, en realidad no sé cómo lo va a tomar usted y sobre todo su amigo, pero ¡lo más seguro es que usted se encuentre embarazada!

Al terminar de escuchar al doctor Monroe, mi rostro únicamente mostró una mueca de desacuerdo al mismo tiempo que torcía mi boca

taba incomodando un poco, optó por guardar silencio y esperó a que yo le dijera cualquier cosa, lo que fuera. El caso es que permaneció completamente callado.

—¿Sabe? —le dije de nuevo.

—¡Eso es imposible! Primero porque no tengo novio; y segundo, porque en realidad nunca lo he tenido, y mucho menos he tenido relaciones con nadie. ¿Quién querría andar con una rara como yo habiendo tantas jóvenes tan bellas por ahí rondando? A menos que sea por obra del espíritu santo, cosa que tampoco creo. Y luego, a continuación fui yo la que solté una tremenda carcajada, pero el doctor Monroe no le tomó mucha gracia que digamos.

—¿O sea? ¿Cómo? —me dijo intrigado—. Ha estado sintiendo un sin fin de terribles antojos todas las noches ¿Y no está embarazada?

Únicamente me limité a contestar que no al doctor moviendo la cabeza a los lados.

— ¡Vaya! ¡Qué extraño! Y más aún porque acaba de decirme que gracias al medicamento sus niveles de ansiedad han bajado por completo y ya no le duele más la cabeza. Entonces, créame que esto si no puedo explicármelo —terminó diciendo el doctor Monroe, y luego hizo unos apuntes en su libreta.

—¿Hay algo más señorita Bell que quiera agregar antes de pasar a la siguiente etapa? —me preguntó el doctor Monroe mirándome, como siempre lo hacía, directamente a los ojos. A veces me daba la impresión de que el doctor dudaba en si le decía la verdad o no, o simplemente pensaba en que yo me inventaba todo. Entonces me acordé de repente de la ida a la feria con Ferdinand, donde había derribado a todos los patos con el rifle, y opté mejor por guardarme esa fabulosa anécdota; pues pensé que quizás ya había sido suficiente para él escuchar todo lo que acababa de decirle. Así que preferí omitir esa fantástica parte donde inexplicablemente había utilizado el rifle como toda una profesional y mejor permanecí callada.

No vaya a pensar de verdad el doctor Monroe que estoy un poco loca —pensé para mis adentros, así que mejor me limité a decir al doctor Monroe que ya no tenía nada más que contarle, y simplemente guardé silencio.

decirle.

—¿Está usted completamente segura, señorita Bell?

—¡Sí, doctor! ¡Completamente segura! —le dije, y ya no hablamos más del asunto de los antojos.

—¿Sabe? Desde aquella vez que me comentó que ya había pasado por tres depresiones en su vida, tan joven, he querido que me contará la raíz de cada una de ellas; para así poder ayudarla y comprenderla aún mejor, y poder llegar al fondo de todo esto y que nunca, óigame bien, nunca vuelva a pasar usted por esa pesadilla —concluyó ahora mi confidente y amigo el doctor Monroe.

—Mmm, bueno —le dije un poco dudosa al doctor Monroe—. La verdad es que no sé ni por dónde empezar, para serle sincera, pues, créame que esa etapa de mi vida quisiera ya dejarla atrás para siempre, ya que el solo hecho de recordarlo me da un poco de miedo —terminé diciéndole un poco inquieta al doctor Monroe.

—¿Por qué, señorita Bell? ¿Por qué le da tanto miedo? —me preguntó, cada vez más intrigado el doctor Monroe. Al terminar de escucharlo hablar, mis manos empezaron a sudar mucho, al igual que mi frente y mis axilas; además empecé a sentirme como muy caliente, y los latidos de mi corazón empezaron a latir cada vez más y más fuerte.

—¿Se encuentra usted bien, señorita Bell? ¿O preferiría que habláramos de esto para la próxima cita?

—No, señor. No se preocupe —le dije—. Me encuentro bien.

Es solo que hacía mucho tiempo que no me acordaba de eso y el solo hecho de volver a recordarlo de nuevo me dio un poco de escalofríos, eso es todo —le dije ahora muy nerviosa al doctor Monroe.

—A ver, señorita Bell. ¿Cuántos años tenía la primera vez que le dio esa depresión?

—Dieciséis —le contesté al doctor sin querer revivir de nuevo todo el dolor que todo eso me había producido.

—¿Y luego, señorita Bell? ¿Qué pasó después?

—Vaya, ¿cuál cree usted que fue el motivo por el que usted cayó en esta depresión tan profunda? Y, ¿cuánto tiempo le llevó poder salir de ella sin la ayuda de nadie ni de ningún medicamento?

—Como dos años —le contesté al doctor muy segura.

Estando ahí recostada, por un momento, en el mismo sofá donde siempre me relajaba, mi mente viajó unos diez años atrás. De pronto me vi enseñándole a mi madre mi boleta con las calificaciones de mis exámenes semestrales. Recuerdo que cada vez que lo hacía y se las mostraba, mi madre me regañaba bastante, pues mis calificaciones eran como de costumbre muy, muy bajas en comparación con las de mis hermanos, que siempre sacaban excelentes notas. Al seguir así, sin entender una pizca de lo que escribía o leía en mis libros, en el colegio decidieron que descansará por un año; pues había reprobado casi todas las materias, excepto educación física e idiomas, ya que en estas materias casi nunca tomaba apuntes y todo era de manera oral o por medio de juegos divertidos. Al enterarse mi madre que me habían corrido de la escuela, y como era de esperarse en ella, pegó un grito en el cielo y me humilló a más no poder delante de mis hermanos y mi padre. Me hizo sentir como si fuera una retrasada mental, y además dejó un tiempo de hablarme. De igual manera, fui blanco de burlas y maltrato todos los días por parte de mis hermanos. Y mi autoestima, como era también de esperarse, fue bajando cada vez más y más hasta llegar al suelo. ¿Sabe? Realmente, con el tiempo llegué a sentirme miserable, es más, llegué también a pensar que lo mejor hubiera sido no haber nacido. Vaya, en ocasiones no quería ni siquiera levantarme de la cama, y estaba perdiendo considerablemente el apetito.

De pronto, unos cuantos meses después, al seguir con este ritmo de vida tan destructivo, comencé a tener dolores muy fuertes; como hace poco. Los tuve aquí, en la parte baja de mi cerebro. No podía dormir por largas horas en las noches, y estas me parecían cada vez más y más eternas. Para colmo, lo único que me faltaba ese día, no sé por qué, todos se fueron a una fiesta en casa de uno de los amigos de mi padre; y yo me quedé sola, ahí en la casa, pues no me sentía muy bien y preferí quedarme. Así que encendí la televisión para ver una película entretenida y despejarme un rato de mi monotonía. Me quedé muy entretenida mirando una película horrible del Diablo y de exorcismos, y me impactó tanto, aparte de que tenía mi nivel de energía muy baja, que a partir de ese día, esas escenas se me quedaron grabadas en la mente por un largo e interminable tiempo. Todo ese tiempo no salía para nada de mi casa y no tenía ningún otro entretenimiento para despejarme; así que nada más pensaba y pensaba en eso. Y créame, era como vivir en el mismo infierno aquí, cada día que pasaba en la tierra.

—¿Por qué dice, Miranda, que fue para usted un infierno?

—Bueno —comencé a hablarle al doctor, un poco temblorosa al acordarme de todo aquello, como si estuviera viviéndolo de nuevo. Mis ojos empezaron a llenarse de lágrimas, por lo que tuve que tomar unos cuantos pañuelos desechables de la caja pegada a un lado del sofá, donde me encontraba recostada.

—¿Sabe? Desde ese día, como le dije antes, me quedé impresionada con esa película. Ya no podía ver ni siquiera una imagen de Cristo o una estampa religiosa, porque de pronto aquel gesto bondadoso lleno de amor y de paz cambiaba, y veía que me miraba de una manera grotesca y mala, y empezaba a sentir muchísimo miedo. Lo mismo me pasaba cuando iba a la iglesia o a alguna casa con imágenes religiosas, pues todos los rostros cambiaban y me miraban siempre de la misma manera. Mi miedo al llegar la noche ni siquiera se lo puedo explicar, ya que en ocasiones hasta mojaba mi cama. Casi siempre me metía en la cama de mi mamá o en la de mi papá, pues dormían separados, hasta que hubo un momento en que ya no me lo permitieron y entonces, solo me conformé con dormir en el piso, ahí afuera de sus recámaras.

—¿Sabe? Ahora que lo pienso, a veces creo que el Diablo se acercó a mí aprovechando que tenía mi energía demasiado gastada. Ahí es donde Dios me puso a prueba, pues no dejé de desistir, y a todas horas del día me ponía a rezar y a rezar, hasta dos rosarios diarios, para que Dios llegara de nuevo a mí; pensando que algún día todo esto pasaría, y eso fue justamente lo que sucedió. Con el tiempo todo esto pasó, pero no fue porque mis padres me ayudaran. Fue todo gracias a mí, que pude resistir hasta que entré de nuevo a la escuela y poco a poco todo esto se me fue olvidando. ¿Sabe?, mis padres me vieron sufrir muchísimo y no hicieron absolutamente nada para ayudarme. Hubiera sido tan fácil que me hubieran llevado a un psicólogo para que me ayudara a salir de mi depresión; o haberme inscrito a

la no se me daba; y así mi calvario hubiera durado un poco menos. Afortunadamente, el tormentoso año pasó y me aceptaron de nuevo en la escuela, pero ahora lo haría por las tardes, ya que ahí nos colocaban a casi todos los reprobados o a los que ya no habían alcanzado cupo para estudiar por las mañanas.

El tiempo siguió pasando, y yo poco a poco me fui curando. Y ahí mismo, en el colegio, fue donde conocí a la muy dulce y querida maestra Diana, que siempre se portó increíblemente conmigo. Ella, a diferencia de todos los demás maestros que había tenido durante mi vida, se dio cuenta que mi bajo rendimiento en la escuela no se debía a otra cosa más que a que yo tenía un poco de dislexia; pues confundía o se me alteraba el orden de algunas letras; pero eso era todo, pues no tenía ningún defecto neurológico. La maestra, al darse cuenta de mi caso pidió hacer una cita para hablar con mis padres al respecto, y gracias a eso me mandaron a una institución que se especializaba en este tipo de casos y poco tiempo después pude salir adelante con mis estudios. ¿Sabe?, ahora mis idas a la escuela ya no me parecían tan frustrantes y un día, mientras me dirigía a mi casillero a guardar todos mis libros, me tropecé en la explanada con una piedra que no había visto. Yo y mis libros salimos volando por el aire quedando todos regados por todos lados, ahí, en el suelo. Como era de esperarse, todos los ahí presentes se rieron de mí, pero ninguno me ayudó a pararme excepto mi gran amigo Ferdinand. Fue el único que se acercó, y antes de ayudarme a recoger todos mis libros; primero, como todo un caballero me dio la mano para poder levantarme; y luego recogió todo lo que había quedado ahí, desparramado en el suelo. Ferdinand era un año menor que yo, sin embargo, no se notaba la diferencia de edades, y desde ese día hicimos *clic* y nos volvimos los mejores amigos para toda la vida. Desde entonces nos hemos vuelto inseparables. Todavía recuerdo como si fuera ayer, que salíamos a la misma hora de la escuela por las tardes e ibamos caminando juntos de regreso a nuestras casas, cuando todavía era verano y había un poco de luz. Luego, hacíamos primero una parada en su casa, la cual estaba antes que la mía, y ahí dejaba todos sus libros y saludaba rápidamente a su madre; y luego se despedía de ella diciéndole que me acompañaría hasta mi

a mi casa. Por cierto, lo hacíamos siempre bañados en sudor y supongo que también muy olorosos, pero no nos importaba en absoluto; es más, todo el día, hasta que llegaba la noche, lo pasábamos haciéndonos bromas de todo tipo. En ocasiones, yo nada más lo escuchaba hablar, pues hablaba y hablaba hasta por los codos, pero eso a mí no me importaba, al contrario. Me fascinaba escucharlo hablar de todo tipo de cosas y nunca, hasta hoy, me he aburrido ni un solo segundo cuando he estado a su lado.

—¿Sabe?, Ferdinand no es el típico galán de telenovela que toda chica quisiera tener de pareja, pues usa esos simpáticos lentes y tiene la cara llena de barritos y espinillas, además de que todo el mundo lo llama *nerd,* pues es un chico sumamente inteligente. Pero, créame que tampoco es feo, supongo que únicamente le falta madurar un poco y con los años quizás embarnecerá un poco más y se pondrá muchísimo más interesante para las chicas, ya lo verá. Luego, hice una pequeña pausa de unos cuantos segundos y seguí hablando de mi querido amigo con mucho orgullo, pues siempre lo he admirado mucho, desde que lo conozco, y seguí con mi charla fascinada, contándole de mi gran y único amigo Ferdinand. El doctor, muy lindo, para no interrumpirme, no dijo ninguna palabra, pues notó que realmente me encontraba demasiado inspirada hablando de mi gran amigo y de mi hermano del alma Ferdinand. Además, quien sabe, ahora que lo pienso un poco, quizás en un futuro no muy lejano, todos aquellos que se burlan hoy de él serán entrevistados por él mismo como presidente de una importante compañía y vendrán pidiéndole algún día trabajo, ya lo verá.

—¡Qué gusto, señorita Bell! Me alegra saber que cuenta con un gran amigo, pero, de todos modos no se confíe demasiado de él. Ya ve lo que le pasó con su novio y no quiero que vuelvan a romperle el corazón de nuevo, y menos en tan poco tiempo.

—No tiene de que preocuparse doctor Monroe —le dije en un tono muy tranquila a mi ahora confidente, el doctor. Pues como le dije, Ferdinand es diferente y casi podría meter mis manos al fuego por él antes de que me hiciera daño alguno. Concluí, y ahora cambié un poco el tema.

y aunque nunca he sido ni seré ninguna estudiante de dieces, pues se me dificulta muchísimo hasta la fecha poder concentrarme; por lo menos en ese aspecto, mis hermanos dejaron de molestarme un poco.

—¿Por qué dice «por lo menos», señorita Bell? Me gustaría que fuera un poco más específica en eso si es tan amable.

—Claro que sí, doctor Monroe. Con mucho gusto.

—Ahora verá…, mmm… ¿cómo le explico lo siguiente?

—Inténtelo sólo empezando a hablar y verá que poco a poco lo demás se irá desarrollando naturalmente.

—Sí, doctor. Bueno, en el transcurso de mi vida, tanto mi madre como mis hermanos me han hecho saber un sin número de veces que de pronto cambio de estados de ánimo en cualquier lugar en donde me encuentre.

—¿Por ejemplo, señorita Bell? Trate de ser un poco más específica si es posible, pues como le dije, así podré entenderla mejor y de igual manera entenderé mejor su caso.

—Mire, sinceramente yo nunca me doy cuenta de eso, pues me lo hacen saber después de que suceda, cuando salgo de cada uno de mis trances, como ellos le dicen.

—Deme un ejemplo de eso por favor, señorita Bell.

—¿Sabe?, algunas veces, o más bien muchas, me han dicho que cuando nos encontramos todos sentados comiendo como siempre en la mesa, de pronto mi rostro cambia a uno muy serio. Luego, como si nada empiezo a reírme a carcajadas sin poder parar por un largo rato, y no había visto nada en la televisión o escuchado ningún chiste gracioso. Después, de nuevo regreso, por así decirlo a mi estado original, sin recordar absolutamente nada de lo que me ha pasado. Otras, por el contrario, empiezo de pronto a llorar o me pongo muy explosiva y empiezo a patear algunas cosas sin ningún motivo. Es como si otro ser, espíritu o identidad dentro de mí, no sé cómo llamarlo, se metiera dentro de mi cuerpo y se apoderara de mí por unos instantes; y luego, ¡PUM! Saliera.

Si usted me lo permite, quisiera compartir una experiencia que una vez tuve cuando era más pequeña, y esa sí la sentí estando completamente en mis cinco sentidos, pues sentí una emoción tan fuerte como

ningún significado a eso que me pasó. Ojalá usted pueda ayudarme a entenderlo.

—Explíquemelo por favor, señorita Bell.

—Todavía recuerdo como si hubiera sido ayer, el día en que mis padres nos llevaron a pasear a mí y a mis hermanos a un parque muy, muy grande, que tenía en el centro una enorme ciclovía. Ese parque medía aproximadamente unos cuatro kilómetros de diámetro y, además de poder pasear en bicicleta, también se encontraban otras áreas recreativas para los visitantes, como albercas techadas o al aire libre, entre otras cosas. Pero, ese día decidimos todos montarnos en una bicicleta y dirigirnos a la *ciudad deportiva*; nombre de ese enorme parque al aire libre.

Estando ya ahí con mi bicicleta nueva, sentí una emoción de completa libertad, y entonces empecé a pedalear y pedalear, rebasando a alguno que otro que iba demasiado lento en el camino. Ese día el lugar, no sé por qué estaba demasiado concurrido, a diferencia de otras veces, y entonces traté de tener un poco más de cuidado para no chocar con ninguna otra persona que también paseaba en bicicleta. Sin embargo, después de un rato de seguir paseando entre la gente, mi vista se borró como si hubiera entrado en trance y en mi mente vi a una pequeña niña que se atravesó delante de mi camino accidentalmente. Sentí entonces una gran impotencia por no querer atropellarla y lastimarla, y entonces, como si una fuerza no me hubiera dejado seguir a delante, sentí el impacto al momento de haber atropellado a esa niñita. Vi en mi mente que salió volando, y después la arrollé pasando encima de ella, provocando esto que yo también me cayera de la bicicleta y me hiciera un montón de raspaduras por todos lados. Como era de esperarse, mi bicicleta quedó completamente inservible por la caída, y yo, apenas pude levantarme con un poco de trabajo volteé a todos lados para poder ayudar a la pobre niñita que arrollé, pero por más que miré a todos lados ella ya no se encontraba ahí. Y puedo jurar delante de Dios que todo eso pasó y fue muy real. Sin embargo, en un segundo todo desapareció; y créame, desde ese día, como le dije antes, todavía no puedo explicarme ese suceso, pues estoy segura que la atropellé, pero en realidad no pasó nada de eso.

que acaba usted de contarme. ¿Lo que quiere decirme es que usted venía plácidamente manejando su bicicleta en la ciclovía, cuando de pronto vio atravesarse enfrente de usted a una niña? ¿Que también sintió el momento en que la atropelló? ¿Y que en realidad esto nunca pasó y fue solo una mala jugada de su mente…?

— ¡Así es! —le contesté completamente segura al doctor de lo que acababa de contarle, y seguí con mi fascinante pero extraño relato. Mi mente vio una cosa y mi cuerpo sintió el tremendo golpe, pero en realidad eso nunca pasó, por más vívido que lo haya sentido. Es más, todavía un poco confusa por todo esto, me atreví a preguntarle a mi hermana cuando se bajó de la bicicleta para ayudarme que si había visto cruzar a esa misma niñita delante de mí y me hizo saber que no, que por ahí no había pasado absolutamente nadie. Y tenía toda la razón del mundo, pues volteamos para todos lados para buscarla por ahí cerca y no vimos a ningún niño en el suelo. Claro que a mis padres nunca les conté lo que esa vez había sentido, pues me hubieran señalado con el dedo como si fuera una verdadera loca, pues ya eran varias las cosas extrañas que me venían pasando últimamente.

Mientras tanto el doctor Monroe, sin decirme ni una sola palabra, se limitó a escribir como de costumbre un sin fin de cosas en su querida e inseparable libreta al mismo tiempo que me grababa como en cada sesión a la que asistía, como todo un rito.

—Remontémonos ahora señorita Bell, de ser posible, a cuando tuvo su segunda recaída. ¿Cómo pasó? Quiero decir… ¿A qué se debió esto? Pues, hacía poco que acababa de reponerse de la anterior, y vaya, que le había costado bastante el haberlo conseguido.

—Así es doctor, tiene usted toda la razón. Permítame contarle por qué fue tan fácil caer de nuevo y cómo milagrosamente también pude salir sin haberme suicidado primero en aquel tiempo. Al cumplir los dieciocho y diecinueve años, mis hermanos fueron mandados a estudiar fuera, al extranjero, por capricho de Sofía, ya que a mi padre lo ascendieron de puesto y ganaba un poco más de dinero. Sofía se llevó con ella también a Johnny para que le hiciera compañía y no se aburriera allá sola, pues siempre se han llevado de maravilla, ya que son tal para cual; pero a mí ni siquiera me mencionó, ya que nunca nos

que para mí desgracia, yo fui la única que permanecí ahí en la casa, y le serví como paño de lágrimas a mi madre, ya que mis padres nunca se han llevado muy bien que digamos. Son como el agua y el aceite, y desde que lo recuerdo ya llevaban muchísimos años durmiendo en camas separadas; pues como le dije, no se soportan el uno al otro. Es más, ahora viven como si fueran solo compañeros de casa, como los estudiantes y lo que no me explico es cómo todavía pueden seguir juntos después de tantos años. No sé, quizá es la costumbre o la conveniencia, pues mi madre dice que por ningún motivo ella se va a ir nunca de esa casa.

—¿Para qué? —dice ella. Para que de buenas a primeras, de pronto, un día llegue otra mujer y se quede con todo lo que es de ella y que le corresponde por ser la señora de esa casa. yo no lo haría, ni mucho menos aguantaría, pues no soportaría estar al lado de una persona como es mi padre, que a cada momento la hace sentir mal. En ocasiones hasta la ridiculiza delante de otra gente para hacerse el gracioso, como es su costumbre. Como se ha de imaginar, sin mis hermanos, todo ese tiempo, el vivir yo ahí sola con mis padres se convirtió en un verdadero infierno. Además, desafortunadamente para mí, a mi madre le llegó también la menopausia y le dio sumamente fuerte, tanto, que sus estados de ánimo eran exageradamente cambiantes. Discutía con mi padre porque no la apoyaba nunca en nada y se gritaban casi todos los días mutuamente, pues cualquier cosa que hacían uno o el otro les molestaba sin razón alguna. También recuerdo todo ese tiempo, que cuando a mi madre le pasó todo eso de la menopausia, lo cual tengo entendido que a algunas personas les da sumamente fuerte; mi padre no la apoyó para nada, ni tampoco le mostró ni una pizca de cariño ni de afecto, sino todo lo contrario. Únicamente le dio la espalda, y al salir del trabajo, por desgracia, lo teníamos ahí metido todo el santo día, ya que se pasaba largas horas ahí encerrado, en su cuarto, viendo la televisión o leyendo.

—¿Sabe?, yo era la acompañante de mi madre e iba con ella para todos lados. Cuando tenía mis tiempos libres en la escuela, yo la llevaba al supermercado, ya que ella nunca ha manejado. Un día que lo intentó tuvo un incidente con mi padre y dejó el auto tan pegado a la

de nosotros, que nos acababa de recoger, y de unos amigos de ellos; y nunca jamás quiso volver a manejar por la humillación. Hasta su licencia había sacado la pobre, la cual tuvo que guardar por el resto de sus días en un cajón. Además, mi mamá es sumamente orgullosa y ya nunca jamás quiso volver a intentarlo. Entonces, yo que sí sabía manejar, de vez en cuando la sacaba para que se despejara un poco cuando la veía un poco triste y me la llevaba a desayunar. Algunas veces íbamos al cine, o simplemente salíamos a caminar por las tardes a la escuela primaria, la cual se encontraba al otro lado de la calle, muy cerca de nuestra casa. Ahí nos poníamos a rezar todos los días el rosario hasta que, créamelo, me lo aprendí sin ver el librito, de memoria. Y cuando terminábamos de rezar era siempre lo mismo y lo mismo, pues empezaba a quejarse conmigo de todo lo que le hacía mi padre, y siempre cargaba con sus pañuelos desechables; pues era todos los días un mar de lágrimas, ahí, a un lado mío.

Con el tiempo, como era de esperarse que pasara, yo absorbí todos los problemas de mi madre y llegué a sentir por mi padre un profundo odio, pues siempre ha sido una persona muy egoísta. Y también, como le dije antes, trataba muy mal a mi madre, no físicamente, pero sí moralmente.

Durante meses y meses seguí en la misma situación, ya que por las noches cuando ya quería descansar de todo mi ajetreado día, parecía hecho adrede, pero ocurría exactamente todo lo contrario; pues como comprenderá, al estar mi padre todo el santo día en su recámara acostado sin hacer absolutamente nada de provecho más que mirar la televisión, por las noches se le iba por completo el sueño. Así que se levantaba muy fresco y descansado a altas horas de la madrugada y se ponía a cocinar. ¡Hágame usted el favor! ¡A cocinar! Y a hacer toda clase de ruidos, sin importarle siquiera si mi madre o yo dormíamos o no. Claro, al terminar regresaba cómodamente a su recámara y encendía de nuevo la televisión a todo volumen, sin tener siquiera un poco de consideración hacia mi persona, pues yo era la que dormía pegada a un lado de su recámara. Mi madre, afortunadamente dormía un poco más lejos, hasta la última recámara de la casa, aparte de que también se ponía sus tapones para los oídos, cosa que a mí no me fun-

con mis tapones todavía escuchaba algo de ruido. Para mí estaba prohibidísimo meterme a la habitación de alguno de mis hermanos, que intencionadamente habían cerrado con llave la puerta antes de irse al extranjero para que yo no pudiera meterme ningún día, según ellos, a esculcar sus cosas durante su ausencia; cosa que nunca jamás hubiera hecho de todos modos, pues nunca he sido una persona maleducada como lo son ellos. ¿Sabe?, la casa en realidad no era muy grande, y aunque las recámaras y demás espacios eran muy amplios, aun así se escuchaban todos los ruidos que cualquiera de nosotros hiciéramos ahí dentro.

Con el tiempo, esta situación llegó totalmente a desesperarme, pues ya llevaba varios meses sin poder dormir muy bien, y entre el colegio; las tareas; proyectos escolares y demás ocupaciones, poco a poco comencé a enfermar de los nervios. Y por tanto estrés que venía cargando desde hace ya largo tiempo, escuchando y viendo todos los problemas que tenían mis padres y lo mal que ambos se trataban mutuamente, me desmoroné y exploté ya sin ningún remedio. ¡Los odio! ¡De verdad que los odio a los dos! Me repetía una y otra vez, a la vez que me cortaba la piel con lo que fuera para expresar de alguna manera mi frustración y dolor por no poder salir de allí y huir de esa casa. También recuerdo haber escrito algunas cartas expresando todo el coraje que sentía hacia ellos, y recuerdo haber escrito también algo así que decía: OJALÁ SE MUERAN PRONTO. Únicamente pensaba en la mente que sucediera, pues de eso a que yo los matara y me convirtiera en una asesina había un mundo de diferencia.

Al poco tiempo, como supuse exploté, y los ataques de ansiedad y el insomnio por la noche se hicieron cada vez más y más frecuentes, así que me dije a mí misma una de esas largas e interminables noches: ¡No Dios mío! ¡Otra vez no! Así que como no estaba dispuesta a pasar una vez más por ese infierno, comencé de nuevo con mis ejercicios de respiración cuando sentía que estaba a punto de estallar por uno de mis ataques de ansiedad. Otras veces simplemente lloraba y lloraba por largo tiempo, hasta que lograba calmarme de nuevo un poco; sin darme cuenta que cada vez que lo hacía, esto me afectaba más y más, pues era como un círculo interminable. Al hacerlo, esto agudizaba

mi cabeza y al sentirme así, tan deprimida día con día, me hizo tomar la decisión de querer marcharme de ahí; de ese infierno que estaba viviendo al estar ahí, en esa casa. Así que me mudé a unos cuartos que rentaban muy baratos junto con una amiga que se animó a irse a vivir conmigo.

Ferdinand, para ayudarme un poco con todo esto y por lo que estaba pasando en esos momentos, pues veía que sufría mucho y no veía en mí mucha mejoría, me llevaba a escondidas al teatro de la ciudad. Nos metíamos ambos por una rejita trasera que nos llevaba exactamente por debajo del teatro y ahí, podíamos escuchar perfectamente cada hermosa pieza que tocaban de la orquesta que se presentaba ese día. Y ahí nos quedábamos recargados uno al otro por un par de horas, pues Ferdinand sabía lo mucho que me encantaba la música clásica, en especial el violín. Y ahí, como le dije antes, permanecíamos por largo tiempo hasta que el concierto terminaba, pues ninguno de los dos teníamos el suficiente dinero para comprar un par de boletos tan caros, y mucho menos vestimentas elegantes como para sentarnos a ver cómodamente la función en vivo.

Así es como empecé a dar mis clases de inglés a tantos niños, para poder pagar la renta del departamentito y también mis gastos personales, pues la escuela me la pagaba mi padre, y supongo que era lo mínimo que podía hacer por mí, pues el daño moral ya estaba hecho desde hacía mucho tiempo.

Poco a poco, y gracias a que ya no vivía con mis padres, se fueron calmando de nuevo mis nervios, y con la ayuda de Ferdinand y mis ganas de seguir adelante ante la vida, fue que pude salir de eso adelante. Pero, créame que estar en ese estado de ansiedad y depresión, es algo así como sentir la muerte rondando muy cerca de usted, esperando a que esa persona se rinda y tire la toalla de una vez por todas para poder llevárselo con ella.

—¡Guau! ¡Increíble señorita Bell! Permítame decirle una vez más que el salir de esa casa fue lo mejor que pudo haber hecho, sin embargo, estando ya fuera de ella, no me explico cómo es que volvió a recaer; pero bueno, supongo que de eso hablaremos en nuestra próxima cita, si le parece, porque el tiempo se nos acaba de terminar de nuevo.

hecho de haberme escuchado, pues aparte de Ferdinand no tenía a nadie más que lo hiciera.

—De nada, señorita Bell. Cuídese mucho por favor, y nos vemos si Dios quiere en la próxima cita.

—¡Adiós! —me despedí de nuevo del doctor levantando mi mano mientras caminaba a lo lejos, rumbo a la puerta.

CAPITULO X

Obra pintoresca

Al salir de ahí, me apuré para regresar de nuevo a la casa, donde había acondicionado un pequeño espacio y lo convertí en un pequeño tallercito, ya que ahí me dedicaba a pintar o a hacer algunas esculturas que ocasionalmente exponíamos para los demás en la escuela de arte. Además, algunas veces participábamos en concursos nacionales, y ahora teníamos que apurarnos, pues estaba muy próximo el concurso de esculturas y pinturas locales en el que yo me había ya inscrito, y por esta ocasión también participaría en ambos.

—¡Dios mío! —me dije—, ya queda tan poco tiempo… Y todavía no tengo ni la menor idea de que es lo que voy a hacer. Pensé por un momento, pues ahora mismo me encontraba saturada con tanto trabajo, agregándole a eso también todas las obligaciones que tenía en mi escuela, pues ya era el último semestre que cursaba de mi carrera y ahora más que nunca tenía que ponerle todas las ganas del mundo. Ya se encontraba oscureciendo de nuevo, así que se me ocurrió salir al jardincito trasero de la casa llevándome conmigo, como de costumbre, una taza de té *Chai* con leche de soya, pues amaba toda clase de tés, en especial los de flores, ya que me ayudaban siempre a mantenerme tranquila y relajada. Después de algún que otro sorbito, pues todavía se encontraba muy caliente, decidí recostarme en el pasto, colocando primero una cobijita encima para que no me fuera a causar

en completo silencio por unos minutos. Después, me puse a meditar cerrando los ojos para ver si podía concentrarme un poco, cosa que siempre me parecía muy difícil. Aun así lo intenté, y al cabo de un pequeño rato por fin pude lograrlo. Mi mente, de pronto, se puso completamente en blanco y así permanecí, por increíble que parezca, un tiempo que no fue muy largo, pero sí el suficiente para que llegara como caída del cielo una lluvia de fantásticas y originales ideas, por no querer decir más bien que eran un poco locas.

—¡Sí! ¡Eso es lo que haré! —grité emocionadísima al tener al fin una idea clara de que es lo que iba a hacer en el concurso.

¡Gracias Dios! —le dije a nuestro señor Jesucristo, mientras volteaba a ver el cielo al mismo tiempo que lo señalaba apuntándolo con mi mano y le cerraba un ojo como muestra de mi agradecimiento. Entonces, me levanté inmediatamente y me dirigí a mi tallercito, en donde tomé unas cuantas hojas y empecé a dibujar algunos bosquejos para no perder la idea de lo que recién se me había ocurrido.

Después de un buen rato de estar dibujando y dibujando, al fin pude plasmar en una hoja el borrador de lo que sería mi gran obra de arte.

—¡Sí! —me dije totalmente convencida, y luego me dirigí a la cocina a comer cualquier cosa, lo que fuera, pues ya era cercana la media noche y todavía no había probado ningún solo bocado.

—¡Válgame Dios! ¡Ya es tardísimo! —exclamé al ver la hora en el reloj del microondas y opté mejor por tomar tan solo un vaso de leche tibia acompañándolo con dos tabletas de mi medicina. Nunca he sido buena en tragarlas y pasarlas por mi garganta, así que, con gran esfuerzo pude pasar la primera; y con la segunda por poco me ahogo yo misma, pues sentí como de pronto se me quedó atorada por dos segundos en mi garganta. Así que de nuevo tomé un sorbo gigante del vaso con leche tibia que tenía ahí, todavía enfrente de mí, y sentí como esta me raspó por completo ahí dentro. Y luego, simplemente pasó, salvándome de tremendo susto que me había dado de ahogarme.

—¡Santo cielo! ¡Por poco y me muero! —me dije riendo un poco, y pensé que al día siguiente la partiría en dos partes iguales o, mejor aún, las molería, con un gran martillo, dejándolas hechas polvillo. Me

y estando ahí, en unos cuantos segundos me quedé profundamente dormida, pues me sentía realmente agotada.

Esa noche, en comparación con las demás, no soñé absolutamente nada, cosa que casi nunca sucedía; de tal modo que por la mañana amanecí completamente relajada, como si hubiera dormido por un mes seguido.

—¡Guau! —me dije restirando mis brazos cómodamente, todavía dentro de mi cama.

—Pero qué bien me siento —pensé, y luego me levanté a desayunar bastante, pues el día anterior casi no lo había hecho y cuando terminé tranquilamente mi deliciosísimo desayuno, lavé rápidamente los pocos platos que tenía y luego, simplemente me senté por ahí, a un lado de la estancia en el suelo y restiré muy despacio mis piernas para poder ver jugar a mi gatito juguetón *Silvestre*. Podía hacerlo todos los días, a todas horas, ya que me encantaba verlo jugar con sus juguetitos de animalitos y en su casita de tres pisos con agujeros por todos lados para que pudiera moverse muy cómodamente. Después de eso y de relajarme bastante me dirigí a mi taller, donde comencé a dar pincelazos por aquí y por allá sobre el gran lienzo que ahí tenía enfrente. Y ahí continué encerrada por casi todo el fin de semana y un par de semanas más por las noches, y también continué en mis ratos libres quitando o agregando algunas cosas más, haciendo además una mezcla perfecta de fantásticos colores, hasta que quedé completamente satisfecha con mi trabajo y ya no le hice ni un solo cambio más.

—¡Ya está! —me dije, quedándome ahí, todavía un buen rato contemplando mi obra. Después, únicamente la cubrí para que no le cayera nada de polvo y nada ni nadie fuera a dañarla hasta que llegara el día de presentarla; primero con mi maestra, para que me diera su punto de vista artístico; y luego, y si estaba ella de acuerdo, pues yo siempre he sido su alumna predilecta, después, quizás se expondría junto con todos los demás, hasta esperar el veredicto final del jurado.

Además de trabajar largas horas en mi obra, también esas semanas me puse a ayudar a Ferdinand un poco por las tardes en uno de sus pendientes que tenía, pues hacía ya tres años que se había graduado en la escuela de leyes, la cual se encontraba curiosamente casi al lado

tábamos en la enorme biblioteca que daba cabida a todas las demás escuelas, y allí, yo le ayudaba a subrayar con marca textos algunas fechas de llamadas que se repetían en miles y miles de hojas o a escribir algunos datos importantes en la computadora, pues estaba trabajando ayudando a otros abogados en un caso importante y esto le ayudaba a tener un poco más de experiencia para irse formando más y más en el fascinante mundo del derecho.

Después de un buen rato de seguir trabajando en ese caso, ambos nos encontrábamos ya sumamente agotados, así que Ferdinand me invitó a cenar a un restaurante sencillo pero muy agradable y nos subimos a su auto antiguo, el cual, por cierto, me dijo que ya pronto iba a cambiar por un modelo más reciente, pues le estaba yendo muy bien en este despacho donde estaba trabajando en este momento.

—Algún día, Mimí —me dijo tiernamente—, te invitaré a los mejores restaurantes del mundo, ya lo verás. —me dijo muy lindo y seguro de sí mismo, luciendo sinceramente muy guapo de traje, pues debido a su trabajo tenía que hacerlo siempre, pero sin embargo, ese corte de cabello que traía y su cutis un poco maltratado, lleno de espinillas, sinceramente no le favorecían mucho. Aun así y con sus pequeños defectos, yo lo quería muchísimo, pues era *mi Ferdinand,* mi hermano del alma, mi media naranja. Y así, tal cual, y aunque no fuera el chico más popular de la escuela, yo lo quería muchísimo.

—No te preocupes —le contesté—. Ya sabes que a mi nada de esas cosas me interesan, solo el estar contigo y disfrutar de tu compañía, es todo lo que yo necesito en mi vida.

—Gracias, Mimí —me dijo—. Ya sabes que yo también te quiero muchísimo. —y luego tomó mi mano moviéndola un poco juguetón para todos lados, supongo por un poco de nervios. Después me guiñó uno de sus enormes y hermosos ojos negros, con esas largas pestañas que tenía y que darían envidia a cualquier mujer.

Ya en el pequeño restaurante, estuvimos hablando por horas como siempre lo hacíamos. Luego, me ofreció un par de veces probar un poco de su comida y yo de la mía, pues así tanta era la confianza que ambos nos teníamos y después, yo solo le acercaba a su boca una de las papas francesas que tenía en mi plato, y para cuando Ferdi-

quitado y me la había comido, dejándolo ahí con la boca abierta, a lo cual, únicamente solo refunfuñaba y me hacía un poco de cosquillas para poder desquitarse de mis ocurrentes travesuras.

—¡Para! ¡Ya para! Que vamos a tirar algo en el piso —le dije todavía con alguna que otra carcajada en mi cara.

—¡Pues, tú empezaste tramposa! ¡Aguanta entonces! —me dijo, y después de un rato más de estar divirtiendonos y hablando en ese lugar, simplemente nos marchamos y nos subimos al coche en el que me llevó de nuevo a mi casa y ahí, nos despedimos.

—Gracias por todo, Mimí.

—Gracias a ti por ser tan único.

Y luego, simplemente me nació y le di un beso en la mejilla, por lo que Ferdinand se quedó un poco sorprendido. Luego salí del auto y me dirigí a mi casa, donde me metí y me fui a mi taller para darle los últimos toques a mi obra, pues al día siguiente íbamos ya a exponerlo y quería que este quedara perfecto, cosa que me llevó un poco más de tiempo, pues me quedé un poco más de la media noche trabajando. Luego me fui a dormir y a descansar un poco, pues muy temprano me tenía que levantar, ya que un camioncito que nos proporcionaba la maestra, con chofer y todo, pasaría por cada uno de nosotros ese día a recogernos debido a que mi pintura, al igual que otras, eran bastante grandes y no cabían en cualquier automóvil común y corriente, pues podían dañarse muy fácilmente.

—Muchas gracias, Frederick —le dije al chofer cuando hubo subido mi pintura.

—No hay de que señorita Bell, y mucha suerte con su obra.

—Muchas gracias —le contesté.

—Espero que a los jueces también les guste, Frederick.

—Así será señorita, así será —me dijo.

—Eso espero, pues créame que le he dedicado casi toda mi vida y mi tiempo.

—Ya lo verá que sí, pues déjeme decirle que usted siempre ha sido una de mis favoritas o más bien la única, señorita Bell.

—Gracias por sus ánimos y buenos deseos Frederick, esperemos que así sea —le contesté de nuevo.

seo de artes plásticas de la ciudad, en donde se expondrían todas las obras de los participantes locales y una a una las fueron bajando y las fueron acomodando en el gran salón, donde llegó corriendo para luego colocarse a mi lado, nuestra maestra de artes plásticas y pintura, la señora y master Lupita Giles.

—¡Ay Dios mío! Qué bueno que ya llegaron, me tenían sumamente preocupada y tu obra era ya la única que nos faltaba Miranda.

—No se preocupe más, maestra —le dije—, ¡aquí estamos ya!

Después, la maestra le pidió a Frederick que la colocara en un lugar muy especial que ella había guardado únicamente para mí y Frederick así lo hizo, ya que ahí era el único espacio grande donde todo el mundo la iba a apreciar mejor e iba a estar estratégicamente a la vista de todos.

Al terminar Frederick de colocarla tal cual como la maestra se lo había indicado, la señora Giles me pidió destapar la pintura, pues se moría de ganas, al igual que Frederick, de mirar mi gran obra de arte.

—¡Apúrate linda! —me dijo al mismo tiempo que me ayudaba a quitarle delicadamente la envoltura a mi gran pintura. Después de haberlo hecho y tras una larga pausa de silencio, el rostro de la señora Giles palideció a tal grado que los papeles y carpetas que llevaba en sus manos los dejo caer y se llevó ambas manos a la boca como una muestra de completo asombro.

—¡No puede ser esto posible Miranda! Pero ¡qué belleza! —murmuró, y luego se acercó un poco más para observar mi obra detalladamente, centímetro a centímetro, apreciando maravillada el juego de colores que había hecho en ella; pero sobre todo se encontraba sorprendida por la luz que proyectaba mi pintura, como si realmente esa luz estuviera saliendo de ella.

—¡Maravilloso mi niña! —me dijo entusiasmada.

—¡No podía esperar menos de ti! —terminó diciendo, y de pronto, unos segundos después de seguir admirando mi obra, unas cuantas lágrimas comenzaron a correrle por sus mejillas y se dejó caer encima de una silla, como si no tuviera las mínimas fuerzas ni ganas de permanecer en pie. Después, rompió el silencio diciéndome las siguientes palabras:

pero siento desde que te conocí, hace ya muchísimo tiempo por cierto, que me has superado en todos los sentidos, ¿sabes?

Yo, al escucharla decir esas palabras, simplemente traté de interrumpirla para hacerle saber mi sentir, pero la maestra no me lo permitió y luego, continuó hablando pausadamente, como era su costumbre.

—¿Sabes Miranda? Desde la primera vez que te conocí supe que eras una persona muy, pero muy especial, pero sobre todo muy diferente a las demás personas, ya que siempre he sabido que tienes dentro de ti una gran sensibilidad; como pocos artistas llegan a tener en este hermoso y mágico mundo.

Para serte sincera desde un principio, sentí que tú eras la única que no necesitaba que yo le enseñara nada, quizás un poco de dirección, pero nada más, pues tus obras siempre se han expresado como si hablaran por si solas. Sin embargo, con esta, realmente me he quedado muda, y estoy completamente segura que tú vas a ganar y te vas a llevar el merecido premio de mil dólares a tu casa.

—Quién sabe —le dije a mi maestra. Pues aquí se encuentran ahora los mejores de los mejores.

—¡Y tú eres una de ellos linda! —me dijo como siempre amablemente mi querida maestra de artes, y luego agregó lo siguiente:

—Si tú lo deseas Miranda, me encantaría que a partir de mañana me ayudaras también como maestra, aquí, en la universidad, y no como una estudiante más; aunque, sinceramente siento que la que me enseña más a mí eres tú y no viceversa. Y la verdad es que me encantaría que lo hicieras y quien sabe, quizás más delante si llegas a sentir que es el momento oportuno para poder despegar tú sola, créeme que yo te apoyaré en todo lo que pueda querida.

—Mil gracias señora Giles.

—Por el momento, no creo que sea posible y me da muchísima pena tener que decírselo, pues ahora me encuentro saturada de trabajo, pero quizás más delante sí pueda hacerlo, y créame que lo tomaré muy en cuenta. Se lo prometo… —volví a decirle a mi maestra, pues ya todo el mundo se encontraba listo para que diera inicio el tan esperado evento.

y alguna que otra interrupción del público, como era de esperarse la hija del gobernador ganó, mostrando por ello mi maestra una cara de completa indignación en su rostro. Casi llorando se acercó a mí y me dio un gran abrazo por la gran injusticia que se acababa de cometer. Aun así, mi obra fue peleada por muchos postores, siendo la única obra que se subastó entre varios elegantes señores y fue la obra más cara vendida entre todas las que se habían expuesto ese día.

Ese dinero lo recibí como caído del cielo y al día siguiente Ferdinand me acompañó al banco para abrir mi propia cuenta y poder ahorrar ese dinero, además de lo que recibiría de ahora en adelante por mis murales y clases, pues afortunadamente me estaba yendo muy bien y supuse que quizás un día podría disponer de él para algo urgente e importante.

—¡Felicidades Mimí! ¡Estoy muy orgulloso de ti! —me dijo Fer.

—Gracias amigo mío, pues eres el único que me ha felicitado, ya que ni mis padres ni mis hermanos me han llamado siquiera para preguntarme como me fue en la exposición y estoy segura que sí se lo comenté la última vez que nos vimos.

—No te preocupes Mimí. Ya sabes cómo son ellos y además, a mí siempre me tendrás, eso tenlo por seguro —me dijo Ferdinand, y luego, simplemente me abrazó rodeándome con un solo brazo y me dio un pequeño beso arriba de mi cabeza.

—Anda, ven —le dije.

—Te invito ir a comer a donde tú quieras —insistí.

—¿A dónde yo quiera? —me preguntó con un poco de picardía, como si estuviera tramando algo, pues conocía mejor que nadie esa mirada traviesa cuando estaba a punto de hacer alguna travesura.

—Sí, insistí de nuevo. A donde tú quieras —reafirmé lo que le dije antes a Ferdinand, pues de alguna manera quería corresponderle el gran apoyo que siempre me brindaba.

—Está bien Mimí, invítame al *Grand Palace* —me dijo con un poco de burla.

—¿Qué? ¡Tampoco abuses! —le contesté, pues era uno de los restaurantes más caros y más selectos y mi presupuesto tampoco daba para tanto.

—Sí, ya me di cuenta —le dije—, yo también estaba bromeando.

—Vayamos solo a comer comida japonesa —propuso Ferdinand.

—¡Excelente! —le contesté, pues él sabía lo mucho que me encantaba el sushi y a donde fuimos nos atacamos como niños de hospicio de todo el sushi que ahí había.

—¡Ay, me duele el estómago! —le dije.

—También a mi Mimí, mejor ya vámonos por ahí a caminar para poder bajar un poco estos estómagos llenos, ¿te parece bien?

—¡Sí, ya vámonos! —le contesté a Fer.

Y luego nos dirigimos a un hermoso parque donde nos bajamos y caminamos haciéndonos un montón de bromas, como mojarnos o aventarnos cosas, como siempre lo hacíamos. Después de un buen rato de estar caminando por ahí, nos sentamos en una banca para poder descansar un poco, y estando ya ahí, observamos a un montón de parejitas que se encontraban a nuestro alrededor, y todos se abrazaban y se besaban. Y fue entonces que Fer me miró a los ojos, supongo un poco inspirado por los demás. Así que yo comencé a sentirme un poco incómoda, y sin saber qué hacer, mejor opté por levantarme muy rápidamente y lo jalé a él también conmigo y le comenté que mejor me llevara a casa, pues tenía muchísimas cosas por hacer todavía. Sin embargo, muy dentro de mí, y sin querer reconocerlo, empezaba a sentir algo que nunca antes había sentido por Ferdinand, así que mejor traté de negar ese sentimiento, hasta que después de un rato esto se me olvidó por completo.

—¡Adiós latoso!

—Te veo luego, y otra vez ¡gracias por todo! —le grité a Fer desde la puerta de mi casa y la cerré dando un pequeño portazo, pues supongo que Ferdinand comenzaba a ponerme un poco nerviosa.

CAPITULO XI

Recetas del alma

Los días siguieron pasando y de nuevo mi calendario en la pared me hizo recordar que mañana tenía cita de nuevo con el doctor Monroe.

—¡Caramba! Sí que se pasa muy rápido la vida —me dije, y enseguida me recosté un rato en la estancia a ver una película antigua para hacer un poco de tiempo antes de irme a dormir definitivamente a mi cama.

Sin embargo, el ruido de la televisión comenzó poco a poco a arrullarme hasta que me quedé sin darme cuenta, ahí en el sofá, profundamente dormida. Esa noche, al igual que la anterior, no me despertó ninguna horrible pesadilla, ni tampoco me vino a la mente ningún recuerdo amargo de los muchos que tuve en la niñez. No sé si esto se debía al medicamento que estaba tomando en ese momento, pero gracias al cielo parecía que estaba funcionando. Tampoco me dolía ya casi nada la cabeza, pues el dolor que tuve por meses fue tan espantoso…

Al despertarme por la mañana pude darme cuenta de que ahí había permanecido durante toda la noche, en el sofá, y que además la televisión la había dejado toda la noche prendida. No me gustó para nada y exclamé: —¡Demonios! —Pues tenía que economizar un poco, así que me levanté y me acerqué rápidamente al televisor a apagarlo y luego le dije a mi gato *Silvestre* lo siguiente: —¡Ya veremos el recibo

una mirada de incertidumbre.

Ese día, tenía que hacer otro de mis murales con un cliente, pues últimamente me había vuelto muy solicitada y tenía muchísimos trabajos pendientes. Me apuré para alistarme de nuevo y cuando hube terminado de hacerlo, rápidamente me dirigí a la puerta de la entrada de la casa. Luego tomé mis llaves, pero primero me miré en el espejo que ahí había colocado intencionalmente detrás de la puerta para cerciorarme siempre de que no me faltara ninguna prenda de vestir, pues, realmente la última vez que me pasó fue sumamente humillante. Así que me apuré y salí hasta que llegué a un lugar muy grande donde vendían únicamente pinturas, brochas, cenefas y todo lo necesario para la decoración de interiores y también de exteriores, y me hice de lo necesario colocándolo en un carrito del súper y me dirigí rápidamente a pagar mi material, pues el tiempo pasaba rapidísimo y ya casi era la hora de mi consulta con el doctor Monroe.

Cuando al fin hube guardado todo lo que compré en mi *cajuela*, en un dos por tres me encontré de nuevo en el consultorio del doctor Monroe e inexplicablemente me sentí tan bien ahí como pocas veces me había sentido antes; ya que me sentía demasiado cómoda conmigo misma, como si ya nos conociéramos de años, pues siempre que hablaba con él, no sé por qué, me sentía muy segura y protegida a su lado, ya que durante todo este tiempo que habíamos convivido y pasado juntos, le tenía cada vez más y más confianza, cosa que nunca jamás había conseguido con mi familia, y de hecho, ahora que lo pensaba, ya veía al doctor Monroe como a una especie de padre.

Después de saludarlo e instalarme como todas las veces anteriores en el sofá o silla de los acusados, el doctor Monroe yendo directamente al grano me preguntó sin titubeos lo siguiente:

—Señorita Bell —, me pregunto si hay algo de usted, no sé, quizás en su forma de ser o incluso algo de su aspecto físico que le desagrade. Piense por favor, si pudiera cambiarlo, ¿qué sería?

Al escuchar la pregunta del doctor Monroe, supongo que me sacó al principio un poco de onda, así que le dije que no había nada de mi físico que me molestara o que quisiera cambiar, quizás nada más que me hubiera gustado haber sido un poco más alta, pero eso era todo. Y en cuanto

era demasiado exigente conmigo misma y quizás un poco perfeccionista.

—Pero no es mi culpa doctor —le respondí para tratar de justificarme un poco. Fue mi madre la que desde muy pequeña me exigió serlo —le contesté al doctor Monroe esperando alguna otra pregunta.

—¿Cómo está eso, señorita Bell? Explíquese un poco más si es tan amable —me preguntó el doctor un poco intrigado, pues sabía que de aquí iba a sacar bastante información importante para guardarlo en mi expediente. Y luego, guardó silencio por completo para que yo pudiera empezar a relatarle más de mi vida, y eso fue lo que hice.

Así que, me transporté en el tiempo y viajé hasta uno de los muchos momentos desagradables que tuve con mi madre y que tanto había odiado. De pronto me vi ahí, con un delantal puesto en la cocina, lavando montañas y montañas de platos que no sé, por cierto, si era por ser la mayor, pero a mí siempre me tocaba hacer el trabajo más pesado y la verdad es que ya estaba un poco harta de ser siempre yo la que lo hacía. Pero, lo que más odiaba todavía, era el momento en que mi madre se acercaba para revisar meticulosamente uno por uno los platos para ver cómo lo había hecho. Y ¿sabe?, bastaba nada más un solo vaso o un cubierto que no le pareciera que estuviera bien lavado para que ella volviera a sacar todos los trastos del escurridor y los colocara de nuevo a un lado de mí, en el fregador, para que yo volviera a lavarlos de nuevo.

—¡Increíble! —exclamó sorprendido el doctor Monroe.

—Lo mismo pasaba con la ropa que me ponía todos los días, pues si salía al parque a jugar o llegaba con el uniforme sucio de la escuela, inmediatamente me tenía que quitar la prenda que estaba sucia y tenía que lavarla de inmediato; algunas veces hasta con blanqueador, el cual ya odiaban mis manos, hasta que quedara de nuevo mi ropa completamente impecable.

—No sé si esto mi madre lo hacía porque mi ropa, la mayoría de las veces se la pasaba casi toda a mi hermana, o le encantaba, siempre, de alguna manera, desquitarse conmigo por su amargura y frustración, pues se notaba que no era feliz a lado de mi padre.

No quiero ni siquiera mencionarle cómo debían estar acomodadas cada una de las prendas de vestir que yo usaba, pues las blusas debían

si no estaban acomodadas también por colores! Tal era el grado de perfección que aplicaba mi madre conmigo a todo lo que yo hacía, que ya por inercia lo aplicaba yo también en mi trabajo, pues acomodaba cada uno de los libros de los niños con los que trabajaba en orden alfabético y mi lugar de trabajo, al igual que mi armario, donde guardaba toda clase de material, como hojas, crayolas, cartoncillo y pinturas lucían siempre impecables. Tal fue el grado de perfección con el que yo ya contaba, que la directora llegó a decirme que yo era la mejor de todas en cuanto a mi desenvolvimiento ahí, en el trabajo, pues en las evaluaciones de desempeño que nos hacían cada mes yo era la única que sacaba el promedio más alto en comparación con las demás maestras.

—¿Sabe?, el año escolar estaba ya muy pronto para terminar y teníamos todas las maestras y yo que dar una clase de demostración a los padres de los niños para que pudieran darse cuenta de todo lo que habían aprendido ese año. Para esto, déjeme decirle doctor Monroe que realmente me esforcé muchísimo, pues hice demasiado material, muy bonito y muy creativo. Casi uno para cada pregunta que le haría a cada uno de los veintitantos niños multiplicado por tres, porque debíamos hacer tres preguntas para cada uno. Esto hizo que aumentara más el material de trabajo para mi clase muestra.

Esas cuatro semanas de preparación de material, créame que no dormí casi nada, ya que llegué a acostarme todos los días hasta pasada la media noche y de nuevo me tenía que levantar temprano al día siguiente, a las seis de la mañana, para irme a estudiar todos los días. Recuerdo que cuando llegaba de nuevo la noche y yo me ponía a trabajar en el material, ya me sentía muy cansada y fastidiada a esa hora, así que me tomaba alguna que otra cerveza que le robaba a mi padre del refrigerador, el cual no se daba cuenta, pues tenía demasiadas ahí guardadas y todos los días lo surtía.

—¿Para qué se tomaba las cervezas, señorita Bell?

—Pues para relajarme un poco doctor, por tanto estrés, ya que en ocasiones no comía para no perder tiempo y poder terminar todo el material de mi clase muestra, pues tenía que quedar todo *perfecto* y ya quedaba muy poco tiempo para poder terminarlo. ¿Sabe?, me creé una colitis crónica, la cual empeoró cada día más y más gracias a la revoltura de alcohol y café que tomaba, al mismo tiempo para relajarme y mantenerme despierta; así que creé una bomba dentro de mí estómago que al poco tiempo explotó, para ser exactos, al día siguiente de mi clase muestra.

Al terminar la clase, como era de esperarse, cada uno de los padres de familia me felicitó, al igual que los coordinadores, por mi excelentísima clase. Además, me otorgaron un bono extra por el excelente material que había presentado, pues había sido muy original y muy bonito. Sin habérselo comentado, gasté bastante de lo que me pagaban quincenalmente en hacerlo. Afortunadamente, al siguiente día salimos todas las maestras y yo de vacaciones. Y de pronto, estando ahí en mi casa ese día, sin hacer desde hace mucho tiempo nada, empecé a sentirme realmente muy mal, como si sintiera que todo por dentro de mi estómago fuera, por así decirlo, a explotarme.

Sinceramente, de esa vez puedo casi jurarle que no se trataba de ninguna depresión, que aunque los síntomas parecían exactamente los mismos, no lo era. Sin embargo, sí me enfermé de los nervios por el estrés y empecé alarmantemente a bajar de peso, tanto que en un mes llegué a bajar un poco más de diez kilos, llegando casi hasta los huesos. Siempre he sido muy delgada, pero esa vez yo creo que me pasé un poco de los límites, pues mi estómago estaba tan completamente inflamado por dentro y hecho garras que no podía probar más de tres cucharadas de alimento al día. Sinceramente, no podía hacerlo por la inflamación, pues esta no me lo permitía. ¿Sabe?, mi cuerpo y mi mente, por tanto trabajo, realmente se sentían devastados, pero aun así nunca perdí la esperanza y esos casi dos meses que tuve de vacaciones traté de mantenerme ocupada; y me inscribí a algunas clases de relajación por las tardes; y en las mañanas salía a caminar hasta por dos horas para bajar de nuevo mis niveles de ansiedad. Y como se ha de imaginar, sin comer casi nada y con el ejercicio que hacía todos los días, llegué a quedar casi completamente cadavérica, pues mis huesos se podían notar a través de mi ropa. Al volver de regreso a clases, los rasgos de mi cara, como los pómulos y mi nariz sobresalían exageradamente, y ni se digan los huesos de mi espalda y mi cadera, pues

Monroe sonrió un poco por mi estúpido comentario. Poco a poco y una vez más me fui levantando, poniendo todo de mi parte hasta que pude conseguirlo, pero créame que me costó muchísimo, y todo esto con el tiempo solo me ha dejado muchas cicatrices en el alma.

—Esto sucedió no hace mucho, ¿no es así?

—Sí, doctor —le contesté—, uno, dos o tres años quizás —le dije, y luego guardé silencio por un momento, pues de alguna forma habían revivido un poco esos amargos episodios de mi vida por haberme acordado de todo aquello.

—Mmm, ya veo señorita Bell.

—Entonces debo suponer que en ese momento estaba usted saliendo de su tercera depresión, ¿estoy en lo correcto?

—Sí, doctor —le respondí al doctor.

—¿Y a qué se debió entonces esta nueva recaída, señorita Bell? Pues, no hace mucho acaba de salir de la tercera y no puedo comprender, y además me frustra como no tiene una idea, que pase por este sufrimiento de nuevo usted sola.

—Como ya le había comentado antes doctor, yo nunca había tenido novio, pero sí empecé a salir con un chico, de hecho, era uno de los más guapos de la universidad, no de los más populares, pero sí era algo atractivo para muchas de las chicas que estábamos en esa escuela. Y un día, mientras nos encontrábamos en una de las fiestas que organizaban a principios de cada año, y a la cual asistí no sé ni porqué, pues casi nunca lo hago, el chico se acercó y me invitó a bailar. Yo no me lo podía creer, pues nunca alguien tan galán se había fijado antes en mí; bailamos y pasamos juntos casi toda la fiesta, y luego, solo intercambiamos teléfonos. Comenzamos a escribirnos diariamente mensajes, y poco a poco, con sus bellos detalles y palabras bonitas hizo que me enamorara profundamente de él; a tal grado, que nos llegamos a contar cosas demasiado personales que jamás debí haberle contado. Y siempre que lo hacía me preguntaba que si no confiaba en él, y yo le respondía que sí. Así que le conté estúpidamente mis secretos más personales e íntimos, y ahora me arrepiento profundamente de haberlo hecho y no haberlo pensado mejor antes de hacerlo.

es que eso puede saberse

—Bueno —le contesté al doctor con un poco de pena—, como por ejemplo la forma en cómo me gustaría tener relaciones o cosas por el estilo. Y eso fue lo peor que pude haber hecho en mi vida, ya que él solo se quería divertir conmigo y burlarse de mí con sus amigos.

—Ya lo creo que sí, señorita Bell. Pues, supongo que si no lo hacía, usted temía que ese chico ya no la fuera a buscar, ¿verdad? O algo por el estilo, ¿no es así?

—Sí, doctor, precisamente —le contesté al doctor muy avergonzada, pues había dado justo en el clavo.

—Pero el problema no termina ahí, sino todo lo contrario —le dije al doctor.

—Pues, el muy idiota me tenía amenazada con publicar y subir todas nuestras conversaciones, pues, algunas, además de escritas habían sido también grabadas. Y después de eso me forzó a hacer miles de cosas que yo no quería, ya que me trataba muy, muy mal delante de todo el mundo, como si yo fuera su sirvienta, pues todo tenía que hacerle y traerle, y también a sus amigos. Y eso, poco a poco fue destrozándome más y más, al igual que mi corazón, pues era el primer chico del cual me había enamorado como nunca antes en la vida. Y como comprenderá, yo ya no quería asistir más a la escuela, pues al final empecé a negarme a hacer todo lo que él quería. El muy canalla, al ver que yo ya me había revelado y que ya no quería hacer nada de lo que me pedía, al final logró su cometido y publicó nuestras conversaciones íntimas; al igual que otras cosas muy personales en la red, y en una especie como de *chismógrafo* escolar, que era algo así como el periódico de los estudiantes. Ahí se publicaban todo tipo de cosas, hasta de quiénes andaban como pareja de moda, quiénes acababan de romper y todo ese tipo de estúpidas cosas. Y a partir de ahí, toda la escuela se enteró de mi vida personal, y todo el mundo empezó a señalarme y a reírse de mí siempre que pasaba a un lado de ellos, haciéndome todo tipo de humillantes comentarios y *bullying*; cosa que no aguanté ni un minuto más. Así que opté por cambiarme a otra universidad, que es en la que me encuentro ahora; que por cierto, no es tan buena como lo era la otra, pero logré que me revalidaran las

casi a lado en la que está mi mejor amigo Ferdinand, que es la única persona en la cual le puedo decir que sí confío ciegamente, y estoy segura que nunca jamás me daría la espalda, y que además, nunca se ha apartado de mi lado cuando lo he necesitado tantas veces.

—Mucho cuidado, señorita Bell —me advirtió el doctor Monroe. Aprenda de las malas experiencias, que muchas veces para eso nos pasan, para que no volvamos a cometerlas.

—Sí, doctor —le respondí al doctor—. No se preocupe, así lo haré; y luego ya no quise comentarle nada más, por lo que guardé silencio por unos segundos esperando a que él me dijera algo más, pues por mi parte ya todo estaba dicho.

—Habiendo escuchado todo esto señorita Bell, le voy a dejar de tarea el siguiente ejercicio que va a tener que repetir todos los días apenas se levante de su cama. ¿Me escuchó?

—Sí, doctor.

—Muy bien, y dice así:

«1.Yo soy única y original dentro de mi universo y valgo muchísimo, y de ahora en adelante nadie va a venir a decirme lo contrario.

2.Todas las personas que se encuentran a mi alrededor son un eslabón de oro en la cadena de mi bienestar.

3.Día a día en todos sentidos, mejoro y mejoro.»

—Todos los días, todos los días lo hará, recuérdelo, además de que no le llevará más de treinta segundos hacerlo.

—Sí, doctor, le prometo que así lo haré y muchas gracias de nuevo —le contesté al doctor Monroe.

—Nos vemos entonces en dos semanas, señorita Bell.

—Sí, doctor, hasta luego.

Y luego, simplemente salí muy contenta de haber tenido mi consulta con el doctor Monroe. No sé cómo explicar lo siguiente, pero cada vez que salía del consultorio del doctor Monroe me sentía más y más mejorada; era algo así como si hubiera vuelto a nacer. Ya no lloraba a cada minuto como antes, por nada, además de que mi autoestima había subido bastante y me sentía otra persona completamente diferente a la que había llegado a ver al doctor hace unos cuantos meses.

especial y que ya no lucían tristes ni ojerosos como antes, de hecho, ahora podía dormir muchísimo mejor por las noches y estaba segura que muy pronto el doctor me daría de alta y ya no tendría que volver a su consultorio, pero, estaba completamente equivocada.

Unos pocos días después de mi última consulta con el doctor Monroe empecé a trabajar y trabajar muchísimo, pues mis murales, como había mencionado antes, eran hoy en día toda una sensación para mucha gente; y ya hasta se había corrido la voz de mis bellas y originales creaciones, tanto que todo mundo estaba tratando de contactarme para que les hiciera algún diseño en sus casas y poder apartar un día de trabajo conmigo. Incluso, algunos empezaron a pedirme que les pintara algunos cuadros de ellos mismos o de su familia o algunas copias de otras grandes obras, pues llegaron a pedirme hasta una Mona Lisa de Leonardo da Vinci en un estudio, pero con el rostro de esa persona, y fue tan chistoso… pero a la vez muy divertido.

Como dije, de nuevo me empecé a llenar de muchísimo trabajo y, entre las materias de la universidad que me faltaban, las clases de inglés que les daba a los niños por las tardes y mis murales, que me quitaban muchísimo tiempo todos los fines de semana, pues ya había despedido a mi ayudante ya que me salía muy caro pagarle, de nuevo, comencé a estresarme un poco y, ni por el cansancio que sentía de todo el día pude conciliar el sueño por las noches.

Una noche de esas en particular recuerdo que tuve una pesadilla espantosa, ya que en ella me veía, como de costumbre, que era perseguida por uno o varios hombres e íbamos todos a la misma dirección corriendo en el bosque. Sin embargo, en esta ocasión, a diferencia de las otras anteriores sí lograron atraparme y me golpearon tanto… pues fue un golpe tras otro y otro que me dieron, que me dejaron completamente desfigurada de la cara. Y al parecer me habían dejado ahí tirada, como si hubiera estado ya muerta, pues mi cuerpo ya no respondía ni se movía para nada.

No sé cómo explicar lo que me pasó en particular esa noche, pero era como si cada golpe, patada y puñetazo que me dieron esos hombres, lo hubiera sentido yo misma en carne propia, pues de pronto, me desperté de ese terrible sueño dando como siempre un enorme brinco de

por increíble que parezca, que me dolía muchísimo cada centímetro de mi cuerpo. Vaya, no podía ni siquiera dirigirme al baño caminando ni dar un solo paso de lo mucho que me dolía el cuerpo, así que me tuve que arrastrar como pude hasta que llegué ahí, y de igual manera, como pude estiré mi mano desde el suelo para poder así prender la luz del baño. Y luego, solo ahí, me dirigí a rastras hasta el espejo en donde me paré muy lentamente, pues el cuerpo me dolía muchísimo, y ya frente a él me lave la cara para poder refrescarme un poco.

—Pero ¿por qué? —me dije revisando una a una todas las partes de mi cuerpo y al hacerlo, me di cuenta que no tenía absolutamente nada, ni un solo rasguño; vaya, me di cuenta que todo había sido solo un horrible sueño producto de mi imaginación. Y ahora, parecía como si todo lo que soñara se fuera a hacer realidad y me empezó a no gustar para nada la idea, al contrario, comenzó a asustarme. Traté entonces de convencerme de que había sido nada más eso, un estúpido sueño, y que no volvería otra vez a sucederme.

Al día siguiente por la mañana me desperté de nuevo, y al hacerlo me acordé de la espantosa pesadilla que había tenido hace apenas unas cuantas horas, así que me levanté de inmediato y me puse a mover de nuevo, suavemente, cada uno de mis brazos y piernas. Incluso salté un poco en el mismo lugar para cerciorarme de que me encontraba perfectamente bien, pues la golpiza de la noche anterior la había sentido tan, pero tan real, que casi creí por un instante que sí había sucedido. Después de un rato ya no le quise volver a tomar más atención a este asunto, así que me apuré entonces durante el tiempo que me quedaba esa mañana en terminar una tarea que tenía pendiente y que tenía que entregar antes de las doce del mediodía. Y por milagroso que parezca, gracias al cielo pude conseguirlo, y hasta tiempo me sobró para dejar una ropa en la tintorería. Luego recordé que después de entregar mi trabajo me pasaría por casa de mi madre, pues me había invitado, por increíble que parezca, a comer, ya que era mi cumpleaños número veintiséis. Y no podía rechazar su invitación, pues me hizo saber que se había esmerado mucho en preparar para mí la comida.

CAPITULO XII

Tiempos maravillosos

Para ser honestos, dudé un poco en aceptar su invitación o no, pues, me pregunté a mí misma que eso era sumamente extraño, pues casi nunca lo había hecho cuando yo había vivido en esa casa. Y pensé que quizás necesitaba algo de mí y esa era la razón del festejo, total, en poco tiempo lo averiguaría. Además, recordé que la última vez que lo había hecho estuve muy a disgusto, pero luego pensé que de por sí nuestra relación nunca había sido del todo muy buena y si le decía que no quizás podría llegar a sentirse un poco molesta y nos alejaríamos todavía más de lo que ya estábamos ahora, en este momento. Así que me apuré ese día en terminar a tiempo todos los pendientes que ya tenía y, ahí estuve a las dos en punto, pues, como había mencionado antes, mi madre odiaba la impuntualidad y lo menos que quería en ese día era un enojo de su parte que me amargara lo que quedara de mi día.

Para no llegar con las manos vacías compré de paso un vinito tinto y un ramito de flores rojas, pues eran las favoritas de mi madre. Al estar ya ahí la saludé cariñosamente y ella de igual manera a mí, pues hacía ya rato que no nos veíamos. Entonces, me invitó a pasar, y de ahí nos dirigimos a la cocina, en donde también saludé a mi hermana menor y le ayudé a terminar de picar unas verduras que faltaban para la ensalada. Luego, solo nos dirigimos ambas al comedor en donde

hermano, gracias a Dios, habló para avisar que no podría llegar, ya que tenía en puerta otro compromiso primero. Y mi padre, como de costumbre, supongo que no quiso salir de su habitación, pues, seguramente se encontraba mirando en la televisión alguna de sus películas favoritas.

Al terminar de comer la rica comida que mi madre me había preparado, seguimos de inmediato con el postre, el cual siempre acompañábamos con un delicioso café de olla que sabía totalmente diferente a todos los demás. Mi madre lo preparaba siempre para mí, pues sabía lo mucho que me gustaba. De pronto, una inesperada pregunta llegó a mi mente, y se me ocurrió preguntarle algo que quería saber desde hacía ya algo de tiempo; y era: ¿Cómo había sido el día en que yo había nacido? Pues tenía mucha curiosidad, y ahora que lo pensaba un poco, nunca antes se lo había preguntado, por lo cual me contestó lo siguiente:

—Bueno —comenzó hablando con una gran sonrisa—, ese día, recuerdo que ya casi se cumplían los nueve meses marcados en el calendario para que nacieras, sin embargo, ese día te nos adelantaste más o menos unas dos semanas. Yo empecé a tener las contracciones, recuerdo, muy temprano por la mañana, así que de inmediato, tu padre y tu abuela; la cual no llegaste a conocer porque murió un poco después de que tú nacieras; me internaron en el hospital más cercano, y ahí, comenzaron a prepararme dándome una bata y un gorro muy extraño para que me lo pusiera para el parto. Entonces, yo empecé de pronto a sentir mucho miedo por esta nueva y a la vez maravillosa experiencia, pues, eras la primera en nacer de entre tus hermanos y en realidad sí, tardaste un poco, pues me internaron por la mañana y diez horas después, entre que tu padre entraba y salía por los nervios y un sinfín de sucesos inesperados, al fin, naciste pesando dos kilos seiscientos gramos. Y a mí me pareció cuando te miré por primera vez que eras muy pequeñita e indefensa, y que eras la *bebita* más hermosa y tierna de este planeta, así que me prometí entonces a mí misma y al mundo entero que te iba a dar todo mi amor para cuidarte, pues te veías demasiado frágil e indefensa, como todos los bebés de este mundo. Recuerdo bien que no dejabas de llorar mientras te estaban

por primera vez entre mis brazos. ¿Sabes?, desde que fuiste una *bebecita* siempre fuiste una niñita muy tranquila, pues, en comparación con tus hermanos cuando nacieron, tú fuiste la única me permitió dormir más de seis horas seguidas por la noche.

Al escuchar a mi madre hablar de todas esas anécdotas tan bonitas y divertidas, yo solo me solté riendo alguna que otra vez de todo lo que me estaba diciendo, pues nunca antes me lo había contado, y me pareció muy lindo de su parte que compartiera esos momentos inolvidables conmigo.

Después de un rato más de seguir hablando y estar conviviendo con ellas, mi madre se levantó de la mesa y se dirigió al gabinete en donde sacó de uno de los cajones un pequeño obsequio que tenía para mí, el cual me dio muy entusiasmada en las manos. Luego, esperó ahí un rato sentada a que yo lo abriera. Al verlo y después de haber retirado la envoltura de papel, solo le grité que estaba hermoso, pues me había regalado un estuche nuevo con brochas y pinturas de varios tamaños, ya que sabía que en ese momento las estaba usando mucho.

—¡Muchas gracias mamá! —le dije—, ¡qué detalle! De verdad, no te hubieras molestado.

—Por favor hija, ni lo digas, que no es molestia. Y ya sabes que puedes venir a esta casa cuantas veces quieras —me dijo sinceramente, como casi nunca lo había hecho en su vida conmigo, y luego pensé que quizás era por sentirse sumamente culpable por todo lo que me había hecho el tiempo que viví en esa casa. Aun así y dejando a un lado el orgullo, pues estaba dispuesta a perdonarla, ya que nunca he sido una persona rencorosa ni vengativa, la abracé agradecida, y de igual manera, le hice saber que la comida y el postre habían quedado deliciosos.

Justo cuando me estaba despidiendo en la puerta de la entrada de mi madre y de mi hermana, agradeciéndoles por todas sus atenciones, en ese momento mi padre salió de su recámara y se disculpó por no haber salido, pues como lo había supuesto, me dijo que se había quedado de pronto dormido viendo uno de sus programas favoritos.

—Está bien papá, no te preocupes —le dije, pues ya todos estábamos acostumbrados a su manera tan peculiar de ser y solo le di un

mi auto, en donde me puse a pensar por un rato que mi madre no era tan mala persona como parecía, pues solo era un poco perfeccionista y, estaba quizás un poco amargada por la forma de ser de mi padre. También pensé que quizás yo también debía empezar a perdonarla por todas las cosas tan injustas que me hizo de niña, pues supongo, me dije, que todos cometemos errores, al igual que los más sabios. Y luego, me marché de ahí tranquilamente. Después de ahí, y un poco más cansada que otros días, me dirigí a mi casa a descansar como de costumbre, pues no tenía a donde más ir a festejar, y mucho menos nadie más que me festejara. Al llegar ahí, y como había supuesto que pasaría, ya me estaba esperando mi querido amigo Fer, el cual, al verme de lejos llegar, de inmediato salió de su auto y vi que sostenía una pequeña caja en sus manos, la cual, supuse que era para mí, pues nadie más cumplía años ese día.

—Toma, Mimí —me dijo un poco emocionado, pues ni siquiera esperó a que estuviéramos dentro de mí casa y entonces, le pregunté:

— ¿Qué es?

A lo que el de inmediato me contestó:

—¡Pues, ábrelo y ya verás!

Así que para no ser descortés, le quité la envoltura rápidamente al regalo y vi que no era otra cosa más que un bellísimo reloj de mano, pues el mío ya estaba todo viejo y además un poco roto de la correa.

—¡Guau! —le dije a Fer—, ¡está padrísimo!

Y luego, solo le di un beso en la mejilla y lo invité cordialmente a pasar, como siempre lo hacía, a mi casa.

—¿No te apetece ir a cenar conmigo hoy en tu cumpleaños, Mimí? Por supuesto que yo te invito —volvió a insistir, por lo que yo solo le hice saber que no tenía muchas ganas de hacerlo, y le pregunté si prefería que nos quedáramos juntos por esta vez, en mi casa. De inmediato me dijo que sí y, ordenamos entonces una pizza a domicilio y, para terminar con broche de oro el día, solo nos sentamos en la estancia a ver juntos una película y permanecimos muy tranquilos y relajados, como pocas veces lo habíamos hecho cuando estábamos juntos.

Mientras duró la película, Ferdinand y yo estuvimos riéndonos ahí, todo el tiempo, y regresando a cada parte chusca que nos gustaba

acabarse la película, me pareció ver de reojo como si alguien hubiera pasado por una de las recámaras de la casa, y de pronto, empecé a sentir mucho miedo. Inmediatamente le dije a Fer que había alguien más ahí metido con nosotros en la casa, y que se parara a revisar, pues yo no me atrevía a hacerlo por nada del mundo.

—¡Fer! Me pareció ver pasar a alguien en una de las recámaras —le comenté a mi amigo en voz muy bajita para que no me escuchara nadie, si es que había alguien ahí además de nosotros, metido en mi casa.

—¿Estás segura Mimí? —me preguntó un poco preocupado Ferdinand, pues todo el tiempo que estuvimos allí, él no había visto ni escuchado absolutamente nada.

—A ver, espérame aquí —me dijo, y se acercó muy lentamente sin hacer ruido a la cocina, de donde tomó un filoso y gran cuchillo de uno de los cajones, por si hubiera alguien ahí y poder defenderse en caso de ser atacado por el intruso. Después caminó muy sigilosamente, revisando por dentro cada una de las recámaras, y encendió además las luces. Abrió con cuidado cada uno de los armarios, y también revisó arriba de ellos, pero nada. Enseguida se pasó a los baños y revisó también las regaderas y puertas del mueble para poder quedarnos tranquilos, pero, para mi gran sorpresa, ahí no había nada ni nadie que pudiera poner en peligro nuestras preciadas vidas.

—¿Estás seguro Fer? —le dije todavía con un poco de duda, pues estaba completamente segura de haber visto pasar la sombra de una persona y su silueta claramente por una de las recámaras, para ser más específica, en la mía. Así que no me quedé conforme, e hice revisar a Ferdinand dos o tres veces más la casa y el pequeño patiecito trasero hasta quedarme totalmente convencida de que ahí no había nadie. Sin embargo, en la búsqueda del susodicho, no nos dimos cuenta de que ya era muy tarde, así que me despedí de Fer dándole un gran abrazo y las gracias por el hermoso detalle que había tenido conmigo ese día.

—Nunca olvides Fer, que tú eres para mí el mejor regalo que la vida me ha dado. Gracias por existir y estar conmigo, a mi lado —terminé diciéndole, y luego, simplemente lo acompañé a la puerta, donde Fer me dio un fuerte abrazo y me dijo que me quería mucho.

—Y yo también a ti —le dije.

Aunque me quedé mirando unos segundos en la puerta de la entrada a ver que en realidad ahí no había nada. Supuse que quizás lo había imaginado todo, pues estaba sumamente agotada y me estaba durmiendo por el cansancio, así que ya, sin pensarlo tanto, me dirigí tranquilamente a mi recámara y me coloqué de nuevo mi delicioso pijama. Rápidamente me acosté y me quedé dormida en un dos por tres sobre mi cama, sin embargo, y no sé por qué, esa noche no pude dormir muy bien. Sentí que me moví muchísimo, además de que me levanté unas cuantas veces, sumamente temerosa, pues me pareció haber visto de nuevo la misma silueta que había visto antes, y al final, opté mejor por dejar la luz encendida toda la noche, por lo que no pude dormir igual.

Por la mañana, simplemente amanecí envuelta en todas las sábanas, como si me hubieran dado algunas vueltas en ellas.

—¡Rayos! —me dije al ver todas las otras sabanas y almohadas tiradas por todos lados, ahí, en el suelo. Después las recogí, dejando, como de costumbre, mi casa completamente limpia, y luego me dirigí a la escuela de artes a tomar otra de las materias que me faltaban para ya poder por fin graduarme y obtener, ahora sí, mi tan esperado título.

CAPITULO XIII

Espejo surreal

Estando ahí dentro del salón, el maestro se puso a dictarnos largas planas aburridas y muy complicadas de entender, por lo que el tiempo se me hizo eterno. Una de mis compañeras, que me parecía muy simpática y de las pocas que no me hacía el feo, se acercó y me comentó que ya no aguantaba más sus dedos; pues si seguíamos escribiendo así de rápido, seguramente no tardaría en salirle un cayo. A lo cual, yo simplemente me sonreí y le dije que estaba a punto de pasarme lo mismo.

En una de esas, cuando todos nos encontrábamos muy callados y concentrados porque estábamos escribiendo, de pronto sentí una brisa muy fuerte muy cerca de mí, como la que se siente cuando alguien pasa corriendo o muy rápido muy cerca a tu lado. Y entonces levanté la mirada para ver de quién se trataba, pero no vi a nadie en ese momento que estuviera por algún motivo levantado. De igual modo, me di cuenta que las ventanas estaban cerradas y el aire acondicionado también, al igual que el abanico del techo; todos estaban apagados, pues era muy temprano todavía y ese día había amanecido muy fresco.

—¡Qué extraño! —pensé.

Pues estaba casi segura de que alguien había pasado a lado mío y me había rozado, además de que se me movieron algunos de mis cabellos.

presté más atención al asunto, hasta que por fin sonó el timbre de salida y nos dirigimos todos a comer algo a la cafetería.

Como usualmente lo hacía, yo me senté sola en una de las mesas traseras, pues ¿quién querría sentarse a comer con alguien tan extraña y tan rara como yo? Como todo mundo me decía, pero la verdad, en el fondo eso no me importaba para nada, pues yo iba a lo que iba, que en este caso era a estudiar, y de ahí, a diferencia de los demás que se retiraban a sus casas a descansar o a hacer sus tareas, yo me iba todavía a trabajar; ya fuera dando las clases o adelantándole a mis murales. Y ya por la noche, alzaba un poco mi casa o le adelantaba a mis trabajos y demás pendientes de la universidad, y luego, ya me iba a dormir a mi cama.

Como lo mencione antes, ese día, mientras me encontraba en el salón, en donde daba clases de inglés a los niños de primaria, había uno en particular que era demasiado fastidioso y se mantenía molestando a todos los demás. Se estaban volviendo muy frecuentes las veces que le estaba llamando la atención, pues cuando no les estaba jalando el cabello a las niñas, les metía el pie a los niños para que se cayeran o simplemente me contestaba y no obedecía a nada de lo que yo le pedía, como por ejemplo, sentarse correctamente y poner atención a la clase, o algo tan sencillo como sacarle punta al lápiz donde se encontraba el bote de la basura. Pero no, intencionalmente seguía haciendo todo esto para llevarme la contraria y ya me estaba, ahora sí, fastidiando por completo. Afortunadamente para mí y para todos, pues a nadie le simpatizaba ese niño tan grosero, Daniel faltó ese día, haciéndonos sentir como pocos días, mucho más tranquilos y menos tensos, pues siempre nos estresábamos demasiado con su presencia, pero ese día en particular sin él, se nos pasó sumamente rápido.

—¡Ay maestra! —me comentó una de las niñas de la clase—.

¡Qué bueno que no asistió Daniel hoy! ¿Sabe?, a nadie le cae bien —insistió.

—Si supieras que a mí tampoco —pensé para mis adentros.

—Ojalá ya no vuelva —concluyó, y luego me dio un pequeño abrazo de despedida; se retiró rápidamente para irse a jugar al recreo y justo a la salida de la puerta me gritó desde afuera lo siguiente:

¡Es una de mis favoritas! —me dijo, y luego se dirigió al patio. Yo también me despedí de ella levantándole mi mano de lejos.

—¡Que linda niña! —pensé por un instante. Qué bueno que le gusta mi clase, pues así me dan ganas de seguir haciendo esta labor. Y es que en realidad yo daba mis clases de inglés demasiado divertidas, pues tenía muchísima imaginación y demasiada creatividad, hasta cuando presentaba el nuevo vocabulario de la semana. Les hacía correr por todo el salón tocando los dibujos con los matamoscas, y entre muchos juegos más, como tirar la pelota en el aro de básquet cuando respondían correctamente o darles simplemente a la salida una bolita de chicle de mi chiclera gigante como premio a los que mejor se habían portado. Era lo que más les encantaba de la clase, aparte de que aprendían siempre jugando y nunca les parecía aburrida la introducción de un nuevo idioma. Así que, terminando, me acerqué al pizarrón, en donde también hoy trabajamos bastante y sacudí el borrador por fuera de la ventana procurando que no me viera nadie. Al terminar de hacerlo, lo coloqué, ya muy limpio, de nuevo sobre el borde del pizarrón y al llegar a mi escritorio noté que alguien me había dejado un pequeño trébol recién cortado y lo había colocado encima de uno de mis libros que se encontraban sobre el escritorio.

—¡Pero que hermoso detalle! —exclamé sorprendida—, seguramente ya han de haber notado que yo tengo uno tatuado aquí, en mi brazo, y fue por eso que me lo dejaron aquí encima, pensando quizás que de verdad me gustan mucho, y ¡así era! Así que lo tomé delicadamente y lo guardé cuidadosamente dentro de mi bolsa para que no fuera a maltratarse y, luego pensé que llegando a casa lo iba a guardar dentro de uno de mis libros hasta que se secara para guardarlo de recuerdo.

—Seguramente fue Natalie —pensé—, pues ella fue la única que se acercó hasta mi escritorio y vino a darme un fuerte abrazo.

Y luego, solo me reí un poco y pensé que mañana mismo le agradecería su hermoso gesto. Después, solo salí de ahí llevando todas mis cosas al coche para guardarlas de nuevo.

—¡Cielos! —pensé—, ¡qué cansada estoy hoy! —me dije mientras entraba a mi casa, y decidí tomarme un buen baño con agua fres-

tener otro examen y no había estudiado casi nada. Estaba un poquito preocupada por este motivo.

—Calma, Miranda —me dije—, todavía tienes tiempo.

Así que corrí rápidamente a la cocina, donde me preparé un simple sándwich con un vaso de leche fría con chocolate y me dirigí a mi recámara colocándolo en el escritorio. Me lo fui comiendo poco a poco, a la vez que trataba de memorizar un pedazo del texto, y luego otro, y después uno más, hasta que, de pronto, me encontré cabeceando enfrente del libro y, entonces pensé:

—¡Ya no puedo más! Me voy a retirar y me voy a ir a dormir a mi cama. Total —me dije—, ya me aprendí casi todo y este pequeño pedazo que me faltó leer…, me levanto mañana muy temprano a estudiarlo y me lo aprendo de volada. Así que sin poder estar ya ni un minuto más despierta, pues tenía muy pocas horas para dormir esa noche por lo tarde que me había quedado estudiando. Salté de un brinco enorme hasta mi cama y apagué las luces, sintiendo los pasitos de mi gatito en la sobrecama, el cual se acurrucó luego a un ladito de mí, como siempre lo hacía, y en pocos minutos ambos nos quedamos profundamente dormidos.

No sé cuánto tiempo habrá pasado, pero yo caí como un tronco, y así hubiera podido haber seguido hasta el día siguiente seguramente, si no hubiera sido por el tremendo frío que empecé a sentir y el cual hizo que me despertara, pues por un momento fue inaguantable.

—¡Caramba! ¡Cuánto frío está haciendo! —me dije, y luego caí en que estaba finalizando el verano y no era invierno, pues parecía que lo era, ya que estaba respirando humo frío por la nariz y por la boca. Entonces, me levanté a cerrar la ventana dentro de mi recámara, que para mi sorpresa, noté que estaba completamente cerrada cuando me acerqué. Y entonces pensé:

—¡Que extraño! Y luego me acerqué a ver el aparato del aire acondicionado, el cual recordé que había puesto muy bajito, y al revisarlo me di cuenta que así seguía todavía. Entonces pensé: Quizás me estoy enfermando, así que me toqué inmediatamente la frente para ver si no tenía calentura y efectivamente no la tenía; vaya, ni siquiera sentía el cuerpo cortado, así que me volví de nuevo a mi riquísima cama para

allá del cuello. Estando ahí, noté que por más que trataba no podía dormir del frío que estaba haciendo, pues por mi boca y por mi nariz continuaba saliendo aire fresco, y de pronto, como si estuviera soñando, escuché que alguien repetía mi nombre como quejándose desde muy lejos.

—¡Miranda! ¡Miranda! —me pareció escuchar de nuevo.

Y antes de que me levantara, pues pensé que quizás alguien me estaba llamando por fuera de la casa, vi correr a *Silvestre* como si estuviera completamente asustado. Y ahora sí, me levanté de la cama pegando un enorme brinco y corrí inmediatamente a prender las luces para ver quien más estaba ahí conmigo, pero nada, no había nadie más. Así que para cerciorarme y quedarme de nuevo tranquila, me puse a buscar en cada rincón de la casa, como ahora muy a menudo lo estaba haciendo, y me convencí entonces de que ahí no había nadie más que mi alma y mi gato miedoso. Me dirigí a la cocina a tomar un vaso con leche tibia para ver si podía conciliar el sueño de nuevo, pues, veces anteriores ya me había funcionado, y de ahí, por ultimo me pasé al baño, para no tener que levantarme otra vez de nuevo.

—¿Por qué Dios mío? —me lo pregunté una y otra vez.

¿Por qué otra vez, ahora que me estaba sintiendo mucho mejor? Pues ¿qué es lo que me está pasando? ¡No lo entiendo!

¡Demonios! —me lo seguí repitiendo una y otra vez mientras me secaba la cara, pues estaba segura que nada de esto era real y que todo era solo producto de mi imaginación, pues ya me encontraba por decirlo así, un poco harta de lo mismo todas las noches, y más ahora que al fin estaba mostrando un poco de mejoría. Sin embargo, y antes de que dijera o pensara cualquier otra cosa, me miré de nuevo al espejo, pero ahora sí me llevé un enorme susto, ya que al hacerlo, mi rostro reflejado en él lució completamente desfigurado. Y además, me corría sangre por la nariz y por una enorme cortada que traía abierta en la frente, sin contar todo lo manchada que se encontraba la ropa. Un grito espeluznante salió de mi interior al verme contemplada de esa manera en el espejo y de inmediato me retiré de ahí dando unos cuantos pasos hacia atrás, pues no podía creer lo que estaba viendo. De pronto, choqué con una de las paredes del baño, entonces, instin-

rodillas en dirección a mi pecho. Luego, simplemente cargué mi cabeza en ellas, sin poder ni siquiera entender que era lo que me estaba pasando en ese momento.

—¿Pero qué es lo que me está pasando ahora, Dios mío? ¿Acaso me estoy volviendo loca? —pensé por un momento.

Primero, siento la golpiza de la otra noche un cien por ciento y ahora, ¿también esto? Quizás mi madre y mis hermanos tienen toda la razón y siempre la han tenido y yo simplemente no quiero darme cuenta de ello. Por eso es que nadie me quiere ni se acercan nunca a mí. Pues, ¿quién sabe qué cosas extrañas haré inconscientemente? Y por tal motivo alejo a todos de mi lado.

Seguramente estoy poseída, o maldita, o no sé qué demonios es lo que me está ocurriendo. La próxima vez que vea al doctor Monroe le comentaré todo lo que me ha estado ocurriendo, porque ya no lo soporto más. Además, le pediré que me recete el doble de la medicina. Quizás eso es lo que ha estado pasando, que necesito una dosis más fuerte para calmar mis nervios y esta que me está dando ahora no está haciéndome efecto del todo.

Entre esa y mil cosas más, me quedé ahí un rato más pensando y cuando de nuevo empecé a sentirme un poco cansada de seguir ahí sentada en el suelo, me levanté poco a poco y me acerqué muy lentamente al espejo, dando pequeños pasos, hasta que estuve ahí, de frente. Y sinceramente, tenía un poco de pánico por volver a mirarme en ese espejo, pero supuse que tenía que hacerlo para poder así vencer mis miedos y poder superarlo. Así que me armé de valor por un instante y respiré profundamente, una, o quizás dos veces más, y luego cerré mis ojos por el temor de volverme a ver como hace un rato lo había hecho. Entonces, empecé a abrirlos muy despacito hasta que estuvieron completamente abiertos y para mi gran sorpresa, un gran respiro de alivio salió de mí al mirarme de nuevo completamente normal. Entonces, apagué rápidamente la luz del baño y me dirigí como una zombi hasta mi cama, pues me encontraba y me sentía muy desvelada. Me metí en ella y me cubrí con las sabanas hasta arriba de la cabeza del miedo que tenía. Pero, en esta ocasión dejé encendida una pequeña lamparita que estaba conectada en el enchufe, pues tenía

volvería a hacerlo, o al menos hasta que mis nervios se calmaran de nuevo y tomara la medicina que estaba segura me iba a dar el doctor Monroe para calmarme por completo.

—¡*Silvestre*! —grité a mi gatito para que durmiera conmigo y me hiciera un poco de compañía, pero no obtuve ningún resultado positivo.

—¡Gato cobarde! ¿Dónde estás? —seguí llamándolo, pero nunca apareció. Así lo dejé, pues no estaba dispuesta a ir a buscarlo yo sola, pues temía que me saliera ahora un fantasma o algo por el estilo, así que traté de dormir un poco y después de un rato, lo pude conseguir.

CAPITULO XIV

Rumbo al examen

La mañana, para mi desgracia llegó muy pronto, pues escuché sonar el despertador, que me despertó sin yo quererlo todavía; así que me levanté muy forzadamente y como pude, muy lentamente, me preparé para irme a la escuela. Tenía muchísimo sueño y me puse solo unos jeans, camiseta y una cachucha. No tomé tampoco ningún desayuno; así que me fui casi a rastras a presentar el examen que tenía hoy en la universidad y, como pude, traté de mantener mis ojos abiertos para no chocar en el camino.

—¡Demonios! —me dije un poco molesta, pues me acordé que no había estudiado el último párrafo, que también era importante y que el maestro nos había recalcado que debíamos estudiar porque iba a venir en el examen.

—¡Rayos! —seguí refunfuñando—, a ver cómo me va. Ojalá se le haya olvidado al maestro incluirlo —volví a decírmelo tratando de darme un poco de ánimo.

Al llegar ya casi a la universidad, manejando como si estuviera en una carrera de fórmula uno, no me percaté, quizás por lo dormida que iba, que el último semáforo que faltaba para llegar había cambiado rápidamente de verde a rojo, ya que me había inclinado a abrir la guantera para guardar unos lentes de sol que ahí había dejado, en el asiento del copiloto. Y no quería que nadie me los robara, ya que me

a mis trabajos, podía darme de vez en cuando algún que otro lujo y comprarme lo que yo quisiera. Así que, justo en el momento en que enfoqué la mirada de nuevo al frente para seguir mi camino, me di cuenta que me había pasado el semáforo en rojo, y también, que del otro lado venía un tráiler a toda velocidad. Y estaba, nada más ni nada menos, a escasos metros de pegarme con todo por un lado de mi pequeño auto. Yo no sé cómo lo hice, o si Dios me ayudó un poco desde arriba, el caso es que pisé hasta el fondo el acelerador y logré esquivarlo, al igual que algún que otro carro que tenía ahí enfrente.

Después del susto, como pude me orillé en la primera calle que tuve ahí cerca y me quedé en shock por un rato, sin poder tampoco moverme. Mi pulso y mi respiración se encontraban todavía muy acelerados, y si antes había estado un poco dormida, con este susto ya estaba completamente despierta para mi examen. Así que, me bajé del auto, miré mi reloj de reojo y vi que ya era un poco tarde para llegar a mi prueba. Me fui corriendo apurada a la escuela, pues ya no podía hacerlo manejando. Luego, de pronto llegué al estacionamiento que estaba tan solo a una cuadra de donde me había estacionado y llegué hasta el salón, donde ya todo el mundo se encontraba contestando su examen.

—Buenas noches, señorita Bell —me saludó un poco sarcástico mi maestro, el gordito.

Si supiera que no fueron para nada buenas… —me dije a mi misma, para mis adentros.

—Llega tarde, como de costumbre. ¿Ya se dio cuenta?

—Sí, sí, maestro. Ya lo sé, usted disculpe, solo le pido por favor que me deje contestar la prueba. ¿Sí? Mire no sé si se lo creerá, pero justamente a una sola cuadra antes de llegar aquí, casi choco con un…

—Ya, ya entendí señorita Bell —me cortó maleducadamente mientras yo hablaba, y siguió con su sarcasmo diciéndome lo siguiente:

—O lo que queda de él.

Pues ya quedaba muy poco tiempo para que entregaran los demás el examen.

—Está bien, pero apúrese —me dijo, teniendo un poco de compasión hacia mí. Y para que vea que soy muy considerado, pues usted es

cuarto de hora más para que pueda terminar su examen.

—¡No! ¿Por qué? —gritó algún que otro metiche en desacuerdo, y yo, solo sonreí al maestro tomando mi examen muy contenta. Luego me senté en mi asiento mucho más tranquila para contestarlo.

Desafortunadamente y como me temía, el dichoso párrafo que el maestro había dicho que iba a incluir sí venía hasta el final y no pude contestar casi nada, pues ni siquiera una sola leída le había dado. Entonces, respondí al azar las preguntas para ver si tenía un poquito de suerte cuando me calificaran.

Los minutos siguieron avanzando y todos mis compañeros habían terminado cuando el profesor Nicholson me indicó que el tiempo había terminado. Pero, aun así me sentí un poco confiada, pues había contestado, a mi parecer, las tres cuartas partes del examen con éxito, y al ser promediado con los otros que ya nos había puesto antes, quizás eso iba a ser suficiente para poder aprobar el semestre tranquilamente.

—Muchísimas gracias, profesor Nicholson. Créame que no fue mi intención llegar tarde hoy. ¡Se lo juro!

—No se preocupe, señorita Bell, la creo. Y mucha suerte, por cierto —me respondió muy amablemente el maestro. Con este detalle tan bonito que había tenido conmigo, cambió la idea errónea que tenía de él de ser una persona dura y además muy prepotente. Y a partir de ese momento, creo que empezó a convertirse en uno de mis maestros favoritos.

—¡Fiu! —me dije—, ¡qué alivio!

—¡Casi no salgo de esta! —pensé, y no solo por el examen, sino también por lo que me había ocurrido antes allí afuera, en la calle.

CAPITULO XV

Deslumbramientos persistentes

—Dios mío, casi me muero —pensé, y luego volteé a ver en mi reloj la hora, notando que todavía me faltaba mucho tiempo para mi consulta ese día con el doctor Monroe. No me importó y me dirigí hacia allá sin comer mi desayuno ni mi comida, pues, la consulta era hasta la tarde. Pero, como dije antes, eso no me importó y lo único que quería es que ya fuera la hora para tener mi consulta con el doctor, pues me encontraba ya sumamente desesperada y quería ser yo la primera que atendiera el doctor en ese día. Así que con más razón me fui desde temprano para hablar con la secretaria para que me permitiera a mí entrar primero que los demás pacientes, pues era algo muy urgente lo que tenía que tratar con el doctor Monroe.

Una vez más, la hora de mi consulta con el doctor Monroe llegó, y no sé por qué, a diferencia de las otras veces, ese día en especial me pareció eterna esa espera. Cada segundo que pasaba ansiaba con muchísimas ganas estar ahí, ya dentro con el doctor, para poder contarle todo lo que me había sucedido durante estas dos interminables semanas. Mientras esperaba ahí sentada a que la secretaria del doctor me llamara para poder entrar al consultorio me paré, yo creo, unas cinco veces a fumar un cigarrillo cerca de la puerta para no molestar a las personas que se encontraban ahí dentro, cosa que nunca jamás antes había hecho. Y tampoco dejé de mover mi travieso pie cuando

ante esta situación, que ya se me estaba saliendo de las manos y que además, ya no podía controlar.

—Pase, señorita Bell —me indicó con la mano amablemente la señorita.

Así que rápidamente apagué mi cigarrillo y me dirigí al consultorio sintiendo muy en el fondo dentro de mí un gran alivio al hacerlo.

—¿Qué tal, señorita Bell? ¿Cómo le ha ido todo este tiempo? —me preguntó muy entusiasmado el doctor cuando apenas me escuchó entrar. Y mientras, se puso a guardar unos papeles en un archivero que se encontraba ahí al fondo, pues la última vez que nos habíamos visto había notado en mí una gran mejoría. Pero luego, al voltear, en su rostro se desvaneció esa grande y hermosa sonrisa que pocas veces mostraba; pues, al verme frente a frente y contemplar mi rostro y mis ojeras, que me llegaban seguramente hasta debajo de mis mejillas; al igual que mi vestimenta y lo descuidado de mi persona, le dijeron sin lugar a dudas todo por lo que había pasado estos días.

—No muy bien, doctor —le dije.

—Nada más míreme, me encuentro hecha añicos, pero sobre todo me siento muy ansiosa y muy nerviosa. Y ¿sabe?, ¡creo que ahora sí me estoy volviendo completamente loca! —le dije, y continué hablando:

—Ahora sí, ya no sé qué va a ser de mí —le volví a contestar al doctor a punto de romper en llanto, pues me encontraba sumamente sensible y en especial, no sé por qué, ese día, ya que lo único que deseaba era solo un poco de consuelo y que alguien me abrazara y me dijera que todo iba a salir muy bien y que no me preocupara por nada.

—A ver, señorita Bell. Usted tranquila, que para eso estoy yo aquí, para ayudarla, ¿recuerda?

—Sí, doctor —le contesté al mismo tiempo que tomaba uno de los pañuelos desechables de la caja, pues estaba a punto de llorar. Y ahora sí, el doctor comenzó a invadirme con su repertorio de preguntas para poder entenderme un poco mejor y comprender también el porqué de mi inesperada recaída.

—Cuénteme el motivo de por qué se encuentra así hoy, o últimamente, y cuando empezó a sentirse así, pues la última vez que nos

día a darle de alta —me comentó el doctor un poco desmotivado al verme en ese terrible estado.

—Ya lo sé doctor, ni me lo diga. Me siento muy mal por eso, ya que yo también me encontraba muy entusiasmada desde la última vez que lo vi. Pero ¿sabe?, esto que ahora siento es algo que no puedo controlar, que está ya fuera de mi alcance. Y necesito que me ayude pronto, porque si no lo hace creo que voy a explotar por dentro. Y ahora sí, no sé si podré soportarlo —le dije al doctor, como tratando de decirle que ahora sí podría llegar al suicidio.

El doctor, muy comprensivo, al verme supongo en este estado tan crítico, se paró por esta vez de su escritorio y en esta ocasión no me hizo acostarme en el mismo sillón de siempre, sino que me invitó a sentarme a otro lugarcito, ahí mismo, dentro de su oficina. Esta, era como una pequeña estancia donde se encontraban, entre otras cosas, una grabadora, la cual encendió para grabar la conversación que habíamos dejado pendiente hace apenas unos cuantos segundos. Y sin darme cuenta, también encendió la cámara para filmar mi comportamiento, pues me encontraba como pocas veces, demasiado nerviosa y desconcertada, pero eso no lo noté hasta después; pues como dije, me encontraba en ese momento hecha un completo manojo de nervios.

—A ver, señorita Bell, dígame: ¿Desde cuándo volvió a sentirse así? O, ¿cuál fue el detonante para que explotara de nuevo de esa manera tan inesperada? Cuéntemelo todo por favor —me dijo el doctor Monroe, y luego guardó silencio para que yo comenzara a contarle lo sucedido.

—Como le había mencionado ya hace mucho tiempo atrás, la noche de ayer, como muchas otras antes, soñé que alguien; o más bien varios sujetos, me perseguían en un lugar que al parecer era un bosque. Y no sé si además recuerda, que antes de que pudieran atraparme siempre me despertaba por la desesperación que sentía, como si lo estuviera viviendo en carne propia. Pero esta última vez que volví a soñarlo fue completamente diferente, ya que estas personas sí lograron atraparme. Y ¿sabe?, además me dieron una tremenda golpiza. Me invadieron con golpes y puñetazos en la cara, pero lo peor no termina ahí.

—No, señor —le contesté—, pues cada golpe que me dieron lo sentí en carne propia, tan real y tan vívido, que al momento de despertarme, se lo juro por Dios Santo, que no me pude mover por el dolor que sentía en todo mi cuerpo y traté por todos los medios de llegar al baño. Y créame que cuando lo hice, tardé una eternidad en poder llegar ahí, pues como le dije, realmente sentí esa paliza como si realmente me la hubieran dado.

—El rostro..., el rostro de la personas de su sueño. ¿Pudo verlos de cerca? ¿Quiénes eran, señorita Bell? —me preguntó el doctor un poco intrigado.

—¿Sabe?, en esta ocasión sí pude verles las caras a algunos de ellos, pero créame que son personas que nunca antes había visto en mi vida —volví a decirle al doctor, y luego permanecí callada para ver si tenía algo que decirme al respecto.

—Mmm…, bueno, con esto que ahora me dice y por lo que he estudiado en la interpretación de sueños, solo puedo decirle que cuando soñamos con alguien que nos persigue o algo que nos da miedo, este tipo de sueños se suelen dar en gente joven o en ocasiones en las que están pasando por alguna situación difícil, emocionalmente hablando. La mayoría de estos sueños quieren decirnos que es la hora de comenzar a buscar nuestro destino y que no estamos preparados para dejar atrás determinados elementos. Soñar con una huida sin más, quiere decir que le gustaría escapar de algún problema que tiene pendiente en su vida, algo que no quiere afrontar. Y si en el sueño logra escapar, tendrá salud y felicidad en la vida real, pues su suerte comenzará a cambiar para bien y se renovará en todos los sentidos.

—Pues sí —le dije un poco desmotivada al doctor Monroe—. Desafortunadamente, a mí sí lograron atraparme. Y a ver, dígame, ¿eso qué quiere decir? ¿Que de ahora en adelante a mí me va a ir de la fregada? ¿O qué?

—Por supuesto que no, señorita Bell, para eso estoy yo aquí, para ayudarla. Y como le dije antes, empezaremos a cambiar ciertos elementos en su vida que la irán ayudando poco a poco a mejorar, como ya lo había hecho antes, ya lo verá — me dijo el doctor para animarme un poco y luego me pidió que siguiera relatándole todo acerca de mis sueños.

me da miedo irme a dormir por temor a soñar en algo peor, como zombis o fantasmas. Y no quiero ni siquiera pensar en abrir mis ojos después de soñar con ellos y que estén ahí, a un lado mío, esperando a que me despierte para hacerme daño, ¿verdad? Como aquel día en que sentí de verdad la tremenda golpiza.

El doctor, después de escucharme solo se mantuvo serio y calmado, como era su costumbre.

—Por supuesto que eso no va a pasa,r señorita Bell, pues usted y yo sabemos que nada de eso existe. Y cada vez que sueñe algo así, de esa naturaleza, se lo tiene que repetir una y otra vez a usted misma, que nada de eso es real, hasta que convenza a su mente de lo que usted le está pidiendo. ¿Está bien?

—Sí, doctor, le contesté. Pero en el fondo no me encontraba completamente convencida de eso.

—¿Qué más, señorita Bell?

—¿Qué otra cosa le ha sucedido que la tiene así de nerviosa y en ese estado tan cambiante?

—Bueno, ya antes le había hablado de la gran amistad que tengo con un chico, el cual, además, considero como a un hermano. Muy seguido salimos o nos juntamos en mi casa, ya sea a cenar o a ver películas. Y por cierto, la última vez que lo hicimos, vi pasar una sombra de lo que parecía ser una silueta de una persona varias veces, dentro de mi recámara, que está conectada justamente a la estancia. Le dije a Ferdinand que fuera inmediatamente y se acercara con mucho cuidado para ver de quien se trataba, pues yo temía que fuera un ladrón, pero nada, una vez más no había ahí nadie. Vaya, revisamos la casa unas dos o tres veces más antes de que se fuera para poder quedarme en paz, ¡pero fue imposible!

—¿Por qué, señorita Bell? ¿Por qué fue imposible si acaba de decirme que ahí no había absolutamente nadie?

—Bueno, pues porque en la madrugada, con el reflejo de la luz de la luna entrando por mi ventana, vi pasar repetidas veces a esa misma persona que estaba caminando como si nada dentro de mí cuarto. Y también mencionó mi nombre unas dos o tres veces, no lo recuerdo bien. El caso es que me asustó demasiado y me levanté inmediata-

éxito de encontrar ahí a alguien, en mi recámara.

—Mmm… —se limitó a decir el doctor Monroe, y ya no dijo nada.

—¡Y nada más es esto, señor! —lo interrumpí antes de que dijera algo más, pues me sentía muy inspirada, y no quería olvidar ni un solo detalle de todo lo que me estaba sucediendo en ese preciso momento.

—Continúe, por favor —me respondió con la amabilidad que lo caracterizaba el doctor Monroe, y yo seguí hablando.

—¿Sabe?, últimamente, cuando me encuentro sentada tranquilamente en mi lugar de trabajo dentro del salón de clases, siento como si alguien pasara caminando muy cerca de mí, pues puedo sentir la brisa que se hace cuando alguien más lo hace. Pero, justo en el momento de levantar mi vista para ver de quien se trata, me doy cuenta de que ahí no hay absolutamente nadie, y eso comienza a confundirme quizás un poco.

—¿Está usted segura, señorita Bell, que no es la brisa que entra traviesa por alguna de las ventanas, o quizás el ventilador o abanico del techo en su salón, el que produce ese efecto?

—No señor, estoy completamente segura. Ni siquiera se mueven las cortinas por ninguna brisa, ni las ventanas se encuentran abiertas, vaya, si así fuera, las hojas de mi cuaderno se moverían, al igual que mi cabello. Y créame, me siento justamente en una esquina donde no llega ni siquiera el olor del perfume tan horrendo que usa el profesor Nicholson. Pero eso no es todo, ¿sabe?

—¿Ah, no? —me contestó sorprendido el doctor Monroe, pues parecía que ya había escuchado lo suficiente.

—No, señor —le contesté, y seguí relatándole la última parte de la historia.

—Continúe por favor, señorita Bell, que ya no la interrumpo.

—Además de todo esto —le dije, pero ahora un poco desesperada y con lágrimas en los ojos al doctor.

—Hace un par de días, al igual que las noches anteriores, me desperté por lo intenso de mis pesadillas y al hacerlo, en una ocasión me dirigí al baño para refrescarme un poco la cara, para ver si así podía volver a la realidad de nuevo y, ¿sabe? Al contemplarme de nuevo en el espejo, me vi a mí misma con la cara completamente desfigurada y

hacia atrás y luego me senté en el suelo por un buen rato, pues no podía permanecer ni un segundo más parada, ya que me encontraba en shock. Y ahí permanecí hasta que pude calmarme de nuevo.

El doctor, mientras me escuchaba apuntaba y apuntaba un montón de cosas en su libreta, y en una de las ocasiones noté algo en su mirada que no me gustó para nada, aparte de la preocupación que se sentía por mí al estar contándole todo esto.

—Como comprenderá llevo días sin poder dormir y esto me está afectando tanto en mi desempeño en la universidad como en mi trabajo. Y la verdad, no sé si podré continuar así. Por tal motivo le pido, no, más bien le suplico que me dé algo más fuerte para poder superarlo y sentirme mejor lo más pronto posible, pues siento que ya no aguanto más, se lo juro.

—No se preocupe más, señorita Bell. Por todo lo que he escuchado, esto se puede deber al intenso estrés por el que está pasando en este momento, pero no se preocupe. Ya lo verá, encontraremos una solución a todo esto para que vuelva a encontrar la paz y tranquilidad de la que hace poco estaba gozando. ¿Le parece bien, señorita Bell?

—Sí, doctor —le contesté al doctor todavía un poco afligida, y luego, este siguió hablando del tema:

—No quiero que por ningún motivo se angustie por todo esto que le está sucediendo, pues solo se hace daño a usted misma. Solo le pido que tenga un poco de fe y paciencia. Juntos intentaremos comprender lo que está sucediendo y encontraremos una solución a su problema, ya lo verá.

—Por lo pronto, le voy a recetar estos calmantes aparte de sus medicinas y por favor, si de nuevo vuelve a pasar por estos episodios tan incómodos, no dude en hablarme inmediatamente. No quiero que vaya a perder los estribos y cometa una tontería, pues, es lo que menos deseo para usted en este momento, ¿está bien, señorita Bell?

—Sí, doctor, se lo prometo —le contesté ya un poco más tranquila. Y como de costumbre me despedí de él con la mano y salí limpiándome un poco la cara, pues sabía que había gente ahí sentada esperando a ser atendida por mi ahora muy querido y dulce doctor Monroe.

taria mientras me entregaba una tarjetita con la fecha de mi próxima cita para que no fuera a olvidarla.

—Muchas gracias —le respondí a la vez que noté en su mirada como si sintiera por mí un poco de pena.

—¡Caramba! —me dije—, ¿tan mal me veré? Volví a repetírmelo a la vez que salía de ahí para dirigirme de nuevo a mi auto, donde permanecí por unos cuantos segundos y ya ahí, un poco más calmada, tomé las llaves para encender el auto y como por inercia volteé a ver el retrovisor para cerciorarme de que no hubiera nadie ahí sentado conmigo en el asiento trasero del auto. Cuando lo hice y no vi a nadie más ahí sentado, sentí dentro de mí un gran alivio, y ahora sí, me dirigí un poco más tranquila rumbo a mi casa.

Sin embargo, dentro de su consultorio y antes de que alguien más entrara para verlo, el doctor Monroe, al salir yo de ahí, se quedó un par de minutos un poco reflexivo y pensativo leyendo todas sus notas y todo lo que había escrito sobre mi caso, pues empezaba a alarmarle un poco todo esto acerca de mí y no se encontraba muy complacido con todo lo que acababa yo de contarle unos cuantos minutos antes.

—Ay, señorita Bell —se dijo a sí mismo en voz baja—, espero que no le esté ocurriendo lo que supongo le está pasando y pueda ayudarle de la mejor manera a superarlo para que no llegue a sufrir mucho. Después, no dijo más nada y pasó a su siguiente paciente, pues tenía una fila larga de personas ahí esperando y seguramente iba a salir hasta muy tarde, como lo hacía casi todas las noches.

CAPITULO XVI

Premonición

Con el paso de los días, me fui convirtiendo en una persona cada vez más desaseada y un poco sucia, pues ya no me bañaba todos los días como antes. Solo lo hacía de vez en cuando por las mañanas, por el gran temor de que fuera a aparecerse de nuevo la figura que veía pasar de vez en cuando por mi ventana. Y de igual manera, ya no me maquillaba ni me arreglaba la cara, pues tenía pánico de ver de nuevo mi rostro desfigurado en el espejo. Así que me peinaba solo con una cola de caballo todos los días, teniendo como peine únicamente los mismísimos dedos de las manos. Así era feliz, y no me importaba lo que pensara de mí la gente.

Mis ojeras, por supuesto, eran cada vez más y más negras y al único que veía realmente preocupado por todo esto era a mi querido amigo Ferdinand, que insistía en que le contara que era lo que me estaba sucediendo. Al cual, aún y con su insistencia, no quise contarle absolutamente nada de lo que me estaba sucediendo, pues temía que al hacerlo, por miedo a mí, o a que se diera cuenta de que estaba completamente loca, él también se alejara como todos los hombres que alguna vez se me habían acercado. Y eso no podría soportarlo, o al menos no en mi Ferdinand. Así que cada vez que nos veíamos, ya fuera en su escuela o en la mía, o cuando iba a mi casa a visitarme y me preguntaba qué es lo que me estaba ocurriendo y por qué me

como podía sus preguntas y luego me despedía de él rápidamente para cortarlo, cosa que lo hacía enojar mucho. Luego, simplemente se iba y yo me metía a la casa dejándolo ahí afuera solo. Yo lo veía alejarse mientras me asomaba cuidadosamente por la ventana para que no me viera. Después, simplemente me sentaba por ahí en un rincón y lloraba por largo tiempo en silencio, pues no tenía a nadie más en este mundo a quien contarle mis penas; y como dije antes, no quería perder a mi Ferdinand, que era lo único preciado que tenía en esta vida.

Al día siguiente, como siempre, tuve mi clase de inglés con los niños, la cual, por cierto, hice bastante divertida como de costumbre. Puse a los niños a dibujar uno a uno las palabras del vocabulario de esa semana para que su equipo adivinara de que palabra se trataba. Y eso los tuvo por un buen rato bastante entretenidos.

Al terminar la clase recordé el hermoso detalle que Natalie había tenido conmigo al dejarme ese espectacular trébol de cuatro hojas sobre mi libro hace unos cuantos días, pues era muy difícil encontrar uno así, tan hermoso, y más siendo de cuatro hojas, pues generalmente son todos de tres. Y entonces, la llamé para que se acercara para darle personalmente las gracias.

—¡Ey, Natalie! —le grité desde mi escritorio.

—Sí, maestra, dígame —me respondió cariñosamente la dulce niña.

—¿Sabes?, solo quería darte las gracias por el hermoso detalle que tuviste conmigo el otro día.

—¿Qué detalle, señorita Bell? —me preguntó un poco dudosa la pequeña niña.

—¿Cómo que cuál? —le contesté un poco confusa.

—El hermoso trébol que me dejaste aquí el otro día encima de mi libro, Natalie —seguí insistente.

—¿Qué trébol, señorita Bell? Usted disculpe. No fui yo, pero prometo para la próxima clase traerle un pequeño obsequio, ya lo verá —me dijo tiernamente Natalie, y luego se retiró tranquilamente dándome un tierno beso en la mejilla.

Al terminar de escucharla, me quedé un poco sorprendida, pues juraba que Natalie lo había hecho, ya que ella había sido la última en

de partir. Y estaba además casi cien por ciento segura de que ese trébol no había estado ahí en ningún momento, ni había visto tampoco a nadie más ahí ponerlo.

Una vez más, como todo lo que me pasaba últimamente, me quedé de nuevo confusa y me dije a mí misma lo que me había dicho el doctor Monroe, que nada de esto era real, solo era producto de mi imaginación y por el gran estrés que estaba pasando seguramente en ese momento.

Por otro lado, el odioso de Daniel seguía como de costumbre molestando a sus compañeros de clase y cuando no les daba un golpe intencionalmente en el codo cuando estaban escribiendo para que rayaran toda la hoja, les sacaba el pie cuando pasaban muy cerca de su pupitre mientras él se encontraba sentado o les aventaba bolitas de papel que mojaba con su saliva con un popote. Y ya nos tenía a todos hartos y muy cansados con su actitud tan insolente. No obstante, ese día la broma me tocó a mí y mientras le pedí a los niños que copiaran un párrafo del pizarrón, que era muy largo por cierto, aproveché y fui al baño de la sala de maestros, pues ya no aguantaba más las ganas de ir a orinar. Al regresar no me di cuenta que ese mocoso fastidioso había puesto algo de pintura, que seguramente había sacado de mi estuche que tenía a un lado de mi escritorio, con la intención de que ensuciara mi bello trasero cuando me sentara. Y eso fue justamente lo que sucedió, pues al llegar y ver que ya todos habían terminado de escribir lo que les había dejado, me senté en mi cómoda silla y le pedí uno a uno que se acercaran para poder revisarles el ejercicio y así lo hicieron. Sin embargo, mientras lo hacían noté en las caras de los niños que se acercaban que me miraban un poco más extraño que de costumbre, e incluso algunos parecían que se querían reír y soltar una carcajada delante de mí, pero no lo hacían y se detenían llevándose la mano a la boca, cosa que me pareció muy extraño. Pero no presté atención a esa tontería y a la única que vi un poco seria, como si quisiera decirme algo, fue a Natalie, pero enseguida volteó a ver a Daniel, como si hubiera estado amenazada o algo por el estilo por él; entonces, no me dijo nada y volvió de nuevo a su lugar a sentarse. Cuando por fin hube terminado de revisar el ejercicio a cada uno de

para la siguiente clase y entonces escuché como todos se rieron de mí a carcajadas, pues tenía todo el trasero sucio de pintura negra.

— ¿Qué? ¿Qué pasa? Volteé de nuevo a ver a los niños sin explicarme que es lo que estaba pasando, y para el colmo de los colmos, ese día llevaba una falda blanca muy bonita que acababa de comprar, la cual, me había gustado mucho. Seguro que iba a quedar inservible, pues la pintura era de aceite e iba a ser muy difícil quitarla, aparte de que había sido la primera y única vez que la había usado con tanto esmero.

—¡A la dirección! —le dije completamente enojada a Daniel, al mismo tiempo que le escribía rápidamente un reporte para llevarlo a su casa, pues ya llevaba uno más en su lista de mal comportamiento y de antemano sabía que al tercero sería expulsado de la escuela y no volvería por una semana completa a clases, lo cual para mi sonaba fabuloso. ¡Y me lo traes firmado mañana por tus padres! ¿Me oíste? O no podrás entrar de nuevo a clases. Lo cual, ahora que lo pensaba bien, rogaba a Dios que pasara, pues ya no podía aguantar ni un minuto más a ese mocoso endiablado.

—Sí, señorita Bell —me contestó el muy malcriado un poco cabizbajo al mismo tiempo que recogía sus pertenencias y luego nos dirigimos a la dirección, donde lo recogerían a la salida sus padres. Al terminar de hacerlo, de nuevo me dirigí al salón de clases y justo en el momento en que me disponía a terminar con ellos el último ejercicio del libro, el timbre de salida sonó y todos los niños recogieron sus cosas inmediatamente y salieron contentos por la puerta de salida. Sin embargo, la única que se acercó para decirme que lo sentía de corazón, fue la pequeña Natalie, que se colocó a un lado mío y me dijo dulcemente que la disculpara por no habérmelo dicho antes.

—Discúlpeme por favor, señorita Bell, estaba a punto de decirle lo que le había hecho Daniel, pero él me amenazó cuando usted salió y me hizo saber que si lo delataba me iba a arrepentir de hacerlo y además me iba a golpear la próxima vez que me viera.

—No te preocupes por eso Natalie y te agradezco que hayas venido a decírmelo, total, ese malcriado ya recibió su merecido. Y la próxima vez que lo haga, seguramente será expulsado y tú y yo fes-

podremos estar al fin por un tiempo todos completamente tranquilos.

—Así es, señorita Bell —me contestó muy emocionada Natalie y, como de costumbre, se despidió de mí dándome un cariñoso beso en la mejilla acompañado también de un lindo abrazo.

—¡Hasta la próxima señorita Bell!

—¡Nos vemos Natalie!

—¡Y gracias por todo! —le respondí.

—¡No olvide que la quiero mucho! —me gritó todavía de lejos.

—¡Y yo a ti princesa! —le contesté, hasta que ya no pude ver su pequeña figura por los pasillos.

—Qué niña tan encantadora —me dije, y luego volteé a ver enojada todo mi trasero lleno de pintura negra, lo cual acompañé con una enorme mueca de disgusto por culpa de ese niño travieso. Luego me quité la blusa que tenía encima de otra pequeña con tirantes y me la amarré a la cintura para cubrir esa horrible mancha.

CAPITULO XVII

Señora Gibson

Esa misma tarde, me dirigí a otra casa en la que tenía que trabajar haciendo otro mural, pero esta vez se trataba de una persona ya adulta, sin hijos ni esposo, y la cual, al parecer era la dueña de una enorme agencia de viajes. Se veía que ya había viajado bastante por todo el mundo, pues al entrar a su casa se podían apreciar a cualquier lado que uno volteara, un sin fin de recuerditos de viajes colocados por toda la casa. Desde cuadros europeos, muy bellos, al igual que jarrones y adornos pequeños de muy buen gusto distribuidos por todos lados, haciendo que ese lugar se viera más hermoso de lo que ya de por si era. Lo que más me gusto al estar ahí, es que la señora Gibson, apellido de la dulce anciana, al igual que yo, contaba con una colección enorme de muchísimos libros de todas partes del mundo. La mía, era una colección muy pequeña, pero realmente tenía solo los libros de los lugares que más me gustaban en el mundo, los cuales, me había jurado al terminar de leerlos que algún día iba a visitar. Y ahora, con mis dos trabajos estaba precisamente ahorrando para irme próximamente de viaje, pues era uno de mis sueños más anhelados.

—¡Guau! ¡Señora Gibson! Debe ser usted una persona sumamente culta al haber leído y estado seguramente en todos estos lugares del mundo.

de mis grandes pasiones es viajar y conocer cada rincón de este bello planeta.

—¡Qué maravilla! —le respondí, esperando algún día yo también poder hacerlo.

—Bueno —me contestó la señora Gibson cambiando un poco de tema—. Lo que quiero en esta pared es algo muy artístico, algo que contenga un poco de cada mágico y bello lugar que he visitado. No sé —me dijo—, puedes usar tu gran imaginación, la cual sé tienes, pues la mayoría de la gente que te recomendó me han dicho que eres algo fuera de serie.

Al escucharla, le dije que no era para tanto y solo sonreí por su amable comentario con un poco de pena.

—Así que quiero que toda esa inspiración que tienes ahí guardada dentro de ti, la transmitas aquí, en esta pared, pero tienes solo este viernes y todo el fin de semana para hacerlo, pues el lunes saldré de nuevo de viaje y no sé cuándo voy a regresar de nuevo a mi casa.

—¿Crees que puedes hacerlo en tan poco tiempo, querida?

—Creo que sí señora Gibson —le dije—. Si no le importa, permaneceré hasta la madrugada de hoy y mañana para poder terminarlo.

—Oh, sí, niña. Claro que sí. Por mi parte no hay ningún problema, es más, si lo deseas puedes quedarte a dormir en este pequeño sofá, para que no interrumpas tu trabajo ni demores mucho en ir y venir de tu casa hasta acá. ¿Cómo lo ves? —me sugirió muy amablemente la señora Gibson.

—Bueno, yo creo que sí, señora Gibson —le contesté un poco dudosa. Al fin y al cabo no tenía a nadie en mi casa que atender ni que me estuviera esperando, excepto a mi gatito *Silvestre*; por el cual tampoco tenía mucho de qué preocuparme, pues le había dejado su plato de croquetas y agua hasta el tope, y por uno o dos días que me ausentara no iba a pasarle absolutamente nada.

—Entonces, así lo haremos niña. Y te dejo, porque tengo que irme a trabajar un rato a la agencia, pues como te dije, tengo que dejar todo listo antes del lunes que es el día en que me iré de viaje.

—Si no es indiscreción, señora Gibson, ¿por cuánto tiempo se va a ausentar esta vez que va a conocer de nuevo el mundo?

mes, pues voy a recorrer algunos países de Europa que amo muchísimo y que ya hace tiempo que no visito.

—¿Has ido alguna vez para allá, niña?

—No, señora, nunca. Pero si alguna vez lo hago iré para Irlanda —le dije.

—¿Irlanda? —me preguntó un poco dudosa.

—Escogiste bien, pues es un bello país.

—Sí, señora —le contesté—, Irlanda. No sé por qué, pero siempre me ha atraído ese mágico país donde se supone habitan las hadas y los duendes, pues es algo que no le puedo explicar, pero es como si alguna vez ya hubiera estado ahí y quisiera regresar de nuevo.

—Qué fascinante historia preciosa, pero ahora sí debo dejarte ya, que si no lo hago no terminaré ninguno de los pendientes que tengo —me interrumpió mientras hablaba tratando de no ser descortés conmigo.

—Está bien señora Gibson, y no se preocupe por mí que estaré perfectamente bien aquí, trabajando.

—Está bien querida, y que pases buenas tardes y noches.

—Muchas gracias señora Gibson, igualmente.

—Y no dudes en tomar nada del refrigerador si tienes hambre.

—Gracias de nuevo, se lo agradezco mucho —volví a decirle, mientras la señora salía apurada de la casa y se subía de inmediato a su coche, el cual pude ver por la ventana hasta que se perdió al dar vuelta y girar en una de las calles de la colonia. Y fue entonces que me dije en voz alta:

—¡A trabajar se ha dicho!

Así que salí de la casa y me dirigí a mi coche para sacar el material de trabajo que iba a utilizar y mi overol de mezclilla, que cargaba a todos lados y con el que me sentía, además, muy cómoda para trabajar todo el día.

Ya cambiada, coloqué mi material y lo recargué en una de las paredes, teniendo justamente enfrente de mi la otra pared, en la cual iba a trabajar. Me quedé ahí por un buen rato sentada, pensando y pensando mientras echaba a correr mi imaginación y me caía como del cielo una lluvia de ideas locas que fui anotando y dibujando en mi

lo que podría ser este gran mural en unos cuantos momentos. Al final, al ver terminado el borrador de mi dibujo, reí a carcajadas y grité: —¡Fabuloso! —pues me había encantado lo que dibujé ahí. Luego me dirigí a la cocina, como me había ofrecido la señora Gibson, para poder comer algo, pues sentía un gran hueco en el estómago por no haber comido casi nada en todo el día.

—Cuando vuelva la señora Gibson le mostraré el dibujo para ver qué le parece y empezaré, de ser posible hoy mismo, o muy temprano en la madrugada —pensé mientras me servía un trozo de pastel de chocolate que había dentro del refrigerador y que acompañé además con un gigantesco vaso de leche. Al terminar mi cena me puse a husmear un poco alrededor de la casa, pues realmente era muy grande y preciosa y cada rincón en ella parecía que tenía un poco de cada país que había visitado la señora Gibson.

El tiempo, afortunadamente, pasó muy rápido, y al escuchar llegar al fin a la señora Gibson, corrí emocionada de inmediato a abrirle la puerta y la senté a un lado mío, en uno de los sillones, para que observara el bosquejo que acababa de hacer y me diera su punto de vista.

—¿Y bien? ¿Qué le parece? —le pregunté esperando su respuesta.

— ¡Oh niña! ¡Pero si esto está increíble! —Me respondió sorprendida la elegante dama—. ¡Quiero que lo hagas exactamente igual que esta miniatura y lo plasmes todo en esta pared, la cual estoy segura te va a quedar maravillosamente!

—Claro que sí, señora Gibson. ¡Ya lo verá! —le dije.

—Y eso que todavía no lo ha visto con toda la combinación de colores. ¡Va a quedar espectacular!, ¡ya lo verá!

—¡Ay, pero qué maravilla, niña!

—¡Ya me urge poder verlo terminado! —me dijo mientras recargaba suavemente su mano derecha como muestra de afecto sobre mi hombro.

—Bueno, ahora sí te dejo para que comiences, que pases buenas noches y te veo, entonces, muy temprano por la mañana para irme a trabajar de nuevo.

—Claro que sí señora, que descanse, y una vez más le doy gracias por todo.

—Hasta mañana.

—Hasta mañana —le contesté.

Y me acerqué a mi caja de pinturas, donde tomé mi crayón negro y empecé, ahora sí, a dibujar líneas y figuras por todos lados para poder comenzar a utilizar los colores y hacer *padrísimos* y mágicos efectos. Después de un largo rato de encontrarme ahí trabajando, el cansancio llego rápidamente a mí, y así, tal cual, con mi overol puesto y sucio, me dejé caer en el largo sofá de piel que ahí se encontraba y en donde supuse iba a dormir. Puse la alarma de mi teléfono celular muy temprano para poder levantarme y poder así continuar con mi gran obra de arte.

—¡Ay, Dios mío! ¡Qué cansada estoy! —me dije, y justamente al terminar de decirlo, en un cerrar de ojos me quedé completamente dormida, pues ya llevaba días, o semanas, sin poder hacerlo.

Gracias al cielo. Y después de un buen y merecido descanso, la alarma de mi celular sonó y me despertó, pues estoy segura que de no haberlo hecho hubiera podido seguir dormida hasta el día siguiente, pues tenía muchísimo cansancio acumulado y ni siquiera me había levantado ni una sola vez para ir al baño. De igual manera, la señora Gibson se levantó y se alistó para luego acercarse y despedirse de mí, pues iba a turistear a un poblado por ahí, muy cerca de la ciudad, con unas amigas, y me avisó que iba a llegar muy tarde.

—Nos vemos pronto, linda. Ya sabes que te quedas en tu casa, y con Ana, para cualquier cosa que se te ofrezca.

—Muchas gracias, señora Gibson, que usted también disfrute mucho su viaje —le dije, y luego, ambas nos despedimos de lejos levantando nuestras manos. Y la vi partir con sus amigas, que pasaron por ella para recogerla.

—Qué bonito ha de ser tener muchas amigas y poder salir a divertirse con ellas —me dije—, aceptando, tal cual, mi aburrida y monótona vida. Luego me puse a trabajar sin parar por largas horas frente a la pared. Puedo decir con seguridad que fueron muchas horas, pues ni siquiera había tomado algo de desayuno ni de comida hasta que se dieron corridas las seis de la tarde. Y vi, muy concentrada en mi dibujo, entrar a la señora Ana con una charola que sostenía en ambas manos y que colocó despacito para no interrumpirme, cerquita de mí en una mesa.

—Muchas gracias, Ana, que bonito detalle de su parte —le dije—. No se hubiera molestado.

—No es ninguna molestia, señorita, pues no quiero pasar por aquí en una de esas y verla ahí tendida desmayada en el piso por no haber comido nada —me dijo en tono de broma la ama de llaves. Yo solo me reí por su broma y luego, empecé a comer un poco apurada para terminar la comida, pues todavía me faltaba mucho, pero aun así, lo hice disfrutando cada mordisco de estos deliciosos manjares que Ana me había traído.

—De verdad que le está quedando precioso, señorita —me dijo amablemente.

—¿Usted cree, Ana?

—¡Está divino! —me contestó sin titubeos.

—Estoy segura que a la señora le va a encantar, ya lo verá —me dijo completamente convencida, y luego se marchó de nuevo a trabajar y limpiar unas cosas que tenía pendientes en la cocina.

—Con su permiso.

—Pase usted, Ana, y muchas gracias por los alimentos —le respondí, y luego aproveché y seguí un poco con el pequeño descanso. Me senté un rato ahí, en el sillón, a la vez que hojeaba algún que otro libro de la colección de la señora Gibson para descansar un poco el cuello. Después de esperar un rato más a que se secara un poco la pintura fresca, de nuevo me incorporé al trabajo y seguí por unas cuantas horas más trabajando, hasta que llego la noche de nuevo. Después me senté, sintiéndome ahora mucho más exhausta que la vez anterior que lo había hecho. Además, y no sé por qué, me sentí un poco presionada por mi pintura, pues era muy poco el tiempo que me quedaba para poder terminarlo, ya que era solo medio día el que me quedaba y me tenía que apurar para lograrlo.

—Hoy trabajaré casi toda la noche —me dije. Pero primero bajaré a la cocina a despejarme un poco y comeré algo de alimento para cargarme de energía de nuevo.

—Al hacerlo, me encontré ahí sentada a Ana, en una mesita. Estaba cenando, pues ya era un poco tarde. Muy amablemente me invitó a sentarme con ella y luego, me preguntó que si deseaba que me pre-

un trozo de ese delicioso pastel envinado de chocolate que tanto me había gustado. Luego me dirigí hacia ella y me senté a su lado.

—¿Tú lo preparaste, Ana?

—Así es, señorita, lo hice ayer. ¿Le gustó? —me preguntó directamente, pues ya se había dado cuenta de que entre ayer y hoy faltaba un buen trozo.

—¡Está delicioso! ¡Como pocos he probado en toda mi vida!

—A la señora Gibson también le encanta —me dijo.

—Y con toda razón —le respondí—. ¡Pues está exquisito!

—Muchas gracias señorita.

—No hay de qué, Ana —le dije. Entonces, me levanté a tomar un vaso de vidrio con leche, el cual, al servirme, se me cayó de lo pesado que era sobre la mesa. Se desparramó por todas partes haciendo rodar al vaso hasta caer al piso, donde se rompió en mil pedazos. Me dio tanta pena que empecé a pedirle perdón a Ana abrazando sus piernas en el piso, como cuando era una pequeña niña, acordándome de las buenas regañadas que me había metido mi madre cuando lo hacía. Fue entonces que Ana se acercó para consolarme y me escuchó hablar como si le estuviera diciendo a mi madre una y otra vez que me perdonara y que ya no volvería a hacerlo.

—¡Está bien, señorita! ¡No se preocupe! —me dijo un poco confusa el ama de llaves por mi inesperado comportamiento, y luego siguió hablando:

—Váyase a terminar su trabajo, que yo lo limpiaré, y tenga su trozo de pastel, que se ha de estar muriendo de hambre—. Volvió a repetirme al mismo tiempo que me daba su mano para ayudarme a pararme.

Por otro lado, y todavía en la cocina, Ana se preguntaba lo extraño de mi actitud y pensó, seguramente como todos los demás, que yo era una chica muy extraña, pues mi comportamiento se lo había dicho todo.

Después de ese penoso incidente con Ana regresé de nuevo al estudio, donde seguí trabajando casi toda la noche en mi mural, el cual, por cierto, se encontraba por fin ya casi listo, pues únicamente le faltaba remarcar algún que otro detalle pequeño. Y siendo ya las 03.00 de la madrugada, al fin me recosté un buen rato a descansar. Así

que entró a despedirse de mí, pues era ya domingo y además su día libre, hubiera seguido dormida quién sabe hasta qué hora, pues estaba literalmente muerta del cansancio. Así que no quiso interrumpirme mucho y luego, salió avisándome también que estaba a punto de llegar la señora Gibson, por si quería terminar definitivamente mi mural antes de que ella llegara y no lo fuera a ver inconcluso.

—Hasta luego, señorita, y mucho gusto. La felicito de verdad, es usted una gran artista, como pocas he visto en mi vida —me dijo sinceramente Ana. Yo le agradecí sus hermosísimas palabras, pues poca gente realmente me hacía sentir tan bien a mi alrededor y, luego, simplemente la vi salir cerrando con llave por fuera. Y entonces, ahora sí me puse a terminar algún que otro detalle insignificante que me faltaba en mi pintura. Me apuré para no quedar mal por ningún motivo con la señora Gibson, pues se había portado excelentemente conmigo, sobre todo por haber tenido la confianza de dejarme ahí sola, en su casa, con Ana, la cual también se había portado increíblemente conmigo.

—¡Sí! —grité de la emoción, al ver por fin finalizado mi mural y, entonces, decidí recostarme una vez más en el sofá esperando a que llegara la señora Gibson para que me diera su punto de vista con respecto a la pintura. Los minutos pasaron y pasaron, hasta convertirse en unas cuantas horas y, de pronto, un gran silencio se apoderó y se sintió en esa enorme casa; pues, sin escuchar a Ana de aquí para allá alzando o aspirando las alfombras, el único ruido que se escuchaba ahí era el hermoso reloj antiguo colgando de la pared. Y mi respiración, en unos cuantos segundos comenzó a ponerse muy agitada. Y entonces, ahora sí, empecé a sentir mucho miedo, pues sentí una extraña sensación, como si alguien más estuviera ahí conmigo, acompañándome en ese enorme cuarto. El tic-tac del reloj seguía perturbándome con su sonido y entonces, comencé a sentirme un poco más incómoda en ese ambiente tan solitario y vacío. El lugar, como otras veces, comencé a sentirlo un poco más frío, y pensé que esto quizás se debería a llevar un buen rato ahí recostada en el sofá, pues sabía que el cuerpo se enfriaba muy rápidamente al estar en una sola posición por tanto tiempo, y fue entonces, en ese momento, que decidí

eso, y sin esperármelo, vi de reojo que uno de los recuerditos de viajes de la señora Gibson me cerró ambos ojos al descubrir que lo estaba observando. Era un duendecito orejón con sombrero y un tambor en sus manos conmemorando el día de San Patricio en Irlanda, cosa que me pareció que era completamente ridícula e imposible; así que no le presté para nada ninguna atención, y decidí entonces no volver a mirarlo. Así que desvié mi mirada para otro lado, repitiéndome a mí misma que nada de esto era real, como me había dicho el doctor Monroe que hiciera cada vez que me sucediera algo parecido. En vez de seguir recostada en el sofá, me senté ahora en una posición completamente derecha para estar un poco más alerta, pues inconscientemente veía venir algo que no quería que pasara. Volteé a ver únicamente mi bella obra y me concentré en cada maravilloso y mágico detalle que ahí había dibujado.

De pronto, y sin esperármelo, unos golpecitos del tambor del duende empezaron a sonar muy estrepitosamente y este, comenzó a caminar hasta que se cayó al piso repitiendo, una y otra vez, el país que tanto me gustaba en el mundo y que era precisamente Irlanda, o quizás Miranda, o ambos. Ya no supe que fue lo que escuché por los nervios que tenía en ese preciso momento.

—¡Maldito juguete! —me dije sumamente nerviosa, pues el muñeco no paraba de hablar y se movía para todos lados mientras tocaba su tambor. Lo sentía retumbar una y otra vez ahí, dentro de mi cabeza.

Sin pensarlo dos veces, me levanté rápidamente a quitarle las pilas a ese poseído juguete, y para mi sorpresa, y tal como dije, al parecer sí se encontraba poseído o algo por el estilo, pues no tenía ni cuerda ni un lugar donde se guardaran las pilas. Así que me asusté todavía mucho más, y luego lo aventé a una de las paredes que tenía ahí enfrente y se rompió en mil pedazos, quedado desparramado ahí, por todas partes.

—¡No! ¡No! ¡No! —me dije una y mil veces más—, ¡esto no me puede estar pasando! ¡Esa cosa no me habló y no me estoy volviendo loca! ¡No me estoy volviendo loca! ¡No me estoy volviendo loca!

Así continué repitiéndomelo quizás unas quince veces más, a la vez que golpeaba mi cabeza sobre la pared para convencerme un cien

pronto, y sin esperármelo, entró la señora Gibson al estudio, y aunque traté y me esmeré para que no se me notara lo nerviosa que me encontraba, no pude disimular lo afectada que me sentía en ese momento. Así que rápidamente, y antes de que la señora Gibson lo notara, metí al muñeco roto y todas sus partes rotas debajo del sofá que tenía ahí, a un lado, cerca. Después me paré inmediatamente, limpiándome las pocas lágrimas que me habían brotado por la tensión que sentía en ese momento.

—¡Ay niña!, pero ¿qué te pasa? ¿Acaso no te encuentras bien? —me preguntó un poco alarmada la amable dama—. ¡Hasta parece que acabas de ver a un fantasma! —me dijo muy acertadamente.

No le contesté y, luego, volteó a ver inmediatamente mi gran obra de arte; y tal y como yo esperaba, y olvidándome un poco de lo que acababa de sucederme hace un minuto, la señora Gibson quedó totalmente fascinada con lo que yo había pintado para ella, tanto, que se llevó ambas manos a la cara y luego, solo exclamó lo siguiente, demasiado emocionada:

—¡Dios mío! ¡Pero mira lo que has hecho criatura! ¡En verdad que eres toda una gran artista! —me dijo totalmente convencida de lo que estaba diciendo.

En la obra de arte se podía apreciar la gran muralla china cruzando de lado a lado de la pared, al mismo tiempo que el Big Ben, que se encontraba pintado sobre una montaña, al cual, lo acariciaban suavemente algunas nubes. Y de igual manera, y sin poder faltar, se encontraba la esplendorosa torre Eiffel, que se encontraba en el centro, y le caían algunos rayos de lluvia del cielo. En la pintura tampoco podían faltar las pirámides de Egipto y la estatua de la Libertad, al igual que el Partenón. Pero, lo que más hacía original la pintura, es que también había plasmado en ella un poco de otras pinturas famosas, como el rostro de la Mona Lisa en una persona que se encontraba esquiando en los Alpes suizos; al igual que Edith Piaff, sentada tomando un café en una de las pequeñas cafeterías, colocadas con sillas afuera, en algunas calles parisinas.

—¿Sí?, ¿le gustó entonces su enorme pintura, señora Gibson?

¡Por supuesto que me gustó! Es más, ¡me encantó!, ¡y no tienes ninguna idea de cuánto!

—Ahora ven, linda, acompáñame y siéntate aquí a un lado de mí en el escritorio. Pobrecita, has de estar agotadísima. Déjame pagarte de una vez para que ya te vayas a descansar a tu casa y disfrutes todavía de lo que queda del domingo —me dijo la señora Gibson a la vez que escribía y escribía números y más números en su chequera.

Al ver la cantidad escrita cuando la señora Gibson me entregó el cheque, me quedé de verdad muy sorprendida, y le dije a la señora Gibson que eso para mí era demasiado, aparte de que no era lo que habíamos acordado desde un principio.

—¡Pero claro que sí, niña! —me contestó—, quizás no te das cuenta de todo el potencial que tienes, y esto —me dijo mientras señalaba mi obra—, es algo fuera de lo común. Es algo fuera de serie, que además, todo mundo debería ver en un museo.

—Está bien, señora Gibson, se lo acepto, y muchísimas gracias de nuevo.

—No, linda, gracias a ti. En verdad que tú maestra de arte, y gran amiga mía, ciertamente se quedó corta con todo lo que me había contado de ti. Te felicito de nuevo, mi niña hermosa.

—Muchas gracias otra vez, señora Gibson. Me dio mucho gusto conocerla.

—El gusto es mío, Miranda, y espero más adelante tener la fortuna de volver a hacer negocios contigo.

—Nos vemos, y cuídese mucho, por favor —le dije mientras le daba un beso de despedida en su mejilla, y luego me dirigí hasta la puerta de la casa en donde salí presurosa. Me metí a mi auto para dirigirme una vez más hasta mi casa, en la cual ya me esperaba ansioso mi gatito *Silvestre*, que al llegar, me recibió corriendo hasta mi lado apenas me escuchó abrir la puerta.

CAPITULO XVIII

Irlanda se repite

—¡Hola, minino travieso! —le dije emocionada al verlo.

Espero que te hayas portado bien y no hayas roto nada —le dije todavía con un poco de duda. Y como si mis palabras se hubieran vuelto realidad en ese momento, al entrar un poco más a mi casa, pude ver un rollo de papel de baño hecho completamente pedacitos. Se encontraban regados por todos lados en la casa, y me dije una vez más a mí misma:

—A trabajar se ha dicho. Y todo por tu culpa, gato malcriado —le dije. Y luego me quedé pensando que no era, después de todo, su culpa; pues yo lo había dejado completamente solo por casi tres días, sin supervisión. Además, de alguna manera tenía que entretenerse el pobre.

—¿No es así, *Silvestre*?

Al escucharme, únicamente se dedicó a restregarse todo el tiempo en mis pantalones llenos de pintura, y mientras, me puse a recoger todo ese tiradero. Cuando al fin hube terminado de hacerlo, sentí como de nuevo la cabeza me dolía como si estuviera a punto de estallarme; entonces se me ocurrió la fantástica idea de salirme a caminar un rato por el parque y respirar un poco de aire fresco, que muchas veces me hacía falta.

—¡Rayos! ¡Cómo me duele! —me dije, y comencé a caminar un poco despacio por entre las calles hasta que llegué al hermoso parque,

dio muchísimo gusto verlo así, ya que la mayoría del tiempo yo era un poco ermitaña, ¡¿y quién sabe?!, quizás ese día podría ser mi día de suerte y pudiera conocer a alguien.

Desafortunadamente para mí, casi todos los muchachos guapos que veía pasar cerca iban acompañados de sus parejas. Y los que iban solos, iban paseando en bicicleta, patineta o patines, y solo pasaban rozándome una y otra vez sin ni siquiera inmutarse de mi presencia.

Incluso una de las veces, y como por obra de magia, mientras me encontraba sentada en una banca, noté como me miraba un chico del otro lado del parque. Luego, solo vi que me sonrió tímidamente, a lo cual, yo también le sonreí. Después, se inclinó de frente y cortó una florecita del suelo para, de nuevo, volver a mirarme. Yo me puse sumamente nerviosa al ver que se dirigía hasta donde yo estaba, y luego, solo extendió su mano ofreciéndome la florecita y no me dijo otra cosa más que un simple: «hola». Yo también le contesté y le dije: «hola». Y cuando estaba a punto de tomar la florecita, la cual, solo vi pasar enfrente de mi cara, vi que se la ofreció a una hermosa chica que no había visto para nada y que se encontraba sentada a un lado de mí. Mi rostro, seguramente se puso completamente rojo de la pena, así que sin dudarlo, de inmediato me levanté de ahí, pues solo quería meter la cabeza al igual que un avestruz en un hoyo para que nadie más me viera.

—¡Ay, Miranda! —me dije—. ¿Pero quién se va a fijar en ti?, una chica tan común y corriente como cualquiera, que además usa frenos y lentes, y que tampoco se maquilla ni es nada femenina. Y además, que usa un overol de mezclilla como este, todo lleno de pintura por todos lados. ¡Por favor...! ¡Es más que obvio! —me dije, aceptando mi triste situación por completo.

Para levantarme un poco el ánimo me acerqué a un puestecito pequeño donde vendían helados y me compré, no uno sencillo, sino uno doble, el cual fui saboreando poco a poco mientras me dirigía tranquilamente camino a mi casa. Ya estando ahí, justamente frente a la puerta me lo terminé, y luego entré a la casa y me dirigí al baño, donde dudé si tomarme o no una deliciosa ducha para relajarme un poco, pues me dolían mucho los brazos y el cuello por haberlos levantado demasiado tiempo. Una vez más me repetí a mí misma que

repitiéndomelo una y mil veces más hasta que logré convencerme de ello. Así que, al terminar de ducharme rápidamente, me puse tranquilamente mi cómodo pijama y, luego, solo me tomé un vaso con agua de la cocina, pues aquel cono doble que acababa de comerme me había dejado completamente satisfecha. Luego, me dirigí a mi recámara, y al entrar sentí un poquito de miedo, pues me acordé que los últimos días estaban pasando algunas cosas un poco extrañas. Pero, esta noche, la verdad, no me importó mucho, pues me sentía totalmente exhausta, así que apagué las luces de mi recámara para poder dormirme rápidamente, y gracias al cielo lo pude conseguir. Caí, de pronto, en un sueño muy profundo, y nada ni nadie pudo despertarme por unas cuantas horas, hasta que se dieron en un santiamén las tres de la madrugada. Parecía ridículo que yo me encontrara roncando, pues nunca jamás lo hacía, pero sin embargo, esa noche sí lo hice. Y de pronto, allá, en lo más lejano de mi subconsciente, sentí como si de alguna manera alguien me estuviera moviendo y sacudiendo. Traté de convencerme a mí misma que no era así, por lo que me concentré todavía más para no despertarme, pero una vez más empecé a sentir que alguien me estaba jalando de la mano. Era como si alguien o algo quisiera sacarme por algún motivo de la cama. Inconscientemente pensé en mi amigo Ferdinand dentro de mi sueño y le dije que no. ¡Que no podía acompañarlo esta vez!, pues me sentía realmente muy cansada, como pocas veces.

—¡Ve tú solo! —insistí, para que me dejara en paz de una vez por todas.

Sin embargo, esto no terminó ahí, pues ahora me estaban jalando de los pies, ya que pude sentir como me iba alejando poco a poco de mi almohada.

—¿Eres tú, Fer? —le pregunté ahora un poco más consciente, pues había cumplido su cometido de despertarme, pero al preguntar no obtuve de nadie ninguna respuesta. Por el contrario, una vez más vi pasar la sombra varias veces dentro de mi recámara, lo cual me hizo volver a entrar en pánico, y salirme también de mis casillas.

—¿Quién anda ahí? —pregunté un poco temerosa sin obtener ninguna respuesta, así que rápidamente me paré y me dirigí hacia la pared

nadie ahí dentro y eso me dejó todavía más y más confundida.

—¡No, otra vez no! —me dije. Y mientras lo hacía sentí que alguien empezó a jalarme de la mano una y otra vez, y ahora sí, entré en un miedo muy profundo.

—¡Maldita sea! ¿Quién es? ¿Quién anda ahí? —pregunté con insistencia, pero lo único que pude ver fue caer un libro de mi colección del librero, cosa que me hizo dar un enorme brinco hacia atrás. Entonces, me armé de valor y comencé a acercarme temerosa para ver por donde se había abierto el libro, y al hacerlo, de nuevo movió algunas de sus páginas por una brisa que corrió ahí, dentro del cuarto. Un grito de terror salió dentro de mí al ver este inexplicable suceso, y sin dudarlo dos veces salí corriendo hasta la entrada, donde tomé las llaves de mi carro, me metí en el asiento trasero, y me acurruqué acostándome; pues era incapaz de manejar en ese estado de shock. Y me quedé ahí, aterrada, llorando por un muy largo tiempo dentro del coche.

—¡Demonios! —me dije, pues acababa de recordar que había dejado mi bolsa dentro de la casa, y ahí tenía mi celular. Pensaba llamar a Ferdinand para que viniera y se quedara conmigo, pero me tuve que quedar con las ganas de hacerlo. Así que me quedé ahí, en el auto, por toda la noche, ya que por nada del mundo pensaba entrar de nuevo a esa casa embrujada, o por lo menos, no lo haría de noche.

Las horas pasaron como de costumbre, volando, y una vez más no pude dormir nada, pues me acordé que tenía clase a las siete en la universidad, así que, a fuerzas tenía que entrar a la casa a cambiarme, pues no iría a la escuela en pijama. No me quedaba ninguna otra alternativa.

Estando ya frente a la puerta de la casa, la abrí muy despacito para no hacer mucho ruido y, asomé lentamente la cabeza para cerciorarme de que ahí no hubiera nadie más dentro. Al ver que todo hasta el momento se encontraba perfectamente bien, comencé a caminar muy despacio, volteando para todos lados. Incluso hasta en el techo volteé, pues ya no sabía que más esperar en este lugar. Lo único que me faltaba es que colgara un vampiro del techo o algo por el estilo.

Al ver a mi gatito caminar mi lado mientras yo también lo hacía, me dio un poco más de confianza, pues quería decir que el fantasma

él también lo vio y que por eso se alejó rápidamente de mí y salió corriendo. Al estar ahí parada, justamente enfrente de mi recámara, solo me limité a tragar un poco de saliva, pues tenía pánico de volver a entrar y que de nuevo me jalaran por todos lados. Sin embargo, era de día, y de día todo se ve diferente, así que no vería aunque quisiera ninguna sombra, a menos que fuera nada más la mía propia, y entonces seguí caminando. Al estar ahí, ya dentro de mi recámara, caminé unos cuantos pasos más y me dirigí muy lentamente volteando para todos lados. Observé el libro que se había caído para ver en qué página se había abierto, pues tenía muchísima curiosidad de ver cuál de mis libros era el que se había caído.

—¿Irlanda? —me dije completamente sorprendida, pues me parecía una tremenda casualidad que se hubiera abierto el libro ahí, ya que apenas unas cuantas horas antes le había comentado a la señora Gibson que Irlanda era uno de los países que más ansiaba conocer en este mundo. De pronto, reaccioné acordándome que ya era demasiado tarde para mis clases en la universidad, así que traté de no adentrarme aún más en mi cuarto y tomé mi overol sucio y lleno de pintura que había dejado ahí, a un lado de la puerta, en el cesto de ropa sucia. De igual manera, ni siquiera me maquillé ni me cepillé el cabello, pues por ningún motivo pensaba entrar a ese baño en el cual ya me había llevado un tremendo susto.

—¡El doctor Monroe! —exclamé con un poco de alivio, pues recordé que la última vez me había dicho que si llegaba a sentirme mal podría hablarle a cualquier hora del día, y eso fue exactamente lo que hice en ese momento. Estando ya afuera, sentada en uno de los escalones de mi casa, marqué inmediatamente, como desesperada, el celular del doctor Monroe, sabiendo dentro de mí que era muy temprano para hacerlo. Pero, no me importó y lo hice, ya que mi desesperación estaba llegando al límite.

06:50 horas.

—¡Rayos! —Exclamé al ver la hora tan temprana en mi reloj—. Qué pena, a ver si no se molesta el doctor Monroe porque le llame tan temprano. Y antes de que fuera a decir alguna otra cosa, de pronto, escuché su voz que me hablaba del otro lado del teléfono.

cucharlo.

—Sí, soy yo, a sus órdenes. ¿Quién habla?

—¡Soy yo, su paciente, Miranda Bell!

—¿Qué tal, señorita Bell? Buenos días, dígame en que puedo servirle.

—Solo quiero decirle que me siento muy mal de los nervios y quisiera verlo, de ser posible, hoy mismo. Lo más pronto, por favor, pues si no lo hago, le juro que me voy a volver completamente loca.

—Tranquilícese, por favor, señorita Bell. Recuerde todo lo que le he dicho antes. Me temo que por esta ocasión no podré verla como usted desea, ya que me encuentro en un congreso fuera de la ciudad y no podré llegar hasta mañana por la tarde.

–Discúlpeme, por favor —me dijo un poco apenado el doctor Monroe.

Al escuchar al amable señor que hoy no podría atenderme, mi mundo se desmoronó por completo, y supongo que al darse cuenta que me había quedado muy callada, me dijo que no me preocupara, que en este preciso momento tenía un tiempo libre para escucharme. Así que aproveché, y eso fue exactamente lo que hice. Entre lágrimas, una que otra pausa, y volteando a ver a algún que otro metiche que me estaban mirando de lejos, comencé a relatarle al doctor Monroe todo lo que me había pasado en esta semana. Un poco apenado, de pronto, me interrumpió de nuevo, pues tenía que entrar a una conferencia. Me pidió entonces que nos viéramos al siguiente día, sin importar la hora, ya que él me haría un espacio en su agenda y me lo haría saber apenas tocara suelo en esta, nuestra ciudad.

—Muchas gracias, doctor Monroe.

—No hay de que, señorita Bell. La veo, entonces, mañana.

—Hasta mañana —le dije al doctor, y luego colgué viendo al mismo tiempo mi reloj, pues ya pasaban algunos minutos después de las siete.

CAPITULO XIX

Detonador del cataclismo

Como pude, manejé rápidamente hasta la escuela, donde noté que, como de costumbre, todo el mundo me miraba como si fuera un bicho raro, pues me había puesto, como dije antes, mi overol lleno de pintura. Y además, llevaba puestas mis pantuflas, cosa en la que no me había fijado.

—¡Diantres! —me dije al vérmelas puestas por un instante, y luego me dirigí al salón, donde toqué la puerta para ver si me permitían la entrada. Al abrir, mi maestro de historia, el cual era de carácter un poco fuerte, refunfuñó un poco al verme, pues ya era un poco tarde. Los demás se rieron de mí a carcajadas al verme con ese aspecto tan desaseado, llevando además mis pantuflas puestas, por lo que supongo, le di un poco de lástima al maestro. Después de ser la burla de todos me dejó pasar, cosa que nunca hacía con nadie, y me dijo que me sentara en el único asiento que se encontraba vacío, al final de la última fila; viendo al mismo tiempo cada una de las caras de burla de mis compañeros. No me importó, pues no me podía dar el lujo de faltar a clases, ya que era mi último semestre y no quería reprobar ninguna sola materia.

—¡Dictado! —Me dijo el profesor de historia—. ¡Estamos en dictado! Así que saque su cuaderno y póngase a escribir, que ya nos hizo perder mucho tiempo con su llegada.

iba diciendo. Como era de esperarse, y al cabo de unos minutos de arrullo en las palabras de mi maestro, comencé a cabecear. Me recargué enfrente de mi pupitre y ahí, me quedé por un rato profundamente dormida. Mis ronquidos, yo creo, se podían escuchar hasta la cafetería, así que el profesor se acercó de nuevo a mí lugar y me sacudió una y otra vez para que me despertara, y eso fue exactamente lo que hice.

—¡No! —Grité un poco asustada—. ¡No te me acerques! —continué hablando un poco, pues me acordé de la noche anterior. Y todos voltearon a verme y se rieron de mí por un buen rato.

—Váyase de aquí, señorita Bell —me dijo el maestro un poco desconcertado. Mejor retírese a descansar a su casa, que veo que buena falta le hace. Además, continuó un poco molesto, aquí no creo que vaya a poder hacer mucho.

—Sí, maestro —le contesté todavía un poco apenada, y regresé de nuevo a mi casa, pues no tenía otro lugar a donde ir, ya que en casa de mi mamá, de por sí, ya me tachaban de rara mis hermanos. Y con esto, seguramente, ya no me bajarían de loca. Así que, de nuevo entré a mi casa y cerré la puerta de la entrada mirando de lejos mi habitación. Y me dije a mi misma:

¡Ay, no! —pues no me atrevía por nada del mundo a entrar otra vez ahí. Así que solo me recosté en la alfombra, a un ladito de la puerta, y tomé una almohada del silloncito de la estancia. Ahí, me recosté junto a la puerta; sintiendo, por cierto, como se escabullía el aire por debajo. Así que me cubrí también con una cobija que guardaba ahí, en mi pequeña lavandería, y me recosté en el suelo, meditando un poco de lo que ahora era mi vida.

—¡Dios mío! —pensé por un momento—. ¿Hasta dónde he llegado? —me dije al mirarme ahí recostada a un lado de la puerta, como si fuera una pordiosera en mi propia casa. Solo así me sentía un poco segura, por si algo más me sucedía. Y solo ahí, podría abrir rápidamente la puerta y salir de ese lugar que quizás estaba embrujado. O quizás, pensé, sí se me estaba zafando un tornillo, como todo mundo pensaba.

De nuevo, el cansancio me ganó por completo y me quedé profundamente dormida unas cuantas horas, cosa que le agradecí a Dios con todo el corazón, pues cuando desperté me sentía un poco más renova-

dar mis clases a los niños en la escuela primaria. Así que, como pude, me armé de valor y corrí como si fuera una maratón hasta mi recámara, donde agarré la primera blusa que vi colgada, al igual que unos jeans y unos zapatos que no combinaban para nada. Lo tome todo en un par de segundos y me dirigí corriendo, una vez más, hasta la puerta de la entrada, donde me vestí y salí sin probar un solo bocado. Y en solo diez minutos llegué de nuevo a la escuela de mis niños, y con la maestra suplente, que ya me estaban esperando.

—¡Good afternoon, *Miss Bell! ¿How are you today?*

—*I'm fine, thank you! And you?* —les contesté, y luego la maestra suplente salió y comencé a dar mi clase con mucha alegría y entusiasmo, como siempre lo hacía cuando estaba con esos hermosos niños. Sin embargo, no podía decir lo mismo de Daniel, que justamente acababa de llegar y tocó a la puerta pidiendo permiso para entrar.

—¿May I come in, *Miss Bell?*

—¡Pues, qué remedio! —pensé para mis adentros.

—*Yes, please, come in Daniel* — le dije, y lo senté en el último rincón de la fila para que no diera tanta lata. Pero ¡qué equivocada que estaba!

Por más que trataba de no ponerle atención a Daniel, este empezó a aventarles de nuevo bolitas con saliva por un popote a los niños. Estos, empezaron a quejarse una y otra vez por el asco que les daba sentirlas mojadas y pegadas por todo el cuerpo. Le llamé la atención quizás unas dos veces y, me di cuenta que no fueron suficientes. Y entonces, le advertí que si volvía a hacerlo, la próxima vez lo castigaría y lo llevaría de nuevo a la dirección, mandándole un reporte a sus padres. Después de unos cuantos minutos más, el mocoso pasó por alto mi advertencia y siguió molestando a los niños, y entonces, ahora sí, me paré hasta su lugar y me puse enfrente de él. Le pedí que me diera ese popote, el cual, difícilmente me dio, y le dije que además debía acompañarme a la dirección, pues como le había dicho antes, ya se había pasado de la raya. Y llorando me suplico que no lo hiciera.

—¡No! ¡Por favor, señorita Bell! ¡No lo haga! Le prometo que ahora sí me voy a portar bien, solo deme una oportunidad y ya lo verá. Desgraciadamente, muy tonta de mí, le creí, y por un momento todo

de que terminara la clase, a Daniel se le ocurrió sacar una lagartija que tenía ahí adentro, en una pequeña caja y se la puso dentro de la playera, por la espalda, ni más ni menos que a mi pequeña Natalie. Esta, al sentirla correr dentro de su espalda, inmediatamente se paró y empezó a correr horrorizada por el salón hasta que se estrelló en una de las paredes de lo rápido que estaba corriendo. Eso le ocasionó que se golpeara muy fuerte en la frente, teniendo como consecuencia un enorme chipote, del cual empezó a salir un poco de sangre.

—¡Ahora sí, te has pasado, mocoso! —le grité a Daniel, y me dirigí hasta él tomándolo fuertemente del brazo. Le empecé a gritar que eso que había hecho estaba muy, muy mal, pues estaba sumamente enojada. Sin embargo, al hacerlo, no me di cuenta que justamente en ese momento me estaba observando por el vidrio de la puerta la misma maestra suplente que hacía poco había estado ahí conmigo, en el salón. Y, no sé por qué, pensó que estaba golpeando a Daniel, cosa que no fue así. Lo malinterpretó todo, y entonces, entró completamente enojada al salón y se dirigió a mí y me gritó de una manera muy fea delante de todos los niños para que parara.

—¡Señorita Bell! ¿Pero qué es lo que está haciendo?

—¿Yo? ¡Nada! —le dije un poco avergonzada a la suplente.

—¡No es lo que usted se imagina, maestra Johnson! Permítame explicarle, por favor, que es lo que está sucediendo —le dije a la maestra para tratar de convencerla, cosa que no le importó. Así que me dijo que me dirigiera a la sala de maestros y la esperara, porque ahí iba a hablar personalmente conmigo. Así que tomé mis cosas, entre ellas mi bolsa y mis libros, y ya en la sala de maestros me senté por unos cuantos minutos en una silla mientras llegaba la suplente, me imagino, que también con la directora.

—¡Maldito mocoso! —susurré entre dientes.

—¡Ya me las pagarás un día de estos! —terminé diciendo, sintiendo todavía mucho coraje por lo que acaba de suceder hace un rato en el salón de clases.

De pronto, un gran silencio se sintió en la sala de espera, y de nuevo sentí esa brisa suave que se siente cuando alguien pasa a un lado tuyo, pero en este caso no vi ahí a nadie.

no ponerle atención, aunque no hubiera ahí dentro ninguna ventana abierta.

Unos segundos después, comencé a tranquilizarme de nuevo, cuando de pronto escuché la puerta de la sala de maestros dar un portazo por dentro. Inmediatamente, me fijé por la ventanilla de esta, que no había nadie del otro lado que la hubiera cerrado para dar ese horrible golpetazo. Entonces, ahora sí, mi corazón rápidamente empezó a latir a mil por hora y sentí en un segundo como la sangre se me subió hasta el cerebro, pues sabía que de esto no iba a venir nada bueno.

—Tranquila, Miranda —me repetí una y otra vez para tratar de convencerme de que ahí no había nadie más, y sin embargo, con un poco de duda todavía, estaba dispuesta a pararme y alejarme de allí lo más pronto posible. Así que, no lo pensé tanto, y justo en un segundo, cuando estaba a punto de hacerlo, volteé por inercia de lado derecho a mi costado. Me vi de nuevo a mí misma ahí parada, con la cara toda desfigurada, la ropa desgarrada y llena de sangre por todos lados. Y me asusté muchísimo, pues pensé que ese asunto de mi sueño, al verme siempre así, ya lo había superado y había ya quedado en el pasado, pero nada.

—¡Nooo…! —grité como loca, saliendo dentro de mí un espantoso grito. Luego me dirigí a la puerta de la sala para salir inmediatamente de ahí, pero al tratar de hacerlo, no pude conseguirlo. Por más que giraba y giraba la perilla, era como si una fuerza extraña no quisiera que lo hiciera y no me lo permitía.

—¡Abran! ¡Abran, por favor! —grité y grité repetidas veces golpeando con puños y pies la puerta mientras algunos maestros y estudiantes me miraban asombrados del otro lado del vidrio. Y también, de pronto sentí que una mano me tocó en ese momento el hombro, y que además me estaba tratando de jalar por los brazos hacia atrás para alejarme de la puerta. Y esto, ahora sí no lo pude aguantar, pues, era un infierno el que estaba viviendo ahí dentro. Así que rompí el vidrio de la puerta con el puño fuertemente, lo cual me provocó una cortadura de buen tamaño, de extremo a extremo de la mano, pero no me importó en absoluto, pues pude abrir la maldita puerta. Al hacerlo, salí de ahí corriendo y gritando como loca y, luego, de pronto me des-

en shock, sin poder ni siquiera hablar y apenas podía respirar. Así que comencé a arrastrarme, moviéndome para atrás, tratando de alejarme lo más que pude de esa sala, pues seguía viendo a la figura que me estaba mirando todavía ahí parada, dentro de la sala.

—¡Ahí! ¡Ahí está! —le dije a la maestra suplente mientras señalaba a la puerta de la sala de maestros. Estaba llegando con la directora a encontrarme y se mostró muy preocupada por lo que estaba viendo en ese momento. Luego, ambas, al ver que yo no reaccionaba para nada, se inclinaron una a cada lado mío para tratar consolarme, pues no sabían que rayos era lo que me estaba pasando.

—¡Ahí está! —insistí en decirle para que se asomara ahí dentro, al mismo tiempo que le señalaba con la mano.

—Tranquila, Miranda —me dijo de nuevo la directora, a la vez que le pedía a la maestra suplente que fuera a asomarse a la sala de maestros para ver quien estaba ahí dentro y qué era lo que me tenía tan afectada. Pero nada, ahí no había absolutamente nadie.

—No hay nadie aquí adentro, señora directora —le comentó un poco intrigada la suplente. Y al escucharla decir eso, yo solamente me sentí completamente avergonzada y humillada, pues podría jurar si era necesario, enfrente del mismísimo Jesús, que no estaba mintiendo. Y sí, había visto a ese fantasma, que además me había tocado el hombro.

—¡No! ¡No puede ser! ¡Se lo juro! ¡Ahí estaba! ¡Ahí estaba!

—¿Quién, Miranda? ¿Quién estaba ahí dentro, contigo? —me preguntó la directora, demasiado intrigada por mi extraño comportamiento. Estuve a punto de contestarle que se trataba de mí misma, pero como si estuviera ya muerta. Pero sin embargo, no lo hice, pues al ver en su rostro esa mirada, la cual, veía siempre en todos, como si yo estuviera loca... Volteé además a ver a todos los demás, que estaban ahí parados murmurando y señalándome. Y entonces, ahora sí, no pude aguantar ni un segundo más con todo eso, así que me levanté y salí corriendo de ahí hasta que llegué a mi auto en el estacionamiento. Al tratar de abrirlo, por los nervios que tenía se me cayeron las llaves al suelo un par de veces, hasta que lo intenté de nuevo y pude conseguirlo. De igual manera, sufrí un poco al tratar de meterlas por el orificio debajo del volante, pero cuando por fin pude conseguirlo,

estacioné a un lado de mi banqueta, pues no tenía ningún otro lugar a donde ir. Y decidí quedarme ahí metida en el auto, toda la noche, y todo el tiempo que fuera necesario hasta que me llamara el doctor Monroe, como me había prometido que haría apenas llegara aquí, a la ciudad donde ambos vivíamos. Por nada del mundo pensaba entrar de nuevo a mi casa, pues para sustos, ese día ya había tenido suficientes.

De igual manera, al ver que la sangre me chorreaba de la cortada que me había hecho al romper el pequeño cristal que tenía aquella puerta para poder sacar la mano por allí y abrirla por fuera, me quité la playera que tenía puesta y me la enredé alrededor de la mano, para que esta dejara de chorrear. Me dejé únicamente la playera interior de tirantes que llevaba afortunadamente por debajo puesta. No sé cuánto tiempo pasó hasta que se hizo de noche, y al ver ya muy sola y vacía la calle, entonces me pasé al asiento trasero, donde me acosté para que no pudiera verme nadie. Y ahí me quedé, tratando de conciliar un poco de sueño por mi día tan pesado, pero por más que traté no pude conseguirlo, ni siquiera por un segundo.

—¿Por qué? ¿Por qué me tiene que estar pasando todo esto a mí? —me lo pregunté una vez más, sintiendo al mismo tiempo como la cabeza estaba a punto de estallarme. Y en eso, de pronto y sin esperármelo, escuché sonar mi celular, lo cual me hizo saltar de la alegría, pensando que se podía tratar del ahora mi salvador el doctor Monroe, pero estaba demasiado equivocada.

¡Es Ferdinand! —me dije al ver su número mientras timbraba y timbraba mi teléfono, pero no quise contestarle, como todas las veces anteriores, pues no estaba segura de que creyera todo lo que me había estado pasando los últimos días. Y en ese momento, de la persona que menos aguantaría su rechazo, sería únicamente de él. Así que mejor decidí no contestarle. Además, aventé el teléfono celular a un lado, pues me sentía terriblemente mal por no contestarle a mi querido amigo del alma.

—Perdóname Fer —pensé—. Pero primero tengo que ver al doctor Monroe. Así que nuevamente tomé mi teléfono celular y marqué de nuevo al doctor Monroe para ver si podía correr con un poco de suerte y ya se había desocupado.

CAPITULO XX

Emancipación del infierno

—¿Doctor Monroe? ¿Es usted?

—Sí, señorita Bell —me contestó un poco extrañado por mi insistencia por querer verlo urgentemente—. ¿Le puedo ayudar en algo? —me preguntó, ahora un poco preocupado, pues había notado en mi voz algo un poco extraño.

—¡Regrese pronto, por favor! ¡Se lo suplico! Me estoy volviendo loca, se lo juro, y creo que ya no puedo más —le dije con suma desesperación, y luego rompí en llanto.

—Tranquila, Miranda. No se preocupe. De milagro, el congreso no se extendió hasta mañana y ahora mismo estoy tomando el vuelo de regreso a casa.

Al escuchar al doctor Monroe decirme esas maravillosas palabras sentí un gran alivio dentro de mi interior, pues ahora solo hacía falta esperar unas cuantas horas más para poder reunirme con él. Él era ahora la única persona con la que me sentía completamente segura y protegida.

—Miranda —me preguntó dudoso—. ¿Dónde se encuentra en este preciso momento?

—Me encuentro aquí, dentro de mi auto, ¿sabe? Pues no soy capaz de entrar por el momento a mi propia casa —le dije.

—¿Cómo que no es capaz, señorita Bell? Por favor, le pido que trate de ser más específica —me dijo, pero al momento de querer

del avión, y seguramente le habían pedido al doctor que apagara su teléfono como a todos los demás ahí dentro.

—¡Rayos! —me dije un poco desilusionada, pues ahora sí iba a tener que esperar hasta que el doctor Monroe llegara para poder hablar con él y me ayudara con todo esto que me estaba sucediendo y me estaba matando de la angustia y de los nervios. Pasaron quizás unas dos o tres horas más después de haber colgado por última vez con el doctor Monroe, las cuales, a mí me parecieron como unas veinte o treinta horas. Y también, fueron las causantes de que me acabara poco a poco cada una de las uñas de mis dedos en ese momento. Entonces, de pronto y sin esperármelo, sonó el teléfono de nuevo. Inmediatamente lo tomé y me di cuenta que era el mismísimo doctor Monroe, el cual me llamaba para avisarme que acababa de llegar en este momento, además, me dijo que si yo lo deseaba podía encontrarme ahora mismo con él en su consultorio.

—¡Sí! —le contesté sin titubeos—. Ahora mismo salgo camino para allá, terminé diciéndole, y arranqué inmediatamente mi auto. Cuando llegué hasta ahí, me estacioné afuera, a un lado de la banqueta, para esperarlo hasta que llegara del aeropuerto. Transcurrió quizás una media hora hasta que al fin el doctor Monroe apareció y, luego, al verme ahí estacionada, de igual manera se estacionó y bajó rápidamente del auto para alcanzarme hasta mi coche.

—¿Pero qué es lo que está pasando, señorita Bell? Pues créame que, ahora sí, me está asustando —me dijo con un tono de voz un poco preocupado, al mismo tiempo que observaba la cortada en mi mano y luego, me invitó a pasar a su consultorio.

Al estar ahí, sin poder remediarlo comencé a llorar sin poder parar, y además, lo hice con los nervios de punta, pues estaba también, sin darme cuenta, temblando bastante. Luego, comencé a relatarle al doctor Monroe uno a uno los espeluznantes acontecimientos que me habían estado pasando desde la última vez que nos habíamos visto. Y al contarlo, mis manos y mi cuerpo siguieron temblando, al mismo tiempo que me escurrían los chorros de sudor por la cara y el cuerpo. Además, cualquier ruido, como el teléfono de su celular, o la puerta del baño, que se cerró repentinamente al encender el doctor el aire

doctor no podía dar crédito a cómo me estaba comportando ese día, pues era otra persona completamente diferente a la que él había visto la última consulta que tuvimos juntos.

No obstante, la gota que derramo el vaso fue el momento en que el doctor se paró amablemente a servirme un poco de agua, que silenciosamente llenó, pues no lo escuché hacerlo. Se encontraba de espaldas mientras yo continuaba hablando. Entonces, al acercarse a mí, después de llenar el vaso, tocó mi hombro para ofrecérmelo. Y justo en el momento en el que lo sentí llegar detrás de mí y me tocó de pronto, me levanté como histérica gritándole al doctor que se fuera y se alejara de mí, pegando un enorme brinco mientras me pegué a la pared completamente asustada. Entonces, comencé a decirle al doctor:

—¡Ahí esta! ¡Ahí está de nuevo, la muerta! —le dije, y empecé a señalar primero a un lado y luego al otro, como tratando de adivinar donde se encontraba ese espíritu maligno.

—¿Ahí está quién, Miranda? Yo no puedo ver a nadie más aquí, metido en este cuarto con nosotros, señorita Bell.

—¡La muerta! —le dije—. La muerta que se me está apareciendo una y otra vez y que no me deja en paz ni un segundo.

—¿Qué muerta, señorita Bell? Yo no veo aquí absolutamente a nadie —me dijo el doctor totalmente consternado, pues no sabía que iba a hacer ahora conmigo. Pero lo más grave del asunto era que no podía entender cómo los medicamentos que me había recetado, que eran un poco fuertes, por cierto, no me habían hecho ningún efecto.

—Estoy segura que por allí está, doctor Monroe, nada más que usted no la puede ver, ni nadie más, se lo aseguro. El asunto es nada más conmigo y no puedo comprender por qué —terminé diciéndole, pues ni yo misma sabía qué era lo que me estaba sucediendo.

El doctor, al escucharme hablar de esa manera tan incoherente, decidió permanecer callado sin decir ni una sola palabra más al respecto, en espera de que algo más sucediera, pero no pasó nada más. Únicamente se me quedó mirando como cerraba y me tapaba los ojos y luego los volvía a abrir, mirando por entre los dedos. Y ahora sí, se dio cuenta de que yo estaba completamente mal, así que decidió tomar su libreta para apuntar algunas cosas, al igual que su cámara

pues supuse que era algo que tenía que hacer en relación a su trabajo o no quise darme cuenta que de alguna manera, eso, más delante me iba a afectar bastante.

—Paciente joven, de veintiséis años, con trastornos de bipolaridad o maniaco-depresiva, que presenta estados de ánimo muy cambiantes; de la misma manera, que imagina cosas y escucha voces que no existen. Además, presenta un alto grado de esquizofrenia en su haber, por lo que es recomendable internarla inmediatamente para evitar que pueda dañarse a sí misma o a alguien más, poniendo en riesgo su propia salud y la de las demás personas —terminó diciendo el doctor Monroe en su pequeña grabadora, y luego la apagó y se acercó a un lado mío para darme un poco de consuelo.

—Tranquila, señorita Bell. Por favor, tranquilícese. Mire, voy únicamente aquí, a un lado, a hacer una llamada urgente. Pero, por favor, no se mueva ni se vaya por nada del mundo. No voy a tardar más de un minuto, se lo prometo. Y eso fue exactamente lo que hizo, pues regresó en un cerrar de ojos y luego, me ofreció su mano para que me levantara, y al hacerlo, rodeó suavemente con la otra mi espalda para que yo me sintiera un poco protegida y no me sintiera tan sola.

—Muchas gracias, doctor Monroe —le dije, pues él era la única persona en este mundo en la cual, ahora, yo confiaba.

—No se preocupe, Miranda —volvió a repetirme el doctor.

—Verá que muy pronto se va a sentir mucho mejor, y en este lugar la van a ayudar todos a conseguirlo —me dijo una vez más el doctor Monroe al mismo tiempo que me sostenía un poco más fuerte del brazo.

—¿En este lugar? —me dije a mí misma, reflexionando un poco en sus palabras—. ¿Acaso habré escuchado bien?

Y mientras trataba de captar la información que el doctor Monroe acababa de darme, dos personas, para ser exactos hombres, y que al parecer el doctor Monroe había llamado por teléfono mientras él se dirigía al consultorio, entraron vestidos de blanco, cosa que no me gustó ver para nada; pues supuse inmediatamente que querrían llevarme al manicomio. Entonces, reaccioné como por obra de magia y logré zafarme milagrosamente de las manos del doctor Monroe. Sentí en ese momento que me había decepcionado profundamente. Luego,

espinilla, y me escapé logrando escabullirme de ahí. Me dirigí hasta mi auto para que ni esos tipos ni el doctor pudieran alcanzarme.

—¡Mi casa! —me dije un poco pensativa—. Tengo que llegar a mi casa a recoger unas cosas e ir por el dinero que tengo escondido y huir rápido, antes de que estos tipos me encuentren y me encierren en ese lugar tan horrible de por vida.

Así que arranqué el auto rápidamente y me dirigí hasta allá. Llegué en unos cuantos minutos y luego, me bajé del auto y abrí la casa, hasta dirigirme a mi recámara. Tomé de mi closet una de las cajas de zapatos donde tenía bien escondido un poco de dinero, pues, lo demás lo tenía muy bien guardado en el banco, ya que no lo podía tener todo ahí, en ese lugar tan inseguro. Al momento de tenerlo ya en mis manos, no me percaté que tanto el doctor como los dos enfermeros me habían seguido hasta mi casa. Así que, al escuchar golpear la puerta, sentí como mi mundo se empezaba a desmoronar de nuevo y di un gran brinco por el tremendo susto al escuchar los golpetazos en la puerta que estas personas habían dado.

—¡Nooo…! —grité con mucha angustia. ¡Por favor, Dios, ayúdame! No quiero que me lleven a ese horrible lugar lleno de locos y de gente extraña, por favor, te lo suplico. Hazme el milagro, como nunca antes te he pedido nada en la vida. Y antes de que volviera a decir una sola palabra más, de nuevo, el golpeteo en la puerta sonó, pero ahora un poco más fuerte, cosa que me hizo brincar de nuevo. Y escuché entonces al doctor Monroe decir que abriera de una vez por todas la puerta o si no él mismo la derrumbaría. De pronto y sin esperármelo, sintiendo una gran impotencia dentro de mí, me senté desvaneciéndome en la silla del pequeño escritorio que tenía dentro de mi habitación. Y luego, sentí como si alguien más se hubiera metido en mi cuerpo, entonces, empecé a escribir datos y más datos en una libreta que ahí tenía, encima de mi preciado escritorio.

—¡Por favor, abra ya, señorita Bell! O me veré en la penosa necesidad de hacerlo yo mismo. ¡Lo único que quiero es ayudarla! ¡Créamelo, por favor!, ¡y no siga con esto! —insistió una vez más el doctor Monroe, y me desequilibró un poco volver escuchar de nuevo sus gritos, por ahí, en un lugar de mi subconsciente.

mí y volví a sentirme yo misma de nuevo.

—¡Ferdinand! —recordé de pronto a mi gran amigo y antes de que fuera demasiado tarde marqué a su número de inmediato, pero, esas personas, junto con el doctor, lograron por fin abrir la puerta. Esto me asustó mucho y, luego, simplemente los vi entrar y empecé a dar unos cuantos pasos para atrás para darme un poco de tiempo y poder hablar con mi amigo.

—¿Bueno? ¿Mimí? ¿Eres tú?

—¡Sí, Fer, soy yo! —le dije gritando—. ¡Por favor, ven rápido!

—¿Pero qué es lo que está pasando, Mimí? ¿Por qué te escucho tan alterada?

—¡Me van a encerrar en el manicomio y tengo muchísimo miedo Fer!

—¡Qué! —me gritó mi amigo, sin poder creerlo—. Pero ¿qué estás diciendo Mimí? ¿Cómo que en el manicomio? ¿Por qué? —volvió a preguntarme, cuando de pronto, escuchó salir de mí un gran grito de desesperación, y luego, solo permaneció callado para ver qué es lo que escuchaba del otro lado del teléfono.

—¡No! ¡Suélteme! —grité una y otra vez mientras Ferdinand me escuchaba con impotencia de no poder hacer nada.

Después, mi celular, simplemente se cayó al suelo. Ferdinand siguió escuchando todo lo que me estaban haciendo esos animales en ese momento. Luego, todos al mismo tiempo, me tomaron de las manos fuertemente para que no fuera a escaparme. Mi gatito fiel se acercó, pues, al parecer no le estaba gustando nada lo que me estaban haciendo esos hombres. Así que, supongo que como todo animalito fiel a su ama, sintió o le transmití quizás un poco de mi angustia, pues repentinamente dio un gran brinco en el aire hiriendo de un rasguño la cara de uno de esos dos hombres para protegerme. Luego, después de ver al hombre gritar por el rasguño que le había hecho en la cara mi gato fiel, me subieron en una especie como de camioncito, en la parte trasera de este. Me pusieron además, en contra de mi voluntad, un tipo de camisa de fuerza que me inmovilizó por completo y lo único que pude hacer fue nada más patear con todas mis fuerzas a todos lados ahí dentro, sin darme cuenta que eso me afectaba todavía más en mi comportamiento.

dirigió de inmediato; primero hasta mi casa, y ya ahí dentro, y con lo observador que era, se dio cuenta de algunas cosas extrañas que yo había estado haciendo últimamente. Por ejemplo; al entrar ahí, lo primero que vio fue, tirado en el suelo a un lado de la puerta, la almohada con la que dormía encima de una cobija extendida. Lo que le daba a entender claramente que yo había estado durmiendo ahí en el piso, quién sabe por cuánto tiempo. Pero, eso no terminaba ahí, pues lo peor que pudo ver ahí tirado al momento en que movió la almohada con el pie, fue un filoso cuchillo dentro de la funda, justo debajo de la almohada. Ferdinand, un poco sorprendido por eso, siguió explorando meticulosamente toda mi casa y, al entrar a mi recámara se dio inmediatamente cuenta que en el baño se encontraba roto el espejo que colgaba sobre la pared. Y además, que ahí dentro tenía conectados en todos los enchufes o conexiones, lucecitas que nunca se apagan repartidas por toda la casa, al igual que una gran cantidad de velas. Supuso que eso lo había hecho por si llegaba a irse la luz, además de ver repartidas un montón de linternas en partes estratégicas de la casa.

—¡Ay, Mimí! ¿En qué estarías pensando con todo esto? —se dijo. Luego vio tirado en el suelo el libro que había caído aquel día quedando abierto en una sola página en específico, cosa que le llamó muchísimo la atención. Así que, se acercó para explorar que era lo que ahí decía, y vio con gran asombro que se trataba de un pueblito en Irlanda, pues, él sabía lo mucho que me gustaba ese país. Le pareció un poco extraño el ver, además, la hoja suelta de mi libro predilecto arrancada ahí, como si nada, sobre el suelo; pues, él sabía lo mucho que yo odiaba el que alguien rayara o arrancara una hoja de cualquier libro, y peor aún, que le hicieran dobladillos en algunas de las esquinas.

—¡Ay, Mimí! ¿Qué cosas estarías pasando tú sola que no fuiste capaz de decírmelo? — se preguntó Ferdinand una y otra vez, y luego salió de ahí y se dirigió presuroso al manicomio.

Al llegar ahí, el lugar le pareció horrible, tal como se mostraba en las películas de terror en el cine, pues, de inmediato podía sentirse que no había vida ahí dentro. Rápidamente se dirigió hacia dentro para ver si alguien le podía dar alguna noticia mía. Afortunadamente, y

alcanzó y le preguntó si acaso conocía o sabía algo de la señorita Bell, pues, no sabía si me encontraba realmente en ese lugar internada. El doctor Monroe supuso de inmediato que ese hombre que estaba ahí parado preguntando por mí, era ni más ni menos que mi gran amigo Ferdinand, del cual yo le había hablado tantas veces.

—Sí, efectivamente está aquí —le dijo el doctor. Y supongo que usted ha de ser Ferdinand. ¿O me equivoco? —preguntó casi sin ninguna duda de eso el doctor Monroe.

—No, doctor. Está en lo correcto —le contestó Ferdinand.

—Pero, dígame, por favor. ¿Qué fue lo que pasó? Pues, hasta donde yo sé, Miranda ya se encontraba muchísimo mejor de sus nervios. Y quiero, además, que me diga si su familia ya está enterada de todo esto —le preguntó Fer al doctor, pues no podía dar crédito a todo esto que me estaba sucediendo.

—Sí, acabo justamente de colgar hace un rato y hablar con ellos y ya vienen además en camino.

—Ahora discúlpeme, por favor, tengo que hacer unos pendientes aquí, en el hospital. Pero, no se preocupe, su amiga va a estar perfectamente bien atendida aquí, se lo prometo.

—¡No! ¡No me prometa nada! —le contestó un poco molesto Ferdinand—. ¡Pues ella confió plenamente en usted, y mire lo que usted vino a hacerle! ¡Pero una cosa sí le digo, doctor Monroe! ¡No me moveré de aquí por nada del mundo hasta que se me permita poder hablar con ella. ¿Me escuchó?

Cosa que no le gustó para nada escuchar al doctor Monroe, en especial por el tono en que Ferdinand se lo había dicho.

Mientras tanto, a mí me encerraron en un cuarto que lucía acolchonado por todas partes, y ya ahí, sin tener ningún otro lugar a donde ir, solo me senté a meditar por un momento en una de las esquinas. Pensé que si seguía en este plan, poniéndome cada vez más difícil, pataleando y haciendo berrinches, lo iba a pasar cada vez peor. Entonces, decidí no seguir haciéndolo, e iba además a cooperar en todo, para así poder tratar de escaparme muy pronto de ese lugar tan deprimente.

—¡Ay, Ferdinand! —me dije un poco pensativa—. Ojalá estuvieras aquí conmigo en este preciso momento amigo mío.

que me corría una lágrima por la mejilla, sin darme cuenta que mi Ferdinand se encontraba ahí afuera, mostrándome como siempre su lealtad y apoyo incondicional en todo momento.

De igual manera, mis padres llegaron al hospital psiquiátrico donde el doctor inmediatamente los recibió. Los pasó a uno de los consultorios, donde Ferdinand también se unió a la conversación y permaneció por ahí en una esquina, alejado. Solo se dedicó a escuchar toda la serie de acontecimientos que me habían estado ocurriendo últimamente, sin poder dar crédito a todas las palabras que estaban saliendo de la boca del doctor Monroe. Y para colmo, y para echarle más tierra al asunto, mi madre le comentó al doctor Monroe que ella estaba segura que algún día esto iba a pasarme; pues, desde el día en que había nacido siempre había sido una niña un poco extraña. Le comentó que muchas veces presentía cosas que iban a suceder y para el asombro de ella siempre pasaban. De igual manera, le hizo saber que mis estados de ánimo siempre habían sido muy cambiantes, pues, de pronto cambiaba a muy alegre y en un dos por tres me enojaba o me deprimía sin motivo alguno, y un montón de cosas más; que acabaron, ahora sí, por sepultarme por completo.

Ferdinand, al escuchar todo lo que mi madre estaba contándoles acerca de mí, sintió mucha pena; pues, después me lo dijo. Y desde ese momento pudo comprender por qué era una chica demasiado solitaria e introvertida.

—Pobre Mimí —se dijo con un nudo en la garganta, mientras seguía escuchando hablar a mis padres de mi vida tan misteriosa. Así que mejor optó por retirarse de ahí, pues sentía que ya había escuchado lo suficiente.

—Con permiso —se despidió educadamente de todos, y salió a buscar a una enfermera para ver si le permitía, aunque fuera por un momento, hablar a solas conmigo.

Se acercó a la primera enfermera que vio y le preguntó si podía hacerlo, cosa que le fue negada por el momento, pues la señorita necesitaba primero el consentimiento del doctor Monroe para poder hacerlo. Entonces, un poco frustrado, Fer fue a sentarse cerca de la sala donde se encontraban hablando el doctor con mi familia y esperó y

diéndose al fin de cada uno de ellos.

—Hasta pronto, doctor —le dijo mi madre bastante preocupada—. Por favor, manténganos informados del estado de Miranda y háblenos lo más pronto posible por teléfono para poder venir a visitarla.

—Sí, señora. No se preocupe, que así lo haré.

—Gracias, de nuevo —se despidieron mis padres, y fue cuando Ferdinand aprovechó y se acercó de inmediato al doctor para pedirle autorización para poder verme, aunque fuera por un momento.

—Lo siento, joven. Me temo que eso será imposible, pues primero tenemos que esperar a que Miranda se tranquilice un poco, y en los primeros indicios que muestre alguna mejoría, créame que se lo haré saber tanto a usted como a los padres de ella.

—¡Por favor! ¡Se lo suplico! Permítame verla aunque sea por un par de minutos, es más, usted entre conmigo si así lo desea y, luego, le prometo que saldré rápidamente, se lo juro. Pues, nada más quiero verla y saludarla para que no se sienta tan sola, ya que en este momento necesita todo mi apoyo, pues hace ya mucho tiempo que no la veo. Además, estoy completamente seguro que ahora lo ha de estar pasando muy mal y también ha de estar muy asustada, ahí encerrada, ella sola. Además es lo mínimo que la pobre se merece, ya que ella confió en usted, y mire a donde vino a encerrarla. Y como si fuera poco, también le puso una camisa de fuerza. Y créame, en esas condiciones no creo que pueda hacerme mucho daño que digamos —concluyó casi rogándole Fer, para que el doctor desistiera y le hiciera caso de una vez por todas.

Al doctor Monroe no le gustaron mucho las palabras de mi amigo Ferdinand, pero aun así accedió, supongo, por tratarse de mí. Ya que aunque los psiquiatras, con el tiempo, se hacen un poco como si estuvieran hechos de piedra para que no les afecten las palabras y comentarios de sus pacientes; estoy segura que en especial a mí, me tomó todo ese tiempo un poco de cariño.

—Está bien —le dijo—. Pero se lo permitiré nada más por un par de minutos. ¿Me escuchó? —dijo el doctor, ya que sabía por mi propia boca lo muchísimo que yo quería a Ferdinand.

—Primero déjeme entrar a mí para ver cómo se encuentra la paciente y luego, usted podrá entrar a verla. ¿Está bien?

nado, y luego esperó a que saliera el doctor de una salita donde me habían llevado, fuera del cuarto acolchonado, pues ya me encontraba muchísimo más tranquila y más cooperadora.

—Ya en la salita, al verme el doctor de cerca, y que yo me encontraba un poco más tranquila después de unas cuantas horas de encierro, hizo pasar a Ferdinand; pues, pensó que quizás eso me haría un poco de bien. Solo permaneció muy cerca con una inyección en la mano. Supongo que era un tranquilizante por si en mi estado, tan cambiante, volvía a alterarme.

Al entrar Fer y verme en esa situación tan penosa, y un poco indefensa; un gran nudo se le hizo en la garganta y no pudo evitar ni por un segundo que las lágrimas le corrieran por sus mejillas.

—¿Mimí? —preguntó, para que yo supiera que allí se encontraba—. ¿Mimí? —insistió, para ver si yo lograba reconocerlo—. ¡Soy yo! ¡Fer! ¡Tu amigo! El *molestón* —me dijo, y luego esperó por unos segundos para ver si yo le contestaba algo o reaccionaba de alguna manera, pero nada.

Mi rostro parecía un poco perdido, como si estuviera fuera de este planeta, y aunque apenas podía ver por los orificios de mi cabello, que tenía suelto y revuelto enfrente de mi cara, lo único que Ferdinand podía ver en mí eran unas enormes ojeras que me llegaban hasta las mejillas y una mueca de profunda tristeza, como si estuviera un poco muerta en vida.

—¿Mimí? ¡Háblame, por favor! ¡Soy yo! ¡Fer! ¡Tu Ferdinand!

—¿Fer? ¿Ferdinand? —reaccioné de pronto un poco, al escuchar su nombre después de tanto tiempo sin hacerlo, y pensé: «¿Acaso será esto posible? Fer, mi único y querido amigo estaba ahí conmigo en este preciso momento.»

—¡Sí! ¡Sí! —me dije una y mil veces más al desviar mi mirada perdida, y lo vi ahí sentado, a un lado mío, muy cerca de mí. Traté de abrazarlo, pero no pude, pues solo choqué contra él y caí a un lado suyo. Inmediatamente me levantó y el doctor se acercó de igual manera a ayudarme, pero Ferdinand le hizo saber que todo estaba bien. El doctor, al verme un poco mejor ahora, se retiró al otro lado de la ventana para poder darnos un poco más de espacio.

no tuviste la confianza de contarme nada? ¡Créeme que yo hubiera hecho hasta lo imposible por ayudarte! ¿Por qué? —volvió a repetir Ferdinand—. ¿Por qué no me lo dijiste? ¡Quizás, si lo hubieras hecho, ni siquiera estarías aquí encerrada! ¡Pues créeme que yo te hubiera ayudado para evitarte todo este sufrimiento! ¡Es más! —prosiguió mi amigo—, llegué a pensar que ya no me querías ver, pues me rechazabas una y otra vez, y supuse que ya no querías que fuéramos amigos.

—No, no es así, Fer. Si no te hablé fue porque tenía mucho miedo.

—¿Pero miedo de qué, Mimí? ¿De todo lo que te estaba pasando?

—No —le contesté a Fer un poco triste.

—¿Entonces? ¿Miedo de que, Mimí?

—Tenía miedo de perderte. Tenía miedo de que fueras a pensar que estaba loca y no quisieras acercarte a mí nunca más, ni hablarme. No sabía que ibas a pensar de mí y como ibas a reaccionar si te lo contaba, pues me hubiera dolido hasta el alma si te hubiera perdido al rechazarme. Y mírame ahora —continué hablando.

Fer, al terminar de escucharme decir estas palabras, se limitó a darme un abrazo muy fuerte y, luego, simplemente me soltó; pues, el doctor Monroe entró y le hizo saber a Ferdinand que ya era la hora de retirarse.

—¡Un minuto más! ¡Por favor! Trató Fer de convencerlo, pero el doctor se puso firme en su decisión y a mi amigo no le quedó más remedio que obedecerlo.

—Hasta luego, Mimí. Ya tengo que irme —me dijo Fer con un poco de nostalgia—. Pero te prometo que pronto volveré y te ayudaré a salir de este infierno, así sea lo último que haga en esta vida —me dijo Fer, susurrándomelo al oído para que el doctor Monroe no escuchara ni una palabra de lo que me había dicho. Después, simplemente me dio un pequeño beso en la cabeza y se paró, pasando a un lado del doctor Monroe, mirándolo con desprecio.

—¡Espero que su diagnóstico sea el correcto, doctor! —le dijo Fer— ¡Porque si no es así…! ¡Se lo juro que me las pagará y haré hasta lo imposible por sacar a Miranda de aquí! ¡Así sea lo último que haga en este mundo! ¿Me escuchó, doctor Monroe…?

—¿Me esta acaso usted amenazando, Ferdinand? —le preguntó un poco irritado el doctor Monroe a mi amigo.

hacer para sacar a Miranda de aquí, así que váyase preparando para lo que viene, doctor Monroe.

—Mire —le contestó, como era su costumbre muy educadamente, el doctor Monroe a Ferdinand. Sé que por el momento está alterado por la situación y también por ver a su amiga en ese estado, pero ya verá que muy pronto me dará la razón, y así traiga al mejor psiquiatra del mundo para valorarla, todos le dirán exactamente lo mismo y comprenderá que estaba muy equivocado con respecto a su amiga.

—Ya lo veremos, doctor Monroe, ya lo veremos —concluyó Ferdinand.

—¿Sabe?, creo que ya escuché suficiente. Así que hágame el favor de retirarse de aquí inmediatamente —le contestó el doctor Monroe ya un poco molesto. Salió de ahí, y el doctor lo siguió con la mirada hasta la salida, hasta que lo perdió por completo de vista. Después de eso, el doctor aprovechó ese estado de quietud en que me encontraba y entró para ver si ya podía pensar con claridad o seguía teniendo alucinaciones.

Al verlo entrar tan tranquilamente, como si nada de esto pasara... Yo todavía me encontraba totalmente desilusionada en mi interior por lo me había hecho el doctor Monroe al encerrarme aquí, pues pensé que él era el único en este planeta que podría realmente ayudarme, pero resultó ser exactamente todo lo contrario. Y aunque trató de sacarme un poco de conversación para ver cómo me sentía, yo lo ignoré por completo y no contesté ninguna de sus preguntas. Desvié mi mirada hacia otro lado, a un punto fijo, para que comprendiera que no tenía las mínimas ganas de hablarle y me dejara en paz de una vez por todas.

El doctor, al verme con esa actitud de rechazo, comprendió muy bien que no deseaba hablarle por más que se esforzara, así que salió un poco desconcertado por mi actitud de rechazo. Luego, simplemente cerró la puerta para que yo pudiera descansar un rato y me repusiera de todas mis desveladas.

—¡Debo salir de aquí lo más pronto posible! —me dije, así que ideé un plan para poder llevar acabo mi huida lo más pronto posible. Dos días después de permanecer encerrada en un cuarto sin venta-

más calmada, me sacaron junto con los demás enfermos a un jardín muy hermoso y muy grande, pero ahora lo hicieron sin la camisa de fuerza, ya que ese día era una persona totalmente diferente a la que era apenas hace un par de días. Y ahí nos encontrábamos distribuidos todo tipo de pacientes; algunos, por supuesto, más alterados que los demás; otros, demasiado pasivos para mi gusto, pues se encontraban como idos, volteando solo a mirar un punto fijo; y los restantes, por lo contrario, solo decían una sarta de tonterías. Fue entonces que me dije a mí misma que tenía que salir inmediatamente de ahí, si es que en verdad no me quería volver loca como toda esa gente, y luego pensé que quizás si lo estaba y no quería aceptarlo de ninguna manera.

—Por lo pronto me voy a comportar lo mejor que pueda para que los enfermeros no me vuelvan a encerrar en ese cuarto acolchonado y pueda escaparme, de ser posible, hoy mismo, o quizás mañana —me dije.

Mientras tanto fui a pararme en un rinconcito donde pudiera pasar desapercibida por toda esa gente y me puse a observar el comportamiento de cada uno de ellos.

—¡Por todos los cielos! —Pensé una vez más—. ¿En verdad me veré yo así, igual de mal que ellos?

Y antes de que se me ocurriera decir alguna otra cosa, uno de ellos se me acercó y me entregó un pequeño trébol, que supongo había cortado por ahí en algún lugar del jardín. Al verlo en mis manos, una gran emoción corrió dentro de mí, y le pregunté de inmediato de dónde lo había arrancado, pues los tréboles, inexplicablemente siempre han crecido muy cerca de mí, y siempre salían en cualquier jardín donde yo vivía o pasaba demasiado tiempo.

—¿Dónde lo cortaste? —le volví a preguntar, pero solo se me quedó mirando.

—¿Que dónde lo cortaste? —le seguí preguntando una y otra vez con insistencia, pero el pobre hombre no me supo responder. Y luego, al sentirse un poco hostigado por mí, simplemente se llevó las manos a los oídos y se los cubrió para no seguir escuchándome.

—¡No te vayas! —le grité una vez más, pero el pobre hombre huyó de mí consternado, así que no quise seguir insistiendo para no buscarme ningún problema.

buscar por todas partes en el suelo y cuando menos lo esperé, ¡ahí estaban!, creciendo hermosos por todos lados. Al verlos florecer ahí, muy cerca de mí, sentí como si de alguna manera me encontrara en el jardín de mi casa y me entró una gran nostalgia recordando aquellos días tan pacíficos que alguna vez tuve cuando salía a leer un interesante libro todas las tardes en mi pequeño y hermoso jardincito.

—¡Qué días aquellos! —pensé—. Ojalá pudiera regresar en el tiempo y prensar únicamente un botón mágico para quedarme para siempre en uno de esos tantos días en que para mí era todo completa armonía. Después de ese pequeño, pero muy agradable momento, los enfermeros que se encontraban siempre ahí cerca, vigilando cada uno de nuestros movimientos y comportamiento, nos llevaron a un enorme salón en donde se encontraban innumerables mesas. La mayoría con algo de material didáctico para niños, para que así pudiéramos trabajar en algo y entretenernos un poco para no aburrirnos. Y claro, como era de esperarse, yo me senté en una mesa donde había algunas cartulinas con lápices y empecé a pintar y pintar, sin poder parar, hasta que al fin tuve terminada mi pequeña pintura.

—¡Ay, como extraño pintar! —lo pensé por un segundo, y justo en ese momento se acercó una enfermera a mí y se paró a mi lado para ver qué es lo que había pintado. Al hacerlo, pude ver como se había quedado con la boca abierta por un instante por todo lo maravilloso que había podido pintar en ese trozo de cartoncillo con unos simples lápices. Así que, en un tono suave y muy amable me pidió si podría tomar prestada por un momento mi cartulina para enseñársela a una persona. Yo simplemente le dije que sí, que por mí no había ningún problema. Ella empezó a dudar un poco de si en verdad yo estaba loca o no, pues vio en mi comportamiento a una persona totalmente normal, y hablé con ella mirándola siempre fijamente a los ojos.

—Enseguida regreso, linda, y te traigo tu dibujito.

—Está bien —le contesté.

—No tardo nada, te lo prometo —volvió a decirme, por lo que yo le contesté de nuevo que estaba bien, así que solo me retiré de ahí y me di la media vuelta para buscar otra cosa más en que poder entretenerme.

completo, solo se me ocurrió pararme por ahí cerca en un rincón y me puse a observar las ventanas y las puertas de seguridad que se encontraban ahí, por todos lados. Me puse entonces a planear cómo me iba a escapar de ahí en la primera oportunidad que tuviera.

Después de un rato más ahí, trabajando en ese pequeño taller de manualidades, enseguida nos pasaron a todos al comedor para que pudiéramos tomar, como todos los días, nuestros alimentos. Después, nos acompañaron a todos a nuestras respectivas habitaciones para que pudiéramos descansar un poco. Y ahí, ya dentro de la mía, me dieron una tableta de medicina para que me la tomara por segunda vez en el día, lo cual, de nuevo no hice. Solo simulé hacerlo, dejándola ahí escondida por un rato debajo de mi lengua, pues recordé que ese tipo de pastillas solo lograban atontarme un poco, y yo no quería estarlo, pues tenía que estar en mis cinco sentidos al momento de poder escapar. Así que en un descuido de la enfermera la saqué de mi boca y la enterré en una maceta. Después de un rato, la hora de la siesta llegó, y afortunadamente ese día se extendió un poco y pude descansar tranquilamente y recuperarme un poco de todos los días tan pesados que había tenido fuera del hospital psiquiátrico. Después de ese buen descanso nos llevaron de nuevo al comedor, pero en esta ocasión nos sirvieron a todos la cena, la cual supuse que iba a estar horrenda, pero estuvo mucho mejor de lo que me había imaginado.

Todavía recuerdo que mientras nos estaban acomodando en pequeños grupos en cada una de las mesas, pude notar que de lejos, en un lugar muy escondido allí arriba, pero muy estratégico, se encontraba el doctor Monroe tratando de pasar desapercibido. Ahí, un poco escondido de todos; sin embargo, yo sí lo pude notar. Así que traté de comportarme lo mejor posible enfrente de todos los enfermeros y demás pacientes para ver si así me ganaba de nuevo y poco a poco la confianza del doctor Monroe para que me pudiera dar de alta y me sacara de ese lugar en caso de que yo no pudiera escaparme. Por el momento, todo se encontraba marchando perfectamente bien, y de hecho, la mayoría ya habíamos terminado de tomar nuestros alimentos para retirarnos de nuevo a nuestras habitaciones. Sin embargo, y antes de que pudiéramos hacerlo, la misma persona que me dio el

lado, en nuestra mesa, de pronto cambió su rostro de muy contento a muy serio, y hasta dio un pequeño saltito como si algo o alguien se hubiera metido a su cuerpo.

—¡Miranda! —mencionó mi nombre con un tono de voz más grueso. Eso captó mi atención y también me espantó un poco, pero sobre todo porque yo jamás había visto a ese hombre antes en la vida, y él, estoy segurísima que mucho menos a mí. Pensé que era muy difícil que supiera mi nombre, entonces decidí guardar silencio, pues parecía que tenía algo muy importante que decirme. Pero, en ese momento, y cuando menos lo esperaba, tomó fuertemente una de mis manos sin soltarme y me dijo lo siguiente:

—No hay tiempo. Debemos apurarnos —terminó diciendo. Y luego me miró a los ojos muy fijamente, como nunca antes lo había hecho conmigo nadie, lo cual solo hizo que entrara una vez más en estado de shock y de pánico; sobre todo porque el tipo no quería soltarme, y por más que trataba y trataba, no podía zafar mi mano de la suya, la cual me estaba apretando muy, pero muy fuerte.

—¡Suéltame, engendro! —grité una y otra vez para que me soltara, pero era como si fuera imposible poder hacerlo.

—¡Suéltame! ¡Ya basta, estúpido! ¡Suéltame, te estoy diciendo! —le dije. Y seguí gritando, armando ahí en medio de todos un gran escándalo. Con ello, lo único que conseguí fue alterar a todos los pacientes que nos encontrábamos ahí cenando, cosa que no quería que pasara desde un principio. Solo logré perjudicarme una vez más a mí misma, pues el doctor Monroe no dejaba de mirar todo lo que estaba sucediendo a detalle desde ahí arriba. Así que le pidió por medio de una especie de radio a uno de los enfermeros que me inyectaran un calmante para poder tranquilizarme, y eso fue exactamente lo que hicieron esos animales, que rápidamente me llevaron a un pequeño cuarto en donde, ademá,s me encerraron. Y ahí permanecí a solas por un muy largo tiempo, totalmente sedada e ida literalmente de este planeta.

Después de haber transcurrido unas cuantas horas del incidente, y ya mucho más calmada, casi en mis cinco sentidos, reflexioné un poco por qué el doctor Monroe me tenía ahí dentro en ese hospital

poco pensé que a lo mejor, y con lo que acababa de pasar hace apenas un rato, quizás yo sí estaba después de todo un poco loca; pues a cada rato veía fantasmas y, además, escuchaba voces que otros no. Entonces, ahora sí, me puse demasiado triste y, además, pensé que ahora sí iba a ser más difícil que el doctor Monroe me dejara salir, y menos con mi conducta tan extraña últimamente.

Así que solo estuve en mi habitación perdiendo el tiempo, sin hacer absolutamente nada. Me puse a mirar el techo por no sé cuánto tiempo, pero sí el suficiente, pues los días siguieron pasando, ya que se hizo de noche repetidas veces. Aun así, estaba decidida a escaparme apenas tuviera una pequeña oportunidad para hacerlo. Cuando se dieron cuenta de que había logrado mantenerme calmada por un buen rato, una de las enfermeras se ofreció a llevarme a las regaderas para bañarme y poder así asearme, aunque fuera un poco.

Después de un rato de permanecer ahí en la regadera y, además, también un poco incómoda, pues la enfermera me estaba viendo completamente desnuda, me sentí con un poco más de fuerzas y totalmente decidida para escaparme en ese momento del hospital. Pues, al estar ahí, mientras me caía el agua a chorros por toda mi cara y cuerpo, se me ocurrió el plan perfecto para poder hacerlo. No sabía si volvería a tener una oportunidad más, ya que temía que la próxima vez que pasara un evento de esos, mucho más desagradable. Y no quería que me fueran a encerrar en un lugar más lejos de todos, donde encierran a los pacientes más enfermos y completamente dementes. Así que se me ocurrió la fantástica idea de ponerme a bailar y a cantar ahí mismo, en la regadera, e inmediatamente empecé a cantar una de las famosas canciones de John Bon Jovi:

Na na na na na na na na na na na
Na na na na na na na na na na na
Na na na na na na na na na na na
Rainy night and we worked all day
We both got Jobs cause there´s bills to pay
We got some things they can´t take away
Our love, our lives...

nunca conmigo, incluso me hizo algunos acompañamientos. Yo me puse a bailar, así, tal cual, en paños menores, para poder simular resbalarme y golpearme en la cabeza muy fuertemente y fingir además que me había lastimado un brazo.

Así que en uno de esos pasos rápidos y movidos aproveché y me tiré de un brincó al suelo, fingiendo que me había resbalado por el jabón que había tirado intencionalmente en el piso. Caí del lado derecho, golpeándome muy fuertemente en el suelo y, luego, rápidamente giré la cabeza en el pequeño escaloncillo, e intencionalmente me pegue con todas mis fuerzas en la frente para que pudiera salirme un enorme chipote y lograr con eso asustar un poco a la enfermera. Así, esta me llevaría de inmediato a curarme a la enfermería. Y vaya que sí lo logré, pues también fingí que me dolía muchísimo el brazo y le dije que estaba segura de que se me había roto el codo, cosa que no era cierta, pero creo que con mi gran actuación la convencí de todo, pues aparte, me chorreaba un poco de sangre de la frente. Así que me llevó inmediatamente ella sola a la enfermería, y ahí empezó a curarme.

Al estar ahí, ya con la bata puesta, vi que afortunadamente nadie se encontraba en el lugar, únicamente el guardia de seguridad que cargaba con todas las llaves del hospital. Fue él mismo el que se apuró a abrirnos y esperó fuera de la puerta para que la enfermera pudiera revisarme y curarme el brazo. Yo, por el momento fingí sentirme peor de lo que realmente estaba, así que aproveché el momento en que la enfermera se dio media vuelta para tomar las cosas que necesitaba para hacerme la cura y le inyecté uno de los calmantes que ya tenía listos para mí en una bandeja. Al sentir el piquete, y antes de que este le hiciera algún efecto, al caer al suelo trato de avisar al guardia de lo que yo acababa de hacerle. Yo reaccioné y tomé la misma bandeja que estaba ahí, a mi lado, y se la estrellé fuertemente en la cabeza para que no pudiera llamar al guardia ni a ninguna persona del hospital y fueran a descubrirme. Enseguida y rápidamente, como pude le quité el uniforme a la mujer y me cubrí con mi propio pelo el enorme chipote que tenía en la frente, además de ponerme el simpático gorrito que todas ellas se ponen. Coloqué a la enfermera como pude, ahí, recostada en la camilla, para que fingiera por un momento ser yo. Y

la cabeza para que no me reconociera el guardia. Le hice señas de que entrara, ya vestida con la ropa de la enfermera, como si lo necesitara urgentemente.

—¡Ayúdeme, por favor! ¡Venga! —le grité con insistencia, como si algo muy malo estuviera pasando dentro de la enfermería y necesitara de su ayuda rápidamente.

Al ver entrar al guardia con tanta urgencia en la enfermería y sin pensarlo dos veces, tomé un pequeño, pero bastante pesado adorno que se encontraba colocado en una de las esquinas, sobre una mesa, y se lo estrellé con todas mis fuerzas al guardia en la cabeza. Instantáneamente cayó al suelo, y ahí quedó inconsciente sin poder siquiera moverse, lo cual, al mismo tiempo que me preocupó, me alegró un poco. Entonces, pude salir. Primero tomando las llaves que le colgaban de uno de los extremos del pantalón y, luego, cerré inmediatamente por fuera la puerta de la enfermería para que a ninguno de los dos se le ocurriera salir en caso de que fueran a despertar antes del tiempo dispuesto.

—¡Ay, Dios mío! —pensé por un momento. ¡Ahora, lo que sigue! Así que me dirigí al enorme comedor, por donde tenía que pasar, pues no había ninguna otra salida por donde poder escaparme. Así que, al estar ahí simplemente lo hice; y logré pasar desapercibida, sin temor alguno, hasta el otro lado del salón. Pero, ahora venía lo peor, tenía que pasar por una reja donde cada empleado pasaba con su gafete electrónico, y recordé que se me había olvidado quitarle el suyo a la enfermera y no sabía si el tener el juego de llaves me ayudaría en algo para poder pasar al otro lado.

—Bueno, Miranda —me dije muy convencida—, intentémoslo.

Así que me dirigí caminando hasta el último de los pasillos, donde se encontraban algunas de las enfermeras hablando, y de manera muy natural, simplemente les di los buenos días a todas. Afortunadamente me ignoraron todas, excepto una que se encontraba al final del pasillo, lejos de las demás enfermeras, que al verme pasar un poco nerviosa y demasiado apurada para su gusto, se extrañó de no haberme visto antes; pues ella ya llevaba en ese lugar algo de tiempo trabajando y estaba segura de que ya las conocía a todas.

mente y sin esperármelo, me tomó un poco fuerte del brazo. Yo, de inmediato me zafé y le pregunté que si estaba todo bien, pues no me parecía correcta la forma en que me estaba tomando del brazo.

¿Tú no eres de aquí, verdad? —me preguntó un poco extrañada, pues ella estaba totalmente segura de conocer a todas las enfermeras de los dos turnos y le pareció un poco raro el no haberme visto ahí trabajando antes.

—Tienes toda la razón —le contesté muy segura de mí misma. Hoy acabo de entrar a este hospital, mucho gusto en conocerte —le dije tratando de no hablar más para que no me notara más nerviosa de lo que ya me encontraba ahora, así que me disculpé por no quedarme a hablar un poco más de tiempo con ella. Le dije que tenía que ir en ese preciso momento a resolver un pendiente del hospital y que otro día hablaríamos con más tiempo si quería, cosa que no me creyó en absoluto y, de nuevo volvió a tomarme del brazo para que la acompañara al consultorio del doctor Monroe. Sin pensarlo dos veces, y sin saber qué hacer en ese momento, lo único que se me ocurrió fue soltarme de nuevo del brazo. Le pegué un golpe con el puño cerrado con todas mis fuerzas en la cara, lo cual le hizo caer de espaldas. Entonces, aproveché que se encontraba en el suelo un poco inconsciente y la metí dentro de un cuartito en el que al parecer se metían algunos artículos de limpieza de las personas que hacían ahí el aseo. Luego la encerré por fuera con llave, pues, afortunadamente las llaves venían marcadas. Aproveché y le quité el gafete para poder salir de una vez por todas de ese maldito lugar que ya me estaba trayendo demasiada mala suerte. Una vez más, y sin poder salir de ahí por más que trataba, otro de los guardias, que iba acompañado ni más ni menos que del doctor Monroe, me vio a lo lejos tratando de huir de ahí . Este, le dio instrucciones al guardia para que viniera inmediatamente a detenerme, pues el doctor se dirigió al timbre de emergencia y lo hizo sonar para que más guardias llegaran y cerraran la puerta de salida para que no pudiera escaparme. Afortunadamente, y sin ellos saberlo, salí corriendo a la puerta de salida, que se encontraba a solo unos cuantos pasos de mí. Tomé entonces el gafete y lo pasé rápidamente por el lector de identificaciones, que instantáneamente lo detectó y la puerta

bía mandado el doctor Monroe me paro el pie al lanzarse de un brinco para detenerme; entonces, me sujetó con ambas manos de mi frágil tobillo, que era muy pequeño y muy delgado. Y por más que traté y traté, y movía mis pies para todos lados para zafármelo, el tipo me tenía lo bastante bien sujetada desde el suelo. Así que pensé por un instante que, ahora sí, ya no iba a poder salir de ahí jamás con éxito. Con un poco de remordimiento, pues nunca antes lo había hecho, le golpeé la cara con todas mis fuerzas una y otra vez, como pude, con el otro pie al hombre; el cual, yacía recostado en el suelo. De inmediato me soltó para poder cubrirse la cara, por todo el dolor que estoy segura estaba sintiendo en ese momento. La puerta se cerró, afortunadamente, estando yo ya del otro lado, y se bloqueó por un buen rato; pues, se había prensado el botón de seguridad e iban a tener que pasar unos cuantos segundos para poder abrirla de nuevo.

CAPITULO XXI

Dublín, nuestro destino

Como si fuera una competencia o un maratón de las olimpiadas, aproveché esa pequeña oportunidad y salí disparada, literalmente como una flecha, hasta la salida del hospital. Al encontrarme definitivamente fuera, corrí y corrí lo más rápido que pude y le hice la parada con un chiflido a un taxi que iba pasando justamente a mi lado. Se detuvo rápidamente a un lado. Yo aproveché y me metí en él y le pedí que me llevara a la casa de Ferdinand, y eso fue justamente lo que hizo.

El hombre, trató seguramente de ser amable y de hacer más llevadero el camino al tratar de sacarme un poco de conversación, pero yo, rápidamente le dije que me disculpara; pues había tenido un día muy difícil y quería llegar ya a mi casa. El hombre, al terminar de escuchar mis palabras, tan secas y tan directas, comprendió rápidamente el mensaje que le di y guardó silencio durante todo el camino. Llegamos en un santiamén a la casa de mi amigo Ferdinand; me bajé y toqué insistentemente a la puerta.

Afortunadamente, al escuchar los golpes y el timbre sonar con insistencia, Ferdinand abrió un poco molesto, pues le pareció un poco extraño que alguien llegara y tocara de esa manera a su casa. Y fue entonces, estando ahí parada, sin poder creer todavía que estaba fuera de ese hospital psiquiátrico, que pude ver en los ojos de mi gran

Primero que nada me dio un fuerte abrazo, pues no podía creer que ahí estuviera yo justamente, afuera de su casa, y entonces se acordó del taxista y se acercó a pagarle lo que le debía. Después de eso, volteando a todos lados me metió dentro de su casa.

—¿Pero qué es lo estás haciendo aquí, Mimí? —me preguntó Fer, todavía sin poder creerlo.

—¡No me digas que lograste escaparte, porque no te lo creería ni en un millón de años! —me dijo completamente sorprendido por mi gran hazaña.

—Pues sí, créelo —le dije.

—Pero no me preguntes en este momento como lo hice, pues creo saber, después de meditarlo mientras estaba encerrada en el manicomio, porque me ha estado pasando todo esto; y quiero que tú me ayudes a resolver este gran misterio.

—¿Pero de qué estás hablando, Mimí?

—Explícamelo un poco mejor, porque la verdad, no te estoy entendiendo nada — respondió Fer un tanto confuso.

—¿Sabes, Fer?, creo que todo esto que me ha estado pasando últimamente no son más que señales de algo, o alguien, que quiere que me vaya de este lugar, y en especial de este país. Quizás me encuentro en peligro y ese algo o alguien está tratando de advertirme de alguna manera para que me vaya de aquí lo más pronto posible ¿No lo crees?

—Sí, puede ser, Mimí. Y ahora que lo mencionas, un día fui y me metí dentro de tu casa sin que nadie me viera para poder investigar un poco más, y al hacerlo, me di cuenta que habías escrito algo en un papel que habías dejado ahí olvidado a un lado de tu escritorio; pues, tu letra es inconfundiblemente. Entonces, me di cuenta buscando la dirección en internet que se trataba de un lugar en Irlanda, un pueblito muy cerca de la ciudad principal, que es Dublín. Supuse que por alguna razón lo habías escrito y la guardé para enseñártela en el hospital y pudieras decirme si eso tenía algún significado para ti, pero ahora veo con tristeza que no recuerdas haberlo hecho.

Lo más extraño de todo es que además dejaste abierto un libro de ese mismo país, coincidiendo sorpresivamente con la dirección que escribiste en este papel. Y ahora que lo pienso un poco mejor, no me queda

llísimo lugar. Entonces, te guardé esta información importante. Ahora solo depende de ti decir cuando debemos partir, ya que si yo fuera tú, y sin pensarlo mucho, me marcharía rápidamente, en este preciso instante.

—¿Debemos? —me quedé pensando un poco en lo que acababa de sugerirme Ferdinand.

—¡Sí, Mimí! ¡Debemos! —me dijo—. ¿O crees que te voy a dejar ir sola hasta allá, sin nadie que te ayude? —terminó diciéndome mi gran amigo Fer.

—¡Gracias, Fer! ¡Eres lo máximo! —le dije—. ¡Algún día te devolveré el favor. ¡Te lo juro! —terminé diciéndole. Y enseguida me hizo saber que ya era el momento de marcharnos si no queríamos que llegara la policía o el mismísimo doctor Monroe para detenernos.

Tienes toda la razón, vámonos hasta el aeropuerto y ahí, tomemos un vuelo hasta Dublín y resolvamos de una vez por todas todo este ridículo misterio.

—¿Estás seguro de que quieres acompañarme, Fer?

—¡Por supuesto que sí, Mimí!

—A ver, dime… ¿Cuándo alguna vez en la vida te he dejado sola? —me preguntó Fer sabiendo desde un principio mi respuesta.

—¡Nunca! —le contesté con un nudo en la garganta de alegría, y a la vez de tristeza, pues todo esto parecía irreal y no creía que me estuviera pasando a mí. Pareciera más bien como si lo estuviera soñando.

—¡Ahí está! —me dijo de nuevo mi amigo.

—Además, no puedo permitir por nada del mundo que te vuelvan a meter en ese hospital psiquiátrico, aunque sea lo último que haga en la vida.

—Muchas gracias, Fer —le contesté completamente enternecida por sus palabras, y me di cuenta entonces que estaba empezando a sentir algo muy especial y muy grande por Ferdinand, como nunca antes lo había sentido por alguien.

Para no levantar ninguna sospecha de lo que íbamos a hacer a continuación, salimos rápidamente de su casa, por si al doctor Monroe se le ocurría ir a buscarme ahí. Entonces, nos dirigimos sin perder un minuto más de tiempo al aeropuerto, donde compramos un par de boletos para viajar juntos a Irlanda.

pues sin él no iba a poder viajar a ninguna parte. Mi rostro pasó de estar lleno de suma alegría a otro demasiado angustiado y triste.

—¡No te preocupes, Mimí! —me dijo animándome un poco Ferdinand.

—Disculpame, pero la última vez que entré a tu casa sin permiso, encontré todos tus papeles y cosas importantes que guardabas en tu archivero, así que me tomé la libertad de tomarlos por si alguna vez los necesitabas. Aquí están todos, en esta bolsita, pues supuse que con todo este rollo del doctor Monroe y tu familia, que siempre te ignoran, algún día los necesitarías. ¡Y mira!, hoy es ese gran día.

—Eres tan listo y tan bueno conmigo Fer, que por eso te quiero tanto —terminé diciéndole completamente aliviada, y luego le di un pequeño beso en la mejilla como muestra de agradecimiento.

Gracias al cielo no recuerdo haberle contado al doctor Monroe mi gran pasión por conocer Irlanda, así que dudo que vaya a buscarme, ya que nunca se lo mencioné antes. Y ojalá nada ni nadie nos impida llegar hasta allá y podamos lograrlo con éxito.

Afortunadamente para ambos, y ya con un poco de suerte de mi lado, no tuvimos que esperar mucho para tomar nuestro vuelo. Así que rápidamente abordamos el avión y en unos cuantos minutos despegamos junto con todos los demás pasajeros para llegar a nuestro próximo y muy deseado destino, Irlanda.

—¡Qué emoción! —le dije a Fer con unas pocas lágrimas en mis ojos, pues él sabía lo mucho que yo deseaba ir para allá algún día, y al fin mi sueño, en pocas horas, iba a poder volverse una realidad.

—Bueno, ahora sí, Mimí… Cuéntame detalladamente todo lo que te ha estado sucediendo últimamente y que no has querido contarme todavía —me dijo Ferdinand en un tono un poco preocupado, pues él sabía que teníamos un largo viaje y también suficiente tiempo por delante para hacerlo. Quería entenderme, supongo, un poco mejor. Y quería, además, saber por qué el doctor Monroe me había metido a ese lugar de locos, pues él nunca había visto en mi ningún rastro de locura.

Por un momento dudé un poco en si debía contarle a Fer o no por todo lo que había estado pasando los últimos meses, los cuales, al último se convirtieron en un completo calvario. Pero, al mismo

la ayuda que me estaba brindando en ese momento. Así que empecé a contarle con todo lujo de detalles lo que había sido mi vida desde cuando aún era pequeña hasta hoy en día, y hace unos meses atrás, cuando empezaron a sucederme de pronto todo ese tipo de cosas extrañas. Al terminar de contarle a Fer toda mi historia dentro del avión, y en voz baja para que nadie ahí dentro me escuchara; mi gran amigo del alma, mi hermano y ahora mi media naranja, ni un solo minuto dudó de mí. Me tomó cariñosamente de las manos y me hizo saber que yo no estaba para nada loca, ya que si lo estuviera no recordaría ni explicaría todo con tanto lujo de detalles, como hace unos cuantos minutos acababa de hacer. Además, me juró, ahí en medio de la nada, mientras volábamos en el cielo, que juntos buscaríamos una solución a este problema que me estaba persiguiendo desde hace tiempo y que ambos lo resolveríamos *juntos* de una u otra manera.

En casa de Fer me había quitado ese horrible uniforme de enfermera y me había puesto una blusa y unos jeans que habíamos tomado del closet de su hermana. Afortunadamente no se encontraban ni ella ni sus padres, pues habían salido juntos de viaje a un poblado por ahí cerca. Al cabo de unos cuantos minutos más, y al ver a las demás personas que ya empezaban a dormir un poco; nosotros también nos acomodamos, y yo recargué mi cabeza cómodamente en el hombro de Fer, el cual, únicamente me sonrió. Y luego, en unos cuantos segundos, sin darme cuenta, rápidamente me quedé profundamente dormida; y ya no dije más nada. Fer giró la cabeza y, luego, simplemente me miró, teniéndome a unos cuantos centímetros de distancia. Se quedó mirando en específico mis labios y, simplemente no pudo contenerse y los besó por un par de segundos... Después, de inmediato se separó para no despertarme, cosa que no consiguió, pues sí me desperté, pero no me di cuenta de que Ferdinand me había besado, pues solo fue por un par de segundos. Con el tiempo me enteré por boca de él mismo que el muy atrevido me había besado, pues después de muchísimo tiempo me lo mencionó. Por el momento yo no sabía que es lo que estaba sucediendo.

—Nada de nada —me contestó el mentiroso con un poco de nervios en sus palabras. Entonces me le quedé mirando, levantando un poco una de mis cejas, pues no estaba segura de si me estaba diciendo la verdad. Y sabía, además, que el muy pillín me estaba ocultando algo, pues nadie más lo conocía mejor que yo, y sabía que me estaba mintiendo por algo.

—¿Estás seguro? —volví a preguntarle con un poco de duda.

—¡Sí! —me respondió, ahora sí, muy seguro. Entonces, ya no le tomé más importancia al asunto y volví a recostarme, pero ahora lo hice del otro lado del respaldo. Fer, al ver que se había salido con la suya sonrió un poco, pues casi lo había atrapado en su travesura. Después, también él se durmió por un buen rato, hasta que al fin anunciaron en cabina que estábamos casi llegando a Irlanda. Todos sentimos como el avión aterrizó en la pista de aterrizaje del aeropuerto, y supongo que al mismo tiempo, también respiramos todos juntos cuando el avión por fin se detuvo.

—¡Qué emoción, Fer! No puedo creer que al fin esté aquí. Y además, ¡tú y yo juntos…!

—¿En busca de qué?

—¿No lo sé? —le dije—. Pero, ya verás, juntos lo averiguaremos muy pronto.

—¡Claro que sí, Mimí! —me contestó mi querido amigo—. Y también te prometo, que pase lo que pase, nunca jamás te volveré a dejar sola.

—Tú nunca me has abandonado Fer, recuerda, fui yo la que te fui alejando poco a poco de mi lado. Y créeme que ahora me arrepiento tanto de haberlo hecho y no haber confiado un poco más en ti; ya que si lo hubiera hecho, seguramente no me hubieran encerrado en ese espantoso hospital psiquiátrico.

—No pienses ya en eso, Mimí. Lo hecho, hecho está. Ahora investiguemos que fue lo que te hizo venir hasta aquí y acabemos de una vez por todas con todo esto.

—Sí, Fer, tienes razón. Acabemos con esto de una vez por todas —le dije a mi amigo, y luego guardé un poco de silencio quedándome un poco pensativa, pues no tenía ni la menor idea de lo que a continuación sucedería en esta aventura juntos.

—¿Sí, Mimí?

—¿Dime?

—Solo quisiera pedirte un favor lo suficientemente grande…

—¿Cuál, Mimí? Ya te dije que puedes contar conmigo para todo.

—Ya lo sé, por eso te lo pregunto.

—¿Qué cosa, Mimí?

—¿Y si descubrimos algo que no nos guste y ponga en riesgo mi salud o mi cordura? Pues, no sé, ahora que lo pienso un poco mejor, quizás yo inventé todo esto, y también la dirección que apunté; al igual que todos los extraños eventos que me sucedieron todo este tiempo. A lo mejor sí estoy realmente loca y todo lo imagino.

—A ver, Mimí, no te entiendo.

—¿A dónde quieres llegar con todo esto?

—Bueno, pues tengo miedo de haberme imaginado todo esto. Y tengo miedo además de que si lo descubres, ahora sí, me vayas a querer encerrar tú en un manicomio de nuevo. Y no sé si eso podría soportarlo de nuevo, Fer.

—¡Por supuesto que no!

—¿Pero cómo se te ocurre decir todo eso?

—Yo nunca, jamás te voy a dejar, ya te lo dije. Y si eso pasara, sería capaz de irme a vivir contigo lejos, a una montaña, y te cuidaría si fuera necesario durante toda mi larga o corta vida.

—Gracias, Fer.

—En verdad te lo agradezco.

—Eres lo mejor que la vida me ha dado, en serio. Si todo sale bien, te juro que algún día te lo compensaré todo esto.

—No te preocupes, Mimí. Con tenerte a mi lado, de una u otra manera, con eso me conformo. Y luego, Fer ya no quiso volver a decir ni opinar nada al respecto, pues estaba seguro que yo sabía perfectamente de que era de lo que estaba hablando.

Después de sus hermosas palabras, y al ver que todos los demás pasajeros ya estaban bajando, Fer y yo tomamos las pocas pertenencias que habíamos traído con nosotros y, luego, muy precavidamente empezamos a bajar las escaleras del avión hasta la salida del aeropuerto.

CAPITULO XXII

Majestuosidad

—¡Taxi! Gritó Ferdinand. Al tenerlo ya a un lado nuestro nos subimos inmediatamente y le pedimos que nos llevara a un hotel no muy caro que estuviera cerca del aeropuerto. Durante el camino todo era como yo lo había visto en los libros. Me quedé completamente maravillada de lo hermoso que era todo, como si estuviera sacado de un cuento de hadas. Fer, al igual que yo, estaba disfrutando al máximo de esos bellísimos paisajes por los que íbamos pasando.

Al llegar al hotel, de igual manera nos quedamos encantados al ver la bella estructura del lugar y luego, bajamos tomando de nuevo nuestras pocas pertenencias y nos dirigimos al vestíbulo para apartar una habitación y poder descansar un poco del pesado viaje. Ahí mismo, y ya dentro del hotel, Fer aprovechó y cambió unos cuantos dólares y luego, nos dirigimos a nuestra habitación, a la cual entramos volteando primero para todos lados. Ya dentro de la habitación le hice saber a Fer que tenía muchísima hambre; y de igual manera él también tenía, así que para no salir y arriesgarnos a que alguien más nos viera, nos comimos todas las golosinas que había ahí, en el pequeño refrigerador y en una pequeña mesa. Después nos dimos cuenta de que todo eso nos iba a salir carísimo, pero Fer me dijo que no importaba, pues él se había traído suficiente dinero que ya antes había ahorrado.

—¿Cómo, Fer? —le dije—. Yo dormiré en el piso, total, ya estoy lo bastante acostumbrada después de un tiempo de haberlo hecho cuando me daba miedo dormir en la recámara de mi propia casa.

—Por favor, Mimí.

—No digas nada más. Además, durmamos que mañana nos tenemos que levantar temprano e ir a este lugar de la hoja del libro y a la dirección que escribiste en la hoja. No sé, quizás signifique algo y sea alguna pista que nos pueda llevar a algo más importante.

—Sí, Fer. Tienes razón, aprovechemos y durmamos un poco

—Terminé diciéndole sumamente contenta, pues todavía no podía creer que estuviera ahí conmigo en el hotel, ayudándome como siempre en todo.

Esa noche en particular, y no sé por qué, me moví demasiado, como nunca antes lo había hecho; pues me sentía demasiado inquieta por algo. Pero, afortunadamente Ferdinand no pudo notarlo, ya que tenía el sueño sumamente pesado. Aun así pude dormir un poco, y ya por la mañana, un poco más descansada fui la primera que me desperté, así que aproveché y me bañe rápidamente antes de que Fer se despertara. Al terminar de hacerlo, como todo mundo, me sequé el cuerpo y el pelo y me cambié, luego volteé a ver el espejo, pues ahora era el momento de maquillarme también un poco.

—Tranquila, Miranda —me dije —tú puedes hacerlo. Y así lo hice. Me paré justamente enfrente del lavamanos sin voltear directamente al espejo y lo hice mirando hacia abajo. Luego, poco a poco fui subiendo la cabeza hasta reflejarme completamente en el espejo, en el cual, y para mi sorpresa; estaba únicamente yo, sana y salva, sin mi rostro desfigurado. Además, parecía que simplemente por viajar hasta Irlanda mi locura y mis nervios estuvieran poco a poco desapareciendo, al igual que mi interminable ansiedad. No podía explicarme ni a mí misma cómo me estaba sintiendo de pronto tan bien, como hacía mucho tiempo no lo hacía.

—¡Caramba! —me dije.

—¡Qué bien me siento! —volví a repetírmelo de nuevo. Y en un segundo, como si fuera hecho adrede, sentí el brazo de alguien que me tocaba por detrás, en el hombro. Di un enorme brinco hacia ade-

nadie más que mi amigo Ferdinand, que me preguntó muy amablemente si me encontraba bien. Yo le contesté que perfectamente bien, como pocas veces en la vida, pero sin embargo, le pedí de favor que nunca jamás, si quería decirme alguna cosa, volviera a tocarme por detrás del hombro.

—¡Está bien, Mimí! —me dijo.

—¡Te lo prometo! —De igual manera, él también aprovechó y se dio un buen baño.

—¡Estoy listo! —salió diciendo a los pocos minutos de haber entrado, y entonces nos dimos a la tarea de investigar primero como íbamos a llegar a ese pueblito que aparecía justamente en esa hoja. A Fer se le ocurrió que para movernos más rápido deberíamos alquilar un auto, y eso fue justamente lo que hicimos. Fue entonces que durante el camino para llegar a ese lugar marcado en la hoja, no pude dejar de admirar todos los bellos paisajes de los lugares por donde estábamos pasando, y le dejé toda la tarea de buscar en el mapa a Ferdinand; pues yo, aunque quisiera, estaba como embobada por todo lo que veía a mi alrededor. Y juré desde ese momento, y se lo hice saber además a Fer, que algún día regresaría para vivir definitivamente aquí, pues estaba, sin lugar a dudas, enamoradísima del majestuoso y bellísimo lugar que era Irlanda.

Al escucharme, noté un poco de tristeza en el rostro de Ferdinand, pues él sabía que, en el fondo, si algún día realmente llegaba a hacerlo; ya no nos volveríamos a ver con la misma frecuencia de antes, y que quizás con el tiempo también lo olvidaría.

—Bueno, Mimí —me dijo muy sincero.

—Si eso llega a pasar, juro que vendré muy seguido hasta acá para visitarte, y así no tendrás la oportunidad de olvidarme nunca.

—Eso nunca va a pasar Fer, tenlo por seguro. Le dije muy segura, y luego le di un fuerte abrazo para que supiera de una vez por todas lo muchísimo que lo quería.

Al ver a un lado el papelito con la dirección que había escrito y que no me acordaba en qué momento había hecho, me di cuenta que, efectivamente, esa era sin lugar a dudas mi horrible e inconfundible letra; pues, escribía casi igual que los doctores en todas sus recetas

había colocado en un principio Ferdinand. Traté de no ponerle más atención a eso para no volver a empezar a alucinar con cosas y evitar que de ninguna manera me regresara esa espantosa ansiedad que me ponía completamente loca.

Después de unas cuantas horas de camino ininterrumpido, Fer se paró en una gasolinera para llenar el tanque de gas hasta el tope. Yo aproveché y me bajé a un pequeño supermercado a comprar algunas cosas de comida. La mayoría eran solo golosinas, pero aun así nos sirvieron durante el viaje para saciar un poco nuestra terrible hambre.

Después de dar unas cuantas vueltas más manejando para encontrar la dichosa dirección, al fin Ferdinand se paró en lo que parecía un pequeño poblado, pero sin embargo, la mayoría de las casas lucían casi todas iguales. No obstante, una en particular logró captar nuestra atención por completo, ya que por fuera lucía exactamente igual como a la mía en Estados unidos.

¡Mira, Fer! —le dije a mi amigo mientras señalaba la casa que tenía el mismo número que decía en la dirección. Ferdinand, al igual que yo se quedó atónito, pues no podíamos creer lo idéntica que era por fuera a la mía, como si yo misma hubiera estado ahí para decorarla. De pronto, tuve la sensación como si ya hubiera vivido ahí en una de mis vidas pasadas. Quizás hoy en día, en mi vida presente, sí había vuelto a nacer y reencarnado en mi otra yo en la vida anterior y vine hasta acá para reclamar lo que ya me pertenecía antes.

—¡Qué extraño, Mimí! —exclamó sorprendido Fer al igual que yo, y luego me pidió que nos acercáramos para ir a tocar a la puerta y preguntar por la persona o personas que vivían allí, para salir de esto de una vez por todas.

CAPITULO XXIII

Tele-transportación

Mientras caminábamos hacia allá, completamente emocionados y con el corazón a punto de estallarnos dentro del pecho, una amable dama de edad ya un poco avanzada empezó a gritarme de lejos; llamándome, muy segura por cierto, con un nombre que yo no conocía y que no era además el mío.

—¡Señorita Conrad! ¡Señorita Conrad! —gritó una y otra vez más. Ferdinand, al igual que yo, volteamos a vernos uno al otro un poco asombrados al escucharla; pues no esperábamos que alguien que se encontraba al otro lado del mundo pudiera reconocerme y además se acercara muy decidida para saludarme.

—¡Señorita Conrad! —volvió a decirme una vez más cuando la tuve enfrente y, luego, simplemente siguió hablando, tomando además un poco de aire.

—¡Qué bueno que ya ha regresado!

—¿Que ya he regresado? ¿Pues cuándo me fui? — Me quedé pensando al mismo tiempo que la mujer volvió a interrumpirme en mis propios pensamientos. Qué bueno que ya salió del hospital, pues me tenía sumamente preocupada, ya que por ahí me enteré que estuvo internada todo este tiempo, pero no supe por qué. ¿Pues, qué le pasó?

—¿Qué me pasó? —seguí preguntándomelo para mis adentros.

—Nada importante —le contesté a la amable dama sin saber que

Luego, simplemente seguí guardando silencio para ver si ella tenía alguna cosa más que comunicarme.

—Afortunadamente, veo que ahora se encuentra muchísimo mejor. Y la verdad, me da mucho gusto también volver a verla.

—Tome —me dijo. Aquí tiene la copia de las llaves que me dio a guardar hace ya muchísimo tiempo y que me dijo no le diera absolutamente a nadie más que a usted misma a su regreso.

—¿Ah, sí? —le dije todavía en shock.

—¿Pues era acaso posible que pudiera tele-transportarme de un lugar a otro y no poder darme cuenta al hacerlo?

—¿Sería acaso eso posible?

—No lo creo —me dije. Sería ¡totalmente imposible!

—Tenga señorita Conrad, sus llaves —insistió la amable dama.

—¡Muchas gracias! —le contesté a la señora tomando las llaves de la que se suponía era mi casa, y también le agradecí habérmelas guardado todo este tiempo que supuestamente no estuve.

—No hay de que, linda —me dijo—. Únicamente vino un hombre preguntando por usted hace ya algo de tiempo, y algunos policías, pues, al parecer no la encontraban por ningún lado; y nos estuvieron haciendo tanto a mí como a los vecinos un sinfín de preguntas para dar con su paradero. Después, volví a enterarme de que usted se encontraba internada, pues vinieron y entraron los policías a su casa y la revisaron, y luego volvieron a salir de ahí. Y desde ese día ya no supe nada más de usted, hasta hoy, que la veo completamente recuperada gracias a Dios y a la Virgen.

—Ay, no sabe el gusto que me da volver a verla y que al fin haya regresado —me dijo, y luego me dio un fuerte y caluroso abrazo.

—Muchas gracias —le dije a la amable dama sin saber ni siquiera como llamarla. Me miró un poco extrañada de que yo no supiera su nombre y de inmediato Ferdinand reaccionó inteligentemente ante esa incómoda situación. Tomó rápidamente la mano de la agradable vecina y se presentó a sí mismo para forzar a la señora a presentarse ella, y así yo pudiera escuchar su nombre.

—O´Connell —dijo— soy la señora O´Connell, joven.

y además le hizo saber, mientras señalaba a su propia casa, que ahí estaba ella siempre a nuestras órdenes.

—Muchas gracias, señora O´Connell —le dijo Fer—. Créame que lo tendremos muy en cuenta. Y luego, simplemente nos despedimos de la agradable señora. Y ahora sí nos dirigimos a la que supuestamente era mi casa, la cual tenía también una bella entrada con un arco lleno de flores, como la mía en Estados Unidos.

—¡Fer! —Le dije a mi amigo un poco sorprendida y sin gritar mucho para que no me escuchara la señora O´Connell mientras nos alejábamos de ella—, ¿ya viste? ¡Puedo tele-transportarme!

¡O mejor aún! ¡Puedo viajar en el tiempo todas las veces que yo quiera! ¡Ahora me explico porque siempre me ha encantado Irlanda!

—¿Por qué, Mimí? ¿Por qué te encanta Irlanda? —me preguntó Fer sabiendo desde un principio cual iba a ser mi respuesta.

—Pues es obvio Fer, porque ya he estado aquí antes miles y miles de veces.

—¡Sabes que eso es imposible, Mimí! ¡A ver, mete la llave ya y salgamos de esto de una vez por todas! —me dijo Ferdinand un poco impaciente, lo cual no era algo muy común en él.

—¡Ya voy! —le contesté un poco grosera, pues ambos estábamos verdaderamente emocionados por descubrir lo que había del otro lado de la puerta.

Al meter la llave y girar, como era de esperarse, la puerta con un poco de rechinido se abrió, y al hacerlo y poner un pie ambos dentro de la casa, Ferdinand y yo nos quedamos en shock, pues por dentro era también casi exactamente igual a la mía en Los Estados Unidos.

—¡Esto no puede ser posible, Mimí! —me dijo Ferdinand sin poder creer lo que estábamos viendo, ya que él sabía que yo nunca había venido hasta acá, o al menos eso era lo que yo siempre le había hecho creer. Yo ahora ya no estaba segura de mí misma, de si lo habría hecho o no.

—Pero ¿cómo? También le contesté yo, ya que nuestros ojos no daban crédito a todo lo que estábamos mirando ahí dentro.

—¡Mira Mimí! —grito Ferdinand después de haber hecho un pequeño recorrido en la casa.

tografías enmarcadas que se encontraban colocadas encima de una mesa de pared larga, y tomó entonces una en sus manos para que yo me acercara y pudiera verla con mis propios ojos.

—Pero ¡qué demonios…! —me dije demasiado sorprendida—. ¿Qué es lo que está pasando aquí? —le pregunté a Ferdinand, pero él, al igual que yo, se encontraba un poco conmocionado.

La persona del retrato, la cual se suponía que era yo, lucía solo un poco diferente a mí, pero no mucho; excepto que ella tenía el cabello un poco más largo, y además tenía flequillo y frenos en sus dientes. Pero, todo lo demás indicaba que era yo, pues era realmente idéntica a mí. Y además, al igual que yo tenía en su brazo derecho impreso un tatuaje en forma de trébol, pero el de ella era un poquito diferente al mío, aunque eso no marcaba mucha diferencia; pues ahí estaba, justamente igual que yo, y también en su brazo derecho como el mío.

—¿Mimí?

—¿Sí? —le contesté a Fer mirando todavía a la persona en la fotografía.

—¿Que acaso no puedes o no quieres darte cuenta de esto?

¡Es más que obvio! —me dijo—. ¡Tienes una hermana gemela!

—¿Qué? —le contesté a Fer sin poder creer lo que me estaba diciendo.

—¡Eso mismo! ¡Tienes una hermana gemela! —volvió a repetírmelo, pero ahora un poco más fuerte que antes para que pudiera entenderlo claramente.

—¡Sí! —le respondí a Ferdinand—. ¿Pero cómo? ¿Y por qué mi madre nunca me lo dijo? Además, ¿por qué ha estado tan lejos de ella todo este tiempo?

Seguí haciéndome una pregunta tras otra, eso sí, con mis ojos llenos de lágrimas, pues si así fuera, pensé en como hubiera sido de diferente mi vida. Y tan feliz…, con ella a mi lado todo este tiempo ya perdido.

—¿No lo sé, Mimí? Pero para eso estamos aquí, ¿no? Para averiguarlo.

—¡Una hermana gemela! —volví a repetirlo una y otra vez para convencerme a mí misma de que todo esto era real. Y entonces seguí

cerla y saber además un poco más de su vida y…

—¡Dios mío! —me dije, en verdad era muy bella. Además, tenía una gran sonrisa, al contrario que yo, que casi nunca sonreía. Mostraba su dentadura perfecta en otra de las fotografías, supongo cuando ya le habían quitado los frenos.

Al seguir viendo las ultimas fotografías de la hilera de la mesita alargada, pude darme cuenta que le gustaban mucho los deportes extremos, pues, en una de ellas se veía que alguien más le había tomado la fotografía de lejos, ya que se encontraba saltando en el aire de un avión, como si estuviera dando volteretas en pleno aire.

—¿Paracaídas? —me pregunté de pronto, acordándome de aquel sueño tan real y vívido que había tenido no hace mucho tiempo atrás, ya que lo había sentido como si hubiera sido yo la que me había tirado del paracaídas en carne propia.

—¡Guau! —me dije, sintiendo como se me iba poniendo la piel de gallina poco a poco.

De igual manera, en otra de las fotografías se podía apreciar que se encontraba como en una especie de teatro, cuando era aún muy pequeña, y estaba acompañada por unas personas que parecían ser sus padres ¿O serían mis padres también? Pensé por un momento. Cosa que comenzó a ponerme un poco inquieta y muy confusa al mismo tiempo. En otra de ellas se podía apreciar el día en que festejó su cumpleaños número dieciséis; y en otra, al parecer hoy en día, donde se encontraba abrazando muy cariñosamente al que parecía ser su novio, y además le estaba dando un beso de una manera muy sexy en una de sus mejillas.

Entre esa hilera interminable de fotografías, enmarcadas muy bellas y bien organizadas, por último una de ellas captó mi atención por completo, pues, al parecer mi hermana gemela parecía pertenecer y ser miembro distinguido de la policía de este país. En esa foto salía vestida a lado de sus demás compañeros de policía, en algo que parecía ser una práctica de tiro con pistolas, tratando de tirarle en el centro a unos cuerpos dibujados en cartón que se encontraban a distancia no muy lejos de ellos.

En ese momento me remonté a aquel día en que Ferdinand y yo estuvimos en la feria. Aquel día que nos encontramos a aquellos chicos

con el rifle, sin nunca antes haberlo hecho.

—¿Sería acaso que a pesar de la distancia mi hermana y yo estábamos tan conectadas que podíamos sentir y transmitirnos los mismos sentimientos? ¡Yo creo que sí! —me dije sin pensarlo mucho, pues yo más que nadie lo había experimentado en carne propia aquel día que estuvimos Fer y yo en la feria.

Por otro lado, Ferdinand, como el buen abogado observador e intuitivo que era, siguió mirando uno a uno cada rincón de la pequeña casa, hasta que de pronto en uno de los cuartos se dio cuenta que había algo que yo debía de ver en ese instante. Así que gritó como un loco mi nombre desde el otro lado de la casa para que me acercara rápidamente hacia él y lo viera yo misma con mis propios ojos.

—¡Mira! —me dijo totalmente sorprendido, pues al parecer, en uno de los closets de la parte de arriba estaban guardados en una caja muy grande, lo que parecían ser un montón de diarios con sus respectivas fechas. Cada uno guardado, desde cuando había sido muy pequeña hasta el último diario que había escrito hoy en día.

—Toma —tienes mucho que leer —me dijo Fer, al mismo tiempo que me entregaba la pesada caja de diarios en mis brazos para que pudiera conocer un poco más acerca de mi hermana.

Siguió husmeando, como era su costumbre innata, ahí mismo en ese cuarto. Fer encontró dentro de una maleta, también muy bien guardada, el acta de nacimiento y algunos papeles importantes que pertenecían únicamente a mi hermana. Ella tenía el mismo tipo de sangre que yo, que es Rh negativa, y que además, muy pocos en este mundo teníamos.

—¿Entonces, quién es mi verdadera madre? —me pregunté por unos cuantos segundos.

—¿Será acaso la persona que se encuentra viviendo al otro lado del mundo, seguramente preocupada en este momento porque me escapé del hospital psiquiátrico?, ¿o serán mis verdaderos padres estos que salen con ella en esta fotografía festejando su cumpleaños? —me lo pregunté una vez más demasiado pensativa.

—Pero ¿por qué? ¿Por qué nos separaron así, tan drásticamente? —me lo pregunté mientras estuve ahí una y otra vez, sin obtener con ello ninguna respuesta.

porta —me dijo Fer. A lo que le contesté que por mí no había ningún problema, y luego se me ocurrió sentarme un rato en la alfombra y recargué mi espalda en uno de los bordes de la cama. Después extendí también mis piernas, y entonces comencé a leer el primer diario que mi hermana había escrito a la edad de diez años, pues ahí lo mencionaba, supongo para no olvidarlo al inicio en la primera hoja dentro de su diario.

9 de mayo de 1982

> —Hola—comenzó tiernamente—. Me llamo Marjorie y hoy fue mi cumpleaños número diez. Este diario me lo regaló mi abuela, la cual realmente no lo es, pues mis padres adoptivos desde muy pequeña me dijeron que no lo eran. Igualmente amo muchísimo a mi abuelita y a ellos también, ya que siempre me han brindado, como dije antes, todo su amor y cariño. Y la verdad, es algo que realmente nunca me ha importado del todo, ya que padres son aquellos que te crían y te brindan todo su amor incondicional, como los míos lo han hecho siempre conmigo.

—¿Qué? —me dije a mí misma sin poder creer lo que estaba leyendo—. ¿Entonces nuestra verdadera madre es aquella que vive en los Estados Unidos? ¿Pero por qué nos separó? ¿Por qué alejó a Marjorie de mi lado? Y antes de que continuara haciéndome más preguntas sin fundamento, decidí seguir leyendo, no sé, quizás más adelante descubriría nuevas cosas que aclararían más mi mente y mis dudas.

> —Como todo el mundo sabe —continuó Marjorie con su historia—, siempre he sido hija única, sin embargo, hubiera deseado con todo mi corazón haber tenido aunque sea una hermana más. Vaya, ni siquiera deseo tener una gran familia como la mayoría de la gente desea, solo una hermana es todo lo que hubiera deseado tener en la vida para poder reír y jugar con ella. Pero sobre todo para poder hablarle a alguien de todo lo que me ha sucedido durante todos estos años, pues mis padres nunca han podido comprender las cosas tan extrañas que me pasan a cada rato, y no me entienden nunca. Sobre todo, no soporto esa mirada de asombro y de duda cada vez que les

no volveré a hacerlo nunca más, pues empiezo a creer que piensan que me estoy volviendo loca, y eso sí no puedo soportarlo. Así que espero que mi deseo del pastel se cumpla rápidamente y mis padres puedan darme la noticia de que muy pronto voy a poder tener una hermana.

—¿Qué cosas extrañas? —me pregunté un poco confusa—. ¿Serán las mismas que a mí siempre me pasaron cuando era todavía muy pequeña? —me pregunté una y otra vez sin poder dar crédito a todo lo que estaba leyendo. ¿Acaso a Marjorie le sucedía exactamente lo mismo que a mí y podía sentir y presentir cosas que nadie más podía?

7 de marzo de 1983

Hace ya unos cuantos meses que dejé mi antiguo país y llegué aquí a Irlanda. La verdad, confieso que al principio no quería hacerlo, pues sentí que iba a extrañar mi antigua casa, mi barrio y hasta mi escuela y todas las demás cosas que allá tenía.

Sin embargo e inesperadamente, al llegar aquí me enamoré rapidísimo de este bellísimo lugar con preciosos paisajes y lugares que visitar. Sobre todo tiene enormes y preciosos castillos, como en las hermosas historias que leo todas las noches en mis mágicos cuentos. Nunca me iré de aquí, y como muestra del gran cariño que ya empiezo a sentir por vivir aquí, en este magnífico lugar, algún día me haré un tatuaje de un trébol en mi brazo derecho para llevar a Irlanda también en la piel, de la misma manera que ya la llevo aquí mismo dentro de mi corazón hoy en día.

Al terminar de leer este párrafo en el diario de Marjorie, solo me limité a sonreír un poco y toqué mi trébol plasmado al igual que Marjorie en mi brazo derecho; y pude entender ahora el porqué de alguna manera siempre sentí un inexplicable sentimiento de amor hacia el país de Irlanda, que ni siquiera era el mío.

Después continué leyendo por un buen rato, pues eran muchos los diarios que Marjorie había escrito, pero aun así estaba decidida a leerlos todos aunque me pasara toda la santa noche haciéndolo.

4 de julio de 1983

Hoy al fin me trajeron a pasear al parque para poder estrenar la bicicleta nueva que me regalaron hace solo un par de meses en mi cumpleaños, y está ¡padrísima! Todo marchaba de maravilla, y como toda una principiante comencé a pedalear poco a poco con ayuda de mi papá para no caerme, pues la bicicleta todavía me queda muy alta. Sin embargo, hubo un momento en que pude hacerlo por mí misma, pues nunca antes lo había hecho, o al menos no sin la ayuda de las ruedas extra que hay en la parte trasera de los triciclos, pues siempre he sido muy bajita. Después de un rato de estar intentándolo, podría decirse que ya me había convertido en toda una experta, sin embargo, todo se vino abajo cuando de pronto apareció en la mitad del camino una niñita que salió ahí, de la nada, y se colocó justo enfrente de mí. Al verme ir hacia ella, supongo que se quedó congelada del susto, y como era de esperarse no pude frenar a tiempo, sintiendo además dentro de mí un enorme susto. Así que inmediatamente le grité que se quitara del camino a un par de metros de distancia, cosa que no hizo, y entonces la arrollé sintiendo como pasé encima de ella. Luego, sin más, me caí y me raspé toda la pierna y los brazos. Pero lo que más me pudo en este asunto tan inesperado es ver cómo quedó la pobre niña, que afortunadamente sobrevivió, pero no se salvó de un enorme chipote que le salió en la cabeza. A pesar de que le pasé la bicicleta por encima, lo más sorprendente de todo es que no se quebró ni un solo hueso. Afortunadamente sus padres actuaron rápidamente y la llevaron a emergencias del hospital; se dieron cuenta desde un principio que había sido culpa de la pequeña y no la mía —concluyó muy mortificada Marjorie.

Al terminar de leer este párrafo sentí una enorme alegría, tanto que reí a carcajadas al acordarme de aquella vez cuando yo tenía la misma edad de Marjorie y recordé que me caí yo también de la bicicleta, entonces pude comprender de una vez por todas por qué me caí inexplicablemente de la bicicleta aquel día. Y también entendí por qué vi en mi mente a esa niñita cruzar enfrente de mí, pues había sido exactamente lo mismo que había sentido y visto Marjorie en ese preciso momento.

La noche siguió transcurriendo y yo seguí leyendo anécdotas y más anécdotas que pasaron en la vida de mi hermana gemela. Algu-

muy divertidas, como esta en la que contó una de las tantas veces que asistió a pequeños bares.

13 de octubre de 1987

Una vez más, hoy acompañé a mi madre a este pequeño bar para ver la presentación de mi padre, que es cómico, y además puedo decir con orgullo que es uno de los buenos, pues siempre que venimos a verlo y brindarle nuestro apoyo, no me canso de reír a carcajadas de las ocurrencias que saca y dice delante de todo esa gente. No siempre es mucha, pero gracias a Dios no nos falta nada y salimos como podemos siempre todos juntos adelante. No me explico todavía hasta hoy en día por qué no ha logrado subir de nivel y se ha presentado en lugares más grandes como los teatros, pues pienso realmente que mi padre es muy buen cómico, y escuche sus chistes repetidas veces. De verdad que nunca me canso de escucharlo, pues venimos muy seguido a verlo y no puedo evitar reírme a carcajadas cada vez que vengo, tanto, que a veces me dan unos ataques de risa incontrolables y no puedo parar de reírme.

21 de mayo de 1992

Hoy en especial me he sentido un poco triste en comparación de otros días. No quiero que Dios piense que soy una malagradecida o que me estoy quejando por algo, cuando en realidad no es nada de eso. Él sabe que nunca me he interesado por las cosas materiales y que tampoco me he frustrado por las cosas que no puedo tener, pero como dije antes, hoy me siento realmente muy triste. Y la verdad, no puedo ni explicarme el porqué, pues no estoy enferma y tampoco tengo apetito, además me duele muchísimo la cabeza y aunque mi madre me acompaña a ver al doctor esporádicamente, este insiste en que no tengo nada y que todo es psicológico. Pero no encuentro todavía la razón del porqué, pues voy muy bien en mis materias en el colegio y no tengo ningún problema con nadie, así que esto me deja aún más consternada, pues no logro entender que es lo que me pasa últimamente. Hasta he pensado muy seriamente en si debo ir a visitar a algún psicólogo para que me ayude con esto. Luego lo

a pensar que me estoy volviendo loca, y menos si le cuento que muchas veces siento como si estuviera viviendo la vida de otra persona, pues he llegado a sentir en diferentes situaciones que no soy yo misma. Y que decir de las cosas que sueño, en ocasiones dormida o despierta, y estas se vuelven realidad siempre, como por ejemplo cuando presiento que le va a pasar algo a la gente antes de que esto suceda y siempre pasa.

Ahora que tengo un poco más de edad y que he leído sobre esto, en ocasiones siento como si me estuviera volviendo loca, pero luego comprendo que quizás esto es un don y ya sé cómo sacarle provecho a todo esto.

20 de agosto de 1996

Hoy me inscribí en la academia de policía en una de las ciudades más importantes de Irlanda. No sé si mi decisión tendrá que ver con que veo un poco más allá de lo que la demás gente puede ver o sentir, y siento que de alguna manera mi sexto sentido puede ayudar a resolver o esclarecer más rápido algunos casos que quizás se vean perdidos, además de que siempre me ha gustado todo lo extremo y en este trabajo voy a sentir la adrenalina seguramente al máximo —concluyó escribiendo este día mi hermana.

Por varias horas continué leyendo los diarios de Marjorie. Apenas terminaba de leer alguno se lo pasaba a Ferdinand, que se encontraba ahí mismo, dentro de la habitación conmigo, y estaba realmente fascinado por todo lo que estaba leyendo en ellos, pues ahora podía comprender por todo lo que habíamos pasado ambas al mismo tiempo, sin imaginarnos siquiera una de la existencia de la otra. Repetidas veces y sin poder evitarlo, las lágrimas corrieron por mis mejillas una y otra vez y Ferdinand solo se acercaba de vez en cuando a limpiarme la cara, pues podía imaginarse de alguna manera como me sentía y el calvario que había sido para mí vivir todo esto a lo largo de los años completamente sola.

—Anda, continuemos leyendo, que ya nos falta muy poco. Quién sabe, quizás podamos descubrir algo más que no sepamos de tu vida y la de tu hermana que te haya ocultado tu familia todo este tiempo.

29 mayo de 1998

Hoy entraron nuevos policías a la academia. Hay uno en particular que me parece guapísimo y que además no me quita para nada la vista de encima. Su nombre es Henry, espero muy pronto poder conocerlo y quién sabe, quizás más delante podamos llegar a ser muy buenos amigos. Sin embargo, hay algo en su seguridad en sí mismo y en su mirada que no me gusta mucho, quizás solo estoy equivocada, pero eso lo veremos con el tiempo.

29 de septiembre de 1998

Hoy me hice novia de Henry, y aunque ya llevamos varias semanas saliendo como amigos, hoy por fin se decidió y me preguntó si quería ser su novia; cosa que no dudé e inmediatamente le dije que sí. Así que me llevó a pasear en su motocicleta por increíbles lugares que yo aún no conocía, y luego nos bajamos en un castillo que se encontraba abandonado y ahí, casi a media noche, nos entregamos uno al otro con toda la pasión del mundo. Fue algo más que increíble, fue más bien maravilloso, como si ambos hubiéramos tocado el cielo, ya que nunca jamás nadie me había hecho sentir esto que siento ahora por él. Y solo le pido a Dios que pueda durar nuestro amor por mucho, muchísimo tiempo.

30 de noviembre de 1998

No sé por qué he sentido muy distante a Henry últimamente. Quizás la noticia de mi embarazo no le cayó para nada bien y lo menos que necesitaba ahora seguramente era tener un hijo conmigo.

Ahora que lo pienso bien, no sé cómo pude ser tan tonta y tan descuidada con esto, pues Henry ha cambiado muchísimo últimamente y no solo conmigo, también con todo el grupo de policías. Y por más que trato de averiguar qué es lo que le está pasando, no me quiere decir absolutamente nada.

Ojalá no sea lo que me he estado imaginando y que he estado sospechando últimamente —concluyó de nuevo, mi hermana, lo escrito para ese día.

jorie, los coloqué de nuevo en orden en la caja de donde los había tomado. Luego, simplemente me eché a llorar recargando mi cabeza sobre mis rodillas dobladas y no pude contener el llanto hasta que llegó corriendo a mi lado Ferdinand, pues me había escuchado mientras seguía husmeando del otro lado del cuarto.

—¿Pero, Mimí? ¿Por qué estas llorando? ¿Qué es lo que te pasa? —Me preguntó un tanto preocupado—. Deberías estar contenta al saber que tienes una hermana y además *gemela*; es más; si tú lo deseas, mañana a primera hora investigaremos en donde se encuentra para que podamos ir a verla. Lo extraño es que debería estar aquí, pero no está. Quizás todavía no ha salido del hospital, como nos dijo la señora O´Conell. Pero mañana, si Dios quiere, eso ya lo veremos.

—No, no es eso Fer. ¿Es que acaso no lo entiendes? ¡No estoy loca! En realidad ¡nunca lo he estado! —le dije a Fer, ahora entendiéndolo todo perfectamente.

—¿Sabes? Ahora que veo todo con muchísima más claridad, me doy cuenta que mi hermana, a pesar de la distancia y de que nunca nos conocimos, estuvo *siempre conmigo*. Siempre existió entre nosotras esa gran e inexplicable conexión que tienen todos los hermanos gemelos. Ahora comprendo que cientos y cientos de veces, cuando ella estaba triste por algún motivo, yo también lo estaba o viceversa. Seguramente, cuando ella sentía una gran felicidad o una gran emoción yo también lo sentía; como aquella vez que me caí de la bicicleta; o cuando ella se tiró del paracaídas. Yo pude sentir sus miedos y angustias justamente al mismo tiempo en que ella lo estaba sintiendo. ¿Acaso no te parece increíble todo esto, Fer? Durante toda mi maldita vida siempre pensé que era una chica muy rara y muy diferente a las demás, ya que sentía y veía cosas extrañas sin poder nunca explicármelo; y además mi madre nunca me dijo que yo tenía una hermana gemela. Eso lo hubiera aclarado todo, pero sobre todo, no hubiera sufrido tanto.

—¿Por qué, Fer? ¿Por qué nunca me lo dijo? —le pregunté, todavía confusa, a mi gran amigo.

—Bueno —dijo Ferdinand—. Quizás ella tampoco lo sabe.

—¿Qué? —le respondí totalmente sorprendida a Fer por la suposición que acaba de hacer.

—Eso precisamente. ¡Que quizás ella tampoco lo sabe! —me dijo tratando de aclarar un poco mi mente.

—Es más —continuó—, puedo casi jurar enfrente del mismo Jesucristo que tú tampoco serás su hija —finalizó, dejándome aún más confusa con eso. Al terminar de escuchar estas palabras tan directas y sin tacto que me estaba diciendo en ese momento Ferdinand, sentí como si me hubieran echado encima una cubeta con agua helada, y así me quedé por un rato, tal cual, como si estuviera petrificada.

—¿Acaso estas suponiendo que yo no soy hija de mis padres y que me lo han estado ocultando todo este tiempo?

—¡Sí! ¿Por qué no? —contestó Fer.

—Además, ahora que lo recuerdo, el día que sufriste aquella vez el accidente de auto cuando apenas estabas aprendiendo a manejar, ninguno, absolutamente ninguno de tus familiares ni hermanos pudo donarte la sangre que tanto necesitabas. Fue un milagro que alguien que escuchó el mensaje en el radio apareciera de pronto ahí, en el hospital, a donarte; porque de no haber sido así, seguramente te hubieras muerto.

Las palabras de Fer una vez más, llegaron hasta lo más profundo de mi alma, y eso hizo que al fin pudiera abrir mis ojos y me diera cuenta de una vez por todas que esa, la que yo había llamado por tanto tiempo mi familia, nunca lo habían sido; y tampoco habían demostrado serlo.

—¿Entonces, quiénes son? ¿Dónde está mi verdadera Familia? —le pregunté a Fer.

—No lo sé Mimí, pero eso es justamente lo que vamos a averiguar. Y para eso tenemos que salir de aquí y preguntar a algunos de los vecinos; claro que tú te disfrazarás para que no te vean y yo preguntaré hasta que me puedan dar el paradero de Marjorie.

—Tienes razón Fer, como siempre.

—Hagámoslo lo más pronto posible, no vaya a ser que al doctor Monroe se le ocurra por algún motivo venir a buscarme hasta acá y quiera encerrarme de nuevo.

—¿Y qué, Mimí? ¡Qué venga si quiere el infeliz!

—Aunque quisiera, eso ya no lo puede hacer. Al contrario, me

siempre contigo, y además, ahora con lo de la aparición de tu hermana y con todos los diarios como pruebas de lo mismo que sintieron tantos años… ¡Ahora sí que no puede hacerte absolutamente nada!

—Tienes razón Fer. Ahora no puede hacerme nada, y ojalá que todo el mal que me hizo al meterme aquel día en aquel horrible lugar se le quede grabado para siempre en su conciencia por el resto de su miserable vida.

—Así será, Mimí. Ya lo verás. Así será —me dijo—, por lo pronto descansemos un poco, pues no lo hemos hecho desde que llegamos. Y entonces, ya un poco más repuestos del viaje, veremos ahora sí que haremos. ¿Te parece bien, Mimí?

—¡Sí! ¡Perfecto! —le dije. Pero continué hablando para después titubear un poco.

—¿Qué pasa, Mimí?

—Te conozco casi como la palma de mi mano, tienes un poco de miedo todavía. ¿No es así? —me preguntó Fer al mismo tiempo que me miraba fijamente a los ojos—. ¿Quieres que me quede aquí a tu lado toda la noche haciéndote compañía? ¿No es así?

—Pues sí —le dije—. No sé cómo explicártelo, pero presiento que detrás de todo esto hay algo más, y me parece muy extraño que mi hermana no se encuentre ahora mismo en su casa y que ni siquiera el teléfono haya sonado ni una sola vez preguntando por ella. No sé, siento y no sé por qué, que lleva varias semanas desaparecida y quiero de verdad investigarlo contigo Fer.

—Sí, tienes razón. Todo esto está muy confuso todavía, pero no te preocupes. Recuerda, primero descansaremos un poco y ya con la mente más descansada pensaremos, ahora sí, qué es lo que haremos, ¿te parece bien Mimí?

—Sí. La verdad, estoy tan agotada de todo esto… Pero a la vez estoy tan contenta… Porque, ¿sabes una cosa? ¡No estoy loca!

—¡No estoy loca! —grité una y otra vez más al mismo tiempo que tomaba de las manos a Ferdinand y dábamos vueltas y vueltas por todo el cuarto. Luego nos pusimos a brincar en la cama que ahí había hasta que le rompimos la pata de una de las esquinas, sintiendo como ambos caímos al suelo; y de nuevo reímos a carcajadas.

me queda un poco la duda, Mimí, de sí estás loca o no, al verte así toda alborotada —me dijo el muy atrevido, y ambos nos soltamos a carcajadas una vez más. Y de pronto sentí como si se hubiera detenido el tiempo en ese mágico momento, que no quería que nunca jamás terminara. Lo estaba disfrutando tanto…, pues pocas veces había sentido demasiada felicidad en mi vida.

CAPITULO XXIV

Marjorie fantasmagórica

Esa noche, como muy pocas en la vida, me sentí como si hubiera estado muy protegida, y no lo digo por los ángeles del cielo, que muchas veces los he sentido ahí conmigo en algún rincón de mi cuarto. Lo digo porque sentí como si toda la noche alguien me hubiera tenido abrazada sin soltarme ni siquiera por un solo segundo, y además, me hubiera estado observando con todo el amor del mundo. Por un par de veces sentí que era Ferdinand, pero luego me asomé para cerciorarme de que no era él, ya que todo el tiempo estuvo recostado tranquilamente en el suelo.

Después de unas largas ocho horas que ambos dormimos, pues estábamos todavía exhaustos por el viaje y el cambio de horario, al fin nos despertamos por la mañana, o más bien el que me despertó fue él a mí, pues estoy casi segura que yo hubiera podido seguir dormida quizás hasta el día siguiente.

—¿Mimí? —me preguntó Fer al mismo tiempo que me movía un poco. Se me acaba de ocurrir salir a investigar por aquí cerca de los alrededores y enseñar una foto tuya para ver si alguien te reconoce, o más bien a tu hermana, y nos puedan dar una pista de donde pudiéramos encontrarla. De ahí podríamos también pasarnos por el hospital, como nos dijo ayer la señora O ´Connell, y no sé, quizás hasta con suerte ahí podamos encontrarla todavía. ¿No crees?

una sola cosa. No me dejes aquí sola, y menos en su casa.

No se cómo explicártelo, pero tengo un muy mal presentimiento de todo esto, y no me quiero quedar aquí sola a averiguarlo.

—Está bien, Mimí.

—Solo cálmate un poco —me dijo Fer, y luego se dirigió al closet de mi hermana, donde tomó una de sus sudaderas con capuchón, unos pantalones de mezclilla y un par de tenis que me puse inmediatamente e hice que Ferdinand se volteara de lado para poder cambiarme mientras me quitaba la ropa.

—Mejor te espero fuera —me dijo como todo un caballero. Ya cambiada cerramos la puerta de la casa con llave y luego nos dirigimos al auto, donde nos metimos apuradamente para que nadie fuera a sospechar nada. Sin embargo, no nos percatamos de que alguien más nos estaba vigilando dentro de un auto a poca distancia de la de nosotros.

—A ver, Mimí, repasemos un poco acerca de la vida de tu hermana —insistió con lo mismo Fer.

—De ella sabemos, por lo que estuvimos leyendo en sus diarios, que no tuvo hermanos; que tuvo o tiene un novio, que si mal no recuerdo se llama Henry; también sabemos que tiene muy pocos parientes, pero ninguno vive aquí en Irlanda, sino al otro lado del mundo; y además, que ha estado trabajando en la policía desde hace ya algunos años. ¿No es así?

Entonces, yo creo que lo mejor sería ir primero al hospital para ver si todavía está allí y, no sé, quizás allí podamos correr con un poco de suerte y nos la encontremos para que puedas de una vez por todas conocerla. ¿Cómo lo ves?

—¡Sí! ¡Tienes razón, Fer! ¡Vayamos para allá primero!

Después de un rato de estar buscando el dichoso hospital que la señora O´Connell había mencionado, al estar ahí enfrente, nos bajamos ambos como si fuéramos unas veloces flechas y nos dirigimos a la sección de información, donde preguntamos y dimos el nombre de mi hermana para ver si todavía se encontraba hospitalizada. Para nuestra sorpresa, nos dijo que efectivamente ahí se encontraba y que si éramos acaso sus parientes, pues aparte de una muchacha que había

había venido a verla.

—¡Sí, sí somos! —le dijimos completamente emocionados.

—Entonces regístrense aquí, por favor, y pasen a la habitación 207.

—¡Muchísimas gracias, señorita! —le dijimos a la joven enfermera sin poder creer todavía la gran noticia y nos dirigimos al elevador hasta que llegamos al segundo piso.

—Por aquí —me dijo Ferdinand a la vez que veía el señalamiento a la derecha, y una vez más caminamos unos cuantos pasos hasta que estuvimos por fin enfrente de la puerta de la habitación donde se encontraba mi adorada hermana.

El corazón sentía que me latía tan rápido que por un momento pensé que se me podía salir del pecho.

—Bueno, hagámoslo de una vez por todas y conozcamos a tu hermana gemela —me dijo Ferdinand, al cual se le notaba al igual que a mí la emoción que sentía sin poder disimularlo ni un poco. Fue entonces que al momento de abrir la puerta de la habitación del hospital, notamos que una chica más o menos de mi edad se encontraba muy cerca de Marjorie y parecía como si le estuviera hablando algo, pues para nuestra sorpresa y por los escasos dos segundos que pudimos verla, mi hermana se encontraba dormida como si estuviera en coma. Además tenía un montón de aparatos conectados a ella, como si fuera lo único que la mantuviera con vida. Así que la chica al vernos entrar, sorprendida, pues supongo por su actitud que no esperaba ver a nadie, inmediatamente se dirigió a nosotros y nos empujó para poder salir huyendo, como si estuviera escapando de alguien. Inmediatamente, Fer y yo empezamos a correr detrás de ella para poder alcanzarla, pues supusimos que podía ser alguien importante en la vida de mi hermana, o peor aún, alguien que quisiera hacerle daño, pues en ese momento desconfiábamos absolutamente de todo mundo.

Todavía dentro del hospital, mientras corríamos y aventábamos a todo el que se nos cruzaba en el camino, vimos a unos cuantos metros salir a la chica por la puerta de la entrada del hospital y de inmediato aceleré mi paso para no perderla allá afuera en la calle, en medio de tanta gente. Así que aceleré todavía más mis pasos, pues ella, al igual

dolo hasta que llegamos rápidamente hasta el parque.

Ya ahí, por un momento la tuve muy cerca, así que antes de que pudiera volver a despegarse o yo me tropezara con algo y ya no pudiera alcanzarla, salté un enorme brinco en el aire para poder caer encima de ella.

Ya allí en el suelo, Ferdinand, en unos cuantos segundos me alcanzó. Yo giré muy lentamente a la chica para poder ver su rostro, y todavía ahí, en el suelo, mientras me encontraba sentada encima de ella, me descubrí la cabeza de la capucha de la sudadera y también me quité los lentes para que ella pudiera verme y apreciara el gran parecido que tenía con mi hermana.

En ese momento supuse que quizás esa chica podría ser alguien muy cercana a Marjorie, pues justamente cuando me vio a la cara, sorprendida, exclamó que eso no podía ser posible.

¡No puede ser! ¿Pero quién eres tú? —me preguntó, pues no podía dar crédito a lo que estaba mirando en ese momento.

—¿Pero por qué eres idéntica a Marjorie? —me preguntó la pobre chica en el suelo, teniéndola todavía debajo de mí. Luego me levanté y le ofrecí mi mano para que pudiera levantarse.

—¡Gracias! —me dijo con una pequeña sonrisa en el rostro, y luego nos dirigimos los tres a una banca en el parque a la que le daba un poco de sombra y ahí nos presentamos un poco más formalmente todos.

—¡Hola! —Le dije a la chica, la cual no dejaba de mirar cada centímetro de mi rostro—. Soy Miranda, hermana gemela de Marjorie.

—¿Pero cómo? Marjorie nunca me comentó que tuviera un hermano y mucho menos una hermana gemela.

—Pues sí, así es, y créeme que a mí también me cayó de sorpresa —le dije a la chica, pues yo tampoco lo sabía y lo había ignorado durante toda mi vida.

—¿Pero cómo? ¿No lo sabías? ¿Ni ella? Perdón —nos dijo un poco volviendo en sí.

—Soy Stephanie, amiga de Marjorie desde hace algunos años y aunque últimamente no vivíamos en la misma ciudad, siempre estuvimos muy unidas, hasta que tuve que mudarme a otra ciudad debido

contacto y créanme, al no recibir noticias de ella en estas últimas semanas, realmente me alarmé mucho y vine personalmente a ver qué es lo que estaba sucediendo, y más aún con lo que me había contado la última vez que hablamos por teléfono. Así que me vine inmediatamente, y les confieso que nunca me esperé verla así, inconsciente y toda golpeada de esa manera tan brutal como lo hicieron.

—¿Qué quieres decir con eso? —le pregunté a la chica sin saber que era de lo que estaba hablando.

—¿Acaso te contó algo que nadie más sabe y fue lo que puso en peligro su vida?

—¡Así es! —Nos contestó en tono muy bajito—, pero hablemos mejor en otro lugar. ¿Qué les parece si vamos aquí cerca, a una cafetería?, pues presiento que su casa es el lugar menos indicado para hacerlo, ya que pudiera estar muy vigilado por algunos de sus compañeros de la policía.

—Sí, vayamos para allá —le dije, y todos nos dirigimos caminando rápidamente hasta la cafetería. Ya ahí, nos sentamos cómodamente en una de las mesas más alejadas al fondo de las demás y ahí, ordenamos todos un café. Stephanie comenzó a invadirnos sorpresivamente con un sin fin de preguntas que no esperábamos en ese momento.

—Entonces, ¿quién eres tú? ¿De dónde vienes y por qué?

¿Cómo te enteraste de que tenías una hermana y desde cuándo? Y ¿por qué no llegaste antes a decírselo? —me preguntó la chica sin dejar de mirarme mientras me hablaba muy fijamente a la cara, pues supongo que quería primero cerciorarse que podía confiar en mí para poder así contarme todo lo turbio que mi hermana había descubierto de algunos policías estando todavía dentro de la academia.

—Ya te dije, soy su hermana. No sé por qué, ni como ella contactó conmigo estando en coma, pues ahora lo entiendo todo, al verla ahí en ese estado entubada desde no sé cuánto tiempo. El caso es que me hizo venir hasta acá por medio de un montón de señales que me dio y que al principio no quise ver y tampoco podía entender. Sin embargo, ahora puedo ver todo un poco más claro y pienso que quizás, de alguna manera me hizo venir hasta aquí, pues supongo que quizás quiere que la ayude en algo, pero no sé cómo; pues nunca he hablado

me algo, pero creo que por el momento eso va a ser completamente imposible.

—Así es Miranda. Yo acabo de llegar también apenas ayer por la noche y me quedé en shock al verla ahí tumbada, y además en coma, pues me dijeron que ya lleva así, en ese estado, unas cuantas semanas.

Además, hablé hace unos momento con el doctor y me dice que realmente no se explica cómo Marjorie sigue todavía viva, pues está ya más del otro lado que de este y siente algo así como si tu hermana se estuviera por algo aferrando a esta vida, y eso es lo que la detiene para poder irse en paz ya el cielo.

También dijo que quizás esta misma noche pudiera fallecer, ya que ve sumamente difícil que pueda llegar hasta mañana.

—¡No! ¡No digas eso! Interrumpí a Stephanie, y entonces cambié un poco de tema.

—¿Y sus familiares? ¿Dónde están todos? ¿Por qué no están aquí para acompañarla y mostrarle un poco de afecto? —le pregunté a Stephanie con un poco de extrañeza en mi tono de voz.

—Porque no tiene —me contestó.

—Sus padres murieron hace ya unos cuantos años en un asalto y ese fue también uno de los motivos que la hizo entrar a la policía. Al parecer tiene una tía, pero esta vive al otro lado del mundo y además está ya muy mayor de edad, pues parece que era unos años mayor que su madre, que era su hermana.

—Mmm…, ahora entiendo—le dije.

—Ahora cuéntanos de que se trata ese asunto del que Marjorie te comentó nada más a ti y que nadie más puede saber. Bueno, comenzó Stephanie hablando con un poco de nervios en sus palabras, y luego volteó a los lados para cerciorarse de que no hubiera algún tipo sospechoso mirándola ahí, dentro de la cafetería, y entonces empezó a relatarnos paso a paso cada una de las palabras que Marjorie le confesó antes de salir herida ese mismo día.

—¿Saben? Unos cuantos meses atrás, Marjorie conoció a un chico que parecía ser el amor de su vida y entró con ella a la misma academia de policía. Al verlo por primera vez se quedó profundamente

mediato ambos hicieron clic. Desde entonces se hicieron novios y además inseparables.

—Ha de ser Henry, pensé para mis adentros, pues Marjorie lo había mencionado más de un par de veces en su último diario.

—Desafortunadamente esto no duró por mucho tiempo —continuó hablando Stephanie.

—Pues, al parecer Marjorie salió embarazada en todo esto y este Henry, al enterarse del bebé, la dejó completamente desamparada. Así que un día, en medio de su desesperación decidió ir a visitarlo a su casa para poder hablar más del asunto y ahí fue donde descubrió en un descuido de él, las cosas turbias y sucias en las que estaba metido hasta el cuello.

—¿Qué cosas? Explícanos, por favor. Y sé más clara.

Bueno, verán, ese mismo día, antes de que Marjorie fuera a verlo para hablar de su embarazo, pues yo desafortunadamente le aconsejé que lo hiciera, me contó por teléfono después de ir a verlo, que su novio estaba metido en una red de secuestradores de menores y jóvenes. Pues, ese día que había ido a visitarlo se dio cuenta, porque alguien tocó a la puerta y él se entretuvo bastante hablando afuera de la casa con esta persona y mientras lo hizo, ella descubrió debajo de las escaleras un cuartito en donde tenía toda la información de los secuestradores y hasta fotografías de todo tipo de mujeres y menores, además de sus direcciones y un sinfín de pruebas más, a las que Marjorie tomó fotografías con su celular. Luego las reveló escondiéndolas muy bien en algún lugar de su casa, pero, desgraciadamente nunca me dijo dónde; quizás para no ponerme en peligro; y quizás ni el tal Henry lo sabe, únicamente yo. Y por lo mismo vine hasta acá, para ver si podía hablar de ese asunto con ella, pero para mi mala suerte, al llegar ayer aquí, a Irlanda, ya era demasiado tarde. Sin embargo, quiero decirles que de una cosa sí estoy completamente segura, ese tipo tuvo que haberse dado cuenta de algo y por eso él mismo la ha de haber mandado golpear hasta dejarla como está hasta ahora, totalmente inconsciente y casi muerta.

—¿Tú crees de verdad que ha sido él el que la mandó matar sin haber tenido éxito?

que su novia tenía creciendo dentro de ella a un pequeño ser indefenso que era también parte de él y de su propia sangre.

—¡Claro que sí! Esa gente no piensa en nada más que en ellos mismos y lo que les conviene, es más, ni siquiera se les puede decir que son unos animales porque los animales tienen más sentimientos y bondad dentro de ellos. A este tipo de gente, más bien, yo les diría que son unos demonios, ya que no les importa destruir la vida de inocentes con tal de salirse siempre con la suya. —terminó diciendo Stephanie.

—Bueno, ¿quién sabe? Quizás tengas razón, así que lo mejor en este momento sería ir todos hasta la casa de Marjorie y buscar bien en cada rincón de la casa, hasta que encontremos esas pruebas tan importantes y podamos meter a la cárcel al culpable del estado en que se encuentra tu hermana —comentó Ferdinand mientras volteaba a verme.

—Sí, vamos para allá inmediatamente, no vaya a ser que alguien más se nos vaya a adelantar y encuentre esas pruebas antes que nosotros y no podamos nunca esclarecer ni vengar a la pobre de mi hermana —les dije a ambos, y una vez más nos subimos todos al auto y nos dirigimos camino a la casa de Marjorie. Sin embargo y sin esperarlo, de pronto un coche salió de la nada y se colocó a un lado nuestro en sentido contrario, como si quisiera sacarnos a un lado de la carretera y volcarnos. Como si quisieran matarnos. Luego empezó a golpearnos una y otra vez sin parar y nosotras, únicamente tratamos de agarrarnos fuertemente donde pudimos, sintiendo cada golpe que el maldito hombre nos daba para sacarnos del camino.

—¡Cuidado Fer! ¡Acelera un poco más para que puedas quitártelo de encima! —le grité sintiendo muchísimo miedo, pues no quería morirme todavía.

—¡No puedo! —nos gritó un poco preocupado, pues no sabía si íbamos a salir con vida de esta persecución tan violenta.

¡Por favor, agárrense muy bien de donde puedan, porque se me acaba de ocurrir una gran idea!

—¡Dios mío! —me dije, pensando que ya se acercaba pronto mi fin.

pido y sálvanos de estos maleantes —le dije a Jesucristo y a todos los santos desesperadamente, mientras el tipo insistía en golpearnos una y otra vez más para poder sacarnos de la carretera y salirse con la suya.

Ferdinand aceleró una vez más, pero esta vez lo hizo metiendo el pie hasta el fondo del acelerador y luego, esperó a que el hombre lo alcanzara y se pusiera a un lado de él exactamente para que lo golpeara de nuevo. No comprendí en el momento porque lo hizo, pero cuando lo hizo, Ferdinand aprovechó y frenó con todas sus fuerzas para que pudiéramos pararnos, y al mismo tiempo para que el hombre nos pasara de frente al tratar de golpearnos de lado y el mismo se saliera del camino, cayendo indiscutiblemente por el barranco.

Como pudo y poco a poco, Ferdinand fue frenando mientras trataba de controlar como podía el auto, hasta que este por fin se detuvo por completo y uno a uno nos bajamos y nos fuimos revisando meticulosamente nuestro cuerpo para cerciorarnos de que aparte de algún que otro rasguño, estuviéramos todos en perfecto estado.

—¡Qué susto! —les dije todavía impresionada a mis dos compañeros, pues estuvimos a punto todos de morir y era un milagro que siguiéramos todavía con vida.

—¡Casi nos mata ese maldito hombre!

—Seguramente ha de ser alguno de los de la red de secuestradores y han de pensar que quizás sabemos algo de ellos, pues seguramente ya nos han de haber visto entrar y salir de la casa de Marjorie y han de creer que quizás sabemos ya algo de ellos y que nos los contó ella misma antes de ser lastimada.

—Sí, puede ser —contestó Stephanie, y luego le siguió Ferdinand.

—Vayamos inmediatamente a la casa de tu hermana y encontremos de una vez por todas esas pruebas que tanto nos hacen falta.

—Sí, está bien —respondieron.

Y ya dentro de la casa de mi hermana, uno a uno nos pusimos a buscar por horas en cada centímetro y en cada rincón, pero nada. Al parecer ahí no había absolutamente nada, o quizás ya alguien había estado ahí mucho antes que nosotros y ya las había encontrado, y seguramente también ya se las habían llevado.

dije un poco desilusionada.

—No lo sé —me respondió Fer.

—Supongo que seguir buscando, así que por favor, no nos demos por vencidos y sigamos buscando donde menos nos imaginemos para que salgan de una vez por todas esas pruebas y encerremos a los culpables de la golpiza que le dieron a tu hermana —concluyó Fer, y luego ya no dijo nada más.

Después de un rato de seguir buscando, una vez más nos dimos cuenta de que ahí no había nada por ningún lado. Fue entonces que, ahora sí, todos tiramos la toalla al mismo tiempo y nos rendimos pensando que quizás alguien más como la señora O´Connel u otra persona que no conocíamos pudiera tenerlas en este preciso momento.

Yo sé que ya buscamos en cada rincón de esta casa, pero no sé por qué presiento que esas pruebas siguen aquí, aunque no podamos verlas por ningún lado; de eso estoy casi completamente segura y puedo también jurárselo—les dije todavía con un poco de esperanza para que no se rindieran y siguiéramos buscando.

—¡Claro que no, Mimí!

—¡Ya hemos buscado perfectamente bien y revolvimos todo!

—¡Aquí no hay absolutamente nada! —concluyó un poco molesto Fer.

—¡Sí! ¡Aquí están! —les dije—, ¡me lo puede decir mi corazón! Siento que también me lo está diciendo Marjorie, pero no sé dónde están exactamente.

—Quizás debamos ir primero con la señora O´Connell para descartar esa posibilidad y no sé, también quizás en una de esas, nos de otra llave o sepa de algún otro lugar que le haya dicho tu hermana para que buscáramos. No sé, se me ocurre que quizás alguna caja fuerte o en un correo de la ciudad, porque de verdad creo que aquí adentro ya no podemos encontrar nada —nos dijo Fer, sintiendo con eso una poca de esperanza.

Pues vayan ustedes, yo aquí me quedo. Y se lo juro que seguiré buscando hasta encontrar esas pruebas, aunque sea lo último que haga en este viaje —les dije sin darme por vencida todavía.

abrir absolutamente a nadie. ¿Me oíste?

—Sí, está bien. No te preocupes Fer. Vayan ustedes, pero por favor, no tarden mucho —les dije un poco temerosa, pues presentía que estaba a punto de pasar algo muy malo, y no me encontraba para nada equivocada al respecto.

—Está bien, enseguida regresamos —me dijeron ellos, y apenas los escuché salir por la puerta, me recargué en la pared de la estancia donde tenía toda la vista de la pequeña casa. Seguí recargada por unos cuantos segundos más repasando cada uno de los lugares donde ya habíamos buscado, entonces, pensé por un momento más dónde podrían estar esas pruebas. Y entonces me dije a mí misma que aquí dentro no podían estar, pues ya habíamos revuelto la casa durante todo el día. Así que sin saber y sin tener la mínima idea de donde más podríamos buscar, de pronto, sentí al tener extendidos mis brazos sobre mis piernas también extendidas en el suelo, como si alguien me hubiera tocado con una mano suavemente por encima de mi tatuaje de trébol e instintivamente recordé que en todos lados donde siempre había vivido crecían inexplicablemente tréboles. Así que después de esa señal, seguramente enviada de alguna manera por Marjorie, volteé inmediatamente al jardincito trasero, muy pequeñito, que ahí tenía mi hermana en su pequeña casa y algo en mi despertó como un rayo mi curiosidad. Me levanté pensando que quizás en ese lugar también se encontrarían algunos tréboles o alguna maceta con ellos, pues ahí no se nos había ocurrido buscar, ya que solo se encontraba un árbol no muy grande acompañado de un poco de maleza. Pero eso era todo.

Así que inmediatamente me dirigí hasta la puerta que daba al patiecito de la casa y giré la llave para que esta pudiera abrirse y salí emocionadísima buscando en cada rinconcito para ver si podía encontrar algo, pues estaba casi segura de que ahí podía encontrar algunos tréboles. De pronto, y como había supuesto, ¡ahí estaban!

—¡Aquí están! ¡Lo sabía! ¡Lo sabía! —me repetí una y otra vez más por la felicidad que sentía. Entonces, decidí tomar una de las palitas de jardinería que tenía por ahí a un lado arrumbadas mi hermana y empecé a cavar y a cavar justamente debajo de esos pequeños tréboles que estaban crecidos alrededor de ese hermoso árbol torcido

que parecía ser la orilla de una bolsita de plástico. Escarbé presurosa con la mano, separando cuidadosamente la tierra de la bolsa, y vi justamente como había estado esperando las pruebas que culpaban a Henry y a toda su mafia macabra.

—¡Sí! ¡Sí! Grité una y muchas veces más, sin poder escuchar que detrás de mí se acercaban las pisadas silenciosas de alguien que llegaba hasta mí. Al tenerme ya muy cerca, me colocó de pronto una bolsa de plástico en toda la cara para asfixiarme, y era precisamente el novio y asesino de mi propia hermana, el tal ¡Henry!

Sin poder respirar por unos instantes, traté de levantarme como pude con todas mis fuerzas del suelo, pues me encontraba de rodillas hincada y me fue completamente imposible hacerlo. Así que luché y luché para poder quitarme al hombre de encima, pero fue completamente en vano. Entonces, cuando ya estaba a punto de desmayarme, de pronto y como si alguien lo hubiera alejado de mi lado, el imbécil de Henry me quitó las manos de encima y caí al suelo, donde me retiré de la cabeza el grueso plástico que me cubría el rostro. Entonces mis ojos, supongo que al igual que los de Henry, se abrieron aún más, pues no podíamos creer lo que ambos estábamos viendo en ese preciso momento.

De pronto, un torbellino de hojas, pasto y todo lo que se encontraba a nuestro alrededor se levantó rápidamente del suelo y empezó a girar y girar dando vueltas sin parar en el aire. Mi cabello se alborotó por todos lados, pues parecía que una gran furia o una fuerza sobrenatural se encontraba ahí mismo, haciéndonos compañía en ese patio. Esto asustó mucho al tal Henry, que también quiso pasar y salir por en medio del torbellino, pero una fuerza extraña, como si hubiera estado parada enfrente de él se lo impidió y no pudo hacerlo, pues rebotó hacia atrás al intentarlo. Lo empujó unos cuantos pasos atrás haciéndolo caer en el suelo y de nuevo Henry trató de huir, pues el pánico parecía que había poseído su cuerpo y una vez más el torbellino se lo impidió de nuevo y se colocó ahora enfrente de él. Se formó como por obra de magia o un milagro celestial, la figura exacta y rasgos de la cara de mi querida hermana, que ahora se encontraba en coma. Al tenerlo justamente enfrente de ella, abrió la boca gigante como si quisiera tra-

como un loco, totalmente asustado, pues sabía que de alguna manera ese era el espíritu enojado de Marjorie que había venido a vengarse de él de una u otra forma. Luego empezó a gritar como un loco, pues estaba completamente asustado.

—¡Déjame en paz zorra! ¡¿No te quedó claro la última vez que te vi que no quería ya nada más contigo?! —le gritó Henry totalmente espantado a la figura de hojas y polvo enfrente de él, y entonces, ahora sí, pasó por en medio de ella, quitándome primero de mis manos la bolsa de plástico con las pruebas que tenía y que lo culpaban de todo. Después se dirigió hasta la puerta trasera que daba al jardín para poder entrar a la casa, y estando ya dentro de ella, la furia de Marjorie se hizo presente y empezaron a abrirse y caerse algunos cajones de los muebles de la casa para poder impedir de esa manera el paso a Henry y así evitar que pudiera salir de alguna manera de esa casa.

—¡No! ¡Déjame en paz! ¡Te juro que yo no te maté! Fue Higgins el que lo hizo —escuché del otro lado de la sala, pensando que sería quizás otro de sus compañeros de la policía, y luego Henry siguió relatando cómo habían sucedido exactamente las cosas.

—Fue él quien te mató al día siguiente de que hubieras ido a mi casa para pedirme que volviéramos de nuevo y que me reclamaste y pediste que saliera inmediatamente de esa red de secuestradores en la que estaba metido desde hace tiempo. No le gustó para nada que tú lo supieras, aunque fueras también su amiga, pues tenía muchísimo miedo que fueras a delatarnos al comandante. Y fue por lo mismo que un día se acercó a ti en su coche para que te subieras con él y te prometió ayudarte con eso del bebé para que tú y yo volviéramos, cuando lo que realmente quería era llevarte hasta el bosque, donde junto a otros dos policías involucrados te golpeó, y al final te dispararon para que murieras rápidamente y no dijeras nunca nada.

—¡Por favor, perdóname! ¡Te lo suplico! ¡Ya no me persigas más y déjame en paz, o mandaré matar también a tu hermana gemela! —terminó diciendo el estúpido de Henry. Y fue entonces y una vez más, que después de haber escuchado Marjorie, todavía en espíritu, lo que el malvado de Henry le decía amenazándola, esta se enojó aún más. Y entonces todo comenzó a sacudirse ahí dentro; desde lámparas; ador-

entrara de nuevo en pánico, y como pudo salió corriendo para salir de esa casa que él creía estaba poseída o embrujada.

Al tratar de hacerlo, Ferdinand y Stephanie estaban volviendo de hablar con la señora O'Conell, y ambos se quedaron con la boca abierta al observar todo lo que estaba pasando ahí dentro. Entonces, Henry aprovechó y salió por la puerta huyendo de la casa por entre en medio de ellos, con las pruebas y las fotografías en una de sus manos.

—¡Corran! ¡Que no se escape! —les grité a Ferdinand y a Stephanie para que ambos lo siguieran y fue justamente lo que hicieron. Yo también fui detrás de ellos. Después de una muy larga persecución entre autos, gente y mil obstáculos más que se nos cruzaron en el camino, Henry entró de pronto al cementerio, que se encontraba cerca de allí, desesperado, con ánimos supongo de perderse entre la obscuridad y los árboles. Esto no le resultó bien del todo, pues Ferdinand lo tenía a unos cuantos metros cerca de él, a poca distancia, y esto hizo que empezara a desesperarse un poco, pues por más que trataba de zafarse de él, no podía lograrlo.

Así siguieron corriendo quizás por unos doscientos o trescientos metros más durante un par de minutos y, entonces, al ver Henry que él y Fer ya se encontraban muy dentro del cementerio, sin nadie que los escuchara de cerca, el infeliz sacó su pistola para herirlo y así poder escapar con éxito.

—¡Hasta aquí llegaste, amigo! —le dijo Henry apuntándole en dirección al corazón, en el pecho. Y Ferdinand, por un momento pensó que ese gusano estaba hablando completamente en serio, así que le pidió que se calmara y pensara todo lo malo que estaba haciendo y que tratara de enderezar su vida, ahora que todavía podía hacerlo.

—¡Por supuesto que no lo haré! —le contestó muy convencido el tipo—. ¡Además, ya es muy tarde para eso! —concluyó Henry al mismo tiempo que le quitaba el seguro a la pistola para tenerla lista y disparar cuando él lo decidiera.

Justamente en ese momento, cuando el infeliz estaba a punto de disparar a Ferdinand, el espíritu fantasmagórico y desfigurado de Marjorie se presentó de nuevo ante Henry y se colocó enfrente de él. Esto hizo que se asustara una vez más al tenerla ahí mirándolo con

hacia atrás, sin darse cuenta que en el suelo, detrás de él, había una zanja profunda con una pala con picos dentro esperando a enterrar al próximo cuerpo; que por cierto, resultó ser él mismo, pues no se percató del gran orificio que tenía ahí, detrás de él. Cuando se dio cuenta quiso regresar moviendo los brazos para el frente, pero ya era demasiado tarde. Resbaló y cayó hasta el fondo del agujero y se enterró la pala de picos por detrás de la espalda, los cuales, le salieron por el pecho. Esto hizo que muriera instantáneamente.

Ferdinand, mientras tanto, contempló atónito lo que acababa de sucederle a Henry, y cuando se acercó para ver dentro de la zanja y ver si todavía se encontraba vivo, se dio cuenta que Henry había muerto y que el alma de Marjorie había desaparecido de pronto.

A él nos unimos Stephanie y yo por unos segundos más y contemplamos el cuerpo de Henry ya sin vida; del que había sido el culpable del estado actual de mi hermana.

CAPITULO XXV

Siempre conmigo

Después de un rato la policía llegó, y fue entonces que le explicamos al comandante todo lo que había sucedido y le entregamos las pruebas y las fotografías que Marjorie había guardado para responsabilizar por esos actos tan atroces a Henry y a toda su pandilla de delincuentes.

El comandante nos hizo saber que era una pena por lo que estaba pasando en este momento mi hermana, y seguía todavía sorprendidísimo por el gran parecido que teníamos Marjorie y yo. Concluyó diciéndonos que mi hermana había sido una de sus mejores policías, como nunca antes había tenido en la academia, ya que siempre había demostrado ser muy intuitiva y muy acertada en todo lo que decía en los diferentes casos.

—Es una pena que ahora se encuentre en coma, internada en ese hospital, no sé ya por cuanto tiempo —nos dijo con un poca de tristeza en sus palabras, pues entre sus planes también nos comentó que había pensado muy seriamente en meter a Marjorie como detective privada con él, a su lado, pero que eso ya lo veía ahora demasiado lejano en su estado.

—Mucho gusto, niña —me dijo cordialmente el comandante—. Fue un placer conocerte.

—Igualmente, señor —le dije al comandante.

—Me hubiera encantado que hubieses conocido lo increíble y maravillosa que era tu hermana cuando todavía estaba consiente.

y luego me despedí de él estrechando agradecida su mano por sus hermosísimas palabras. Luego, de inmediato me soltó, pues supongo que tenía un millón de cosas por hacer. Después lo perdimos de vista y nos dirigimos al hospital para ver y conocer de cerca, ahora sí, a mí adorada y querida Marjorie.

Ya en el hospital, estábamos todos juntos, tanto algunos de sus compañeros de la academia como nosotros, esperando a que saliera el médico de revisar a mi hermana y nos diera su pronóstico del día. Este, al fin salió y se acercó a nosotros. Nos dio muy pocas probabilidades de que mi hermana pasara siquiera esa noche con vida, cosa que puso muy triste a muchos, entonces, uno a uno pasaron y se despidieron, tanto sus compañeros de la academia como nosotros. Y por último, lo hizo Ferdinand, que aunque nunca tuvo el gusto de conocerla, se acercó a ella y le dio un tierno y sincero beso en la frente, como siempre hacía conmigo.

—Por favor —les dije con un nudo en la garganta al ver que su respiración apenas podía escucharse a través del aparato que tenía conectado. Y que decir de su mirada apagada, que solo reflejaba la paz y la tranquilidad que seguramente llevaba algunas semanas buscando—. Déjenme un rato para poder estar con ella a solas —les dije.

—¿Estás segura, Mimí? ¿No quieres que me quede un rato aquí, contigo, para acompañarte?

—No, de verdad —le dije a Fer, y luego le di un beso en la mejilla como muestra de agradecimiento por todo lo que había hecho por mí, y de alguna manera también, por mi hermana.

Al hacerlo, Ferdinand solo sonrió un poco por mi sincera muestra de afecto y luego, tanto él como Stephanie salieron de inmediato de la habitación y yo me quedé al fin a solas para conocer un poco más de cerca a mí querida hermana gemela.

Volteé a los lados para ver si podía encontrar alguna silla o un banco para poder sentarme cerca de ella y al hacerlo, fue inevitable dejar correr y correr las lágrimas que me salían sin parar ni por un instante.

—Pobrecita de mi hermanita —le dije tomándola delicadamente de una de sus manos, y después de eso le di un pequeño beso y recargué de igual manera suavemente mi cara sobre su frágil y débil mano.

go en todo este tiempo que estuvimos lejos una de la otra.

—¿Sabes? —continué hablándole un poco—. Mi vida hubiera sido tan diferente y tan bonita si nos hubiéramos tenido y conocido una a la otra. Y claro, quizás tampoco hubiera sufrido tanto ni me hubiera sentido tan sola —terminé de decirle. Luego simplemente me paré, y un impulso dentro de mí me hizo querer acostarme ahí con ella para estar más cerca y sentirla ahí, dentro de la cama. Ya ahí, la abracé durante toda la noche y tampoco solté su mano, la cual tomé entrelazando mis dedos con los de ella. Al mismo tiempo pude sentir su muy débil corazón latir dentro de ella, como algún día hicimos juntas hace muchísimo tiempo atrás, cuando estuvimos creciendo y desarrollándonos en el vientre de nuestra madre materna, la cual, ninguna de las dos conocimos.

No sé realmente cuánto tiempo pasó, pero sí el suficiente, pues muy pronto llegó la mañana y pude sentir inmediatamente como los rayos del sol se escabullían por cada una de las persianas, cosa que hizo que me despertara, pues me molestaba demasiado el brillo que me pegaba directamente a la cara.

—¡Caramba! —exclamé sorprendida—. Me quedé dormida a lado de mi hermana toda la noche —me dije, pues al parecer y muy extrañamente nadie había entrado a revisarla ni una sola vez en la madrugada. ¿O sí lo hicieron y no quisieron despertarme? Y antes de que siguiera hablando y dijera cualquier otra cosa, volteé rápidamente a ver el rostro de mi hermana, pues sentí como si sus ojos de pronto se hubieran abierto y me miraran muy fijamente.

Milagrosamente y como si fuera algo casi imposible, los ojos de mi hermana empezaron a verme con un brillo especial y de igual manera los aparatos que se encontraban conectados a ella empezaron a sonar, así como sorpresivamente su ritmo cardiaco y sus signos vitales se empezaron a normalizar en las máquinas conectadas a ella.

—¡Alguien! —grité sumamente emocionada—, ¡por favor, que alguien venga rápido! —grité una vez más, pero ahora lo hice asomando la cabeza por la puerta de la habitación del hospital, por lo cual, una de las enfermeras me escuchó y habló de inmediato al doctor, que rápidamente entró. Y al mirarla, as, tan recuperada e inexplicable-

hubiera despertado del coma y se limitó a exclamar que este era sin lugar a dudas *un verdadero milagro*.

Sin perder ni siquiera un segundo, ya dentro en la habitación, el doctor inmediatamente la revisó y le quitó el aparato de la nariz y de la boca para que pudiera respirar por ella misma. Y una vez más, y por lo sensible y emocionada que estaba en ese momento, comencé a llorar al ver a Marjorie como se quedaba mirándome con una gran sonrisa en su rostro, exclamando lo siguiente con completa alegría:

—¡Lo sabía! ¡Siempre lo supe! —volvió a repetir, y luego me tomó de las manos y ambas nos soltamos riendo. Yo un poco más fuerte, con alguna que otra carcajada, y ella solo un poco con su boca y mostrando expresión de alegría en su cara.

Stephanie y Ferdinand llegaron casi corriendo y entraron a la habitación, pues una de las enfermeras había corrido a avisarles de lo sucedido y al vernos ambos tan contentas, pero sobre todo a Marjorie con los ojos abiertos, también empezaron a reír. Y desde ese entonces, nunca jamás, ninguno de nosotros paró de hacerlo.

Después de casi un mes de la salida de mi hermana del hospital, todos excepto Fer nos quedamos el tiempo necesario en Irlanda para cuidar y atender como se debía a mi amada hermana, que con el tiempo logró mejorar por completo. Entonces, al verla así de recuperada decidí regresar de nuevo a mi casa en Estados Unidos, pero no para quedarme por mucho tiempo, ya que tenía primero que hacer unas cuantas visitas, entre ellas la de ir a visitar a mi madre para pedirle que me explicara unas cuantas cosas. Y cuando al fin lo hice, después de un viaje muy largo, como pocas veces había sentido, estando ya ahí, comencé a hacerle un millón de preguntas que tenía que esclarecerme para poder comprender mejor mi vida.

—¿Por qué, mamá? —le pregunté con un poco de resentimiento en mi corazón.

—¿Por qué nunca me dijiste que era adoptada? —volví a preguntarle notando que su rostro se congeló sin poder hablar por un momento.

—¿Pero cómo fue que lo supiste? —me preguntó ella, todavía un poco consternada.

que menos te perdono es que nunca antes me hayas dicho que tengo una hermana gemela.

—¿Cómo? —volvió a responder, como si realmente no supiera absolutamente nada del tema.

—¿Tienes una hermana gemela? —me preguntó completamente sorprendida, como si realmente no supiera nada de lo que le estaba contando.

—¡Espera, no entiendo! —le dije demasiado sorprendida para ser sincera—. ¿Tú tampoco lo sabías entonces, madre?

—¡No! ¡Te lo juro que no! —me contestó; notando yo una profunda sinceridad en sus palabras.

—¿Sabes? Miranda, cuando tu padre y yo te adoptamos, yo ya llevaba muchos años intentando tener hijos propios con él, pero los doctores me hicieron saber una y otra vez que eso iba a ser imposible, o al menos no iba a suceder por un largo tiempo, hasta que me sometiera a un intenso tratamiento de fertilidad, el cual sí hice, para así algún día tener nuestros propios hijos y criarlos. Pero eso no terminó ahí; así que un día en mi desesperación por no poder tener ya en nuestras manos a un bebito viviendo con nosotros en la casa, nos dirigimos entonces a una casa hogar de niños, pero ahí nunca nos dirigieron que tenías una hermana gemela. ¡Te lo juro, hija! Ya sé que te va a doler esto que a continuación te voy a decir, pero al parecer, de ahí mismo, de la casa hogar, te recogieron porque te habían dejado desprotegida afuera de una pequeña iglesia.

—¿En una iglesia? —le pregunté muy confundida a mi madre.

Pues, al parecer no nos habían dejado juntas. Y quizás, a mi hermana, al igual que a mí, la habían dejado también en algún otro lugar para que no hubiéramos sido una carga muy grande si nos hubieran encontrado juntas a ambas.

—Después, y como un milagro que tanto estuve esperando —siguió hablando mi madre—, me embaracé de tus otros dos hermanos. Y fue entonces y para no lastimarte, pues todavía eras muy pequeña, que nunca quise confesarte la verdad para que no te sintieras relegada ni lastimada nunca por la demás gente ni por tus hermanos.

un poco de furia en mis palabras. Y ya, sin querer oír más, pues ahora podía entender perfectamente por qué nunca me había querido igual que a mis otros dos hermanos, simplemente salí y me dirigí a la otra que también había sido mi casa y empaqué todas mis pertenencias, que no eran muchas. Y simplemente me fui, así tal cual, me fui de esa ciudad para toda la vida, pero no sin antes ir a despedirme de unas cuantas personas. Empezando por mi maestra de pintura, que siempre se portó increíblemente conmigo, al igual que Ferdinand. Y luego, por último, y acompañada por cierto de él, fui a visitar al doctor Monroe, en quién había depositado toda mi confianza y mi vida. Sorprendido todavía al verme fuera del hospital psiquiátrico, le conté toda mi historia y le entregué también los diarios de Marjorie para que los leyera con calma. Después de un tiempo de haberlos leído todos, supe que el doctor Monroe dejó de ejercer por un tiempo y solo se dedicó a dar alguna que otra clase en la universidad y en alguna que otra escuela, pues su culpabilidad había llegado a tal grado que había entendido que pudo haber destruido por completo mi vida. Y eso nunca, pero nunca, lo pudo dejar con su conciencia ni su alma tranquila, pues, después de todo y por la decisión que tomó, estoy segura que sí me había tomado un poco o quizás mucho cariño el tiempo que estuvo tratándome.

Por último, y sin querer hacer mucho alarde de ello, permítanme decirles que triunfé en casi toda Europa con las exposiciones de mis pinturas, de igual manera mis esculturas se hicieron reconocidas en todas partes del mundo, pero lo que más me hizo feliz de ahí en adelante fue cuando regresé a Irlanda para estar para siempre a lado de mi hermana. Ferdinand también regresó un par de años después y cuando lo hizo me encontré con un Ferdinand completamente distinto al que había visto solo unos cuantos años atrás, pues ahora lucía muchísimo más maduro y mucho más varonil desde la última vez que lo había visto, además se encontraba un poco más embarnecido y ya no tenía ningún barro ni espinilla en su interesantísimo rostro.

Con el tiempo, Ferdinand me propuso matrimonio viviendo conmigo en Irlanda y después tuvimos, curiosamente, también hijos gemelos. Mi hermana inmediatamente se encariñó con ellos y solo

Also by Laurie Rawlinson Evans

The Mountain Shadows Series

The Black Spirit

BEYOND THE VEIL

The Second Mountain Shadows Novel

Laurie Rawlinson Evans

Published by:
Laurie E. Rawlinson

ISBN: 978-0-9993933-1-4 (sc)
ISBN: 978-0-9993933-0-7 (hc)
ISBN: 978-0-9993933-2-1 (e)

Library of Congress Control Number: 2014917875

Lulu Publishing Services rev. date: 01/05/2018

Acknowledgments

This is my second book with Lulu Publishing Services, and I appreciate the professionalism and care of all those who have worked with me to visualize my dreams, especially Erika Lane and Carolyn Neal Lockridge. Thanks to everyone who worked on this project.

There are so many people that contribute to a writer's journey to publication. The following are some of the people who made the production of *Beyond the Veil* a more wonderful experience.

My sincere thanks to photographer Catherine L. Whitney for the fun photo shoot to get an author picture that I love, and for the beautiful cover photos of the '*Star of the Sea*' medallion.

And for the spectacular medallion . . . there are no words that can truly express my joy and awe when chain mail artisan Scott Robertson presented me with the beautiful work he created. He listened to my ideas and created a stunning piece that exceeded my imagination. God bless you and keep you, Scott.

Every writer needs other writers to learn from and with, and to help along the way. My deepest appreciation goes to the Town Square Writers for fellowship, laughter, sharing wonderful pieces of writing across diverse genres, and for helping me to be a better writer. The following members gave significant personal time and editorial talent to this manuscript. I hope to continue to return the investment and enjoy their work for many years to come. With particular thanks to: Betty Lucke, Lauren Filarsky, Syl and Don Bestwick, Alice Wilson-Fried, and Kelly Hess.

And every author needs readers! Thanks to my beta readers for sharing their time and input: Linda Brown Quimby, Lauren Filarsky, Linda Romine, Laura Whitman, and Arlene DeRenzi.

Finally, my love and appreciation to Terry, Colin, and Davis who share the road with me, even if they're not always sure of my direction. Then there's the rest of the family, who continue to encourage me in their own unique ways! Thanks for the fun.

Chain Mail Designer: Scott Robertson, Simply Woven Rings, swrings.com, Chain and Medallion Design and Execution

Photographer: Catherine L. Whitney, Author and Cover photographs

Dedication

To those we've lost,

To those who fight on,

And to those who walk beside them on Cancer's dark road.

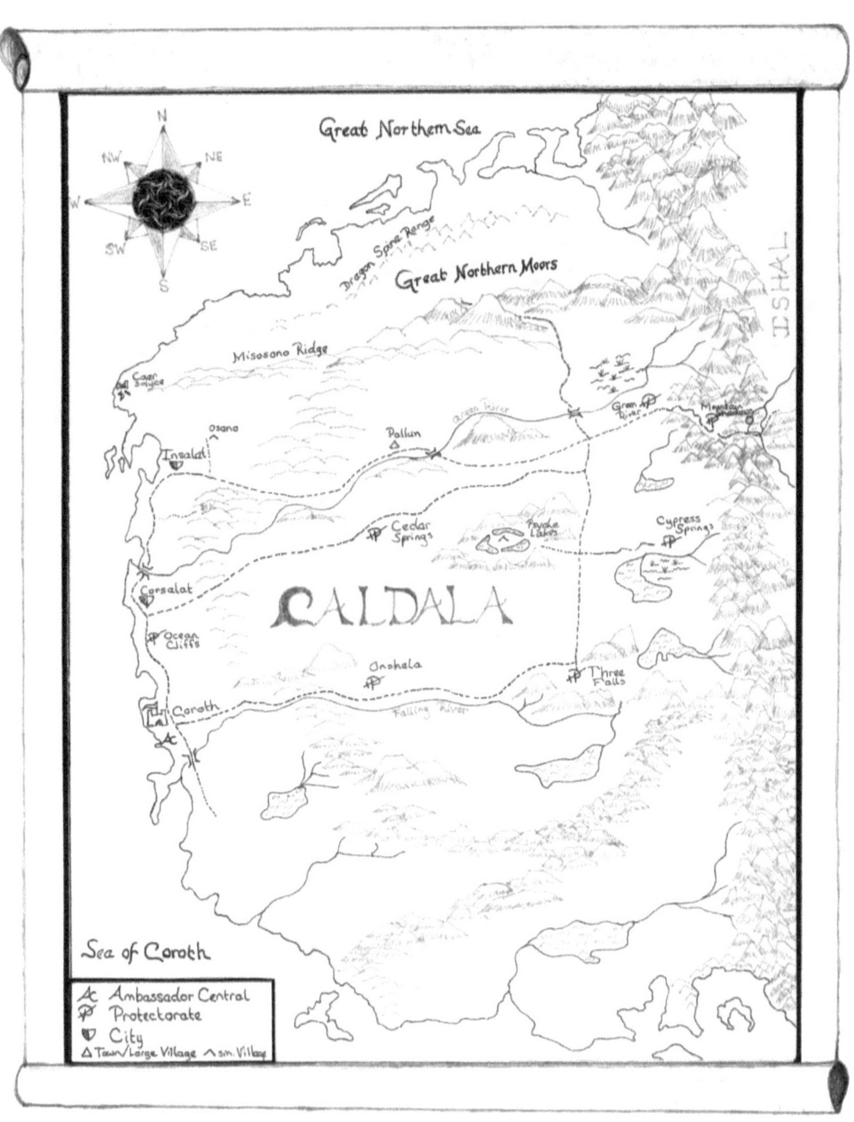
Great Northern Sea
N
NE
E
SE
S
SW
W
NW
Dragon Spire Range
Great Northern Moors
Misosono Ridge
Caer
Osono
Insalat
Pallun
Green River
Green River
ISHAL
Cedar Springs
Psyche Lakes
Cypress Springs
CALDALA
Corsalat
Ocean Cliffs
Onohela
Three Falls
Coroth
Falling River
Sea of Coroth
Ambassador Central
Protectorate
City
Town/Large Village
sm. Village

Prologue

The Shadow of Death

City of Coroth, Caldala, Harvest Quarter, PA 4181

The walls seemed to bleed, cold rivulets down dark stone. Meager torchlight reflected off damp walls, glimmered over thick tufts of moss tucked tightly between wet paving stones. Arthon Baronan cursed when water dripped from the low ceiling, like liquid ice running down his neck before he flipped up the collar of his woolen cape.

Tramping impatiently along dark tunnels, splashing through puddles as he followed once-familiar windings, Baronan felt no fear of detection. The noise of his passage was lost in the constant roar of the sea echoing through this forgotten warren.

The corridor ended at a short rise of stone steps leading to a heavy wooden door. Lowering the torch he carried, Baronan smiled, seeing the faint light beneath the edge of the ancient portal. Lifting a heavy iron latch, he pushed into a room nearly as dark as the dank tunnels behind him.

Shoving the door closed, Baronan set his torch into the nearest wall sconce before turning to the heavily cloaked figure standing in deepest shadow. His thin lips smirked while he executed a mocking bow.

"Hardly a warm welcome, my lady."

Her deep hood tipped as she moved into wavering light. "Did you expect one?"

With a laugh of cold derision, he pushed back the concealing hood. She was tall for a woman, and her eyes met his with equal disdain. "And yet, you are here, Kara."

"You're a fool, Arthon. Coming here, of all places," she snarled, lifting a hand to set another torch to flame. "The militia and protectorates have been called out after you. Did you really think you could attack Minister Iro without consequence?"

Scanning the inadequate furnishings of the chamber, Baronan shrugged. "I took the opportunity. It was unfortunate he was not there."

"You slaughtered his household, his family." Her voice was harsh with condemnation. "Did you think the prince or parliament would turn a blind eye?"

"Lady Iro had spirit." His face showed dark pleasure as he recalled the battle. "But her false powers were nothing once I had her daughter." Slipping a long knife from its sheath, he ran a thumb over the stained blade. "Their blood flowed together."

"The girl lives."

Baronan spun about. "You lie!"

She barked a short laugh. When he lunged at her, she raised a hand and stopped him in mid-stride with her force powers. "I've no need to lie. She lives, under guards and shields you'll never penetrate."

"Release me, witch." Baronan forced his temper to cool, knowing her too well. Still, he scowled when she freed him.

"Where do they look?" he demanded.

"Your keep."

He nodded with satisfaction. "They'll find nothing there." Baronan didn't tell her what they would find. There might be limits to her loyalty if she knew all.

"Your wife?"

With another negligent shrug, he studied the back of his hand. "Dead. Or near enough."

"And the boy?" She saw a brief frown cross his face, the glimmer of madness when his eyes met hers.

"Entombed with his mother. They were disappointments to me, Kara. She bored me, all too soon."

"Perhaps you were a disappointment to her, Arthon. You were never content with only one."

Stepping closer, Baronan traced cold fingers down her neck, his voice seductive. "We had our day. You chose the path of power yourself."

She nodded and moved away. "I'll get you out of Caldala." Pulling the hood over her head, she tugged the door open before looking back at him. "Don't return. Don't contact me again."

Baronan grinned and settled in to wait.

Kara, Most High Ambassador Ana Karsh mused, moving silently down the steps to wind through dark passageways. He'd called her that the first time they'd met—so many years ago. She wondered if he even remembered her true name.

That time together had been an exciting deception for a girl becoming a woman, and the beginning of a lifetime of lies and betrayals.

Killing him would be expedient. Secrets would be kept. Baronan was the only one, other than herself, who knew of the ancient catacombs. And he was the only one who knew her deepest ambitions. Yes, she thought, killing him would solve a number of problems.

He was hunted. If taken, there was no knowing what he might reveal. The House of Coroth would not dismiss the murders of Minister Iro and his lady, let alone his own family. No one would mourn the demise of Arthon Baronan.

If he knew the Iro child lay in an infirmary nearby he would rage. Karsh smiled at her quiver of arousal. He had always been his most . . . interesting when he raged. Those memories had her reconsidering.

Was it weakness, she wondered, moving through the last tunnel, this lingering sentiment for her first, and only, lover?

Karsh listened as she eased open a hidden door. There was only the roar of storm-driven waves and wind. Moving into slashing rain, she pulled her heavy cloak closer. The gale revived her, easing her concerns and charging her power. The storm winds had always been hers to command. Though these were nature born, they filled her with strength and pleasure. They pushed her toward the cluster of pale buildings in the valley sloping inland from a narrow stretch of sand.

There would be a number of ships taking safe harbor near the city of Coroth. She could arrange passage to any country within reach of a sailing vessel. Karsh laughed at the irony of Arthon Baronan escaping from Caldala hidden beneath the masked uniform of what he hated most—the Ambassador Core.

Baronan Keep, the following day

The sun had risen hours ago but the day remained dim, the air heavy and wet with mountain mist. It deadened sound, muffling the steady drum of hooves from the advancing militia. Stalwart soldiers remained in formation when the road narrowed between steep stone escarpments rising to thick forest.

Their leader lifted his hand, signaling a halt when a fortified hold loomed ahead. Its massive gate barred the way, but no guard challenged them from the walls. Militia Captain Ardan Isfail glanced at the black-masked woman riding beside him.

"What say you, Ambassador Muro?"

Ambassador Akira Muro studied the carrion birds circling mist-shrouded towers. Their raucous cries were the herald of death. She didn't need her telepathic abilities to know that no one lived behind those thick planks and iron bars.

"We're too late," she murmured, scanning beyond the gate. Akira raised her hand, waiting for the captain to ready his men. At his nod, she sent a force bolt to sunder the panels.

Swords drawn, the patrol surged into the courtyard beyond. No one challenged the invasion. The dead couldn't care.

Isfail shouted orders to steady his troops when murmurs of disbelief began to swell. He didn't blame them for their reactions. In almost ten years of service, he'd never seen a more grisly sight.

Bodies sprawled over the ground, hung from heavy wooden beams, draped over window ledges. Men, women, even children had not been spared. Bloodstained stone and mutilated bodies gave evidence of violence. Other bodies lay unmarked, yet their faces were contorted by the agony of their final moments.

The stench of death rose with the warming day. Ravens that had flown from the horsemen grew bolder, returning to their gruesome banquet. It proved a deadly appetite as birds began to stagger, flapping weakly about before joining those already lying with the human dead.

"Warn your troops, Captain," Akira commanded. "Take no food or drink from this place. Do not water or allow the horses to feed. There is some widely disseminated poison at work here."

She dismounted while he made sure that each soldier received the warning. Isfail joined her as she crouched beside one of the victims.

"Well?"

Akira shook her head. "I've never seen or heard of anything like this." She stood, looking around in silent despair. "Whatever it was, it acted quickly. And with terrible cruelty."

Isfail nodded, saying, "I suspect it's in the water to have affected so many, so quickly." He watched another raven fall. "The poison retains potency to spread its deadly effect."

After a brief consultation, Isfail divided his men, sending them searching throughout the keep and its surroundings. Signaling his lieutenant, he joined Akira Muro to look around the grounds.

The horror continued as they circled the main buildings. One of Isfail's younger men broke ranks, losing his struggle with his stomach when he saw the bodies piled at the back gate. Hands frozen in death clawed splintered wood planks. Axes and scythes stuck in the boards showed desperate attempts to escape. But the heavy chains binding the gate had not been defeated.

"Those who hadn't been affected by the poison," Isfail speculated, bending to pick up a kitchen cleaver lying near a man who'd fallen to a lance. "It looks like they were killed by Baronan's guards." He pointed to other weapons.

"There are dead guards in the front court," a soldier informed them.

"It doesn't look like anyone was meant to survive," Isfail said.

"Baronan didn't intend for anyone to leave," Muro quietly agreed, studying the macabre scene.

"God willing, we'll find his body here," the lieutenant muttered.

"Let's get an organized search going," Isfail ordered. "I want a record of all dead and their locations. Even the smallest space and cupboard is to be searched, Lieutenant Toth."

Isfail turned back, and saw Akira drop to her knees beside the ravaged body of a woman. Even in her final agony, the young mother had tried to protect a tiny baby. The infant—suffocated beneath her—appeared to be only sleeping.

"Akira," Isfail murmured when she touched the cold, perfect face. Her small hand shook. It was the first sign the carnage had shaken the reticent ambassador. He knelt, hesitating briefly before wrapping an arm around slumped shoulders.

Horrified by this evil, Akira needed the comfort he offered. "Why?" she whispered. "What kind of man does this?"

"I don't have an answer."

Tightening his arm around her, Isfail wanted to give more—wished she would accept more from him. When he felt her draw away, the captain let the ambassador go. He'd learned enough about the mysterious Akira Muro in the brief lunams they'd ridden together to know how strong she was, and how solitary.

Akira stood, fists clenched until she won the war against emotion. She could do nothing for the dead now but find their murderer.

"We'll start with the main quarters, Captain."

Together, they entered the large residence, passing groups of Isfail's soldiers as they searched their sectors. Toth intercepted them before they left the main hall.

"We found the guard captain and more of his men in the common room of their barracks. By the mugs of beer on and about the table and bodies, it appears the keg was poisoned. Considering the blood on their clothing and weapons, it was after they'd executed those near the back gate."

Frowning, Isfail looked at the masked woman beside him. "Why would they kill themselves?"

"They may not have known about the poison." Akira raised a hand to the doubt in his eyes. "It's only speculation at this point. Nothing makes sense in this. The poison acted quickly, yet the guard killed some of these people. Don't you think they would only have done so under orders?"

When Isfail nodded slowly, following after her as she continued through the large hall, she added, "Only Baronan had the authority to order those killings. Perhaps he was the one who distributed the poison to cover other crimes. After all, we're here to take him into custody for murder."

"Do you think Baronan's here?"

"No. I don't believe he'd end himself. And we are the only living things here now."

He'd forgotten she could sense that; Isfail lifted a brow as he wondered how her unusual abilities could have slipped his mind. Akira was one of the few remaining Psyches in Caldala. One of the last of a race that commanded mental and force abilities far beyond other gifted persons.

Even the head of the Ambassador Core, Most High Ambassador Ana Karsh, could not claim the Psyche heritage. Some said that was why she kept a close watch on the young Akira Muro.

His eyes crinkled in amusement over the thought of anyone controlling Akira. Even the Prince of Coroth kept watch over the young force-caller, Isfail had reason to know. It was the prince who ordered the Ambassador Core to assign Akira Muro to

special missions, such as the ones she'd investigated with his militia.

Returning to their present duty, he passed on the information he'd received before his platoon had joined her at the crossroad south of Insalat. "Green River and Mountain Shadows Protectorates have teams posted and sweeping down from the border. He won't escape through High Pass." Isfail didn't notice his companion grow still at this news. "Their teams will meet us here within a day or two."

He followed as she continued in silence, scanning room by room until they reached one dominated by a large portrait of Baronan. Isfail sneered, his lips tight as he studied it.

"Thought highly of himself," he muttered.

Akira barely glanced up as she searched the massive, carved desk. "Yes. His confidence led to his success. I'm told he had great charm and charisma when he chose to use them. It masked his evil for too long."

Nodding toward ashes spilling from the large hearth, she observed, "He took time to burn his papers."

Using an iron poker, Isfail cautiously stirred the charred debris. "And he was thorough. I'll have someone sift through this, but it's not likely to yield anything useful."

"Why did he come back?"

The quiet question had Isfail turning to her as he moved from the fireplace.

"Come back, Ambassador?"

She nodded, her masked face tipped slightly as she studied the portrait. The long, narrow face with slashing cheekbones had a cold, masculine beauty. Sleek, dark hair was combed back from a high forehead. The artist had captured the ambition in deep-set black eyes. But he hadn't seen the madness, Akira thought, or the obsession.

"From Coroth," she said, finally answering Isfail as she began to pace. "Baronan went to the estate of Minister Iro several days ago. He murdered Iro's wife, most of the household staff, and critically injured Iro's young daughter. A cook's assistant

survived, managing to ride to a neighboring estate to summon help."

Isfail swore under his breath, one hand gripping his sword hilt in impotent fury. "And they know it was Baronan?" Then he considered what surrounded them, and knew it to be true even as the ambassador nodded.

"Their child, Alani, was able to tell the authorities. She'd overheard an argument between her mother and Baronan before she was discovered. Lady Meilani Iro knew Arthon Baronan well. He'd courted her some years before, after they met at a parliament dinner at her family's estate. She turned away his advances and was later bound to Iro."

His grim expression hardened as he considered her words. "So he never forgave her. But why take his revenge so many years later?" Isfail swept a hand to the window and the charnel grounds beyond. "Why this?"

Akira shook her head, slowing her restless pacing. "I only know that the family of Baronan's wife, Lady Arda Drinin Baronan, had petitioned Parliament and the Prince of Coroth to investigate Arthon Baronan regarding charges of abuse and intent to harm." She stopped and faced her companion. "Formal charges were presented four days ago."

Before Isfail could respond, his lieutenant came to the open door. The officer's voice was strained as he announced, "We've found something in the cellars, Captain Isfail."

They followed him to a torch-lit shaft that sloped downward. Walls of stone and thick wooden doors divided the subterranean level into a series of storage spaces. The officer led them through the first—filled with casks of ale and wine—on through rooms of foodstuffs and household goods. He paused outside the open door to the last.

The lieutenant, a battle-hardened soldier, fought his rising gorge at what waited here. Still, musty air now carried the darker smells of decay and more recent death.

Gray eyes wary, Isfail stepped cautiously in. Though he gripped Akira's shoulder in an attempt to spare her more distress, the ambassador shrugged him off.

Iron bars formed four cells, with chains and shackles fixed to the walls. Three of the cells contained bodies, some hardly more than skeletal remains.

Two more recently dead occupied the last. The woman wore the rich garments of nobility, torn and bloodstained now. She had been beaten, tortured so badly there was little left to identify. A young boy lay beside her. Perhaps fourteen to sixteen years old, his body also showed signs of abuse.

The cage door stood slightly ajar. Akira pulled it open, stepping in to examine the bodies.

"Lady Baronan and her son?" Akira glanced up as Isfail spoke beside her.

"Lady Arda Baronan, almost certainly." She turned back to study the boy; his clothing was pulled roughly over the damaged body. She picked up one of his hands.

Isfail watched as Akira studied thin, broken fingers before placing the hand gently back by the child's side.

Sighing, she stood up. "Lord Baronan has much to account for."

Captain Isfail led his patrol back down the valley to camp for the night. The air was clean by the time they found a small meadow with a clear running stream, free from the poison that contaminated the keep. With the ambassador scanning the area, they circled the perimeter until Akira deemed it secure. The sun slipped low in the sky as tents were raised and campfires built.

While Isfail settled watch stations with his soldiers, Akira took her personal pack and found a secluded bend of the stream. Assured that no one was near, she rid herself of the black uniform that stank of death and decay. Wading into the knee-deep flow of icy water, Akira shivered. But she knelt to let the current wash away the sweat of a horrible day. Using her fingers to loosen her long white braid, she arched back, hoping the water would remove that awful smell from her hair.

Some time later, with the sun settling on the horizon, Isfail wandered into the trees in search of some privacy. Leaving his jacket at the camp, he unbuttoned his shirt as he went, shrugging it from tired shoulders when he heard the musical rush of the stream. The cool air felt good against bare skin, he thought, looking forward to a wash.

Isfail stopped when he glimpsed movement through the thinning trees along the stream bank. A girl, he realized, seeing the slight form kneeling in fast-moving water. Her slender back to him, she bent forward, scrubbing her hair. When she shifted, he saw that it was a young woman. The captain grinned, welcoming the unexpected pleasure after such a grim day.

He should turn away and allow her privacy—but it *had* been a hard day. Compromising with his conscience, Isfail braced against a tree to enjoy the view. He wondered where she came from. Some nearby farm, perhaps? When the woman straightened, flinging back a long sweep of pale, wet hair, his breath locked in his chest. Then she stood, turning to the bank.

A beauty, Isfail's dazed mind registered. A woodland fairy queen he mused, as the fantasy played out. Small and slim, with long, sleek limbs, and an aura of power.

Reality slapped him back while his jaw dropped.

Akira.

As if his surprise had sent a shock wave through the air, Akira froze, her eyes shifting to lock on his. Then she stepped from the stream, reaching for a fresh tunic.

"You risk our friendship unwisely, Ardan." She settled the garment over her torso before pulling on supple black-leather pants. Akira looked back over her shoulder as he came from the trees.

She turned, facing the cocky grin on Ardan Isfail's handsome face. Six and a quarter feet of lean, perfectly muscled male, he ran a hand through a thick mass of hair that just touched his shoulders when released from the leather tie that usually restrained it. Rich brown waves were streaked red-gold in the last rays of sun. His eyes held laughter as he approached. Akira knew those eyes

could be warm, sparkling gray with humor, or dark and stormy as a thundercloud in rare anger.

"I could say I'm sorry." He chuckled at her arch look. "But I'd be lying."

She shook her head, but her lips quirked while she belted the tunic.

"I do apologize for invading your privacy," Isfail offered more seriously, stepping closer when she bent to collect her things.

"Accepted, Captain. I should have been more aware of what was happening around me. It's fortunate that it was only you and not an enemy."

"Only me," Isfail said, catching her hand when she lifted a silk mask. He felt her tension as he stroked a finger along the pale curve of her cheek. "Should I feel the insult of being considered safe?"

He looked into deep green eyes as he pulled her closer. There was confusion there, with a curious regret.

"Don't," Akira whispered against his lips.

"I can wait," Isfail murmured, brushing his lips lightly over hers. "I can wait until your contract is up. I've had feelings for you for some time. This." His mouth covered hers for a longer, deeper kiss. For the briefest moment, he felt hesitant response. "This just adds desire."

Sorrow showed in her eyes as Akira pulled away. "I cannot give you what you deserve." When he smiled, gently brushing a tear from her cheek, she yearned. "I wish, so much, that I could."

"Then we'll see. There's time." With an incorrigible grin, Isfail unfastened his trousers. "I owe you."

Even after such a day he could make her laugh, Akira found as he stripped and splashed into the water. He *was* a magnificent sight, she noted with a smile, settling against a tree to keep him company. Combing out her long damp hair, she allowed herself to dream—and escape the horrific images now carved in her memories.

Dawn was a faint hope above the eastern ridge when Isfail stepped from his tent the next day. The night's heavy mist was retreating, leaving only a thin layer hovering above the ground. He watched stars fade from the sky as the sun rose.

It was a welcome relief to dark hours spent remembering the carnage of the previous day. He'd gone through every step in his mind, trying to find a clue to Baronan's purpose and disappearance. But the decisions of a madman eluded him. The lord had slaughtered his people, but left animals alive. Dogs were safely confined in a stable holding fine horses. Other livestock remained, grazing peacefully in meadows upstream from the keep. Isfail shook his head at the strange workings of a deranged mind.

He sat by a fire, letting a hot cup of tea warm hands and belly, allowing his thoughts to turn to Ambassador Akira Muro. Thinking of her, wondering about her had become a favorite pastime in his off-duty hours. This was their third patrol together, yet she was almost as much a mystery as on the first.

The Prince of Coroth only sent her as liaison when there was something big to investigate. Isfail had learned to respect the quiet confidence and the undeniable power of the small woman. And he appreciated the way she interfaced with his militia. Unlike many in the elite Ambassador Core, she seemed to value the military services. Though she revealed little about herself, Isfail noticed that she listened to others, saw their needs, and discreetly did whatever she could to resolve a problem.

His mouth curved as he lifted his cup, recalling the interlude at the stream. He'd never seen her without the mask before. Without anything, Isfail recalled with a grin. He looked up as she came from the trees, gliding through the opaque veil of mist in the soft light of dawn. Like a silent black spirit, with the concealing mask of the Ambassador Core hiding that beautiful face.

A shame, Isfail decided. Such beauty should be enjoyed. Unabashedly a man who enjoyed the company of women, he found the enforced celibacy of the Core regretful. But that wasn't the only reason he hadn't pressed yesterday. There was

something more, some heartbreak within the innocence he'd felt in her response.

She was so young, Isfail mused. He'd heard the rumors. Akira was the youngest ambassador in the Core's history when she'd contracted at fifteen years old. She would be about eighteen now to his twenty-six.

Still, little more than a child, he thought more soberly; one who'd suffered over murdered children the day before. Though he was the only one who'd seen that, Isfail wondered at the strength of character that let her face such horror.

"Captain," she murmured, accepting the cup he had ready.

"Ambassador," he replied.

Akira heard the humor in the brief response. She'd quickly learned that Ardan Isfail was a man who enjoyed life, and a soldier who took his militia duties seriously. He had a ready wit and a brilliant mind. In three patrols with him, he'd proven to be skilled, trustworthy, and compassionate.

Slipping up the mask, she smiled before sipping the hot tea. And he *was* a pleasure to look at. Her response to him as a man surprised her. It wasn't something she'd felt since . . .

Since. Her smile faded.

"What is it?"

Lowering the cup, Akira looked up. "What?"

Isfail tugged at the loop of braid slipping from beneath the loosened mask. "You went away."

"Obviously not." Silently chiding her thoughts, Akira set aside the mug to tuck the wayward hair back up.

"Will you allow me to see you again?" Isfail's face was serious now in the morning light.

When she said nothing, he brushed a hand over hers. "I meant what I said, Akira."

She tipped her head to look at him. "So did I. It's not possible, Ardan. Even if you feel something for me, I have over fifteen years left on my contract."

Forcing amusement into her voice as she stood, Akira teased, "I know you have any number of women ready to enjoy your company."

Isfail chuckled, tugging on thin leather gloves as his lieutenant led their horses over. "Aye. True enough." But he leaned close to whisper, "And only one I could spend a lifetime with."

Taking the reins of his mount, he watched Akira swing gracefully to her saddle. "I don't give up easily."

They looked toward the road at the sound of galloping hooves. Two riders reined their horses to a halt when they came upon the patrol breaking camp. Both wore uniforms of the Royal House Guard. While they dismounted to hurry a courier packet to the ambassador, a support unit from the Corsalat militia rode in.

Isfail went to confer with the newly arrived captain, glancing back briefly to see Akira unsealing the leather pouch. After summarizing the situation at Baronan's Keep, he dispatched his lieutenant with some of his men to start the new arrivals on the recovery and burial work.

Akira lifted a paper when Isfail walked back to her. "Orders to return to Ambassador Central. A horse carrying Baronan's brand, identified as the one he rode from the Iro estate, was found near Coroth City."

He frowned, looking toward the road where the Corsalat captain organized his patrol. "My unit has been relieved and ordered to report back, as well. We'll ride with you to the coast road."

"What's wrong?" Akira wondered, hearing the unusual frustration in his voice.

"Besides Baronan slipping away?" Isfail replied, watching his men pack up the final supplies before glancing back at the royal guards resting by the remaining campfire.

"We knew that yesterday. Did you get news from Insalat?" Concerned, she leaned from her saddle as he moved in to stroke her horse's neck. Akira's brow furrowed when he reached up to clasp a hand over hers.

"I have so little time with you. Now you're off again." But his frown disappeared when her worried eyes softened.

Unsettled by the feelings he awoke, Akira withdrew her hand. "You would do better to concentrate on your militia duties."

With a rueful smile, Isfail stepped back. "Perhaps. Though I could use something good to balance what Baronan left behind."

After quick orders to his men, Isfail mounted. Shortly after, they rode away from the death and mystery a madman had left behind.

When the company reached the coast road shortly after midday, Akira and the royal guards rode west for Coroth. Isfail turned in the opposite direction to lead his men home to the port city of Insalat. Urging his horse to a gallop, he returned to his duty, but wondered how long it would be until he saw Akira Muro again.

About noon of the same day, Mountain Shadows Protectorate Team Soren arrived at Baronan Keep. Senior Master Soren quickly took in the scene while the Corsalat Militia captain gave him the known details. Signaling to his Assistant Master to join him, Soren directed his younger journeymen.

"We're going to take a look inside. You three coordinate with the militia lieutenant. See what you can help with," he said. "But don't let the horses eat or drink here."

Journeyman Kilronan dismounted, glancing up at teammates Arla and Osharon where they sat on their horses, scanning the horror around them in silence. "Worst we've ever seen," Kilronan observed quietly.

Despite the surroundings, it felt good to be out of the saddle. They'd been riding for days, trying to locate Lord Arthon Baronan. Now it looked like the man had evaded them, leaving death behind.

"There's not much for you to find here," the Corsalat lieutenant noted when Kilronan approached him, watching his men wrap another body for burial. "Captain Isfail, out of Insalat, went through the place with the ambassador."

Kilronan stiffened. "An ambassador?"

The lieutenant gave a wry smile. "You just missed them. Coroth's serious about bringing down Baronan. The prince commanded the best." He gestured to the shattered gate. "One force bolt, I'm told."

"Akira Muro," Kilronan murmured, hands clenched tight.

"The very same."

So close, Kilronan realized. He'd come so close, only to miss her. Striding over to the wide entry, he stared down at splintered wood and twisted iron.

"You heard." Osharon gripped his friend's shoulder, seeing the angry grief in Kilronan's eyes.

"Heard what?" Pretending not to understand, Kilronan willed any expression from his face. Glancing at the compassion in his friend's eyes, he kicked a broken plank. "Yes. What does it matter? She made her choice. It wasn't me."

Seventeen Years Later, High Pass, Caldala, PA 4198

Clouds tumbled, bruising the tumultuous sky—stirred by summoned winds that whipped around the flaming woman standing atop a stone pinnacle. Arms flung high to command the storm, Akira Muro opened to the power she called. Raw force charged the air, filling her beyond anything she'd known. Rippling green flames shot higher with the surging power.

She'd made her choice.

With one last shout of command, Akira swept her left hand down to target the caldera wall while the right lifted to meet the lightning that flashed from the raging sky. Its energy ripped through her; taking everything she had in the hot fury to birth a force bolt that erupted from her hand to shatter ancient basalt.

Hulled out, empty, she swayed, watching thundering death spill down upon the Mors invaders below. As an enraged bellow

from their leader lifted on the wind, Akira looked down at her nemesis, meeting the stunned fury in the Vrorg's black eyes.

Rock surged beneath her just as his force blast struck, sending her flying into oblivion.

Lips curving, Akira Muro welcomed death.

One

Blue. Brilliant, sparkling, blind-the-eyes blue. Where was she? There was only the vivid blue—a perception of color, of light.

Soundless. Not silent. Silence requires sound to be perceived.

Within this timeless, aching blue came an awakening, an awareness of presence.

"This is not for you."

"It could be for me."

She sensed rippling laughter in the soundless blue.

"Yours is whites and greens, endless and peaceful, flowing and embracing."

The drowning blue stirred, swirling without movement. Shading whorls flowed, creating definition within the brilliant blue. They spiraled inward in some timeless dance until *she* was there.

She had always been there. Shisalla.

"This is not for you."

Black. Absolute, unending, shrivel-the-soul black. Enveloping her as silence screamed in a pain-filled void.

"Take my hand!"

It was a child's hand—small and warm.

"Hold on to me."

The voice was familiar, desperate, loving. Drawing her back to the world.

She turned away. Blue was better. Black was ruthless, demanding, soulless. She was so tired of the black.

There had been children, she remembered. Children she hadn't saved. This one could be saved. She released his hand with aching regret.

"No! Hold on to me! Come home with me!"

"I am dying. You must live."

Red. Hot, shrieking, sear-the-mind red. Devouring her in roaring flames of agony.

"Hold on to me. I need you."

This voice was compelling, passionate. Heartbreaking as it tore apart an already broken heart.

It was easier to burn than to shatter again.

Gold. Bright, glowing, warm-the-heart gold. Swirling in rays of sunshine light.

"Where have you *come from?"*

Affectionate, amused, the beloved voice surrounded her. Caressing, tender, healing.

"Eleni?"

There was laughter—light, musical, and happy.

"My darling, this is not for you."

"It could be for me!"

Golden strands parted. Sky-blue, loving eyes gazed at her.

"Yours is whites and greens, endless and peaceful, flowing and embracing."

"Eleni, I'm so tired."

"Be happy, my darling."

"Eleni, are you happy?"

"I have my love."

A soft sigh caressed her. The golden strands dissolved into swirls of golden light and blue mists. And they were there: Eleni and Ruton. Smiling, beautifully whole. Together forever. Their intermingled voices, tender and affectionate, faded with the gathering mist.

"Be happy."

White. Soft, soothing white that healed, surrounding her in timeless billows without sensation. Where was she? Who was she?

"Where are you now?"

His voice. He waits.

The opaque mist dissipated, swirling, tugging at her. Awareness of self seeped in with the dawning light.

"I knew you would find me."

"Not soon enough."

"It was enough. I will love you forever."

"It's not enough for me. *I need you in* this *life with me!"*

His heartbroken cry ignited sensation. It caught her, pulling her back from oblivion, grounding her. The voice was familiar and inescapable.

"I know you."

"Yes. Aiden Kilronan, the man who's always loved you."

Aiden. End Game.

"End Game was successful, and so was Shisalla. You completed your mission. You're free now. Free to come home to me."

Free. She considered that in the growing awareness of self. Free was important. She sought freedom in death—release from servitude, from the pain of expectation, and from failure.

She turned away from his pleas, searching for her freedom in whatever lay beyond.

White mist swirled beneath pale arbors covered with translucent white blossoms. She felt them trailing over her—warm, soft, delicately scented. And beyond was an endless flow of green, shading from palest hue to deepest emerald.

Joyful, desperate for that promised peace, she reached out, only to sob with despair as color drained into an expanding black abyss.

Black silk floated in awakening memory. Awareness struggled within black veils as the white mist thickened. She wanted to fly from those suffocating black folds.

"Come back to me. I love you. I need us to have a life together. Please!"

The force of his desperation captured her, yanking her back from flight. Drawing her like a moth to the flame of life. Her spirit poured into the body that had endured—patiently breathing and beating until her soul returned.

This corporeal existence seemed strange now. This body was different somehow—new and old, familiar. And strange.

She floated while her mind settled into this reality. Light seeped through fragile eyelids. There was the press of a solid hand over her insubstantial one.

Fluttering open, her eyes met the compelling gaze of the man who waited. Aiden Kilronan. Resigned to her fate, she drifted into natural sleep.

She was *Akira* once more.

Two

Mountain Shadows Protectorate, Village of Mountain Shadows, Caldala, PA 4198

Akira Muro drifted in and out of sleep, her senses slowly returning with each rise to consciousness. She was aware of light shifting as the day passed, the sensation of warm breezes fanning her skin, the scent of flowers.

Opening her eyes, Akira wondered at the familiarity of the room. Her gaze drifted to a bowl of flowers on the table near the bed, then on to windows left wide to a soft summer night. She heard wind-stirred leaves, crickets chirping in the twilight, and people talking quietly in the next room.

But there was absolute silence in her mind and an emptiness she didn't understand.

A slight movement under the window drew Akira's attention. Kilronan slept on a pallet there. His face was lined by stress, with dark shadows beneath his eyes. His mouth twisted in sleep, as if disturbed by some inner terror.

Sorrow washed over her, but she couldn't comfort his dreams.

Akira made no sound when pain wracked her body. It ended quickly, allowing her to escape into dreamless sleep.

One crescent moon shimmered in the sky when Kilronan bolted awake from his nightmare—Akira disappearing in the destruction of the Mors and High Pass. His anxious glance at the bed assured him that she was here, sleeping.

There was soft light from the outer room where Eron, one of his team's journeymen, and Marga, Team Osharon's healer, kept watch. Since they'd brought Akira back, one member of his team and one healer were present around the clock.

Rising silently, Kilronan stretched aching muscles before easing down on the edge of the bed. There was enough light to see her colorless face. Too thin before her ordeal, she now seemed emaciated.

"End game." Akira's voice was barely audible as she spoke the words that had initiated her final plan to defeat the deadly Mors before they could enter Caldala. They were the words she'd spoken as she'd sent Kilronan to safety, before using her unmatched force powers to shift a mountain, close the High Pass, and stop the invaders.

"I didn't mean to wake you." Kilronan caressed her cheek as the shadowed eyes opened. He smiled, moving his hand to carefully hold hers. "You did it, Akira. You fulfilled your duty far beyond what anyone should have asked of you. Now you're free to live as *you* choose."

One delicate hand wrapped around his fingers in weak acknowledgment. That same small hand had channeled lightning into a force bolt powerful enough to break through the caldera wall a week ago, spilling watery death onto the Mors.

Kilronan's throat tightened at what it had cost as he watched her eyes close again.

When he walked into the front room, Eron and Marga sprang up, eager for news.

"I believe she's going to make it," Kilronan said.

Eron's serious mouth split into a huge grin. Marga smiled, fascinated by the tenacity of life Lady Muro displayed.

"When can we visit with her?" Eron asked. "Maronan knows she's back. He sensed her—even before Asura told us. Mar and Celina are pants afire to see her for themselves."

Kilronan winced at the reminder of his duties to the rest of his team. His assistant master, Asura, another healer, had been with him when Akira woke from her coma. But his youngest

team members, Journeyman Celina and Journeyman Maronan, hadn't been able to see Akira for themselves yet. As team leader, he should have anticipated that Maronan would know when Akira regained consciousness. The young boy was born of Psyche heritage, like Akira and Kilronan, and had an indefinable bond with her.

"I'm not sure yet," Kilronan told Eron.

He walked over to the table, pouring himself a cup of tea while promising himself he'd do better by his team from this point on. While Akira wavered between life and death, he'd asked Asura to take over supervision of Team Kilronan. Even though Lord Corcoran had taken his team off the duty roster, to recover from the extremes of the High Pass mission, Kilronan knew he'd neglected his warriors when they needed him most.

When Akira had first come to Mountain Shadows Protectorate earlier in the year, looking for a team to support her final mission in the Ambassador Core, he'd pushed hard to have his elite team assigned to her. Though his reasons had been intensely personal, Kilronan had believed in his four warriors, despite their youth. With Akira enhancing their protectorate skills with additional force training in ambassador techniques, Team Kilronan had been confirmed to accompany her against an enemy like none they'd ever seen before.

The Mors had spread death and destruction across three nations, with massive telekinetic force abilities and untamed ruthlessness, before threatening Caldala. Led by their vicious leader, the Vrorg, they had seemed unstoppable before reaching the High Pass, the only land access between the countries of Ishal and Caldala.

For a moment, Kilronan remembered how hopeless it had seemed. Had it really been less than two weeks since that fateful day? That was when he'd stood with his team, looking on while Akira Muro called on powers beyond imagining—drawing on the earth to shift massive amounts of rock to close the pass, pulling lightning from the storm to rend the caldera wall enclosing Lake Shisalla, and spilling huge volumes of water to drown the enemy.

Helpless, Kilronan recalled bitterly while Akira stood alone, until the Vrorg's final revenge sent her flying, broken and exhausted. It didn't matter that she'd been the one to make the choice to protect Team Kilronan. He should have been with her, shielding her from that last force attack.

He was grateful Akira had saved his four warriors. They'd met the Mors challenge with honor and bravery. Every one had fought beyond expectations, beyond hope. They'd suffered injuries without complaint and kept on task. After the pass was closed and the enemy defeated, they'd all stood strong to keep a dying woman alive and bring her home. Asura, Eron, Celina, and Maronan were as vital to her survival as anyone, and more than most.

Marga's voice broke into his silent reflections.

"I'll check on her before I go." Marga went quietly into the bedroom.

She returned several minutes later. "I can hardly believe that's the same person we brought down the mountain five days ago. She's lost too much weight but seems to have mended, physically. I still wish we had a master healer here. I have no idea what to watch for as she recovers."

Marga looked at them intently. "How could anyone have survived such injuries? Who is she, *really*?"

"She's the woman who moved a mountain to save us," Eron replied quietly.

With the danger of the Mors behind them, Mountain Shadows—protectorate and village—moved quickly back to normalcy. Under threat of lethal invasion, every able warrior and citizen had worked to protect lives throughout Caldala in the weeks before Akira Muro closed the vulnerable High Pass and eliminated their enemy. Now, efforts turned to everyday life and duties.

High Lord Corcoran, leader of Mountain Shadows Protectorate, read reports of the stand-down progress and conferred with the village mayor regarding impacts to the civilian population. With

Gralla Karven, his administrative assistant—and longtime lover who'd recently accepted his proposal of binding—they watched over Akira's needs during her recovery.

Since Gralla had become an important member of Akira's last mission team, she'd been an even greater asset to protectorate involvement. And a kind heart paired with her intelligence had forged an intimate bond with the reticent ambassador.

Gralla supervised the quarters that Akira had chosen when she first arrived at Mountain Shadows; the same rooms she'd been brought back to after her terrible injuries. Akira had expressed an appreciation for the simple elegance of the accommodations in the lunams preceding the confrontation at the border.

They had hoped that the familiarity of the smaller house of the private guest court would comfort the injured woman, even though she'd remained in a deep coma for the first week. The protectorate had enlisted every available healer to attend her, and now she seemed to be on the path to recovery. But, until Akira was completely well again, someone would always stay with her in case she needed help.

Eron was ending his shift this morning when Gralla brought the breakfast trays.

"Team Osharon has watch outside. I'll stay until Master Kilronan wakes," Gralla said. Looking out the window, she added, "I see Celina and Maronan waiting by the gate."

The young man grinned and told her, "Asura's in the courtyard talking with Marga if you need them."

Gralla went to the open bedroom door. Kilronan was still sleeping. Careful not to make a sound, she entered the room just far enough to see Akira for herself. To her surprise, Akira was awake and gestured weakly toward the chair near the bed. Gralla tiptoed around and sat down.

Akira shifted a hand toward her, whispering, "Thank you."

"I did nothing, my lady," Gralla returned quietly, carefully squeezing the thin hand.

"You executed my directions to the letter, though I know it must have been a burden to you," Akira replied. "You cared for me."

Gralla blushed with embarrassment. "You do me too much honor, Lady Muro. How could I not care for you? You were always giving of yourself to others, treating us all with kindness, respect, dignity. Do you not know how little we see that from someone of your stature?" she countered with the utmost sincerity. "Do you believe any of the politicians or dignitaries we deal with would have lifted a finger to defend us? The prince sent *you* because he knew you were the only one who cared enough to carry it through."

"She's right," Kilronan agreed from where he'd been listening.

Now he sat up and stretched. "You dismiss yourself too easily, Akira. Very few would have sacrificed themselves the way you did. Armies have done less with more." Then he stopped, seeing how this was troubling her.

Sparing Akira more distress, he turned to Gralla. "You should believe her when she says how much she appreciates what you do. So do I," he added somberly. "You kept me from losing myself to despair some days."

"Well then." Gralla nodded as she stood up. "I guess you'll both show how much I'm appreciated by eating all of your meal."

Kilronan chuckled at the private joke while she left.

He brought the light broth prepared for Akira, encouraging her to eat more when she turned away after a few spoonsful. "You can't afford to lose any more weight," he admonished. "Think of what will happen to me if Gralla finds food left."

Akira sighed, but tried to swallow what he fed her. She sipped from a small cup of tea while he ate his own meal. When the cup became too heavy for her, Kilronan took it and put it aside.

"My team's chafing to see you when you feel strong enough to have visitors. I know Lord Corcoran and Osharon would also like to visit soon."

Her voice was stronger, though she was obviously exhausted by even this much activity. "Maybe I could see your people later today."

"*Our* people," he corrected. "They would follow you into Hell if you asked, and pretty much did. I don't think I could have pulled the strength of character and ability out of them the way you did."

Akira struggled to focus on him, her eyelids heavy. "Take some time for yourself."

"Tired of me already?" Kilronan teased.

She managed a faint smile while her eyes closed.

Akira was sound asleep in the few minutes it took for Gralla to answer the bell, bringing some work to occupy the time while she kept watch. When Kilronan hesitated, Gralla pointed him out the door with a stern order to see to himself.

Kilronan went out the gate and into the narrow lane separating the guest courtyard from other administration buildings. He turned in the direction of the protectorate compound and wasn't surprised when Osharon dropped from the high wall to his right.

"I was going to say you look like death warmed over," Osharon began. "But, on second thought, you look like a man who's just received a reprieve from a death warrant," he amended cheerfully as he fell into step with his friend since childhood.

"Why aren't you on watch, Shara?" Kilronan said.

"Because Team Arla has a new journeyman to train, and they asked to double up with my team for a few days. I just let Arla know I'd be meeting you. She blessed my departure with the command that I bring back any and all developments.

"I don't know why I keep you for a best friend," Osharon continued mournfully after they'd cleared the guards at the west entrance to the admin fortification. "You treat me badly, Kil. You know that, don't you?"

"What are you going on about?"

"I'm the last one to know anything. It's all over the dining hall this morning that Akira came out of her coma. Did my best friend—who is privy to the inner chambers of the Most High

Lady—tell me? No. I must hear it from my traitorous Marga, who's already spread the word to half the town." Osharon gave a sigh full of melodramatic pathos.

"Akira would like to see you soon," Kilronan countered, amused now.

Osharon stopped, turning to him with mouth agape.

"Pick your chin up off the path and come along. I want a bath." Kilronan walked on, striding briskly down the stone-paved road to the protectorate fortress. He felt better now with his world back on track; the darkness he'd lived with since High Pass had lifted the moment Akira opened her eyes.

"Are you serious, Kil?" Osharon exclaimed as he caught up. "She's able to talk, to want visitors? That woman should have died on that mountain! No one survives what happened to her."

"Akira did," Kilronan replied tersely, holding up a hand to forestall more comments. "Look, I need to be able to just focus on having her back. I don't want to think or talk about what happened to her. She's so fragile. Be prepared for it when you see her. She can't speak for long without being worn out by the effort." But Kilronan was glad to talk about this with someone who had a little distance from the agony he'd endured, not knowing whether each day would be her last.

Osharon put an arm over Kilronan's shoulders as they walked to their quarters. He waited while his friend cleaned up before they went on to the protectorate steam baths.

The hot, dense fog rose around them until the air was almost as white as the long hair Kilronan had braided back. He stretched out on a wooden bench, letting the steam ease the tall, leanly muscled body that ached from days of tension.

"You must be sure Akira's going to pull through or you wouldn't be here," Osharon commented from where he lay flat on his back. As tall as Kilronan, his broader frame filled his own narrow bench. His bold blue eyes sought out Kilronan's green ones through the clouds.

"She sent me away. I left because I could see that it hurt her to see me like this," Kilronan replied. "But yes, I really believe she's past the crisis. It's incredible how fast her strength is returning."

"Do you think she'll regain the level of power she used on that mountain?" Osharon rolled onto his side to face him.

"I don't know. Does it make any difference? Akira's twenty-year contract with the Ambassador Core ended the day she defeated the Mors. She'd already sent a formal letter of resignation."

"No. I guess not."

Osharon didn't want to worry his friend, but he suspected it would matter very much once Ambassador Central learned that former High Ambassador Akira Muro had survived.

Three

It took another three days before Akira would consider seeing more people. Even with that, she encouraged Kilronan to spend more time at the protectorate than hovering over her, as she put it.

To appease her, and his own conscience, Kilronan spent time with his team. With everyone fully recovered from their injuries, he took them through basic training maneuvers in the mornings to build back skills and stamina. They had meals together in the dining hall, talking with staff and the other teams, easing back into the everyday flow of protectorate life until Team Kilronan began to shed the strain and lingering trauma of their latest mission.

No one pressed them to share those extraordinary experiences yet. Warriors understood the price such extremes of battle could exact. Someday it wouldn't be so difficult to talk about what had been done, what had been seen. Until then, the protectorate welcomed Team Kilronan back into the daily routine with the easy familiarity of fellow soldiers.

That routine now included providing regular reports on Akira's recovery. Kilronan was amused by the proprietary tone voices took on when the retired ambassador became a topic of conversation. Whether protectorate warrior or villager, the people of Mountain Shadows claimed Akira Muro as their own.

If there was a shadow lingering over these late summer days, it was Akira's reluctance to talk with anyone. Kilronan told himself that was only natural after her ordeal. But he wanted . . . *needed*

her to turn to him now. She was healing, growing stronger. More importantly, she was free of the Core, free from its restraints.

She'd said she loved him before they'd faced the Mors on that mountain. Why did he feel her drawing away from him now?

Impatient with his thoughts, Kilronan turned into the gate at her quarters shortly after noon, nodding to the man on guard duty. He was being ridiculous, Kilronan chided himself, and selfish. How could he expect her to deal with more when she'd just survived a near-death experience? Akira just needed time to recover, to adjust to a new life, he assured himself.

Smiling now, Kilronan gave the door a quick knock before opening it to raised voices. Concerned, he hurried to the bedroom where he found Gralla, hands on her hips, arguing with a mutinous Akira.

"Thank goodness you're here," Gralla began gratefully. "Lady Muro insists on having a tub bath."

Undaunted, Akira glared at them both, propped up in bed with her arms crossed tightly in front of her. Narrowed eyes dared Kilronan to gainsay her.

"I don't know, Gralla. It doesn't seem wise to deny anything to a woman who can move mountains," Kilronan said with an attempt at humor.

Gralla stared at him in disbelief while Akira raised a brow.

"But, Lady Muro," he continued, turning to her. "We will insist that you do exactly as you're told. Do we understand each other?" Kilronan stated just as Asura entered the room.

"If you ladies will prepare the bath, I'll carry Akira in."

All three women stared at him until he threw up his hands. "I'll be in the living room. Just wrap her in a robe or something. You can remove it once I've left!"

Asura laughed while Gralla continued to question the whole proposal. "She shouldn't be risking herself over a bath."

"It will do me a world of good," Akira stated. "See what a bath did for Kilronan? He looks almost human again."

That outrageous statement defeated the dissent. The devoted woman capitulated. "All right," Gralla conceded. "The lady will have her bath."

As she walked past Kilronan, she warned, "God help you if she should ever consent to bind with you."

Kilronan stared after her while Asura struggled to hide her mirth. Looking back at Akira, he studied her guileless expression. Taking the path of discretion, he left without saying anything.

When he was called back in, they had Akira sitting on the edge of her bed, wrapped in a long robe. She placed her arms around his neck as he lifted her.

"You hardly weigh anything, my lady. I don't want any argument about trying to put more flesh on your bones."

"Enough." Akira scowled, glancing at the other women. "I've already had the lecture."

Gralla just looked smug and led them into the bath chamber, where Asura sat on the edge of the tub ready to help. Kilronan set Akira gently on a bathing stool before leaving her to their care.

He returned when summoned to find Akira perched on the edge of the tub, wrapped in a linen towel. With the others tending to her bedroom, Kilronan gave her a raffish grin. Akira just shook her head as he picked her up. She was silent while he returned her to the bedroom, where Gralla was putting fresh linens on the bed.

Kilronan deposited Akira in a large armchair and was promptly shooed out of the room. Several minutes went by before he was allowed back in.

Back in bed, though with more color to her pale cheeks, Akira looked up at him. Gralla left to arrange an afternoon tea tray while Asura headed back to the protectorate.

"Feel better?" Kilronan pulled a chair over and took Akira's hand as he sat.

"Yes. You can't imagine how wonderful that felt," she murmured sleepily.

Settling into freshly plumped pillows, Akira listened while Kilronan talked about news and local happenings until she fell asleep. Still, he sat with her, stroking back her fine white hair,

grateful to be able to. When Marga checked in with Eron for the afternoon shift, Kilronan headed back to the protectorate to gather the rest of his team.

Her nerves already edgy, Celina finally snapped. "Maronan, calm down!" Her younger teammate grinned as he skipped around her, leading them all through the courtyard gate.

Kilronan suppressed a smile, adding his own admonition. "All right, Maronan, time to show some restraint. Besides, that box you're carrying looks too important to risk dropping."

The boy stopped immediately, examining his gift with some concern.

"It's all right, Mar," Asura chuckled. "Master Kilronan is teasing you. What's in there?"

"It's a surprise for Lady Muro. I asked Chef Juniro to make it for me."

"Cookies?" Celina exclaimed eagerly, laughing at Maronan's worried frown.

"It's for Lady Muro!"

The laughter continued to the door of her quarters. Kilronan gave a quiet order, and they immediately moved to attention.

He knocked, waiting until a smiling Gralla opened the door. "Come in, come in. She's anxious to see you."

Kilronan was surprised to find Akira seated in the large armchair next to the fire. His team stood in formation just inside the door. Celina and Maronan grinned with barely suppressed excitement as they finally saw her for themselves. At their master's discrete cue, Team Kilronan gave a deep bow followed by a formal salute.

Akira's eyes were bright with tears when she glanced at Kilronan. Smiling, he promptly released them to her reaching arms. Asura and Eron stood back to let the younger ones go first. Kilronan moved to sit nearby, hoping his eager young warriors wouldn't crush her in their joyful enthusiasm. But they were careful when they reached her, content to each take a hand.

"Lady Muro! Look at what we brought you." Maronan's voice was bright with joy. He'd known when she returned from her long absence, but to be able to actually see and touch her was a great relief. Holding up the beautiful box, he placed it gently on her covered lap.

"Thank you, my wonderful Maronan. I'm sure it's lovely. Perhaps I could open it in a moment? After I've had a chance to greet you all properly."

Eron carefully moved the box to the dining table while they all quieted to hear her soft voice. Akira caressed Celina's cheek, then wiped a tear from her own.

"I'm *so* happy to see you all again. How can I tell you how much you mean to me?" Akira sighed, leaning back against pillows.

Asura stepped forward, laying her hands on Maronan's shoulders. "There's no need, my lady. Everything you did on that mountain tells us how much you care."

They all nodded, quietly seating themselves around her. Then Celina suddenly bolted up, dashing out the door while the others looked after her in surprise.

She came back with a small, flowering tree in a pot, placing it on the floor beside Lady Muro. "This is from all of us. Master Kilronan told us they're your favorite flowers."

Akira smiled with pleasure. "How beautiful. I'll be able to see and smell their gorgeous scent whenever it blooms. Thank you. Would you open your lovely box now, Maronan?"

Jumping to his feet, the boy retrieved it and carefully pulled away the ribbons. Taking off the lid, he revealed a beautiful cake. Everyone exclaimed in delight as Kilronan helped him lift it from the box.

It was covered in white icing, with fresh white flowers decorating the surface and arranged in tight sprays around the base. Across the top were the words 'Welcome Home, Lady Muro' in dark green lettering.

"I asked Chef Juniro to make it for me, and he said he would make it great. He did, didn't he?"

"Wow, Maronan. It's terrific. What flavor is it?" Celina asked.

But the boy turned to Akira, who silently touched a spray of flowers as new tears flowed down her face.

Maronan looked anxiously to his master, but Kilronan just shook his head.

"Welcome home," Akira whispered. "I haven't had a home in so long. This means more than you might understand."

Gralla stepped forward, blinking back her own tears as she took the cake. "Asura, perhaps you would help me serve this delicious present." They gave Akira time to regain her composure.

As they shared Juniro's delicious creation, Akira listened to them talk about recent events in Mountain Shadows and asked them questions about their week. She gave a soft smile when Celina told her about Juniro's welcome-back cookies—a tribute to the flavorful tradition that had become a happy ritual in trying times.

None of them mentioned their fears that Akira had died, or the anxious waiting for her to come out of the coma. No one talked about High Pass or the Mors.

Gralla finished clearing away dishes and waved goodbye as she left through the passage door. Asura stood, gathering her teammates with a reminder that Lady Muro needed rest.

"You're welcome at any time," Akira murmured, regretting her fatigue.

Maronan came to carefully hug her, leaving a soft kiss on her cheek. Asura and Eron each took a hand, saying how much they'd missed her. Finally, Celina stood uncertainly before her.

"Lady Muro, I'm not good at telling people how I feel," she began hesitantly. "But, you're the greatest!" She hugged Akira tightly before flashing her trademark grin. Red hair flying, Celina darted through the door, where Asura waited to escort them back to the protectorate complex.

Kilronan rolled his eyes, chuckling at Celina's unexpected exit. "You've definitely impressed that girl."

He picked Akira up and carried her to the bedroom. Setting her on the edge of the bed, he helped remove her robe. Kilronan lifted her hand to his lips.

"They're serious about welcoming you home, you know. Everyone considers you a part of Mountain Shadows now."

Akira drifted to sleep with a wistful smile on her lips.

Marga was on duty when Kilronan brought Osharon with him the next day. "Is she awake?" he asked quietly as he poured tea for them.

She gave him a smile. "Oh, yes. But we better hope she builds her strength back quickly. She's already fretful with confinement. I'll be off now. Asura said she'd be over within the hour."

Kilronan knocked quietly before opening the bedroom door. "Good afternoon, my lady. I've brought a jester to entertain you. Are you willing to see him?"

Glancing up from a book, Akira looked puzzled. "Anything to end this boredom."

"I heard that," Osharon said with amusement as he walked in. But he forgot anything else he'd planned to say when he saw the white-haired, green-eyed woman. She was so changed from the auburn-haired girl he'd known in childhood. How could she be so exquisitely beautiful, he asked himself, with everything she'd endured?

"Osharon? Are you all right?" Akira wondered.

Kilronan chuckled when his friend closed his mouth with a gulp. "Have a seat, Shara."

"Yeah. Thanks. Sorry, Akira. I guess you caught me off guard without the veil." Grinning, he took the hand she offered. "You look a lot better than the last time I saw you."

She looked puzzled again. "Well then, you've seen me without the veil already."

Osharon leaned forward to kiss her cheek. "It's *great* to see you. How are you feeling?"

"Better." Akira smiled with a tip of her head. "What's this I hear about your new position?" She laughed at his confused face. "Protectorate jester?"

Leaping quickly to his feet, eager to please, Osharon gave an elaborate bow. "And what does my lady command?" He began a sonorous recital of a great historic passage while Kilronan sat down beside Akira with a grin.

Surprising them, Osharon ran from the room, returning quickly with two teacups. He juggled them to his audience's appreciative applause until one fell to the floor; the thick rug beside the bed saved it from breaking. Osharon looked down in mock horror, and Akira laughed, wrapping her arms around her sides when he gave a stage-whispered, "Oops!"

Picking up the fallen cup, he tiptoed off with a finger to his lips. After taking the cups to the kitchen, Osharon returned to kneel theatrically before her. He sang a short, poignant ballad as his friends listened in stunned silence.

"That was beautiful, Shara!" Akira exclaimed. "I didn't know you sang so well."

Osharon shook his head as he pushed off the floor, grinning foolishly while Kilronan gawked at him. "Yeah. Well. It's a secret passion, I suppose. One I tend to indulge in the bath—alone."

Akira touched his cheek with affection. "If I promise to be good, would you come sing to me again?"

He raised her fragile hand to his lips. "For you, sweet lady, anything."

Her smile lit the room. "Thank you for giving so much of yourself to make me laugh, dear Shara. I'm happy the veil is no longer between us."

"Oh, that pleasure is most definitely mine, Akira." He winked at Kilronan. "Kil wouldn't tell me how beautiful you are because he's afraid I'll steal you away."

"Now you're being silly," Akira said softly, leaning back on her pillows. He continued to entertain her with little skits until she drifted off to sleep.

Osharon was gone when Akira woke later that evening. Her sleepy gaze found Kilronan sitting in the armchair, watching her. Then a smile transformed his solemn face.

"What's wrong?" she asked quietly.

"Nothing." He came to sit beside her as she searched his eyes. "Nothing anymore, Akira. I just missed you. I'm under orders to ring for Gralla as soon as you woke. You missed your last two meals," Kilronan continued more cheerfully.

When she lifted an eyebrow in confusion, he chuckled. "Asura and Marga want you eating more now—several small meals a day. And Chef Juniro is determined to make this work."

Akira blew out a breath as he disappeared into the front room.

Gralla appeared within minutes, with dinner and a request as she lingered to check on Akira. "Would you feel up to a short visit from Lord Corcoran? Juniro has prepared a wonderful dessert we could enjoy together, if you feel up to more company tonight."

"Whenever Lord Corcoran is ready," Akira agreed. "Perhaps *you* could come early and help me look presentable?"

"Of course. But you always look beautiful." Gralla smiled kindly at the sudden blush that colored her pale cheeks. "I'll come back in an hour."

Kilronan helped Akira sit up then brought the tray, waiting until she cautiously began to feed herself before fetching his own tray. When he saw her hands begin to shake with fatigue, Kilronan moved to sit beside her.

"Let me help."

"When will this weakness go away?" Akira complained.

He smiled at her obvious frustration. "Look how fast your strength is returning. I doubt that it will be too long, knowing how persistent you can be."

Telling herself to be patient Akira accepted his assistance with better humor. Gralla came to brush her long white hair, tying it back neatly before helping her into a long robe.

Chiding gently when Akira insisted on sitting in the front room, Gralla asked, "Why must you be so stubborn and push your limits unnecessarily?"

"I cannot continue to receive visitors in my bedroom. It's undignified."

Akira's serious reply brought an amused smile to Gralla's lips as she retorted, "Your health would benefit from less concern for your perception of dignity."

Nonetheless, Lord Corcoran found the Most Honorable Lady Muro ready to receive him next to the fire in the sitting room. He gallantly presented her with a bouquet of flowers while Gralla laid out Juniro's delicate pastries and tea.

"Thank you so much. How beautiful." Akira inhaled the lovely fragrance.

"The flowers cannot compare with your radiance, my dear Akira. How are you feeling?" Corcoran inquired as he settled into the armchair that Kilronan offered.

"Everyone asks," she muttered before sighing. "Better."

Corcoran chuckled at the impatience in her voice. "You are the only person I've known to survive what you did, and be complaining about a little bed rest less than two weeks later. So, when should we open that bottle of sparkling wine, Akira?"

"Very soon, my lord. But we need to meet before that to discuss compensating this protectorate for my care and living arrangements." She looked around in surprise when silence fell, followed by a stern look from Corcoran.

"My Lady Muro," he sighed. "Would you please just concentrate on regaining your health? Do not be concerned with such matters. You have just saved an entire nation. What don't we owe you for that?"

"Lord Corcoran, I cannot accept your charity."

He stood up, a frown on chiseled features, looking to a disconcerted Gralla before turning to Kilronan. "Kil, help me out with this woman."

"Akira, I know you have the means to support yourself, but the High Lord and Council of Masters have already met and decided this issue," Kilronan said firmly, siding with Lord Corcoran.

"Not only that," Corcoran interjected, "I *refuse* to allow you to pay this protectorate anything after all you did to plan for

the defense and protection of Mountain Shadows. You have this residence for as long as you choose to occupy it, including full board and protection. I'll be happy to have you here for as many years as you would stay." He held up a firm hand to still her protests. "It's decided, Lady Muro."

Stunned by this pronouncement, Akira studied the three resolute faces. "It seems I've been outmaneuvered, for the moment."

Corcoran sat back down, his happy mood restored with that matter out of the way. "So, where were we? Ah yes." He made them all laugh as he told of a villager's famously stubborn stand against being removed from his home. "All I can say is thank the God above we didn't need to evacuate that old man."

Not long after, he stood, offering a hand to Gralla. "We must be going. I'll be back another day to hear your thoughts for the future, if I may, Akira?"

Gralla reached into her pocket. "One more thing, my lady. Elder Imana asked me to bring this to you." She handed Akira a small, wrapped parcel. "I've been visiting her regularly to see that she's well. Imana asks about you each visit. She is very happy to hear that you're recovering."

Akira nodded as she looked at the pretty package. "Thank you, Gralla. Perhaps you could take a note to her from me tomorrow?"

"Certainly. Good night." Gralla left with Corcoran, waving as he closed the door.

"Are you ready to go back to bed now?" Kilronan asked.

"In a moment," she murmured, carefully unwrapping the parcel to find an exquisite lace shawl—so light and delicate it unfolded like mist over her hands. "Gorgeous," Akira whispered.

Kilronan came to crouch beside her. "Imana is an artist with her lacework. I've bought pieces from her for Mother and Mara, but I didn't know she was still able to do it. Maybe I can talk her into a blanket for Mara's new baby."

Glancing up, he saw Akira's pensive expression as she removed a small pouch from the wrappings.

"What's that?" he asked curiously.

"Eternity," she finally said, bleak eyes looking into his. She let Kilronan take the pouch from her and remove the small vial. His face grew somber as he studied the liquid it held.

"You gave this to Imana before we left for High Pass?"

"Yes," Akira answered as tears glimmered in her eyes. "I had to give her an option in case the Mors got through us. I couldn't bear the thought of her, alone and defenseless as they destroyed the village. Can you forgive me?" The tears spilled over when he pulled her into his arms.

"There's nothing to forgive, Akira. You gave her peace of mind. Now she's giving it back. I understand that. I would have done the same if it had been within my ability." Pulling away, he looked into liquid eyes.

Smiling tenderly, he wiped away the tears. "Now. Which of your magic cases does this return to?"

Akira leaned in to kiss him before directing him to her black trunk and the appropriate case. After he brought it back to her and helped replace the vial in its proper compartment, she latched the case with a lighter heart.

Four

Asura sang softly to herself as she walked up the road. The morning was breezy and beautiful, reflecting her spirits now that she could finally enjoy the season. Mountains rose around the narrow valley, their rocky peaks painted in shades of gray and black against a deep blue sky. Bright white clouds swept high over the tallest peak.

With Lady Muro growing stronger every day, there would soon be no need for the constant watch over her health. Asura knew that she'd miss her daily shifts. She hoped Lady Muro would stay in Mountain Shadows now that she was retired, and teach her more healing skills.

Asura heard the horsemen pounding up the road from the main gate before they were in sight. The sound indicated a large group traveling at unusual speed. She turned to look as they cleared the village, and saw several black-masked riders approaching in tight formation. Stepping back from the road, Asura recognized the uniforms and the insignia of the Ambassador Core emblazoned on their saddle pads. The lead rider turned his masked face to her briefly before signaling the group on. The last rode beside a fine mare draped in black silk.

Asura broke into a run when she saw them turn into the administration compound.

Kilronan looked up in surprise when Gralla burst through the door from the service chamber.

"Master Kilronan," she gasped. "A large group of ambassadors just arrived. The spokesman says they're Ambassador Reconnaissance Alpha—here to take Lady Muro back!"

"What?" Kilronan exclaimed in concern, rising from his chair. "Where are they?"

"They're on their way here, coming down the lane. They seem to know exactly where she is!"

Kilronan rushed out to the courtyard, where Team Osharon guarded the gate against ten mounted ambassadors. Running forward, he heard a familiar voice arguing in barely controlled anger.

"Step aside, Master. I have no desire to harm you or your team this day. We've come to take our own back. That's all."

"And I told you, no one sees Lady Muro without authorization," Osharon stated.

The lead ambassador's head jerked up when Kilronan reached them. To the surprise of both protectorate warriors and ambassadors, he tore off his mask and flung himself from his horse.

"You shouldn't have come back, Kilronan!" the man raged, landing a powerful punch that launched Kilronan some distance into the courtyard.

Landing on his back on unyielding flagstone, Kilronan fought to remain conscious. When he rolled, struggling to stand, Gralla helped him to his feet. He saw Elen Arith struggling against the restraint of several ambassadors. Osharon glanced back in concern while his team stood firm before the gate.

"What the hell!" Kilronan tested his bruised jaw, swiping at the blood flowing freely from a cut lip. "Get back inside, Gralla."

As she complied, he walked back to the gate, stopping before the furious Arith.

"Could someone explain what's going on here?"

"How dare you," Arith hissed, glaring back at Kilronan. "We had a deal—bring her back alive or don't come back at all. Now, you're a dead man."

Asura ran up as he spoke. Osharon's team glanced at each other in even greater confusion.

"Release him," Kilronan ordered.

"Kil, that's a bad idea. He's serious," Osharon countered.

"Yes. Because he doesn't know she's alive. Right, Arith?"

The young man stared, a desperate hope creeping into anguished eyes. "Prove it."

Kilronan nodded to the ambassadors restraining him.

"All right, Arith?" one asked quietly. At his jerky nod, they let him go, taking a step back when Arith dropped to hands and knees, head bowed.

Everyone waited silently while Kilronan offered a hand. Arith looked up at him for a long moment. Lifting an arm, he allowed the man he'd attacked to pull him to his feet.

"Come on. I'll take you to her," Kilronan offered quietly.

Arith glanced at Asura. Looking back at his teammates, he asked, "Could you find us a place to stay? Please."

"Of course." She sighed in relief as Kilronan led him away.

Closing the bedroom door, Kilronan left him beside Akira's bed, tears streaming down Arith's face.

Gralla handed him a cold compress. "You let him in?"

Kilronan heard the disapproval in her voice. "Once I understood the situation, I had to. He loves her, and he thought she was dead. Ambassador Arith held me responsible."

He sat down, wincing when he touched the compress to his swollen lip. "That boy can pack a punch." But Kilronan smiled, shifting to lie back on the couch.

Gralla just rolled her eyes at this turn of events.

Akira woke with Arith kneeling beside her bed, gripping her hand in both of his. "Elen?" she whispered. Tears filled her eyes when he lifted his strained white face.

"They told us you were dead, Kira. Karsh told us you were dead!" Arith sobbed, holding her hand to his mouth.

"It's all right. I'm all right," she crooned, shifting to reach for him. With a watery laugh, he wrapped his arms around her.

A quiet knock announced Kilronan. "May I come in?"

Arith pushed up off the floor, shamefaced as he nodded.

"What happened to you?" Akira wondered, seeing Kilronan's damaged face.

Kilronan looked nonplussed before muttering, "Just a little misunderstanding."

Arith grinned then, laughing through his own embarrassment. "Sure. A *little* misunderstanding all right. The report of your death was premature, Akira. A little misunderstanding."

At her look of confusion, Kilronan sat in the armchair, shrugging it off.

"What Kilronan so gallantly omitted is that I tried to kill him over this *little* misunderstanding," Arith admitted, laughing harder as he sat on the edge of the bed.

Easing up to sit against her pillows, Akira felt thoroughly at a loss.

Kilronan started to chuckle, wincing a little when it pulled his injured lip. He rubbed his bruised jaw carefully. "He landed one, hard and fast. You certainly trained him well, Akira."

She listened, arms crossed in annoyance, to their account of the events outside the courtyard, frowning at them both as they continued to find it amusing.

"I have no idea what this is all about. Maybe Asura will add some sanity," Akira chided when the assistant master appeared in the doorway.

"I'm sorry, Lady Muro. I only arrived in time to hear Ambassador Arith threaten to kill Master Kilronan, who was already bleeding." Asura directed a stern look at the two men grinning foolishly back at her.

"I've managed to convince Lord Corcoran that it's safe to house Recon Alpha in the larger guest quarters across the courtyard. That took some doing considering you attacked one of the senior

protectorate masters as soon as you arrived." Asura narrowed her eyes at Arith. "Lord Corcoran insisted on stationing two protectorate teams here to make sure there's no more trouble."

Arith had the grace to look chagrined. "I really am sorry. I should have verified my information before losing my head."

Kilronan glanced at Akira. "Apology accepted. I might have done the same."

Akira studied her adopted brother with an uncertain look. "Asura, would you escort this troublemaker to his quarters? Elen, you may return whenever you've recovered from this fit of insanity."

Leaning over, he kissed her forehead. "Akira, now that I know you're alive, I will gladly go wherever I am bid."

She watched as he followed Asura out of the room, her brow furrowing when he looked back around the doorway.

"All Alpha are here. Did we tell you?"

"Somewhere in that ridiculous accounting." She smiled at him. "Bring them with you next time."

Arith winked. A moment later they heard the courtyard door close behind them.

"Happy to see him?" Kilronan asked, wincing again as he dabbed at his lip.

"Of course. Although the pleasure seems to have been dearly bought. Come here." Akira examined the purpling bruise closely. Her fingers were gentle as she assessed the damage. "I'm surprised he didn't loosen a few teeth. How did he manage to hit you? Even if you didn't want to counter his attack, you could have ducked."

"I didn't know he was going to punch me."

She sighed, covering the bruise with a hand that only trembled. She drew it back slowly while struggling to hide another rip of pain.

Kilronan saw her disconcerted expression, glimpsed the brief flash of pain but misinterpreted the cause. "I'm sorry we upset you. Don't work yourself up over a misunderstanding."

"What's she doing?" Asura asked as she entered the room.

"Nothing," Akira replied wearily, lowering her eyes from the young healer's searching look.

"Recon Alpha is settled in the Royal Quarters. There's plenty of room for them there."

"Is Lord Corcoran really that concerned?" Akira asked anxiously.

"He did insist on posting an extra protectorate guard. Also, Lord Corcoran would like to see you as soon as possible, Master," Asura said.

Akira sighed in dismay, laying her head back on the pillow.

"It'll be all right. I'm sure Lord Corcoran will ease up when he hears the full story." Kilronan kissed Akira's forehead. "Why don't you try to get some sleep? Alpha will want to see you after they regroup."

"Let me take care of the damage, Master," Asura encouraged while they walked from the room. "It might help if you don't look like you've been fighting."

Alone, Akira lifted shaking–impotent–hands, and finally acknowledged this new reality.

Her force abilities were gone. She was powerless.

Osharon was talking with Lord Corcoran when Kilronan was announced. He shook his head over his friend's unmarked face before taking the glass Corcoran offered.

"Kilronan. From what Osharon's been telling me, I thought you might need the attentions of a master healer," Corcoran remarked dryly, his mouth quirking in silent humor as he handed the man his drink.

"As you can see, sir, it wasn't that bad. Asura easily took care of it."

"Not that bad? A group of ambassadors ride in here, threatening to take Lady Muro, then attacking a protectorate master with intent to kill, and it's not that bad?" Corcoran frowned now as he circled the room. "I'm appalled, Kilronan. It's not like you to take any threat to Lady Muro or this protectorate lightly."

"No, my lord. It's just that I know Recon Alpha. We met them when they returned from scouting out the Mors. You interviewed many of them with us."

Corcoran's knotted brow cleared as he remembered. "Yes, of course. The top ambassador reconnaissance team."

Kilronan nodded. "Alpha is . . . was Akira's personal team, led by Ambassador Arith. They consider each other brother and sister," he added, trying to explain the reason for Arith's bizarre behavior.

Osharon nodded thoughtfully, sipping his whiskey. But Corcoran still had doubts.

"That doesn't explain this morning's events, Kilronan."

"If I could finish, sir. I've since learned that Recon Alpha was told by the Most High Ambassador that Akira died at High Pass."

Corcoran blew out a breath. "Ambassador Jerrat, of course. He was here to represent the Ambassador Core while you were fighting the Mors, and interviewed your man, Eron, when he came to inform us of what had happened at High Pass. Jerrat refused to stay until we recovered her, and he believed she could not have survived."

"As you say, my lord. Based on those misconceptions, Recon Alpha was sent to bring Akira's body back to Coroth for burial."

"That explains their coming here," Osharon interrupted. "But why did this Arith want to kill you? I could see that surprised the other ambassadors. It would have been difficult to stop him without the rest of Alpha stepping in first."

"Arith sees Akira as his only family. His older sister, another high ambassador, was killed by the Mors. Arith's known Akira since he was a young boy." Kilronan looked at the other two men. "We met at the old village ruins on the way to High Pass. He was the last to report back."

And he remembered how relieved Akira had been when Arith showed up.

Kilronan shrugged. "You need to see the two of them together to understand how close they are. Arith insisted that I bring her back alive."

"Or not come back yourself?" Osharon recalled Arith's furious words while he fought to reach Kilronan.

"He believed she'd been killed. To see me here this morning, alive and well, sent him over the edge."

"So you trust him, Kilronan?"

"Yes, Lord Corcoran. As soon as he knew Akira was safe, he had himself under control. He's also apologized to me for any trouble he caused. I honestly don't believe there was any intention to harm anyone. Alpha just came to take her home."

Osharon backed that up. "I've got to agree with Kilronan's assessment. Those were essentially Arith's own words to my team. There was no threat or attempt at force until he saw Kilronan. He just seemed to lose control. His own team members were caught off guard."

Corcoran looked at them thoughtfully, again raising a questioning brow to Kilronan. "Gralla tells me he's seen Akira and, apparently, calmed down. I'm still having Teams Osharon and Arla watch at the compound for the rest of today, as a precaution.

"Ambassador Arith has requested an audience, through Asura, as soon as possible. And thanked me for the gracious quarters." Corcoran gave an amused smile. "I'll consider that a point in his favor."

Taking a seat in one of his large armchairs, Corcoran tabled the issue with relief. "I'm glad that seems easily resolved. The idea of taking on a top team of ambassadors was truly daunting—especially coming on the heels of High Pass and its aftermath. How did Akira take all this, Kil?"

Kilronan felt some disconcertion as he thought about it. "I guess we didn't really tell her the whole story. With what she heard, and saw of it . . ." He cautiously touched the lump on the back of his head he'd forgotten to bring to Asura's attention. "I'd say she thinks we're both fools."

Corcoran and Osharon burst out laughing.

Arith was undergoing a similar interrogation by the other nine Alpha ambassadors. Led by second-in-command Evani Reva, the others mobbed him as soon as he entered their quarters. Eager questions about Akira were muddled in anxious noise while they surrounded him.

"Stop!" Arith commanded. "Fall in."

Over ten years of training kicked in as they immediately took positions at formal rest. All eyes were on him when Arith took a deep breath.

"Akira *is* alive." He grinned as they broke the brief, disciplined silence with loud cheers and expressions of thanks. They quieted immediately when Arith signaled for silence.

"I've seen her, touched her, spoken to her," he informed them with relief. "Now. Show me somewhere we can sit, have a drink, and I'll answer what I can."

Moments later, they huddled together in a spacious sitting room. Arith leaned his head back against a tall armchair, feeling the backlash of this morning's extreme anger and joy.

Someone discovered a cabinet containing some excellent libations. Once everyone had a drink of choice, all attention turned back to Arith.

"To Akira Muro." He raised his glass. They echoed the toast gladly, drinking deep before settling in to discuss this unexpected turn of events.

Reconnaissance Alpha had set out from Coroth three days before. Their heartbreaking mission was to recover the body of their former commander, High Ambassador Akira Muro, for burial at Ambassador Central—the last service her team could do for her.

Now they rejoiced, amazed, and thankful that the funeral mission had become a reunion with the woman who meant the most to all of them. She'd chosen each of them, trained them, ridden with them, fought with them, and placed herself in harms way countless times to protect them.

Reva finally interrupted their celebration. "How is she? Do you know what happened? Why were we told she was dead?"

"I haven't asked why we were told Akira was dead," Arith answered, addressing the final question first.

"They all seemed surprised by that—the protectorate warriors. I don't believe they're the ones who put out that information," Aron Drinin noted. Many in the group nodded.

"I agree," Sheara Korth seconded. "That team guarding the gate had no idea we were here to pick up a body. They were defending her."

Arith grinned ruefully. "I certainly caught Kilronan off guard. I doubt I could have laid a hand on him otherwise."

"And what *was* that about? What were you doing threatening to kill a Mountain Shadows warrior?" Reva was still angry. Others murmured in agreement.

Arith shook his head with regret. "It's hard to explain. I saw him—alive. Believing Akira had died— I just felt an uncontrollable rage."

They were silent when he looked at them. "I'm truly sorry. I let Recon Alpha down by breaking discipline like that, no matter what I felt."

"So," Ivano Micharon said briskly. "Don't let it happen again, or you'll be voted off the team." Everyone laughed as that broke the tension.

Arith smiled ruefully. "I'll vote with you, Ivano."

"How *is* she?" Isa Coran's soft voice had them quieting again.

Arith rubbed his eyes, recalling how Akira looked. "Something major *did* happen to her. She's lost a terrible amount of weight, and she's very weak. I don't know if she's able to leave her bed." He looked into Reva's anxious eyes, seeing a master healer's concern there. "The protectorate seems to have taken good care of her. Other than a new scar on her forehead, I couldn't see any injuries, and she seems able to move without pain. At least as far as I could tell while I was there."

"Did she say anything about how her mission ended?" Kalen Kalronan asked curiously.

"We didn't talk about it."

"Well of course not!" Alani Iro exclaimed. "We're all trying to take in the fact that she's alive. I don't need to know the gory details right now."

"Yeah, but Akira stopped the Mors. Don't you want to know how she did it?" Kalronan persisted.

"Jerrat came back and went straight to Karsh. He obviously knows more than he's saying to anyone else. And Karsh is keeping it close, too. I don't think she wants anyone to know what Akira did," Alon Coronan said with a scowl.

Arith nodded in agreement, his eyes narrowing. "No. Karsh believes Akira died. She doesn't want anything glorifying her memory."

"I think she feels it would undermine her position!" Reva agreed emphatically. "And give someone like Garan the momentum to step forward and call a vote that would force her into retirement."

They were silent for a moment before Aito Oti asked quietly, "When will we be able to visit Akira?"

"Asura's arranging that now. She thinks sometime this afternoon," Arith replied. "I've also requested a meeting with High Lord Corcoran as soon as possible. Since I messed up this morning and ignored proper protocol—not to mention attacking protectorate personnel—I figured I should throw myself on Corcoran's mercy as soon as I could."

"Yes. We noticed that, too," Drinin agreed. "I swear, Arith, if you ever do anything like that again . . ." Leaving the threat unfinished as others accosted their chagrined leader.

Reva summed up the dressing down. "Seriously, Arith. You bring dishonor on us all, not to mention Akira's work to establish Recon Alpha's reputation, by acting that way."

"I know. I really am sorry. Unfortunately, I can't take it back." Arith got up to answer a ringing bell. "I ask you all to forgive me. I'll do my best not to disgrace Alpha again." He breathed a sigh of relief when they all nodded, then pulled on his mask when the bell rang again.

"I have a message for the leader of Ambassador Reconnaissance Alpha from High Lord Corcoran of Mountain Shadows Protectorate," Gralla began formally when the ambassador opened the door.

"I'm Ambassador Arith, Recon Alpha's leader." He watched her lips thin in disapproval, and suddenly recalled her from administration that morning. And hadn't she been in Akira's quarters, too?

"I guess I made a pretty bad first impression, didn't I?" Arith murmured in chagrin.

"You certainly didn't conduct yourself as I would expect of someone on Lady Muro's elite team." Gralla sniffed.

Arith felt his face heat, and a further need to atone for his actions of the morning. "You're right. I disgraced my team, but I hope you will someday be able to look on me in a more favorable light."

Gralla studied him closely before a slight smile appeared. "Well, perhaps. Lady Muro seems to like you."

"Would you come in?" Arith stood aside for her to enter.

"No, thank you. I've come to tell you that the High Lord will see Recon Alpha. I will have a midday meal delivered to your quarters before that." She named a time for the meeting.

"Thank you."

"My name is Gralla, Ambassador. I'm the assistant to Lord Corcoran. If you need anything during your stay, you and your team may speak to me," she added more kindly, remembering tears on this man's agonized face.

"I appreciate your kindness, Gralla. Please inform Lord Corcoran we will be there as directed."

She nodded, and he watched as she walked briskly from the courtyard. Arith hoped Corcoran was an understanding man.

Five

Ambassador Reconnaissance Alpha appeared promptly before the High Lord of Mountain Shadows Protectorate. Arith introduced his masked ambassadors before formally apologizing for his behavior of the morning.

"If you need to hold someone accountable, my lord, I am at your disposal. My team had nothing to do with my attack on Senior Master Kilronan."

Corcoran studied him for a moment, considering Kilronan's information. He nodded, offering an arm of peace. "I am satisfied, Ambassador. There is no need for further discussion on this matter."

Arith took the arm in relief though his response held some surprise. "That's all, my lord?"

Corcoran chuckled as he indicated seats at the conference table.

"We don't believe in unnecessary retribution here at Mountain Shadows. Masters Kilronan and Osharon have given their reports, which align with your own explanation. Kilronan also told me about your relationship with Lady Muro, and the miscommunication of her death.

"I can understand your feelings under those circumstances. Lady Muro tends to inspire deep loyalty in those whose lives she touches." Corcoran looked around the table as the others nodded in agreement. "The lady's recovery is of the highest priority to Mountain Shadows Protectorate. I would not deny her anything that makes her happy. And Gralla tells me that the arrival of Recon Alpha has done that."

After waving away additional gratitude for the protectorate's patience and understanding, for the gracious accommodations provided, Corcoran asked about their immediate plans.

"With your permission, my lord, Recon Alpha would like to stay through the next few days. We're not expected at Ambassador Central for two weeks. We'll still be able to make it back earlier since we won't have—" Arith cleared his throat. "Two more days allows us to enjoy this reunion with Akira after the grief we've endured these several days."

"That's an easy request to grant. You're welcome to stay longer if you wish," Corcoran offered.

"Thank you. But we agreed that we must bring this news to Ambassador Central quickly. Akira is well respected within our ranks. The news of her death, especially in the successful completion of her final mission, caused widespread grief in the Core," Arith said. "Alpha is indulging personal alliances by remaining for a few more days. We discussed the fact that we should return sooner. But . . . our horses need rest from the hard journey, and we can justify the time in gathering information regarding this miscommunication."

Corcoran smiled at the amused mischief that had crept into Arith's voice in his justification.

"Well reasoned, Ambassador," he commended as they all stood. Corcoran clasped forearms with each team member while they came to attention. Coming at last to Arith, he took his arm firmly. "You are welcome here. Let Gralla know if you need anything during your stay."

"Mountain Shadows Protectorate and Team Kilronan have already given the greatest gift we could receive by restoring Lady Muro to us."

Recon Alpha bowed in unison.

As they walked out, Corcoran called out, "Stay out of trouble, Arith." He grinned as the masked man chuckled while following his team.

Asura was waiting in the reception chamber when Recon Alpha came out. Gralla and Anki watched with interest as the lead ambassador greeted her and they all left together.

"What do you think those men look like under the masks?" Anki wondered after a long sigh.

Gralla laughed. "Well, I know they're not all men. Look more closely next time, you'll see what I mean." Then, unable to resist teasing the incorrigible Anki, she hinted, "Their leader is very handsome."

"You've seen him without his mask? What does he look like?"

"I don't think I should say more. They wear those masks for their own protection." As the clerk tossed her head dismissively, Gralla added, "Besides, those men are ambassadors. Off limits, Anki."

"That didn't stop Master Kilronan from pursuing Ambassador Muro, did it?" Anki pouted.

"No. But they knew each other before she joined the Ambassador Core. A love that began in youth revived while serving together this year. Even then, they had to wait until her contract expired before openly acknowledging that relationship. They obviously haven't had any opportunity to enjoy that freedom with Lady Muro's injuries."

"That's her fault. Master Kilronan obviously wanted her. *I* wouldn't have denied him. Ridiculous rule anyway. Why does the Ambassador Core require them to remain celibate?"

"I don't know. Maybe Lady Muro would be willing to enlighten us on the history of that someday," Gralla replied calmly, returning to the day's work.

"I'm glad the protectorate doesn't have such a stupid rule," Anki muttered to herself as she checked Lord Corcoran's schedule for the day.

Walking back to the guest quarters, Asura told Arith, "Lady Muro asked Gralla to arrange an early dinner for Alpha in her quarters."

"We'd like nothing better. But is she well enough?" he worried.

"She tires quickly, but her physical injuries have healed. The lady is extraordinarily . . . persistent, when she sets her mind on something."

Several ambassadors laughed at this, with Arith grinning broadly when Reva called out. "The word you want is *stubborn*."

"How about hard-headed?" Arith offered.

"And don't we know it." Drinin chuckled.

As Asura left them at the door, Arith called after her. "We'll see you later then?"

"No." Turning back to him, she explained, "Master Kilronan will help get Lady Muro settled, then leave you to enjoy your reunion in private. I'll check on her at final bell. You'll probably need to help her to bed before that."

Team Kilronan, with Gralla directing, managed to rearrange the furniture in the main sitting and dining areas to accommodate everyone. With serving dishes arranged in the alcove kitchen, Chef Juniro had taken great pains to entice Akira's appetite and satisfy the visiting ambassadors.

Gralla helped Akira into a warm dressing gown before brushing her long white hair into a ribbon-tied tail down her back. When Akira insisted on walking from the bedroom, Kilronan took her arm with amused frustration.

"Do you really need to exert yourself?"

"I'm *tired* of being in bed all the time," she retorted with some asperity. "And I'm tired of being *tired*!"

Still smiling over the outburst, Asura opened the door to Alpha team. "Better watch out," she whispered to Arith. "She's in fine form."

Arith grinned as he stepped into the room with the rest of his team pushing in behind him. Relief and a few tears were revealed when masks were shed.

Kilronan took his leave. "You're in good hands. Enjoy yourselves."

Recon Alpha crowded around the woman they thought had been lost. Kilronan grinned at the laughter and the babble of

questions as he started to close the door, but Arith caught it to walk out with him.

"Kilronan. Look, thanks for this."

"It's my pleasure. If you need anything, ring the bell. Asura and I will be nearby, and Team Arla will be here in the courtyard." Kilronan gave Arith a friendly salute then turned away until Arith gripped his arm.

"Before we leave, I need you to tell me what happened to her."

Mouth tight, eyes gone grim, Kilronan shook his head, pulling away. "No. Don't ask me that. Akira wants to be with you, and you only have a few days here." He forced a smile as he patted the younger man's shoulder.

Arith searched the green eyes then nodded and went inside.

Kilronan frowned at the closed door for a moment before heading to the administration office.

Alpha entertained their former commander by recounting their separate journeys back to Ambassador Central after leaving Mountain Shadows during the Mors defense. They avoided asking her about High Pass, for now. It was enough to know she'd survived, though each of them saw the cost the mission had exacted from her.

Although her injuries weren't obvious, her gaunt face and pallor told them much. The woman who'd always seemed unstoppable was struggling, though she tried not to show it.

Arith had been seated next to her throughout dinner, wrapping an arm around her as the company reminisced about some absurd adventure. Now he watched from the kitchen. His heart ached as he studied the woman he loved so well. When Akira looked up into his eyes, he flashed her a grin before turning to pour two cups of tea to keep her from seeing his sorrow.

He handed Akira a cup and winked at the other ambassadors. "You lot can see to yourselves." Reva and Korth teased him about having favorites as they went to fetch their own.

"He's just currying favor from his superior." Alon Coronan laughed when Arith threw his mask at him.

"Arith, she's done for tonight. Take that cup from her before she drops it," Iro flashed him by mindsight.

"Sorry, Akira. You don't have a place to put that down. I'll take it." Arith quickly reached for the cup, seeing that her hands were indeed shaking. "All right, everybody. We've got an early day tomorrow and Akira could use some rest."

"I admit defeat. You know where I am." Akira smiled gamely while they each came to hug her goodnight.

Arith saw the others out the door while Reva helped Akira prepare for bed.

"We've missed you, Akira." Reva held her close, disturbed by the feel of bones covered with too little flesh. After a quick kiss on Akira's cheek, she left the bedroom to give Arith a moment alone with her.

He sat on the side of the bed. "You're just as stubborn as ever, Kira. Never wanting to admit your limits. Even now."

She gave him an amused, if exhausted smile. "Why should I change now?"

"That's not what I mean and you know it."

Akira closed her eyes. "I'll be all right, Elen. They take good care of me here."

"Thank God!" he exclaimed fervently. "Kilronan and his team obviously performed miracles in keeping you alive."

She nodded, opening her eyes to study him. "So why did you try to kill him this morning?"

He looked toward the window, saying quietly, "Because I believed you were dead. He promised to get you out alive."

Her smile was bittersweet as she pushed failing strength to take his hand. "He did, Elen. Never doubt him."

Shaking his head, he kissed that frail hand. "Never again, Kira. Never again." He stayed with her for the few moments it took her to fall asleep.

Evani Reva looked at him as he came from the bedroom. "Is she asleep?"

"I don't think she'll wake before morning. Go ahead."

She searched his somber face. "Are you sure you want to know?"

Arith nodded slowly as he sat down, laying his head back. "I need to know. I don't think Kilronan will tell me."

Reva started to say more, then shook her head and went quietly into the bedroom.

It was over an hour before she came out. One look at Reva's white face had Arith bolting up.

"Evani. That bad?"

She sat down on the couch, saying miserably, "I could use a drink. A strong one." She dropped her face to her hands.

Arith rummaged quickly through the kitchen and found an unopened bottle. Reva sat up when he offered a full glass. Downing half of it in one long swallow, she let the whiskey warm the ice inside, hoping its fire would stop her shivering. There was a long silence before she spoke.

"Elen . . ." She paused, not sure what to say.

Sitting down beside her, Arith took her shoulders, turning her to face him. "You've got to tell me, Evani. I've got to know."

"Know what?" Asura's voice broke in.

They turned to her in surprise as the assistant master closed the service chamber door.

"What is it you two need to know?" Crossing her arms over her chest, Asura stared them down.

Arith stood, arms spread as he replied, "It's not important. We were just leaving. I didn't want Akira to be alone." He signaled Reva and headed for the courtyard door.

"No." Asura's voice was cold and the lock clicked as they reached the door. "You aren't leaving until you explain yourselves."

"Asura!" he exclaimed. "Let it go."

"You came here, attacked my master, now you're refusing to answer my questions? Maybe I should have you detained on conspiracy charges, Ambassador Arith."

Reva moved between them, trying to calm the situation. "Please, Asura. We would never do anything to harm Akira.

Arith asked me to *ghost* her. He wanted to find out how badly she'd been hurt. Kilronan refused to talk about it."

"What?" Asura asked, puzzled by the term. "He wanted you to do what?"

Arith groaned and sat again, rubbing his eyes. "We call it *ghosting*. It's an ambassador technique; a master healer can use it to see physical injuries that have healed."

Stunned by his words, Asura turned to Reva. "Explain."

"When a healer fixes an injury, that area essentially becomes new again, as if it were never damaged."

Asura nodded, understanding to this point.

"If a master healer has ever worked on someone, they can retain a memory of that person's physical profile," Reva continued. She glanced at her teammate. "Arith knows I've healed Akira a few times. He asked me to *ghost* her—to compare her present physical condition to my memories."

"Which would tell you what?" Asura lifted her hands in confusion.

"I can compare the two sets of impressions and see what areas showed new. Healed, in other words. That would tell me where she sustained injuries."

Asura looked at Arith with something like pity. "Why do you want to do this to yourself? It's over. None of us want to remember it. Don't you understand?"

"I don't know," he groaned. "Maybe I need to know that she's invincible. Maybe I need to assure myself she can survive anything." His face looked tormented as he glanced at the bedroom door.

Feeling his need, Asura looked back at Reva. "Go ahead and tell him—after you leave here. I'm not recalling that again." Her eyes were hard as she opened the door for them.

"Asura," Arith began, stopping when she turned those cold blue eyes on him.

"Listen well, Ambassador Arith. I don't know how much Lady Muro remembers. You may need all the ugly details, but she doesn't."

Much later, Kilronan watched Arith from the shadows near the veranda. The ambassador lay on one of the benches in the courtyard, arms folded under his head as he gazed up at the sky.

Asura had taken an unusually long time in her check on Akira. When Kilronan had asked about it, she'd assured him that everything was fine. But further questioning brought out the confrontation with Arith and Reva.

"Do you see that constellation there, Kilronan?" Arith's quiet question startled him from his thoughts.

Kilronan chuckled as he moved from the shadows.

"What's funny?" Arith wondered, looking up as Kilronan leaned in and crossed his arms on the back of his bench.

"You and Akira. No matter how hard I try, you two detect me whenever I get within twenty paces."

Arith smiled. "She's a great teacher."

"So, what constellation are we talking about?" Kilronan looked up at the sky full of bright points of light.

"That one." Arith pointed. "The one they call The Sisters. It always makes me think of my sister, Eleni, and Akira. Eleni is the slightly smaller blue star, watching over me from above. Almost out of sight."

Kilronan heard the lingering grief.

"Akira is the bright white one. Blazing so hot, so strong, you can't imagine it will ever go out."

Kilronan looked down when Arith faltered, seeing tears leak down the sides of his face. He came around and sat on the bench opposite the man, silent for the moment.

"You heard from Asura?" Arith asked.

"Yes."

"She's pretty mad at me, huh?"

The corner of Kilronan's mouth tipped up. "She'll get over it."

"Neither of you can understand. Jerrat saw most of what happened in Eron's memory. I won't ask him to see it. But I felt like I had more right to the last moments of Akira's life than that cold bastard. Karsh didn't tell us anything."

Kilronan considered this. "Maybe we don't know how you feel. And maybe it's because we lived it—every awful moment of it. And every day that followed. Not knowing whether Akira was going to live, minute to minute."

Arith sat up now, listening closely.

Leaning forward, arms resting on his thighs with his hands clasped between them, Kilronan studied Arith. "None of us is willing to relive that. We have no idea if Akira knows how bad it was. How close she came to dying. She was in a coma for seven days after defeating the Mors.

"Did Ambassador Reva give you the information you were after?"

Arith shook his head. "I decided not to push her. She was so upset by what she found out, I knew it was really bad."

Kilronan stood up, placing a comforting hand on Arith's shoulder. "I'm going to get some sleep. You should, too."

He nodded, getting to his feet as he murmured, "Thanks, Kilronan."

"If you really need to know, I'll give you mind access. But you have to promise me never to show Akira."

Arith stared at him in grateful surprise, then nodded. "I'll give it some thought."

Kilronan watched as Arith walked slowly to Recon Alpha's quarters and opened the door, turning back to salute before slipping silently inside.

Alon Coronan worried about the woman standing by a window. Evani Reva had been much too quiet since she'd come in. While the rest of them talked eagerly about Akira's recovery, she silently watched the fire, drinking steadily.

When talk turned to a serious discussion of Akira's disability, Reva downed the rest of her drink and left the room without a word.

He followed to find her standing in the dark, looking out at the empty courtyard.

"Tell me what's wrong, Vani," Coronan said quietly, coming up from behind to wrap strong arms around her.

She looked out into the dark night for long moments before replying. "Elen asked me to *ghost* Akira." Sighing, she leaned back against his hard body.

"And?"

"And . . . I don't know why we're *not* recovering a body." Reva broke, turning in his embrace to press her face to his chest. "She should have died, Alon! It was horrible. I wish I hadn't seen. Now I just want to forget."

She looked up at him, her eyes dark in the shadows. "And there's something else. Something's not right, some emptiness I don't understand. But there used to be . . ." Reva struggled to explain. "There was a light, something bright inside her. It's not there now."

Coronan pulled her close, grieving with her, knowing Akira had suffered terribly in the defense of Caldala. He stroked soft hair, murmuring words to comfort. "It's over now, Vani. She's out of the Core, and it looks like she's got people here who care about her."

Six

With a tip from Drinin the next afternoon, Kilronan found Arith at the protectorate stables. The ambassador was brushing a spirited black mare, murmuring to her when she tossed her head restlessly.

"Beautiful animal," Kilronan noted with appreciation, laying his arms on the top board of the stall.

"Yeah, she's amazing, like her owner. Right, Kahshara?" He slapped her affectionately on the shoulder when the mare turned her head to bump him. "She's Akira's." The mare nickered, ears forward as she turned her lovely blue eyes back to him at the sound of the name.

Arith came out of the stall, bringing the bucket of tools. The mare pawed at her straw then stepped forward to nuzzle the hand Kilronan held out to her.

"She's really edgy." Arith laughed as the mare bumped her nose against Kilronan's shoulder. "Kahshara must smell Akira on you. They haven't been together for months. She's missing her."

Kilronan stroked the mare's forehead, recalling his limited Ishakan. "*Kah'shara*—the black spirit. I bet Akira's missing you, too. Maybe we could arrange it before you take her back to Coroth."

Arith snorted. "I'm not taking her back. She belongs to Kira. I don't care if Karsh gets angry." He muttered the last to himself.

With a final stroke, the ambassador rolled down his sleeves, replacing his mask before they left the relative privacy of the barn.

"Feel like a swim in the hot springs?" Kilronan asked. With Arith's eager nod, he led him to the trail up the hill.

Arith breathed deep, enjoying pine-scented air as they climbed the narrow path.

The springs were deserted. After shedding clothes, they stepped into the soothing waters. Scanning the area around them and finding it clear of prying eyes, Arith removed his mask, shaking out shaggy hair the color of old gold.

"Now this is the life." He groaned with pleasure, sinking up to his neck in the hot pool.

"Not so bad for a small village in the middle of nowhere." Kilronan, eyes closed, leaned backed against warm rock. "Offer's still open when you retire. Could use a good reconnaissance man. I guess this might be too quiet after Coroth, and traveling the world."

"Ha! The biggest action Caldala's ever seen happened in those mountains above us," Arith countered. "No, Kilronan. You've got the best situation I've ever seen. Great location, good people." Arith gave an exaggerated sigh. "And beautiful women."

Kilronan laughed at his companion's wicked leer. "Shame on you, ambassador. You're not permitted such base desires."

"Yeah? What cave have you been living in?" Arith retorted cheerfully before looking more thoughtful. "Actually, it's not so bad. The training and commitment pretty much occupy your life. And with dedicated, like-minded people around you, you don't usually see them as men or women. Which is a good thing, believe me." Arith chuckled. "You've seen some of our women. Beautiful, smart, willing to risk their lives for you."

Kilronan nodded, his mind turning to one of those women.

Arith seemed to know his thoughts. "Yeah. Akira's the best of them all, and I'm glad she's out of it now. It's her turn to have a real life. To be in love, have someone look after her for a change."

"I guess the protectorate life isn't so different," Kilronan circled back then laughed at the alarm on Arith's face. "No, we don't require celibacy. But training and duty fill our lives. The men and women make up your lifeline—the ones you live, work,

and fight with. Sometimes they become lovers or lifemates. If you're celibate, it's your own choice." He thought about the long years before Akira came back into his life.

"Was that the life you chose?"

Kilronan decided on honesty. "For most of it. Still is, isn't it? Akira honored her commitment to the Core."

"She would, no matter what. Not all do," Arith admitted. "Well, she's free now. What next?"

"I'm hoping she'll agree to bind with me."

Arith grinned at him. "Yeah? Maybe I'll put in a good word for you, eh?"

They fell silent, thinking their own thoughts. Time passed, the woods darkened as the sun moved behind the mountains. Kilronan climbed out, stripping water from his body with his hands until he was dry enough to pull clothes back on.

Sitting on a boulder still warm from the day, he waited while Arith enjoyed a few more minutes in the hot spring. Kilronan smiled at the relaxed set of Arith's face before turning his own to the shadowed peaks above them.

"I'm going to go back there some day, back to High Pass. See the changes for myself," Arith announced with determination.

Kilronan looked over to see him climbing from the pool. The ambassador used his mask to towel most of the water off then reached for his clothes, spreading the mask on a flat rock to dry.

"I've thought about it, Kilronan." Arith kept his voice carefully neutral.

"About the job offer?"

Arith smiled. "I thought I'd already answered that." Then said more seriously, "About Akira and what happened. I'd like to see for myself, if you're still willing to grant me access."

Kilronan took a deep breath, releasing it slowly as he turned back to the mountains where the sunset faded into purple night. "I said I would."

"You don't have to see it again, Kil," Arith reassured quietly, adopting the familiar name he'd heard Osharon use. "I can extract those memories without your active participation."

"That's good. I don't want to live any of it again." His eyes were still on the mountains now outlined with a final rim of golden light. After a long moment, Kilronan looked into Arith's deep-blue eyes. "Let's get it over with."

When Arith spoke for the first time since releasing Kilronan from his mindsight, there was a tremor in his voice. "You're right. She should never see that."

Kilronan said nothing, and they continued to the guest court in silence. Just outside the arched gate, Arith stopped him.

"I owe you a lot, Kilronan. I can never repay what you all did . . . to keep her alive. For holding on to her." He shook his head when Kilronan started to speak. "I'm glad you allowed me to share that, but it's hard." His face was grim in the soft light of the courtyard lamps.

Kilronan watched him lift his eyes to the stars just beginning to show in the evening sky.

"I'm so proud of her!" Arith stated fiercely.

Closing a hand on his shoulder, Kilronan felt him shudder. "I know what you mean. You going to be all right?"

He only nodded. As they approached Akira's quarters, Arith turned reluctantly away. "Make my excuses, will you? She'll know I've been up to something if I go in right now. She always does. Tell her I'll be over for breakfast, all right?"

"I don't think so," Asura said from the shadowed terrace. "She's been asking for you."

Kilronan and Arith glanced at each other before they walked to the door. Asura's eyes danced with amusement, grinning at their guilty expressions as they went in to face Akira's stern look.

"I don't know what you two have been up to all this time. I don't want to know," Akira stated firmly. "Elen, I only have a little more time with you, and you've been wandering off while I'm stuck here."

Arith sat on the arm of her chair with a laugh, hugging her tightly.

"Ouch," she complained with a rueful smile. "Fine, miscreant, you're forgiven."

"I'm sorry I kept him out so long," Kilronan said, growing nervous when her eyes searched his.

Changing subjects quickly, he improvised. "Arith's arranged a surprise for you tomorrow. He's afraid you'll search it out of him."

Akira tipped her head. But she only nodded slowly before turning her attention back to Arith. "So. When do I get my surprise?"

With a grateful glance at Kilronan, he took up the ploy. "I knew you couldn't resist a surprise. We've got to work out some details but you'll have it tomorrow, never fear." He kissed her puzzled brow.

"What kind of surprise is this?"

"A *big* one," Arith intoned with mock severity.

Two hours later, the men left her sleeping and walked out into the night. Other Alphas had come and gone, bringing Akira news of Coroth and Central, or how they'd spent their day. Now the courtyard was quiet.

"Thanks, Kilronan. You saved me for sure," Arith said with deep appreciation. "That was a brilliant idea."

"Good thing you brought that mare with you."

Arith nodded. "She didn't buy it though, did she?"

"No. Akira knows there's something else. I don't think she'll pursue it. She sees more than we know without using her mindsight. Akira understands what she wants to know, and what she doesn't."

Arith smiled, then turned to clasp his arm. "Goodnight, Kilronan. I'd better go figure out how to gift wrap that horse."

Kilronan chuckled, returning to Akira's quarters for his shift.

Asura looked over as he came in the door. "So, what *were* you two up to? You know she didn't believe that story you spun."

He grinned as he sat down to remove his boots. "Yes, I know. My lady sees far more than she should. But there really is a big surprise."

"What is it?"

Refusing to satisfy her curiosity, he stretched out on the bedroll by the fire. "You'll see tomorrow."

Asura shook her head as she said goodnight, locking the door behind her.

Kilronan slept soundly, free of the nightmare memories better forgotten. As midnight approached, he drifted to wakefulness and the soft sounds of the night. Then realized he wasn't alone.

Akira was curled up on the couch, wrapped in a blanket against the chill.

"What are you doing there?" Kilronan murmured, scrubbing his face with his hands as he sat up.

"Watching you. You looked so peaceful." Akira had needed that peace. The sleep that had buffered her while she healed was giving way to shadowy fragments of the past.

"You should have called for me."

"I'm not going to break." Akira sat up, impatient with her invalid state and everyone's response to it. Then she sighed over the cautious look Kilronan gave her. "I'm sorry. That sounds ungrateful."

Kilronan pushed up from the floor, pulling a chair over to sit in front of her. "This is hard for you. Maybe harder than moving mountains—this enforced inactivity."

"I've never been down like this. It's starting to wear on me."

"What can I do to help?"

"You're not going to tell me to go back to bed? To get more sleep?" she chided until Kilronan shook his head with a grin.

"What good would that do? You're the most willful person I know, Akira." Caressing her cheek, Kilronan explained, "I figure it's better to go along willingly and be there to catch you if you fall."

"Like you did at High Pass?"

Conflicting emotions shadowed his handsome face while he sat, silent, for a long moment.

His fingers moved restlessly over hers before he carefully linked their hands. Kilronan searched the deep green eyes that seemed to look through him, asking, "Do you remember that?"

Her voice was barely a whisper when she spoke. "I remember everything clearly until the caldera cracked. I saw the water pour into the valley, the Vrorg looking up at me. The look on his face . . . I felt the rock give way beneath my feet before the force hit.

"Shisalla caught me when I fell . . . I was happy. I had finished my mission. You would all be safe."

Kilronan struggled to listen, to understand what did not make sense. Akira sounded distant—eerie—a lost soul. Her poignant smile tore at his heart.

"Maronan joined me for a while. It made me sad. I wanted to go with Shisalla. But Maronan pulled me away, into the pain. Eleni?" Her eyes showed sorrow. "Was she there? Then you were there—you called to me."

Akira gave him a bittersweet smile so wrenching it made his heart ache.

"But the way back was so dark, so full of pain. It was hard to breathe. I was alone in the silence. I was falling again, but there was no one to catch me."

His voice strained, Kilronan asked, "What happened then, Akira?"

She looked at him as if she'd forgotten he was there. "Eleni found me. She was happy. She wanted me to be happy, too. Then you called again, and I was here."

The lost eyes cleared, piercing him with her need to know. "Did I die? Why didn't you let me go?"

Kilronan gripped his head in his hands, shuddering as the anguish and grief he'd locked away crushed him. Somewhere in his darkest thoughts he'd known that she'd chosen to die.

"I don't know, Akira." He was troubled as he made himself look at her. "I don't know if you actually died. You had such terrible injuries. I only know it was too close, too many times before you came back to me."

When he got up to feed the fire, needing the heat to push back cold reality, Kilronan said, "Maybe I was selfish. I couldn't let you die, Akira, not if I could save you." His voice sounded old, tattered. "Was it wrong?"

"I don't know. Is that wrong?"

Kilronan heard the waver in her voice.

Steeling himself for the answer, he turned back to her. "Do you regret your choice—regret living?"

"There was no choice, Aiden." Lifting her chin, Akira was resigned to that truth. She loved him. That had never been a choice. His grief had drawn her back from the peace of death. Now she had to accept life—whatever this life might hold.

For now, she was forced to acknowledge her physical limitations. "Could you help me back to my room?"

Without a word, Kilronan gathered her up and carried her to bed.

He sat down with her, kissing her temple as he held her in his arms. "I can't be sorry for loving you, Akira. I'll always hold on to you. No matter where you are."

Tears were hot against his skin when she pressed her face into the curve of his neck. "Whatever happened, I have no regrets about what I did at High Pass. To save you, to save Caldala, I did what I had to do. No matter the cost."

Seven

"Are you sure this is a good idea?" Gralla fussed. "It's hardly been two weeks. She's pushing herself too fast."

"And she's frustrated. Akira can't be kept down for so long. It's like putting her in prison for her own good." Kilronan smiled to take the sting from his words. "The least we can do is get her outside for a little while."

Asura said, "I agree. Lady Muro needs to get out. She'll regain her strength sooner if she's not fretting about confinement."

Although they met in Corcoran's private office, he'd managed to stay out of this discussion. Content to let them decide the best course of action, he wasn't about to stand in Akira's way if she'd decided she wanted more freedom.

Then Gralla intruded on his peaceful abstinence. "What have you to say about it?"

Holding up both hands, Corcoran stated firmly, "Leave me out of this. But—if you insist on my opinion—I think Lady Muro knows better that any of us what she's capable of. I'm happy to let *her* decide."

Depending on her mood, Akira might have been amused or annoyed by the meeting. Fortunately for those involved, she was unaware as she worked with Maronan, talking him through object summoning. After a suggestion to perfect his control, Akira lifted a brow over the noise coming through the window.

"What's going on in the courtyard?"

He walked over to look. "I don't know. They're moving the benches around. Would you like me to find out?"

"No. I'm sure someone will tell us eventually." She smiled at him. "Would you like to show me that again?"

The youth nodded eagerly. Half an hour later, Maronan had the technique down and ran to show Asura as she came in.

"Look, Asura! I got it."

"That's terrific, Mar. Could you go help Eron and Master Kilronan? They're outside."

He waved to Lady Muro as he left.

"He learned that quickly, didn't he?" Asura said.

Akira nodded. "What's going on out there?"

"Alpha leaves tomorrow. We've arranged a little gathering in the courtyard so you can join us."

"I get to go outside?" Akira said hopefully.

"You're not hard to please, are you?" Kilronan grinned as he walked through the door.

"You try being cooped up for so long."

"There's a point," he acknowledged with good humor. Kilronan looked at Asura. "We're ready as soon as my lady is."

When Akira was escorted outside, Kilronan on her left arm and Arith on her right, the courtyard had been transformed. Long tables were set up in a rectangular pattern to accommodate everyone.

Chef Juniro and his staff had prepared a banquet especially for the gathering. There were platters of roasted meats, artisan breads, expertly prepared vegetables, fruits, cheeses, and fanciful desserts. He'd been thrilled when Kilronan proposed the plan and immediately set to work to make it a special day.

Akira laughed as the members of Alpha cheered her arrival with Team Kilronan joining in. Everyone claimed chairs while she was carefully seated at the place of honor.

"What a wonderful surprise." She looked meaningfully to Arith while Gralla placed a full plate in front of her.

"You're welcome, Kira." He winked back at her from the loaded banquet tables. "But this is not the surprise Kilronan

spoke of. We'll get to that after this magnificent feast." At her look of disappointment, Arith just grinned.

"Team Kilronan gets all the credit for this idea."

Akira touched Kilronan's hand. "Thank you. Thank you all," she said, including the rest of Team Kilronan in her grateful smile.

Corcoran nudged Gralla, giving her a slow wink as he tipped his head to Akira's obvious pleasure.

Once everyone settled around the tables, ambassadors and protectorate warriors mixed in easy company, enjoying good food and comfortable conversation. Osharon and his team joined them in time for dessert, adding to the stories shared about amusing adventures and favorite places people had been.

Picking up his cue, Arith leaned back in his chair, thoughtfully studying his glass of wine. "This isn't a bad village, Kira. Too bad we didn't stop in over the years." Ignoring the warning in her eyes, he went about Alpha's pre-planned mischief. "Of course, until this year, we only came this way traveling to or from Ishaka."

Looking across to Reva, he continued, "Those were interesting times, eh, Vani? The Commander insisted on making it a stealth exercise every time we went through the pass."

"Since we didn't want to know what she'd do if we failed," Reva said, following his lead, "we worked hard to slip past unnoticed."

Arith grinned when Korth chimed in, "Not to mention how much fun it was to see if we could get a herd of young horses past Mountain Shadows and Green River protectorates without being detected."

Alon Coronan chuckled into his glass of ale, while Kalen Kalronan roared with laughter.

But Lord Corcoran, and Masters Kilronan and Osharon did not appear amused as they glanced at each other.

"And did you ever manage that?" Corcoran asked curiously.

Akira lifted an eyebrow to Arith, using a subtle hand movement to indicate he should answer the question.

"Not counting this last mission?" He saw Kilronan's scowl, but suppressed a smile. "Let's see . . . Alpha got past Green River five times out of five, that we've actually tried to use stealth. Mountain Shadows usually discovered someone was here." Arith grinned. "Even if you never actually intercepted us."

The protectorate men exchanged looks of relief that were interrupted by Korth's giggle.

"*Usually* being the key word." Her smile was sly. "We made it past once without detection."

"The year we brought Kahshara's group through," Iro joined in. "Wasn't it?"

Akira felt Kilronan's arm stiffen next to hers. She couldn't help but smile. "Yes. Five years ago, about this time of year, wasn't it, Elen?"

"Yeah, early the same lunam. There were seven of us—Akira, Reva, Coronan, Korth, Iro, Kalronan, and me. We had Akira's horse Kahshara, Eleni's, Garan's, and four more horses for Recons Alpha and Beta." Arith was enjoying himself.

Osharon studied them, rubbing his chin. "Are you saying that seven of you, and seven untrained horses snuck past Mountain Shadows five years ago?"

"No." Kalronan paused, waiting to spring the trap until Osharon smiled in satisfaction. "It was seven ambassadors, seven untrained horses, and seven of our current mounts. Fourteen horses in all."

Kilronan coughed as his ale went down the wrong way. Seated next to him, Osharon thumped him on the back without a word. Lord Corcoran's brow furrowed, his mouth tightening.

Arith realized they'd better lighten the mood before the pleasant afternoon was ruined. Uncertain, he looked to Akira.

"All right, Mountain Shadows," she began firmly. "I'm sure you're all uncomfortable about this but—as I've said before—Ambassador Alpha is the best recon team we have. And I will admit, we were lucky that night—with the weather and the horses."

Arith scratched his jaw at the memory. "We really were. It was in the middle of a terrible storm. It rained on us for days coming through the mountains."

"And we had Akira with us that time," Iro admitted. "She's the best at handling young horses; along with her superior skills. She was never with us any other time." She frowned at Akira as that struck her. "Why did you avoid coming over the pass before?"

"Yeah. You usually took a ship whenever we went for horses," Alon Coronan remembered. "Leaving us to risk getting picked up by their protectorate." He gave the uneasy masters a quick grin.

"A ship's the fastest way to Ishal from Coroth," Osharon said contemplatively. "But a long way around to get to Ishaka. You'd have to ride from the coast to the mountains, then back again."

Akira could feel Kilronan's eyes on her. "Let's just say that I thought it was good experience for my recon team to travel without me."

"Come on, Kira, truth. Tell us the real reason." Arith doubled over with laughter when Akira shot a hard look at him.

"You know, Ambassador Arith, you wouldn't be nearly so cocky if I were still your commander."

"Most Honorable Lady Muro, I wouldn't be nearly so cocky if you had half your usual strength."

That finally broke the tension. Even Kilronan had to laugh at Arith's droll sincerity.

"What's this about her not being our commander?" Iro teased. "In that case, I want to know the dark secret that kept High Ambassador Muro away from these mountains all those years."

All eyes turned to Arith as he risked Akira's wrath. "Apparently, our fearless leader here was afraid to face her past."

"Elen, really," Akira exclaimed in frustration. If she could have gotten up without risking a fall, she would have paced the courtyard. Sighing, Akira felt Kilronan's arm come around her shoulders with a reassuring hug. She looked up into amused green eyes.

"I avoided Mountain Shadows, all right?"

Korth giggled. "Sure, but *why?*"

"There was someone here I didn't want to see," Akira admitted reluctantly.

"Who?" Several of the group demanded in laughing exasperation.

Akira turned, looking pointedly at Kilronan.

Arith guffawed while everyone else seemed surprised.

Then Coran's gentle voice broke the silence. "You've obviously gotten over it."

Akira sat back with a slight smile. "Yes, Isa. I suppose I have."

When the hilarity died down, Osharon wondered, "If you didn't want to come near us, Akira, why go with them to get horses?"

"Why?" Reva broke in. "Because we made her. Akira is the best judge of horses of any of us. You only have to look at Kahshara. Despite the fact she took the best for herself, she always found the top animals. The other ambassadors always asked her to pick theirs."

"Yeah, and she made them pay for her passage home." Kalronan snickered.

"You could have had your pick, Kalen," Akira poked back, smiling to his grin. "You have connections." More than he might know, she reminded herself.

"Maybe. But they respect you, Commander," he chuckled. Kalronan shook back arrow-straight black hair inherited from his Ishakan mother, though his force powers came from his ex-patriot Psyche father.

"Better work on that tribal respect, Kalronan," Arith prodded, pushing back his chair to get up. "Without Akira, we'll never see the prime stock again." Grinning at her, he excused himself, ambling casually for her quarters.

Once inside, Arith sprinted through, taking the corridor into administration and out to meet the head stableman with his special charge.

A signal from Reva had Kilronan rising to stand beside Akira's chair, setting the final action in motion. Everyone in the assembly quieted, curious as the Alphas stood to attention while they watched their plan unfold.

Gralla looked to Lord Corcoran, who shrugged his ignorance of what was coming. The protectorate teams waited curiously to see what would happen next.

With a low bow, Kilronan did his part. "Lady Muro. The time has come to present Ambassador Reconnaissance Alpha's gift to you. However, they had a difficult time finding appropriate wrapping, so Ambassador Arith decided that you would have to be blindfolded."

Akira, with some trepidation, submitted to the scarf he placed securely over her eyes.

Using their telekinesis, Reva and Kalronan opened the gate.

Arith gave Kahshara the hand signal for silence before leading the mare into the courtyard. He felt her skin quiver when she recognized her master. The mare's ears pricked forward, head reaching, but her battle training held so she made no sound.

Akira heard Celina's gasp before Kilronan guided her from her chair. Wrapping an arm around her waist to support her, he said quietly, "We're going to walk fifteen paces forward."

When they stopped Arith's voice instructed, "Now, Akira, lift your right hand."

Her fingers met warm velvet. With a happy cry, Akira pulled away from Kilronan, tearing off the blindfold with her other hand. Arith whispered the stand-down command, allowing Kahshara to softly nicker as her fine head dipped, gently nudging Akira, who pressed her tear-streaked face to the mare's strong neck.

"What do you think of our surprise?" Arith teased, though everyone could see the answer on her radiant face.

Amazed by the gentleness of the spirited animal, Kilronan still remained close. The horse seemed to know that Akira was delicate, snuffling affectionately over the woman's face and shoulders but moving carefully to avoid pushing or bumping.

Akira closed her eyes, pressing her face to the beloved mare once more. "Kahshara."

"Want to ride her?" Arith asked quietly. Taking a handful of mane, he vaulted easily onto the bare back. Kilronan lifted Akira to Arith's arms, settling her securely in front of him before stepping back.

Arith put the lead rope in her hands while he directed the black mare with his knees. Since everyone now clustered around, Arith guided Kahshara in a winding path through the crowd of smiling faces. He circled Akira around the courtyard before returning her to Kilronan's waiting arms.

Though he carried her back to her seat, Akira couldn't complain as she watched Arith dismount to lead the horse over to her.

"We brought Kahshara for your funeral procession, Kira. Better, she'll now share your retirement." Arith stilled her protests with his raised hands. "She isn't happy without you. Other retiring ambassadors have taken their personal horses. Kahshara is yours."

Akira knew she didn't have the heart to refuse while the mare gently tugged her long hair. She just nodded, her damp eyes full of gratitude as she reached up to stroke the silky black muzzle.

Arith leaned down to kiss her cheek. "I should take her back to the stables."

Reluctantly agreeing, Akira watched him lead the mare back out the gate. Several people chuckled when the horse kept turning her head to look at Akira.

They were enjoying fresh fruit and desserts when Arith returned. Akira sat back against the pillows Gralla insisted on, with a light blanket protecting her from the evening breeze. Arith grinned, dropping into his seat next to Asura.

"Am I forgiven now?" he asked mischievously.

Akira just smiled, and then Celina spoke up. "Lady Muro, where did you get that horse?"

Kilronan lifted a brow at the wistful tone in Celina's voice. She always seemed so brash and confident.

"Kahshara, and most of the Ambassador horses, come from Ishaka, the high plains territory in Ishal bordering Caldala. They're a breed originating in that area, known for their intelligence and stamina."

"Most of the protectorate stock originally came from Ishaka, too, Celina," Kilronan noted. "Although most of our animals are bred here in Caldala now."

"Why's that, Master?" Maronan wanted to know.

Kilronan winked at Arith. "Because the Ambassador Core got to the best ones before we could."

Ambassadors, past and present, laughed and Arith snorted into his ale.

"Actually, Maronan, it's a matter of convenience for the protectorate," Asura informed him with a smile. "The protectorate has more interest in horse breeding. The ambassadors, I believe, enjoy having the excuse to travel." Her lake blue eyes crinkled at Arith.

"So, Celina." Kilronan nudged the girl. "When you're ready to pick your own mount, take Lady Muro with you."

Celina looked at the woman so hopefully Akira had to respond. "Of course I'll go with you, Celina." Then, in a stage whisper, rolling her eyes at her Alphas, she said, "But they're on their own from now on."

More laughter with groans of despair came from the ambassadors.

Arith thoughtfully chewed on a sugared confection before saying, "I guess we deserve that after digging out the dark secrets." Akira shook her head, but he could see the smile in her eyes. She'd forgiven him, he grinned.

Conversation eased over cups of tea and after-dinner spirits. Drifting with comfortable fatigue, Akira silently listened to their talk, enjoying the easy exchange of ideas, experiences, and tall tales. She watched faces, memorizing their smiles and laughter—her friends, her family, all of them here. Everyone she loved . . . Almost.

There was a pang of melancholy for those who were lost to her, until she remembered the between time and the love she'd felt in Eleni's spirit. She'd wanted that peace, that certainty of love, while her soul flirted with eternity.

Was it only the dead who knew the true comfort of love? Would she ever know the trust, the *belief*, that love would always be there for her?

She found herself staring at an empty chair. No, Akira recanted silently while an image formed in her mind. For a heartbeat, he filled the chair—long legs stretched out before him, the wind tugging chestnut hair from a leather tie, gray eyes lit by some inner amusement. Someone *was* missing. Her lips trembled, and she blinked away sudden tears when the chair stood empty once more.

Akira willed away heartfelt regrets for what she'd refused to accept. A light touch on her arm had her looking into Maronan's worried eyes. Forcing a smile, Akira covered his hand with hers. "It's nothing," she murmured, urging him to enjoy the company.

Reva could see Akira's confusion, could feel her heartache. Glancing at Kilronan, she wondered if the man realized what was going on. Didn't he know how alone Akira felt, how suddenly isolated?

Silently prodding Arith by mindsight, Reva felt Coronan press her hand beneath the table. He always understood, she wondered thankfully, rising from her chair while he did the same.

"All right, Alphas." Arith gulped down the last of his ale. "We've got some packing to do, horses to check on. You know the drill." He got to his feet, studying Akira's pallor with concern.

"Let's get you inside, Kira." He wrapped an arm around to lift her to her feet while Kilronan excused himself from a conversation with Lord Corcoran. Arith glanced at Reva; saw her nod to his mindsight.

Osharon took his leave, releasing his own team. "Ambassador Arith, we'll see you off tomorrow."

"No hard feelings, Master?" Arith queried half seriously as he clasped the man's arm.

"Oh no," Osharon laughed, rolling his eyes comically at Kilronan. "But he'll make our lives hell for a while, tightening security."

"Come on, masters! You can't really be pretending you don't try to sneak past other protectorates without being detected?" Drinin poked in disbelief.

Kilronan met Akira's questioning look with a broad grin. "Of course we do. We even try it out on ambassador teams once in a while. Unfortunately, we've never been successful against your lot."

Refusing to be carried, Akira walked slowly back, leaning on Arith's arm as her only concession to weakness. Kilronan followed with Gralla and Corcoran. Everyone seemed to hold their breath as she slowly conquered the few steps up to the terrace. Inside at last, white with the effort, Akira flashed her attendants a triumphant smile.

Muttering beneath her breath about stubborn fools, Gralla set out a pitcher of water and started the pot for tea. Arith wisely stayed out of this dispute as he left with a promise to return later.

"Thanks, Gralla. I'll finish that." Kilronan said, rubbing a hand down the loyal woman's arm. "She'll be fine."

Gralla huffed, relenting when Corcoran kissed her worried brow. She even managed a smile when she came to take the hand Akira held out to her.

"Thank you so much, Gralla. I know you worry, but this did help."

The woman looked doubtful, though she admitted, "I must confess that I wasn't enthusiastic about Master Kilronan's idea at first. But, it was good to see you happy."

Corcoran agreed, bowing over Akira's hand before escorting Gralla back home. Resting her head against the back of her chair, Akira waited until Kilronan came over, placing a teacup on her table.

"Thank you." She studied his preoccupied expression as she sipped her tea. "It appears we've upset you again."

Kilronan surprised her with his amused glance. "About passing Mountain Shadows without being noticed? That only concerns me as a security issue."

"Then what's wrong?"

Searching her face, he asked, "Why did you come so close that time? Why didn't you stop?"

Akira nodded, closing her eyes when fatigue threatened. "You know why I didn't stop to see you."

Then her mouth formed an ironic smile. "As to why *I* came over the pass with them that time?" She opened her eyes. "The simplest reason of all. I couldn't get a ship."

Kilronan grinned. "You've got to be kidding me."

"No." She gave a short laugh. "I really couldn't get a ship. The weather was keeping them in safe harbor. I had to be back in Coroth by a specific date so I risked it. I think I started the whole idea of passing undetected as a game—training exercise, if you will—to keep myself from thinking about you and what would happen if you came upon us."

"What would have happened?"

"Nothing. You would never have known I was here."

"Then I guess it's a wash?" He leaned back with a resigned expression.

Akira had closed her eyes again. "As you say. It certainly took us days to dry out."

The unexpected humor had Kilronan laughing, sending the last dregs of unhappy memories scattering.

Pleased to have ended on a lighter mood, Akira welcomed his help, and his easy kiss, when he carried her to bed.

"I'll wake you when Elen comes back," he assured, turning down her lamp.

Eight

There was a storm building Akira knew, tossing restlessly in dreams. Surrounded by wind and fire, she turned her face to the sky, arms reaching for the peace she craved. Power surged into her, through her, pouring death on the monsters clawing at her sanity.

She flew, savoring freedom in the rush of air, gliding down into a forest of white blossoms, landing light as a feather on ground carpeted with perfect white petals. They were soft, their delicate scent soothing her when she lay down among them. Skimming gentle fingers through fragile drifts of white, she watched in wonder as the pale petals blushed at her touch.

The color deepened, streaming a crimson tide around her.

When the storm broke, the gaping maw roared open beneath her. Akira screamed as she fell in a flurry of bloodstained flowers.

Kira!" Hard hands shook but couldn't break through whatever nightmare held her. "Evani," Arith called over his shoulder.

Reva moved in, taking Akira's face between her hands while Arith and Kilronan restrained her flailing arms. Akira bowed up, screaming in agony.

"Akira. I'm here. We're here. Give me the pain, Akira. Let it go!" But Reva heard no response to her mindsight, felt no connection with a woman she knew as well as she knew herself. Her mindsight echoed in a dark void.

"Vani," Arith pleaded, desperation in his voice.

Reaching deeper, Reva focused on the physical, tapping in until she found the fiery pain inflaming Akira's nervous system.

Biting back a moan, she led the pain into her own body. She felt Alon Coronan's hands grip her shoulders, giving her what support he could.

When she started to shake, her consciousness fading, Coronan and Arith pulled her away.

"Damn it, Evani!" It was Arith's voice but Coronan's arms that held her. "Too much, too close."

She frowned at him, shifting to sit up. "Akira?"

The room was quiet now. The men helped her to her feet. Reva sat on the bed, checking the pulse of the woman who lay unnaturally still now. White as her sheets, Akira's breathing was slow, but shallow.

Arith paced, dragging his hands through his hair. Kilronan stood, his face haggard, shadowed eyes locked on Akira.

"She's still here," he murmured. "She hasn't let go."

Reva nodded, grasping Coronan's hand when he touched her shoulder. "She's here," she agreed, giving Kilronan a hard look. "But she's not healed."

When his eyes jerked to hers, Reva swore. "She's in severe pain! It's flaming through her nerves. God knows how she's been hiding it."

Dropping beside the bed, Arith gripped Akira's icy hand. "What can we do?"

Closing her eyes against her own fear, Reva shrugged wearily. "I don't know. Something's different now. Something's missing. I don't know how to reach that part of her." Opening her eyes to read Kilronan's despair, Reva fought the urge to search his mind.

Angry frustration had her pushing to her feet. "I need to talk to the master healer who treated her."

"We couldn't find a master in time," Kilronan told her, pressing his fingers to his eyes. "We had three healers on the mountain immediately after we found her. There are four other adepts with the protectorate. They all took shifts when we got Akira back. At least two were with her at all times, until Asura and Marga felt her injuries were healed and it was only a matter of rebuilding her strength."

The three ambassadors were staring at him. Arith looked ready to tear into Kilronan again. When he took a stiff step toward the master, Reva caught his arm. Arith jerked away, wrapping his arms over his head as he turned to the window.

"It's been more than a week," Reva said, struggling for control herself. "You're saying that Akira's only had the skills of adept healers, those with only basic healing training? *Adepts*!" she stressed in disbelief. "Do you even know how devastating her injuries were?"

Coronan gripped her shoulders, burying his face in her hair while she railed, "She was shattered! Bones, limbs, organs! It's a miracle Akira's alive, let alone walking. She's suffering, in pain. Why didn't anyone get word to us? Ambassador Central or Coroth? Insalat is only two days hard ride from here. Any of the cities could have had master healers here within that time."

Kilronan let the words break like stones against him while he met the woman's damning fury. He faced the tears streaming down her face with stoic silence. He deserved every bit of the blame buried in the passionate summation.

Drained, knowing she had to let go of this bitter resentment if she were to help Akira, Reva took a deep breath.

"What can you do for her?" Kilronan sat heavily on the edge of the bed. He looked up when Arith turned around. "God gave us that miracle. Akira survived. Can't you work with her to find what's left to do? Add your healing ability to hers now that you're here?"

Brow furrowed, Reva came to a realization. He didn't know.

"Kilronan. Akira's force abilities are gone. Whatever she called on that mountain took everything. I can't join with her anymore. She can't heal herself."

He felt empty, stunned. How could he not have seen? Akira hadn't said anything—hadn't shared this most fundamental loss with him. Just as she'd kept her pain hidden.

"Does she know?" Kilronan wondered aloud.

"Yes."

The hoarse whisper had them all crowding around the bed. Akira blinked slowly, trying to focus as they all spoke at once.

"Stop." Her feeble command brought silence while Reva settled on the far side of the bed to read her condition. "I can't understand when you're all talking."

Deferring to the healer, the men remained silent.

Reva forced a smile. "You always say we talk too much." She counted strong heartbeats with relief. "Tell me how you feel."

"Tired. Thirsty."

Coronan darted out, returning with a glass of water. Arith lifted her against his arm, holding the glass while she drank.

Stacking pillows behind her, Reva pressed a hand to Akira's damp forehead. "Too warm. You're feverish. How long have you been having the pain, Akira? Why didn't you tell anyone?"

Akira shook her head. She just wanted to sleep. She didn't want to discuss this. "It's not that bad, Vani," she said, pausing while her friend swore. "Tonight was the worst. Mostly it comes in short bursts."

Reva looked at Arith's resolute face and got a nod of agreement. "You're coming back with us. We'll stay here until arrangements can be made for you to travel safely, then we're taking you to Coroth for proper care."

Ignoring their patient's weary objection, Arith started for the door, saying, "Lord Corcoran will help with what needs to be done." With an uncertain glance back at Reva, Coronan followed their leader out.

Akira looked to Kilronan for help, but he only leaned over to stroke a hand over her tangled hair.

"Aiden, please."

Kilronan walked out without a word. What could he say? He was responsible for her, for her suffering. He'd brought her back. Now he would make sure Akira received the care she needed.

Arith stood arguing with Coronan in the courtyard. "You can't be serious, Ronan."

Gesturing the protectorate master over, Coronan replied, "Just hear me out. Akira needs help, absolutely. But we need to figure

this out before risking worse with a long trip in her condition. It's a rough road down to Green River, and it's hot. It'll get hotter through the midlands, especially in an enclosed carriage."

The other men nodded, conceding those points.

"But it's not just that I'm worried about," Coronan continued. "Think, Arith. Think about what could happen if we take her back. Maybe Mountain Shadows isn't the ideal place in her situation, but she's safe here."

Sliding long fingers through much longer black hair, Coronan shifted restlessly. Rarely still in the best of times, the tension of the night had him edgy, needing to move. "Akira's even more vulnerable now. Her body's injured, weak, and she's helpless to protect herself without her force abilities." His vibrant blue eyes sparked. "What do think Karsh will do if we bring Akira back to Coroth?"

When Arith's expression hardened at the idea, Coronan nodded. "We won't be able to control the situation there. You know it, Elen."

Hands clenched while he listened, considering the implications of the ambassador's words, Kilronan reconsidered. "Let's go back inside, talk this out."

On guard duty, unnoticed in the shadows of the arched gate, Senior Master Arla watched the three men return to Lady Muro's quarters. Mulling over the undercurrents of the overheard conversation, she decided to have a long talk with Osharon when her team's shift was over.

Inside, Reva placed a cool compress on Akira's brow while they listened to Coronan's viewpoint. Akira linked her fingers with Reva's as fear flashed through her. It was just as quickly hidden from Akira's face.

"You're right, Alon," Reva murmured, turning the damp cloth to pull out more heat. "It's good someone thought beyond the moment."

"What about Coroth, the prince?" Kilronan asked. "He could provide sanctuary and medical care."

When he looked to Akira, she shrugged. The ambassadors seemed to consider, then Arith blew out a breath.

"The prince might. Princess Oona definitely would." Arith frowned. "I just don't know for certain. No matter how we look at it, taking her anywhere near Ambassador Central is a risk. I'm just not sure whether Coroth would stand on our side."

"Why wouldn't he?" Kilronan's voice was aggravated now. "She saved the country. He's the one who sent her on that mission. Coroth and Caldala owe her, damn it!"

Folding his long body into a chair, Coronan nodded.

But Reva still wasn't convinced. "The prince has allowed Karsh too much latitude in the past few years. She could maneuver him into agreeing that the Core has the master healers and the best facilities to treat Akira."

"She'd be right," Akira murmured. She lifted a hand slightly to forestall argument. "I'm not saying it's a good idea. Just that it would be a persuasive argument."

"What do you want to do, Akira?"

With the most animation she'd shown in that night, Akira gave Kilronan a droll look. "You're actually asking *me* what should be done about me? What a good idea."

Reva pursed her lips, rolling her eyes at the sarcasm while Coronan grinned. Arith just threw up his hands.

Rubbing a finger between his eyes, Kilronan grimaced. "Most Honorable Lady Muro, I humbly apologize for any impertinence I have shown in the interests of your health and continued well-being."

Coronan burst out laughing. Arith grinned, slapping the protectorate man on the back in appreciation. Even Reva flashed a smile.

Akira lifted a hand to attack position with an inscrutable look in her eyes.

The others gaped until Kilronan stepped closer. "Do it."

With a grimace, she let the hand drop. "Idiot. This would be a moot discussion if I could."

As she'd hoped, it eased the underlying fear, allowing her to convince the others to table more discussion until the next day. She was too worn out to protest when Reva refused to leave her alone overnight.

The Alphas agreed that Coronan would go back to their quarters to let the other ambassadors know there'd been a change of plans. Out of Akira's hearing, the whole team would talk over the problem and come up with the best plan they could.

After some debate, Arith grumbled his way to the other bedroom while Kilronan stretched out in front of the fire in the common room.

With Reva asleep beside her, Akira lay awake in the quiet dark, wondering whether to be annoyed or thankful for their stubborn dedication.

Roused at dawn by Kilronan's urgent request for a meeting, Lord Corcoran learned of the latest crisis in his private quarters, listening to the master's summation over his first cup of tea. When Kilronan finished, Corcoran blew out a long breath as he fetched a bottle, pouring generously while he thought it over.

"Unforeseen consequences," he muttered, taking a long sip.

"My lord?"

"That's what we're seeing here, Kilronan. We were so caught up in the enormity of the situation—the danger and uncertainty of the Mors invasion, the urgency to prepare a defense. The pride, I suppose, that the elite High Ambassador Muro chose Mountain Shadows protectorate." He sent Kilronan a rueful smile. "Most of all, I think we were in awe of Akira Muro. We came to believe she was too powerful to fail."

Corcoran lifted his cup in salute. "And she didn't. But we seem to have failed her. I should have sent riders farther afield for master healers the day we brought her home."

"We were all at fault, sir." Kilronan slumped in his chair, feeling the weight of his failure to protect. "I should have pushed for that."

"It was my responsibility." Corcoran set aside the empty cup. "Whether you and Osharon like it or not, I'm the head of Mountains Shadows Protectorate." He waved away Kilronan's apology. "Just trying to lighten the mood."

Sitting back in his chair, Corcoran returned to the immediate situation. "It's easy to look back and see the errors now. Some days it seems like High Pass happened yesterday, others it was an eternity ago."

"An eternity while Akira was lost, while she remained in a coma," Kilronan agreed.

"And when she returned to us, we thought we'd done what needed doing." Corcoran shouldered his share of the blame for this oversight. "We had faith in our healers, and they did more than could be expected with their skill level." He stood to walk the floor. "Now we know it wasn't enough."

Dismissing Kilronan, he turned to dress for the day. "I want everyone involved in this latest development in my conference room within thirty minutes."

Lord Corcoran walked into the meeting room early but found Recon Alpha already there. From the cool greeting and their rigid formality, Corcoran guessed that the ambassadors held the protectorate responsible for their failure to provide a master healer.

And well they should, he thought to himself. But blame and guilt wouldn't heal or protect Akira. So the protectorate would work with the ambassadors—Recon Alpha, at least—to find the best course of action now.

He nodded to Kilronan and Asura when they came in. Their greeting was as formal and stilted as the Alphas. Though she covered it well, Corcoran could see the stress and sorrow in Team Kilronan's young healer. He hoped the ambassadors would see it as well.

With everyone seated, Corcoran took charge of the meeting.

"Is everyone fully informed regarding what happened last night?"

Arith and Kilronan answered for their people.

"Good. We're here to discuss the next steps. At this time, I'll ask that we table any talk about the omissions that led to this until another meeting, except as it helps us all in understanding what needs doing now."

Lead Ambassador Arith stood with a stiff bow to the protectorate lord. "I request to make a short statement before we begin."

Corcoran nodded, hoping for the best.

"Ambassador Reconnaissance Alpha went over this at length this morning. I'm sure Mountain Shadows understands our allegiance to Lady Muro, and our concern over her condition." When Corcoran nodded, Arith went on, "We've agreed that nothing can change what is already done. At this point, we expect to be fully advised and involved in her care and defense. That said—Ambassador Reva has taken the position that, despite the skill level of the attending healers, Lady Muro received extraordinary care under your protectorate's watch. In fact, she finds it difficult to determine whether Akira would have benefited more if a master healer had been brought in.

"There are a few master healers in the Core with rare ability. Akira Muro was one. It's not likely that level of skill would have been found outside the Core. Therefore, Recon Alpha chooses to lay any ill-will for Lady Muro's residual disability aside."

Arith tried to ignore the silent tears sliding down Asura's pale face. Just as she tried to discreetly conceal them.

As a unit, Recon Alpha rose and moved into formation. To the surprise of the protectorate members, the ambassadors gave a deep bow. When they straightened again, Reva stepped forward, arm crossing to her shoulder in salute.

"We thank you for saving our commander. I don't believe anyone else would have put the care and devotion into the effort, other than Alpha. We are in your debt."

The tension drained from the room. Corcoran could only be grateful that the ambassadors had put so much thought into their position. Now the protectorate would accept the tacit offer

of alliance, with both sides working together to ensure Akira's full recovery.

With animosity and self-reproach put aside, they settled around the conference table. Reva reported the details of her examinations and her interpretation.

"From Team Kilronan's report, Akira called a direct lightning strike, taking the full force of that bolt through her body, and converting it into an energy bolt. I can only speculate that such a massive surge overwhelmed her neural system. The shock alone should have killed her. We know people have died after exposure to lightning strikes. It may be that even Akira's force ability was so overloaded, it couldn't recover."

Looking at Kilronan, she asked, "Do you have any experience or knowledge of Psyche history that might help us understand this?"

"No." And he'd thought about everything he'd studied and tracked down over the years. "With my interest in Akira, I followed her career. There came a point where I realized she had more natural ability than any Psyche in known history. Even Master Maran, a notable Psyche in our home village—someone whose knowledge I value—has no memory of anyone like her."

"Akira's talked about him," Arith put in. "I think he served as an ambassador when Most High Anaran led the Core."

"Anaran built the Ambassador Core," Corcoran added with the ambassadors nodding. "I believe she surpassed even his great abilities."

Before talk diverged further, Reva led it back to Akira's health. "We don't know if Akira will recover her powers. At this time, the greatest loss for me is her mindsight and her ability to scan inside herself. I've seen where the pain is originating now, but I don't know how to stop it. Last night was the worst episode and the longest, if Akira's telling us the truth."

"She's told you more than she's said to me," Asura spoke for the first time.

"To anyone here," Kilronan added, to bolster his assistant master's confidence.

Drinin blew out a breath. "Akira's always been secretive when it comes to her emotions or health. No matter how close we are as a team, there's a definite point where she refuses to let us in."

"If we hadn't been there last night," Reva said, "it's doubtful she would have told any of us."

Kilronan had struggled with whether to bring out what he knew, but Akira's welfare was the most important consideration now. And when he looked up into Reva's probing gaze, he knew he had to.

"There's something you all need to know." Taking a deep breath, Kilronan told them what he'd learned the night of Recon Alpha's arrival.

"She *wanted* to die?" Sheara Korth shuddered. Alani Iro let out a soft sound of disbelief.

But Isa Coran glanced at Ivano Micharon with a brief nod. "Some of us suspected Akira would sacrifice herself to stop the Mors." Sorrow clouded her dark eyes when she looked at the others. "We all knew how deep her depressions had become. Perhaps we didn't want to see that she might choose death to escape her darkness."

"No!" Arith denied emphatically. "Kira's strong. She was *out,* done with the Core. Free from Karsh and all the missions that were tearing her apart." Slamming a fist on the table, Arith cursed viciously. "Kira wouldn't do that to us. She'd never leave us like that."

Drinin gripped his friend's shoulder. "I agree with Arith. Akira wouldn't take her own life." To either side of him, ambassadors Oti and Kalronan shook their heads.

"But would she let go willingly once the mission took it from her?" Reva wondered, gripping Coronan's hand beneath the table.

"We may never know," Lord Corcoran ended that difficult deliberation. "We have the reality of now. Ambassador Reva, is there anything specific we can do for her pain?"

Reva pulled a vial from her pocket. "This is a very strong pain reliever. It might help when she's having the attacks." Reva looked

at Asura. The woman had the makings of a master healer. Akira had said as much during the Mors mission.

"I'd like to work with Asura. I think I can show her what to look for, maybe how to ease the attack." When the woman stared back in surprise, Reva nodded. "You're the strongest healer here, Asura. We'll work with the medication until we find an appropriate dose and timing."

Kilronan felt his concern easing as he gave his assistant a smile. "It's an excellent plan."

Taking back the helm, Corcoran agreed. "This leads into the second issue—Lady Muro's safety." He studied the ambassadors' solemn faces. "Kilronan has passed on the concerns of Recon Alpha. This protectorate does not have an insider's view of the challenges and dangers within the current Ambassador Core. We've only heard occasional rumors of intrigue and conflict between the policies of the present Most High and the House of Coroth. Yet the prince hasn't, to my knowledge, used his authority to intervene with the Core."

"If I may, my lord?" With Corcoran's nod, Kilronan recounted conversations he'd had with Akira over the past lunams regarding dissent and division within the Core.

The ambassadors, surprisingly unconcerned with breaching protocol, shared more specific information on the undercurrents that were threatening the original purpose of the Ambassador Core.

Wondering if his lord was really as ignorant as he implied, Kilronan studied Corcoran's mildly interested expression while the Alpha ambassadors answered his questions.

Aron Drinin expanded on a comment originally made by Akira. "Most High Karsh sees the Ambassador Core as her personal kingdom. More and more openly, she challenges Coroth's sovereignty over the Core. We know she's built a following of ambassadors whose allegiance is to her, not Coroth. Karsh doesn't flaunt that yet, though she's begun to press the bounds."

"You've stated that it would be dangerous for Lady Muro to return to the capital. Why?" Corcoran asked, folding his arms on the table.

To his surprise, soft-spoken Isa Coran answered. "Most High Karsh intended to groom Ambassador Muro as her second-in-command, if you will. She had agents spying on her as a child. When Akira began the Psyche shift, they moved in to recruit."

She sent a quick glance to Kilronan's unreadable face. "But Akira was not as malleable as Karsh expected, despite her youth and . . . personal challenges," Coran said, choosing circumspection over more painful truth.

"You seem to know her better than many," Kilronan said quietly.

Coran gave him a slight smile. "Akira saved my life, and Ivano's," she explained, with a warm smile for the man beside her. "On one of her earliest assignments with the Insalat Militia. We've known Akira longer than most. I feel honored to have her friendship. Elen was still very young when we came into the Ambassador Core."

"So Akira resisted Ambassador Karsh's attempts to mold her. For what purpose?" Corcoran genuinely wondered.

"Her personal enforcer," Drinin spoke up. "Akira was a force to be reckoned with from the start. You didn't have to be in the Core long to hear the stories. I think Karsh expected to use the young girl's anger and disillusionment to draw her in, but it did the opposite. Akira focused on her force powers, shutting out everything else. She refused personal allegiances of any kind for years."

Arith scoffed with a mischievous grin.

Drinin laughed. "Except Elen. He must have been a persistent pup. I'm amazed she didn't send him into the ocean for all the trouble he must have been."

Laughing, Arith kicked back in his chair. "Kira loves me."

"No doubt," Drinin agreed easily. "Maybe that was another count against Karsh's manipulations. Akira looked after the boy. Especially when Elen's force powers popped out unexpectedly.

Only Akira could bring him down. She's never told us how or why."

"We tolerate him anyway," Reva noted with an affectionate pat on Arith's hand.

"We do. Personally, I've wondered if the Most High allowed him to stay at Central because she saw that Akira had an interest in him. Maybe she meant to pressure her using the young boy."

"My sister believed it." Arith nodded to Drinin. "Once she'd found her place there, and Akira started letting her in, talking with her. Eleni was observant, she noticed things, and watched out for people. Maybe that's why she was sent to her death."

No one spoke for a moment. Then Reva rubbed Arith's arm to comfort.

"We've gotten off track. I suppose the point is that Most High Karsh wanted to use Akira Muro's ability and power to advance her own plans. As Akira got stronger, Karsh used her on more difficult missions. Pushing her into places and situations that would test her powers, and her loyalty."

Kalen Kalronan snorted. "Karsh began to see that Akira's heart and allegiance were with the people of Caldala. Not the Core, though Akira believes in loyalty and the original purpose of the Core—to serve the people of Caldala."

"What about the House of Coroth?" Lord Corcoran wondered.

"Akira is loyal to the prince," Arith assured him. "And she's proven it time and time again on the missions he assigned." He glanced around his team, sending out a mindsight. What he was thinking about revealing could endanger them all.

"Go ahead," Reva murmured when everyone had agreed.

"Lord Corcoran, you said you've heard rumors." Arith sat back, linking his fingers on the table. "I doubt you can imagine the reality. Ana Karsh is on the edge of sanity. Coroth and Caldala are facing the imminent breakdown of the Ambassador Core. Karsh was raging when she knew Akira would leave at the end of her contract."

Kilronan frowned. "She already knew Akira wouldn't side with her."

"Doesn't matter." Alon Coronan's fingers tapped a restless tattoo on the table. "Karsh has a kind of love-hate thing about Akira. She's drawn to Akira's power and light like a moth in the dark. And Karsh hates that light, that incorruptibility. She wants to use Akira's gifts for her own ends."

Arith spoke up. "A few years ago, Akira and other high ambassadors began tracking directives and incidents within the Core. Alpha, and other ambassadors who saw we were losing what we believed in, began countering some of the more serious decisions. Initially, Akira made sure we were discreet. The counter-maneuvers, or alterations to Karsh's judgments, were impossible to track back."

Arith paused to rub his eyes. "Then the Mors moved into Ishal and became an active threat. I won't go into it all, but when my sister's team was ordered out by Karsh to negotiate with the Vrorg, Akira snapped. She'd seen enough, learned enough to know the Mors would kill them. Karsh ignored her."

Drinin took over. "Akira openly challenged Karsh's fitness to lead and called for a vote by the High Ambassadors Council to remove her."

"Yet Ana Karsh remains as the head of the Ambassador Core," Lord Corcoran noted.

Alon Coronan, in a rare show of anger, answered his unspoken question. "She was betrayed—we all were. Akira should have had enough like-minded Highs, but two of them turned unexpectedly. The challenge failed. The negotiation team was sent. They all died."

Stunned, Corcoran and Kilronan were speechless. This was unheard of in the history of their country.

"Does Coroth know this?" Corcoran asked, incredulous.

"Yes. Akira, unknown to any of us, kept him advised of the internal conflict," Micharon answered quietly. "She would not give him specific details on who was working against the Most High, only her own information."

"She protected all of us," little Oti observed sadly. "Because she wasn't sure whether he'd risk his political position by denouncing the Most High's authority."

"The prince was willing to intervene within his mandate," Micharon noted.

With a nod, Drinin added, "To be fair, Coroth and Parliament were justifiably concerned with the Mors threat. They would never have removed the elected Most High—potentially destabilizing the Ambassador Core—when Caldala most needed their elite force warriors."

"Yeah," Arith begrudgingly conceded. "Even though he knew Karsh was incompetent, at best, and over half the ambassadors didn't trust her judgment. Coroth knew Akira was the only one we would follow without question."

"So that's why the prince assigned the Mors mission to her alone," Asura spoke up, understanding that for the first time. "I thought it was because she was so powerful."

"Only part of it. Akira was the only ambassador he believed *he* could trust. Akira knew she could trust Alpha," Arith confirmed. "Doesn't make it fair to her, but she was determined to stop them, even without the prince's directive."

Lord Corcoran mulled over that. "When Karsh finds out that Akira has lost her force powers, what will she do?"

Reva exchanged looks with Arith. "I believe she'll try to kill her—arrange her death somehow. Akira still has too many allies in the Core. There are at least as many ambassadors who stand with us, to swing us back to our original purpose and allegiance, as those who choose to back Karsh's ambitions and bid for power."

To Lord Corcoran's mind, the decision was now obvious. "Lady Muro will remain here. She'll be cared for and have sanctuary in Mountain Shadows until the Ambassador Core stabilizes, or her safety can be guaranteed."

With that resolved, the meeting adjourned. Kilronan walked back to the guest court with the ambassadors, looking around curiously when Arith left the group to follow Asura as she headed toward the fortress.

"Hey, Asura! Could you wait a minute?" Arith walked over when she turned back.

Taking a deep breath, Asura waited. "What can I do for you, Ambassador?"

He studied the shadows under her eyes. "You've already done it. You took care of Akira, saved her life. I needed to tell you it means everything to me."

Asura knew it. She'd felt the bond between Akira and Arith, envied it, but could never resent it. "I know. I wish I'd done a better job."

He reached for her hand. "Reva really believes in you, in everything your healers did. Without you, Recon Alpha would be returning with her body. Thank you."

"You're welcome." When he brought her hand to his lips, she touched her fingers to his cheek. "I care very much for her. I'll work with Ambassador Reva to do whatever I can."

"Yeah." He released her, took a step back with a pensive smile. "I know you will." With a last nod, he spun around to jog after his team.

Akira listened while they gave her the details of the meeting. Since the decisions made suited her, agreeing with her own resolve, Akira accepted them without complaint. But when Arith and Reva started making plans for Recon Alpha to remain, Akira firmly quashed the idea.

"Absolutely not."

Drinin shook his head. "Damn it. I knew it wouldn't last." At her arch look, he pointed a finger at her. "You can't make it simple, Akira. Just have to deny anything we try to do to look after you."

"That's not true," she began, frowning at the hoots and dissent from the others.

Reva handed her a cup of tea, holding up the vial for Akira's approval. "Yes. It is. You're the most difficult patient in the world. Always have been." She dispensed three drops and watched closely while Akira drank. "Asura's going to work with me over the next several days. Alpha will stay until we're sure you're better."

"No."

With a frustrated growl, Arith braced his hands on the arms of Akira's chair, leaning over to challenge her narrow-eyed stare. "Would you see sense and stop making our lives difficult? It's Alpha's duty to watch over you."

"No. It's Ambassador Reconnaissance Alpha's duty to return to Ambassador Central." While Arith whirled away, pulling at his hair, she looked at the rest of her former team. The concern she saw on each beloved face softened her annoyance. Akira knew how real it was.

She felt the same for each of them. And she would defend them all in any way she could. Now she would save them from themselves by reminding them of their purpose. "The Ambassador Core was built to train and develop those with force gifts," Akira said. "To use those talents and powers in the service of Caldala—for diplomacy, here and abroad, and in active defense or law enforcement, as needed.

"Have you forgotten your contracts? You're ambassadors. That's where your duty lies. I am no longer your commander." She sighed at their mutinous expressions. "I won't be the excuse for disciplinary actions against you."

"Akira—" Aron Drinin began.

"You know what I'm saying, Aron. All of you know Ana Karsh would welcome any excuse to disband Recon Alpha now." She settled wearily against her pillows. "I can't protect you anymore. Do you know how hard that is for me to accept?"

From his vantage point, leaning against the hearth, Kilronan watched acceptance and resignation slide over each of them.

"Alpha has reason enough to stay another day. You'll head back the day after that." Akira's voice was firm.

She might not be their commander anymore, Kilronan thought, but they would obey. With a lot on his mind, he took his leave.

Later that evening, Arith sat on Akira's couch, his arms wrapped tight around her while they shared memories of early years.

When he fell silent, Akira murmured, "You retire at the end of this year. What will you do?" She felt him shrug against her.

"I've some ideas."

She laughed. "You always do."

Arith kissed her temple. "I'll let you know, one way or another. What about you? Once you've put this behind you, you'll be looking for something to occupy that brilliant mind. Who're you going to drive crazy this time around?"

Grinning, she patted the hands crossed over her. "I guess we'll see."

"What about Kilronan?"

He didn't see the smile fade, but Arith felt tension come into her.

"I don't know, Elen," she answered at last. "I just don't know."

Despite their concerns and the uncertainty of when they'd meet again, it was easier for Recon Alpha's ambassadors to leave this time. Unlike their last parting, before the Mors action, Akira was safe. There was no desperate and deadly mission for her to face alone. The goodbyes were less fraught; any tears were as likely from laughter as sorrow in parting. And Reva believed Akira would recover fully with time.

Even Akira found it easy to send them off with cheerful words and a tight hug before they mounted their horses. If her heart shed tears when they saluted, urging their horses to a bow, she held them inside.

With Team Kilronan beside her, Akira waved them off, believing she would see them all again someday.

Nine

The day after Osharon and his team saw Recon Alpha on their way, Team Arla relieved their watch at the guest court several minutes early. Dismissing his team to breakfast and the rest of the day off, Osharon lingered with Arla as she posted her team to watch stations. Then the two masters took positions just outside the guest court, with expert planning and devious intent.

They didn't have long to wait. Kilronan found them there when he came through the gate.

"Hey." Kilronan smiled at them. "Good morning, Arla. Aren't you early?"

"Teaching my new man good habits," she returned easily. "So, your surprise team of assassins is gone." Arla smiled at evident chagrin as Kilronan rubbed his jaw in remembered pain.

"Yeah. I suppose it was worth the punch. They were good for Akira."

Osharon glanced at Arla. "I hope you don't have to take a punch whenever something's good for Akira."

Kilronan scratched his chin thoughtfully, amused by the idea. "Me either. Let's eat."

"Hold on. How's Akira with all this excitement? I haven't had a chance to see her since the little party," Osharon reminded him.

Looking between his two friends, Kilronan got a clue. "Nothing gets by you, does it?"

"Not when it's being fought over on my watch," Arla agreed with a smirk. "Being a curious sort, I went to Shara for full disclosure."

"At some absurd hour," Osharon grumbled. "She woke me up for nothing, since I knew nothing." He sent Kilronan a telling look.

With a shrug, Kilronan stuffed his hands in his pockets. "Since it started not long before Arla's eavesdropping," he drawled, satisfied by her sound of disgust. "There was little to know."

Leaning back against the wall, Kilronan resigned himself to the interrogation. He answered their questions as best he could, filling in details they didn't know.

"She's still in pain?" Osharon persisted with real concern.

Pushing off the wall, Kilronan scrubbed his hands over his face. "I can't say for certain. Damn it! The woman keeps everything to herself. Asura is watching over her and making sure she takes the pain drops that Ambassador Reva left. Who knows whether they're helping or not."

He sighed, rubbing his neck. "At least she hasn't woken herself screaming again. It was awful."

"You're still here every night?" Arla's tone was sympathetic now.

"I can't be easy sharing that shift. I probably wouldn't get any more sleep at my quarters, worrying about her. And I just don't want anyone else to have to deal with that if she has another serious episode."

"I'm willing to help." Arla met Kilronan's questioning glance. "I'm serious. Lady Muro is a remarkable woman. I admire her, and we all owe her, not only for stopping the Mors but for bringing Team Kilronan back alive." She gave him a friendly shoulder bump as she turned to go.

"Arla?"

She looked back, surprised by the emotion in his voice. "Yes, Kil?"

"Thanks. Thanks for what you organized when we came back. It meant a lot to us, after everything." Kilronan stepped closer to kiss her cheek. "I don't think I've told you how much."

Embarrassed by his sincerity, Arla blushed. "Kil, it wasn't just me. Everyone rallied. We needed to do something to acknowledge

what you'd done. What you all risked." She searched his green eyes before finishing, "What Ambassador Muro sacrificed."

Arla was stunned when he touched a gentle hand to her face. "What's that for?" She asked, managing to smile.

"For being a great friend all these years," Kilronan replied cryptically. With a quick salute, he turned, punching a silent Osharon on the shoulder before pushing him in the direction of breakfast.

Arla watched his tall, slim form as he walked away, slowly raising a hand to touch her cheek. Shaking herself from memories, she got back to duty.

Near the end of their shift, leaving her assistant master watching the gate, Arla walked the duty perimeter to check on her team. She had the new journeyman overlooking the main courtyard, under the watchful eyes of the administration guard. The young man checked out, had decent skills coming from Green River Protectorate, but Journeyman Laton was an unknown for Mountain Shadows. Senior Master Arla never took anyone at face value.

Her parents had always said that Jessa Arla was born cynical and suspicious. Arla grinned at the memory. Could a protectorate warrior be too cynical? Arla didn't think so. She just took her time with people she didn't have a good handle on. Until Arla knew all she needed to know, her newest team member would be thoroughly vetted.

Completing her rounds, the master sent a mindsight to her assistant, sending him back to his original post once she was within easy distance of her station at the gate. The next team would take over soon.

Following habit, Arla glanced into the courtyard. She paused when she saw the small woman on the veranda then watched with concern for Lady Muro's uncertain steps. Long white hair hid the woman's face as she reached out to grab the banister. Arla looked around but saw no one in attendance. The retired

ambassador was obviously pushing her limits, maybe too far. With no one else to help, Arla gave a long sigh.

Gasping for breath as she clutched the railing, Akira railed inwardly at the weakness that held her back. Pushing impatiently at wayward hair she'd forgotten to restrain, she scowled at the steps—wondering whether she could negotiate them safely.

"Can I help you?"

Akira looked up in dismay.

Astonished, Arla stopped, amazed by the ethereal beauty of the unmasked woman; her blue eyes caught by dark, dark green ones looking back at her with startled chagrin.

Remembering herself, Arla cleared her throat quietly. "I'm sorry I startled you, my lady. Do you need anything?"

"Patience, I suppose." Akira smiled at Arla's chuckle as the protectorate master came up the steps to offer her arm. Akira considered her a moment before accepting the assistance. "I'd like to sit in the courtyard, please."

Arla helped her down the few steps and to a bench beneath the trees. "It's a good day to spend outside."

Nodding, Akira took a moment to catch her breath as she sat, looking up into the canopy of branches overhead. Enjoying the leaves in shades of green that twirled in the soft breeze, with harvest colors tinting a few.

"Thank you, Master Arla," Akira said gratefully as the woman sat down opposite her. "It was kind of you to help me. Aren't you off duty now?"

"Soon. But I'm glad to have an opportunity to really meet you," Arla found herself saying.

Akira saw the flash of discomposure in her eyes and smiled ruefully. "Not what you expected?"

"My lady?"

"Me, the woman beneath the veil. Is that what surprises you?" Akira asked, pulling her hair back over her shoulders.

Arla studied her seriously. "I'm not sure what I expected, to tell the truth. But if you're referring to your current disability,

it's not that. I'm amazed you're on your feet at all from what I've heard of your injuries."

"I suppose so. How is Jal?"

The abrupt segue caught Arla off guard again. "My lady?"

"I'm sorry." Akira chuckled. "Isn't Jal Arla your brother? You have a strong family resemblance."

Arla grinned and leaned back. "Yes, unfortunately, and he's fine. I hear from him a lot more since you've come to Mountain Shadows. Jal's usually a terrible letter writer. Now I have to answer them—wondering what you're doing, how you're doing."

"Well." Akira shifted uncomfortably. "That's kind of him."

"Thanks for that. It's great to hear more from him since he's been in the Ambassador Core." Arla looked around the sun-dappled courtyard, appreciating the peaceful beauty of carefully tended gardens softening well-laid stone. "It was reassuring to hear from him these past months. That helped a lot, psychologically. He told me you're the best there is." She shifted her gaze back.

"Once, perhaps," Akira murmured before giving a disarming smile. "At least it was enough. What about you, Master?" she said, steering the conversation to more comfortable ground.

Suddenly, the cynical protectorate warrior knew she wasn't going to be able to resist the former ambassador's appeal. Akira was loyal, smart, and surprisingly humble.

"Please, call me Arla." She offered an arm in friendship.

"And it's Akira." Gladly accepting it with a firm grip just before the worried call from her quarters.

"There you are, Lady Muro!" Gralla exclaimed.

Arla tried to hide her grin when Akira tipped her head back to look at the sky, a fleeting look of frustration running across the beautiful face.

"I'm sorry, Gralla, I didn't mean to worry you. I just wanted some fresh air." Akira sent her companion a conspiratorial wink. "And Master Arla kindly offered to help me."

Gralla's worried face cleared. "Thank you, Master Arla. Lady Muro, we just lifted the round the clock care. If you won't be reasonable—" But she paused at the look on Akira's face.

"Don't even start that," Akira stated irritably. "I truly appreciate everyone's care and concern, but I've had enough hovering. I managed to take care of myself more than twenty years in the Core, you know."

Arla grinned broadly as she watched the little spitfire. Kilronan might have his hands full.

Even Gralla was having trouble maintaining a stern face, her own smile threatening. "Yes, my lady," she said in a placating tone. "So, will you be fixing your own meal?"

"Point taken," Akira conceded with a laugh. "Would you join me, Arla? With your skills we could persuade the ever-vigilant Gralla that it's safe for us to enjoy our food outside."

Eyeing her charge, Gralla tossed her head. "As I understand it, my dear, it took ten ambassadors to keep you in line these last years." She turned away in satisfaction while their laughter followed her.

Arla enjoyed the impromptu afternoon with a woman she'd wondered about for years. Akira's skill in diplomatic conversation started them on comfortable ground. Appearing genuinely interested in Mountain Shadows' history, Akira began her questions there. Arla soon found herself fascinated by the depth of the ambassador's knowledge on the history of Caldala's protectorate system—a subject she herself enjoyed.

"What *do* you think was the rationale behind separating the Insalat and Corsalat protectorates then? If not to provide adequate coverage over the coastal regions?" Arla asked after a particularly detailed debate over the reported history of that part of the country.

Akira considered with a slight smile, feeling her fatigue. "Politics, as it too often is. Beginning with the first Lord Grunon, two generations past. He wanted to consolidate more power around Corsalat. Having to share protectorate coverage with old Lord Ishorn was not to his liking. Although I'm not arguing against the fact that, as populations have grown, that coastal

region is better served with two protectorates than it would have been with only one."

Arla nodded, thinking it over until she noticed the sun low over the mountains, the leaves rustling in the evening wind. Although she'd remembered to dismiss her team on time, she'd talked most of the afternoon away.

"My apologies, Lady Muro. You must be exhausted." Arla laughed at the damning look the woman gave her, holding up her hands in defense. "All right. I won't hover."

"I appreciate that, and thank you for sharing so much of your personal time with me today. I've truly enjoyed your company."

Akira returned Arla's smile, accepting the assistance of the master's strong arm to help her to her feet. Without fuss, Arla provided support as they walked slowly to Akira's door.

"Perhaps you would visit again soon," Akira said.

"I look forward to continuing the debate," Arla replied, clasping the thin forearm firmly before bowing to her. She waited until Akira closed the door before walking away, lost in thought.

As Arla passed into the narrow lane outside the courtyard, still distracted, her instincts warned of someone at the wall just outside the gate. Whirling immediately, she released a knife from its wrist gauntlet to her hand.

Arla tipped a brow at Kilronan's questioning look where he stood at guard rest.

"Nice reflexes," his deep voice stated appreciatively.

"You surprised me," Arla complained, reseating the knife. "Though I shouldn't be surprised to find you here."

"Team Kilronan *is* back on the duty roster." He grinned, looking toward the courtyard. "If I'd known you were going to be with Akira all afternoon, I could have caught up on some reports."

"It was unplanned, but thoroughly enjoyable. I certainly understand your attraction to her now." Arla cursed silently when Kilronan stared at her in astonishment.

"Sorry, Kil. I didn't mean to pry into your personal life."

"I didn't take it that way. I just never thought it was a point of interest." Kilronan shot her a quick grin. "I guess I should have. I expect people are wondering."

Arla nodded, patting his shoulder with amused sympathy. "Yes. Believe it or not, many people have keen eyes and questioning minds. Senior Master Kilronan is often talked about these days, for many reasons."

She tilted her head at him with a softer smile. "I hope you're happy, Kil. You deserve to be."

"So do you," he replied quietly. "Thanks for visiting Akira. I could hear the pleasure in her voice."

"No thanks necessary. That was all *my* pleasure." Arla saluted as she turned to the path. Sending him a saucy grin as she turned to walk backwards, saying, "Of course, now you'll have to share."

It felt good to hear him laugh, Arla thought as she turned toward the road into the village. And it would be good for her to head on to the *Boar and Panther* and other company.

Kilronan knocked on the door that evening before entering. Akira smiled from the couch as she took in his freshly washed appearance.

"How did it feel to have Team Kilronan back on regular duty?" she asked as he came to sit next to her.

"Good. A little boring, but good. How was your first day to yourself?"

"Thankfully not boring. I had a wonderful time talking with Arla. I know she's a good friend of yours, so you'll understand what a fine person she is. It was so kind of her to spend that time with me."

"She enjoyed you, too." Kilronan leaned over to kiss her puzzled brow. "I was on the gate when she came out. She's a strong, intelligent woman who's happy to find a kindred spirit in you."

"She seemed surprised when she saw me," Akira mentioned thoughtfully. "At first. I'm beginning to expect that reaction with men. Why did I get that from a woman?"

Kilronan shrugged, not really knowing what to say as he remembered her feelings about her appearance. "I don't think you really see yourself as others do." Gently caressing her face, he shifted closer. "You're strikingly beautiful, unusually so as a Psyche—as if you're from another world. I think that catches people's attention when they first see you."

He sighed, falling into the uncertain green eyes that closed when their lips met. There was warmth in her response, without the reserve he'd felt when she faced the strictures of her vows to the Core.

That was enough for now, he told himself. She was barely able to walk, far from ready to start a physical relationship, Kilronan knew. If the kiss was more that of friend than lover, it was still a beginning. Moving back, he ran his hands up her arms.

"All right?"

She nodded, but there was sorrow in her eyes.

Touching her face, Kilronan stroked a gentle thumb along her cheekbone. "Did I make you sad?"

Akira shook her head, wanting to give him the truth without upsetting him. "What if I never recover my force powers?"

Now he leaned back, puzzled. "What does that matter?"

Rather than answer, she took his hand, placing hers palm to palm. When he just shook his head, not understanding, Akira sighed. "What do you feel, Aiden?"

"Your hand pressed to mine." He smiled as he caught her fingers, bringing them to his lips.

But she pulled away. "Fine."

Kilronan frowned. She was closing in again, refusing to share her feelings. "If I'm not getting something, Akira, try talking to me. Don't shut me out. I can't read your mind."

"No. You can't!" she exclaimed with some heat. "And I can't read yours anymore, can I." Tapping a finger to her temple, she snarled, "I have no powers, no mindsight."

Grabbing his hand again, she gripped hard. "What do you *feel*, Kilronan? Nothing! You feel nothing. There is no Psyche connection, no meshed power because I have no power!"

"Do you think that matters to me?" he countered. "To how I feel about you? That's absurd, Akira."

"Maybe it matters to me!"

The tears glimmering in her eyes cooled his temper. This was another consequence he hadn't considered, hadn't anticipated.

"Akira."

But she'd had enough—enough frustration, enough miscommunication, and, for now, enough of him. Easing carefully to her feet, she ignored the hand he offered.

"I'm tired, Aiden. Please go now."

"Damn it, Akira." Kilronan fought back annoyance as he scowled. "I'm not going anywhere." Pointing a finger at her when she began to speak, he said, "Forget arguing about it. I'll help you to bed if you like, or you can get yourself there without my help."

For a moment, they just stared at each other resentfully.

Then Akira moved carefully to the bedroom. Looking back from the door, she gave him a wry smile. "It's a start."

Dropping down on the couch, Kilronan watched the door close before scrubbing his hands over his face. What the hell was going to happen next?

Brother Avo Timmel looked up, tossing weeds into a bucket as Kilronan wandered around the corner of the temple. He smiled in welcome when his friend crouched down to study the garden curiously.

"More weeds than vegetables now, Avo."

"Yes. It's well spent, pointing to an early winter, I think." Timmel pushed to his feet, brushing at the soil stuck to old trousers. "Come in. I was just thinking about tea and cakes."

Kilronan grinned. "You have cakes? Widow Fara must have come by."

With a sigh, Timmel nodded. "She's a lovely woman. If she would only understand that I'm not interested in her that way."

Leaving the bucket in the gate yard, Timmel led the way into the kitchen of the small house next to the temple. Kilronan glanced around the neat room. Brother Timmel had always been

a tidy, organized sort. Taking a seat at a small dining table, he chuckled over the platter of decorated cakes centered there.

"I heard that, Kil. And I know what you're thinking." Timmel padded over with two small plates and forks. Placing them neatly, he gave his friend a sharp rap on the head.

"Aren't you supposed to be a pacifist?" Kilronan poked, reaching for one of the fancy treats. "And when did you learn to read minds?"

Timmel rolled his eyes. The man loved to bedevil him. Setting the teapot between them, he took a chair. "Pour your own."

Smiling at the mild set-down, Kilronan poured both cups. "How are you, Avo?"

The Brother wondered how long it would take for Kilronan to speak his mind. "I'm well. It's been a good week, quiet, little in the way of problems to deal with. You?"

"My team is back on the roster. Things are pretty tame with the ambassadors gone."

"That *was* interesting," Timmel said with a chuckle. There was little that he didn't hear.

"Painful, but interesting. Akira was glad to see them, though."

Ah, Timmel thought, watching Kilronan's face cloud—Akira, of course.

"I walked over to see Akira yesterday," he began conversationally. "But when I checked in, Gralla told me that Master Arla was with her." Timmel didn't mention that he'd talked Gralla into letting him into Akira's residence, where he could observe the two women for a few minutes without being noticed.

"I did see Lord Corcoran while I was there." Timmel saw Kilronan's sharp glance. "He wanted to get my opinion on this latest development."

"And?"

Sitting back comfortably, Timmel brushed crumbs from his fingers. "I am in complete agreement that Akira needs to be protected here. There's no good reason to subject her to a difficult

journey in her present condition. And no reason at all to risk her safety."

Nodding, Kilronan studied his empty cup. "And her health? Her loss of power?"

With a shrug, Brother Timmel took the cup, pouring more tea then handing it back. "God will heal her body. If it's meant to be, God will restore her force abilities. Akira has other abilities, though, not just the physical ones."

At Kilronan's questioning look, Timmel sighed. "She's a brilliant diplomat, a trusted advisor to the House of Coroth, a wise strategist. Nothing I've heard or seen since she revived from her coma suggests that any of those abilities have been lost or damaged."

When Kilronan only nodded, Timmel pressed. "What's really troubling you?"

Slouching down in his chair, Kilronan tried to put his confusion into words. "It's not just her injuries or what she's lost. I feel like we're moving apart, not together anymore." He looked up into Timmel's compassionate gaze.

"Before that last day . . ." Kilronan's brow furrowed. "Hell, even on that day—before she changed the world—I felt we were together." He placed a hand on his chest. "In every way." Kilronan got up to roam the small room.

"We talked of love, each other, right up to that last moment together. Now . . ." Bracing his hands on the windowsill, he stared out into the forest. "Now, it's as if we're starting over. Like whatever trust I'd regained in her heart never happened. Hardly more than friends or teammates, but not like two people who love."

He blew out a deep breath. "She's irritable, argumentative. With me, she's either angry or in tears half the time."

Pursing his lips, Timmel wondered if love always made a fool of a man. Then again, a warrior should have more understanding, especially one who'd once been on the brink of death himself.

Getting up to clear the table, Timmel mused, "Mountain Shadows has seen some difficult times over the years. The

protectorate lost a number of warriors during the last smuggler rebellion, including Gralla's husband, Karven, and your first master, as I recall."

Puzzled, Kilronan turned from the window, wondering what this had to do with what he'd said. "Yes, Senior Master Soren. We were ambushed at the ancient village on our way to defend the pass."

"And you fought on, even after you took a sword strike to your back. They carried you down more dead than alive, Kil. The healers did their best, but you took a fever. No one expected you to live." Timmel gave a little smile. "But here you are. We became friends while you were recovering."

"Yes." Kilronan rubbed the bridge of his nose, remembering. "I was surly, impatient, and a general ass. I've always wondered why you stuck with me."

Timmel patted his shoulder when he saw understanding dawn in his friend's eyes.

"Damn it," Kilronan muttered, pinching the bridge of his nose now. "Looks like I'm still an ass."

"Not really. But you've lost sight of what a warrior goes through at such a time. What it feels like to know your death is upon you, but somehow you survive. Even that survival is difficult, painfully uncertain. Maybe a limb is lost, an eye, your force powers." Timmel's eyes were piercing when he looked at Kilronan. "Maybe you've lost yourself, your belief in what's right, your trust. Some never find their way back. Those who do usually need a hand along the road from those who care about them."

"You're right," Kilronan acknowledged. "And I've been a fool."

"I'd say you've been thinking more about what you want, for yourself and for her. That's not a bad thing. But, for now, you need to consider what Akira needs."

Hands behind his head as he lay on the bed in Akira's second bedroom, Kilronan thought about Timmel's words. There was no question his friend had seen the situation more clearly than he had. He'd been selfish, self-centered, and blind to Akira's

feelings, the same traits that had cost him her love when they were young. He'd lost her to the Ambassador Core over twenty years before because he'd only seen his own needs and failed to notice hers. How much would it cost him this time? Kilronan worried as he drifted to sleep.

He woke suddenly, wondering what had interrupted his sleep. *"Akira?"* Then remembered she couldn't hear his mindsight. Moving silently, Kilronan took the precaution of slipping a knife from the sheath beside the bed.

He eased into the sitting room, setting the weapon aside when he saw her on the couch. She said nothing when he crouched to add wood to the fire. Her bare feet were cold when he touched them. Kilronan wrapped a blanket over her then sat down, lifting her feet onto his lap with a second blanket for warmth.

"Are you having trouble sleeping?"

Akira nodded. "I thought you had gone." Her face seemed pensive. "I'm glad you are here."

"I was in the other bedroom, not far. But you're cold, Akira. You don't even have a robe on."

"It's cold alone. Could I stay with you?"

Kilronan looked at her more closely. She sounded so lost. "Akira?" he asked softly. Looking into sad and distant eyes, he realized she was sleepwalking. Kilronan worried about the implications of this turn in her recovery. How could they protect her if she was going to sleepwalk?

His arm tightened around her and he felt her jerk.

"What? Why are we out here?" Akira wrapped her arms around her body.

Kilronan gave a sigh of relief. "You were walking in your sleep. I found you sitting out here in the cold."

Wrapping the blanket close, he helped her to her feet, taking her hand to lead her back to bed.

"What did I do?" Akira asked with concern.

"You just sat on the couch, talking to me."

"What did I say?"

He looked at her closely as he tucked the bedclothes around her. "You thought I was gone. Then you said you were glad I was here, and that it was cold alone."

"Well, that's true. I am glad you decided to stay tonight. I am cold alone." Akira saw the shadows under his eyes, the worry for her. "I'm sorry, Aiden. I get so upset with everything, with myself. Now it seems there's something new for you to worry about."

"Akira." He kissed her forehead. "I should be apologizing for how I've handled this. Avo reminded me today of how I was when I took that wound to my back. I'd forgotten what it's like to come back from something that bad. And God knows you've suffered far more than I did. We'll work it out."

She watched him stand up, her fingers twisting together. "Aiden?"

"Yes?" He sat down on the edge of the bed.

"Did you ever . . . dream when you were recovering?"

He touched her pale cheek. "I don't remember. What do you dream about? The Mors? Being hurt?"

Akira shook her head. How could she explain all the monsters chained to her after all the death, all the horror she'd seen.

"Please stay with me tonight." Her voice trembled.

Kilronan gripped her restless hands, like ice now with her fear. "Of course. Just let me get my bedroll and I'll sleep right here on the floor, just like I did before."

"No." Akira sat up, holding out her arms as she pleaded, "Please hold me. I'm sorry. I know that's a lot to ask. Please, if you hold me, the dreams won't be so bad."

He hadn't known she was still having nightmares. "Easy now, love. I'll hold you." Sliding under the covers, he drew her into his arms, rubbing her back to soothe until he felt her relax into sleep.

Asura looked up from her breakfast when Kilronan came from the bedroom the next morning, running his fingers through sleep-tangled hair. She smiled, nodding to the food as she poured another cup of tea.

"I asked Gralla to arrange breakfast for three. How is Lady Muro?"

Kilronan sat down at the table. "Looks like there's another problem to work through. Last night she was walking and talking in her sleep. And she's still having dreams that terrify her."

He leaned forward, lowering his voice. "Maybe we've left her too soon. Akira was saying she's alone when she was sleepwalking. What if her mind is starting to remember what happened to her at High Pass?"

Asura looked toward the bedroom, her face tight with worry. "I don't know what we can do about that, except be here to support her." She picked up her cup with a sigh. "It could be terribly hard on her if she starts reliving the trauma."

"She's had a couple of good days. Being on her own, visiting with Arla," Kilronan commented. "But it might have been too much, too soon."

"Arla told me she'd spent an afternoon with her. She was so excited about it. Master Osharon was teasing her over dinner, about finding another crazy person to talk history with."

"It was nice," Akira noted as she walked carefully from the bedroom.

Kilronan resisted the urge to go help her, though he allowed himself to seat her at the table.

"How are you this morning, Lady Muro? I've heard you had a difficult night." Asura poured a cup of tea, handed it to her with a comforting smile. "Are you having any pain?"

Akira looked at her warily. "No. No physical pain, just bad dreams. It will pass." She looked down at the plate in front of her, murmuring, "Don't worry, I'll be all right."

Ten

City of Coroth, Caldala

Royal Guard Captain Aroth watched as Ambassador Reconnaissance Alpha approached the entrance gate. He waited until the lead rider reined in his horse.

"Greetings, Ambassador Arith. Do you have an appointment with the House of Coroth today?"

Glancing at the black sash of mourning across the man's uniform, Arith replied, "No, Captain. However, Recon Alpha has returned with news regarding Lady Muro that I know will be of importance to Coroth. Would it be possible to gain an immediate audience?"

Trusting that the news was urgent, Aroth signaled to one of the court runners stationed nearby. "Inform the prince's secretary that Recon Alpha requests an audience regarding Lady Muro."

The young girl sprinted off.

"Would you like to dismount? I believe we'll receive word shortly." Aroth indicated the duty staff that had come forward to attend the horses.

"Thanks," Arith said. "We've just returned from Mountain Shadows Protectorate. It's been a long journey."

Knowing that Alpha had been sent to retrieve Lady Muro's body for state burial, Aroth wondered if their mission had been successful. The team looked travel-worn, but without any sign of the grief he would have expected, knowing the team's allegiance to their former commander.

"Was your journey successful?"

"I need to discuss it with the House of Coroth first." Arith kept his voice carefully neutral. He knew the captain would not press for more as he signaled his team down. Stretching tired muscles gratefully, they waited for word from the palace.

Within a quarter of an hour, the girl came running back, saying, "The House of Coroth will receive Reconnaissance Alpha immediately." She turned to point out the man following in a more stately rush.

"Ambassador Arith," the secretary greeted, a little breathlessly. "You and your team are invited to meet with the House of Coroth."

Captain Aroth watched as they entered the palace, trying not to speculate on the absence of Akira Muro's body.

Ambassador Reconnaissance Alpha stepped forward in perfect formation. As one, the team bowed before Prince Logran and Princess Oona, seated on their thrones in the private reception chamber. Both regents wore the black sashes of mourning.

Arith was surprised to see Princess Oona, who usually avoided the ambassadors unless Akira was present. But the princess would be interested in any news about Akira's death, he decided.

Prince Logran nodded to acknowledge their salute. "We welcome you, Reconnaissance Alpha. I understand you have news regarding the tragic death of Lady Muro." His words were layered with genuine regret.

"Yes, my prince." Arith stepped forward. "I believe you will be glad of it. We were sent to the Protectorate of Mountain Shadows to retrieve former High Ambassador Muro's body. What we found was the Most Honorable Lady Muro—alive."

Princess Oona gasped as her hand flew to her lips. "Is this true?"

"Yes, my princess. The earlier information reported to Central and Coroth by Ambassador Jerrat was premature. He left Mountain Shadows the day before Team Kilronan found Lady Muro, grievously injured but alive. Mountain Shadows did

not know she was believed to be dead until Recon Alpha arrived to claim her body. They were extremely, ah, taken aback by our intentions." Arith grinned beneath his mask.

Prince Logran permitted himself a brief laugh at this. "I'm sure they were, given that she is alive." Raising a hand to indicate the chairs that had been placed for the ten ambassadors, he added, "Please, sit and be comfortable."

Ringing a bell for an attendant, the princess ordered refreshments to be served. Oona returned her attention to them as she asked, "Tell us more about Lady Muro's situation. Is she being cared for properly? We shall send our best healers to her at once!"

Reva stood up. "I am Ambassador Reva, a master healer with Recon Alpha, trained by High Ambassador Muro herself. I personally examined Lady Muro and can assure you that the Protectorate of Mountain Shadows has given her exemplary care. Her physical injuries are healing. She was in a deep coma for several days after defeating the Mors. Though she remains fragile, I am confident that she will recover fully."

"Thank you, Ambassador Reva. I believe we must owe a debt of gratitude to Mountain Shadows for saving her," Oona stated sincerely.

"Yes, my princess. To tell the truth, I'm not sure *how* they managed to save her. Lady Muro's injuries were so severe, the very fact that they got her down that mountain alive is incredible to me." Reva resumed her seat.

Prince Logran stood now, pacing thoughtfully before them. "Alpha, you seem to have returned with considerably more information than Ambassador Jerrat." The dry tone of his voice revealed his lack of surprise at this. "Perhaps you could answer our questions as to what happened on that mountain, and how she was able to stop the Mors. The Most High Ambassador Karsh did report that Ambassador Muro was able to find a way to close the High Pass into Ishal."

"We are at your service." Arith bowed again.

"Let us dispense with so much formality, ambassadors," Logran said pleasantly. "Simple questions and answers will suffice as we relax and enjoy these refreshments. We have reason to rejoice now, do we not?" He gestured to his wife as she removed her black sash and handed it to a surprised attendant, along with Logran's.

Once other staff cleared the room, Prince Logran himself locked the doors for privacy. "Ambassador Arith, if you would favor us with your trust, I would think you'd find it easier to eat and drink without the masks. I invite you to be at ease with us."

His eyes crinkled with a smile as the ambassadors promptly shed them, revealing the tired faces of the five men and five women who made up Recon Alpha.

"Now, tell us what you know about the defeat of the Mors."

Arith looked around his team, waiting for their agreement before offering, "If you wish, I can show you what happened at High Pass by mindsight. But, I warn you it's not something you will be able to forget. What I propose to send will not show what happened to cause Lady Muro's injuries. That is better discussed afterwards."

Oona took a deep breath before nodding to her husband. Logran looked back to the waiting ambassadors. "I think the House of Coroth should know the full details of such an important event for Caldala. We choose to receive your mind-sending."

Afterwards, the images left the royals silent and grave on their thrones. Alpha waited patiently for them to comment on what they'd seen.

"High Ambassador Muro was a most remarkable woman," Logran finally ventured. The sight of that eldritch figure directing lightning to cleave the caldera wall was etched vividly in his mind.

He gave them an inscrutable look. "I suppose it remains to be seen what the Most Honorable Lady Muro might accomplish."

Princess Oona nodded, a bright smile on her elegant features. "I am delighted. She has always exceeded my expectations, and her final mission did not disappoint. As soon as Lady Muro has

recovered, we must invite her to Coroth to celebrate her great victory. Team Kilronan as well. What remarkable people—I know there is a larger story to be told here, and I shall not be satisfied until I have heard it all."

Several ambassadors smiled at her enthusiasm.

"But how did she survive the collapse of that rock beneath her?" Oona continued more soberly.

Arith glanced at the others again before answering. "Because she wasn't there, Princess. Senior Master Kilronan speculates that the Vrorg, the leader of the Mors, saw her at the last and got off a massive force assault before he died. It would have sent her flying backwards from that angle. She was found a day later, some distance from the pass. One of the healers told us her injuries were consistent with that scenario."

Oona reached for Logran's hand. "Dear God!"

"She went forward with her plans, knowing the risk to herself." Logran thought about what Akira had done and how she'd done it, clearly protecting Team Kilronan from the final consequences of her actions.

Arith looked at him, a bleak expression on his tired face. "Yes. Akira was prepared to give her life to save Caldala and our people. She almost did."

"All the more reason to rejoice in her survival and recovery. I'm sure we are all thankful that she is now able to look forward to a life of retirement," Reva noted quietly, feeling Arith's distress.

"Yes," Logran agreed, squeezing Oona's hand. "We shall send a message to Lady Muro immediately. And arrange a royal commendation to the Protectorate of Mountain Shadows for their excellence in supporting Ambassador Muro's mission and saving her life."

A short time passed over more pleasant details before Arith asked that they be excused to report their news to Ambassador Central. Logran sent them off, his smile a bit sly as he imagined Most High Karsh's reaction—to be a mouse in that room, he chuckled.

As the ambassadors collected their horses, Arith had the pleasure of relaying the news to Captain Aroth.

"Thank God above," exclaimed the captain, though he had not allowed himself to hope for that outcome. He clasped Arith's forearm tightly. "I can hardly wait to tell my wife."

The prince and princess retired to their private library. Since the Mors threat and its defense had been of national concern, Logran knew Akira's survival would be of widespread interest. He'd already notified the head of parliament, and the news would spread to the people from there. Now the prince stared out a window overlooking the sea, his thoughts full of the images from High Pass.

Oona settled at a window seat, looking out on the same coastal view. "I'm glad she's done with the Ambassador Core, Logran. Akira deserves to enjoy her life after all she's been through."

"Yes, my dear. Although, knowing that much potential force ability is loose in the land concerns me."

"Logran!" Oona turned to him in shock. "You would never constrain her. After what she's done for Caldala, almost giving her own life to defend us?"

"For heaven's sake, Oona, consider what that woman did. She moved a mountain and channeled lightning to blow a hole in an ancient crater." He looked away from the accusation in his beloved wife's eyes. "If she were Karsh, we would all be in imminent danger."

"Akira's nothing like Karsh. You know that, Logran. You've had her watched most of her life. If it weren't for Akira, the Ambassador Core would have exploded into a dangerous diplomatic crisis for Coroth. You know that."

Oona pushed up to walk the room. "Just look at the difference between ambassadors like Jerrat and Reconnaissance Alpha, Akira Muro's people. Why do you think they came here today? Before reporting to Ambassador Central? You know it's because they are loyal to Coroth and Caldala. Alpha will be made to pay for that. Karsh will punish them somehow for coming to us first."

The prince stopped her agitated pacing with a gentle hand. "You're right, Oona. I'm wrong to doubt Lady Muro. Be at peace, my own lady."

As he led her to dinner, he suddenly chuckled.

"Well, Logran?"

"It just occurred to me. We've now seen the elusive High Ambassador Muro without mask or veil." His gray eyes were mischievous as he waited to see if she understood.

"And we still don't really know what she looks like," Oona said with a sigh, recalling the windblown figure wrapped in green flames, with spectacular white hair obscuring her face.

Later that evening, the prince wrote out an urgent private message. Pressing his mark into warm wax to secure the folded paper, he rang for his personal secretary.

When she arrived, Logran passed her the sealed envelope. "Start the courier tonight. I want this in Insalat as soon as possible."

"Your duty is to the Ambassador Core, Arith," the Most High snapped at the young man standing tall and stiff before her desk. "What do you mean by reporting this to the House of Coroth before me?" Karsh stalked around to confront him with her intimidating stature.

Arith's dark-blue eyes didn't waver as he answered without remorse. "It is my understanding that the Ambassador Core serves Caldala and therefore the Prince Regent. The Most Honorable Lady Muro asked me to report the news directly to the prince. Since the Ambassador Core had previously reported her death, Reconnaissance Alpha's return was the fastest way to correct that misinformation."

Karsh seethed at the barely civil attitude of the young ambassador, her eyes narrowing as she glimpsed ill-concealed hatred in his eyes. Much more volatile than his sister, she knew. And completely loyal to Akira Muro, that was obvious.

It had been a mistake to believe that fool Jerrat! Karsh raged silently. She should have confirmed his report of Muro's death

before proceeding. This was going to create trouble within the already divided service.

Resuming her seat behind the massive oak desk, she controlled her anger. "Well? How is High Ambassador Muro? It's a great relief that she survived her mission. Jerrat is an idiot, failing to remain at Mountain Shadows Protectorate until she was found."

"The *Most Honorable Lady Muro* is recovering. She was almost a week in a coma and was quite frail when we saw her, but in good spirits. We spoke in depth with the protectorate healers who attended her, and they assured us she would make a good recovery. Reva examined her on behalf of the Ambassador Core," Arith finished succinctly, unwilling to provide more information than necessary.

"And her powers?"

Arith caught the fleeting avarice on Karsh's face. His eyes narrowed thoughtfully before giving her the answer Akira had decided on. "There was no sign that any of her considerable powers remained."

Karsh pressed the palms of her hands together. "What did the healers say about that?"

"They said nothing about it. How can anyone know whether those powers survived her actions and the massive injuries she sustained?" Arith's voice rose in anger. "What does it matter to the Ambassador Core anyway? She's retired."

Her lips pressed tight at his disrespect, Karsh studied him. She knew this was a highly volatile situation as far as her control over the Core went. With forced calm, she replied, "As you say, Arith. Is there anything else you have to report?"

He bowed stiffly. Two could act out this farce. "Not at this time, Most High Karsh. I'm sure you will want to spread the news that Lady Muro lives as soon as possible."

"Just so, Arith." Karsh frowned, hearing the skepticism in his response. "You're dismissed." She watched him as he left her private office. He obviously had more information than he was willing to share.

Karsh gave a short laugh when Ambassador Jerrat slid into the room. "So, Muro is alive, after all. What a woman."

Jerrat gulped, relieved that she did not appear to be angry with him. "Yes, Most High. Although, it seems that her force powers have been lost."

"No matter. Central will monitor that situation and act as necessary," Karsh said, in unusually good humor.

"But why? She's retired from the Ambassador Core. Surely what happens with her now is of no consequence to us."

Karsh dipped her head to stare at him, sending his pulse racing in fear. "Are you really that dense, Jerrat?" She stood up, bracing her hands on the desk. "That woman channeled lightning into a force attack powerful enough to fracture stone *and* move that mountain."

He trembled, fighting an urge to run as she stepped away from her desk.

"By the way," Karsh began conversationally, eerily calm while she walked to the hall of portraits. "If you fail me again, I'll kill you."

"M-m-most High?" Jerrat quavered, scurrying behind.

Karsh turned cold black eyes on him as the tic beneath her eye began to pulse. "Your incompetent reporting of Muro's death made me look like a fool—to the Core and to the government! Some will believe that I deliberately propagated a lie."

She paused in front of the black-draped portrait of Akira Muro. "If I see any sign she's recovered that power, I want her back under my control—or dead. Make sure our contact is alerted." Her black eyes glittered with madness as she strode away.

Reva found Arith in the portrait hall some time later, holding a length of black bunting in his hand as he stood before Eleni's black-draped portrait. Evani looked over, confirming that he'd removed the mourning cloth from Akira's painting.

"Everything all right?"

"Yeah. Karsh took it pretty much as expected." Weary eyes brightened as he smiled. "Really got her going about reporting to Coroth first."

"You knew it would. Pushing it a bit, aren't you? She'll get even one of these days."

"What's she going to do?" Arith scoffed, hearing Reva's concern, and dropped the black drape on a narrow table. "She knows she's walking a fine line. You could see it in her eyes. Karsh was furious when I reminded her that Akira was retired—she kept referring to her as *High Ambassador*. But she didn't dare push back. She doesn't have anything real to pin on me."

He looked around the hall as they walked out. "Wouldn't want to be in Jerrat's boots. She knows he made her look like a fool." Arith spoke quietly now. Even he acknowledged there were spies like Jerrat everywhere, hunting down useful information.

Reva nodded. "Well, Garan and the others are ecstatic. You can see the doom and gloom lifting throughout Central as word spreads." She scanned around before continuing, "The Most High and her cadre will have to ease back or there will be an uprising. There's a lot of movement from the fence sitters to our side. Akira's survival has been a huge boost to morale."

Then she frowned in worry. "Are you really going to project Kilronan's memories of High Pass?"

Arith paled, but his voice remained certain. "If I need to—I really don't want to see what happened to her again. But I'm not going to allow Karsh to smear Akira's reputation."

"I don't believe that's her plan. As long as Akira is safely out of reach, she'll wait to see if her powers return. Karsh would rather use her than destroy her."

"It looks like it. But I don't trust what she'll do if she doesn't get her way." He waited while Reva opened her quad door. "Sleep well, but stay alert," he said quietly, continuing on to his own rooms.

Eleven

Mountain Shadows Protectorate

With Harvest Season nearly upon them, hunters preparing bows and replenishing arrows and bolts to stock meat for the long winter season, it was also time to convene the second semi-annual Protectorate Council of Masters. The sun had just cleared the eastern mountains as the ten masters filed into the high beamed council chamber in the administration complex. Lord Corcoran stood before a tall-backed chair, waiting until all ten masters were seated around the round oak council table before turning to Kilronan. "I'm sure we'd all appreciate an update on Lady Muro's health."

"I'm happy to say she's doing well, though she's impatient with her current restrictions." Kilronan grinned at Arla when she muffled a laugh. "We might think about offering her something to occupy herself with before she exceeds her patience."

"What about her force powers?" Cobon asked curiously.

Kilronan shrugged. "I don't know. I guess we'll see if they return over time." He looked at Osharon when his friend chuckled.

"What?" Osharon grinned, all innocence. "I just thought we might benefit if her healing skills returned. Of course, I'm not the one who had his face busted some days ago."

There was more laughter. The incident with the Alpha ambassador had spread throughout the protectorate within an hour of the event. It was major news for anyone to get past Kilronan's guard.

Corcoran lifted a hand and the jokes subsided. Gralla was already distributing the pertinent documents while he opened the meeting. "I'd like to cover our usual business first in order to spend more time with two less usual items. One regarding Lady Muro, the other an unusual application I've received.

"Also, I'd like to publically acknowledge the exceptional work of Madame Gralla Karven over these past several lunams. She not only covered her duties as my administrative assistant, but also worked long hours with Ambassador Muro during the Mors defense." He smiled as she blushed when they all got to their feet, applauding. "I plan to take a more personal interest in her time management skills since she has done me the honor of accepting my hand in binding."

At this round of applause and congratulations, Gralla's own smile bloomed.

"In light of that," Corcoran went on, "I've promoted Anki Corso to the position of head clerk, and we will be interviewing for an assistant clerk position. Fortunately, protectorate duties usually decrease with winter approaching. But our success in this major mission has led to an increase in protectorate requests and applications. If any of you have recommendations for the clerk position, please see Gralla as soon as possible."

He turned to the business of this year's warrior recruitment. "As you all know, the recruit week usually held in spring quarter was cancelled this year due to the Mors threat. We do have several applications, a few from candidates with force abilities, though more without. I believe you've all had a chance to review them." Corcoran glanced around the table, getting nods from each master. "Good. You've submitted your lists of positions to fill. No one has asked for anyone above journeyman level. Since most of you have teams of five to six, that leaves us with ten entry-level positions."

He looked around curiously. "Has anything changed? No one wants to take the advancement tests?"

The masters looked at each other, shaking their heads. Osharon finally spoke up. "It seems the uncertainty preceding

the Mors defeat put a hold on the protectorate, my lord. I can't speak for all, but my team has chosen to remain as is for now."

Arla confirmed her position. "It's the same for Team Arla. My people wanted to focus on the defense. We also have that journeyman transfer from Green River."

"What about your people, Kilronan?"

"Mine have chosen to stay put for now, too. Asura should test out for master but she's declined this year. We haven't had time to discuss next year's goals. And I'm not taking any new recruits right now."

"Looks like you've already got an addition to your team, Kil," Carelon noted with a sly grin.

Lord Corcoron lifted a hand as more laughter broke out. "Let's finish with our current business."

The council took a break at midday, having decided which applicants would be asked back for interviews. As the others headed down the hill to check in with their teams and eat, Kilronan took the lane to the guest court.

His team was already there, setting out the meal they'd brought from Chef Juniro.

"Hi, Master," Celina said cheerfully, bringing more chairs to the table as the others greeted him.

"How's everyone today?" Kilronan glanced around for Akira as he answered their questions about the meeting.

"She's sleeping," Asura told him, noticing his searching preoccupation. "I believe she had a bad night. She doesn't say, but I think the nightmares are getting worse."

"They're bad," Maronan spoke up with worried eyes. "She dreams of the dead and murdered children."

The others were silent now, just staring at him.

"How do you know, Mar?" Kilronan asked. "I can't see her thoughts anymore."

The youth scrunched his mouth, wondering how to explain. "It's not her thoughts. It's just . . . there." He patted both hands to his head.

"Can you always read her that way?"

"No. It comes with the pain. I see when she's in pain." At their looks of alarm, Maronan added, "I can't feel it. It's like looking through fire. I only see the monsters that come with it. But I can't stop them. I wish I could."

Kilronan exchanged looks with Asura, but neither seemed to know what to make of this. Then he said, "All right, Mar. We have to accept she's going to have some hard memories. We'll help her get through this."

Osharon saw the tension in Kilronan's demeanor when they met outside the council room. "What's the matter?"

Kilronan gave him a thin smile. "We'll talk about it later." They walked into the conference room and the meeting was called back to order.

"We've taken care of the ordinary business," Corcoran began. "Now we need to discuss the extraordinary. I'm referring to Lady Muro, of course. As some of you know, I've been approached, cajoled, and ordered by everyone from local villagers to the mayor, to keep her here at Mountain Shadows."

When all eyes turned to Kilronan—who tipped back to frown at the ceiling—Corcoran chuckled. "Kil has not been among that group. He seems to be on his own mission to ensure the result."

Kilronan just grinned now at the teasing banter.

Corcoran's hand went up again for quiet. "Personally and professionally, I feel that having Lady Muro join our protectorate would be to our advantage. No matter if her force powers return or not, the woman is a skilled diplomat and strategist. She would also bring an advanced level of experience in combat and reconnaissance training that only Team Kilronan has had a taste of."

"We've heard Kilronan nearly had a lethal taste of her skills." Cobon guffawed.

Kilronan glanced over with a smile. "That was my own fault. I advise everyone to remember not to enter her workout sessions unannounced." His wry humor made others chuckle.

"The questions are: Should we ask Lady Muro to join us? And, if we do, what kind of position could Mountain Shadows Protectorate come up with to offer someone of such extraordinary abilities?" Corcoran's hands fanned out to invite discussion.

Kilronan sat back, listening to his peers voice their opinion without his obviously biased viewpoint. To his surprise, Arla stood to speak.

"My vote is that this protectorate should do everything we can to keep Lady Muro here. I don't need any more convincing about her value to this protectorate than what she accomplished this past summer. Then there's twenty years of exemplary service in a more rigorous organization than ours. Lady Muro has also taken a personal interest in the wellbeing of this community."

Arla looked around the table. "Until a few days ago, I'd only interacted with her professionally. You all know how suspicious I can be." Smiling a little as a few jokes joined the laughter. "This woman has never failed to meet my highest expectations of her professionalism—as an ambassador and as a warrior. Some of you know that my brother Jal is in the ambassador service. He tells me that most in the Core would elect her as the next Most High."

Sitting back down, Arla smiled. "I had the good fortune to spend some time with the lady the other day. I wish I hadn't waited so long. The depth of her knowledge and experience is incredible. I encourage you all to take any opportunity to get to know her."

"Thank you, Arla. My own feelings exactly," Corcoran said. "Does anyone else have anything to bring to this discussion?"

Osharon stood up. "Kil has been my best friend since we could barely walk. Since the three of us come from the same village, I've known Akira Muro almost as long, if not as well over the last twenty years. She is what you've seen. Dedicated, passionate about her belief in this country and justice for its people. She's probably too self-sacrificing. She also has a subtle sense of humor and a deep love of animals, especially horses. Mountain Shadows has a unique opportunity to make this incredible woman part of us. It's our loss if we don't make the most of it."

Carelon stood up as Osharon sat down.

"I won't repeat too much of what's already been said here. Just that my Alpine Team worked closely with Ambassador Muro on the High Pass mission. I've never seen anyone more prepared than this woman. I wish my mind worked as precisely as hers. Despite the ominous public reputation, she was a pleasure to work with. Always courteous in her requests and, even though she had very specific requirements and deadlines, she always expressed appreciation for our efforts and never made us feel like we were giving anything less than our best."

Carelon grinned. "She even had the grace to appreciate Leta's detection of Recon Alpha's trail through the snow. Finding the humor in it instead of hiding their mission, which she could easily have done. I'd volunteer my team for another mission with her on a moment's notice."

"Thank you, Care. Anyone else?" Lord Corcoron looked around the table. "Anyone who has an opposing position?"

There were a number of glances at Master Telen, who'd expressed some objections during the Mors defense. Many knew the man, who'd transferred to Mountain Shadows at the end of last year, hadn't forgotten his set down by then-Ambassador Muro. But Telen remained silent.

"No?" Corcoran asked. "Well, you've heard many of the lady's attributes. The only criticism I have to bring is her willingness to put herself in harm's way. I think we'd need to discourage some of that." Glancing at the distracted Kilronan, the lord stood to call the vote.

"Then we are all agreed to try to recruit Lady Akira Muro to join Mountain Shadows Protectorate?" He saw Gralla record the raised hands. "Any opposition? None. And I see no abstentions. Excellent."

Arla lifted a hand, waiting to be noticed. "Now comes the difficult part, as I see it. What do we have to entice a warrior like this?"

Kilronan listened quietly. What indeed?

"I've been giving this thought for some lunams, spoken with Kilronan, the mayor, and even corresponded with the House of Coroth." Corcoran paused to let the surprised remarks run their course. "Yes, I have chosen to seek counsel from the prince, who has personally expressed an interest in the lady's well-being and future pursuits.

"Having related Kilronan's expressed belief that Lady Muro would only be interested in something that has the potential to do some real good, the prince forwarded the idea of a liaison position between Mountain Shadows, the royal house, and Ambassador Central. Obviously, a position that Lady Muro is uniquely suited for."

Osharon leaned forward. "I can see how this would benefit Coroth and Central. I'm not sure how our protectorate gains."

"Coroth told me that Lady Muro has often brought up the need to strengthen relationships between the two services over the years. She feels that the protectorates are under-represented, and not acknowledged for their commitment to Caldala. The current Most High has not been willing to act on that advice," Corcoran informed them.

"There is a great deal of political tension between the Ambassador Core and the House of Coroth. From what I've learned, it's been building for some years. We don't see much of it here, but friction does exist. Personally, I believe we will see a crisis of some kind within the next few years, unless something is done to avert it," he speculated, scanning the concerned faces around the table. "This proposed liaison might well be the means of defusing that situation. Coroth cultivated a trusted relationship with Ambassador Muro over her years in service. The government wants a peaceful resolution as soon as possible. This would benefit all of us."

Lord Corcoran leaned back in his chair. "Osharon asks how Mountain Shadows itself would gain. Lady Muro considers us the strongest of all the protectorates. Praise not lightly bestowed, since her opinion was formed before coming here this year, long before the successful completion of her last mission. Having

her based here—the liaison between the protectorates, the Core, and the government of Caldala—Mountain Shadows becomes a major influence for protectorate services in the defense of this country. Thus enhancing our reputation and base of operations," he concluded proudly.

"If I may, my lord?" Kilronan rose slowly when acknowledged. "I'm sure Lord Corcoran and the prince have also discussed another major consideration for our protectorate. Mountain Shadows was founded as a first line of defense from enemies using the High Pass. The pass is now closed and unlikely to be opened again. So, what's our duty, our purpose anymore?" Kilronan saw that some had already considered the implications and the uncertainty of their future as a protectorate.

Cobon stood as muttering began. "Aye. My team's been up the mountain to get a good look. Without another major earth movement that rock's not going to be budged. She's done a fine job, between the rock pile and the lake. But anyone determined enough can cross the lake by boat and scale the new cliffs easily enough."

Tapping a restless finger on the table, Carelon joined in. "Alpine Team's already done it. Closing High Pass has made it more difficult for travelers, and effectively cut off legal trade by that route, but it would only slow down those willing to overcome those barriers. And they're usually the type we watch out for."

"The closure has only helped prevent a fast assault by greater numbers of enemy," Arla added.

Lord Corcoran called a halt. "These are all important points, and we will be meeting soon to address them. However, this meeting is focused on recruitment. My proposal at this time is to bring the liaison concept to Lady Muro for consideration. If she's interested, we'll solicit her input. The final details of the position will be decided between the lady, Coroth, the Most High Ambassador, and this council. The prince suggests that the salary be covered in equal parts by Mountain Shadows, the royal house, and Ambassador Central."

Kilronan raised his hand to be recognized. "What if the current Most High refuses to participate?"

Corcoran nodded with a cynical gleam in his eyes. "A definite possibility. Coroth would move forward with a formal agreement between Mountain Shadows and the regency government. If the situation changes in the future, the Ambassador Core would be brought into the alliance."

"Could this increase the risk of retaliation against us from an Ambassador Core uprising?" Arla's direct question brought on strong reactions from some of the masters, those who were just now considering the possibility of a serious schism between the country's defense services.

"All the more reason to have Akira Muro on our side," Osharon responded. "You've told us Jal says she has strong support within the Core. Some of us have met Recon Alpha, her own reconnaissance team. I can't see any of them going along with the Most High in any attempt to overthrow the regency government."

Arla said, "I only bring it up because we know what our ambassador had the power to do. How could we defend Mountain Shadows against a group of them? Kil, you want to come in on this?"

Kilronan was still stuck on *'our ambassador'* then he replied, "I hope it doesn't come to that. But, although Akira Muro was an incredibly dangerous woman, she's also unique. We're not looking at a whole Core full of the same. Of course, having said that, we shouldn't underestimate the danger that an unleashed Ambassador Core presents. Though several of us have force abilities, too, they have skills we don't. I believe that solidifying alliances with whatever loyal ambassador cells exist—I'm sure they do—would be one way to avoid a serious confrontation."

Arla nodded slowly as she sat back. The other masters continued talking quietly among themselves. Wisely, Corcoran waited until this discussion subsided.

"Should we set another meeting date?" he asked. "Or are we in agreement to at least present this idea to Lady Muro for her consideration?"

"Do we know what her own plans for the future are?" Carelon wondered, grinning at Kilronan when the mood lightened. Even Arla raised a teasing eyebrow.

"I know why this is directed at me." Kilronan shrugged. "But, believe it or not, I don't know."

Osharon coughed, saying in a tone of disbelief, "Excuse me? Are you really telling us you haven't talked about this?" He stared down his friend's warning glare.

"When did my personal life become a matter for discussion in a recruitment meeting?" Kilronan growled.

Seeing the man's brewing anger, Corcoran signaled an end. "I'm sorry, Kilronan. You have a right to privacy. But surely you can understand our coming to you about Lady Muro's plans? You're the closest to her, both professionally and personally. We'll try to leave our rampant curiosity about your changing attitudes toward romantic relationships out of it." He smiled easily back to Kilronan's annoyed look.

"I'm calling the vote. Are we agreed to approach Lady Muro? Ayes? Good, that's everyone. Thank you."

Turning to his last page of notes, Corcoran held up a folded paper. "This is a letter applying for a position with Mountain Shadows Protectorate. The reason this stands out from our normal application review is that it comes from an ambassador who will be retiring first lunam of next year." He glanced at Kilronan as the man relaxed with a smile.

As the others listened curiously, Corcoran continued, "The applicant is Reconnaissance Ambassador Elen Arith."

Osharon groaned, laying his head on his arms.

"You have a problem with Ambassador Arith, Osharon?"

"Not professionally, my lord," he muttered, grimacing at Kilronan. "Please ignore me."

"Gralla is passing out copies of Arith's application for your review. Although I'll be giving you the next week to look this over

and ask questions regarding this applicant, I would like to send an official response inviting him to a formal interview. If he's unable to come before his retirement, I think we should interview him as soon as possible after. You'll see that this man's record is impressive. Yes, Arla?"

"I'm concerned about another ambassador applying to join us. Could this be a ploy by the Most High to track Lady Muro's movements?"

Kilronan appreciated Arla's cynical spin. "If I might address that? I want to commend Arla on her astute consideration. I believe we'll all need to be as careful in our reviews in the future. In this case, I'm happy to be able to lay those fears to rest. Ambassador Elen Arith is Akira's adopted brother. He's absolutely loyal to her."

"Yeah." Osharon snorted. "Loyal enough to deck you."

"Yes, he did. He believed I'd let her die. Enough said. Anyone who'd like more details can see me this week," Kilronan invited calmly. "Regardless, I have tremendous respect for this man. He's led the Alpha reconnaissance team for eight years. Their latest mission was scouting out the Mors advance. He remained in the field for over three lunams to make sure we had the most complete and current information possible. Arith was the last man back before we went into Ishal."

"So he's wanting to stay close to Lady Muro?" Cobon asked curiously.

Kilronan nodded. "I'm sure that's a major factor. But I'm the one who gave him the idea to apply." He grinned at Osharon's look of disbelief. "When I heard he was retiring, I told him Mountain Shadows could use good reconnaissance people. I stand by that. You all have his application, let him speak for himself."

Lord Corcoran chuckled. "He certainly took your invitation to heart. The ambassador personally delivered this to me before Recon Alpha left last week—a courageous move considering his first impression on me.

"Be that as it may, the man's professional record is flawless. My initial thought is that he's qualified to come in at the rank of master, as long as he's willing to go through the same induction

training as other new transfers. If so, I could foresee him assisting Lady Muro in the Liaison position. I'd leave those details to her. If he'd rather train for team leadership, he would go through the usual procedure. Obviously, having led a team of ten experienced ambassadors for over eight years is a strong endorsement."

Corcoran stood to adjourn the council. "You have my thoughts and the application to review. We'll reconvene next week to finalize. At that time I'll present any responses from the recruits we're inviting to interview, Lady Muro's initial response, and I'd like a vote on whether to invite Ambassador Arith for an interview pending acceptance. You are dismissed to regular duty."

Returning to the protectorate fortress with Arla and Osharon, Kilronan frowned when the confrontation came.

"Do you really expect me to believe you haven't talked with Akira about her future?" Osharon began abruptly, ignoring Arla's punch to his shoulder.

"What do you want from me, Shara?" Kilronan groaned.

Osharon scowled, waving his arms. "Accept the challenge, man! Are you waiting until she's well enough to leave?"

"What business is this of yours?" Arla rebuked him.

"What? I'll tell you what. I've watched him waste his chances with Akira for over twenty years, that's what. It drives me crazy! The idiot loves her enough to spend most of his life as celibate as an ambassador—"

"Damn it!" Kilronan interrupted, turning to him angrily. "My mistakes and decisions are mine to make."

"Not when you're breaking *her* heart," his friend snarled.

Arla pulled on Osharon's arm as he leaned belligerently toward Kilronan. She positioned her body to intervene, but Kilronan spun away, his face twisting with emotion.

"Ignore him, Kil. He's out of line."

Kilronan stood, breathing heavily, hands clenched by his sides. After long moments, he admitted, "No. No, he's not. It was my silence that sent her into the Ambassador Core. My arrogance

and stupidity that lost her trust, her confidence—maybe her heart."

He turned back on a long breath. "I've tried to talk to Akira about the future. When she first came here, and several times before High Pass." Now Kilronan ran his hands over his head. "She never would, just kept putting me off. Looking back, I realize she believed she would die. That's why she avoided planning anything with me. Satisfied?" He left them, striding rapidly back to the protectorate alone.

Osharon glanced at Arla in chagrin.

"Well, now you've done it," she said angrily.

How was your meeting?" Akira asked that evening.

"Very interesting." Kilronan stroked her long length of hair as he sat beside her. "Lord Corcoran wants to tell you about it himself. He'll probably be over tomorrow."

He studied her pale face, the dark circles under her eyes showing the strain of sleepless nights. "Akira, would it be all right if I stayed with you tonight? Just to sleep," Kilronan added quickly.

She hesitated while her thin hands began the rapid twisting movement he'd noticed lately.

"I didn't want to ask."

"Akira." He caught her restless hands. "I don't want to impose on or frustrate you more than you already are. I'm relying on you to tell me what you need, what you want. What would make *you* happy."

He hated the difference between the woman that had been discussed this afternoon and the one now on the verge of panic trying to avoid the horrors invading her dreams.

She might have lost her mindsight, but Akira could still read his eyes. "I'm not a very appealing woman like this."

"What?" he said, taken aback by her comment Kilronan searched the dark-green eyes dulled by depression. "Are you worried about that?" He took her face in his hands when she nodded despondently.

"Akira, I will always love you. I'm only concerned about how you're dealing with this." He kissed her lips gently before reassuring, "You don't accept how severely you were injured. I've seen serious combat injuries and how people recovered. This kind of mental and emotional reaction is very common. You know that as a healer."

Kilronan shifted, lifting her onto his lap before settling back into the couch. "You should have seen what I went through after I took that sword hit at the end of the smuggler rebellion. I doubt anyone recognized me, I was so changed by my reaction to my injuries, my feelings about death."

Holding her tighter, he admitted, "I thought about you all the time . . . wondering where you were. Wanting you with me so badly."

"I'm sorry," Akira whispered.

"No. You don't need to apologize. I caused it all, didn't I? But I'd learned over the years to suppress the constant need for you. When I was laid up, wondering whether I'd ever make it back to what I'd been, all I could think about was you. What could you see in a man who was so disabled?"

Akira jerked away in disbelief. "How could you think that would change my feelings for you?"

He smiled, warmed by her words. "I didn't know what your feelings were then, did I? But I've made it very clear what mine are for you. So why would you doubt my love now?"

A trace of humor crept back into her eyes. "Very clever, protectorate master." Snuggling back into his comforting arms, she was quiet for several minutes.

"So, why were you talking about me at your meeting?" Akira felt his chest move under her cheek with his laughter.

"Nothing slips by you. I'll let Lord Corcoran explain."

"Aiden?" Her voice sounded worried again. "They're not planning some ceremony are they?"

He grinned, knowing her extreme reticence over accolades of any kind. "How have you gotten through such an illustrious

career refusing to accept what's due to you? But this particular discussion was not about that, no."

Kilronan shifted forward to stand, lifting her with him. "Come on, let's get some sleep."

Waiting in the armchair, he enjoyed the cool breeze blowing in the window while she got ready for bed. Considering Osharon's angry words in light of Akira's loss of confidence, Kilronan realized his reluctance to talk about their future could be hurting her. But how could he find the right time to talk about what he wanted—a commitment from her to stay with him?

Kilronan looked up as the bathroom door opened. She came out, looking very young and vulnerable with her white hair flowing to her waist. He stood up with a smile to take a hand and lead her to the bed. After tucking her under warm blankets, he changed into loose pants to sleep in.

Akira lay on her side, watching him with a faint smile.

"Look all you like," he teased, sliding in beside her. "But I'd be careful about touching until you've gained more strength."

"I'll remember that," she murmured, already dropping into peaceful sleep as he gathered her close.

Insalat Militia Barracks, Insalat, Caldala

Ardan Isfail sat alone in his quarters, purposefully sending the contents of a full bottle from glass to throat as he had for several nights since the news had come. The whiskey dulled his senses and—eventually—gave him the respite of oblivion for a brief time.

Nothing eased the pain of Akira's death. He'd pushed himself in work, ridden hard over miles of roads and fields. Spent hours in weapons and physical battle training until none of his fellow warriors would accept a challenge. His body exhausted, Isfail had still lain awake, remembering every precious moment he'd had with her.

He'd been resigned to only having Akira's friendship, but he couldn't accept her loss.

There had been so little time when she'd come to Insalat to interview the Mors prisoner. Isfail had seen Akira's stress, known how completely this last mission was consuming her. Too little time, he remembered painfully. No time to be alone with her in those last hours together—nothing but a final lingering clasp of her small hand before he'd watched Akira Muro ride away from him forever.

Nothing left but the words beneath his clenched hand. A letter passed on by his cousin Logran, prince of Coroth, when he told Isfail of her death. At least Logran had understood his need for that one last communication. Trembling fingers uncurled to touch the familiar script.

Ardan . . . My most cherished friend and confidant. I fear these words will bruise your faithful heart, but I could not leave without trying to say how much you mean to me. I could not have survived these last years without you, without knowing you were always there for me, ready to bind the wounds, to keep me from falling into the darkness that seemed to deepen every day.

How I wish I could have been the woman you wanted. All the years you honored me with your love, yet accepted what could not be to remain my friend. I do love you, Dan, for everything you gave, all you offered. If I had been a better person, a whole woman, I could have embraced a life with you with joy. But I was never that person, that woman, and you deserve so much more.

I'm selfish enough, at the end of my servitude, to hope that you won't forget me or regret your feelings for me. I believe you are the best man I know, and to have been loved by such a man is worth everything.

There is only one regret over our time together. I wish I had not doubted you so many years ago. You were ever loyal to your prince and country. You shared

that loyalty with me. I'm sorry for the weakness in me that felt betrayed. I would go back and erase that period of estrangement if I could. I would like to have had whatever time we could have shared then.

Don't grieve for me, Dan. I could not have reached whatever good I can do now without you. If I've died in the service of Caldala and my people, I am content. The darkness creeps too close now. My heart is divided in too many ways. Remember what you loved in me and let the broken woman go.

Always,

Akira

Isfail wondered if she would have sent the letter if she'd known how it would break his heart. He knew she wouldn't have committed those last anguished thoughts to paper to cause him pain. She'd been reaching for him, at the last, because she'd trusted and cared for him.

She had needed him.

But he hadn't been there to keep her from falling after all.

An abrupt pounding on the door interrupted his progress toward the night's relief. With an impatient oath, Isfail shouted a command to enter, then glared at Captain Toth.

"Commander—"

"Damn you, Toth, I'm off-duty," Isfail muttered, filling his glass again.

"Yes, sir. But you need to know." Toth stood firm, holding out a courier pouch. "Lady Muro, Commander." He saw Isfail freeze with the glass almost to his lips. "She's alive!"

Twelve

Mountain Shadows Protectorate

She ran through fire, naked, helpless, desperate to escape. No matter how far she ran he was always behind her, dead black eyes hungry in a drowned face. Icy hands reaching, his gaping mouth bellowed her name, and she fell screaming into the bottomless pit.

"Akira!" Kilronan grabbed the flailing hands that struck at him. Her eyes were wide with terror, but she didn't see. Afraid he might hurt her, he wrapped a force shield over her, using words to try and reach through the panic.

Kilronan glanced over when Asura and Maronan ran in the door.

"Help me," he ordered tersely. "Maronan, try to reach her. Asura, is there anything in her black bag that will put her to sleep? Take her out of the dreams?"

"Reva left something! I'll get it." She rushed to the kitchen.

"It's all right." Maronan looked up when Akira stopped fighting, her eyes closing as her body grew still.

Kilronan released the shield. "Akira?" Her skin was like ice, her heart pounding beneath his hand.

Asura brought a cup of water and a small blue vial.

"Let's hold on that a minute." Kilronan looked over when Maronan took one of Akira's hands. "Mar?"

"I can't see anymore. She's not in the dream now."

Akira shuddered, opening eyes that reflected the terror of her nightmares. When she started to shake, Asura tucked more blankets over her.

"What can we do to stop this?" Kilronan asked, caressing her tear-streaked face. "There's got to be something in your bag of tricks."

When Akira shook her head, turning her face away, Asura tried to reach out. "Maybe it would help to tell us about these nightmares. To release their power over you."

"What are you dreaming about, love?" Kilronan urged.

Akira closed her eyes with a moan. "The Vrorg. I see him . . . coming for me." Her voice began to quaver. "Catching me . . ." Unable to look at Kilronan, she focused on Asura as she whispered, "You don't know what I've seen . . . what he did to women captured by them."

Suddenly, Kilronan understood. His rage kindled as he remembered the huge Mors' obscene gestures. What had her mind relived through negotiator Eleni Arith's dying mindsights? Did her friend suffer an unspeakable fate at the hands of that monster?

"I know it seems real in your nightmares." Asura quelled her own distress over the woman's pain to speak comfortingly. "But try to remember that he's dead. They're all dead. *You* stopped them from ever hurting another woman again. You are safe. We'll never let anything happen to you."

Akira nodded, gripping Kilronan's hand painfully. "I'm sorry."

"No. Don't be. No one could help being terrified by such thoughts." Kilronan fought for calm. He pulled away, running his fingers through his own wild white mane as he paced the room.

"You're angry," Akira whispered while Asura took his place beside her.

"I'm angry that anyone would impose those mindsights on you!" Scowling, he looked at her. "I'm sorry, Akira, but even Eleni Arith. How could she have burdened you with those memories?"

His rage soared at the idea of her reliving what essentially amounted to psychological rape, night after night.

Akira watched him spin away to stalk the room, her tears spilling over. She'd never considered those mindsights a burden, just a desperate last call for help that couldn't come—a burden of guilt, maybe, a reminder that she'd been unable to save them. She'd lived with Eleni's fate for so long now.

"I'm sorry," Akira repeated, sobbing.

"What are *you* sorry for?" Kilronan shouted, losing the fight to control his frustrated anger. "Why are you going through this? When is it going to end?"

"Master," Asura warned quietly, glancing at the boy whose wide eyes watched, silently taking it all in.

His jaw clenched ominously, Kilronan strode from the room. A moment later they heard the courtyard door slam.

Maronan snuggled down beside Akira. Weeping quietly, she pressed her face into his auburn curls.

With a sigh, Asura got up to fix them something warm to drink. While the cider heated on the burner, she searched the dark courtyard through the window. But her master was nowhere in sight. Asura wasn't sure whether to pity or blame him, but anger was leading the internal debate.

Corcoran glanced at the clock as he walked out in casual shirt and pants to answer the door to his private quarters, toweling hair still wet from his morning shower. He opened his door, surprised to find a grim-faced Kilronan about to knock again.

"Come in, Kil. What crisis has brought you here at this early hour?" Though his greeting held humor, his eyes took in the master's rigid stance. Kilronan was about to break, he realized, moving to the kitchen for the teapot and the whiskey.

"My apologies, sir. I'm here to request the offered leave period for Team Kilronan."

Waving away the apology, Corcoran handed him a full teacup. "Granted. Your team's overdue for the break. You know I was

reluctant to put you back on the roster so soon after your last mission."

Kilronan nodded, relaxing marginally. "Yes, my lord. It was my mistake to notify you that we were ready for duty."

"Lady Muro?"

Gulping down the heavily laced tea, Kilronan set the empty cup down. "The nightmares are worse. She's hardly sleeping. Akira was screaming, fighting in her sleep last night. It took three of us to bring her out of it." Scrubbing his hands over his face, he slumped forward in his chair, elbows braced on his thighs.

"I didn't handle it well," he admitted.

Corcoran listened without interrupting, letting the man get it out.

"Asura kept her head. I didn't. I just left them there—Akira, Asura, Maronan. Left Asura to deal with it. I just couldn't hold it in, hold it back, and take care of them!"

He looked up, haggard and ashamed. "I yelled at Akira. I abandoned Asura. God—you need to reassign my team, my lord, they deserve better. I've lost control—lost my mind."

Pouring more whiskey, Corcoran studied his man. Kilronan had always set high expectations for himself. Over the years, he'd pushed through training harder and faster than any warrior under Corcoran's command. Working through illness or minor injuries when he could, fighting his way back from those he couldn't walk away from.

Temper and emotion had never been traits Corcoran had to deal with in Aiden Kilronan. Not until this year—until Akira Muro.

Any warrior who'd faced what Kilronan and his team had on the ambassador's last mission would be dealing with the psychological aftermath. He'd expected it, watched out for it with Kilronan's team, and recruited a willing protectorate to talk with them and make sure they recovered physically and mentally. But did anyone focus on the team's leader, he wondered?

"Sit down," Corcoran said when Kilronan jerked up to pace, and waited until he obeyed. "I'm not relieving you of your team,

Kil. You're the best senior this protectorate has." He held up a hand to stop the obvious denial. "You and your team are on leave through the end of this lunam. During that period, I'm ordering you to talk with Brother Timmel and myself on a regular basis. We'll work out a schedule once we've consulted. It can be adjusted if you choose to leave the village for part of your leave. Maybe take some time back home."

Kilronan said nothing.

"It would be good for you. You need to take a step back, Kil, get your thoughts straight after everything that's happened. If you can't see that—but you do or you wouldn't be sitting here."

Pouring himself another cup of tea, Corcoran tried a different approach. "This works out well, actually. Master Maran recently sent a letter asking to spend some time with his grandson. I believe Maronan could use the time, too. We should encourage Celina to see her own family."

"Yes," Kilronan agreed, realizing this was something else he'd neglected. "I should have talked to all of them."

"We all lost sight of important details," Corcoran said patiently. "The danger and urgency of the Mors invasion affected us all. You and your team were on the front line for lunams, even before you went into a vicious battle. I'm not surprised, or disappointed, to know that you're having trouble putting it behind you. And you're taking on too much responsibility for Akira."

Kilronan's head snapped up. "Sir—"

Lifting an eyebrow, Corcoran was immediately the protectorate commander with the final word. "Akira's care is no longer on you, Master. I'll consult with the healers and Brother Timmel on this." Gralla, too, he added to himself. "You're not banned from seeing her, Kil, but I'm taking that pressure from you. You don't need it and it is interfering with your protectorate duty."

At the shock on Kilronan's face, Corcoran reminded him, "High Ambassador Muro came to us for a protectorate team to support her final mission. That contract was fulfilled, admirably. We—the entire country—are in her debt, and we will provide a home and sanctuary as long as she desires, but the ambassador no

longer employs us. Mountain Shadows Protectorate will offer the Honorable Lady Muro a position here. She is under no obligation to take it."

Remembering his own duty as lord of the protectorate, Corcoran decided to give Kilronan time to get used to what had been said. "Go to your quarters. Get some sleep. We'll talk more later."

As the master opened the door, Corcoran noted, "It's human to make mistakes, Kilronan. A good leader accepts that and follows through to fix what went wrong. You're a good leader, Kil, one of my best. You won't let the protectorate or your team down."

Asura looked up when Arla sat down with her breakfast. "Good morning, Master Arla."

"Morning. You're up early today. I heard Team Kilronan is off the roster for a few weeks."

"Well, yes. Master Kilronan dismissed the team for recreation leave two days ago. I wanted to stay to help with Lady Muro."

Arla looked over in concern. "What's wrong? I thought she was doing better."

"Physically. She's having a rough time sleeping," Asura replied quietly. "Her nightmares are difficult right now."

"That's a pretty common reaction to trauma," Arla noted reassuringly, sipping on her tea. "Where's Kilronan?"

"He's here. He's not in a good frame of mind. Some of the things she's dreaming really upset him."

Arla looked at her with a frown. "What did he say about it?"

Her brow furrowed, Asura looked at her plate. "Nothing. I know what she dreams. It's bad, really bad. I've got to go. Gralla's with her and I want to check in. Lady Muro asked me to find some medication that will stop the dream state. I'm not having much success. None of our healers keep anything that strong." She paused, considering a new idea. "If I wrote a letter to Ambassador Evani Reva, would you send it to your brother in the Ambassador Core to deliver to her?"

"Of course. Why?"

"She's a master healer with Recon Alpha. She would be able to get something for Lady Muro." Feeling more hopeful now, Asura stood up. "Thanks. I'll get that to you within the hour."

Osharon came over with his own breakfast, looking after Asura as she left. "So, where's the rest of Team Kilronan?"

"Recreation leaves, officially. But Akira's not doing well. Bad nightmares." Arla looked at Osharon's unhappy face. "I guess that doesn't help Kil's mood."

"No." He sighed deeply, looking down at his scrambled eggs. "I'm sure my attitude didn't help, did it?"

"Probably not. Come on. Finish up and I'll beat you through the obstacle course. Let's find Kil and drag him with us." Arla nudged him to ease his mood. "But I've got to hurry. My team has gate duty this morning."

He shook his head, glancing around to make sure there was no one near enough to overhear. "Lord Corcoran pulled him off, Arla. Kil's officially out of Akira's support group."

"What?" she exclaimed.

"Kilronan told me. He lost it a couple nights ago when she had a really bad one. Says he was shouting at her before he walked out, leaving Asura and Maronan there to take care of it. I don't think he's been to see Akira since."

Shaking her head in disbelief, Arla let out a long breath. "Holy hell."

"How did she sleep?" Asura asked, going to the kitchen to find a platter for the bakery goods she'd brought with her.

"Better, I think." Gralla glanced toward the bedroom with a smile. "Ask her yourself. Good morning, my lady."

Akira came in, wearing her midnight blue dress and brushing her long hair.

The dress might be too loose from weight lost but, with more color to her delicate face, Lady Muro did look much better, Asura decided. "I went by Mountain Heights Bakery for their autumn nut cakes. I'll make us some tea."

"Perfect," Gralla approved. "Lord Corcoran and Master Kilronan will be here shortly."

Asura covered her surprise as she set out five mugs and plates. Her master had stayed away since losing his temper and storming out. She made the tea, trying to sort out conflicted loyalties while Gralla coaxed Lady Muro into the chair nearest the fire, taking the brush from her to fuss the white strands into a complicated braid.

"It's all right, Asura," Akira said quietly. "There's no need to step over eggshells regarding Kilronan."

"Did you regain your mindsight?" the young woman teased, smiling when Akira laughed with a shake of her head. "I better work on hiding my thoughts, then."

"Don't be angry with him. He's kept everything inside since the mission ended. Sooner or later it had to vent." Akira's voice was calm but her fingers twined restlessly. Then she gave them a rueful smile. "Even as a boy, Kilronan *knew* he could make everything right if he just worked hard enough. That's why it was so important to him to come here—to the best protectorate."

Her voice dropped and her eyes grew sad. "Then he learned he couldn't always make everything right. That's not easy to accept for a man like him—a warrior and a leader of warriors. It hurts his heart, his soul."

What about your heart? Asura wondered. Fortunately, a knock on the door interrupted the conversation.

With subtle teamwork, Gralla and Corcoran eased the group through any awkwardness over Kilronan's return.

It was easy for Corcoran to be cheerful. It pleased him that Akira was feeling strong enough to have taken such care in her appearance. In the lovely dress, with her white hair in an elegant, cord-laced braid, her beauty outshone her frailty.

Winking at Gralla, he brought Akira's hand to his lips. "You brighten my morning, my lady."

"Not as much as your soon-to-be lady does, I believe," she retorted with humor. "As it should be."

"True." Her teasing response brought more pleasure.

With a smile, Corcoran indicated the man standing behind him. "As you see, I've brought Kilronan to plead your leniency for his unfortunate behavior."

"There's no need for Master Kilronan to plead. There's nothing to forgive." She held Kilronan's gaze as she offered her hand. There was misery there, warring with indecision. But his grip on her fingers was firm while he touched warm lips to her knuckles.

"My lady is, as always, generous with her favor," Kilronan murmured, briefly wrapping her hand in both of his before stepping back.

They sat down to enjoy the cakes while Corcoran kept an easy conversation going around the table on the week's happenings. When the council meeting came up, he glanced over. "If you'd like, Akira, we can discuss some particulars of that today. Or I'll arrange to come back when it better suits you."

"Today is fine, my lord."

"Good. I'd like to have Kilronan's input in case he changes his mind and decides to go farther afield during his time off."

Immediately, Corcoran saw that no one had told her about the leave.

Akira searched suddenly wary faces. "Is Team Kilronan off duty?" She watched them as they glanced at each other like children having been caught in a prank. Sitting back, Akira crossed her arms over her chest.

Clearing his throat, Corcoran wiped his hands. "On leave, Akira. I'm sure you agree they could all use a rest."

"Absolutely." She fixed a questioning look on Asura, then Kilronan. "So why are you both still here?"

"Lady Muro," Asura began. "You need help right now."

"There's Marga if I need medical, and Gralla's always caring for me," Akira countered with quiet determination. "What's your excuse, Master?"

Her cool eyes bothered him, but Kilronan only shrugged. "I'm where I want to be right now."

She shook her head in disbelief. "You both need the time off. Where are the others?"

Kilronan took a bite of his cake in relief when Asura spoke up. "Eron is hiking with his family for a week. Then he plans to spend a week on his research into the geology of the hot springs."

"Celina's older brother and sister are coming here for several days before going to Pallun. There's a notable horse faire there this time of year. Celina may come back with a new horse if she finds one she likes," Kilronan said more easily.

Akira smiled, sipping her tea before asking, "And Maronan?"

Corcoran took this one. "His grandfather, Master Maran, has asked to visit him here. It's been a long time since he's seen the boy. I believe he'd like to spend some time with all of you from Psyche Lakes. He speaks of you fondly, my dear. Though, as I recall, Maran refers to Kilronan and Osharon as 'those arrogant wolf pups'."

Everyone relaxed when that got a delighted laugh out of Akira.

"I'm glad Master Maran wants to make the journey here. We would make arrangements to escort Maronan home, but he worries about leaving you right now," Kilronan added. Grateful, especially, since Maronan was the only one with any ability to read her.

Akira sighed. "My poor boy, he takes too much on himself. I'll be fine."

Determined, she straightened in her seat. "You all spend too much time worrying about me. I'm tired of being treated like an invalid. I want to get out and move again, with no more cowering to phantoms. *I'm* taking back control of my life. The rest of you will have to go about your own."

As she'd hoped, her friends smiled and looked more at ease.

Asura and Gralla finished clearing dishes before leaving the official business behind. The women left, cheerfully bracing the door open to the last summer color of the courtyard trees, teasing those left inside about wasting a beautiful day.

Mindful of the year passing, Corcoran explained the proposal he'd brought forward at the masters council.

Now he studied the thoughtful face of the woman before him, and waited patiently for her response to the idea.

"I'm most gratified by your offer. That Mountain Shadows Protectorate would go to such lengths to craft a position to offer me is truly amazing. I appreciate all your consideration." Akira's judicious response was quite sincere.

"Will you consider this proposal then?"

Akira studied him, tenting her long fingers against her lips before she cautioned, "Lord Corcoran . . . you and your protectorate are taking a serious risk in venturing such a liaison. Do you understand that?"

He glanced at Kilronan. This was not at all a response he'd expected. "I'm sure that's true on a number of levels, Akira. Is there something you consider an unacceptable risk in light of the potential benefits?"

She thought over her answer for a long moment. "I'm honored by the trust you've evidently placed in me regarding my allegiances—you and the House of Coroth. That trust is certainly a leap of faith by Mountain Shadows since you really know very little about me. The royal family has come to know me over many years. Coroth is well advised of my stand on many matters affecting Caldala. And certainly you can rely on that input." Akira looked between the men as she considered what else to say.

"I have been closely involved with the House of Coroth and the inner workings of Ambassador Central for over a decade. I fear that you may not really understand what you ask of me. You are opening a door to a world of political machinations that could change this protectorate forever."

"The prince himself told me that it was your idea to have the protectorates acknowledged—to bring them more to the fore in the country's decision-making procedures. Have you changed that opinion?" a nonplused Corcoran asked.

"Absolutely not," Akira replied. "But I didn't have this liaison concept in mind when I started those discussions. Nor was I planning to risk an individual protectorate. My initial idea was

to enable the Council of Protectorate Lords with specific powers of representation and decision-making. This would balance the power of the Core."

She gave him a slow smile before admitting, "I actually admire the concept proposed here. The idea of a formal liaison between the three national organizations did not occur to me."

Kilronan leaned forward, speaking for the first time. "So it could work?"

Thoughtful again, Akira nodded. "It's possible, with support from all three groups. There's where the biggest problem lies. I believe you are aware that the current Most High is not likely to support this idea."

"The royal house has anticipated that possibility," Corcoran told her. "Prince Logran would like to proceed—at your will, of course—with a liaison between our protectorate and the House of Coroth. He envisions bringing in Ambassador Central at a later time, as that situation changes."

Akira's brow furrowed, deep in thought. She had to admit that the idea was full of promise—and difficulties, certainly. But, what an opportunity they were offering her! To build a strong, successful bridge between the two defense services and the main governing body. Muro had enough pride and confidence in her abilities to recognize that she was the key to making this work, to building this position and making it strong enough to staff with others in the future. It didn't even require the return of her force abilities.

"Well, Akira?" Corcoran had been watching a subtle play of emotions across her pale face. He could see she was tempted by the prospects.

"I will admit that I'm very interested. Will you give me some time to think this through to my satisfaction? Perhaps meet again to develop some specifics?"

Corcoran clapped his hands together with a satisfied grin. "Of course, my lady. Take whatever time you need. Do not push yourself beyond your present limitations, I beg you." He chuckled over the disdain in her glance. "I am pleased that you are willing

to consider this. And I am at your disposal to discuss this at any time."

He looked over as Kilronan answered the service chamber door to admit Gralla with a staff chef bringing afternoon tea. "That time already?"

"If I should accept the liaison position, I'll require an administrative assistant. Where will I find someone as capable as Gralla?" Akira teased, mischief in her eyes.

Gralla answered that confidently. "Not to worry, my lady. When I heard of this proposal, I told Evan I'd only accept his hand if it included my continued position with you as long as you reside at the administration complex."

"Yes, yes. I had to give in and agree to share her with you, Akira." Corcoran joined in amiably. "And Gralla would be available to develop and oversee your clerical staffing as well. We are already reorganizing the administration staff to accommodate expansion."

He went ahead with business as they sat down to the table. "Now. There's one last item to discuss." Reaching for the bread Gralla offered, he passed the duty. "Kilronan, would you like to explain?"

He shook his head with a chuckle. "You may have that pleasure, my lord. I'm just here to observe." Smiling at Akira, Kilronan forked thinly sliced venison onto her plate.

Feeling like an observer at a ball-tossing match, Akira looked back to Corcoran.

"The last item brought up at the council meeting," he began, "Involved an unusual application to join us. While we have had transfer applications from experienced warriors before, this is the first time in my memory that we have been petitioned by a retiring ambassador." He saw the jolt of surprise on Akira's face before understanding dawned.

She glanced at Kilronan. "Elen?"

"What do you think of this development, Akira?" Corcoran asked between bites.

"Well, I'm quite biased in my opinions regarding Arith, being that I look on him as a much-cherished younger brother. I also have full respect for your position as administrator of this facility and for the Council of Masters. So, I hardly think it's appropriate for me to weigh in on his application."

"Your restraint and confidence are appreciated, Akira." He was thankful for the courtesy this powerful woman had always shown his protectorate. The fact that she never tried to override or control protectorate decisions was a key factor in his enthusiasm for the liaison position. Corcoran knew he'd never take on what would, essentially, be a partner in Mountain Shadows with anyone else.

"However, because I've learned you have a sound ability to separate emotion from such decisions, I would like to have your input on this application review. Arith might be suitable for a position in the liaison division, for many of the same reasons that this position is being crafted to take advantage of your expertise and former career."

Taking a sip of her tea, Akira thought this through. "Yes. Arith would make a very valuable addition to— Are we planning a division now?" she wondered, finding the humor while he chuckled.

"I choose to let Arith's record speak for itself. It's a long and admirable one, even if, as his former commander, I do say so myself," she continued seriously. "I'll be happy to answer any questions about him or refer you to others who might have a less-intimate association." Akira glanced over curiously. "Has he said why he's applying here?"

"It seems to me that would be obvious, dear lady."

Kilronan tipped his chair back. "I talked with him. Before we went into Ishal, just after we met. Again when he was here with Recon Alpha almost two weeks ago. Arith expressed a liking for Mountain Shadows, and I told him the protectorate could use his experience."

"What if he'd rather be part of the existing protectorate structure?" Akira asked.

"If he's accepted, he would be able to proceed on the usual track to team leadership, the same as any other experienced transfer. In either case, he would be required to go through induction training as required of all recruits and transfers," Corcoran replied.

"How does this currently stand?"

"We've agreed to meet to finish these last items of business. I'll report back on your feelings about the liaison proposal and, since the other masters will have had a chance to review Arith's application by then, we'll vote on inviting him to a formal interview. Do you think he might be available to interview before his retirement?"

Akira frowned. "I doubt it. It's been Most High Karsh's practice to keep tight control over outgoing ambassadors—trying to pressure them into contract renewal. Although," she speculated, "She might want to release ambassadors loyal to me."

Shaking her head at that line of thought, Akira mused, "It's hard to say. If she feels she can influence me by holding Elen, she'll keep him until his retirement date. Beyond that, even she can do nothing."

"I didn't realize the personal nature of the upheaval at Ambassador Central, Akira. I'm aware there are serious issues over relations with Coroth. The prince is very concerned about the Core."

"So he should be," Akira murmured. Looking up at the serious faces, she declined to explain. "This subject requires a detailed discussion, my friends. It's one we need to have, but on another day perhaps? Certainly before we finalize any decisions regarding the liaison position. As it is, I ask that this offer to me be kept confidential as far as the Ambassador Core is concerned. I'm sure Coroth won't broach it to her before I've made a decision."

That was a concern to be dealt with, Akira realized. "As a sister, I'd like to see Elen clear of the Core first. Karsh is not above retaliation."

Seeing Corcoran's look of disappointment, Akira assured him, "I will make my decision long before that, my lord. We can

even begin moving forward discreetly, if I decide to accept. I'm sure Coroth will agree to that. This position will require some lunams to be fully functioning."

Akira sighed. "While it's not generally in my nature to move behind someone's back, I prefer not to involve the Most High Karsh in the development stage. Another Most High might provide sound input—she would not."

"Coroth has said as much," Corcoran concurred.

Wanting to erase the cloud that had come over her, he returned to a happier subject. "So, you agree that we should proceed with Arith's application?"

"Of course!"

Thirteen

Three interminably long days after receiving the news about Akira, Insalat Militia Commander Ardan Isfail rode into the small village of Mountain Shadows. His sudden request for leave had been quickly approved once his intended destination was known. Now he urged his horse through the peaceful village, dipping his head to friendly greetings by locals. Isfail lifted a hand in casual salute to sharp-eyed protectorate warriors who recognized a fellow soldier, even in civilian clothing.

A short conversation with a man wearing the uniform of a protectorate master gave him directions to the administration compound and, Isfail knew, set off the wildfire word-of-mouth informing Mountain Shadows of the new man in town. It was the same in any military installation, and more reliable than village gossip. He didn't ask about Akira—no soldier would reveal that information to a stranger. And asking could lead to immediate complications that would delay him seeing her.

Continuing up the road, Isfail absorbed what he could see of the pretty mountain village. A city man, he could still appreciate the neat buildings stacked against the hillside, snug behind walls of stone that surrounded much of the village before butting up to a sheer stone cliff at both ends. He breathed in the scent from a bakery, mixing pleasantly with the crisp, almost spicy, mountain air. Seasonal color flowed up through the forests until they bled into the cool hues of evergreens. Rugged gray mountains rose above the last of the vegetation.

It was good country for Akira. She cherished the less-traveled places. Though the wild beauty of the ocean had always drawn

her, he could imagine her here beneath the raw grandeur of the mountain ridges.

Impatience to be with her spurred him on, but protocol must be met. Isfail gave a curt smile as he rode into the large courtyard of protectorate administration—word had already reached the admin guard who greeted him. He noted the discreet presence of protectorate warriors on the walls, pleased by this proof of diligence.

A neat stableman came forward as he dismounted, taking the reins of his tired stallion with assurances that the animal would be cared for.

Alerted by the guard, new head clerk Anki Corso was ready to greet her first official visitor with professional poise. But one look at the man approaching the desk brought a hot tug of lust to threaten her determined decorum.

Tall, built, and gorgeous, Anki decided, already imagining running her fingers through that thick sweep of dark hair.

His polite expression cooled as he repeated, "I'd like to see High Lord Corcoran. The name's Isfail—Commander, Insalat Militia."

"Of course, Commander." Anki gathered her scattered thoughts, but . . . umm. "Please sign the ledger. How long will you be with us?" Her eyes invited, though she was careful to keep her focus now.

"I'm not sure."

"What brings you to Mountain Shadows Protectorate?" she asked, grateful this was an official question to fill out.

"I prefer to speak with Lord Corcoran about that."

Anki glanced up. He was impatient, she realized, as he slapped leather gloves against a long muscular thigh clad in snug black leather. "All right. I'll see if he can receive you now." She rose with what she hoped was an intriguing smile.

Gralla gave a quiet sigh as she came from the hall, recognizing the look in the young woman's eyes. They'd need to talk about that, she thought to herself as she continued toward the soldier.

"Welcome, Commander Isfail. I'm Gralla Karven, Lord Corcoran's administrative assistant. I'll escort you. Thank you, Anki."

"I haven't finished filling out his information." But they were already walking away. Anki flounced down with a pout of frustration.

Grateful for Madame Karven's intervention, Isfail presented his letter of introduction.

"I'm pleased to meet you, Commander," Corcoran greeted, gesturing to a comfortable chair as he took the paper. "I've heard much about you."

Isfail shook his head with a wry smile. "Not all good, I'll wager."

With a chuckle, Corcoran poured two glasses of his private reserve. "Good enough. Excellent, in fact." He handed his unexpected guest one. "What brings you to us?" Lifting his glass in salute, Corcoran assessed the strain in the weary face.

"Akira Muro."

Corcoran considered the man as he sipped. Isfail apparently had no need for pleasantries. "She's recovering from her injuries."

"I must see her."

Shouldn't we send for Master Kilronan?" Gralla worried, glancing back at Isfail, where he stood speaking with Master Carelon at the gate. Corcoran led Gralla into the guest court after clearing the militia commander with the protectorate guard.

"I see no need for that." He met her questioning eyes calmly. "It will be fine, my dear. You'll see."

"We don't *know* him."

"But she does," Corcoran countered with a curious smile that did not comfort in the least.

Gralla took the lead when Isfail joined them at the residence. She knocked lightly before opening the door. "My lady?"

There was a whisper of sound before Akira appeared in the bedroom doorway. Whatever greeting she began died unspoken when she saw the man with them.

"Dan . . ."

She stepped forward but he was already there, taking her in his arms in silent relief.

When Gralla started to speak Corcoran took her by the arm, guiding her outside. He closed the door against her protests.

"Gralla," he warned gently, lifting her hand to his lips. "Sometimes the heart must be given the chance to heal."

As he led her from the courtyard, Corcoran directed, "Please arrange a guest suite for Commander Isfail. And send word for Kilronan to meet with me immediately after he returns. I believe he's out with Eron and his family."

That first surge of stunned joy at the sight of him spread to quiet elation, warming Akira's entire being as Isfail caught her in a tight embrace, as if he'd never release her again. His mouth was warm against her neck, her ear as he spoke in a hoarse murmur.

"God. God, Akira. I can live again. You're here—alive. Thank God!" He tossed her, catching her more closely in his arms, whirling with her until she gave a breathless laugh. Then his mouth closed over hers—warm, tender, then with a desperation she'd never known he could feel.

Akira gave back, feeling that same desperate gratitude that he was here. "Dan. You came. You came," she repeated joyfully. "I'm so happy you're here."

He smiled, the first easy smile in weeks, nuzzling her neck. "I'd have come a far greater distance to hear those words from you, my sweet."

"Ardan," she chided gently, stroking trembling fingers along his jaw. His eyes were the warm, sparkling gray she loved most. "You've come far enough, and I am so selfishly glad."

"Then we're both selfish. I can live with that." His laughter rumbled while he rubbed his nose to hers.

"Did the prince send you?"

Isfail's mouth curved up to one side. "At least that wasn't the first thing you said to me."

"I'm too glad to see you."

He held her closer, kissing her hair. "No, sweet. I came as soon as I heard. Though I'm sure Logran knows by now. He sent a fast courier to Insalat once he heard you were alive, with a letter telling me what he'd learned from Recon Alpha."

Isfail nuzzled her neck again, just breathing in the warm, delicate scent that was uniquely Akira. "I had to come, for my own sake.

"Now. You need rest." He raised a brow when she shook her head. "Akira. I can see how much this cost you. You're barely able to stand."

When she only turned her face from him, he grinned wickedly. "Fine. You'll sit here with me. I'm not ready to let you go."

Isfail caught hold of the blanket folded on the couch before settling into one of the armchairs, cradling Akira on his lap. As he tucked the blanket over her, she began to weep, wrapping her arms around his neck.

"What is it, love?" he murmured, holding her tight.

"They come for me when I sleep." Her words were muffled against his shoulder. "Don't let me fall, Dan. Please don't let me fall."

"No, Kira," he whispered, knowing her terror and the dead that haunted her. "I'll never let you fall again."

Alone in his office, Corcoran weighed the possibilities in this surprising development. He'd been lord of Mountain Shadows Protectorate for more than two decades. The twenty years before that, he'd served as a protectorate warrior; starting with Green River Protectorate and ending as a Mountain Shadows senior master. He knew the life of a soldier. He knew what it was to be a top warrior. And he knew how to lead and manage warriors.

Now he evaluated the people involved here. Corcoran knew of Militia Commander Isfail by reputation, and an exemplary one it was. Senior Master Kilronan was the finest protectorate warrior Corcoran had ever known. Former High Ambassador, Lady Akira

Muro was without equal, as she'd proven by defeating the Mors, often called the Black Death, at High Pass.

So, Corcoran summed up, he had two worthy men in his house in love with the same remarkable woman. It was an uneasy, at best, and potentially volatile situation. If there were three other people he'd rather not be caught in the middle of more, Corcoran couldn't think of them.

Getting up to pour himself a drink, Corcoran thought of Akira. He'd had no doubts, until today, that she loved Kilronan. Yet it was obvious she had deep feelings for Isfail. Despite his regard for his own man, it was Akira that he most wanted to see happy.

She had dedicated, sacrificed, her life for their country. Corcoran knew her abilities had often caused her sorrow and pain, had isolated her from her countrymen, and stolen any normalcy from her youth. Even Kilronan had—however unintentionally—abandoned her and broken her young heart.

Were the scars of the last twenty years too deep to overcome?

These short weeks of her recovery, he'd seen her struggle to come to terms with what had come before, and what the future might hold. Kilronan might have had the strength of will to deny death, but only Akira could decide what her future life would be.

Corcoran didn't doubt Kilronan's love and commitment to her. He'd proven that during this last mission, both as a warrior and a man. But he was struggling with his own psychological trauma right now, and having difficulty coping with Akira's. He'd seen the distance between them, emotionally and physically, in yesterday's meeting. Kilronan might love her, but he could lose her if he wouldn't let her see his own turmoil.

With enough ability of his own to read people, Corcoran had seen an equal love and commitment in Isfail. He'd felt the emotion between them today, and now realized he had no idea which man had the stronger hold on Akira's heart.

A knock on his door interrupted these uncomfortable musings.

"Enter." Corcoran's frown became a welcoming smile when Kilronan walked in.

"You sent for me, my lord?"

"How was the hike?"

Kilronan laughed. "Is this your way to make sure I'm following orders?"

"My way of starting a conversation," Corcoran replied easily. "You look more relaxed." He hoped Kilronan stayed that way, but wouldn't bet on it.

"Eron's family is always good company. Master Maran is due in a couple of days. I know Maronan's excited about it. He's spending time with Celina's crew until they go to Pallun. As you know, Asura's leaving tomorrow, going home to Blue River Falls for several days."

Indicating the sitting area, Corcoran picked up the bottle and two glasses. "You'll miss her."

Nodding, Kilronan tipped his glass in agreement. "All of them. But they'll be back soon enough, and better for the time away."

"What about time away yourself?" Corcoran smiled when the master just lifted a brow. "Now that I've checked up on you, I want to talk about a visitor who arrived today."

Kilronan shook his head. "Here we go."

"A militia commander from Insalat," Corcoran continued to the man's curious attention. "Ardan Isfail." He was relieved when Kilronan smiled at this news.

"I met him while we were there to interrogate the captured Mors. He's a good man, and a good friend of Akira's. She said they'd served together over the years." Kilronan swirled his glass with a sigh. "He must have believed she was dead, like most of Caldala. I'm sorry for that."

"We didn't cause the misinformation. That responsibility lies on Ambassador Jerrat and the Most High Karsh. They're the ones who reported Akira's death to Coroth." Corcoran's smile shifted with a wicked tilt. "Of course, I could have made greater efforts to announce her recovery in a timely manner.

"But I digress. I called you here to ask you to show Isfail around the protectorate, introduce him to the other masters, and

so on. You and Osharon could take him to the pub, through the village—whatever he's interested in seeing while he's here."

"That will be a pleasure, sir."

Corcoran nodded slowly. "I hope so, Kilronan." Sitting back, he saw the sudden wariness in the master's eyes. "We've had enough drama, don't you think?"

Rubbing his jaw with a chuckle, Kilronan replied, "I hardly think the commander is here to kill me."

"No. But you might find some points that need to be smoothed out."

Kilronan considered Lord Corcoran's curious statement while walking the short, narrow lane to the guest courtyard. Absently, he noted the guards on duty—Carelon's team tonight—dipping his head to acknowledge Apprentice Master Leta at the gate.

Knocking quietly, he opened the door to Akira's quarters.

And took another hard blow to his confidence. Eyes of steel gray, and just as cold, met Kilronan's stunned stare.

Isfail sat, long legs stretched toward the fire, his arms wrapped around Akira's blanket-wrapped body. Her face was pressed intimately into the angle of his neck and shoulder while she slept; the fingers of one hand linked with his.

Pulling in scattered emotions, Kilronan nodded without a word, closing the door silently behind him. Then stood to let out a slow breath, without a clue what to do next. He watched Isfail shift, carefully cradling the sleeping woman as he stood.

While he carried her into the bedroom, Kilronan shook off his shock and went for the whiskey bottle. He'd poured two stiff measures when the commander returned.

Shooting the protectorate man a brief smile, Isfail nodded. He lifted a glass in greeting before draining it.

"Good to see you, Kilronan." His deep voice held ironic humor.

Kilronan winced and gave a short laugh. "Yeah. You, too."

The uncomfortable reunion was interrupted by Asura's arrival. Although the tension in the room was palpable, she opted for an easy smile as she greeted them.

"Commander Isfail. It's a pleasure to see you again."

He clasped the offered arm with an amiable grin. "And you, Apprentice Master."

Glancing at her master, the young woman continued, "Are you visiting Lady Muro? How long are you here?"

Pouring a third glass before refilling the others, Kilronan waited for Isfail's reply.

"I've two weeks leave. More if needed." Another knock had him raising an eyebrow in consternation.

Asura opened the door to Gralla, who looked over the three of them before glaring at Kilronan and Isfail. "Where's Lady Muro?"

"Sleeping," the men answered simultaneously, bringing a hint of amusement to Gralla's stern mouth.

"Well. Commander, I have a suite ready for you at administration."

They all turned when Akira spoke.

"Have his things brought here, Gralla. He may use the second bedroom." Ignoring the surprise on their faces, she moved cautiously to the nearest chair. "You're all making this more trouble than it need be. Thank you, Gralla. Asura, would you make some tea? Kilronan, perhaps you could take Isfail to the pub."

Leaning her head back, her lips quirking at their baffled expressions, she gestured toward the door. "Now, everyone but Asura needs to leave until dinner time."

Gralla huffed, preceding Kilronan out the door. Isfail chuckled, winking at Akira as he picked up his jacket. "That's my girl."

Kilronan introduced the militia commander to Team Carelon once more as they left the compound. Guiding his companion through the village, he fell back on the comfort of civilized conversation. The usual questions and comments about protectorate and village got them to the *Boar and Panther,* where tables were filling with afternoon patrons.

When Osharon lifted a hand, Kilronan led Isfail over to the table, signaling Jor Kellen, the publican, on the way.

Dropping into a chair, he made the introductions. "Osharon, this is Commander Isfail, Insalat Militia. Osharon's a senior master here.

"Round's on me, Ala," Kilronan continued as Jor's daughter arrived.

"Aye, Master Kilronan." Smiling as she took the orders, she asked, "And how is Lady Muro today?"

Glancing at Isfail's inscrutable face, he sighed. "A bit tired, but well. I'll let her know you asked about her."

Sensing the awkwardness between the two men, Osharon blithely stepped in. "What brings you to our fair village, Commander? We've an abundance of mountain scenery and fine lasses, but nothing to match the city of Insalat."

Isfail grinned in appreciation. "It's Ardan, if you please, as I'm on leave. And your village is fine enough." Leaning back in his chair, he watched for the reaction. "Akira's here."

With an amused snort into his ale, Osharon examined Kilronan. Wiping foam from his lip, he observed, "It doesn't look like he landed one."

"Hell," Kilronan grumbled, looking up in relief when Arla and Cobon stepped up. "Commander Isfail, from Insalat," he told them while Arla took a seat. "Senior Master Arla, Senior Master Cobon."

But Cobon circled the table to clasp arms with the broadly grinning commander when he stood. "Isfail! I never thought to see you here." He looked the taller man up and down. "Aye. As big a bastard as ever, and twice the fighter, I'll wager."

With a chuckle, Isfail settled again while Cobon dragged a chair over to sit by him. "Well, you're as big as ever, my friend. How's the sword arm?"

"I'll raise it to yours anytime." The protectorate master beamed. Looking to the others, he explained, "We were lads together, Isfail and I, in Insalat. Beat each other with sticks until we were old enough to take up arms."

Laughing, Isfail raised his glass of ale to an old friend. "That we did. But this one wanted the adventure of the protectorate life."

"So I did. And an adventure it's been." Cobon signaled the bar before leaning forward with a wink. "Especially these last lunams."

Eyes narrowing, Isfail drank deep. "So I hear."

"Well. We all came through it. Thanks to the former ambassador and Team Kilronan, aye?"

Kilronan met the speculation in Isfail's eyes as the man slowly nodded.

Some time later, after Cobon talked Isfail into walking out with him while Arla left for dinner and night duty with her team, Kilronan waited for the inevitable.

"You going to tell me about it?" Osharon prodded. "We could go back to my quarters. Take a fresh bottle."

Kilronan looked up, resigned to the amusement in his friend's gaze. "Why not."

The evening was warm and still as they walked through shadowed streets. Osharon tucked the whiskey bottle under an arm, quietly singing a ballad about lost love.

Kilronan punched him in the shoulder. "Cut it out."

Osharon chuckled, humming now as they took the stairs to their shared landing. Opening his door, he waved Kilronan in.

"Do I need to worry about my glasses?" he teased while opening the bottle.

Shooting him a frustrated glare for the reminder of an incident that had led to a shattered glass and lacerated hand, Kilronan just shook his head.

Osharon handed him his whiskey. "I think the two of us can best him."

"Damn it." Taking a long drink, Kilronan slouched back in his chair.

Seeing his friend's unhappy face, Osharon relented as he sat in the other chair. "Why don't you get it out, Kil? What's Isfail doing here?"

"That's a question." Kilronan stared into the liquid he swirled. "I think he's here for Akira."

"Here how?"

"Are you deliberately being an ass?"

Osharon laughed. "I'm trying not to. Between Arith and Isfail, there's been more excitement here than the Mors invasion. Who knew Akira could invite such melodrama?"

Cursing viciously, Kilronan slammed down his glass, sending whiskey splashing over the rim. "She didn't tell me about him! I had no clue there was anything between them when we met in Insalat. What the hell am I supposed to believe?"

Deceptively at ease, Osharon lifted both legs to his low table, crossing booted feet. Taking a long drink, he emptied his glass, bending to reach the bottle as he wondered how deep to prod. "So, you're saying there's something, what, romantic between them?"

Eyes hot, Kilronan drained what was left in his glass and grabbed the bottle. "There's damn well more than friendship. She was an ambassador all that time. She shouldn't have had *anything* with a man." He gulped down the whiskey.

After a mental tally of the last few hours, Osharon slipped the half-full bottle beneath the table while his friend stormed around the room. Kilronan didn't get drunk often, but there'd been some interesting consequences when he did.

"I walk into her quarters and she's asleep on his lap. On his lap! Wrapped around him like they're a newly bound couple. And she's got him staying with her instead of in a suite at admin!" Kilronan continued his rant.

Osharon's brow lifted at that bit of news. He still wasn't sympathetic to Kilronan's position. With the history between them, Akira had no reason not to form a close relationship with another man. For most of her life she'd believed Kilronan had forgotten her.

No, whatever was between this militia commander and Akira Muro had started without obligation to Kilronan. Now they'd all have to resolve it, one way or another. Osharon grinned. Should be interesting.

"I'm going over and having this out in the open. She owes me a full explanation!" Kilronan snapped.

"Sure," Osharon drawled, setting down his empty glass. "Full disclosure of all the men she's known. And, of course, you've told her all about Arla."

Shocked, Kilronan glared at him. "Why the hell would I do that? That was over a long time ago. She's a friend, a good one."

Osharon just stared him down.

"Hell." Kilronan scrubbed his scalp. Throwing himself on the couch, he returned his friend's pointed gaze. "Well. What do I do now?"

Cobon might have looked at him curiously when they parted at the guest courtyard, especially when Leta let him pass with only a courteous greeting, but Isfail chose discretion for the time being, even with an old friend. They'd made plans for a friendly sword match, and he looked forward to the exercise, and the byplay Cobon's ready wit would bring.

Isfail let himself in with a key Gralla had—begrudgingly—provided him. Yes, he thought, discretion was advisable until he understood all the dynamics. But his most important concern was here. Akira was asleep on the couch.

Moving silently to her side, he smiled when he saw the shirt lying beneath her cheek. She must have found it in his bag. Crouching down, he touched a rumpled sleeve. Pale gray, made of finely woven linen, it had seen a lot of wear. He'd kept it longer than most because she'd once said it was her favorite. All the more sentimental because she'd never expressed anything like that before—always so careful to keep an emotional distance between them.

Did they have a chance now? With her contract met, her duty fulfilled, would they have a chance to be together, to know each

other without the politics and missions, the machinations of those who would use her?

Isfail brushed fine white hair from her exquisite face, kissing her softly on the temple.

He was a soldier and a realist, an ordinary man. Akira Muro was a miracle; an amazing blend of warrior, diplomat, and idealist, with a heart too generous to deflect the brutalities of this world.

And a powerful force that those in power would always see as an asset, or a threat.

Isfail's eyes cooled, knowing what she would still face. No. Her life would never be easy. But he wouldn't give her up without a fight, and he'd give his life to protect her.

As if those dark thoughts touched her, Akira shifted with a sound of distress. Her hand clutched the shirt as she turned her face into soft cloth. When he traced a light finger along the curve of her jaw, she sighed, smiling now as her eyes opened.

"You're back."

He tugged on the sleeve with an easy grin. "Stealing my shirts, lady?"

She slipped her hand over his. "I found it when I put away your things. It's my favorite."

The evening passed quickly. Once dinner was delivered under the gimlet-eyed supervision of Gralla, Isfail had Akira to himself for a few hours. He savored a hearty stew of beef and vegetables, watching closely to see that she ate enough.

Keeping conversation light, Isfail had her smiling with amusing news about his family or people they both knew. He avoided any mention of the military preparation and response during the Mors threat, and asked no questions about the defeat of the Black Death.

The details would come soon enough Isfail thought while they moved to the couch. All he needed right now was Akira curled beside him, warm and safe. Alive.

But he watched intently when Asura returned for her nightly check. Keeping his questions to himself for the moment, Isfail

listened to their conversation, gleaning important snippets of information about Akira's physical recovery, cryptic comments about ongoing pain, and a brief discussion of sleep-depriving nightmares.

Frustrated by his lack of knowledge regarding the injuries Akira had suffered, and ever more concerned by the allusions to pain and ongoing psychological trauma, Isfail silently vowed to find out what he needed to know.

Before Asura left, he saw her pour a dose from a small, dark bottle, waiting while Akira drank it.

Isfail waited only until the healer had closed the door behind her before asking, "What is that?"

"Medicine," Akira said briefly, moving to her bedroom.

"Kira." He followed, turning her to him to search her solemn eyes.

"It helps me sleep," she admitted, wrapping her arms around him. "I told you, the dead haunt me."

Stroking her soft hair, Isfail kissed her forehead. "Maybe this will help, too."

Easing her out of the long robe, he picked up the gray shirt draped over a chair near the bed. Smiling, Isfail slipped it over Akira's sleep shirt, rolling the long sleeves up before tying the laces.

Framing her smiling face with his hands, he kissed her lips softly. "Now when you dream, my sweet, dream of me."

Later, alone in the bedroom across from hers, Isfail lay awake sorting the myriad pieces of information, sifting through too few facts. Nothing he'd learned today was enough to quell the rage building inside him for Akira's suffering.

Pushing from the bed, Isfail pulled on a shirt over loose pants and went silently to Akira's bedroom. Moonlight gave a silvery illumination to the room, allowing him to see that she slept quietly.

Isfail settled into the armchair beside her bed. Stretching out long legs, he closed his eyes for his first restful sleep in weeks.

Fourteen

Knowing Isfail was a sociable man, Akira invited Corcoran and Gralla to join them for the morning meal. She didn't know that it was the color in her cheeks and the new sparkle in her eyes that had Gralla considering the commander more favorably.

After the usual greetings and pleasantries were exchanged, Akira asked the lord to go over the liaison proposal again. It came as little surprise when Isfail nodded thoughtfully during the telling, as if this was something he already knew about. Being both cousin and confidant to the prince, Akira suspected he'd been discreetly consulted on the possibilities before she'd been presumed dead.

"It's a reasonable proposition," Isfail said. "Prince Logran's put some thought into it since you first brought up the idea of protectorate involvement, my lady." He smiled warmly at her before turning to Corcoran. "Akira is a fierce champion of any project she takes on, my lord. Keep that it mind if you reach an agreement. It's not wise to cross her."

Corcoran laughed, sitting back with an arm over the back of Gralla's chair. "I believe it. Though it's been my limited experience that she takes charge so skillfully, you're going along before you have a chance to object to anything."

Shaking her head, Akira demurred. "Oh, Ardan has managed to object over the years."

"Only when I had a better plan," Isfail countered before a taking a bite of exceptional smoked ham.

"When did you have a better plan?"

"The pirates." His voice was muffled as he chewed. Swallowing, he grinned at the others. "She wanted to cut my throat."

Akira gave a delicate sniff. "Only to hold up my disguise. I needed to be bloody—it had to look as if I'd killed you to escape. We'd used it successfully on an earlier mission. Besides, I was going to cut my own arm before you stopped me."

At Gralla's wide-eyed uncertainty, Isfail grimaced. "As if I was going to allow that. I cut mine instead."

"Excuse me?" Gralla brought a hand to her throat in alarm.

He pulled up the sleeve over his left forearm, tracing a finger along smooth, tanned skin. "Here, but as you can see, Akira used her skills as a healer."

With a frown, Akira touched a long red scar showing just above the elbow. "What's this?"

Rolling the sleeve down—sorry she'd seen that—Isfail shrugged. "Nothing to worry about." He met her thoughtful gaze, knowing she wouldn't let it go.

Touching a napkin to his lips, Corcoran averted the storm. "You've had some intriguing missions together, from what I've heard. Is it a usual practice for an ambassador to be assigned to militia tours?"

"No," Akira replied, leaving it at that.

"Ambassador Core politics," Isfail muttered for Corcoran's benefit. "I believe it was a more common partnering under Anaran's leadership. The militia is sometimes called out to deal with more complex enforcement situations where an ambassador's skills can be very useful."

"But Most High Karsh chooses to hold the Core's abilities close?"

Isfail glanced at him with a nod. "However, Coroth saw the need to use Ambassador Muro's unique talent on certain investigations."

There were undercurrents here, Corcoran suspected. Reasons beyond what was offered.

"They had some benefits to the Core," Akira brought up quietly. "Recon Ambassadors Coran and Micharon were a result of an early alliance."

And wasn't that an ugly mission, Isfail silently recalled. Involving an arrogant, immoral lord who ordered the execution of an entire troupe of dancers and their families. Isa Coran had been the sole survivor, only due to Akira's healing talents. It was the same with the old lord's eldest son, Ivano Micharon, who'd been left to die in his sealed-off rooms, bleeding out slowly from a knife to the belly by his covetous younger brother.

He glanced over at Akira. "Your Ambassador Drinin, too. Indirectly. You asked me to watch out for a youth fitting his description a short time after one of our missions together." And never explained why, Isfail thought, but she was entitled to her own discretion. He had certainly kept secrets from her early on. "I found him in Corsalat."

She nodded, counting that as a rare success in a hopeless situation.

"I suppose, stretching a point, Alani Iro was introduced to the Core when we were sent out to find Arthon Baronan. He had killed her mother, and injured Alani. She was brought to me to be healed." Sorrow touched her face. Isfail took her hand, understanding that grief.

Wanting to chase the sudden melancholy from Akira's mood, Gralla poured more tea, asking cheerfully, "So you recruit your ambassadors from many sources?"

Akira sipped, considering. "The Core usually evaluates applicants once a season. Those interested come to Ambassador Central to present their qualifications and be tested. Men and women with force abilities are screened and assigned to an experienced ambassador for their initial training. It's similar to the process the protectorates use, though you don't require force abilities in your candidates."

"But it sounds like you brought in people you met outside the Core," Corcoran said.

"Akira is a force unto herself." Isfail smiled back to Akira's frown. "The reconnaissance teams were her doing. My lady chose her Alpha ambassadors as she saw fit."

"With the Most High's agreement," Akira stated firmly, soothing an uneasy feeling of disloyalty. "Arith, Reva, Coronan, Kalronan, Korth, and Ito were recruited directly from Core ambassadors."

Hearing the conflict in her defensive response, he shifted the conversation. "Akira tells me that Alpha brought her horse, Kahshara, to her."

"A beautiful mare," Corcoran noted. "Did she smuggle your fine stallion in from Ishal?"

Akira answered with an amused laugh. "No. Tempest comes from bluer blood."

"He's more temper than storm, is R.T.," Isfail muttered.

"Arty?" Gralla wondered.

"R. T. Short for Royal Tempest," Akira explained. "He's bred from Coroth stock."

At Corcoran's look of surprise, Isfail explained, "I've family connections. So. I was wondering if there are some easy paths to give my lady here and those horses a little exercise?"

"The perimeter trails around the protectorate are easy enough. Akira is familiar with them."

"Well then. We could take a ride after Cobon and I exercise our sword arms." Isfail smiled in anticipation, rising to get ready. "I'll be back well before sundown."

Kilronan and Osharon joined several other masters who'd gathered to watch the friendly match between Cobon and Isfail. It was soon evident that both men were adept with long blades, but Isfail steadily outmatched his protectorate friend with speed and elegance. When Cobon finally conceded the match with laughing goodwill, Isfail turned those sharp gray eyes on Kilronan.

"What say you, Master Kilronan?"

Surprised by the challenge, Kilronan glanced at Osharon, who just shrugged.

Knowing his friend's skill and abilities, Osharon felt no doubts about the outcome. He waited with Arla while Kilronan retrieved his weapon from the rack.

"You're coming off a good match, Isfail. Would you like to postpone ours until you're fresh?" Kilronan hefted the weight of his steel as he walked out on the field.

With a thin smile, spinning his sword easily, Isfail took position. "I'm fresh enough."

At a signal from an eager Cobon, each opponent tested the other's blade. With a clash, the contest began in earnest. The two warriors were matched in height and reach. Isfail had the larger build, but both men were fast, circling and maneuvering around each other, attempting to press any advantage.

Steel flashed, blurring in speed at times until those watching found it hard to follow the strikes. It didn't take long for everyone to realize that this was more than a friendly test of skill.

Arla shifted closer to Osharon. "What the hell's going on?"

Before he could answer, Kilronan skidded on a muddy patch, going down to his knees, and bringing groans from some who watched. Isfail immediately spun aside, spending his sword's slashing momentum on empty air.

Releasing her breath in relief while Isfail offered a hand to help Kilronan from the ground, Arla jabbed a grim-faced Osharon. "What's going on, Shara? For a moment, I thought Isfail would take his head."

Her companion just shook his own, absorbed with the continuing swordplay. "Later," he murmured.

On the field, Kilronan knew he'd never faced a better swordsman. Isfail easily matched his expertise and seemed unfazed by the earlier match with Cobon. Feeling his right arm tiring, Kilronan used an opening to switch the weapon to the left. Equally skilled, Isfail grinned, tossing his blade to his other hand.

Their audience grew as more protectorate staff joined the crowd. Incredulous and admiring remarks swelled as time went on with neither combatant taking the lead.

Sweat-soaked and tiring, each man drew deep from experience and stamina, determined not to lose. Then a powerful hit by Isfail numbed Kilronan's sword hand. Without thinking, Kilronan fired a force bolt with his other.

With inhuman speed, Isfail brought his sword to intercept, deflecting the bolt back even as Kilronan protected himself. A roar of amazement came from the onlookers with the crackle of energy striking force shield.

Silence fell as the two men drew back, staring at each other with chests heaving to draw in air. A moment later they grinned, simultaneously raising their swords in a gesture of respect.

"Idiots."

Startled, Osharon and Arla turned to the woman on horseback behind them. Lord Corcoran sat on his own bay gelding a few steps back.

"Ah . . . didn't know you were there," Osharon began, giving Akira an ingratiating grin.

"Don't bother," she murmured, her gaze locked on the two men leaving the field with their arms thrown over each other's shoulders. "They're still idiots."

Biting the inside of her cheek to keep from laughing, Arla nodded in agreement while she stroked Kahshara's neck. Things had just gotten a lot more interesting at Mountain Shadows.

Kilronan and Isfail were still grinning—until they looked up to find Akira watching them, her left brow raised, mouth tight.

"Damn me," Isfail muttered.

"I think that's damn us," Kilronan said as Akira turned her horse away without a word. They watched her ride from the field.

Corcoran studied them silently before lifting a finger to his forehead in casual salute. With an amused smile, he followed after Akira.

Laying the flat of his sword against his shoulder, Isfail sighed. "She'll have the sharp of her tongue for us, Kilronan. I've seen

that look before." He swiped his sweat-streaked forehead. "Ah well. There's nothing for it but to clean up and face my lady's wrath."

Isfail looked at Kilronan with a chuckle. "But it was a great match, aye."

"Worth the scolding to come." Kilronan laughed and took the offered arm.

Together, they turned to meet the congratulations of the crowd.

When Isfail walked to the guest courtyard a short time later, a stableman was leading Akira's black mare and the bay gelding down the lane. Turning in the gate, he saw Lord Corcoran leaning against a veranda post. Mentally preparing for the dressing down, he stiffened his spine and walked up the steps.

"My lord."

"Commander." Corcoran smiled. "Relax, Isfail. It was a fine match."

Isfail laid his sheathed sword across a bench. "My Lady Muro?"

Clearing his throat, Corcoran's face grew thoughtful. "Akira may see it differently. Despite her excellence as a diplomat and a warrior, she doesn't think like a man in matters such as these."

Tipping his head toward the door, Corcoran straightened. "Gralla had your dinner saved. It's in the kitchen."

"Thank her for me." Isfail winced at the sun's position on the mountain rim as Corcoran walked away.

With the door to her room closed, he used the common room entrance to the bath. Moving quietly, Isfail eased the inner door to the bedroom shut to avoid disturbing Akira. With a quick scrub under the shower to remove dirt and sweat while the tub filled, he looked forward to a leisurely soak.

It *was* a fine match, Isfail mused, sinking into hot water. Kilronan had proven to be a more than worthy opponent. Sliding down, he leaned his head back against the tiled edge and closed

his eyes, nearly groaning with pleasure as the heat eased aching muscles.

When he opened them again, Akira handed him a glass with two fingers of amber liquid. He looked at her over the rim as he drank. She still moved as silent as a cat, he thought. But so delicate—he wasn't used to seeing her so fragile, as if a hard word would shatter her.

But those amazing green eyes could still cut a man down to size. Isfail had to smile, lowering the glass. "Should I ask for forgiveness, lady?"

Akira shook her head. "You wouldn't mean it." When he held out a hand, a resigned smile touched her lips. Settling gracefully beside the tub, she linked her fingers with his.

"Why, Ardan?"

"Why were we dueling?" With a wicked grin on the handsome face, he raised her hand to his lips. "It seemed the thing to do, my sweet."

When she continued to search his eyes, he considered her more seriously. "I had to, Kira. I needed to do something with my rage."

"Dan—"

His grip tightened on her fingers as he leaned forward, tension flooding back with remembered anger. "He failed you, damn it! I thought you were dead." Isfail caught the hand she lifted to still his words.

His pain undid her. Tears spilled as she bent to touch her forehead to his. "Dan, please, let it go. Kilronan did everything he could to protect me. His team did everything. They brought me back. What more could they do?"

Releasing her hands, Isfail gripped her shoulders, pulling her closer. "I can see what it did to you, Kira. What this mission cost you! Who else can I blame? Coroth? The Core? The Protectorate? They're all accountable. How close did you come to death?"

"I *wanted* to die! He wouldn't let me."

Her sobbing admission stopped his heart.

She collapsed into his arms when he yanked her in with him, burying his face in her hair as she wept.

"I'm sorry, Akira," he whispered, over and over. Neither noticed, or cared, that they clung together in the cooling water of the tub.

When he drew back, lifting her chin to search the despair in her eyes, Isfail repeated, "I'm sorry. I should have been with you."

She shook her head. "No. I'm sorry to be so weak."

"Akira."

"We're wet," she observed, deliberately pulling sodden clothing from wet skin with a forced smile. "You're naked."

Leaning back with a sigh, Isfail allowed her the diversion—for the moment. "You're not, more's the pity." He reached out to push back the hair that hid her.

Taking his face in her hands, Akira touched her lips to his. He wondered if she was aware that it was the first time she'd initiated a kiss.

Smiling a little, he gathered her up as he stood and stepped from the deep tub. Setting her on small bare feet, Isfail began removing wet clothes. "What do you sleep in?"

"Hmm?" she murmured absently, puzzling over this unfamiliar situation.

"Clothes, sweet. What do you sleep in?" Tugging down the clinging trousers, he grinned up at her. "Just your skin?"

Stepping out of the wet pile, Akira watched him rub a linen towel down her legs. "Are you seducing me?"

Shaking his head, Isfail rose to tug the dripping shirt over her head with regret. "No, my love. I may have a reputation, Kira, but I don't take advantage. You need to rest." He didn't comment on how thin she was while he dried her arms.

Even with that, he wrapped a towel around his hips before continuing to tend to her. There was only so much a man could suppress with his hands on a beautiful woman. He smiled, remembering the first time he'd seen her without clothes. Despite her convalescence, Akira Muro could still outshine every other woman in his life.

"Why are you smiling that way?"

Isfail turned down her bed as he answered. "I was thinking of the first time I saw you without the mask of the Core. Bathing in a forest stream. You're still as beautiful."

She was silent as she remembered. He kissed her forehead before striding out of the room.

When Isfail came back, prudently garbed in loose pants, Akira had put on a sleep shirt. He sat beside her on the bed.

"Will you let me stay with you tonight?"

Her smile bloomed.

With him holding her close, Akira slept peacefully for the first time in lunams—without the nightmares, without the screams of the dead haunting her.

Fifteen

Time had run out, the journeyman admitted, nervously scanning the wall as he left his station. He should have taken his chance days ago. After that group of ambassadors left, and before this damned militia commander arrived. The ambassadors were bad enough, he thought, wiping sweat from his face despite the cool night. He'd lived in fear of them finding him out with their unnatural abilities. Now he had a soldier to deal with in her quarters.

If he'd dared take her when he first arrived, it might have been easier. Might, he repeated to himself, as he climbed down the huge oak into the hidden garden. But he had to establish trust, didn't he?

Rubbing hands slick with sweat against his thighs, he darted along the wall. It had taken some guile to discover the hidden latch. Now he held his breath, hoping the rotating section was well maintained. He didn't need a squeaking, creaking mechanism to announce him.

The courtyard was dark in the small hours of the night, with only occasional pools of light from wall-hung torches. He knew the shifting torch patterns well enough to slip among shadows to reach the terrace of the white witch's quarters. Creeping low, he made it to the far side without anyone sounding the alarm. Now he was sheltered behind ornamental plantings, just below a tall window.

Slipping a thin, flat knife from a wrist strap, he reached up to slide the blade along the casement. There was resistance before

a slight click indicated success. He grinned now as he paused to scan the courtyard and the gate closed to the lane. Nothing.

Tugging carefully, he pulled the window open, pausing again to listen for any sound within the unlit room beyond. Another quick glance behind him and he lifted himself over the sill. Cautiously parting the draperies, he breathed a sigh of relief when he saw the empty bed. Then wondered where the commander was. The man should be asleep, shouldn't he? It was just a couple hours after midnight.

Calling up his courage, he crept silently to the door that stood ajar. The common room was dimly lit by the glow of embers in the hearth. Nothing stirred. Across the way, the door to Muro's room was closed.

Sure of success now, he felt heat rise in him, bolstering his will to complete his holy task. He'd end the woman who stood for everything evil in this hell-born land. Releasing a second knife to his hand, he stepped into the room.

"Far enough."

The familiar voice of his master spoke near his ear. But it was the killing edge at his throat that stopped him.

Lamplight flared, and Commander Isfail came from the other bedroom. The cold rage in his eyes had the assassin shaking before his master took his blades from trembling hands.

If anything could match the death he'd seen in the commander's face, it was the icy contempt in Senior Master Arla's.

"You're a disappointment, Laton." Arla stepped back, lifting a short sword to replace her knife. "Now. Remove all weapons. Carefully. I want them on the floor."

Laton, pale as death, nodded. Moving slowly, he removed the knife from his other wrist strap, laying it quietly on the floor before pulling one from an ankle sheath. He stood up, and Arla flicked the sword.

"The one at your back."

Gulping nervously, he reached for it. As he drew the knife, he saw Muro standing across the room. Her face was still, emotionless,

as she watched. Could he hit her from here? Throwing had never been a particular skill for him, but it would only take a scratch.

Seeing the intent in the man's eyes, Isfail moved to block Akira at the same time Arla brought the point of her sword just under Laton's chin, saying, "Knife out and down. Now. Or you'll be dead before you try that throw."

He slid the knife out. Meeting his target's questioning gaze, Laton lightly skimmed his thumb over the deadly edge. With a strange smile, he dropped the last knife to the floor. "It's done."

But the witch turned back into the bedroom without saying a word.

As Arla ordered him to step back, away from the weapons, Laton studied the blood welling from the thin slice on his thumb. Then the breath seemed to catch in his throat, his eyes rolling back as he collapsed.

Arla stood on guard while Isfail examined the prisoner. They looked at each other in confusion when he began to convulse.

"Here," Akira held out a small black vial as she returned. "Make him drink it."

Not bothering to be gentle, Isfail jerked the man to a sitting position. Arla knelt with the bottle while he tugged Laton's head back by his hair. Forcing the rigid jaw to open, Arla poured the contents of the vial down his throat.

Akira nodded, sitting on an arm of the couch. "It should work quickly."

"What's this about?" Arla wondered, getting to her feet. As she reached down to collect the knives scattered on the floor, Isfail caught her arm.

"Have a care." Crouching, he studied the bright blades.

"Poison," Akira said quietly. "Ishalian, I believe. Ironically, it's known as the Black Death."

Looking up quickly, Arla said, "As in Ishal's Black Arrows?" At Akira's nod, she hissed. "Bastard."

Laton stirred, moaning pitifully. Using a cloth from the kitchen, Isfail picked up the tainted knives. Without anything

more appropriate to contain them at the moment, he dropped them into an empty pitcher. "Be sure these are properly cleaned."

Arla gave a brief laugh at the laconic comment as she opened the courtyard door, gesturing the waiting guardsmen in. "Search him for more weapons, anything, but watch out for sharps. He was carrying poisoned blades." Turning her head, Arla caught Akira's attention. "Anything to add, my lady?"

"I suggest a full search, and confiscate his clothing as soon as possible. He might be carrying suicide potions. The same precautions when you search his quarters and possessions."

When the master started to follow the admin guard already hustling the unsteady journeyman off, Akira touched her arm. "My thanks, Arla. Sincerely."

Touching a finger to her forehead in salute, Arla grinned. "Sometimes it pays to be cynical."

She took the arm Isfail offered in a firm grip.

"I'm in your debt," he added.

Arla shook her head. "I've no doubt you'd have handled him on your own. Tracking him first just means I avoid the embarrassment of missing a traitor on my own team. They'd never let me live that down."

His laughter followed her out, but Arla looked back before closing the door and saw the look in his eyes as he pulled Akira into a tight embrace.

Kilronan heard about the attempt when Osharon banged on his door just before dawn. Raking back long, tangled hair, Kilronan winced, pulling on workout pants while the pounding came a second time.

"All right!" he exclaimed, throwing open the door. "What the hell?"

Osharon pushed into the room, heading straight for the tiny kitchen. "Tea. Now."

Seeing his friend in uniform, Kilronan followed, saying, "I didn't know you were on duty last night. What happened to Team Arla?"

"Got called out to reinforce." Osharon yawned, setting a flame under the kettle. "Get dressed. Masters Council at first bell."

"Masters Council? I didn't get a notice." Kilronan staggered back to his bathroom, every muscle aching from yesterday's sword match.

"I said I'd pass it on since I was coming back to my quarters to change. Damn it, nearly forgot. Formal uniform, Kil," Osharon called after him.

His head under cold running water, Kilronan barely heard him. Why did he need formals before sunrise? His brain caught up while he toweled his hair.

Reinforce, Osharon had said. Arla's team had been on duty at Akira's. Throwing aside the towel, he rushed to the dining table where Osharon sat, moaning gratefully over a steaming cup.

Gripping his shoulder, Kilronan demanded, "What happened?"

Eyes narrowed as he shook fingers scalded when his tea sloshed, Osharon looked up. "You haven't heard? Arla's transfer, Laton, tried to kill Akira early this morning."

Sinking into a chair, Kilronan stared at him. "What? Why didn't anyone tell me? Send for me?"

"I *am* telling you." Pouring another cup, Osharon pushed it in front of him before topping off his own. "Didn't have any details until a short time ago. My team was called out for backup at the guest court. I was initially told that Arla had pulled off to track a missing team member. We spread out to reinforce security with an admin guard unit posted in the courtyard."

Gulping down tea, Osharon studied his friend's drawn face. "Not long after we were in position, they brought the journeyman out of her residence. He looked pretty rough, but he was standing. He wouldn't have been if he'd laid a hand on Akira. Arla came out shortly after, followed the guard to the holding cell. We got the rundown when Team Cobon arrived to relieve. Arla gave us a few details and notice that the Masters Council has been called."

With Kilronan silent, staring into his cup, Osharon puffed out a breath. "Look, your team's off the roster—on leave. The

duty master wouldn't have sent for you, or notified you since I'd already told him I would." Gulping down the last of his tea, Osharon headed for the door.

"Formals," he reminded. "Looks like the council will be sitting in judgment. Let me know when you're ready and we'll head over together."

"I'll meet you there," Kilronan replied, heading to his room to dress.

With brief regret that he hadn't packed something more suitable for a court of inquiry, Isfail pulled a pale gray sweater over his head. Since most of his pants were black they did well enough. Running his fingers through hair that could use a trim, he walked into Akira's room.

"You know, my sweet, that dress is—" He grinned as she turned on her seat to give him that 'careful what you say' stare.

"Is what, Commander?"

Placing a light kiss beneath her ear, Isfail murmured, "Dangerous. Hand me that brush."

Passing it back to him with a bemused smile, Akira said, "What are you doing?"

"Brushing your hair. For such an observant woman, that should be obvious. And when are you going to stop wearing black?"

He wanted to take her mind off the attempt on her life, to bring some humor into this dark business before they dealt with the court of inquiry.

Watching in the mirror as he pulled the brush expertly through her hair, she teased, "Do you do this for all your women? You do it well."

Wiggling his eyebrows, he gave her a lecherous grin. "Only the ones I love." At her doubting glance in the mirror, he continued, "Seriously. I've the three younger sisters, as you know, so most of my experience was learned at an early age." His eyes smiled tenderly. "And my mother. It was one of the few pleasures left to her before she died. We'd take turns brushing her hair."

He met the compassion in her reflected gaze. Akira smiled and the ghosts faded.

She handed him a silver clip, since he obviously knew what to do with it, and approved the neat fall down her back.

"I don't have much in the way of clothing, so this will have to do." Akira stood up, unaware of his eyes skimming over every detail as she took a finely woven white shawl from the wardrobe. Swirling it over her shoulders, she arranged it in an elegant wrap that tamed the outfit into keeping with the severity of the event.

Fingering the exquisite needlework, Isfail noted, "This is beautiful. Where did it come from? Alsia would love something like this."

His youngest sister, she remembered. One of his many fine traits was his love and devotion to family. "Someone in the village. I'll arrange for you to visit. Perhaps Imana has something she'd be willing to sell."

A knock on the door drew their attention. Isfail checked the knife strapped to his arm as he went to the door.

"Kilronan," he greeted easily, stepping back to let the man in. "I've been expecting you."

But Kilronan's attention went immediately to Akira. "I just heard from Osharon. Are you all right?"

"Yes. Arla was having him watched. When he left his post, she came here through the service hall to warn us and the trap was set. I was never in any danger."

He nodded slowly, but she saw the strain on his face. If she stated the obvious—that Team Kilronan was not on the roster, and not contracted to protect her anymore—it wouldn't ease his mind. Kilronan would have to accept that on his own.

She glanced at Isfail, grateful for his reserve and the understanding in his eyes.

"It's coming up on time," Isfail stated calmly. "We should head to your council assembly."

Kilronan nodded. "Let's go through the building. The meeting room is closer that way. My lady." Bowing slightly to Akira, he turned to lead the way.

The mood in the council chamber was solemn. It was a rare occurrence when the masters sat to decide judgment on a protectorate warrior; rarer still when one of their own was held to account for attempted murder. In fact, that charge had not been brought in anyone's memory.

Arla was already there, face unreadable, as the other masters filled in assigned seats placed in an arc at the head of the room. Lord Corcoran, as presiding judge, sat to the right, with Gralla beside him, recording the proceedings. Akira and Isfail were seated at a table to the left of the masters.

In the center of the room, flanked by two guardsmen with a third behind, standing with wrists and ankles shackled, was Journeyman Laton. Gray-faced with fear, dark shadows beneath staring eyes, he shivered. His eyes shifted toward the white-haired woman. How had she known about the poison? Why did she provide an antidote? He'd be dead now for his failure, instead of worrying about his fate.

Laton jerked when the High Lord called the council in session.

"Journeyman Laton, you are brought before the Masters Council to answer to charges of betrayal of the protectorate you serve, attempted murder within the boundaries of that protectorate, with the additional charge of treason in attempting the assassination of an acknowledged peer of the House of Coroth."

Corcoran's mouth tightened. "As you were caught in the act, you will not be permitted to contest these charges. Senior Master Arla will present the evidence leading to your detention."

Arla rose, stepping forward to address the council. Her voice was cool and level as she told of her concerns regarding the nervous behavior of the accused that had increased with the arrival of Recon Alpha. The low profile Laton had maintained until the ambassadors left.

"With all of that arousing my suspicions, I decided to put a watch on Journeyman Laton. I felt he was either emotionally unsuited to continue with Mountain Shadows, or he had come here planning some threat."

She narrowed her eyes as she glanced at the prisoner. "Feeling that such a threat might be directed at Lady Muro, he was always under surveillance when Team Arla had guard duty. When surveillance reported he'd left his post last night, he was followed while I warned admin and called for backup. I immediately went to her residence through the service chamber to alert Lady Muro and her guest, Commander Isfail, to the possible danger." Nodding to them, Arla continued, "The three of us quickly decided on a plan to trap Laton if he did enter her quarters."

Briefly and concisely, she detailed everything that occurred from the time Laton broke in, to the time he was turned over to the guard.

"These events and his own evidence clearly incriminate this man." Arla indicated the table where Laton's knives were laid out under glass trays to protect the unwary. "He was apprehended in Lady Muro's quarters, with knives in hand and others secreted on his person. At least one and most likely all have been coated with a fast-acting poison.

"When apprehended, he deliberately cut himself; apparently planning to die rather than face judgment. Recognizing his intent and the signs, Lady Muro retrieved an antidote from her case. This was successfully administered to the prisoner, and he was taken into custody."

Arla stepped back to take her seat while Lord Corcoran stood to address the masters. "This man stands accused, verified by his own actions and witnessed by those present. This council is charged to rule on the following."

Reading from a leather-bound journal, Corcoran stated, "First: Based on the evidence presented, Journeyman Laton has betrayed oaths taken to Mountain Shadows Protectorate to serve and defend the citizens of Caldala. The penalty for this betrayal states that Laton will be dishonorably discharged and stripped of rank. He will no longer be eligible to serve in any capacity, in any of the defense services throughout Caldala."

Lord Corcoran faced the seated masters. "Beginning with Master Arla, I call a show of hands from those who vote to convict and act on the penalty as read."

One by one, each master raised a hand. Gralla recorded the names and tally.

"Since the vote is unanimous to convict, I'll move on." Taking up the book again, Corcoran read, "Second: Witnesses have verified that the accused entered the residence assigned to the Honorable Lady Akira Muro without seeking permission, and in fact used subterfuge and guile to access a locked window to enter unannounced. Once inside, taking care not to be detected, the accused, armed with poisoned knives, moved with nefarious intent farther into the residence. At which time, he was intercepted by Senior Master Arla and ordered to lay down weapons. In the course of doing so, Laton deliberately wounded himself in an apparent attempt at suicide, implying he understood the consequences of his actions and came prepared to avoid justice. Such actions suggest a deliberate intent to cause harm, if not murder."

He looked to Arla. "Did you interrogate the prisoner, Senior Master?"

She stood to answer. "I did, my lord. He admits he planned to kill Lady Muro, and Commander Isfail if he needed to get through him to his intended victim. It was his plan to attack while they slept. He only needed to inflict a cut for the poison to finish his work."

And a sniveling coward he was, Arla thought silently, narrowing her eyes at Laton again. "He has not yet revealed whether this was his own plan, or if he is part of a larger conspiracy."

That set off a quiet rustle among the assembly as some considered that possibility for the first time. At a signal from their lord, there was silence once more.

"The council will address the charge as stands. The accused, Laton, did illegally enter the residence of the Honorable Lady Muro with the intent to commit murder or murders. The penalty

for this offense is imprisonment until the prisoner is remanded to Coroth for execution.

"I call the vote."

Once again, it was unanimous.

Book in hand, Lord Corcoran continued solemnly, "Last: The prisoner, Laton, having been found guilty of intent to commit murder, is charged with treason in acting deliberately against a known peer of the House of Coroth; in this case, the Honorable Lady Akira Muro. As the prisoner has admitted he meant to kill Lady Muro, a vote by this council is moot and the charge is proven. As, by his admission, he would have killed Commander Ardan Isfail if it had proved expedient, there is an enhancement to the count of treason. Commander Isfail is a member of the royal house."

There was another ripple through the masters at this revelation, but only Kilronan looked over with an inscrutable expression before turning back to Corcoran's summary.

"The prisoner has been found guilty of all charges. The last, the confirmation of treason, requires that he be immediately transported to the capital, where the prince will decide the method of public execution."

The guards to either side gripped Laton's arms when his legs buckled.

"Does the prisoner have anything to say?"

How could he speak when his terror made it impossible to stand? Laton thought, shuddering as an icy dread overcame him.

Lord Corcoran addressed his masters. "Does anyone have questions for the prisoner?"

No one was surprised when Kilronan stood. "Why was Lady Muro your target? What cause do you serve?"

Laton looked up at the deadly voice. Glancing frantically to the woman, he still refused to speak. He cringed back when Kilronan strode forward. No one objected when the master jerked him up by his shirtfront.

"Who sent you?"

Garbled nonsense came out until he felt the blade against his throat. His eyes flicked back and forth in desperation.

Akira was the only one who moved to intervene, but Isfail gently restrained her.

"I won't kill you," Kilronan murmured. "But you'll wish for death long before the prince has you drawn and quartered." He retracted the blade before forcing Laton to face his intended victim.

"Why?" Kilronan repeated.

"W-witch," Laton stammered. "She's the w-worst of all of you. W-we will end you. We are the bow whose arrows strike down the unnatural."

After one head-rattling shake, Kilronan released him. Without comment, the guards gripped the prisoner's arms once more.

"Look for a scar on the left side of his chest, just below shoulder level. A crescent with three arrowed lines," Akira said.

Isfail joined Kilronan as he pulled the prison tunic out of the way. He met Akira's searching look with a nod while Kilronan confirmed, "It's here."

"He's from Ishal," she told them, lowering unsteadily to her chair. "The Bow is a fanatic sect dedicated to eliminating all those with psychic and force abilities."

Isfail returned to stand behind her, his hands firm on her shoulders to comfort.

"It was founded by an exiled Caldalan—Arthon Baronan."

Sixteen

"Strange, isn't it? What comes full circle," Osharon noted, seated with Kilronan and Arla at the pub that night. "We were there when all this started, years ago."

Frowning, Arla set down her ale. "We were trying to track the bastard when he fled the country you mean."

"Yeah. Funny how Isfail and Akira were there, too, remember? At Baronan's Keep, just before we arrived."

Kilronan looked at him. "Is there a point buried in there?"

"No point." Osharon shrugged. "Just interesting. Baronan made it out of Caldala somehow. Now we've got some crazy cult of his wanting to kill those of us with force powers."

"Cobon brought the commander," Arla interrupted, tilting her head toward the door.

To their surprise, Kilronan lifted an arm to signal them over.

"What a day." Cobon sat heavily, letting out a long breath.

Osharon tipped back in his chair, studying Isfail. "Royalty, eh?"

"Not to worry. The family disowned me at birth." Isfail's voice held amusement.

Appreciating the humor, Osharon let out a laugh. "That's all right then. Ala, these men could use an ale," he called to the bar.

Kilronan signaled another round. "Akira?"

"She's writing a report for Coroth," Isfail informed him. "And asking for whatever information is known on The Bow. The prince will get whatever the Core has."

Arla smiled, greeting Jor's daughter as the drinks were served. Returning to the conversation, she said, "Akira seemed to know about this group already."

Nodding, Isfail considered how much to tell them, wishing Akira were here to guide the discussion. "She was involved in the hunt for Baronan, even after he escaped justice in Caldala. Over the years, she's gathered considerable intelligence on him." He saw the curiosity, but wasn't easy giving more specifics for now, though there was one thing they might already know. "Ishal granted Baronan sanctuary, refusing extradition."

"And got what they deserved when he instigated the uprising about ten years ago," Cobon grumbled.

Isfail sent him a cool look. "Most who died were innocent civilians and soldiers loyal to their lawful government, warriors from neighboring countries sent when help was requested. They didn't deserve to have their lives stolen."

The bitterness underlying Isfail's stern rebuttal had Kilronan studying him more closely. There was something personal there.

"Gattes Brigade out of Corsalat," Kilronan remembered. "Not far from your territory. Most were killed in Ishal, at Kittric Harbor, ambushed by Baronan's rebels shortly after they landed. No one knows how the rebels learned they were coming. You must have known at least some of those warriors."

"Aye," came the terse response before Isfail took a long drink of his ale.

Cobon laid an apologetic hand on his friend's rigid arm. "Aye, and a fool I am, forgetting. Amsha told me years ago. You were there, weren't you? Almost died." He looked around the table. "Lady Amsha of Ocean Cliffs Protectorate. She ran tame with us as children. Gattes second-in-command, Amsha managed to get over twenty back home. She wrote me that Isfail here took over seven arrows before he went down."

"Hard man to kill," Arla murmured with respect.

Osharon saw the discomfort on the commander's face. "Guess it really doesn't help to be royalty, does it?"

Grateful for the off-hand remark, Isfail shook his head with a slight smile. "Disowned me, as I said."

"It's a miracle any of you got home," Cobon persisted.

Fisting a hand at the edge of the table, Isfail sat back. "A loyal ship captain and his crew," he told them, waiting for the reaction. "And Commander Akira Muro." He met the stunned look in Kilronan's eyes as the others leaned in to listen more closely.

"She wouldn't have been more than twenty-five years old," Kilronan retorted with disbelief.

Isfail smirked. "You doubt me, Master? I wouldn't be here without her healing skills. More importantly, none of us would have made it back if her team of ambassadors hadn't come along in time to get us out of that hell hole."

"What were they doing there?" Arla asked, folding her arms on the table and ignoring Kilronan's ill-tempered look.

"You should talk with Akira about that. I can't say whether that information is common knowledge."

"Is that how you met, then?" Cobon asked.

"No. Akira was first assigned to one of my missions when she was about two years with the Core, maybe sixteen or seventeen at the time. The prince requested her on several more missions over the years."

"Including the initial search for Baronan," Kilronan noted, remembering the carnage at Baronan's Keep.

Arla was fascinated by the idea of an ambassador riding with the militia. "Why did Coroth want her working specifically with your unit?"

"Only on certain investigations. Once the prince learned the scope of her abilities, he wanted to know if such an alliance could aid more complex missions. With our family ties, I could report the benefits back to him directly, knowing what he was looking for." And that was a tactful way of avoiding the deeper purpose of Logran's schemes, Isfail decided.

"I'm surprised the Core agreed to it," Osharon said.

"Karsh couldn't override a direct request from Coroth."

"Akira was very young to be riding with a militia unit," Kilronan prodded, annoyed by the news. "An impressionable age to be under the command of a much older man."

Cobon raised his bushy eyebrows in surprise while Arla stared at Kilronan. Osharon just rolled his eyes.

"A partner, never a subordinate." A slow, deliberately provocative smile spread over Isfail's face. "I'm surprised, Kilronan, that you'd assume Akira was impressionable. If you believe she could ever be manipulated or maneuvered by any man—or woman—you don't know her as well as you seem to think."

Kilronan's green eyes fired. "I know she was in a very vulnerable state of mind."

Nodding, Isfail allowed him that. "Aye, so I've learned over time. The advantage of being a . . . more experienced man, we'll say. I wonder if you really know all her vulnerabilities. Akira's dealt with more than anyone should have to. Beginning at home," he added ruthlessly. "And throughout all the years with the Core. Akira Muro has never been anyone's fool. She's suffered and she's conquered. She's more than you or I will ever be. Akira's a woman who deserves far better than life has allowed."

Isfail rose, pulling on his jacket before tossing coins on the table. "Next round is on me." Nodding to the others, he had one last shot for his rival.

"I want *that* woman, Kilronan. I want to help Akira have the life she deserves. And I want to share that life with her. You'd better get used to it."

The masters were silent as they watched the commander stride from the pub. Osharon called for another round before giving his friend a lopsided grin. "Well. He made that clear enough."

Seventeen

Kilronan leaned back in his chair, trying to focus on the book he was reading. The day was unseasonably warm so he got up to open a window. From there, he could see the walls of the administration compound rising above the protectorate fortress.

Returning restlessly to his desk, he tried to take his mind off Isfail's challenge of the night before. Kilronan wondered if he'd been that obvious, or if Akira had told the man about them. What would she have said?

What would she say to him, whenever she got around to explaining anything about this?

Quick steps up the stairs had Kilronan looking over to see the curly head of one of last year's recruits pass his window, followed by a sharp rap on his door.

"Good day, Senior Master Kilronan." The young man saluted respectfully when his superior answered.

"Hello, Journeyman. How are you doing with your team?"

"Very well, sir," he replied eagerly, "I start in the armory this week, learning weapons!"

Kilronan chuckled at the enthusiasm. "That was always my favorite unit. What do you have for me today?"

He snapped to attention, handing over a sealed note. "Yes, sir. I have a message from administration."

"Thanks. Good luck this week," Kilronan called after him as the young man started down the stairs. "And don't forget, the blades are sharp." He grinned as laughter sounded from the court below.

Closing the door, Kilronan looked at the note, pausing in surprise as he recognized his mother's elegant handwriting. Breaking the seal, he read the message through, amazed by the news it contained.

Twenty minutes later, Kilronan rang the bell at a visitors cottage on Fair Valley Lane. A vivacious redhead shrieked with delight when she opened the door. Flinging her arms around him, she called out, "Mother, Kilronan's here already!

"Come in, come in! Let me look at our family hero." His sister, Mara, tugged him inside. She closed the door quickly as two small boys came running in to wrap themselves around his legs.

Kilronan laughed as he grabbed the youngest, tossing him into the air while his older nephew clamored loudly, "Me, me! Me next."

"Yes, you next, Maan," Kilronan agreed as he tossed the giggling Nironan to his waiting sister to pick up the other child. "Whoa. You've grown, boy," he teased, pretending to have trouble launching him into the air.

"That child is going to hit the ceiling," worried his mother, an attractive woman with heavily graying auburn hair. Ara Kilronan hurried in, closely followed by his father, Miden, an older image of his son.

Kilronan put a protesting Maan down and hugged his mother until she pushed away to examine him carefully.

"Well. I'm glad to see you're no worse for your latest adventures." Ara smiled in relief.

"My turn." Miden grasped his son's forearm before pulling him into a strong embrace. He looked him over, nodding proudly. "You've brought great honor to our house, Kilronan."

Mara laughed as her brother actually blushed. "Come on, great hero. Come meet your niece."

His willful younger sister dragged him away as Kilronan grinned helplessly back at his parents. Moments later he smiled down at the baby sleeping in her basket. "She's beautiful, Mara.

Just like her mother," he whispered, lightly stroking the reddish down on the baby's head.

"Why, Kilronan, you can say the sweetest things." Mara looked at him incredulously before narrowing her eyes. "What have you done with my brother?"

He grinned at her, slinging an arm over her shoulders as they walked out into the garden, where their parents sat watching the boys play. "It's great to see you, too. So, what are you all doing here?" Kilronan took a seat at the table while his mother poured him a cold drink.

Ara glanced at Miden. "Well, you know we had to cancel our usual summer plans because of your mission. When we heard you were back and everything was over—well, the cottage was available, and Mara had taken time off with the baby, so here we are," she rushed through nervously.

"What your mother's trying to say is that she was worried sick about you and had to see for herself that you were safe and well," Miden added, patting his wife's hand.

"It's all right that we came, isn't it?" Ara said hesitantly.

Kilronan leaned over to kiss her cheek. "Of course it is. I'm happy to see you."

Mara looked at her parents, then asked the question they all wanted to know. "And Lady Muro, Kilronan? How is she?"

He blew out a breath, deciding to keep it simple for now. "She's doing well. Akira's able to get about more now."

When the other three exchanged looks, Kilronan tipped his chair back, crossing his arms over his chest. "What's up?"

"There's the baby," Mara exclaimed and ran into the cottage.

Suspicious now, Kilronan turned to his father, who just smiled calmly and nodded to Ara.

Moments later, Kilronan stared at his mother in angry surprise. "You did what?"

"Don't look that way," she pleaded. "You don't know what Akira's mother has been through."

"What *she's* been through?"

Ara looked away from the cold anger on her son's face. "I'm sorry. I suppose I shouldn't have said it that way. I know this has been terribly difficult for Akira."

"That's more than an understatement!" Kilronan forced back his resentment at this turn of events. "Akira might want to see you, but I don't know how she'll react to Aino Muro coming here. I'll have to feel that out."

Turning back to his mother, Kilronan stated adamantly, "I won't have her upset by this! Akira's been through enough, and without her own mother's support."

"I know. I really do. Aino never really accepted Akira's decision to join the Ambassador Core." Ara sighed when her son walked away from the table.

Kilronan paced the garden as his parents looked on in concern. "I can't believe you invited Madame Muro to come with you. Why didn't you talk to me first?"

"I didn't actually invite her, Ai—" Her anxiety had her slipping back into her son's given name. Frustrated with all of it, Ara said, "I'll never understand this protectorate rule about giving up your first name! Your family should be able to call you by your name."

Both father and son rolled their eyes. It was an old argument.

"Mother."

Ara took a deep breath and folded her hands to keep them from flying about. "She learned we were coming and asked if she could travel up with us."

"Madame Muro asked to come here? Why?"

Miden answered this time. "Presumably because she loves her daughter, Kil." He stood and walked over to place a hand on his son's shoulder. "I know you're trying to protect Akira, and we certainly have no idea what she's suffered. But perhaps you could see Aino and judge for yourself."

"The Most High Ambassador sent her a letter saying that Akira had died at High Pass. Your letter to us, saying that everyone had survived, arrived two days later." Ara pleaded with him to understand a mother's grief.

Remembering how he'd felt as Akira hovered between life and death, Kilronan sighed. "All right. Let me talk to Akira first. I'm not going to spring this on her after I've already seen Madame Muro."

His parents looked relieved when he sat back down, rubbing his hands over his face as he wondered what to do about this.

Mara came back now, holding her daughter out to Kilronan. "It sounds safe enough."

Her brother scowled as he muttered, "Since when did *you* become such a coward?"

"Hey, I have three children depending on me, you know," she answered cheerfully.

Tucking the newest member of his family expertly into the crook of an arm, Kilronan cheered up again as he studied the baby girl staring intently up at him while sucking on her fingers.

"So, am I supposed to just call her the new baby, or does she have a name?" he inquired as the baby clutched his little finger.

Mara watched him closely as she answered. "Nian and I named her Akira. She was born the day Aino got the letter from the Ambassador Core. I hope you don't mind."

Kilronan looked at her for a long moment, then turned back to the little girl. "No. I don't mind," he murmured.

"You're not going to drop that baby are you?" Ara's anxious voice broke through his sudden distraction.

"No." He returned his full attention to the baby, who kicked tiny legs while she gurgled.

"Oh, Mother, Kilronan's better with her than I am," Mara said impatiently.

Kilronan handed the baby back to his sister when little Akira began to fuss, smiling as Mara sat down in a shaded swing to nurse her daughter.

"When did you get here?" he asked, turning back to his parents.

"Early this morning," Miden replied. "We stopped at the Wayfarer's Inn outside Green River last night, but your Mother had us all back in the carriage by daybreak."

"There's so much we'd like to hear about, Kil," Ara said excitedly. "About your mission and all, but especially about Akira. I haven't dared to ask much in my letters." She looked hopefully at her son. "After so long, it must have been . . . interesting to see one another again."

Mara listened and watched her brother's face, curious to see what he would reveal.

"Yes, I guess you could say it was interesting," Kilronan finally replied. "Difficult for both of us at times. It took a while to really talk to one another again, personally, that is. I'd say we still don't really know each other."

Determined to ease the tension he felt from his son, Miden entered the conversation. "Well, she's reputed to be the greatest ambassador the Core ever saw; even greater than Anaran. That must have been quite an experience to work so closely with her on a major mission. And your own team gained national renown for skill and courage." He paused in surprise when Kilronan frowned and stood to pace the garden again.

"My team is incredible," he acknowledged. "Even better for having Akira's leadership and training this year. But *we* didn't stop the Mors. High Ambassador Muro did." His face paled as he recalled the flaming figure touched by lightning.

"Aiden," his mother said softly, tears rising as she felt his distress.

"I'm proud of my team, proud of our work, but I let her down. She nearly died on that mountain. I saw all the warning signs that she was going to risk her own life to stop them." Running both hands through his white hair in agitation, he admitted, "And I couldn't protect her. I couldn't do my job."

Miden stood, not knowing whether to go to him or not. "Kilronan, I know you. I know you did everything you could possibly have done. I don't know how she closed the pass or what happened on that mountain, but your team succeeded in saving her life."

"You don't know what she did?" Kilronan exclaimed. "She moved the damn mountain and channeled a lightning bolt to

blow a hole in the side of Lake Shisalla! She blocked High Pass and drowned the Mors. And before she did that, she force blasted *me* to safety—leaving herself unshielded."

He dropped to his knees in front of his stunned family. "I abandoned her all those years ago—and she still loved me enough to protect my life over her own."

Ara ran to hold him as he broke down. Her eyes were wet with grief when Miden's strong arms encircled them both.

Mara led her questioning children into the house, wiping her own tears as she felt her brother's anguish.

Here," Miden encouraged as he handed his son a large whiskey.

"Thanks," Kilronan said quietly. It had taken some time for the emotional backlash to subside.

Mara had put her three children down for their naps. Now the four adults sat in the comfortable sitting room of the cottage. She sipped her tea as she studied her brother's remote expression. Everyone was silent, not knowing how to proceed.

Then Kilronan looked up at them. "What happened before Akira went to the Ambassador Core?"

Ara glanced at Miden before she replied cautiously, "I'm not sure what you mean."

"After I left for the protectorate, the time until she went into the Core. What was going on? There was no mention of her in your letters."

His mother sighed. She'd hoped this would never come up. "I suppose we had our own heartache then. Do you realize that you hardly ever asked about Akira once you left?" Her heart broke a little when her son lowered his head.

"She was so much a part of our family before that. Akira never said anything about hearing from you, never complained, but she eagerly read every one of the few letters you sent to us that first year. Later, she didn't ask to read your letters, she stopped coming to visit us."

Ara reached over and covered one of his fisted hands with hers. "What could I say to her? Your father and I, we had expected her to become our daughter in fact someday. I never felt I could ask you about it once you left. I didn't know you were in love with her until you finally came home on leave."

"You were obviously fond of Akira before you left. But a young man leaves home, meets more girls." Miden met his son's green eyes when they looked at him. "You never said anything to us about your feelings for Akira. Your letters seldom mentioned her. I thought you'd moved on, Kilronan. We couldn't encourage what we now believed were false hopes. Akira had a right to move on in her life, too."

Self-loathing burned in his gut, but Kilronan needed the rest. "What happened after that? After she stopped coming to see you?"

Mara said quietly, "She changed quite a bit then. Akira had always been comfortable with me hanging around her, like a puppy." She smiled at the memory. "When she first stopped coming to our house, I'd go to Akira's, asking her to come out and play with me." Here she paused, looking at their mother.

"Madame Muro had changed, too. She was more reserved with me. Akira wasn't often home." Mara looked thoughtful as she continued, "I found her one day, skipping stones on the lake. Her hair had begun to turn white. I was a prying child and I asked her about it, wanted to touch it. She just gave me a sad smile and shook her head. I asked why her eyes were green, not brown anymore. She didn't answer, just kissed my cheek and walked away."

"She left for the Ambassador Core just days after that," Miden said.

Ara took her son's face in her hands. "I guess it's time . . . maybe past time, to tell you. Akira grieved, Kilronan. She avoided village gatherings. Scarves covered her head, so we were unaware of the Psyche changes until her eyes shifted to green. Master Maran tried to talk to her about it—he was so excited for her. He told me she only ran away from him in tears."

Kilronan flinched. "What about her father? You were always so close."

"Not by that time," Miden corrected him. "Nothing was ever said outright, but I think her father was trying to protect her from more heartbreak. Hiro never came over after that first year. We never saw them socially because they declined any invitation to get together, which was part of why we didn't know about the Psyche shift for so long."

"Aino did change a lot," Ara confirmed, unhappily. "She was more anxious, even angry with us. I tried to talk to her. The last time I mentioned you, she said she didn't want to hear about you, that you had let them down." Ara sighed deeply again. "I didn't try to see her after that. I worried about Akira, but she'd hardly speak to us even when we did see her. Then she was gone."

"The Muros were never the same after Akira entered the Core. Personally, I blame Aino." Miden sent his wife a stern look when she objected. "She grew bitter and refused to talk to anyone about Akira, wouldn't stay at any gathering if Ambassador Muro was being talked about. Hiro hardly ever left the house. I think he died too young, trying to hold onto his daughter while Aino pushed her away." He got up to pour himself another stiff whiskey.

"It was hard on them," Mara offered more compassionately. "Ambassador Muro's reputation grew so quickly. And I believe Master Maran deliberately kept her memory alive at Psyche Lakes those first years, until her own fame overtook his efforts. He always seemed angry with the Muros after Akira left. As if he resented them for not being pleased about her abilities."

"You know she rarely came back?" Miden queried.

Kilronan nodded. "She told me she only went back for her father's burial."

"Aino treated her terribly. I never wanted to tell you." Ara looked close to tears again. "I happened to come upon Aino and Akira near the lake the day before the funeral. Aino was screaming at her. Akira was veiled—she never said a word, just stood there listening to the accusations.

"I actually stopped, wanting to say something, it was so horrible. Then Akira noticed me. She nodded but never said anything, just turned and walked away with Aino cursing her."

"You never told me about that." Mara looked at her mother in concern.

Ara frowned. "What was I supposed to say? Aino had been my closest friend. To see her abuse that innocent girl—" She stopped when she saw the look on her son's face.

Miden quickly took up the telling. "Well, we did see Akira, if you can call it that, one time more—at Hiro's burial. She sat apart with Maran, not at the family pew. Like a stone statue the whole time."

"We did see her the night before, actually," Ara remembered. "At the evening wake. We came in while she was with her father's body."

"That's right," Miden acknowledged, nodding. "I always felt bad about that; her whole bearing was so grief stricken. She was holding his hand. We left immediately, but I think she knew we were there."

"Yes, she did." Ara noted sadly, "She came over to us after the burial. Thanking us for respecting her privacy the night before. She asked about you, Aiden." As he looked up in surprise, she said, "Her voice had changed, it was lower and more serious sounding."

"What did you tell her?"

"I told her you'd reached journeyman rank. I let her know how proud we were of your career accomplishments. She nodded but really didn't say much more." Ara smiled uncertainly. "I did ask if she wanted me to give you any message from her. She said no."

"Conan Bara, the Lake View innkeeper called the militia captain the next morning to have Aino removed from his property," Miden stated abruptly, causing his wife to shake her head. "No, Ara. We've said this much. Kilronan has a right to the full story if we're asking him to get involved in this mess.

"Madame Muro apparently had to have the last word before Akira left," Miden continued firmly. "Conan told me she came

to the inn at sunrise to see Akira. He could see Aino was upset, thought it was because of Hiro's death. But Akira told him she would see her. Conan could hear the mother's verbal abuse from the lobby less than five minutes after he showed Aino to the room. He ran up to intervene but couldn't get Aino to stop. Akira didn't say anything the whole time."

He blew out a breath. "Then Aino threw something, hitting Akira in the face. That's when Conan summoned the militia to have Aino removed." Miden watched as Kilronan stood abruptly and moved to stare out the window. "You remember Conan, he was just a few years older than you, Kilronan. He tried to court Akira after you left, after he saw that she'd separated from our family. He knew we'd been close to her. Conan sent a runner to ask us to come see if Akira was all right. We came immediately, but by the time we got there she was already gone."

There was a long stretch of silence before Kilronan said coldly, "And you want me to convince Akira to see this woman."

"Akira?" Kilronan called out as he opened the courtyard door later that day, carefully maneuvering the basket Juniro had prepared for him. Placing it on the dining table, he knocked softly on the bedroom door before opening it.

She lay asleep on the bed, a small array of personal treasures near her hand. Kilronan came in, lowering silently to the chair next to her bed to look at each keepsake.

A curling lock of auburn hair tied with rose-colored ribbon. A flat, water-polished stone unique to the geology of Psyche Lakes. A medal-of-valor engraved with her father's name. And a small, gold locket spilled from her open hand.

Kilronan was surprised to see his own miniature, a mate to the one he had of her. Carefully picked up the little painting, he smiled as he studied the image—the reckless grin, untamed auburn hair, and hazel eyes. He wondered where she'd gotten it.

"Your mother gave it to me."

Her eyes were open, watching him.

"I thought it looked familiar, but Mother still has hers."

Akira rolled slightly toward him. "She had this one made for me when you left. It was very thoughtful of her." There was a curious undertone of sadness in her voice.

Wanting to cheer her, Kilronan asked about the other items. "This looks like your hair." He gently picked up the auburn lock to feel the silky strands.

"I wanted to have something to remind me how I was before the Psyche change took over. I think I cut that when I turned fifteen."

Laying down the hair, he picked up the stone. Tossing the smooth, familiar weight in his hand, he grinned. "Is this to remind you of our village?"

"To remind me of the boy who gave me that stone one summer, when he tried to teach me to skip stones across the lake. Among other things." She smiled a little.

Kilronan studied the stone, rubbing it with his thumb. He remembered that summer, the last one before he'd left. The last one he'd spent with her until this year. The one when they'd begun to explore an awakening love affair with summer kisses, sweet and innocent then.

"Your father," he said, putting the stone down and taking up the medal. "You know, you're a lot like him. Of course, *you're* a lot prettier, as I recall."

He'd expected to draw out a laugh, at least a smile. But she was solemn, withdrawn now.

"What's that in your hand?" he wondered, searching for a distraction. "It looks like a birth locket."

Her expression became even more elusive. Akira lifted the gold locket, opening it to reveal the engraving inside. One half showed the initials of her mother, the other read 'Akira' with her birth date. "Hiro had this made when I was born. I found it in his hand at the wake before his funeral. Aino had put it there to be buried with him," she whispered. "I took it back."

Kilronan moved to the bed and pulled her into his arms, but she had no tears to cry after all the years. She just held on while he rocked her.

All too soon, she pulled away. "I'd like to sit by the fire. You can tell me what you've been doing."

Following her into the living room, Kilronan admitted, "I heard the commander's hunting with Cobon. So I asked Juniro to put together a basket of food."

"You're welcome here, Kil. You don't need to wait until Ardan's gone."

"He doesn't like me, and I want you to myself." He grinned at her easy laughter.

"He does like you, he told me so."

Kilronan scoffed at that, then had to admit, "I like him, too. I'd like him better if he wasn't trying to take you away from me."

Settling on a chair, Akira considered him somberly. "No one has me. Not even myself."

Not sure what to make of that, Kilronan lifted the basket. "Hungry?"

Akira worked up a smile, trying to pull herself out of her depression. "It needs to be eaten outside."

"Outside then." Taking her hand, he led the way into the courtyard, where he spread a blanket over one of the benches.

Lifting her face to the breeze, Akira watched the first colorful leaves of harvest season spin in a last dance to the ground. Smiling more easily, she took a bite of the grilled quail from the plate he handed her. "Yes. It's definitely outdoor food. Tell Juniro I thank him very much."

Kilronan chuckled, leaning over to kiss her cheek.

"Hey. How come I never get invited when there's food?" Osharon's voice was sad with feigned disappointment as he walked toward them.

"It was a private party until you showed up." Kilronan laughed when Osharon grabbed one of Akira's hands and pulled it to his lips.

She smiled at his foolishness. "If you behave, I think there might be enough to share."

"You're most generous, Akira, but I've already eaten," he informed them, sitting down on the other side of her. "What's this about your family showing up here, Kil?"

Akira listened, continuing to eat as Kilronan said ruefully, "I have no privacy in this place. Why do you think I keep my parties secret?"

"Actually it gets worse, Shara," Akira joined in. "Aino's here, too."

The men looked at each other in surprise.

"How did you know that, Akira?" Kilronan asked, wondering if her psychic powers were returning. "I was trying to figure out the best way to tell you."

Akira looked at him curiously. "That was very thoughtful of you. But Gralla told me earlier today."

Osharon frowned, hearing the careful detachment in her words. He glanced at Kilronan, seeing the troubled look on his friend's face.

"So. What would you like to do about it, Akira?" Osharon asked gently, trying to take some of the burden from Kilronan's shoulders.

"Do? I don't have a choice. She's here. I'll have to see her."

Akira sounded resigned now, as if she were required to face the latest in a long line of mortal dangers. When she lifted a trembling hand to the scar near her right eye, Kilronan's mouth tightened grimly.

After pausing a moment to compose his feelings, Kilronan knocked on a door at the inn. Osharon patted him on the shoulder.

"Thanks for offering to come, Shara."

"You've been through enough for one year, I figure. Maybe I can help defuse this situation."

They stopped speaking as the door opened and Madame Aino Muro looked out at them. A thin woman of average height, she'd aged beyond her years since the younger men had last seen her. They bowed respectfully.

"Madame Muro? It's been a long time. I'm Master Kilronan and this is Master Osharon."

"Please, come in and have a seat. When I received your note, I asked the innkeeper to bring up some refreshments," she replied, standing aside for them to enter.

The room was light and airy with a spacious seating area overlooking the valley. Madame Muro indicated two comfortable armchairs before taking the sofa. Kilronan thought how much older she looked, older than his mother.

"Please sit down." Aino smiled a little, looking at the two men who had once been children who'd played in her fields. "It has been many, many years, hasn't it? You were just boys the last time I set eyes on you," she said thoughtfully. "Now you're such fine men. And you, you are doing well?"

"I can't complain. The protectorate keeps me out of trouble. For the most part." Osharon winked.

Aino smiled at his impudence. "It's nice to see you haven't changed that much. You were always such a pest as a boy. Teasing my poor cattle."

"Hey, that bull didn't like me," Osharon's voice rose in a parody of fear.

Aino and Kilronan chuckled.

She looked at Kilronan. "And you, Kilronan?"

"I'm well," he replied with careful neutrality now.

Osharon waited as the silence between them drew on until Madame Muro sighed, her eyes regretful.

"And the Honorable Lady Muro?" she inquired softly.

"She's recovering, madam."

Aino looked away a moment, until the silence was broken by the innkeeper with the refreshments. There was only light conversation as she served the tea and handed around a plate of small cakes.

Now Kilronan steeled himself to ask, "Why are you here, Madam Muro?"

Osharon choked on his bite of cake at Kilronan's blunt question.

"Perhaps you would be so kind as to call me Aino, masters. I believe we're all old enough and have been acquainted long enough to dispense with some formalities." She sounded tired now.

Looking into Kilronan's disconcertingly green eyes, she said, "As to why I have come— I was hoping to see Akira. If that is too much to ask, I will go back home."

"Akira knows you're here. She has agreed to meet with you. But I have something to say to you first," Kilronan stated. "I know you were grieved to receive news that Akira had perished on her last mission." He watched as Aino's eyes dropped, her head nodding slowly.

He continued with more compassion. "I am sorry you went through that. But Akira has endured more than you can possibly imagine. If you wish to meet with more accusations, disappointments, or criticism of the life she chose—"

"No." Aino was staring at him, horrified.

"Please stay away from her," he finished. "Akira never deserved that, and she doesn't need it now. There will be no further abuse from you, by word or action. I won't allow it, do you understand me?"

Osharon realized he'd been holding his breath throughout his friend's brutally direct statement. Releasing it slowly, he waited for Aino's response.

"You love her very much, don't you, Kilronan?" Her question took them both by surprise.

"Yes, I do."

She nodded slowly. "Only a man so much in love could be so bitterly honest in his efforts to protect someone." Aino rose stiffly and went to look out over the valley. "I won't insult either of you by pretending not to understand your words. Or deny that I have treated my only child disgracefully for over twenty years. Perhaps I would have been a stronger, a better mother to her if Hiro had lived. I don't know, and it doesn't make a difference now. The damage is done.

"Master Kilronan. I cannot take back my cruelty or the long years I've failed as a mother. My daughter may well be lost to me, and deservedly so." Her voice caught for a moment. "All I can say is I'd like the chance to apologize to her."

Aino's eyes were full of despair as she looked at the men. "You can't know—should never know—how terrible it is to receive news of your child's death. To realize you can never be forgiven for your failings . . . never say goodbye. Never tell them how much you love them . . . how proud you are of them!" Her voice broke and she buried her face in her hands, sobbing hopelessly.

Eighteen

He felt the change in his sleep. With a soldier's instinct, Isfail was immediately awake. Cold, she was so cold in his arms. Lightly tracing the still face, he felt her tears. When she murmured indistinct words, he could hear the heartbreak.

"Kira." Isfail spoke quietly, holding her close while he stroked her hair. "Wake up, love. I've got you."

Her breath quickened before she gave a keening cry.

Wrapping his arms tighter, he whispered near her ear, "I'm here, Akira. I won't let you fall."

She moaned, burrowing closer. "It's so cold, so empty here." Her voice was filled with desolation; it tore at him.

"It's warm in my arms, sweet. Just come back to me now." Patience—he knew he must stay calm. There was something so tenuous in the sound of her voice. Isfail fought down panic, feeling he could lose her over whatever edge she balanced on.

"Akira, can you hear me?"

"Dan," she sighed. "You see me, don't you? I'm real to you."

He lifted her chin, kissing her softly. "You're real, Akira. You're everything to me."

Her breath shuddered as she relaxed. He felt her eyelashes flutter against his cheek. "Thank God," Isfail murmured, easing her back again to look at her face. "There you are."

Akira shivered while he tucked the blankets around her.

"Tell me about the dream, sweetheart." His voice was soothing, though she'd frightened the wits from him.

"I'm lost," she began hesitantly. "It's white mist all around, like clouds, there's nothing solid. I'm dissolving into it. There are voices, familiar, of people—people I thought I knew. But they want to make me disappear, to make me nothing."

She faltered. "I didn't know them. I don't know me."

"You're a miracle, Akira Muro. No one can take that away."

"Dan?"

"Yes, Kira?"

"I need to be real."

Isfail studied her over breakfast. Akira was pale again, crumbling a pastry without eating. He silently cursed the woman who called herself a mother.

"You don't have to see her, Kira."

She looked up with a weary smile. "I do. If I don't face this, it will never be over. I need it to be done, so I can begin again."

"Does Kilronan know everything?"

Shaking her head, she pushed aside a plate still full of food. "You're the only one I've told." A pensive smile curved her mouth. "I sometimes think you're the only person I'm real to."

He considered her over the rim of his cup then set it down to take her hands in his. "You remember last night. I thought you were half-dreaming when you talked to me."

"I remember you, Dan," she said gratefully. "I've had that dream before. This time I had you to bring me out before I disappeared. It's a terrible feeling, to be nothing at all." Akira sat back, trying to pull her thoughts together and shake off the aftereffects of the dream.

"I suppose it's just a subconscious response to discovering I was never who I thought I was."

Isfail brought her hands to his lips. "You took that and made yourself, Akira. Maybe it was a foundation built on shifting sand, but you're no less real for that." He released her, leaning back in his chair.

"Why do want to see Aino? What do you think it will accomplish?"

With a deep sigh, Akira twined her fingers. "I need to know what she wants, because she does want something. And I need to tell her what I know." Her eyes were clear now when she looked at him. "I feel I need to close things between us. Maybe then we'll both be able to put the past away."

"I could come with you."

Now she reached for him, pressing his hand to her cheek. "I love you, Dan, but this is a part of my life I need to end on my own."

"Kilronan will be with you."

"He's part of that past, and his family brought him into this."

"I pity the man." Isfail grinned when that got a genuine laugh out of her.

"Oh, so do I." Her mood lightening, Akira pulled her plate back.

"Are you all right?" Kilronan was concerned by her silence as he escorted her into the administration building.

Akira gave him a faint smile. "You're on recreation leave. Wouldn't you rather spend it with your family?"

"They got me into this mess, didn't they?"

She patted the arm she held. "Ardan says he pities you for being dragged into this."

"What does he know about it?"

"Enough," was her nonresponse. "What about your family?"

"I think they're glad to get this done first. Then we can enjoy the rest of their time here." Pulling her arm against him as they walked slowly through wide halls, he said, "I'll see them later this afternoon. If you're up to it, I'll bring Mara and the baby over to see you. The boys are too boisterous to inflict on you today."

Kilronan, working with Gralla, had reserved the small dining room in the administration complex. Its wall of windows looked over a miniature landscape replicating the valley around them in exquisite detail.

He watched Akira as she stood looking out at the fantastical scene. She'd dressed with care. The sapphire dress suited her with her white hair clipped up into a long cascade down her back.

Hearing a deep sigh, Kilronan went to stand behind her, pulling Akira close against him, with his arms wrapped securely around her waist. She laid her hands over his, absently playing with his long fingers.

He kissed silky hair, whispering, "You look beautiful."

"I wish I had my veil back," Akira replied nervously. "I feel naked."

"Umm . . . an interesting mental image," Kilronan teased. He laughed when a sharp elbow connected with his hard belly.

A knock on the door drew them apart, and Akira flashed him a brief look of panic. Kilronan took her hand, squeezing it reassuringly. The door opened and Osharon escorted Aino Muro in.

The two women looked at each other in silence. Then Madame Muro bowed deeply. "Most Honorable Lady Muro, Senior Master Kilronan. It is an honor to be here."

Caught off guard by the formality, Osharon quickly bowed with her. Straightening again, he winked at Akira.

Clinging to the formalities, Akira's low voice was composed as she drew from her ambassador training to hide her emotions. "Thank you for joining us, Madame Muro, Master Osharon."

"Shall we all sit down?" Kilronan invited, taking Akira's arm to steady her as she took a chair at the table.

Trying not to stare, Aino studied the woman who had once been her daughter, taking in every detail. She hadn't seen Akira's face in over twenty years. This small, slight woman was a delicately beautiful stranger with the luminous white hair and green eyes that marked the Psyche. Those incredible emerald eyes that looked right through you, she remembered uncomfortably.

Glancing away, Aino wondered what those eyes saw when they looked at her now.

As she adjusted to the outward changes, Aino began to see signs of Akira's recent injuries. The lovely dress failed to conceal

how thin she was. Her eyes appeared too large in her pale face. There were traces of pain and fatigue around her mouth. Aino's heart ached, her remorse all the more painful for her part in Akira's sufferings.

Kilronan spoke into the silence. "I hope you don't mind, but I took the liberty of ordering for all of us. The chef has certain specialties I thought you might like to try."

"That sounds wonderful, Kilronan." Aino smiled appreciatively, thankful for his efforts to bring some normalcy into this awkward situation. "Your family has told me a great deal about Mountain Shadows. I can see why they've come to enjoy it so much."

"It's a fine place to live, all right," Osharon chimed in. "Great scenery, good people. But bad winters," he complained, generating a violent shiver. "I've never gotten used to that part."

Kilronan laughed and said, "While I tend to enjoy them. The winter roads reduce criminal activity."

"Yeah. There is that to be said for it."

The three of them spoke casually, with the men carrying most of the conversation. Akira followed it all without a word. She noticed the way Aino looked at her. What was the woman thinking? Closing her eyes briefly, she willed away those idle wonderings—that way led to disappointment.

Opening them again, she looked straight into Aino's concerned gaze. Akira was surprised by her hesitant smile.

"How about you, Akira? How do you like Mountain Shadows?"

"The land is so beautiful, but it's the people . . ." She hesitated. "They've given me a home, accepted me."

The men glanced at each other. Akira rarely said anything about her feelings for Mountain Shadows.

"That's wonderful." Looking down to avoid those searching green eyes, Aino ventured, "Do you think you'll stay here, now that you've retired?"

Akira shrank back when three pairs of eyes focused on her. "Perhaps."

Shifting closer as he felt her withdrawal, Kilronan noted, "We haven't really had a chance to talk about what happens next, have we?"

The food arrived just then, allowing her some time to compose herself. Dining and discussing new dishes took conversation along a safer path, and Akira regained some ease with the situation.

Refraining from commenting on how little Akira ate, Aino watched Kilronan discreetly try to encourage the woman's appetite, teasing Akira gently to get her to eat more. She envied him their easy relationship; Akira had so many barriers between them, Aino knew.

They'd made it through the meal without any upheaval, Kilronan realized with some relief. Madame Muro had evidently taken his warning to heart. He relaxed back in his chair, sending Osharon a subtle hand signal.

"How long are you planning to stay in Mountain Shadows, Aino?" Osharon asked.

"I've booked a seat on the coach that leaves in two days."

"It was a long journey for such a short stay." Akira sounded detached when she spoke. "You'll have spent more time on the road than here."

"It was worth it just to see you. To know you're well." Aino reached over to touch her hand.

Kilronan leaned forward when he felt Akira's distress rising.

Apparently unaware of her reaction, Aino continued, "I want you to know how proud I am of you. How proud I was whenever someone in the village mentioned High Ambassador Muro." Seeing the confusion in Akira's eyes, she hurried on. "I know I never told you. I made our last time together insufferable."

Clasping the unresponsive hand, Aino said, "I came because I had to see you for myself. And I must apologize to you, Akira. For all my wrongs to you, for not being a good mother all these years. I came to ask your forgiveness." She looked away from carefully blank green eyes. "I don't require you to forgive me, but I needed to ask. I've always loved you, my daughter."

Kilronan moved behind Akira's chair, putting gentle hands on her shoulders as he felt all her barriers shoot up.

"But I'm not your daughter," Akira stated without emotion, and saw the shock in Aino's eyes.

"Akira."

"I'm not even Hiro's daughter, am I?"

Stunned, Kilronan and Osharon stared at her. Then Kilronan leaned down, murmuring, "You're upset, Akira. Maybe we should talk about this another time."

"No," she denied coolly, shrugging off his hands. "It needs to be said."

"When did you find out?" Aino murmured, shaken as she lost what she'd hoped would be to her advantage.

"You told me about my birth mother some years ago." Akira forced down the urge to touch the scar above her eye. "Though it was a shock, it began to make sense over time as it became evident that I had full Psyche blood. And that led to the last part of the puzzle. Hiro wasn't of the blood. He couldn't have been my natural father."

Aino's lips trembled. "I didn't know at first. When I came to nurse you, after your mother died, I thought you were his. He loved you so. To him, you were his child. To the day he died." She watched Akira leave the table to stare out the window. "Even after we were bound, he said nothing. And you were always first in his heart. Always!"

She caught herself, pushing back resentment. "But you were a beautiful baby, and it was easy, at first, to think of you as mine, too. It helped heal the loss of my own." Her tears were genuine. "You grew into a lovely child, then you were becoming a beautiful girl. We were proud of you, Akira, Hiro and I. He worried, as all fathers do about their daughters."

With a weepy smile for Kilronan, Aino said, "Hiro kept his eye on you, but he was pleased with the idea of a match between you and Akira." Her mouth turned down. "Then you took the protectorate path."

His head swimming, Kilronan sat down heavily. "And left Akira behind."

With a slow nod, Aino sighed. "We tried to understand. It's a sad fact of life that young men forget a first love. We encouraged her to consider other young men. There were good men who came to court her." Defiant now, her look scorched Kilronan.

"It doesn't matter anymore," Akira interjected quietly.

Osharon, confused by this turn, listened while he got up to wrap an arm around Akira's shoulders. He could almost see the ghosts of her past filling the room. Osharon hoped she'd regained enough strength to lay them to rest. When she turned into him, he tried to catch Kilronan's attention, but his friend seemed lost in his own feelings of guilt.

Frustrated with Kilronan's inability to see Akira's need, Osharon gathered her close. He watched the windblown leaves of the miniature forest while clouds roiled in the darkening sky above.

His gaze shifted when he caught movement on the vine-covered walk along the far side of the garden. Isfail sat on the low boundary wall, almost invisible in the shadows.

Without remorse, Osharon slowly dipped his head to acknowledge him. When Isfail gave a brief nod back, Osharon deliberately stroked Akira's hair, laying his cheek on top of her head in comfort. Isfail stood, inclining his head before striding away.

Behind them, Aino began a bitter tirade. "It does matter. Everything changed. You changed! What could I do? Hiro explained about the Psyche line. How was I to know your birth mother was a Psyche? How could I accept someone who could see into my mind, hear my thoughts? Hiro saw the changes and seemed to draw into himself, away from me. I found the picture he'd hidden all those years. Your mother—you look just like her!"

She took a deep breath. "Then you were gone, to the Ambassador Core. Good, I thought, she'll be with others like her. Hiro and I will have a normal life." Aino's mouth thinned.

"But we never did. He wasted away, wanting his daughter back. I was never enough.

"Then I learned you weren't even Hiro's natural daughter. When he knew he was dying, he told me. I wish he hadn't." There was rage in her trembling voice. "All those years, he gave you what I wanted, needed, and you weren't even his."

Pushing away from Osharon, Akira turned to her, tears spilling over as she confirmed what she'd only suspected before. But her voice was steady when she asked, "Do you know who my father was?"

"No. Hiro never said. I don't know if he ever knew."

Silence dropped like a stone.

Kilronan shifted to look at Akira. She looked lost and relieved at the same time.

"Why did you come?" Akira asked again.

Taking another deep breath, Aino stood to face her. "To speak with you about Hiro's estate. Before he died, he explained that he'd left me a comfortable income for my lifetime, and the right to live in our house for as long as it suited me." Though pale, her face was resolute. "He left the property to you."

When Akira said nothing, Aino went on impatiently. "I wish to leave Psyche Lakes. When you were presumed dead, I learned you had bequeathed the bulk of your estate to an Elen Arith. There was no mention of Hiro Muro's property or me." It was a bitter thing to accept, but she lifted her chin to make her stand.

"I feel that it's only right, since you are not, in fact, Hiro Muro's blood kin, that you sign over his property to me. The sale of that land will make it possible for me to live comfortably somewhere that doesn't cause me pain."

With a surge of anger, Kilronan started to speak, but Akira just raised a hand to quiet him. Without a word, she took a sealed envelope from her pocket and laid it on the table.

It was clearly addressed to Madame Aino Muro.

Kilronan frowned. Gralla had given him an ornately carved box while Akira remained in a coma. He'd found her letter to him

inside, with others addressed to Arith, and Aino. This looked like that same letter.

When the older woman only stared at the envelope, Akira finally spoke. "I wrote that to you before I left on my last mission. To be delivered upon my death. It contains the deed to all Hiro's property and possessions. It's been signed over to you for some years."

"Akira …" Shame made Aino's voice quiver.

Turning back to the window, Akira said quietly, "I believe you loved me at one time. I came to know that you could never accept what I am. You once called me an abomination." She heard Osharon's low curse. "Maybe that's true."

Now Kilronan growled his objection. She ignored both men.

Her stomach began to pitch, but her voice remained steady. "Now we end the deceptions of the past. You have no daughter, Aino, nor I a mother. You have what you came for. I truly wish you well wherever you choose to live your life. The masters will escort you back to the inn."

When the men started to object, Akira spoke to them. "I'm able to return to my quarters alone."

After one long look, Kilronan gave a curt nod then followed Osharon and Aino out the door.

Akira braced her hands on the edge of the table, fighting down nausea. She heard his brisk steps when he came into the room immediately after the others left.

"It's done," she murmured.

When Isfail turned her to him, she held tight, tighter still when his strong arms wrapped around her as she began to shake.

"Let's get you out of here," he murmured.

Back in the residence, Isfail watched her go into her bedroom while he moved around the small kitchen preparing tea.

In the bath chamber, Akira studied her face in the mirror over the sink. She saw Aira there, the mother she'd never known. What was there from the man who had sired her?

She'd said it was done, but it wasn't—couldn't be—until she knew the truth.

Thunder rumbled while Isfail watched dark clouds building above the peaks. He heard leaves scuttling as fitful winds scattered them across the stones. When Kilronan came through the gate, Isfail took a long pull on his bottle of ale. He remained seated on the terrace bench as the man started up the steps.

"Commander."

"Kilronan. We've been expecting you."

"We?"

"I can probably find you an ale." Isfail rose and turned to the door.

Akira looked up as the men came in, giving Kilronan a brief smile. "Thank you for seeing her back to her rooms. I'm sure the whole situation was uncomfortable for you."

"More for you, I'd think."

Listening to them skirt politely around each other, Isfail shook his head as he poured Kilronan's ale. After handing him the glass, he clapped the master on the shoulder. "Out with it man. The way you two dance around the issue could drive us all to drink."

"Damn it. Stay out of this."

Isfail just grinned, settling comfortably into an armchair. "There you go."

"Ardan," Akira warned softly.

She turned to Kilronan. "He's right about one thing. Let's just talk about this frankly."

"You knew, didn't you? What she told you was no surprise."

"No. She told me about my mother the day after Hiro's funeral. When she . . . gave me the painting."

"Threw it at you, as I heard it," Kilronan said with a scowl. "That's how you got that scar above your eye."

Surprised by that, Akira just nodded slowly. "When the change came," she explained, "When my powers matured, I had to wonder. Though I wanted to ignore the facts, Hiro had no gifts, yet I was a full Psyche."

Akira picked up the miniature lying beside her carved box and handed it to him. "This is my birth mother. Aira. It's her initials in the locket."

Kilronan studied the exquisite woman in the portrait. It could have been Akira, with her deep-green eyes, long white hair, and exceptional beauty. "There's no doubt who you got your looks from."

"And the Psyche line," she added, pacing slowly while they watched her. "Aira was obviously of the blood, but my natural father would also need to pass the trait for me to be what I am."

Kilronan understood then. Knew that this was part of what scarred her. Akira had realized the man she believed was her father could not be. With everything else happening at that time, one more chunk of bedrock had fallen out from under her.

Glancing at Isfail, he narrowed his eyes. "You knew all of this."

"Yes. We've spoken of it over the years. I've even tried to track down her natural father." He met Akira's surprised look calmly.

"You never told me."

Isfail shook his head. "No. It's come to nothing so far. You didn't need the disappointment."

Taking a seat with a thoughtful frown, Kilronan stated, "There just haven't been that many Psyches in Caldalan history. Did you talk to Maran?" he asked Isfail.

Smiling over his glass, Isfail nodded. "There's a man who can keep himself to himself. He might tell my lady here, but he'll do nothing that might harm her. He hasn't decided if I'm trustworthy, being a member of the royal house."

Akira tried to suppress her amusement. "Master Maran is expected tomorrow. He's visiting his grandson."

"And checking on you, I'd guess." Isfail gave a brief laugh. "I never imagined a small mountain town would have so many people coming and going. But I expect it's all the recent excitement, eh?"

He seemed genuinely amused, but Kilronan saw the glimmer of concern and knew the commander was keeping track of

anything that might threaten Akira. But Isfail's next comment caught Kilronan off guard.

"I hear your family's come to visit. I expect Kira will be glad to see them as well, renew acquaintances and catch up with the years." He caught her hand when she brushed it over his shoulder. "I'd like to meet them myself, before Cobon and I head out for a couple of days."

"You're leaving?" Kilronan said in surprise as he glanced at Akira, who'd already heard about this, judging by her quiet expression.

Shooting him a quick grin, Isfail replied, "Overnight, maybe a couple of days if the weather closes in. We're riding up to the pass. I'd like to see it for myself, and Logran will be interested in my observations."

"In fact, he'd be very disappointed if you didn't give him your personal account after coming this far," Akira chided.

His eyes laughed up at her. "Aye, he'd have a thing or two to say to me."

Looking back at Kilronan, he added, "We plan to leave tomorrow midday."

"That works out. My parents wanted to visit with Akira sometime in the morning."

When she agreed to a time, he sat back with a sigh. "I thought you'd be upset about what happened today, but you look better than you did this morning, stronger."

Akira considered for a moment. "I needed to set things straight—for myself and, maybe, for Aino. It's easier for me to finally know the truth, not just guess at it. I would like to learn more about Aira and the man who fathered me, but I can deal with it as it is. For me, the unknown is easier than the deception."

Nineteen

Kilronan arrived at the cottage early the next morning to tell his family about the meeting between Aino Muro and Akira. The news upset his mother. Listening to her profuse apologies, he tried to calm her. When she started an agitated recital of everything she wanted to say to her former friend, Kilronan shook his head.

"Mother, this isn't your fault. You did nothing to cause this."

"We put you in an awkward situation by bringing her here." Miden took his wife's hand, uniting them in regret. "Even though you had concerns, you arranged that meeting. We shouldn't have agreed to bring Aino without clearing it with Akira first."

"She must be so upset with us," Ara broke in, swiping at tears.

"No." Kilronan gripped her shoulders, leaning down to kiss her wet cheek. "Akira said she needed to have this out. And I can attest that she seemed easier about it when we spoke last evening. She'd still like to see you this morning, so we'd better get going."

"Now where's that boy off to?" Miden wondered, calling after the five-year-old as Maan ran off to look at something on the other side of the road. He changed his hold on Nironan while he walked over to retrieve the older grandson.

Mara huffed in frustration as she adjusted the baby's sling. "There are times I wonder what I was thinking. Are you sure Akira is willing to have all of us this morning?" she fretted. "The boys will drive her crazy."

Her brother laughed before reassuring her, "Akira invited everyone, with a specific request that you bring the children.

Maybe she's curious to see how you're handling retribution for *your* childhood." Kilronan grinned back at her when she stuck her tongue out at him.

"I was pretty terrible as I remember." Her family affectionately agreed.

Lord Corcoran was in the front office, discussing the day's appointments with Anki, when Kilronan brought his family to sign in. Corcoran greeted them with a welcoming smile.

"What a pleasure to see the whole family again. How are you?" He came forward to clasp forearms with Miden before taking Ara and Mara's hands in greeting.

"We're very well, my lord," Miden answered. "All the more for seeing our son returned safely."

"Yes, as are we all. Team Kilronan brought great honor to Mountain Shadows Protectorate. Not only in their fight with High Ambassador Muro against the Mors, but in their extraordinary efforts in saving her life."

"There were many, including Lord Corcoran, who were involved in saving Lady Muro." Kilronan looked uncomfortable.

Corcoran shook his head, glancing at Miden and Ara. "Has he always been so reluctant to accept credit for his actions?"

"He can be modest about his accomplishments. Must get it from his mother's side of the family." Miden winked at Ara.

"We are proud of him." Ara smiled up at her son. "And we thank you so much, Lord Corcoran, for approving Kilronan's time off on such short notice."

"Don't mention it. But I must admit that Team Kilronan was already on recreation leave." Corcoran saw Kilronan's uneasy expression. "Between the planning and execution of the High Pass mission, not to mention the round-the-clock vigil when they returned, none of the team asked for any time off. I had to put them back on the duty roster just to account for their constant presence around here. Once Lady Muro had recovered sufficiently, I insisted that Kilronan and his team take leave."

Mara had been listening intently until she noticed that her son was missing again. "Oh no. Maan?"

Gralla came forward, holding the little scamp's hand. "He's right here." She patted the worried mother's shoulder before greeting the Kilronan family warmly.

"Thank you. I'm sorry to be such a nuisance," Mara apologized as Kilronan tossed the giggling boy over his shoulder.

Gralla chuckled. "You're very welcome. I've gotten used to watching out for Kilronans in the last several lunams." She patted the master's arm affectionately before starting back toward her office. "By the way, Master Kilronan, Juniro's staff will bring the food over in about an hour."

"Thanks. Is Lady Muro prepared to deal with this lot?"

She laughed. "Yes indeed."

As Kilronan guided them down the lane, he told them about Akira's guest. "There's a Commander Isfail here, visiting Akira. He wanted to meet you before leaving this afternoon."

"Isfail," Miden repeated thoughtfully. "Ardan Isfail, out of Insalat Militia?"

"You know him?" Kilronan said in amazement.

"By reputation only. I knew his father, though. Met when he came to visit cousins in Psyche Lakes when we were young. We served together until he accepted a royal navy commission. Good man. I heard he was bound to a woman of the royal house line."

Small world, Kilronan thought. "You heard correctly. This Isfail is kin to the reigning prince."

Any further information would have to wait, he thought, as they greeted the guard at the gate. They passed into the guest court, where Akira sat with Isfail on the terrace. Her smile bloomed when she saw them.

"Oh my, Kilronan," Ara murmured. "You said she was beautiful."

"I'd forgotten you haven't seen her since she was fifteen. It was a shock to me, too, the first time I saw her without the veil. Though she was always the most beautiful girl I'd ever seen."

Ara and Miden glanced at each other, not sure whether to be concerned or optimistic over the look on their son's face.

With Isfail's support, Akira came carefully down the steps.

Ara broke from the group, rushing forward to embrace the woman who had been another daughter to her. "Akira! I'm so happy to see you. Let me look at you. Oh, you're so lovely, but you need to eat, child."

Miden laughed heartily as he walked up, handing Nironan to his son. Gentling his loving hug when he felt how fragile Akira was, he said, "It's been far too long, little girl." He kissed her forehead tenderly.

Tears come to Akira's eyes at the affectionate term. He'd called her that so often when she was a child. Kilronan's people had been a second family to her when she was young. There was joy in seeing them again after so long.

Now Miden eased her back to study the white hair and green eyes. "You've certainly got the full share of the Psyche in you."

"Well, stand back and let *me* see!" Mara laughed, impatient for her turn. She took the hand Akira held out before kissing her on the cheek. "I'd hug you, Akira, but it would be a bit awkward," she explained, smiling over the baby sling.

Before Akira could peek at her namesake, Maan tugged on her sleeve, shouting, "Me!"

She held out a hand, smiling as he solemnly shook it. "You must be Maan."

Mara tousled his dark head affectionately. "Hear that, Maan. Your reputation precedes you. This is Lady Muro."

"Daedi," Nironan attempted in his toddler speak as he stretched out his little hand to be noticed.

"*Lady* Muro or *Lady* Akira," his mother corrected, tutoring him.

Nironan clapped, shouting, "Daedi Kiki!" He grinned when laughter rolled from the adults.

"I can answer to that." Akira took the small boy as he reached for her. Her eyes softened when he laid his head on her shoulder, gripping a handful of white hair.

"I think we've already tired him out." Mara sighed. "Let Kilronan take him. I know he's heavy."

Akira shook her head. "We're fine for now, aren't we, little man." The boy smiled around his thumb.

She turned back to Isfail, who leaned against the stair rail, watching everything. His eyes were warm as he smiled back. "Quite an armful."

"This is my good friend, Commander Ardan Isfail," Akira introduced.

"Commander." Miden stepped forward, his arm extended in easy acceptance. Ara nodded with a cautious smile, though her heart sank knowing her son had a rival for Akira's affections.

More pragmatic, Mara held out a hand. "Commander Isfail, it's nice to meet you. My father was just telling us he served with yours."

"Please, just Ardan." But his eyes crinkled as he turned to Miden. "You knew my father? Perhaps we'll get together over an ale and exchange stories while we're here."

Without fuss, Isfail took the sleepy child and offered Akira an arm as she moved back up the steps. "Maybe he can lie down on a bed and nap."

Ara watched Akira's careful movements with concern, worrying even more about the younger woman's health.

"Goodness, Akira. This is really nice," Mara noted as she looked around inside.

"Yes. Lord Corcoran has been very generous in offering it to me until I decide where to settle." With Isfail's assistance, Akira eased down onto the couch, inviting the others to take the seats that Gralla had arranged around the fire.

Mara followed Isfail into the guest bedroom to get her youngest son down.

"Aren't you staying at Mountain Shadows, dear?" Ara asked as she looked toward her son.

"Perhaps," Akira replied noncommittally. "Lord Corcoran has offered me a position with protectorate administration. Maan, I have something for you. Kilronan, would you hand me that package?"

The boy exclaimed happily as he tore off the wrappings to find an articulated wooden horse. After an enthusiastic thank-you kiss, Maan sat on the carpet to play with his treasure.

Miden frowned as he inquired, "Do you need to take a position like that, Akira? You should be receiving a healthy retirement income from Coroth for all your services. I'll go to the prince myself if you haven't been properly compensated."

Seeing Akira's look of alarm, Kilronan said, "It's all right, Father. She'll be properly cared for."

"Indeed," Isfail assured them as he returned, taking a seat on the raised hearth. "Coroth has guaranteed a handsome pension for the Honorable Lady Muro." He'd been pleased when she'd shown him the retirement documents specifying the details from the Ambassador Core and the royal house. Akira could well afford not to work another day in her life. And she certainly didn't need any man to support her.

Akira spoke up then. "I just can't see myself remaining idle. I've worked for Caldala since I was fifteen."

"That's a comfort, Akira," Ara stated, shamelessly staking a claim. "But Kilronan has a good position in the protectorate. You'll be busy after you're bound and the children arrive."

Isfail suppressed a laugh at the look on Akira's face while Kilronan choked on his drink.

"Well, it's true," she exclaimed, looking at Miden's bemused face as he shook his head in an unsuccessful attempt to stop his wife. "Just ask Mara. It's been terribly hard on her to keep teaching, with the boys and now the new baby."

Isfail got up to thump Kilronan on the back when the man continued to cough.

"Mother, I don't think this is the time to bring this up." Mara shifted closer on the couch to place a comforting hand on Akira's. "It's all right. You know Mother, always meddling in everyone's business. I'd like to check on Nironan. Could you take the baby for a moment?"

Akira nodded, taking a deep breath. Mara drew the wakeful baby from her sling. She smiled as Akira took the child easily, holding her as if she'd done it all her life.

Ara, confused, began to speak again, but Miden placed a restraining hand on her shoulder. "Not now, Ara."

Everyone felt easier when Akira relaxed while murmuring softly to the baby. Mara came back and took a chair next to her mother. Shaking her head when Ara turned to her with a perplexed look, Mara eased the conversation to life with three children.

The arrival of Juniro and his staff with the midday meal helped avoid more awkwardness. By the time they'd finished eating, the conversation had turned to Mara's husband and teaching career, avoiding any further speculation on Akira's future.

Nironan woke in time to eat and enjoy his own present of a wooden dog. Kilronan produced a ball and took the boys out into the courtyard to run off some energy while Akira and his parents sat on the terrace.

Mara retired to the little bedroom to nurse the baby. She studied the pretty room, wondering if the commander was the neatest man she'd ever imagined, or if he stayed elsewhere during his visit. Laying the sleeping baby down on the bed, with pillows arranged to guard against a fall, Mara stretched her back before going out to join the rest.

The door to Akira's bedroom opened as she entered the living area and Isfail walked out, dressed for a journey and carrying a saddle-pack. His easy smile and demeanor gave Mara the answer to her casual speculation. And affirmed her impression that there was more than friendship here.

"You're off then, Commander."

"Aye. A childhood friend is a master here. He's taking me up the mountain to see Akira's handiwork for myself." He held the door for her.

When Akira looked up, Isfail saw the shadow before her smile. She was still an expert at masking her emotions, he thought. Setting aside the pack, he crouched down to bring her hands to his lips, unconcerned with the audience.

"I'll be back in a couple of days. Try to miss me."

That drew a genuine smile. "Maybe." Leaning her forehead lightly against his, she murmured, "Safe journey, Dan."

After a brief, hardly satisfying kiss Isfail rose. A glance at the gate confirmed that Cobon was on time. Turning back to the Kilronans, he gave a quick nod. "It's been a pleasure. Perhaps we'll meet again when I return." Taking up his pack, he winked at Akira before striding off.

There was silence until he went through the gate and was lost to sight.

Then Miden lifted an amused brow at his daughter's humming. Ara sighed, and Kilronan tried to ignore them.

Akira watched the boys chase colorful leaves, already missing Dan.

"What about an outing, Akira? Do you feel you could get to the other side of the meadow, near that rock escarpment?" Miden said.

Kilronan added, "I'll bring Kahshara so you won't need to walk."

"I think it's a wonderful idea. Maybe the boys would like to ride with me." Akira smiled at them.

"On a horse?" Maan's eyes lit up.

"Hossie?" Nironan echoed.

"Then it's settled," Akira said firmly, laughing as they were off on a whooping race around the courtyard.

Later that afternoon, Kilronan lay on his bed thinking through the day, and trying to decide what to do about Akira. A knock on the door interrupted his thoughts. He got up to answer and was pleasantly surprised to find his sister there.

"Come in, Mara." He stood aside to wave her into the room.

"Shara was on the gate, so I got in without being challenged," she told him then laughed as she scanned the room. "Really, Kil, this place is as boring as it was last year."

Kilronan smiled as he put the kettle on. "And the year before, and the year before that."

"So?" She looked at him curiously. "Why don't you do something about it?" Mara took a seat by the fireplace.

"It's just a place to sleep." He settled, draping his long frame over the couch.

Mara looked at him curiously. "You've lived in this same apartment for twelve years, Kil." Taking a chance, she suggested, "You could ask Akira to help you with it."

"Akira's never been here."

His sister snorted. "Well that explains it. She's got more style."

He chuckled, getting up when the kettle started to whistle. "Have you come to criticize my lifestyle?"

"It's not your lifestyle, just your boring quarters. Your life is definitely not boring." Mara followed him into the tiny kitchen, watching as he fixed the tea. "Especially this year."

Kilronan glanced at her as he took down two mugs. "Out with it, woman."

"What? Can't your sister comment on your life?"

"You know, I'm thankful you never matched with Osharon. The two of you together would drive me insane."

She laughed all the way to the table, well acquainted with her brother's closest friend. "That would have been a little much, I guess."

"So?"

Mara took a sip of tea. "So what was all that about today?"

He tried an uncomprehending look.

"None of that. You know what I'm talking about. Why did you nearly choke to death when Mother started talking about binding and children? And Akira looked like someone had threatened her life. Then there's Ardan Isfail."

She watched her brother as he silently shifted his mug. His reticence puzzled her.

"Kilronan, everyone can see you're still in love with her. You've never stopped loving her all these years," Mara said gently. "Have you spoken with Akira about her feelings?"

"She's said that she loves me. At least, she did before nearly dying." He gave an odd smile.

"Why did she refuse you then?"

"Refuse to bind with me?" When Mara nodded, Kilronan gave her a lopsided smile. "I've never asked her to bind with me."

After some moments of shock, Mara finally found her voice. "The woman's brilliant and beautiful. Your whole family adores her. Including me—and you know how hard I am to please. What *is* the problem?"

Kilronan swirled the dregs of tea in his cup. "I'm afraid she'll say no. And as long as I don't ask her to commit herself, she won't run away. You saw how she reacted to Mother's assumptions. Think about who she is—what if she doesn't want to settle for a protectorate warrior? Akira could have any man she wants, royalty even." The thought of Isfail made him scowl.

"You are truly crazy. I'll tell you what's going to happen if you don't ask her. She's going to leave here, believing you don't want her. Just like twenty years ago. And you're going to regret it for the rest of your life."

His sister's sharp words were a slap to his conscience. They reminded Kilronan of the first time he'd taken Akira to see the deer in the hidden glen, and her bitter accusations about him leaving Psyche Lakes without any plans for their future.

"Kil, you need to talk to her. If you can trust her with your name, you can trust her with your heart."

"What about Isfail?"

Mara reached over to take his hand. "It's clear that he loves her, and I don't see him stepping aside just because you want him to. I also think Akira needs him right now because she loves *and* trusts him. That's what I felt today."

Squeezing her brother's hand once more, she got up to clear the tea service. "I don't know everything that happened back then, Aiden, but Akira won't trust again easily. I believe she does love you, but whether it's enough to build a life on?" Her face clouded with sorrow, Mara turned back to him. "I do know you'll never win without talking to her."

Studying his thoughtful face, she pushed for more information. "You're holding back from all of us, Kilronan. There's a lot going

on that you don't want to share. Lord Corcoran was discreet, but there's something more to this convenient leave."

With a surge of anger, Kilronan shoved back from the table. "I thought we agreed to stay out of each other's heads."

"I'm not in yours and you know it," Mara retorted, refusing to back down. "I don't have to pry inside you to feel, to observe and put things together."

"Look." He fought back irritation. "I just need to work things out. It doesn't concern you, our parents, even Akira. Things that went wrong with the mission—that I failed to take into consideration."

"You believe you're responsible for it all, don't you?" Mara's voice was incredulous. "That you're to blame because Akira almost died."

He whirled on her, fists clenched. "I *am* to blame. That was my duty! To keep her safe."

"And she acted to protect you and your team, knowing the risk," his sister countered. "I thank God she did! Why don't you? Akira had the right to make those choices, Kil. It was her mission as much as yours, maybe more." Her eyes flashed with temper now.

"Maybe you don't deserve her, brother. Because it doesn't sound to me like you respect who she is, what she is. You're so entrenched in being the *man*, the one who takes care of it all, you can't accept that she had the ability to take care of everyone."

Pulling at his hair, Kilronan stalked the room. "For God's sake! I work with women everyday. Strong, capable women I respect and depend on—risk my life with."

"Yes. And they're not Akira Muro." Mara jerked her chin up when he swore. "Can you really accept who she is, how powerful she is? Even if her gifts never return, she'll always be a force in Caldalan defense and politics. Which is exactly why your protectorate offered her a position here. Can you handle that? You're used to being the best, the top warrior."

He gritted his teeth. "I'm not an egocentric ass!"

With a sigh, Mara nodded. "No. You're not. You're a good man and a great warrior. But you love Akira, and you carry a mountain of guilt over what happened to her when you left. I wonder how that influences what you're dealing with now."

Kilronan stopped pacing and turned to her. "What are you saying?"

"How much does the history between you weigh in the trauma you're dealing with now? You feel you deserted her before, now you believe you failed to defend her at High Pass. That's a lot to deal with, Aiden. If you don't put it into perspective, I'm afraid this self-accusation could ruin your life."

Twenty

One brilliant white moon curved above the mountains. Akira knew the smaller, softer moon would follow, but her need to avoid revealing moonlight was beginning to fade. In the waning light she looked up into vines twining the arbor above the courtyard walk, where wide leaves still fluttered in the changeable wind. The tumbling flow of the little waterfall melded its music with the rustle of the leaves, soothing tangled emotions as Akira sat on a stone bench.

Overall, it had been a good day. She'd enjoyed her visit with the Kilronan family, smiling wistfully as she recalled the children. She felt stronger, less easily fatigued.

Still, Ardan was gone—not for long, but she faced the long nights without him. He would be leaving for Insalat soon. How would she feel knowing he was too far away to talk with every day, to make her believe life was worth living; too far away to touch, to hold at night, to turn to when the demons threatened. She, who'd learned to be alone, to crave it, now depended on someone. But Ardan Isfail had a life and a duty far from Mountain Shadows.

He loved her, Akira knew. Ardan would take her with him if she asked. And what then? She had to find her own answers to the rest of her life. Had she been so certain the final mission would end her that she hadn't looked beyond the Ambassador Core?

Embracing solitude once more, Akira searched for the peace of mind and heart that had eluded her most of her life. Would the future beyond the veil bring that peace?

"It's a beautiful evening. Do you mind if I join you?"

Surprised, Akira looked toward the gate where Arla stood. "Not at all." She gestured her in, moving to a more comfortable bench with a back.

Arla signaled to one of her journeyman on guard at the wall before sitting. "I'm surprised to find you alone."

"Isfail is out with your Master Cobon for a few days."

"I heard they were going up to the pass."

"Yes. I know he made sure I would be watched over, though I wasn't expecting a visitor. How are you?"

"Fine. Good, really." Arla hesitated a moment then asked, "I'm wondering how you are. Things seem a little complicated this week."

Akira smiled, her tension easing. "One of my favorite things about you is your clarity of mind. You say what you think."

"Subtlety has never been a strength of mine," Arla conceded with a grin. "So I'll just ask straight out. What's between you and Isfail?"

Nodding, Akira wove her fingers together, but decided to trust. "He's been friend, counselor, and sanctuary when I felt I couldn't go on. He's the only man who really knows me, with all my faults and fears, and loves me. I know now Ardan's the only man I love and trust without reservation."

"And Kilronan?"

Akira met the other woman's sharp eyes without hesitation. "Is a good man—I owe him my life. I love him, too. It seems I have no choice in that. And he broke my heart. It's not his fault—everything that came after. But it was the first step to my personal hell."

Wiping away tears, Akira sighed. "Kilronan deserves my forgiveness, and he has it. I know he's unhappy about Ardan. So that's another sin on a long list, another weight to carry."

"Doesn't seem like that's your fault from my point of view."

"Perhaps not." With a sad smile, Akira said, "He feels too much responsibility for what happened on the mountain. He can't accept that those were *my* decisions, *my* choices. So he

suffers, tormenting himself over consequences that were none of his doing. And he won't let anyone help him. Kilronan closes me out of his thoughts and feelings once more. It's as if we're destined to travel two elliptical paths where we come close sometimes, but never meet."

Akira gazed up at the moons traversing the dark. "Now we're spinning away from each other again. Are the threads we started to reweave strong enough to hold us together?" She looked at her companion. "I've made my own mistakes. I have my own demons, the dead that won't leave me in peace. I wish he *had* let me go—let me die."

She gave a twisted smile at the alarm on Arla's face. "They both know. Kilronan simmers impatiently, expecting me to go forward without any ghosts from the past. Isfail understands, gives me strength to hold on, to heal.

"How can I love them both?" Akira agonized. "I cannot give both the love they deserve. I cannot give either one a whole woman. I can't even find myself anymore."

Hunched in sorrow, she was surprised, and grateful, when Arla wrapped a strong arm around her.

"I think you should stop condemning yourself," Arla said firmly. "I don't know what happened between you and Kil, but he says he caused it. If a man broke my heart like that, I don't think trust would come easy. And God knows, the man's impossible about sharing his emotions.

"You're the only one who doesn't accept who you are, Akira. There's nothing wrong with how you've lived your life. Only a fool would refuse to care, to love again. You moved on, did what needed to be done. If you hadn't, who could have defeated the Mors?" She eased back when Akira straightened.

"I failed to protect so many. I've ended countless lives."

"So have I, maybe not on the same scale but it's no different." Arla met the despair in clouded green eyes. "We are what we are. It's our duty to protect those who can't defend themselves. Your burden is that you care too much. You suffer over those who couldn't be saved.

"That's hubris, Akira, a kind of arrogance, to believe you should be able to. You might be the most powerful force-caller ever, but you're still human. You can't be everywhere, can't right every wrong, or defend against every evil. And you can only be who you are. Who you are is amazing. Any man would be lucky to have your love."

Swiping at more tears, Akira laughed unexpectedly. "Why does that make me feel better? To be called out as arrogant." Nodding, she smiled at her friend. "It's not the first time I've been accused of arrogance."

"I believe it."

Akira laughed more freely. "I wish I'd talked with you sooner." She shook her head with a sigh. "What would you do, Arla?"

"About having two men?" She sent her a sly smile. "Enjoy them both."

When Akira returned a look caught between disbelief and consideration, Arla chuckled. "I forgot your background. It would probably be better for you to start with one. See how it goes."

"This isn't about sex, is it?"

"What else is a man good for?" Arla enjoyed making her laugh. She didn't think Akira had laughed enough in her life. That amazing face lit up. "But, if you're really wanting my opinion, I'd narrow it down to the man who saw me as I am, and wanted me anyway."

With that, she stood, smiling at the perplexed look on Akira's face. "That gave you something to think about."

"I don't know that it helped."

"Probably not. Have a good night, Akira." Arla started across the courtyard to resume her post outside the gate, then turned, walking backward. "You can always send a message or someone to get me if you'd like to talk, or just want the company."

Akira gave her a warm smile. "Thank you. The same to you."

Still smiling as she went in, Akira wasn't aware that the master watched from the shadows outside the gate to make sure she got in safely. When the door closed, Arla signaled the extra guards to stations inside the courtyard.

Maybe it was the pleasure of an unexpected friendship, but Akira slept deeply through the night. Although she woke reaching for Isfail, she could weather that instant of acute loneliness.

Determined not to brood, Akira dressed for the day. When Gralla arrived with breakfast for two she enjoyed another friend's company.

Bringing cheerful gossip about Anki's latest dilemma, and what was happening around the village, Gralla took note of Akira's appearance and demeanor. By the time she left, she was well satisfied that her special charge was stronger, healthier, and happier than she'd been in some lunams.

Akira didn't have long to wait before the Kilronans arrived. Though they wanted to bring her horse, she assured them she would enjoy the walk. Rather than argue about it, Kilronan sent a mindsight to Asura, who'd returned the day before. He could rely on her to bring Kahshara to them if he saw the need. Even so, he had to smile when his mother expressed her reservations.

"That was such a lovely visit yesterday, Akira," Ara said as they walked across the bridge to the meadow. "I worried you'd be tired today. Should you be walking so far?"

"I'm fine. Someone will bring my horse so the boys and I can ride back." She sent Kilronan a mysterious glance that had him wondering.

Miden chuckled, toting a large picnic hamper with a humming Mara as they watched the boys run ahead. "Well, I couldn't have imagined a better visit. Hard to believe this year started so ominously."

The grass trampled beneath their feet smelled of fragrant hay and herbs as they walked to a sheltered area bordered by a rock escarpment near the trees. The rocks reflected the sun's warmth while sheltering them from the wind.

Kilronan and Mara played hide-and-seek with the boys while Akira sat with the baby. Ara turned from laying out the food packets when she heard the baby laugh, smiling as she watched Akira play peek-a-boo with her.

"Someday your children will be lucky to have a mother such as you," Ara said affectionately.

She didn't notice Akira's sudden tension before she willed away the depression that always came with the idea of children. But Kilronan looked over with a puzzled expression. His brow gathered at the fleeting sorrow that crossed Akira's face.

"Is everything all right?"

"Yes. I'm just more tired than I realized."

"Found you!" Nironan shouted proudly as he tackled his uncle's leg.

"Yes, you did." Kil laughed, distracted from a nagging feeling that he'd missed something.

An hour later the hamper's contents had been reduced to pretty piles of wrapping papers. Akira used some to show Maan how to fold paper windmills, enlisting Kilronan and Nironan to find thick stalks of straw to attach to the back. The two boys ran giggling, holding the whirling toys high in the air to see how fast they could turn.

"My goodness, Akira, you are a wonder. Is there anything you can't do?" Mara teased as she gathered up soiled papers and the few pieces of tableware.

"Many things." Akira smiled at her. "I learned that on Kilra. Do you know they have machines with large sails that use the sea winds to drive a variety of other machines?"

The Kilronans exclaimed over this and asked questions about her travels to the islands. Mara leaned back against a warm rock, listening as she nursed her daughter.

"Mama. Kiti," Nironan exclaimed as he pulled on his mother's arm.

"What did you say, Nie?"

"Kiti. Kiti!" the boy repeated. "Maan see Kiti."

Mara looked at Akira, seated next to Kilronan, who lay stretched out on the blanket—no Maan there. Looking back to her son, she told him, "No, Maan isn't with Lady Akira."

The little boy puckered his face. "No Daidi Kiki! *Kiti.* Bwak kiti! See?" Turning, Nironan pointed at the rocks some distance away.

A black panther crouched—ready to leap as Maan trudged cheerfully toward it through tall grass.

Kilronan pushed to his feet with a shout of alarm. He was already running as the large cat shifted to attack, knowing he couldn't reach the boy in time, and with no angle to set a force shield.

"Aiden! Drop now!'

Even as he received the mindsight, Kilronan launched himself over the small boy, pulling him against his chest as he rolled. The panther's claws raked his back as a force bolt cracked overhead. The cat screamed, flying through the air to a bone-shattering death against the rocks.

Holding a bawling Maan, Kilronan scrambled to his feet. Looking back in surprise, he saw Akira with her arms raised in attack position. As he started back, he saw her knees buckle.

"Catch her!" he shouted, while the others stood frozen in shock.

Miden leaped, cradling Akira as she slumped. Kilronan ran up, shoving the weeping boy at his mother before dropping to his knees.

"Akira?" Chafing her icy hands, his concern eased when he felt her consciousness beneath the faint. He sent out a call for Asura, and was just lifting Akira into his arms when the healer rode up with Celina.

"We were almost here when I received your mindsight." Asura dropped quickly from the mare while he laid Akira back down on the blanket. "What happened?"

"My powers came back." Akira's whisper surprised them all as her eyes flickered open.

Kilronan pressed his fingers to his own eyes for a moment. He opened them to the emerald ones trying to focus. "Akira—why did you do that?"

"That seems obvious," she replied faintly, closing her eyes against the pain in her head. Her pale lips curved slightly at the relieved laughter around her.

Asura scanned her quickly. "She seems to be all right except for the migraine. I'll tell Marga to meet us at Lady Muro's quarters. I'd like to get a second opinion since she lost consciousness."

"I'll be all right," Akira whispered. "Where are the children?"

"Here," Mara choked out, kneeling beside her. "They're all safe, thanks to you." Her voice was thick with tears at the thought of what might have happened.

Looking down as she felt a hand touch her knee, Mara grasped it tightly. "Thank you, Akira. Please tell me you haven't hurt yourself saving my son."

"It takes more than one force attack to do that. I'm glad Maan is unharmed." Akira's voice sounded stronger, and amused.

"Which is more than can be said for you, Master," Asura said very quietly, eyeing the blood spreading through the slashed cloth on his back.

"Quiet." Kilronan shook his head, frowning at her. "Let's go back. I think we've had enough excitement for the day." Grabbing his jacket, he pulled it on to hide the damage.

Celina stood watch, holding a feisty Kahshara as the mare scented the dead panther. Miden and Ara hurried to collect their belongings. Mara stayed close as she restrained the boys, who'd already forgotten their fright and were eager for a ride.

"I'm all right. Help me up," Akira demanded, impatient now with everyone's hovering. "You people act like I've never used a force attack in my life." But her grumbling eased the anxiety around her.

Giving her a quick kiss, Kilronan helped her to stand on unsteady legs. "We know what you can do, my lady. But you're a little out of practice."

Miden, who'd regained some composure, looked at her gravely. "If that's just a small part of what you're capable of, my dear, especially in your condition . . ." then he considered the

woman watching him with questioning eyes. "Just forget that, Akira. My old brains are addled."

She touched his hand lightly. "All right. Who's riding with me?" She smiled as the boys danced and leaped around them while they walked her to the horse.

Celina grinned when Akira touched her cheek. "It's good to have you back, Cee."

Kilronan carefully boosted Akira onto the flat saddle. He paused to be sure she was steady before settling Maan behind to hold onto her waist, and then Nironan in front of her, where she could wrap an arm around him. Kilronan showed the youngster how to hold onto a hank of mane.

Handing Lady Muro the reins with a quick salute, Celina ran ahead to inform the protectorate. The big cats were unusual so close to the village, and they usually appeared in pairs or sibling groups. A warning would be posted throughout Mountain Shadows to advise of the danger.

With the others walking beside horse and riders, conversation steered away from the shock of the attack. But Kilronan could only think of one thing.

Akira Muro's powers had returned.

Marga was reassuring as she came from the bedroom. "There doesn't appear to be any complications. Even the headache is going away, and might have been caused by the intense stress of the moment rather than her use of force."

Glancing at Kilronan, she added, "I guess that answers the question about whether she'll regain any force ability."

He nodded thoughtfully before being jolted by Akira's mindsight.

"Make sure she looks at your back."

"You're supposed to be sleeping."

"Fine! Come here, right now."

Miden saw his son's expression of startled annoyance, watching curiously as Kilronan disappeared into the bedroom.

"Take off that jacket," Akira demanded, swinging her legs over the edge of the bed.

"It's just a few scratches. How do you know about it anyway?" he muttered. Tossing the jacket at the armchair, he began undoing the laces of his ruined shirt. "Damn it!" He winced as she started to pull cloth from clawed flesh.

Her dry response held little sympathy. "I was groggy, not deaf. If you'd let them look at this before the blood dried it wouldn't hurt so much. Asura!" she called, letting the shirt go to wait for assistance.

Asura came in and looked at Kilronan's back. "That's going to hurt." She chuckled as he shot her a disgusted glance.

He rolled his eyes when Mara stuck her head in the door. Ignoring her brother's disgruntled scowl, she asked, "What's the matter?"

"Nothing. Could you go answer that bell? It's the service chamber door behind the dining area," Kilronan said, sighing in relief when she left.

Taking the warm compress Asura brought from the bathing chamber, Akira ordered Kilronan to stretch out on the bed. She placed the damp cloth over the torn shirt to loosen dried blood.

"You're a stubborn man, Kilronan."

"Me? I'm stubborn? What the hell did you think you were doing, Akira! You could have pushed yourself back into a coma." He turned his head to glare at her.

"First, I didn't stop to think, I just acted. The boy was in danger. So were you, as evidenced by your back. I'm sorry about that. I couldn't launch an attack until you were out of the line of fire. Second, I doubt that I would have returned to a coma. I don't believe my body would have been able to channel the energy if it was that impaired physically."

Asura came back with the scissors she'd been asked to find, saying, "Gralla brought afternoon tea and this." She waved a courier pouch carrying the royal seal.

Taking the scissors and the pouch, Akira set the leather packet aside to attend to Kilronan's injuries.

"And just what am I supposed to wear back to the protectorate?" Kilronan asked when he felt her cut along the sides of the shirt.

"If you ask nicely, I'm sure Asura would bring you something. Or you can just fasten up your jacket. No one will know, unless Anki happens to see you," Akira teased, remembering the way the clerk's eyes always seemed to undress him in her mind whenever she saw him.

"I'd let you undress me in person."

She had to laugh at the lechery in the tone of his mindsight. Akira removed the wet cloth, gently pulling at the fabric as the torn edges came free easily now. With the shirt off, she could see the three shallow slashes just below his right shoulder blade.

"Ouch," Asura remarked, handing her a fresh cloth to clean the wounds.

Akira scanned his back before holding her hand above the rake of claws. Asura frowned, watching her carefully for any sign of distress as Akira pulled upon energy levels already weakened by the earlier force attack.

"What are you doing?" Kilronan sighed, knowing too well what the familiar feeling of heat signified. "You know, I am capable of healing the usual way."

"I know you are. But it would be unfortunate to mar such a handsome back with scars."

Asura laughed over such a remark from the usually reticent Lady Muro. She sobered quickly when Miden walked in.

"Forgive me, but we were wondering what was happening in here." He stopped, watching as three thin slashes faded from his son's skin before his very eyes. Seeing the remains of the bloodied shirt, he cocked a stern eyebrow at Kilronan. "You should have told us you were hurt."

Akira hid a smile as she left the bed. Tipping her head to Asura, they gathered the bloody cloths and adjourned to the bathing chamber while Miden chastised his adult son.

Pushing up with a groan, Kilronan slipped the remains of his shirt off as he stood; his eyes level with his father's. "As you can see, it's been taken care of. I didn't want Mother more upset than

she is. And Mara was already taking unwarranted responsibility for Akira's collapse."

"You could have told *me*," Miden continued angrily, until Kilronan put a strong hand on his shoulder.

"I love you, Father, and I appreciate the concern," he stated, smiling into green eyes so like the ones he saw in the mirror every morning. "But, believe it or not, I've been through worse, much worse. By now I can pretty much tell what's critical and what has time to see to. Like this."

Kilronan grimaced at the tatters in his hand. "Though I'm not sure how I'm going to explain losing my shirt to Mother and Mara."

Accepting that Kilronan was right, Miden chuckled. His son was well into a warrior's life and obviously able to gauge his own needs.

He turned when the healers came back into the room. "Thank you, Akira, and you, Asura. I can see he's in good hands." Miden eyes crinkled with silent laughter as he opened the door to leave with a whispered, "If not fully dressed."

Asura grinned, her hands clasped behind her back. "Guess what we found?" She held out one of his shirts. "Remember when I brought you your uniform for our early shift? When Lady Muro was having trouble sleeping?"

He nodded as he took the shirt—a close match to the one now in pieces. "Let's hope my father remembers to keep his mouth shut."

His apprentice master chuckled as she said her goodbyes.

Akira sat on the edge of the bed. Kilronan studied her pale face, the faint shadows beneath her eyes. Pulling the shirt over his head, he tried a grin.

"It's handy I had clothes here. Though I guess Isfail might object."

She just met the amused glint in his eyes calmly. "No. He just hangs his own over yours." Giving him a coy smile when his eyes narrowed.

"Great," Kilronan muttered, sitting down in the chair. "Why didn't you tell me your powers were back?"

That brought a quick shrug. "Honestly, I didn't know they were. I don't really know what *is* back."

"You were using your mindsight when we walked out to the meadow. I didn't clue in to it until after. It's so normal to talk with you that way, it didn't make a conscious impression when it started."

"Perhaps." Akira sighed as fatigue dragged her down. "I need to rest. Could you apologize for me? I'll see your family another time."

Concern creased his brow as Kilronan got up. Not sure where they stood, he just nodded, pressing a light kiss to her forehead. "Thanks for coming to the rescue, Akira. Again."

She watched him leave the room. Unclenching the hand that shot the bolt, Akira let out a resigned sigh.

Twenty-One

Kilronan walked his family to their lodgings. Mara anxiously questioned him while he took the baby so she could remove her sling.

"Will Akira really be all right?"

"Yes. And you don't want to get on that woman's wrong side by hovering over her." He lay down on the floor, lifting the baby over him while she gurgled.

Ara and Miden came from the kitchen with the boys. Maan and Nironan chattered over gingerbread men until they settled by the fire with picture books. Ara set a plate of small cakes on a low table while Miden poured the tea.

"What a day," Ara sighed, taking her cup.

"And it started out so well," Miden added.

Kilronan sat baby Akira on his chest, holding her as she babbled cheerfully. "At least it ended well. Mara, we're going to have to come up with a second name for this little girl. It could get confusing knowing which Akira is being talked about."

Mara smiled at that, letting go of the day's trauma. "Anyone have any suggestions? What about Kira?"

Kilronan tipped his head back to look at her. "Wouldn't help. Akira's brother calls her Kira." Isfail, too, but he refused to say it.

"Akira Muro doesn't have a brother," Ara reminded him.

"She does now, an adopted one. His name's Elen Arith. You just missed meeting him. He was here a few weeks ago with Akira's reconnaissance team. Good-looking guy." He winked at Mara, who laughed at his foolishness.

Miden considered him more seriously. "Akira really thinks of him as a brother? Who is this man?"

"He's the younger brother of a good friend of hers. I haven't heard the whole story, but Arith says she's known him since he was a young boy. His sister was also an ambassador. She died last year." His face was somber now as he told them, "Killed by the Mors."

Mara looked up from her tea. "Wow. Did she take him on when his sister died?"

Kilronan shook his head as he lowered the yawning baby to lie on her stomach. "No," he answered quietly. "Their attachment must go back much further. Arith is a man full grown, with ten years behind him in the Ambassador Core. He retires this coming year and has put in an application here."

His parents looked at each other uneasily and Miden cleared his throat. "Are you sure he sees Akira as a sister?" He felt a little embarrassed when his son cocked an eyebrow at him. "I have no doubts of Akira's feelings, son. But . . . let's be realistic. She's a beautiful woman, on many levels. This man may have a different kind of interest in her than brotherly affection."

Mara looked around, her interest piqued by yet another romantic scenario.

Carefully supporting the sleeping baby as he moved to sit up, Kilronan grinned. "Well. I could see you thinking of that. I'll admit I did, too, the first time I met him. It doesn't take long to realize that they love one another as siblings. Arith's absolutely devoted to her."

With a comical twist of his mouth, he admitted, "He's the only man in nearly fifteen years to land a punch on me. Recon Alpha came up here expecting to take charge of her body for burial at Ambassador Central. They'd also been told Akira had died. Arith believed I'd failed to protect her, and he went crazy when he saw me. Nearly broke my jaw before I understood what was going on. As soon as he knew she was alive, Arith was fine. He's a good man. I believe he'd give his life to defend her."

He handed little Akira to Mara and said, "I'd like to hear the whole story."

His sister nodded, calling to her sons as she headed back for naps.

"And Isfail?" Miden asked, giving his son a crooked smile. "Do you know that story?"

"They seem very good friends." Ara gave up pretending to knit.

Rubbing a hand over the back of his neck, Kilronan frowned. "A polite understatement, Mother. He loves her. Akira evidently has strong feelings for him. They met when Coroth sent Akira out with Isfail's militia unit on special assignment. I guess several times over her career."

He blew out a breath and leaned back on his elbows. "I know she was with him when our team was sent out to look for Lord Baronan— When? Some seventeen years ago? Team Soren arrived just hours after they'd been relieved."

"They began a relationship while she was an ambassador?" Ara exclaimed.

"Not the kind you're thinking. Isfail himself told me she refused anything more than a trusted friendship during her career. But she learned to lean on him when things began to weigh on her."

"So, now that she's retired, he's decided to court her."

Kilronan nodded to his father. "Isfail's been up front about it, and damned persistent. I'd say he's got the advantage right now."

Bristling in defense of her son, Ara stated, "You have just as much to offer as the commander does."

"I love you, Mother." Kilronan smiled. "But he's given her something I haven't. Someone to trust."

High Pass, Border Between Caldala and Ishal

Isfail stood with hands on hips, a brooding darkness in his eyes as he looked out across a raw, somehow primitive, expanse of

fractured stone. He could imagine some hell-born giant exploding from the underworld, bursting through ancient basalt in a bid for freedom.

But the force behind this apocalyptic landscape was the small woman who'd nearly died here.

"I've seen it before," Cobon began. "I'd heard about it from Osharon, but every time I see this with my own eyes, it's a hell of a thing."

Nodding without a word, Isfail headed out. He crossed cracked and creviced slabs of stone until he looked down on Lower Caldala Lake and the new waterfall spilling into it from Lake Shisalla.

"Holy God," he murmured, trying to see it in his head. The storm-driven power, the flaming woman—the raging Mors as death rained down on their accursed race. Isfail knew whatever scene his mind conjured would fall far short of reality.

Clearing his emotion, he studied the huge slabs and crushed stone that filled the downslope end of what had once been Caldala's only land passage into Ishal. Mountain Shadows probably knew that the jagged wall lakeside was easy enough to scale for a determined man, or men. Or women, for that matter, he grinned, needing the bit of humor over gender wording to lighten his mood.

"Your protectorate will need to establish a watch here, my friend."

Cobon nodded. "It's already being worked out. This is more trouble than an open pass, if you ask me. Can't get in without some effort, which means that whoever tries is likely trouble."

"Trouble or running from something, which usually amounts to the same thing," Isfail agreed. They turned back, walking along the rim of what remained of the pass.

"Ever been through here?" Cobon wondered idly. "Before, you know."

"A couple times. It's been awhile," Isfail recalled.

Some years ago, he'd ridden through the pass on a private mission for Logran to an Ishakan tribal conclave. His avowed

mission had been successful, but there had been a personal one to find a former Caldalan—Kane Kalronan—that had ended in frustration.

He knew the man lived with the tribes, bound to an Ishakan *Sha'ala*—a leader of one of the most revered of the horse tribes. Yet anytime he asked about him, Isfail was given a blank look or told that no one knew of him.

Not likely, since Kane Kalronan would have stood out among the honey-skinned, black-haired Ishakans with his light skin, white hair, and the green eyes of a Psyche. Isfail also knew that one of Kane's sons was an ambassador with Recon Alpha, but he'd been unwilling to approach Kalen Kalronan about his father's whereabouts.

With the pass closed, it seemed unlikely that he'd have a chance to pursue that investigation.

Isfail continued his silent musings as they rode down the hill, half-listening to his friend's easy commentary. He wondered where the Ishakans retreated to when the Mors came through their highland valleys. Akira had told him that the horse tribes went deep into the mountains.

Had the earth movement she'd instigated caused them any trouble?

Akira worried over it, he knew. There were nights she talked in restless sleep; questions blurted out in agonized self-doubt. Isfail wondered how bad it would be when he had to leave her. Being there at night kept the worst of her demons at bay.

Could he convince her to return to Insalat with him?

He'd need to arrange suitable accommodations. Lady Akira Muro couldn't be expected to live in the practical quarters he kept in the barracks. She wouldn't object, Isfail knew from the hardships they'd dealt with on several missions together. Akira never complained about such things. The quarters she'd described at Ambassador Central had sounded more austere than his.

Frowning, Isfail realized he wanted more for her now. She deserved better. At least Mountain Shadows provided her with

a comfortable and attractive residence, and the all-important security of solid fortifications and teams of guards.

"Hard thoughts?" Cobon said.

"What?"

"You look like a storm's brewing in your head." The master turned into the old village where they'd camp for another night. "Almost as black as what's building above us."

Isfail looked up at the tumultuous sky as he dismounted. "I was thinking about things I need to work out. Sometimes there are no easy answers."

"Aye, true enough." Cobon nodded, leading them into a reinforced ruin fronting a large storage cave. The protectorate kept it stocked for travelers with dried food, grain, and hay. A chiseled-out cistern, dating back to the ancients, collected spring water. All in all, it was a reasonably comfortable shelter for man and beast during bad weather. There were even ventilation shafts so a fire could be built within the sheltering walls.

Later, reclining lazily against a bale of hay, a hot meal filling his belly, Cobon eyed Isfail, who lay propped against his saddle watching the fire.

"So. You're serious about courting Lady Muro, are you?"

Isfail smiled. "I believe I said so. Do you doubt me?"

"Not at all. You've always been a serious man beneath that easy way of yours. And you're of the royal blood, though you've a mind to keep it to yourself most of the time."

"That doesn't matter to her."

"No. I don't expect it does." Cobon enjoyed a long stretch. "The protectorate's wanting her to stay in Mountain Shadows, and that's not counting Kilronan's plans."

Isfail gave him a brief smile, one eyebrow tipping up. "Should I be concerned with Kilronan's plans?"

Chuckling, his friend poked at the fire. "See, there's that 'Sure and I'll be happy to talk this over with you' manner. The next thing a man knows, he's laid out flat on the ground without knowing what hit him."

"Akira and your Lord Corcoran already went over the liaison offer with me. I don't see that as a problem. If she wants to take it—and me—I'll come here." He chuckled at Cobon's astonished look.

"I've over twenty-five years with the militia; three years with the royal navy before that. It's easy enough to retire. Logran would keep me busy with the liaison, unless she objects."

"Not likely, eh, if she's kissing you in front of Kil."

"Saw that, did you?"

"It's more a wonder that he did and didn't call you out." At Isfail's frown, Cobon shook his head. "Aye, and that's speculation. He's a good man, and it's been obvious since the ambassador first came here that he wanted her. Some say they've known each other from childhood."

"They have, and he had his chance with her," Isfail confirmed dryly. "Kilronan made the wrong choice, as I see it. Sympathy for the man won't stop me. I met Akira over seventeen years ago, so, as I figure it, I've actually *known* her longer. Certainly as the woman she's become."

"Well." Cobon heaved a great sigh. "The lady would do well with either of you. Could be interesting having the three of you living in our small village. Though I can't see you or Kilronan making a drama out of it once Lady Muro made her choice."

No, there'd be no drama, Isfail silently agreed, but would Akira choose to commit to anyone?

Twenty-Two

Mountain Shadows Protectorate

Osharon ran his fingers through short black hair as he grumbled his way to the door. The insistent banging had brought him stumbling from a warm bed.

"All right, I'm up," he proclaimed loudly, opening the door to Kilronan. Scowling through sleepy eyes, he complained, "Kil . . . I owe you for this. Don't you know it's my day off? I'm allowed to sleep late on my day off."

Thrusting a note into his hand, Kilronan grinned unsympathetically. "I know it's your day off. I need you to do something for me. Thanks, Shara."

"Kilronan!" His disgruntled yell followed as his friend took the stairs down two at a time. Osharon went to the railing and watched as Kilronan sprinted across the courtyard, disappearing through the arch into the main protectorate court.

Shaking his head, Osharon turned into his quarters, reading the note. "Is that all he wants? Damn it," he muttered as he shuffled back to his bedroom to dress.

Baby Akira had cried most of the night, leaving Mara drooping as she rocked her fretful daughter. When Ara walked over to take the baby she passed Akira to her gratefully while they heard a knock on the door.

"Who'd be here this early?" Mara wondered as her father went to answer. The women smiled at each other when they heard Kilronan's voice.

"Look who's here," Miden boomed, grimacing as his loud exclamation had the baby screeching. Akira came in, followed by Kilronan with his hands over his ears, his eyes laughing at his sister.

Mara got up, ignoring him to give Akira a hug. "It's wonderful to see you. I'm sorry for the noise," she said loudly, over the baby's screams.

Akira nodded toward her namesake. "May I?"

"Oh, please." Mara moaned while her brother hugged her.

Giving Akira a helpless smile, Ara passed her the unhappy child.

"Poor little one, you don't feel good, do you?" Akira cuddled her as she loosened the blanket swaddling. Smiling tenderly, she settled into a deep armchair, placing the child securely on her lap.

Kilronan sat on the arm of Mara's chair as they watched Akira stroke the baby's flailing arms and legs before laying her hand over the tiny body. Mara jerked forward in alarm when Akira's hand emitted a soft glow. The baby stopped screaming, and her little limbs calmed.

Lifting the now happily gurgling baby to kiss, Akira laid her over a shoulder and gently stroked the tiny back. Kilronan gave a short laugh when the baby burped loudly, patting his sister's shoulder as Mara covered her laughing face with her hands.

Miden let out a long breath. "*Thank* you, Akira." He walked over to place a kiss on the small woman's cheek before sitting down to rest his head against the back of a large armchair.

"Are you sure you don't want to move back to Psyche Lakes, Akira?" Ara pleaded, with Mara nodding rapidly in agreement.

"My goodness. There's the door again." Ara rose to answer this time, coming back with the delivery boy from a village bakery. "Kilronan? He says it's for you."

He escorted the lad into the kitchen to set down his baskets before returning him to the front door. Kilronan thanked him and handed over payment. "Give my regards to your folks."

"Thanks, Master Kilronan." The boy touched his forehead in salute before dashing off to the main road.

Mara wandered back from the kitchen, a bakery roll in her hand as she raised her cup of tea to her brother. "Good. You can come anytime, as long as you bring Akira and food."

"It's nice to be appreciated," Kilronan quipped back. Pulling a chair beside Akira's, he watched his niece flutter sleepy eyelids.

"Well, you *are* thoughtful this morning, Kil," Ara noted happily, coming in with an assortment of bakery goods arranged on a large platter. Miden followed with the tea service before going back for a pitcher of cider. "Would you move that little table over so you and Akira can use it?"

Miden served the drinks before settling on the couch with his wife. Looking at Akira, he commented, "So, little girl, you're a master healer, eh?"

"That makes me feel better!" Mara exclaimed. "I thought I was an inadequate mother. That does it, Akira. You really have to come live with me for the next ten years."

Akira just smiled and handed the sleeping baby to Kilronan to take to her basket in Mara's bedroom.

"It's not just your healing abilities, my dear. You're so good with children," Ara began, ignoring her daughter's warning look. "It's not a talent I would have associated with an ambassador. You know, with all those . . . restrictions on your personal life. Oh, Mara, do stop it."

"It's all right," Akira said, seeing the humor in the situation. "I'm more prepared than I was yesterday."

Turning to Ara, she explained. "The Ambassador Core is often involved in missions of mercy, mostly when Caldalans have emergency needs, though sometimes in other countries."

Kilronan returned, and sat to listen with the others.

"Because of my seniority in the Core, I spent time organizing relief under some of those circumstances," Akira told them. "I've met many families, tried to help many children."

Casting a glance at Miden, she said, "I was fortunate to come under the tutelage of one of the Core's great healers in my early years."

Her face clouded briefly. "There was a young boy with severe injuries and scarring. The Most High authorized treatment for the major injuries, but not the facial scars. He had no one else to help him and I had to try." Shrugging slightly, Akira finished, "Fortunately, it was successful. I've spent years training since then. It's always satisfying to find ways to use your power to do good."

"Well, I am extremely grateful." Mara yawned. "I think I'll enjoy a nap with little Akira, hopefully before the boys wake up." Another knock on the door had her sending an incredulous look at her brother as he rose. "More surprises?"

"The last of the morning guests have arrived," Kilronan announced, coming back with Osharon, a broadly grinning Maronan, and his more dignified grandfather, Master Maran.

Miden and Ara got up to greet their neighbor from Psyche Lakes, while the boy dashed over to hug Akira. Osharon scrubbed a hand over his head and wandered off to the kitchen.

"You look more awake, Shara," Kilronan teased, following to clap a hand on his friend's shoulder and receiving a querulous scowl in return. Relenting, Kilronan poured a hot mug of tea and pointed to the pastries. Maronan popped in, his mouth already full of sweet roll.

"Did you tell her, Master?" His excitement overflowed as Kilronan poured him a cup of cider.

"No, Mar. I waited for everyone to get here."

They returned to the main room where Mara and her parents still stood, enjoying a story Maran was telling of his grandson's recent adventures. Kilronan and Maronan joined them, leaving Osharon the only one who noticed that Akira had faded back into the deep chair.

Not just faded, Osharon realized. Fading! She was disappearing before his eyes. He moved quickly, grabbing her hands and looking into fearful emerald eyes even as she dropped the shield.

"Don't," Osharon murmured, gently squeezing icy fingers. "Don't be afraid, baby. I've got you. There's nothing to be afraid of here."

"Akira?"

The whispery disbelief had her head jerking up to meet her mentor's dark-green eyes.

The room had gone quiet. Some watched in confusion, but Kilronan silently cursed his thoughtlessness. Neither Akira nor Maran had known the other would be here. By the shock on the elder's face and the white-faced fear on Akira's, it was obvious the happy reunion he'd intended had gone wrong.

Maronan stepped up, his eyes deep and dark. *"It's all right, Lady Muro. Grandpa wanted to see you. Master and I thought it would be a good surprise for both of you."* The boy's concern permeated the mindsight.

With a trembling sigh, Akira nodded. She squeezed Osharon's comforting hands briefly before pulling free. With his help, she stood, calling on years of experience to calm her mind. Here was the one person she'd dreaded facing after all the years in the Core, and everything she'd done.

"It is an honor, Master Maran."

The old Psyche's eyes filled with pride. "Oh no, Lady Muro, the honor is mine." Then he made a courtly bow that left her speechless.

When he straightened, those exceptional eyes softened with love as he slowly lifted a hand to her cheek. "I don't think you know how proud I am of you, my dear."

Lips trembling, Akira fought back tears. "After everything, sir?"

"Because of everything, Akira. You are magnificent." With that he drew her into his arms, stroking her hair with soothing murmurs as she wept.

Miden quickly herded the rest into the kitchen while Mara slipped off with the baby.

Osharon clasped Miden's forearm with a relieved smile as Kilronan's father welcomed him.

"Good to see you again, Shara. How are you?"

"Everything's great, sir. As long as Kil doesn't wander off on some crazy mission, I've got nothing to worry about."

Not entirely the truth, Osharon thought, keeping on eye on Akira through the open arch. Glancing toward Kilronan, he frowned, wondering why his friend hadn't anticipated Akira's reaction. Hadn't Kilronan learned enough about her insecurities by now?

"Here, Osharon," Ara encouraged, handing him a plate. "We heard you got up early to collect Maran and his grandson."

He took a large bite from a sugary puff with a loud sound of approval. "Did Kil tell you he interrupted my sleep—on my day off—so you could all enjoy the pleasure of my company?"

"Your presence is a welcome bonus, Shara." Akira's low voice spoke as she came in with Maran. She stopped to kiss Osharon's cheek.

"Thank you for taking care of me," Akira murmured before looking at the others. "Please forgive my foolish behavior. I don't know what came over me."

"There's nothing to forgive, dear." Ara wrapped her arms around her with a worried look at Miden. "We've been bustling you about and you're hardly recovered from your injuries. Anyone would be overwhelmed and emotional after what you've been through."

Osharon decided that was as good a reason as any, but he saw the piercing look the old master gave Kilronan. It looked like Kil was going to have a lot of explaining to do.

Fortunately, Maronan chose that moment to bring up the celebration that was an integral part of the surprise gathering, a more pleasant one for all concerned. With everyone falling into the spirit now, options were discussed.

The celebration of families continued into the early afternoon, with the adults exclaiming over the uncorking of a sparkling wine during dessert—a gift from Lord Corcoran to the Kilronan family.

Osharon finished his last glass of the effervescent liquid before saying, "This has been a great party, folks, but I'd better head back. My team has early duty tomorrow, and I didn't get

enough sleep." He sent a look of annoyance at Kilronan, who only grinned.

"I'd like to walk back with you, Shara." Akira stood up. "I'll see you all at temple tomorrow. Thank you, I enjoyed this."

Maran signaled his grandson. "We'll go with you. Maronan and I planned a walk this afternoon, didn't we, young man."

The journeyman grinned before taking proper leave of his team master.

While goodbyes were being made, Kilronan pulled Akira aside. "I'm sorry. I should have told you that Maran was coming."

"I knew he was visiting Mountain Shadows."

"But I surprised you without realizing it might be upsetting."

She nodded. "It's all right. I didn't know it would either."

"Why?"

Turning away, Akira started for the door. "Let's talk about this another time." Glancing back, she gave him a faint smile. "Thank you for arranging this."

Kilronan watched them until they turned onto the main street before going in to face his family's questions.

The men adjusted their pace to accommodate Akira's. Maronan chattered on, telling her about his short trip down to Green River village to meet his grandfather. His excited descriptions had them walking contentedly along stone-paved sidewalks as they made their way through the village.

People nodded, greeting them as they passed, with some looking back in wonder as they realized the white-haired beauty must be their local celebrity. Maran amused himself watching the recognition, and was mainly pleased that the villagers reacted favorably to Akira's presence.

He sighed, remembering her panicked response earlier. Maran could easily guess the reason. He'd watched over her from birth, though he hadn't been allowed direct involvement with Hiro's family. It wasn't until Akira's change began that her father had asked him to ease her distress, to help her understand the Psyche shift. By then, Akira's emotions were so damaged by Kilronan's

leaving and Aino's disapprobation that the girl was deep in a morass of self-doubt.

Then the Ambassador Core had snatched her up. Maran's mouth tightened in bitter anger. Having served with Ana Karsh during his own contract, he knew the woman too well. He'd chosen to leave the Core when she'd been voted in as Most High.

There was nothing he could have done, for himself or Akira. He'd given the girl what he could, and tried to build affection—to let her know she had other family who loved her, everything she was. But Maran was afraid it had come too late. That discovery had seemed a betrayal, yet another abandonment of a child no one wanted, in her mind.

Friends within the Core had kept him informed, so he knew how isolated and angry Akira had become. But she had enough strength to persevere, to absorb the training and accept her own power. And enough intelligence to recognize Karsh's manipulations and her hunger to use the young Psyche's budding abilities to serve the Most High's dark ambitions.

Most of all, Akira had heart—an inner light that refused the dark. Embracing her unique gifts, she'd taken on the founding beliefs of the Core and made herself a force to be reckoned with. Heart and mind had made her strong enough to stand up to the political machinations of those who would use her for their own gain.

Ambassador Akira Muro had been respected, and feared, throughout the known world.

And *that* had crushed her spirit, Maran knew—the weight of responsibility, the pressure to seek justice when true justice was circumvented, the guilt when she couldn't protect the innocent.

The knowing that she was Coroth's most feared weapon.

His sorrowful reveries were broken by Maronan's questioning prod in his mind. But Maran smiled back to the child he'd been able to keep. "Where should we walk?"

"The trail to the waterfall is one of my favorites." Maronan looked to Lady Muro for her opinion.

Akira smiled fondly, tousling his curly head, and realizing with a jolt that he was now the same height as she. "Mine, too. You'll both have to come tell me how it was."

Taking Maran's hand, she pressed it between hers. "I'd like to talk with you while you're here. I have questions, and things I'd like to say."

He cocked his head curiously. "I'd like that, Akira, and I'll answer what I can." He brought her hand to his lips before turning into the protectorate archway with Maronan.

Osharon linked her arm with his, studying her tired face. "How are you?"

"All right," she replied with a sigh. "I suppose I don't deal well with surprises. At least, not at this time."

He started to say more but heard Cobon's booming voice. Sure enough, the master and Commander Isfail were riding down from the North Gate. Osharon actually felt Akira's pleasure, a ripple of warm energy where their arms linked. The happiness on her face matched the smile on Isfail's when he saw them.

Hell. Kilronan was in trouble.

Cobon laughed when Isfail urged his stallion to a faster pace.

"My lady." The commander dipped his head as he pulled up before them. "Osharon."

Isfail dismounted. "It's a fine day for a walk." But he noted the weariness competing with the sparkle in her eyes that warmed him.

"We're returning from the Kilronan family," Akira said, leaving Osharon's arm to take Isfail's hand. "They hosted a small party, including Master Maran, who arrived yesterday." She met Isfail's probing eyes calmly.

Though he gave her a searching look, he only nodded. "If Master Osharon has no objections, I'll take you back to your residence."

"None. Saves me the lonely walk back down the hill." Osharon grinned up at Cobon. "Right?"

"Ah, you've enough women as it is. Leave the ladies to the commander," Cobon teased, swinging down from his horse.

Laughing, Isfail just brought Akira's hand to his lips before lifting her onto the stallion's back. "Just saving the lady the walk, masters."

Osharon and Cobon stood for a moment, watching him lead horse and rider up the cobbled road.

"Kilronan's in trouble," Cobon muttered.

"I was just thinking the same." Osharon clapped him on the back. "Well, nothing to do about it. Stable that horse and I'll stand you a round so you can tell me about the pass."

Scrubbing off the journey under Akira's shower, Isfail appreciated the quality of the cistern-fed plumbing that produced the satisfying flow, like a heavy rain shower of nicely heated water. He turned his head when she came in with fresh clothes. "You're supposed to be resting."

Akira ignored that with a flirtatious smile. "I could scrub your back."

Though Isfail turned off the shower with a suggestive look, he blew out a long breath.

"You do that, sweet, and I can't be held accountable. It's already all I can do to remind myself that you're still healing." But he caught her up, grinning at the surprised gasp as he dipped her toward the steaming tub.

Laughing, she scolded, "No more baths while dressed. Gralla already thinks I've lost my mind after taking away the wet laundry."

"Aye, but join me in that tub naked, my lady, and there'll be consequences for both of us to deal with." Setting her down, Isfail pulled her close, letting her feel his desire as he searched her eyes. "Soon, my only love."

The acceptance in those beautiful depths had him groaning as he took her mouth. Her arms wrapped around his trim waist and she met his passion without restraint. Isfail moaned against her lips and pushed her away.

"Out," he ordered, stepping quickly into the tub. "You're a tempting angel calling out the devil in me."

The look she gave him as she left was pure seduction. "Is that what it's called?"

"When did you learn such a saucy manner, lady?" Isfail called through the open door. He chuckled at her responding laughter.

Oh, yes. He needed her more than ever.

When Isfail came out, clean-shaven and combing his fingers through damp hair, he found Akira curled up on the couch. A thoughtful demeanor had replaced her playfulness when she glanced up at him. But her smile was just as warm as he dropped down, wrapping an arm around her shoulders to pull her close.

"I missed you," she murmured, taking his free hand.

Isfail kissed her hair. "And I you. Akira, come back with me." She gripped him tighter. "I can't just leave you here, and I must return soon. I didn't make arrangements—"

Her fingers pressed against his mouth. "Shh . . . you don't need to explain. I know you have to go."

"I'll find a house for us, or I'll come here." Isfail turned to her.

When she looked at him, eyes wide, he smiled, kissing her softly. "Have you not believed me, Akira? I love you. I want a life with you. I'll court you properly now that you're free. Let me, sweetheart."

Akira searched his eyes. "You are the best man I know."

Those light eyes crinkled. "You said that in your letter." Then he grew serious again. "And other things beside. I want to help you heal, Akira. Not just that gorgeous body, but also the heart you've shielded too long. You deserve to be whole, love—and happy. I believe we could be happy and whole together."

She kissed him, long and tender, before getting up to tend the fire.

In her silent busyness, Isfail saw her drawing in, shielding herself. It was something he'd seen too many times before.

"Ardan, some of my powers are back." Her voice was hesitant, unhappy.

Did she think that would put him off? He wondered, getting up to go to her. "Why does that make you sad?"

Akira closed her eyes in relief, leaning into his warm embrace. Everything about him was acceptance. There was no retreat, no coolness, and no eager avidity to know what had returned. Isfail just accepted her—however she was. His first concern was for her feelings about herself. She could say to him what she'd barely acknowledged.

"I don't know that I want them back." Akira looked up into serious gray eyes that understood her conflict.

"We'll deal with it, my sweet." He stroked her silky hair. "They're part of you. That makes them a wonderful gift. It's your choice now, how you use them. You'll always take the path of good, Akira Muro."

Holding her close, Isfail breathed in her scent. He wanted to remember it in the long weeks without her.

"I could use some sleep," he murmured, teasing her ear. He felt her lips move against the open neck of his shirt.

"Some sleep?" Akira questioned with a playful smile that quickly became a laugh when he scooped her up.

"None of that." Isfail carried her into the bedroom and tossed her onto the bed. "Only sleep. For now." His leering smirk made her laugh again.

Akira snuggled beneath a soft blanket, watching as he pulled off his sweater, tossing it over a chair.

"What's this?" Isfail asked, an eyebrow rising as he picked up the leather pouch embossed with the royal seal.

Sitting up quickly, Akira shook her head. "I forgot about that." She took it when he brought it over.

Isfail chuckled, lying back on his elbows. "You're the only person I know who would ignore Coroth. I can imagine Lo's face when he hears you tossed it in a corner without a thought." He dropped back with a grin when she swiped at him.

Hiding her amusement, Akira broke the seal, pulling out a large envelope bearing the crest of the House of Coroth. Inside was an ornately scripted letter.

Fascinated by the variety of emotions crossing that gorgeous face, Isfail remained silent while she read. When her hands

dropped to her lap and she stared out the window with a look of distaste, he sat up.

"What does it say?"

She just held out the paper.

Reading the familiar writing quickly, Isfail winked at her. "A royal summons, eh? For the Honorable Lady Akira Muro, to include Mountain Shadows Team Kilronan. To honor them—"

She snatched the letter from his hand. "I know what it says."

"Save me a dance at the Grand Reception."

Glaring at his easy humor, Akira muttered, "You know I can't stand this kind of thing."

Isfail tugged gently on the long white fall rippling down her back. "You'll be the most beautiful woman there." When she snarled at him, he tugged her down. "Yes. I know you don't care about such things, or believe me when I say you're beautiful."

Relenting, Akira tucked her face into his shoulder. "I don't have to go."

Isfail rubbed her back. "People need ceremonies, Kira. It's important that a country acknowledge their heroes. You and Team Kilronan deserve the public accolades, and Caldala deserves a celebration. Citizens become complacent when things are easy, when their champions—those who do extraordinary things, who risk their own lives to keep them safe—are invisible. Without public ceremony, the people take their defenders and their government for granted because it all appears to go smoothly."

He gave a thin smile. "There are probably hundreds, thousands, of Caldalans who have no idea how close they came to annihilation if the Mors had swept the country. So, a day of celebration for the citizenry, a grand reception, a palace extravaganza in honor of their saviors is in order."

Her voice muffled against his neck, she replied, "I'm no one's savior, Dan."

"Yes, Akira," he murmured, stroking her hair. "You are."

Twenty-Three

The first service of the Temple of Mountain Shadows was overflowing. Brother Timmel, with good humor, thought it remarkable how quickly information spread through a small village. The news this week was that Lady Muro would be attending services this morning. The result was that the simple worship building, set between the river and the evergreen forest, overflowed with most of the population of Mountain Shadows.

Everyone quieted as Brother Timmel took his place behind the altar, nodding to his congregation before raising his hands for the opening invocation. Upon finishing, he moved forward to stand before the well-filled church.

"Good morning," his deep voice boomed, smiling broadly at the resounding response. "I must say that I am unusually satisfied by attendance on this first service of the lunam. A wondrous time of the year, when we are ending the hard labors of summer and the harvest is peaking. Beginning preparations for the cold demands of winter, and the slower, quieter pace of that season of sleep and renewal of God's natural gifts.

"Our community of Mountain Shadows is additionally blessed today by our visitors from the Village of Psyche Lakes. I would like to welcome Senior Master Kilronan's family—his parents, Master and Madame Kilronan, and sister, Madame Lornan, and her children. Another guest from their village is Journeyman Maronan's grandfather, Master Maran. We are also honored by the presence of Commander Isfail of the Insalat Militia. What a pleasure to greet you all." Timmel nodded to the group.

The pastor smiled gently as he looked at the small woman sitting between Kilronan and Commander Isfail. He chuckled at the sudden alarm on her face before she gave him a quick, negative shake of her head.

"There is one other person I choose to welcome back to our congregation, although I know she prefers to keep a lower profile until she's more comfortable without her veil." Timmel's smile broadened with the rustle of movement from those present.

"I must admit to a human weakness in saying that I will miss the need to minister more privately to this lady, as was necessitated by her convalescence from injuries sustained in her final ambassador mission. Although painful to see the effects of her sacrifice on this vibrant woman, it was a joy to watch as God brought her back to us, reviving her remarkable spirit to overcome her trials.

"Having confessed my selfishness in this, I will say that it is a great pleasure to see our Lady Muro back on her feet and growing stronger each day. She has asked me to convey her deepest gratitude to all who prayed for her during this difficult time. But I will call upon her to come forward herself as an inspiration to us all."

Timmel held out his hand for the reluctant lady as he introduced, "The Most Honorable Lady Akira Muro."

She took a deep breath when Kilronan stood, offering her his hand.

"Up you go, Kira," Isfail murmured, laying his arms across the back of the pew as he winked at her.

Pulling Akira's arm around his, Kilronan walked her to Timmel. With an encouraging smile, he relinquished her to the Brother's arm and stepped back.

Akira looked out over a sea of smiling faces. Her nerves subsided as she recognized so many and felt the good will of the temple. She took a step forward, stunning the congregation into profound silence with a deep bow before speaking.

"As Brother Timmel mentioned, it is . . . intimidating for me to be out in the world without the anonymity and protection found

under the veil of the Ambassador Core. However, I wish to thank you all, not only for your spiritual encouragement over these past weeks, but for the lunams before. So many of you have given your time and skills to support me, and my last mission. I thank you."

Akira's low voice quavered with emotion. "But the greatest gift all of you have offered is a community of wonderful people to call my home. For that, I am truly honored." She dipped her head before stepping back to Kilronan.

Timmel saw many in the congregation wipe away tears. Then his face creased in pleasure when Jor and Ala Kellen stood up, then Juniro and Nina, the High Lord and his staff. Teams Kilronan, Arla, and Osharon joined them. Soon the whole assembly was standing. They all bowed in silent gratitude to Akira Muro.

Standing with them, Isfail met her tearful gaze with a formal salute.

On a deep sigh, Akira wiped her cheeks. "I'm at a loss for words." She smiled at Kilronan and lifted a hand toward Isfail. "These warriors who've served with me will tell you that's not often the case. So, we'll be grateful that all I can give you is my heartfelt thanks."

Osharon grinned, heard Arla chuckle while the congregation settled back in their seats. It fascinated him that such a powerful and accomplished woman could be uneasy here, having faced so much worse throughout her career. And so remarkably beautiful with her white hair coiled elegantly above the neck of the sapphire dress—there would be much talk about this appearance in the protectorate halls and throughout Mountain Shadows today. Osharon grinned in anticipation.

Akira thought the morning's ordeal over until she found the crowd waiting outside the temple. Drawing from years as an ambassador and forcing down stomach-churning anxiety, Akira met the good will and curiosity as calmly as she could.

Kilronan and Isfail stayed close, waiting until they saw signs she was faltering before amiably extracting her from the

remaining admirers. Brother Timmel aided their escape by engaging the townspeople in plans for seasonal events.

More than ready for her private sanctuary, Akira was grateful for the two tall warriors flanking her protectively as they walked up the hill.

Correctly interpreting her pensive silence, Kilronan assured, "It won't be so bad after this, Akira."

"Aye," Isfail agreed. "They've had a chance to thank you now, and the curiosity is soon satisfied."

She nodded then remembered another trial. "I've something to show you, Kilronan, when you have some time."

"Now's fine." He studied the apprehension on her face. "You don't look happy about it." He glanced beyond her when Isfail chuckled.

"I'm sure you know her well enough that you'll understand why when she shows you."

Scowling at Isfail's amused statement, Akira sighed. "Do you remember the delivery I received the day you were injured by the panther?"

"Black leather courier pouch, royal seal," Kilronan recalled.

Isfail laughed. "See, Kira, most take note when Coroth sends a message." When she punched his arm, he caught her fist and brought it to his lips. If Kilronan frowned at that, Isfail wasn't going to let it stop him.

Fortunately for the two ill tempers brewing, they entered the guest court soon after. Inside the residence, Akira fetched the letter and gave it to Kilronan. It didn't improve her mood when reading it brought a grin to his face.

"Looks like we're going to Coroth." Kilronan settled into a chair, ignoring her frowning disconcertion. "A grand reception's a pretty big event, it'll be nice to see you honored."

"Us! It's to honor Team Kilronan as well."

The men grinned at each other when Akira cursed as she flung up her hands and stalked to the kitchen. She returned with a short glass full of whiskey, the open bottle, and two more glasses. Isfail took the bottle and poured a more conservative

amount into the empty glasses, handing one to Kilronan, who watched as Akira downed almost half of hers.

"What?" she gritted out, seeing his astonishment.

"I didn't know you could drink like that."

"Oh, yes. Just ask Evani Reva," Akira replied wearily, taking another large swallow. "When I'm tired of dealing with something, like recalcitrant ambassadors or royal summons. Or irritating men." Her eyes flicking to Isfail when he dropped to the couch, chuckling. The last of the whiskey went down her throat.

Kilronan lifted the bottle, ready to pour.

Shaking his head, Isfail told him, "It's usually only one over something like this." Smiling at Akira, he patted the cushion next to him. "Come now, Muro. Settle down and we'll all discuss what's to be done."

"A Royal Summons!" Ara exclaimed, turning a beaming face to her husband. "Akira and Kilronan are to be honored by the House of Coroth!"

Miden nodded, reading the invitation. "I should think so." Turning to his son, he noted, "This is coming up soon. Is Akira going to be able to make that trip by the end of this lunam?"

Kilronan looked up from wrestling on the floor with nephews full of energy after being cooped up inside by a cold wind. "Akira believes she will, although she hates this kind of attention. If it weren't for the fact that she wants Team Kilronan acknowledged, I think she'd decline it for reasons of her health." His last words were almost lost in a grunt when Maan leaped on his belly.

Mara shook her head. "I hope she enjoys it. After all, how many people are personally honored by the House of Coroth?"

"She certainly deserves it," Miden agreed. "You and your team, too, Kil."

Ara continued to worry over the trip. "How will you travel? Akira certainly cannot ride so far."

"Coroth has offered to send a coach for her convenience," Kilronan reassured her. "But Lord Corcoran insists she use one of his. He enjoys his comforts at his age and has two excellent

carriages. I think he's also determined to stake his claim on her for Mountain Shadows Protectorate," he concluded with a laugh.

"Which reminds me," Miden said thoughtfully. "I need to have our driver start checking ours for the return trip. It rode well on the way up, but I don't want any surprises going back. Especially in the mountains this late in the season."

"Kilronan, my son," Ara began.

Her children exchanged amused glances at the manner of her opening, one that usually preceded an outrageous request.

"Are you sure you want to live here? The winters are so severe. I'm certain you could get a good transfer to . . ." Ara met her son's inquiring gaze. "Well, to Cypress Springs Protectorate."

Mara laughed. "Which just happens to be closer to Psyche Lakes."

Ara huffed at her daughter impatiently. "And what's wrong with that? I never have understood why Kilronan didn't apply there when he decided to take up a protectorate career."

"Now you've done it," Miden groaned as he sat down in his favorite chair. "Ara, do we have to start up this old argument?"

"You and Mara should be supporting me on this, Miden. Akira and Kilronan will be too far away here. Mara, you and Nian chose to live in Psyche Lakes. Wouldn't it be wonderful for them to live there, too?"

Mara winced, feeling her brother close off. "Of course it would. But we could still see them every summer. And you know how difficult you and father find the hot weather now. You're always looking forward to this trip to the mountains."

The three of them continued an increasingly heated discussion for several minutes before realizing that Kilronan and the boys were no longer there. A brief look around led to a note saying he'd taken them for a walk.

With a sigh, Mara turned to their mother. "This is hard on Aiden. You've got to accept that Akira may choose another man, and another place."

"She loves him," Ara stated stubbornly.

"Yes. I believe she does. But it's a long time since they were children together. A lifetime. And Aiden set the course. One that may have been right for him, but I think their life together was the cost. You know how much he hurt her years ago—we were there."

Miden put an arm around his wife's shoulders. "Mara's right. I feel it's not just our son we need to stand with. We need to accept Akira's decisions, too. She deserves her own happiness. They'll remain friends because they care deeply about one another."

"But Aiden deserves to be happy after all this time," Ara argued. "He's been alone, waiting for her." To her surprise, her husband shrugged.

"His choice. Akira didn't ask for that. I don't see why anyone should expect that he gets to decide after all this time."

"He's your son!"

"He's a man. One who's made his mistakes and now has to live with them," Miden replied firmly. "I'm proud of him, make no mistake. Proud of the man and the warrior he is. I want him to find happiness with a good woman, and my choice would be Akira. But I won't fault her, or love her any less, for choosing another good man."

Leaning against the doorframe to his quarters that evening, Kilronan watched a flare of lightning that seemed to split the clouds open. The crashing thunder and deluge that followed made him glad he'd gotten back when he did.

"I should have stayed in," Osharon complained as he dashed up the stairs in the downpour.

"What are you doing out in this? You're not dressed for duty."

Osharon grinned, standing under the overhanging eaves to pull off his jacket before hanging it to drip beside the door. "No. I was at the rec hall. Just heard about your adventures the other day."

Kil waved him in. "Want an ale?"

"Sounds great."

They sat down at the table. "To a long year ending well." Kilronan raised his glass to his friend.

"Amen to that." After taking a drink, Osharon said, "So, Akira got her powers back."

Kilronan nodded. "Some of them, at least. Good timing, too."

"Yeah. I saw the size of that cat. Lord Corcoran sent a team out to scout the area and bring it in for the pelt."

"Any sign of a mate?" Kilronan asked curiously.

"Not that I've heard. Team Mika has been assigned to patrol that area of the woods. This rain should allow them to find some tracks if there's another one out there. I'm surprised at this though. It's been a good deer season. Shouldn't be any reason to bring them down from the mountains so soon." Osharon looked at him more seriously. "How's your back?"

"Good. Akira insisted on taking care of it." He leaned back with an amused look on his face. "Don't ever stand in that woman's way when she's determined to do something."

Osharon slouched back with a laugh. "You should have bound her years ago, instead of letting her spend twenty years commanding ambassadors. Now she's too tough for you."

"She's perfect the way she is, but she's not looking my way," Kilronan replied with a slight frown.

"You never know, my friend." Osharon took another direction. "How's your family? Pretty rough day for them, too."

"They're getting over it. I think we'll avoid any more outings. I reserved a room at the Blue Mountain tomorrow for dinner. Are you available?"

"Thanks, but we've got gate duty tomorrow. How long are they here?"

Kilronan thought for a moment. "I think they're leaving at the end of this week. They want to get out of the mountains before the weather changes."

"You mean like this?"

Kilronan chuckled then revealed, "Akira received a royal summons."

Osharon sat straighter. "For what?"

"The House of Coroth has requested the presence of the Most Honorable Lady Muro and Protectorate Team Kilronan at a Grand Reception," Kilronan intoned.

"About time! When's this?"

"End of this lunam. She's already talking with Lord Corcoran about it. I would guess he's gotten the word from Coroth directly."

"You think Akira will be able to travel that far? Deal with the strain of all that?" Osharon asked in concern.

"Look how far she's come already. She looks better every day."

Osharon grinned. "If she gets more beautiful, you'll be competing with more than Isfail. Have you heard the comments going around since Temple?"

"Trouble?"

"More like envy. The women—with a few obvious exceptions—are dealing with her appearance better than the men. Good thing she's so personable. There'd be no living around here if she were another Anki."

"One of the exceptions? Now there's a comparison." Kilronan shuddered.

"Yeah, night and day."

Kilronan bumped his friend's shoulder. "Haven't seen you two around together for a while."

"And you won't." Osharon grinned, and felt secretly relieved. "That's run its course. Word is Anki has other things on her mind. And other men—Telen, if you're interested." At Kilronan's look of surprise, Osharon chuckled. "Yeah. Not one I'd have thought she'd go for, either."

"I heard he's put in for a transfer."

"Can't take the pressure," Osharon confirmed, remembering the master's weak stomach for the Mors defense plans. "We're better off without him." Glancing at the window, he leaned toward Kilronan. "There's talk going around that Telen's been saying some ugly things about Ambassador Muro and Recon Alpha. Maybe sent some complaints to Ambassador Central."

Scowling, Kilronan muttered, "Lord Cororan wouldn't support that."

"No. People are saying Telen bragged about going directly to Karsh." Osharon leaned back. "However it is, Corcoran's signed off on the transfer, and sent a painfully honest review to Telen's new protectorate. Should be interesting."

Twenty-Four

Her dreams were quiet, allowing Akira to sleep into an overcast, blustery morning. With her breath warm against his skin, Ardan Isfail watched leaves ripple then rip in capricious winds. Stronger gusts rattled windowpanes with the occasional splatter of raindrops.

This could be his life, he thought, enjoying rain-swept mornings with Akira beside him. Neither was the sort to wile away the day in bed, but mornings like this could be savored. He liked the mountains, though he'd always lived by the sea. So it didn't matter where she decided to settle. They could have properties in both places, as long as he had her.

Soon, he wouldn't. These days and nights were passing too quickly. They only had a handful of days before he had to return to Insalat. Then what?

"A moment ago you were relaxed and happy. Now you're not," Akira said sleepily.

"I thought you were asleep." Ardan kissed the top of her head.

She shifted, folding her arms on his chest to look down at him. "Your feelings were too loud." When he smiled, she traced the curve of his lips. "Tell me, Dan."

"I want mornings like this. I don't want to leave you and I must, for now."

"You never leave me. Maybe that's how I've endured the last several years. Knowing your heart, your strength, even when we're apart." Akira met the question in his eyes. "Yes, I will miss you, need you, when you're gone. Once I sort out my thoughts and

decide where I'm going, I'll be able to offer you a more confident woman."

In a fast flurry of covers, he had her beneath him with a grin. "That will be fine, Kira, but all I need is the woman you are."

His kiss started easy, but her response, the feel of her beneath him stirred fires never fully banked. Aching, he took more.

Here was passion, Akira discovered, feeling it ignite within her. Even more desperate and compelling than anything she'd felt before. She wanted him—without fear of broken vows, and with the new confidence of a woman who desired without bounds. As his mouth shifted to her neck, moving down in reckless need, Akira burned.

God, how could he stop, Ardan groaned, pulling away the thin garment she slept in. His mouth and hands explored forbidden territory—soft skin, lean muscle, and small, firm breasts that filled hand and mouth perfectly. He lingered there, vaguely aware of the scintillating ripples of heat washing over him. A tangible wave of force energy, he realized hazily. And the understanding took his need to a higher level.

Her hands flowed over hard muscle—learning his familiar body in a way she never could before, exploring with fingertips, then mouth. His taste reminded her of the sea, and was uniquely masculine. His scent uniquely Dan. Arching to the pleasure of his mouth, intimate and exciting, Akira slipped her hands beneath loose trousers to stroke over hard flanks. His hoarse response became a breathless laugh.

"Akira . . . we can't, I can't." Ardan struggled for sanity, pushing up from her in an attempt to cool their play. Then shuddered when those small hands slid around.

"Oh God." Collapsing back, he rolled, taking her with him.

Her hair, wild and tangled, draped around his face. Her eyes, brilliant and deep, ensnared him. And those curious hands were an exquisite torture.

"Dan," she whispered, strangely innocent eyes searching. "Show me. Teach me. I want you. Now."

Control was a rapidly fraying rope and it snapped. But there was still tenderness as he gave up the will to resist. Cupping her neck, his lips moved lightly over Akira's cheeks, down the line of her jaw. Her mouth. Easing up to sit, Ardan drew her arms around his neck, her slender legs around his waist.

With his lips playing with hers, he heard her soft moan as his hand traced down. Felt her shiver, the snap of energy around them when he cupped her. Heard his own groan as he found her silken heat. Chaining down his need with care for her innocence, he stroked her gently over the first crest, shuddering with her as pleasure sparked around them.

Her eyes opened—deep, luminous emeralds. Full of passion and trust as he lifted her, guided her. Holding his gaze as Ardan shifted, easing his body into hers. Strong hands gripped her hips as they became one. And those emerald eyes began to glow.

Surrounded by her, he fought the raw hunger he tried to tame. Ardan murmured hoarse words of love against her mouth, her throat. Burying his face against her neck as his hips rocked, gently, slowly.

Akira's fingers twisted in his dark hair. Pulling him to her when force flames ignited around them. Arching back with a cry, she offered her breasts. She cried out again as new sensations surged through her body, tightening around him while his mouth sent pleasure shooting through her to heighten another climax.

Breathless, lost in her, Ardan unlocked his chains. Thrusting hard and deep, he let the fire consume him.

Some time later, with his heart still pounding, Ardan opened his eyes. He was on his back with Akira lying on top of him, her chin resting on folded arms, emerald eyes amazed and amused as they met his.

He stroked his hands down her back. "What are you thinking?"

"That I'm glad I kept my vows to the Core. There was nothing to mar what we've just made between us. Nothing to overshadow such a beautiful experience." Her eyes were soft as she traced a light finger over his lips. "Is it always that way?"

"No." No, Ardan needed to say, it was never that way, but would she believe him?

"It's never been like that for me, Akira. Ever," he stated, his voice deep, his eyes intense. "I don't know if it's because of you, or because I've never loved any other lover. Maybe both." He framed her face with his hands. "I do know you're the only lover I want for the rest of my life."

Her smile was radiant before she kissed him, stirring him again until their world was only the fire they made between them, and the sound of rain drumming on the roof.

The melodic chiming of the timepiece on the chest of drawers roused them from sleep. Isfail opened one eye as Akira sat up.

"Why?" he wondered, rolling over and slapping a pillow over his face.

"I set it so I wouldn't forget that Maran is coming this afternoon," she answered from the bath chamber. "Gralla is arranging a delivery from the Blue Mountain for a late lunch."

Isfail listened to the sound of running water, considering whether to join her and share the shower. Better not, he decided, pushing off the pillow. It would be too tempting.

Less than a half hour later, he joined Akira in the kitchen, gratefully accepting a mug of strong, hot tea. Isfail looked at her over the rim while she studied him in return. Her lips curved into a warm smile that had his cup on the counter and his mouth hard on hers.

When he gentled the kiss, his hands on her face, he felt the full wonder of loving a woman. "My love, my only."

Akira knew that more had happened between them than a physical consummation. She could hear it in his voice, feel it in her heart, and knew a peace with him she'd never found before.

"Ardan," she whispered, closing her hands over his. "My love. Don't give up on me."

When the knock sounded on the courtyard door, Isfail kissed her forehead. "No. Never, Akira."

He let out a long breath and stepped away. Smiling an easy welcome, he ushered Master Maran in. Taking his damp coat and hat, Isfail asked, "Where's your talented journeyman?"

"Off with his team," Maran replied cheerfully before lifting Akira's hand to his lips. "Kilronan had them meet for some training exercises to keep them in top form, even though they're on leave. Wet weather for it.

"That man needs to get back to duty soon," Maran muttered impatiently while Akira led the way to seats by the fire. "Get his head straight and return to duty."

"He will," she stated with calm assurance. "Kilronan and his team earned this time off, sir. The fact that I'm standing here, with Caldala secure, is due to their courage and diligence."

Maran acknowledged her defense with a low chuckle. "That's right, my dear. Keep an irascible old fool like me in line."

Smiling at that, Akira shook her head. "Irascible, perhaps," she teased. "But not an old fool."

"Ha!" Maran nodded, watching as the commander took a seat beside her. He wondered if they knew the force aura spiked around them when they were close.

Well, Ardan Isfail was acceptable as a suitor, Maran told himself. A warrior of courage and honor who'd kept a discreet distance from his royal family. The man had evidently known Akira long enough to understand her strengths, and her fears. Maran could feel the peace in her today, and welcomed it over the strain he'd seen in Kilronan's company.

But the older Psyche also felt his age with the end of two generations of heartfelt dreams. He'd once hoped for an alliance between Akira Muro and Aiden Kilronan—two of the last full bloods in a dying race. The children they might have made together would have been a blessing, a sign that God wanted their line to thrive.

Now, he would accept that Akira was God's miracle and want only her happiness.

"Maran?"

He lifted his head to meet Akira's worried gaze and the concern emanating from her. "It's nothing, my dear. Only the ruminations of an old man."

Taking a short glass of whiskey, Maran said, "Thank you, Commander."

"Ardan, if you please, sir," Isfail said with respect.

Chuckling, Maran nodded. "Trying to gain favor, young man?"

"Always." Isfail grinned.

It was as good a time as any, Akira decided abruptly. "Master Maran, you said you'd answer some questions."

"If I can," he agreed, his eyes sharp now. "I understand you spoke with your mother." Maran paused when those emerald eyes went blank.

"Aino is not my mother, as you well know, sir."

"She raised you," he countered gently. "Whatever Aino's failings, she did love the child."

"But not the Psyche, or the woman." Akira jerked up to pace while Maran sighed.

Isfail sipped from his glass, deceptively at ease while he watched emotions war on Akira's face. He was the only person she'd shared her feelings about the mystery of her origins with. Isfail doubted Maran could appreciate the depth of her disillusionment.

"You told me, years ago, that you knew my birth mother. I couldn't . . . discuss that then. Will you tell me about her now?"

Maran saw the pain in Akira's eyes. She needed to know. He hoped it would be enough. "Aira was my sister. The youngest of six of us, and the last, since our mother died giving her life."

He paused when tears filled Akira's eyes. "Don't weep for your grandmother, my dear. Our mother loved deeply and well."

He took a sip of whiskey. "Aira was the last full-blood Psyche born to my generation. That we know of, anyway. We were afraid that the manner of her birth, our mother's decline during her pregnancy, had affected her. She was delicate—not sickly, you understand, but fragile.

"She saw the world differently. Aira always seemed to live apart from reality; she spoke of things that made no sense to anyone else. She told us of amazing places and machines—technologies, she'd call them." Maran shook his head with a rueful smile. "They were very real to her."

The old man looked at his niece. "She was unusually beautiful, as you are, Akira. But you have strength she never did. You have abilities Aira never had."

"Never had?" Akira wondered. "Or never used?"

Maran shrugged, conceding the distinction. "Well. We never saw her use force gifts. Aira never told us of any." He was silent for several minutes, waiting for the next question.

Akira stopped her restless wandering, staring into the fire. "What happened to her? Did she love a man? How did I come about?"

The men heard the bitterness in the rushed words.

Sighing deeply, Maran set aside his empty glass, shaking his head when Isfail moved to refill it. "I've said that Aira lived in a world of her own. Because of that, and the fact that she seemed younger than her years, we—my father and our brothers and sisters—sheltered her, protected her. Even a village as accepting as Psyche Lakes has people who will be unkind to those too different, too vulnerable."

Isfail stood, moving silently to take Akira's clenched hands.

"Was she abused?" she asked in a tight voice. "Raped?"

"No," Maran said quickly. "No, child. You are not the result of such violation." He watched her lean into Isfail's arms when he kissed her forehead. "Please sit, Akira. This is difficult for you."

He waited until the couple returned to the couch, gathering his thoughts on how to explain the unexplainable. "There came a time when our father felt that Aira would be safer living with our oldest sister. Miren was bound with a man of half-Psyche blood from Crescent Hills. His father was close friends with ours and pledged to help protect Aira. So, she moved there after her fifteenth birthday, and seemed happy those first years."

Now Maran took the bottle and refilled his glass, taking a large swallow before continuing.

"Then my father received an express message from Miren, just before Aira's eighteen-year celebration. Aira was missing. She'd left a letter saying she'd met her life-mate—'an angel with sparkling green eyes and hair that spilled soft as white silk'—fanciful words," Maran murmured, rubbing his eyes. "Just the way she would speak."

"Who was he?" Isfail asked when Akira remained silent.

"No one knew. No one from the family, the neighbors—no one in the village could recall seeing her with any man, no young man with Psyche features." Maran let out a long breath. "They searched for days, but Aira left no trail to follow. I was in the Core then, but my father and other family rushed to Crescent Hills to join the search. Many believed Aira had imagined this man and wandered off in a dream state."

Akira looked up, pale as a ghost. "But she was eventually found."

"No," Maran said. "She came home to Psyche Lakes on her own almost two years later." For a moment, he seemed to turn inward. "I was on leave from the Ambassador Core and was to return at the end of that lunam. We had mourned Aira, thinking she had surely perished. Then she just walked in the door, richly garbed, with eyes full of grief."

Maran took another drink while Akira and Isfail waited. "She never answered our questions about where she'd been, or anything about this man she'd run off with. Aira wore a fine ring of binding. She spent hours twisting it around her finger. The only thing Father could get from her was that her husband had been killed. But before he died, he'd hidden her, telling her to get back home when it was safe, and to say nothing of their life that would put her in danger." He rubbed his chin absently. "We knew nothing about where she'd been, who she'd been with. Nothing about the danger she referred to.

"Aira was different, more worldly, I suppose. She said little, but resumed her place in my father's household, taking care now

to contribute with what needed doing. She had money she'd brought with her, quite a bit of it."

Shifting forward, Akira asked, "And Hiro Muro?"

"Well, Hiro had always been a friend. I knew he had a fondness for Aira. After she returned home, he always found some excuse to turn up with things he thought she'd like. Wildflowers, pretty stones, crystals—Aira loved such things."

Then he shrugged with a curious smile. "We were all surprised when they were bound not two lunams after she came back."

"She was pregnant," Akira speculated. "With me."

"Yes," Maran confirmed. "Hiro knew because she told him when he asked her to bind with him. I think he might have guessed before that, but he loved her." He looked at Akira. "And he loved you. It made no difference that another man sired you."

"I know," she whispered. "But he chose to keep that from me. Even from his second wife."

Pursing his lips, Maran nodded.

"Aira seemed content enough," he went on. "I believe she truly cared for Hiro, and appreciated his love and acceptance. But her health began to fail as her pregnancy advanced. It was painful for all of us, so much like what had happened with our mother." He rubbed his eyes as if they ached. "We helped Hiro bring in master healers, but there was nothing they could do. It was the wasting disease, they said. It couldn't be stopped."

Isfail pulled Akira close, pressing his lips to her temple.

She knew he was remembering his own mother's suffering and gripped his hand tightly.

"Aira fought for her life and yours, Akira. She would sing to you, smiling as she stroked her belly." Maran's pensive smile shifted to sorrow. "We were all with her—our family—and Hiro when you were born. Such a tiny, wide-eyed baby you were. There was such joy on Aira's face when she finally held you."

His hand trembled when he brushed away a tear. "She kissed you, told you she loved you, calling you her miracle 'Akira' then she handed you to Hiro. Watching as he wept over you while we

all gathered around to bless your birth. When I looked back at Aira . . . she was gone, but her smile lingered."

Akira went to him when his voice broke. They held one another in shared grief.

At Akira's request, Isfail accompanied Maran on the walk back to the Valley View Inn. He knew she worried about the grieving fatigue that etched her uncle's face after reliving his younger sister's tragic story.

"She worries too much," Maran muttered.

"Isn't prying into someone's thoughts frowned upon, sir?" Isfail commented with some humor. He grinned when the old master chuckled.

"Didn't need to," Maran countered briskly. "You wouldn't be here with me if she wasn't worried. You'd rather be back, looking after her."

"True enough."

Now Maran smiled. "You're good for her, son of Coroth. Make sure you deserve her."

He turned to meet the piercing look Maran gave him. "I don't deserve her," Isfail admitted, watching respect replace the cynicism. "But I'd give my life for her. I'd give everything I have for her."

Isfail took the offered arm, amazed by the strength in the older man's grip.

"You'll do, Ardan. You'll do." With that, Maran walked slowly up the steps into the inn.

Considering those words and the sentiment behind the man's approbation, Isfail walked back. It probably wouldn't matter to Akira, but he cherished the approval of her closest living blood relation. And how would she feel about that?

So much had been learned today; so many answers to the questions Akira had sought over the years. She had some of the answers to her parentage and gained a blood family that included Maran and Maronan. It was difficult to find out that her father had been killed, and to still not have a name. Isfail hoped it was

a comfort to know her natural parents had loved one another, and her. It was a lot to find out after confronting Aino Muro so recently. But maybe that made it easier somehow.

Still, there were other things that had been revealed that couldn't sit so easily. More than Psyche traits could be passed in the blood. His heart ached knowing that she'd lost her mother to the same fatal cancer that had claimed his own mother; the same that had taken her grandmother, they now knew. Would he lose Akira someday, not to violence, but to that silent killer?

She was waiting when he entered the courtyard, sitting near the little waterfall that seemed to be a favored spot. The earlier rain had ended, leaving a misty drizzle chilling the air as night drew in.

When Akira got up to meet him, Isfail pulled the hood of her cloak up over mist-dampened hair. Her cool lips welcomed his warm ones when he kissed her.

"What are you doing out here?" he chided gently. "Come inside." He led her into warmth and light.

Warmth and light, Akira felt the significance in that. Ardan was the warmth and light in her life. He shone light into the dark places, helping her fight the demons and the nightmare memories. She had faith that he'd stand with her while she faced the cold realities of her past.

"I love you, Dan." Her fingers traced the warmth of his face as he unfastened her cloak. The emotion in his eyes, and the flash of his smile were enough to warm the chill in her heart. She shivered with relief as his arms wrapped around her.

"That's all I need, my love. You and those words." Isfail smiled against her hair. "I'll do, Maran said." At her confused look, he laughed. "I'll explain later. Let's get you to sleep."

Akira didn't argue as he coaxed her through bedtime preparations. She felt her heart quake when he slipped his gray shirt on her—for comfort, she thought. He always knew what she needed to stave off the ghosts. His arms around her made her feel strong enough to speak about Maran's revelations.

"Now I know," she murmured. "Hearing about Aira fills in so many empty spaces. I'm glad Maran told me, but it saddens me to have brought the grief back to him."

"I think he needed to tell you, love, as much as you needed to know. Maran wanted you to know you have family. It seems to me that it was hard for him to not be in your life for so long. He obviously loved his sister very much."

"Yes," she sighed. "Do you believe he doesn't know more about my father?"

Isfail shifted her closer. "I do. But it opens doors for more investigation. We know where Aira was when she disappeared. I can start looking from there."

"Thank you," Akira whispered after a moment. "Am I like her, Dan? In more than appearance?"

"I don't know, sweet," he answered truthfully. "Your differences outshine any similarities, based on what Maran told us. It's impossible to know now what you might have shared."

But he knew what she worried about, and stroked her hair. "You didn't tell Maran about your visions." He felt her try to shift away and wrapped his arms more tightly.

"There was no point in bringing it up."

"Are you afraid of them? Afraid you might follow your mother's path?"

Akira felt the grief and, yes, the fear. Pushing gently away, she looked up into his concerned gaze. "Are you?"

He met her sorrowful eyes evenly. "I'm not afraid you'll lose your way, Kira. Your mind and heart are too strong."

Laying her head on his chest, Akira listened to his steady heartbeat. "You know I've been lost. You know I've desired death."

"The difference is that you've had challenges and pressures no one should have to endure. And you've stood up to them. You may have weakened, but you've never given up." He ran a hand down silky hair flowing to her waist. "You didn't choose to die, Akira. You chose to stand between death and your people."

Feeling her long sigh, Isfail chose to give her truth. "I am afraid of losing you, my love. I'm afraid of that malignant disease

that's taken your mother and mine. But there's nothing I can do to stand between such an enemy and the women I love—you and my sisters. God will answer my prayers, or not."

Easing her away to see her face, love in his eyes, Isfail smiled. "I won't live in fear of what might be, Akira. I won't let go of what we have together."

Tears spilled over as she kissed him. "And children? Have you realized that it's unlikely I can give you sons and daughters? Do you know that extreme force-bending seems to lead to infertility?"

He hadn't considered this, hadn't known it was another burden on her heart. And he owed her a thoughtful answer. They were both silent for several long minutes.

"No," Isfail murmured at last. "I didn't know. I'll admit I've wondered, hoped really, that you might be with child . . . my child." Surprising her with the wicked grin visible in the soft light from the outer room.

At Akira's stunned silence, Isfail smiled. "We've used no protection, my sweet. You're the only woman I've taken to bed without using a shield." He sobered, kissing her lips tenderly. "I didn't plan that, but I was too caught up when we first made love to think of it. And after—well, you're the only woman I would want to make a child with. Yes. I would cherish any children you and I made together, but my love for you won't change without them."

Akira felt shamed by his confession. "I may have been physically untouched, Dan, but I wasn't ignorant. And I'm a healer—I know how to prevent a pregnancy. I also knew I could not conceive. I should have told you—you had a right to know."

Feeling her tears hot against his neck, he asked, "This is another reason your heart breaks whenever children are lost, isn't it?"

When she nodded, he held her close without regret.

Twenty-Five

Jor Kellen looked up from his accounts ledger when the door opened, marking his first customers of another stormy afternoon. Closing the book, he gave a warm welcome as Osharon blew in on a wet wind, followed closely by Kilronan, Arla, and Cobon.

"How was that fancy wine?" he asked, while they hung cloaks and coats on wall hooks.

"A man could get used to that," Osharon said, leaning on the bar while the others took sturdy wooden stools. "But today calls for a hardier sort of drink."

Arla considered him curiously. "What fancy wine?"

"And why weren't we included, I'd like to know?" Cobon grumbled good-naturedly.

"Lord Corcoran's sparkling vintage that we paid dear for to celebrate a family reunion," Kilronan replied with a chuckle.

Satisfied, Arla smiled at Jor as he placed her usual ale in front of her.

Another cold gust announced a visitor. Master Maran glanced at the group, nodding to them as he removed his hat and coat. "I see I'm not the first one here on this foul day," he announced with amusement.

They stood to grasp his arm all around, then settled again. Maran accepted Kilronan's offer of an ale.

"What brings you out in this?" Osharon wondered.

"Well. I asked Akira and Isfail to join me here for a meal," he replied ruefully. "Of course, the invitation was given yesterday, before this storm worsened. When I sent around a note this

morning, the lady Muro declined to cancel." The old master grimaced. "I suppose she's been out in worse."

"I can swear to that," Kilronan told him. The others laughed at his droll remark.

Jor leaned on the bar, joining in their easy conversation until a blast of wet wind had him muttering, "Storm's coming from the south, not the usual direction. This keeps up, I'll have ta be putting in a shield wall." He hurried over as the tallest of the entering couple buffered his small companion.

Akira pushed back her hood and smiled at the company. "So this is where you all go in such weather. Who's covering the protectorate?" She answered their good-humored responses and greetings with a laugh, and smiled at Maran as he came to them.

"It's rough company, my dear, but I think we'll do well enough."

Maran grasped the arm Isfail offered. He wasn't completely sure he'd trust Coroth's wayward cousin, but the man brought sparkle to his jewel's eyes. "Come. Master Kellen will find us a table."

"Lady Muro," Jor said quietly as he took the hand she offered. "Aye, ya bring honor to my establishment." He took her arm to escort her to a comfortable booth, away from the door drafts.

"Do you have a spiced cider, Master Kellen?"

"That I do, my lady," he replied proudly. "My Ala makes the best. Speakin' of me daughter." He walked quickly to a door behind the bar. "Ala! Tis someone here you'll be wantin' ta greet. And a spiced cider when ya come."

The young woman appeared with the hot drink on a tray, smiling at the protectorate group. "Masters! It's good to see you again so soon."

"And see who else, Ala," Jor encouraged as she reached the booth.

"Lady Muro," she acknowledged happily as she bowed to the woman who had once risked her own life to save hers.

"I'm glad to see you, Ala. Are you well?"

"Aye, my lady. It's myself who's glad to see you here. Such an honor." Ala said before remembering to ask, "Is the cider for you, Lady Muro?"

"Yes indeed. Master Kellen says you make the best." Akira took a sip and nodded. "It's good to know he's to be trusted."

"Well, he's my Da. You know how it is," Ala said with a grin for her father. "Now, what about you, gentlemen?"

When Maran asked about the possibilities for a meal, Ala recited the pub's offerings of venison stew, roast game bird, or grilled mountain trout, with the accompanying side dishes. She took their dining preferences while Jor saw to the men's drinks.

Maran raised his ale in toast. "To a fine ending of an illustrious career, Lady Muro."

Isfail seconded, lightly clinking his glass to Maran's while Akira just gave them an ambiguous smile.

They all looked over when the toast was echoed by the four masters. Akira shook her head, her smile warming at the foolishness. Lifting her mug, she offered, "To Mountain Shadows Protectorate, Team Kilronan, and all the warriors who made it possible."

Their resounding cheer had Maran and Isfail raising their glasses with laughter and good will. When the joviality subsided, Maran faced his niece once more.

"What now, Akira?"

She described the liaison offer, leaning into Isfail without conscious thought when he shifted closer. No one's fool, Maran watched the couple closely while dinner was served. It satisfied him that Isfail, though obviously enamored, was careful not to overstep propriety in the public house.

The three quietly discussed the proposal while they ate, considering potential benefits and repercussions from various angles. Maran was pleased that the commander spoke plainly about things to watch out for with the Caldalan government, even the House of Coroth. This cousin had a good head for thinking outside his royal connections.

All agreed that Ana Karsh would withhold the Ambassador Core's participation, and could be a danger to the proposal itself.

"Coroth understands this well," Isfail assured them. Dropping his napkin on his empty plate, he leaned forward, lowering his voice. "The prince will support the liaison fully. He knows this may be the best way to head off an actual confrontation with the Core."

Akira frowned at him. "Not all the ambassadors stand with Karsh."

He took her hand, bringing it to his lips. "I know, Akira. So does Logran," he murmured, glancing at Maran then tipping his head toward the tables that had filled around them. "This is a conversation better suited to more private quarters, at another time."

The old master nodded, making a show for the arrival of dessert with a quick smile, a clap and rubbing of his hands in eagerness. "Wonderful, Ala! Everything was delicious."

Isfail appreciated Maran's quick discretion. There was no point in raising concerns that would quickly spread from Mountain Shadows. If they could get the liaison established before Karsh knew their plans, Akira and the country would be more secure.

Talk turned to Maran's impressions of Maronan's progress. More than eager to discuss his grandson, time passed enjoyably until the older man noted that the weather had calmed as the evening passed.

"Well. This was splendid. I'd better find my rest so I can keep up with that young man tomorrow. I've several more days here, so I'll hope to see you again soon."

Akira pressed his hand, leaning into the fond kiss on her cheek. "Bring Mar for tea day after tomorrow."

"I'll check our schedule," he replied with a wink. "And be in touch." With a quick salute to the commander, he left them.

Isfail slid closer, taking both her hands in his. "You're easy together. It's good to see." The smile she gave him took his breath.

"He's a good man. I'm glad he and Maronan have each other." When he lifted an eyebrow, she nodded. "I'm glad to have him in my life now, too."

Her fingers tightened on his. "I'm happy I have you," she whispered, those lovely eyes warming.

"Maybe you shouldn't look at me like that," Isfail cautioned.

"Like what?" Akira wondered playfully.

"I think I'll take you home, vixen," he murmured, resisting the urge to kiss those smiling lips.

"I think you should, Commander." Akira laughed quietly when he narrowed his eyes.

Across the room, Kilronan watched from the table he shared with his friends. Though conversation was spirited, with lots of easy laughter, Kilronan's mood had darkened as time passed. He joined in less frequently, while his drinks shifted from ale to whiskey.

Osharon glanced at him with a slight frown, and Jor sent over a glass of water rather than his requested refill. Since Arla brought it back from the bar while Jor and his daughter were busy, Kilronan suspected she'd had something to do with cancelling his whiskey.

It hadn't been so bad while Maran presided over dinner, though Isfail had managed to sit closer to Akira than Kilronan preferred. Now the bastard was holding her hands while they leaned close to talk. No one in the room could mistake the intimacy.

And Akira glowed, damn it. Why the hell did she look at him like that? He sat back in shock as realization hit.

Kilronan barely registered when the couple left their booth. He watched blankly while Isfail held Akira's cloak for her before shrugging into his coat. The commander pulled open the door and they were gone.

Then the noisy room slapped Kilronan back and rage spilled over.

When he pushed off the table, rushing for the door with a snarl contorting his face, his friends stared after him.

"Hell," Osharon swore. Draining his glass, he got up to follow.

The rain had ended, leaving a rising fog spreading eerie fingers in the night. Isfail drew Akira close as they walked through yellow pools from street lamps.

"Isfail!"

They turned back at Kilronan's shout. The commander saw the rage in the master's eyes as he charged. Isfail pushed Akira aside just before Kilronan's fist connected, sending shock waves through his jaw.

Appalled, Akira cried out. "Don't!"

Osharon caught the hand lifting to send a shield between the two men squaring off in the street. "Leave this alone, Akira."

Rubbing his throbbing jaw, Isfail spat out blood. "I'll give you that one, Kilronan. Though it was a sucker punch. You won't land another."

It was close, he admitted, but his forearm blocked the second before he ducked under the third, hooking a foot behind Kilronan's leg to take him down. Then he stepped back, swiping blood from his chin.

"If you want to take me on, we'll wait until you've a clear head. Right now, we're upsetting Akira. Go home, Kilronan, sleep it off."

Blurred green eyes fired as Osharon reached down to haul him off the street. Kilronan shoved his friend away, staggering as he sneered. "Upsetting Akira? Let's not upset the *Honorable* Lady Muro."

"Kil," Osharon warned, his face hardening. "You're drunk. Let's take this back to quarters." He pushed back when Kilronan gave him another shove.

Swaying and belligerent, Kilronan glared at Akira, saying, "I don' know who came back from the dead, milady." His words slurred in drunken frustration. "But it wasn' the woman who loved me on that mountain."

"Kilronan," she tried quietly, indicating the warriors watching outside the pub. "If you want to talk, let's go somewhere private. I'll listen, I promise."

"Don' care," he said loudly, waving an arm through the misty night. "Why should I care? Why should you care? You're goin' your own way, jus' like before. Las' time it was the damn Core, now it's this blue-blooded bastard."

"You need to shut it before you're in too deep to climb out," Cobon muttered, gripping an arm while Osharon took the other.

They went flying backward with the force jolt Kilronan unleashed.

Akira stepped toward him, eyes hot. "Stop it!"

"Stop it?" he railed, beyond reason or discretion as he fumbled beneath his collar, snapping the gold chain he yanked from his neck. "Or you'll blast me? Like you did over High Pass? Before you decided to die rather than share a life with me!"

Isfail heard her breath hitch. "Enough, Kilronan."

Shaking her head, she murmured, "He needs to let it out."

Ignoring his rival, Kilronan staggered forward, hurling the chain and the ring it carried at her feet. "Who are you, Akira? Would this woman send me flying to save me? Or let me die protecting her."

She grabbed Isfail's arm when he surged forward with an oath. "I would do it all the same, Master Kilronan. I'm sorry you needed to ask such a question."

Puzzling over that, Kilronan was jerked around into a solid punch from Osharon that sent him into oblivion.

Shaking his aching hand, Osharon looked into Akira's tear-filled eyes. "He's drunk. He didn't know what he was saying."

A tear escaped as she looked down at the man sprawled over wet stones. "He knew. Maybe he doesn't really believe when he's sober, but he thinks it." With a small sob, she took Osharon's hand, covering bruised and bloody knuckles with her own healing hand. "Take care of him."

"Thanks, sweetheart." He kissed her cheek. "We'll get him home."

"Come on." Isfail wrapped the cloak tighter around her shaking form. With a terse nod to the others, he guided Akira away.

Jor came over with a large pitcher of water, emptying it over Kilronan's head without pity. Giving a low groan, Kilronan levered himself up on an elbow. Osharon and Cobon dragged him to his feet.

Hard-eyed, Cobon warned, "You best not try that jolt again, boy-o, or I'll toss you in the river."

Kilronan shook his dripping head, so groggy he barely understood. Then Arla grabbed him, jerking his head back by the long tail of hair. "Hell," he groaned.

"Akira's a lady. I'm not." The force of her slap knocked his face sideways. "That's for her."

Struggling to focus, ears ringing, Kilronan watched her stalk back into the pub.

"Well," Osharon noted with more cheer. "You're racking up points with all the women tonight. Come on, Cobon, let's get him home before somebody kills him."

Isfail watched Akira walk slowly to the hearth. He'd take Kilronan on again just for the white-faced pain he saw as she stared into the fire.

"You don't ask," she murmured, turning her head to meet his eyes. "I would think you'd want to know more about what he said."

He just shook his head, coming to run a hand down her rigid back. "I know you love him, Kira. I've known since you came to Insalat to interrogate the Mors prisoner."

Surprise turned to resignation in her clouded eyes.

Lifting her chin with a gentle hand, Isfail kissed her. "I also know you love me. We can deal with this, Akira. All I want is your happiness. Yes, I want it to be with me. But I'll still be here for you if you decide Kilronan will give you the life you want."

Taking the broken chain from his pocket, he pressed it and its ring into her hand. "I believe this was meant to be yours."

Akira ran a trembling finger over the intricately worked gold. "He said he had it made for me . . . before he came back home to ask me to wait for him. Years ago." Turning back to the fire, she stared into the dying flames. "I'd already entered the Core. Aiden never told me he loved me, before he left. I believed he'd forgotten me—didn't want someone like me."

Swearing under his breath, Isfail knew she was remembering how lost and abandoned she'd felt when her change began. Would those scars ever be allowed to fade?

Wanting him to know everything, Akira continued, "I told myself he didn't matter anymore." She turned to him. "Then I met you. I didn't believe you could care for me—not as a woman."

She touched his cheek when he nodded. "But I wanted you to."

"I did. I do, with everything in me."

"I know. I believe you. I trust you." She stretched up to touch her lips to his with a tender smile. "Do you know I came to see you, after my team returned from Ishal, during the uprising? After the Gattes survivors came home." At his amazed silence, she brought her hand to his bruised jaw, letting the healing forces flow. "I had to know you had recovered from your injuries."

"You didn't let me see you."

Hearing the regret, Akira sighed. "No. I thought it was best, thinking you would forget me and go on with your life." Releasing him, she stepped back. "But I wanted you. And I wanted too much. When the prince requested that I work with you to track the pirate ships, I didn't try to refuse. One last mission together."

Looking down at the ring still clutched in her hand, Akira needed to finish. "You knew how far I'd fallen those final years—so deep I didn't want to go on. I hated who I'd become." She met his serious gaze again. "I knew I didn't deserve you, Dan."

At his angry denial, Akira just shook her head. "I didn't. After I came to you that last time, in Insalat, literally sick with despair, I knew I had to let you go."

"I saw that, Kira. It nearly crushed me."

"I couldn't ruin your life." Her voice resolute, Akira laid the ring and chain on the mantle. "When I took the Mors mission, I accepted that I would work with Kilronan. Suffice it to say that things came out after all the years. There were still feelings between us—maybe just echoes, but I believe we both wanted that love to mean something."

"It does," Isfail murmured, his strong fingers kneading her stiff shoulders. "It shows."

Eyes eloquent with misery and apology, Akira turned to him. "I didn't think of you, Ardan, because you were lost to me. You were all the good I'd lost, all I couldn't have!"

"Akira—"

"Kilronan was right," she interrupted bitterly. "The woman reaching for lost love, for lost purpose . . . for a meaningful life, died on that mountain. But he wouldn't let her go."

Fighting back despair, she reached for his hands to steady her. "I came back, but not whole. You know how hard it is after you cheat death."

"Yes."

"That's a difference between you. Aiden doesn't, not really. He couldn't accept the trauma of such an experience for either of us, beyond the physical injuries. He couldn't see the full damage. So we couldn't be there for each other. I couldn't give him what he wanted—the woman he wanted."

Pulling her close again, Isfail searched the pain-filled eyes. "He wouldn't see that you needed his acceptance of who you are, as you are."

"He couldn't. Aiden wanted everything to be done, to be right. No more restrictions, no more pain, no more past. So he turned into himself, waiting for me to heal, but only widening the wounds while he waited for me to come to him."

"Then I came."

Akira nodded, seeking comfort in his arms. "Yes. And I felt whole again. Because you know me—and you still came."

Later that night, when revived demons cut new fissures in fragile self-confidence, Isfail held her tight, refusing to let her fall back into the abyss.

Twenty-Six

He wasn't sure which was worse, the pain-filled head or throbbing hand. Kilronan chose the head when the effort to pry his eyelids open had sunlight stabbing his brain. The hand dropped way down the list of things he'd die from today. With a moan, he rolled away from the light. And swore loudly when he fell off the couch to jar aching bones against the hard wood floor.

Kilronan lay there, trying to put two coherent thoughts together. Dragging his now screaming hand out from under him, he turned his head to study the swollen, bruised, and blood-caked mess. Hit something hard, his fuzzy brain registered. Judging by the hammers pounding inside his skull, somewhere in the forgotten night before he'd drunk far too much.

"Hell and damnation." His voice rasped painfully from a desert-dry throat. Struggling to hands and knees, he gripped the edge of the couch to leverage himself up. Kilronan had just managed to sit, head in hands, when he heard the door open.

"Go. Away," he ground out without looking up.

There was no response, just footsteps walking around the room. He heard the sound of water—probably from the kitchen, Kilronan pieced together in his fragmented mind.

Running water . . .

Damn it!

Lurching to his feet, he staggered to the bathroom as his bladder took command. When that need was met, Kilronan stuck his head in the sink, turning the cold water on full. Some minutes later, he stared at a pale face with bloodshot eyes and bruised jaw.

Who was that idiot in the mirror? He wondered while lank white hair dribbled rivulets of water down mud-streaked clothes.

The shrill whistle from the kettle had Kilronan gripping his head, swearing again as he kicked the bathroom door closed. He cursed more vividly when the sound of the slammed door sent an anvil of pain through his brain. Wrenching open faucets, he sent hot water gushing into the tub before stripping down.

While the tub filled, Kilronan stood under a cold shower, praying his head would just fall off and be done with it. Opening his mouth, he gulped water to ease raging thirst and, eventually, started to feel more human. Turning on the hot water tap, Kilronan scrubbed himself clean of whatever scum he'd managed to wallow in last night.

By the time he lowered himself into blessedly hot water to soak, Kilronan had almost decided to live. With red-rimmed eyes closed tight, he heard the bathroom door open. "Go. Away," he repeated. A moment later the door closed, none too gently. Cracking one eyelid, Kilronan saw a steaming mug of tea beside the tub. Taking a cautious sip, he felt more favorably inclined toward his mystery guest when he tasted the heavy dollop of whiskey to combat the hangover.

Some time later, Kilronan emerged from the bedroom, clothed and neatly groomed, if not completely cured.

Mara looked up from the book she was reading. She leaned back, giving him a thorough scan. "It's an improvement."

Her dry sarcasm was not lost on him, but he wasn't up to a battle of wits with his sister. "Thanks. What are you doing here?" Refilling his mug from the teapot on the table, he gulped it down gratefully.

"I was sent to invite you to lunch with the family. Osharon was on the gate," she informed him, watching his face closely. "He said to tell you Marga would come over after their shift to take care of your hand and face."

Kilronan frowned, stroking his bruised jaw as something tried to escape the sodden ruins of his mind. "I think he might

have hit me last night," he mused, trying to remember more details.

Mara gave him a crooked smile. "So he said. It sounds like you earned it." Her quick smile disappeared. "I thought I'd better get the story from you before our parents hear about it." At his blank look, she hinted, "And before I see Akira about lunch."

Something painful rippled in his emotions. Kilronan searched her worried face. "Bad?"

"Aiden," she sighed. "Don't you remember what you did, what you said last night? Were you that drunk?" She took his hands across the table, careful of the injured right. "You must have been if what Shara said is true, and I don't think he told me everything."

His brow furrowing, Kilronan searched fog-bound memories that scuttled away like rats in the night. "Hell. I . . . it's just not clear. Where was I? Maybe that will knock something loose."

"The *Boar and Panther,* Shara says," Mara prompted. "With some of the masters. Akira came in with Maran and Isfail." She stopped, waiting for him to complete the picture.

With his elbows on the table, Kilronan cradled his head in his hands, one thumb rubbing his temple. He remembered going to the pub, and those he'd been with. Following the fragile trail of memory, he recalled seeing Akira—remembered her glowing beauty . . .

"Ah, Hell!" he exclaimed as the floodgates opened. Pushing up, he circled the room, his fingers raking through hanks of hair. "Damn it all to hell!"

Mara let out a long breath. She could see the painful truth in his angry self-loathing. "Aiden—"

"Go away, Mara," he growled. "Leave me alone."

Her eyes flashed. "I won't, you ass. This isn't you. I'm not leaving until you tell me what's wrong with you."

A chair flew across the room, shattering against a wall, but she didn't flinch. Blood splattered when he plowed his wounded fist into the heavy wooden door. Mara just waited him out, holding in the pain of watching him self-destruct. When her brother

dropped to his knees, blood streaking his beautiful hair from the bloody hand he pushed through it, she went to him.

"Is this it, Aiden? What's going on inside you that you won't let out? You can't go on this way. Talk to me, to our parents, to Brother Timmel." She stroked his head as ragged gasps shook his body. When he closed his eyes and leaned into her, she wrapped her arms around him and held tight.

Talk to Akira, she thought silently, but feared it was too late to mend that heartbreak.

He wouldn't talk, but she managed to get him into bed. Speaking of inconsequential things, she cleaned him up and bandaged his hand. By the time she was satisfied, Kilronan was asleep. Stroking a hand down his arm, Mara kissed his forehead.

There was nothing more to do until her brother accepted he needed help. Now she'd have to tell their parents. Maybe among them, they could find a way to solve this mess.

Mara stepped out, pulling the door closed. Turning to go, she found Akira sitting on the bench between the two apartments. When the woman just looked over without a word, Mara shrugged and sat down beside her.

"How long have you been here?"

"Long enough. I didn't want to interrupt. You seemed to be doing well with him. I don't know if he'll accept anything from me."

Mara took her hand, hearing the sorrow. "You know he didn't mean any of those things, Akira. There's something wrong with him. He's hurting."

"Yes, he is. Aiden can't let go of what happened on that mission—he's tied it up with his self-worth. But he did mean the things he said last night, Mara. We all have to accept that. Some of them are true."

Mara spread her hands in a helpless gesture. "I haven't heard everything that was said. Osharon didn't want to get into all of it. But Aiden wouldn't really hurt you."

Akira stood up and looked over the rail, her long braid stirring in the wind. "He wouldn't *mean* to hurt me. But Aiden did and still does hurt me. He refuses to share himself fully—his thoughts, his hopes, and his troubles. He's an insular man. You've seen that for the past twenty years and more. It's how he sees himself, someone who doesn't *need* anyone. Aiden gives to and takes care of, *protects*, others. He doesn't believe in others taking care of him. It diminishes his belief in himself."

Mara bristled. "He needs *you*. He needed you for all those years."

Instead of anger, Akira turned back with a slight smile. "Do you really believe that?" She leaned back against the rail. "Love is different than need. I believe Aiden loves me, has loved me. But he refuses to need me. He chose to be alone all those years just as I did, though for different reasons. And he still feels resentment that I didn't wait for him."

"That's not true!"

"He said it last night," Akira replied patiently.

"He was drunk."

"The thoughts were there. Drinking excessively only let down the barriers that kept them from coming out."

Giving up, Mara nodded. She couldn't argue as she stood. "I've got to go and explain some of this to my family." She paused before starting down the stairs. "Kil's sleeping. His hand's a mess," she said, with beseeching green eyes, so much like her brother's.

"I'll take care of it."

Once inside, Akira studied the wreckage and the bloodstained door. Pushing down heartache, she decided it would do him good to clean it up himself, and walked on quietly until she found his bedroom.

The purpled bruise on his jaw stood out against white skin as he sprawled, fully dressed. Akira sat on the edge of the bed, taking the bandaged hand to unwrap it. She ached at the sight of bruised and broken skin.

It took several minutes to repair fractured bones, mend torn cartilage, and heal abused flesh. Concentrating on that, Akira

didn't see that Kilronan's eyes were open, watching her face. When she laid down his restored hand, stroking it gently, he twined his fingers with hers.

"Thank you." Meeting her cautious gaze, Kilronan said, "I'm sorry, Akira. Very sorry about what I did and what I said."

"I know you are," she replied softly, her hand covering the bruise on his face.

"But an apology's not enough, is it?" The warm easing of the pain told him she'd dealt with that, too.

Akira drew back with a poignant smile. "Your apology is accepted, and no, it's not enough. It isn't enough to fix what stands between us. Until you release all the turmoil inside you, Aiden, it will fester and erupt as it did last night. Your friends and family don't deserve the fallout. But the one who's hurt most is you."

She leaned over to kiss him lightly. "I love you, Aiden, whatever you believe or think about me."

"Akira, I didn't mean . . ." Flustered, Kilronan sat up.

"In some ways you were right," she admitted sadly. "Whatever you actually meant. I'm not the woman I was. I did want to die, but not because of you—because of me, who I'd become. That Akira Muro was broken, Aiden. I just wanted to be done."

She studied his sorrowful face. "You couldn't save that woman, because she didn't want to be saved. It had nothing to do with you or how much I loved you, and still do. That's something you need to accept. The woman you brought back from death has a chance to be a better person."

He searched her eyes. "And Isfail?"

Akira knew he needed an answer. "Yes. I love him, too. He's been the only constant through dark years; a friend outside the Core that I grew to depend on. Ardan was always there, even when he knew I couldn't give him what he wanted. He accepted that, and still cared for me."

"Now you're free."

"Now I'm free, and he would like me to reconsider." Akira stood again. "He wants to court me. I feel enough to let him."

Kilronan nodded slowly. "What happened to us, Akira? What happened in the in-between to ruin what we'd found together?" He saw tears sparkle in her eyes now.

"Anger, perhaps, that you held me back from release. Resentment, that you had such power over my heart. But mostly, it was battered by what's happened on this side of the veil. I know you don't see it, or intend it, but we've come full circle."

"I don't understand." Kilronan ran a hand over his head, frowning.

"No." Akira paced, framing her thoughts more concisely. "Aiden, you have a very defined way of looking at your life. You've known what you are and what you wanted since we were children. You were so confident in where you were heading, you failed to see that you hadn't involved me in those decisions." She stopped him when he would have spoken. "We don't need to go over that again. I know you never wanted to hurt me, but you did.

"Now, those same traits, the knowing what you intend to be, combined with a deep sense of what you should be, have turned on you. You're punishing yourself because I almost died. Senior Master Kilronan can't accept that he didn't have a chance to protect High Ambassador Muro at the end."

"Is that so wrong?"

"Punishing yourself is wrong, Aiden. You could do nothing but what you did. I made sure of that. What you did after was so much more than losing the opportunity to shield me."

She came back and took his hands. "Whether I wanted it or not, you saved my life. You never gave up. We both succeeded in that mission. Yet, you went beyond that. I may not have thanked you as you deserve, but I'm honored by your dedication, and your love."

"Again," he added gruffly. "It isn't enough, is it?"

Akira shook her head. "You're still not involving me in what's important in your life. Have you really talked to me about what you're feeling? You're hurting, Aiden."

He pulled away and pushed from the bed. "Yes. It's a kick in the gut to see you with Isfail. *That* was a sucker punch, Akira. You never told me you had serious feelings for someone else."

She was standing at the end of the bed, watching his agitated movement. "No. I'll only say that my state of mind was such that I didn't think about Ardan, which is a disservice to him. I'd shut him out of my heart, my thoughts, because I believed I didn't deserve him."

They stared at each other, not sure how to go on.

Finally, Akira let out a sigh. "You pushed me away before he even came here. You shouted at me and walked out because you wanted us together again, as if nothing had happened. When things crashed down on us, you couldn't be there for me. And you wouldn't let me be there for you. You've shut me out again." Akira wiped away tears. "I don't pry into your thoughts. I won't know what you're thinking unless you choose to talk to me. You're denying your own trauma, so you can't accept mine. I'll listen—when you're willing. I'm here if you'll talk to me, and *listen* to me."

She reached into her pocket, pulling out a small, black silk pouch. Without another word she placed it on the table beside his bed.

Kilronan watched her walk away, listening as the front door closed quietly. Knowing what he'd find, he reached for the small bag, feeling the ring and chain within. Returning to the bed, he thought over everything she'd said.

Twenty-Seven

Kilronan didn't think everyone would be as forgiving. The expected summons to meet with High Lord Corcoran at first bell followed a night of little sleep as he continued the soul-searching Akira's words had begun.

His lord's stern admonition and the consequences laid forth had been more than fair, but stiff enough to bruise an already battered ego.

The mandated consult with Brother Timmel had been equally blunt and demanding of more serious self-analysis.

He hardly had time for a cup of tea back in his quarters when a note was delivered from his father. The tone of Miden's letter elevated the invitation for his son to join him the next morning to a request not to be refused. If anything, this meeting was the one Kilronan dreaded most. Knowing his conduct must have been a shock and disappointment to his parents was possibly the worst thing about this whole mess.

When the firm rap on his door sounded later that afternoon, he wondered what was next.

The last person Kilronan expected was Ardan Isfail. The commander stood on his landing with an easy smile belying cool eyes.

"Care to share these?" Isfail lifted a hand where two tall bottles of ale dangled.

"Why not?" Kilronan gestured him in. "I think I'll keep a sober head, though."

"Good idea." Isfail followed him into a small, neat kitchen, exchanging the bottles for two tall glasses.

They took the opened bottles to the dining table, poured, and clinked glasses in silent truce.

"How was your day?" Isfail asked, studying Kilronan's tired eyes as they crinkled in rueful humor.

"Could have been worse. Lord Corcoran put me on notice, avoiding an official review by allowing that I was on leave at the time of my loss of professional judgment. However, my leave has been extended until such time as I prove myself capable of resuming leadership." Kilronan's mouth tightened. "He's right, of course, and more lenient than I deserve."

"We all make mistakes. I've made my share."

Kilronan barked a laugh. "Don't let me off because I was drunk."

"Drowning your problems is a choice, not an excuse," Isfail stated in a firm voice. "The mistake was how you handled the situation—the drinking, and the behavior."

Raising his glass to him, Kilronan nodded. "No argument. Did Akira ask you to talk to me?"

"No, though I told her I was coming here." He chuckled. "She wonders why men can be such idiots over a woman. The lass has no idea, coming from such a cloistered background."

"Not anymore," Kilronan got out through clenched teeth, his green eyes sparking with jealous anger.

Isfail regarded him calmly. "I'll not go there, Kilronan. You'd be wise to stay out of it." His guarded stance relaxed when the man raised both hands.

"You're right." Taking a long drink, Kilronan pulled his emotions in. "So, why are you here, Isfail? To issue another challenge?"

There was laughter this time, a long roll that had Kilronan grinning, despite himself.

"You're an admirable man, Kilronan. We could be good friends if you weren't trying to take the woman I love."

Hard green eyes held the steel gray gaze. "I'll say the same."

"I've known about you for some time," Isfail announced suddenly, with a brief grin to the surprise on Kilronan's face. "Not

by name. Just that there was a man who'd broken Akira's heart. It wasn't until we met in Insalat that I put it together."

"She didn't say anything about you, either." Kilronan saw no surprise or disappointment on Isfail's face.

"Ambassador Muro was a very private woman, obsessively so." Isfail leaned back. "She didn't share herself. Not in the early years, not much even after we came to be friends. Akira was a fascination whenever we worked together—such a powerful entity, and so self-contained. But it wasn't long before little bits of the woman came through."

He refilled glasses, his eyes narrowing as he remembered. "She seemed unapproachable, but she would suffer over things she couldn't make right—broken lives, murdered innocents. By the end of our second mission together I'd learned to see the pain she was so good at hiding. But she'd never talk about it—never let anyone take some of the burden, never showed any insecurity. Eventually, she began to trust me a little, to see me as a friend." Isfail took a drink, frowning now.

"It wasn't long before I learned that the Core, the Most High particularly, was seeding gossip that High Ambassador Muro was the most dangerous woman in Caldala. Promoting the idea that people should not only respect Muro's abilities, but fear them and her." And he'd had a stormy debate with Logran on the government using that myth for its own purposes rather than protecting Akira, Isfail remembered, scowling.

"Do you know what that started? How that hurt her, isolated her? I didn't know then how vulnerable she was, how scarred by her past. I've held Akira when she's seen too much, felt too much. Shared whiskey until she'd downed enough to forget for a little while. And I've watched over the years while the Ambassador Core twisted and ate at who she was, until she became a shadow of the vibrant, compassionate woman she should have been." Isfail's voice was a thunder of contempt against the world. "Until she lost herself and turned away from those who valued her." The stormy eyes were bleak now.

"It's more than that," Kilronan stated. "You're in love with her."

Isfail gave a slight smile, raising his glass to Kilronan. "So I am."

He tipped back in his chair, studying the unhappiness in his rival's eyes. "I fell in love with her before we'd completed our second mission. Before I'd ever seen her face. Years ago, I realized I'd never have her. She was always straight with me. Akira could never break my heart because she always refused to take it. So we went on as friends because I didn't want to lose that, or her."

"Is that why you were in Ishal during the insurrection, following Akira?"

Isfail studied him, remembering that Cobon had let that fact out. Now he wondered how much to tell. "No, actually. I didn't know the Core had sent her and her unit." He gave a rueful grin, about to admit something only Akira knew. "No. We were estranged, you might say, before that."

Surprised, Kilronan studied him intently. "What do you mean?"

"About a year before that bloody incident, I told Akira something about myself I felt she should know. We'd become close enough that I didn't want her to find out about it herself and misinterpret."

Kilronan sat back with a knowing look. "Cobon says you enjoy women."

But Isfail shook his head. "Not that. I never made a secret of that part of my life. I won't tell you the details, but I didn't understand how tenuous our friendship was until then. Or how fragile Akira's trust, I suppose. She froze me out. Shut me out of her life. With things disintegrating in Ishal, and Coroth placing a priority on the border, there were no united missions to force her to deal with me."

Now it was Kilronan's turn to feel the other man's despair.

"Maybe I didn't know until then how much she meant to me," Isfail mused quietly. "By the time Caldala was asked to send military support, I'd decided I had nothing to lose anymore. When I heard Gattes was calling for volunteers, I signed up." He smiled, remembering how livid and worried Logran had been.

This time Kilronan poured the ale. "So you fought, nearly died."

"Don't remember a lot, to say the truth. It was a massacre. They knew we were coming and laid for us." Isfail drained his glass in two gulps. "I only remember fighting until I dropped." He made a quiet sound of wry amusement. "I'm back to back with Amsha, my sword dropping from my hand, and thinking, 'Well then. You're done, and made a fine stand after all.'"

He smiled at Kilronan and said, "I woke on a ship looking into Akira's beautiful eyes. So, for myself, it was all worth it."

Studying the conflict on Isfail's face, Kilronan wondered if that was true. "Akira came for you."

"No. She didn't expect me to be there. And let me tell you, Kilronan." Laughter was back in Isfail's eyes. "Once she put me back together, I got the best of her anger over it." He sighed, twirling his empty glass. "That's when I knew she had feelings for me. But her team left the ship a day later, and Akira with them. They were on a reconnaissance mission for Coroth. What was left of mine arrived back in Caldala some days later."

By the faraway look on his face, Kilronan knew Isfail was remembering that time. He wondered what he'd gone through, waiting for Akira to return, praying she would. Maybe they had more in common than he wanted to accept.

Isfail got up, clearing empty glasses and ale bottles. "It was over a year before I saw her again. Pirates." He glanced back with a grin.

Laughing, Kilronan came to fill the kettle. He listened while he made tea, enjoying a tale of mystery, disguise, and smuggling. Savoring a rare look into Akira's life, that odd mix of Ambassador Core politics and government intrigue.

Tipping back in his chair again, Kilronan studied the other man. "What now, Isfail? You didn't come just to reminisce." Kilronan blew out a breath. "I've apologized for my idiocy the other night. Probably burned the last of my bridges back to Akira. But, if not, I'm still in this. I'm still planning to get her back. Until she tells me her decision, I'll fight to keep her here."

He watched ice come in Isfail's gaze.

"Akira might stay here, with you." Isfail leaned forward, thinking of Akira's emotional response to Kilronan's drunken tirade. "I can accept that if I must, though I'd rather challenge you for the pain and hard dreams you gave her the other night. That aside, you're a good man, Kilronan, a great warrior. That's all I can ask for her. If you were a lesser man, I'd take her from you. Still, I'm not giving her over without a fight. She loves me as well, no matter that she's forgiven you."

Pushing from the table, Kilronan went for a bottle this time. "I don't know that Akira has forgiven me, can forgive me." He poured a short amount into Isfail's cup, then his own. "I know Akira loves you, maybe more than she feels for me. I envy what you have with her."

Isfail looked up from contemplating his drink. "And what's that?"

Kilronan downed his whiskey before answering. "What you have is pure, unblemished. She trusts you, absolutely. Believes in you. Loves you without reservation. I don't know if I'll ever have that again."

Thinking through those words, Isfail nodded slowly. "I would have her, with everything in me. If your paths had not crossed again, I could have made her happy without question." He looked up, leaning back in his chair.

"And I'm proud enough, selfish enough . . ." He gave a brief chuckle, though his face held no amusement. "To want all of her, and maybe I'll never have that."

Isfail took a deep breath then blew it out again. "What I came to say is that I'll always be there for Akira, if she ever wants me—no matter what she decides, who she chooses. There's no other woman I'll give my love." Those dark-gray eyes were deadly serious. "For her sake, I am your ally, should you ever need me.

"Akira's life will never be easy, never secure. She's too complex and powerful, with or without her force powers. There will always be those who want to use her. And those who want to eliminate her." Isfail searched Kilronan's face for understanding. "Can you

accept that, Kilronan? Would you protect her? Whatever her choice?"

He got up while Kilronan pondered those questions.

"That's what I'll need to hear from you before I'll give her over to your keeping," Isfail stated. With a nod, he let himself out.

News of the drunken debacle had spread through the protectorate. Kilronan felt his disgrace when silence fell over the dining hall when he entered that evening. Warriors looked elsewhere as he made his way to an empty table. Without a wall or corner behind him, Kilronan felt an invisible target on his back while he forced himself to eat.

"The fish looks good tonight."

Asura's calm voice had him glancing up in surprise as she joined him. Eron, Celina, and Maronan followed, shuffling their plates from tray to table.

His team began to discuss what they'd done on leave as if nothing was wrong. Kilronan's throat closed with emotion while Celina chattered excitedly about her new horse.

"Sounds like a beauty," Osharon agreed, putting down his tray. "What about you, Eron? How's the research?" Arla took a seat beside him.

Then a gentle hand pressed Kilronan's shoulder before Akira took the last chair at the table, while Isfail pulled another over beside her.

Kilronan looked around the room. The echoing silence was filled now with the normal sounds and voices of people talking. It was somehow surreal, life going on as usual.

He looked into Akira's serene gaze. "Thank you, my lady. I don't deserve it."

Humor sparkled in those emerald eyes before she turned to Maronan with a smile.

Twenty-Eight

Capital City of Coroth

Logran, Prince of Coroth, watched Ana Karsh stride toward him, wondering what her determined approach presaged. The woman was increasingly a bane in his oversight of the elite Ambassador Core, and her over-reaching ambitions had made her a threat to the peaceful government of Caldala.

"The Most High Ambassador Karsh," his secretary announced as the woman stopped before the throne.

The prince nodded to her shallow bow. "You requested an audience, Most High Ambassador?"

"Regarding High Ambassador Muro," Karsh stated with a scowl.

"Ah, yes. We were most pleased to hear that she is recovering from injuries received in the defense of our country." Logran smiled, playing out this game. "Caldala and the House of Coroth shall properly acknowledge her actions against the Mors threat. There will be a grand reception to honor her as soon as she is well enough to return to the city."

"It is about her return that I want to speak to you," Karsh said in her abrupt manner. "It has come to my attention that a position has been offered to her by Mountain Shadows Protectorate. I have come to ask the most wise Prince of Coroth to intercede and rescind it."

Yes, I'm sure you have, Karsh, Logran acknowledged silently. Studying her hard, chiseled features while he considered her

unusually polite words, he wondered how she'd found out, and if she'd learned the details of that position.

"Now why would I do that?" he mused aloud. Karsh appeared to struggle to keep her temper in check as she framed a response.

"High Ambassador Muro's abilities are extraordinary. She cannot be permitted to waste her gifts in a mountain protectorate." Contempt permeated her harsh retort.

"You continue to refer to the Honorable Lady Muro as High Ambassador— habit, surely, as you are well aware that the lady has served out her twenty-year contract with the Ambassador Core with great honor and renown," Logran countered. "Lady Muro is retired, Most High Ambassador, and is free to conduct her life in any manner she chooses."

"*Lady* Muro would still be in the Core if the contract term had been renewed. We had hopes that she would sign a contract extension before her mission. With her extensive injuries afterward, we are just now resuming those negotiations," Karsh wheedled, changing tactics.

"I have a copy of her formal resignation, which was included with documents sent when Mountain Shadows Protectorate had good reason to believe her dead." Logran privately enjoyed the angry play of emotions on Karsh's face.

The prince stood to walk slowly about the chamber. "I'm also aware that Akira Muro is one of a handful of ambassadors to outlive a twenty-year contract. It appears that she has decided to explore her life outside the Core. I see no reason to interfere with her decisions. Besides that, I'm sure you're aware that Lady Muro's force abilities were lost in the defense."

"Your Highness is, perhaps, unaware that I had planned for Ambassador Muro to succeed me as Most High Ambassador upon my retirement. Even if her powers do not return, her skill and experience are best suited to this position."

"That would certainly have been a tremendous benefit, both to you and Caldala. But if she has other plans for her life it is not for me to deny her."

Returning to his throne, Logran faced the woman before him calmly. Karsh was like a spider in her web, he thought, seeking to ensnare the unwary to achieve her goals. He remained silent, wondering what she would do next.

Karsh was considering her options, Logran speculated. If she were critical of Akira Muro, it would not serve her argument that the woman was necessary for the good of the country.

"I hesitate to raise this concern, but you force me to speak my mind," she began. "What we now know of Muro's gifts must be considered in allowing her independent control of her future. If they return, the woman's powers could be manipulated to serve enemies of Caldala and, indeed, the House of Coroth," Karsh insinuated slyly. "She must be directed back into the guidance of the Ambassador Core, where her powers can be properly channeled."

There it is, Logran thought, the final argument.

"Ambassador Karsh, we are not a country that condemns a respected citizen to a life of servitude because of what might be." Allowing anger to color his voice, Logran summed it up. "Lady Muro was willing to sacrifice her life in the defense of Caldala and Coroth. We will not forget this. Indeed, her entire career demonstrates selfless duty to the good of our country. The lady has always acquitted herself honorably, and with a force of will that assures me she is well able to defend herself against any attempts to misuse her abilities. I refuse to deny her the right to enjoy her remaining years in whatever manner suits her."

With barely a nod, Karsh spun around and stalked from the throne room, suppressed rage radiating from her with every step.

Dismissing his attendants, Logran ordered tea to be served in his library. Leaving the public chamber by a concealed door, he took the few steps to one of his favorite rooms and was pleased to find his wife already there.

Oona, Princess of Coroth, was his consolation on days when the burden of office wore on him. After fifteen years of binding, and the four children she had borne, she was still a pleasure to

his eyes. But it was her loving counsel and steady good sense that he considered his greatest blessing.

She came forward to take the arm he offered, guiding him to a favored window seat overlooking the expanse of garden sloping down toward the sea barrier. After the tea service was delivered, Logran dismissed the staff.

"What is your opinion of the Most High's request, my dear?" he asked as she poured his cup, adding a small amount of cream before handing it to him. He knew she'd listened in a secluded chamber behind the thrones, having left his side when word came that the Most High Ambassador was requesting an immediate audience. His princess could not abide Karsh, avoiding her whenever possible.

"She seeks to control Lady Muro," Oona replied quietly, tending to her own cup. "The question becomes why?"

"You do not believe the reasons she put forth?" Logran smiled.

Oona pursed her lips. "I believe she wants Lady Muro back in the Ambassador Core in order to control her movements and decisions. Karsh knows, were Lady Muro to resume that contract, her nature would require her to fulfill it dutifully. Karsh probably does want her to succeed her as Most High."

"Yes," Logran mused. "Although the two personalities are like night and day, Karsh does have a strong sense of duty to Caldala. She respects that in Muro, even if the way they honor that duty is very different." He decided not to worry his wife with his more cynical suspicions at this time.

Oona laid a hand on his arm. "I was thankful you put her so decidedly in her place about Lady Muro's right to a free life."

Logran chuckled as he squeezed her hand. "Did you think I would deny Akira Muro, my dearest?"

"No, Logran." She smiled, though her eyes were serious. "But I was concerned with the final argument the Most High put forth."

The prince nodded, his face thoughtful. "Well, there is no denying that Muro wielded incredible ability and power. I've never seen anything like it in my lifetime. My father never

mentioned such. Whether she will recover that level of power considering what she survived . . . who knows?"

"You wouldn't consider forcing her back into the Ambassador Core?" Oona said with some concern.

Logran patted her hand. "Oona, you heard my words. Besides, I believe Lady Muro is a stronger ally to the House of Coroth as a free agent than under the control of the Most High Karsh. Especially if she accepts the liaison position."

The princess nodded in agreement, then gave a small laugh. "I'm eager to see her face—aren't you, my love? I believe there is a very beautiful woman under that veil."

"That may be projecting an expectation based on her mysterious grace," he noted with a chuckle. "Although, I will allow that her figure was always a pleasure to look upon." He winked at his lovely lady.

Oona laughed at the outrageous comment. "I can hardly wait for the reception."

"What about this man? Senior Master Kilronan. Aren't you the least bit curious as to what he looks like?" Logran teased. "After all, a renowned warrior of the Mountain Shadows Protectorate, eh?"

Oona sent him a seductive glance. "He's certain to cut a fine figure, isn't he?"

Logran shook with laughter as he hugged her.

"Still," Oona continued, placing a kiss on his smiling mouth, "Our Dan is a fine, handsome warrior himself. Have you heard any more from him?"

"Just the one message by return courier I shared with you. I expect to hear more when he returns to Insalat in a few days." As their conversation continued with more pleasant discussion of family, Logran turned his thoughts from Ana Karsh's schemes.

Jerrat!" Karsh demanded when she stormed into the private court attached to the Most High Ambassador's quarters. The temper brewing over Coroth's refusal to follow her guidance was

close to boiling over. She swore, pressing fingertips under her eye to still the irritating tic.

"Most High?" Ambassador Jerrat's nasal whine came as he slipped out to bow before her.

"Anything from the Mountain Shadows contact?"

"No, Most High," he replied, gulping anxiously.

Her thoughts occupied by other matters, Karsh paid little attention to the man cowering by her side. Anger was clouding her ability to evaluate and form another plan. If she only knew whether Muro would recover her force powers. Was the Psyche useless to her now, or would she regain the powers Karsh coveted?

Her mouth formed a thin smile. Once she'd wanted to train Akira Muro to stand beside her, to add those considerable force gifts to her own in her plans to control Caldalan politics from within. Now, knowing what Muro had called against the Mors, Karsh knew she could have it all. If she had Muro and the key to rule her, Karsh could overthrow that fool prince.

What good had the House of Coroth done? Karsh thought derisively. Caldala was a mediocre nation, like all the others. What was the sense of promoting a peaceful co-existence when those gifted with special powers were clearly superior? What if the ordinary citizens decided to rise against force-callers, like the worthless Ishalians just years before?

Of course, Karsh scowled, Caldala didn't have someone like Arthon Baronan stirring discontent and racial hatred. If Arthon had turned his will, his charisma toward overthrowing the House of Coroth as she'd once proposed, things would be different. They could be ruling Caldala now! But he'd allowed his bitter hatred of force-callers to consume him, to exile him in Ishal, eventually leading to his assassination during a failed coup.

In a rare moment of introspection, Karsh wondered if things would have been different if she'd refused to take part in his revenge against the lost clan. If, instead of indulging her own jealous passions, she'd used her influence to calm his volatile emotions.

With uncomfortable—and unusual—feelings of grief and regret, Karsh retreated to her inner sanctum, as she called back to the silent Jerrat, "Send for Barash."

The quivering ambassador paled, opening his mouth then closing it again without speaking. He shuffled away to do her bidding.

Twenty-Nine

Mountain Shadows Protectorate

"You're back." Akira smiled, bending to kiss Isfail's upturned face where he lay on the couch. When she started to draw away, he tugged her around and down to join him.

"How was your meeting?" She slipped her arms around his neck while he nuzzled her.

"I think we covered what was necessary."

"You mean, you *men* decided the best way to protect me after you're gone."

Isfail wisely suppressed his amusement at the dry retort. "We did discuss plans for your journey to Coroth, and thoughts about security." When Akira nipped at his smiling lips he winced, even as his body stirred with desire.

"How was your morning?" he countered, knowing she'd gone with Arla and the women of Team Kilronan to tour the weekly market at the village square.

"We enjoyed it," she replied, her lips warm against his neck.

"I brought you a present." He gestured toward the dining table.

Akira looked over at the two large boxes there. "More than one it seems." But she made no move to leave his embrace.

She was like no other, Isfail thought, his heart filled with emotion. Most of the women he'd known would have leaped up to investigate. And none of them could ever come close to her worth.

"Love me," he murmured against her ear, his hands already slipping beneath her silky sweater.

"I do," she sighed against his mouth, the need for him even more desperate as their time together slipped away.

Some time later, Isfail led her to the boxes. "Here, this first." He pushed aside tangled white hair to kiss her neck while she tugged at the ribbon binding then lifted the lid.

Akira's eyes danced as she lifted a dress in subtle shades of green that swirled together like windblown leaves. The woman in her sighed over its elegant lines. "It's beautiful, and not black," she said with humor.

"Definitely not," he agreed, pleased by her evident pleasure. He waited as she opened the second box, anticipating her reaction to this gift.

"Oh, Dan!" Akira exclaimed, lifting out one of the finest crossbows she'd ever seen. Ebony black and exquisitely crafted, she caressed the sleek stock, examining every detail.

Laughing, Isfail leaned back, enjoying her enthusiasm over her new weapon, the lovely dress forgotten for the moment. No, Akira Muro was like no other woman. He wouldn't have it any other way.

"Change into something more appropriate for a target field, my lady. Let's see how well it suits you. I arranged one for us this afternoon."

Lord Corcoran was waiting with Cobon when the couple arrived at the reserved protectorate field. With his usual good cheer, Cobon handed his own crossbow to Isfail. "See that you do right by this beauty." He winked at Akira as she sighted her new bow. "Looks like you'll give him a proper challenge, Lady Muro."

"We shall see," she said with a laugh.

The protectorate men, ever ready to enjoy a good wager, set the terms of the private match before stepping back to observe.

Isfail watched closely to see if Akira had any problems with the draw weight. He knew she'd used force energy in the past to handle the heavy draw of military archery. Had she regained enough of her ability to draw the new crossbow?

Then he saw her effortless pull, the brief smile of satisfaction on her lips, and watched the bolt take flight. It pierced the target a hairsbreadth from center.

"Aye, she's back." He grinned at the other men before lifting the larger crossbow and sighting his own target. His first bolt struck a finger-width to the left of center, and Isfail laughed at Cobon's teasing barbs. "You're up next, my friend. We'll see how you fare," the commander taunted.

A full round later, Isfail and Akira tied in score. Though he privately believed that it was only the length of time since she'd last used a crossbow that had given him the tie. Lifting her hand to his lips, Isfail felt easier knowing she had another weapon to defend herself.

Seeing the rack of swords nearby, Isfail had another idea. The others watched curiously as he walked over to select a weapon.

"Let's try this." He tossed Akira a short sword before taking another for himself. He grinned at her as she took her stance without comment.

Corcoran lifted a brow in concern. "You easily outreach her, Isfail."

"I doubt that will matter. We'll see if my lady has regained her skill with a blade as easily as that with the bow."

He slid his steel against hers with a wink. "Ready?"

The ring of fine metal was the response when she began a steady thrust and parry, her eyes warming as he countered easily, obviously holding back. Lulling him into believing she needed the practice, Akira suddenly spun into him—a dark flash—to end with the point of her sword at his throat.

Laughing, Isfail glanced at Corcoran's stunned face while Cobon applauded. "You see reach doesn't matter. Akira has always been faster than anyone I know."

Pressing back her blade, he stepped up the game, using his advantage to push her to the defensive. Enjoying the sport, Isfail still watched Akira's movements carefully, assessing her present ability. Knowing her as well as he did, he could see there was still evidence of her injuries. Though faster than the average warrior,

she was slower than her top form. The force of her blows was weaker than usual.

So he held back as they danced with the singing blades.

The crowd gathered at the target field drew Kilronan's attention as he finished his daily run. He joined the warriors at the gate, frowning when he saw the combatants on the field.

Osharon sidled over to observe, "Interesting match. You'd think Isfail could easily end it."

"He's pulling his strikes," Kilronan muttered.

"Yeah. But he's not babying her. Akira is holding him off with agility and speed." Glancing at Kilronan, he wondered, "Did you ever spar with her before?"

Shaking his head, Kilronan watched Akira blur in a spin that brought the flat of her blade against the back of Isfail's right thigh. In real battle, he'd be down.

Acknowledging the hit, Isfail lowered his sword with a grin. "Your match, my lady."

"You handed it to me," Akira countered, a little breathless with the exertion. She turned to see the warriors gathered at the gate, cheering the match. "It seems we've provided today's entertainment."

Isfail chuckled, taking her sword to return it to the rack with his. When he paused with Cobon and Lord Corcoran, and to talk with some of the warriors, Akira excused herself with a quick smile for Osharon when he offered to escort her back to her quarters. The smile dimmed when she saw Kilronan striding away.

Though he watched them leave before turning to the eager questions with an easy smile, Isfail kept her in his thoughts. Osharon could be trusted to see her safe, he knew. Isfail prayed the Mountain Shadows warriors would be enough once he returned to Insalat in two days time.

The shower was running when Isfail came in. He grinned and blessed his timing. There were still countless pleasures to be shared with Akira. Pulling off his shirt, he walked to the open

door just as she flung back that extraordinary sweep of pale, wet hair.

For a moment, Isfail saw the forest stream where he'd first chanced upon Akira Muro bathing. The goddess of mystery—just as enchanting, even more magical now that she was his.

Isfail prayed she *was* his, for she owned him—heart, mind, body, and sword. He could never be whole again without her.

When she turned to him, meeting his eyes just as she'd done so many years before, Isfail felt the same awe, the same heat as that first intimate encounter. This time he acted on that desire.

Tossing aside the rest of his clothes, he went to her. Without a word, his mouth covered hers while the water rained over them. Sleek wet skin pressed together as hands slid eagerly over now-familiar bodies. This time, Akira answered his eager kisses fully, without reservation or sorrow.

Arla ended a long run through the woods at the wide rock ledge near the river's plunge into the deep valley below. Walking off strain, she crossed to the bubbling spring to satisfy thirst before continuing into a small stand of trees. Moss-covered ground thick with ferns rose to the secluded ledge Arla sought when she wanted solitude.

Annoyance flared when she saw that someone had beaten her to it. Long legs in dark civilian pants and boots dangled from the high outcropping she'd intended to claim.

"Damn it," Arla muttered, deciding whether to chase off the intruder or leave. She had thoughts to think, frustration to blow out of her mind. Damn it!

"Come ahead."

The familiar voice had her scowling with renewed irritation—Of all the people she didn't need invading her space. Stalking forward, Arla narrowed her eyes up at Kilronan.

"What the hell are *you* doing here?"

Surprised by the venom in her voice, Kilronan stared back at her. "Thinking."

"Brooding, you mean," Arla retorted, flipping back her long braid of red-gold hair. "And in *my* place."

That earned a furrowed brow above somber green eyes. "*Your* place?"

"Mine."

Kilronan looked out over the long drop. "Can't claim a mountain, Arla. Not even this part of it." He knew she seethed below him. It might be small, but somehow it made him feel better.

Arla wasn't giving up, so she tried another jab. "Why aren't you sulking in your hide with the deer?" That got his attention; she smirked, seeing his startled anger.

Boosting himself off the narrow ledge, Kilronan dropped down in front of her. "What do you care?"

"You're in *my* spot," she repeated irritably. "Go annoy your deer and leave me alone."

He turned back to the valley. "Damn it, Arla. I just wanted somewhere to think things through." Kilronan glanced over. "I didn't know you liked this place. And I didn't want to go there."

"You didn't want to go to the place you've shared with Akira."

Her intuition surprised him. It shouldn't have, Kilronan realized.

"Yeah." Giving her a half smile, he turned toward the trees. "Sorry."

"Kil."

He turned back. "I am sorry, Arla. About all of it."

She sighed, settling down so her legs dangled over the edge. "Sit down. Let it out." He'd become a personal thorn in her side—or heart, depending on the mood—but Kilronan was always a good friend.

He joined her silently. For several minutes they just looked out over thundering water, and the trees spreading a harvest pallet of gold, orange, and red, mixing with varied greens in the valley below. Arla waited for him to decide what he wanted to say.

"It occurs to me," Kilronan began. "I've been my own worst enemy. Not just the scene I caused the other night." He grimaced

at the snicker and glared at her. "You didn't need to hit me so hard."

"Yeah," Arla chuckled. "I did."

"Maybe," Kilronan conceded with a wry smile. "But Akira can fight her own battles. Her words were more effective than a slap on the face."

Arla's brows drew together. "She looked pretty forgiving at the dining hall the other night. I'd say she saved your reputation and your career."

Kilronan sighed, looking out over the view. "Why?"

"She loves you, Kil," Arla replied quietly. "But, more than that, she believes in you. You haven't been yourself since High Pass. I think Akira has more faith in you than you do right now."

"I haven't done anything to deserve that." Kilronan winced when she punched him, hard, in the shoulder. Damn the woman, she was more volatile than usual today.

"Oh, get over it! It's time to pull your guts in and accept that what happened in the Mors defeat is done." Arla huffed out an angry breath, tugging on her thick braid in irritation. "You're really starting to annoy me, you know. What? It's not a woman's place to save her country? She should let the big strong *man* come to the rescue and keep her from getting her pretty self blown to Hell?"

Suddenly enraged, Arla pushed up and stalked along the rocky ledge. "When did you become such an idiot? I've known you—fought with you—for twenty years, and never seen this chauvinistic streak in you!"

Turning back to his inscrutable gaze, she said, "Akira saved our lives that day. You saved hers. That's all there is, at the heart of it. And you can't be the man you should be, the warrior you have been, until you really accept that."

When she started to walk away, an invisible force wall blocked her way. "Damn it, Kilronan," Arla ground out through gritted teeth.

His voice was quiet when he spoke. "Please, don't go."

The barrier was gone, and she turned back with a questioning look.

"That's what Akira said, at least part of it, after my drunken idiocy." Kilronan looked away, but felt relief when his friend dropped down beside him again.

"It has nothing to do with a woman's ability. It's that I had to confront my own pride, and my own guilt over what happened between us." He faced Arla, wanting her to understand. "I needed to be there for Akira this time, to make up for putting myself first years ago, when she needed me most. But I let her down again."

Kilronan rubbed his eyes when they blurred. "I still don't have a handle on everything that happened at High Pass. Just . . . it was too big to deal with. What she did— Hell." Kilronan's face tightened. "What she *could* do. Then, she was gone."

He felt Arla grip his hand, appreciating the comfort she offered. "I couldn't accept that. Whatever was between us . . . it was strong enough to hold her."

Kilronan drew in a painful breath. "Even though she wanted to go."

"I know," Arla said with compassion. "Akira told me."

"I've spent a lot of time thinking about it." Kilronan gave a short, humorless laugh. "Especially after disgracing myself the other night. It is pride, ego—whatever you want to call it—and it's fear and anger. Over everything that's happened. I think I've even been angry at Akira for her own trauma!"

At Arla's wide-eyed silence, Kilronan hissed in self-contempt. "I wanted her to be there for me, to be the woman I wanted. God! She's so damned powerful, why couldn't she shake everything off and be *my* perfect woman." His mouth twisted bitterly. "No wonder Akira pulled back. I was only thinking about what I wanted, what I needed . . . again—not about what she was going through. Again.

"I didn't try to see what was happening, to see her pain. Akira's been hurt in so many ways, and I never saw it coming. Never tried to understand what she needed. If I'd been there from the beginning—"

"If you'd stopped her from becoming the ambassador she was?" Arla interrupted briskly. "Would we be sitting here now, Kil? Or would we be dead?"

She lifted her hands toward the valley. "No one knows. That's the point, too. Life happens and people take different paths. Some are harder than others. Maybe there's a higher plan that guides us all."

Kilronan gave a short laugh, more disbelief than humor. "Funny you should say that. Akira told me that just before we took that last step to close the pass. Maybe we were meant to take our different paths in order to be who we needed to be at that time."

His voice and expression were so bitter. Maybe this was something else he hadn't really accepted. Maybe he couldn't, Arla thought.

"I can't change anything now," he stated. "I wasn't there to change things before. To keep her from losing her confidence in what she was, to prevent the damage of the Ambassador Core. I couldn't support her, because *I wasn't there!*

"Another man was there to keep Akira from falling. A man who's never broken her heart, her trust." There was bleak acceptance now. "I can't blame her for choosing Isfail."

There was no argument to that, Arla knew, no false comfort. To her surprise, he continued in a strangely wondering tone.

"There've been three times in my life when I could have had the love of an exceptional woman. And—idiot that I am, and was—I've lost her through thoughtlessness and stupidity."

"I can't argue that."

Kil glanced over. "No. You wouldn't."

Bumping his shoulder with hers, Arla worked up a grin. "I don't think you've lost Akira's love, though. Any woman willing to give you three chances must love you."

When he shook his head with an elusive smile, Arla said, "What?"

Pushing easily to his feet, Kilronan turned to leave. "I've lost Akira twice."

Looking back at his fellow master—and only lover—with regret, he revealed, "I know *two* exceptional women."

As he walked away, Kilronan didn't need to look back to know that Arla looked after him in stunned disbelief.

Thirty

Kahshara raced across the valley below Mountain Shadows. The sheer pleasure of speed and freedom had Akira's laughter rippling on the wind. The sound had Isfail slowing his stallion so he could just watch without distraction.

God, she was incredible like this—that spectacular hair flying, her face bright with joy. He wondered if she knew that her power shimmered around her, flowing like streams of light.

Here, today, there was nothing to dim her light, her beauty. Wanting her, all of her, was an ache in his heart that could bring him to his knees.

Akira circled back to him with a brilliant smile as she brought Kahshara to a walk. "What happened?"

"You," he replied, reaching out to lift her from the saddle. She was laughing again as he settled her in front of him. Then his mouth took hers.

His need shot through him, vivid and powerful as lightning. Desire exploded as her arms locked around his neck. Tempest sidestepped beneath them, tossing his head restlessly, but they were oblivious. Isfail instinctively tightened the reins with one hand, holding Akira to him with the other. If they'd been alone, he would be sating this desire, this overwhelming need.

With iron will and great regret, Isfail gentled the kiss, drawing away until he rested his forehead against hers. "We'll finish this tonight," he said confidently, though his voice was hoarse and breathless.

Akira nodded, stroking her fingers down his strong jaw. "Yes. One more night together before you go."

"Come with me," he asked again, then shook his head. "No. Forget that. You're safer here, for now."

She was silent as he swung off, leading Tempest over to Kahshara grazing nearby. Isfail lifted Akira down and handed over Kahshara's reins. "Let's walk back."

Leading the horses, they returned across the meadow with shadows lengthening as the sun slipped down. They spoke of inconsequential things, wanting to slow time in these brief hours before Isfail would leave Mountain Shadows to return to Insalat.

But the night seemed to fly. The time was too precious to squander in sleep, so they filled it with lovemaking to remember in the weeks apart.

Heart full and body replete, Akira lay wrapped in Ardan's arms, listening to his heart thunder from their joining. She watched the sky lighten as dawn brought an end to this time together.

"It's only a few weeks apart," he whispered near her ear.

She wondered if he could feel her sorrow at the thought of his going. "Yes." Akira stroked her hand along his arm, needing the touch for comfort. She felt the uneven ridge of scar, remembering his reluctance to tell her how he'd been injured.

Isfail noticed how her hand paused there and braced for the question.

"Tell me," she murmured, tracing the scar line.

He sighed, shifting to look into those luminous eyes. "I'll tell you, then it will be behind us." When she nodded, he began, "Logran called me to Coroth, saying it was urgent. He wanted to tell me about your death in person, not by courier message." Isfail's face tightened in remembered pain. "I couldn't say anything. He wanted me to stay in Coroth for a few days, but I saddled Tempest and rode away as fast as he could run."

Her fingers were trembling as she touched his face. "I'm sorry."

"No." Isfail gripped her hand. "I just kept riding, without a thought for the horse." When a tear spilled down her cheek, he kissed it away. "I didn't even know where we were when a band of highwaymen blocked the road. It was their bad fortune to take me on."

He only had muddled memories of flashing blades and screaming men. "In the end, six thieves lay dead, and I reported it to the Corsalat Militia. That's when someone saw that I was bleeding. I had it bound there and went on to Insalat."

With an attempt to control her emotion, Akira asked, "Why didn't you have a master healer see to it?"

"What did it matter, sweet?" Isfail murmured. "You were gone."

Morning sunlight was spreading over the courtyard, but he focused on the green flames rippling along her small hand and the warmth spreading through his skin. When Akira lifted her hand away, his arm was unmarked.

"Now I'm back," she whispered against his lips.

New friends gathered in the large courtyard of the administration compound to see the commander off. Isfail shook his head with a smile, recalling his solitary arrival. He clasped arms with Cobon, grinning at his friend's jovial admonition to watch his back. Masters Arla and Osharon wished him well as they clasped his forearm in turn.

Kilronan stood a little apart, but offered his arm as well. Isfail gripped it firmly, an eyebrow lifted in unspoken question. Kilronan nodded. "I'll take care of her."

That would have to be enough, Isfail told himself. Turning to Lord Corcoran and Gralla, he bowed before expressing his thanks and appreciation for the hospitality of the protectorate.

Master Maran stood beside Akira. For a moment, Isfail saw the family resemblance. Then Maran offered his arm with a somber smile.

"I'll see you in Coroth for the reception, Commander."

"That you will, sir."

Then it was time for the hardest goodbye.

Akira met his eyes, cloud-shadowed gray now, with a smile. She wouldn't send him off with sorrow and tears. When he offered his hand, she laid her own in it, her heart warming as he lifted it to his lips.

"Be well, my lady. I'll be counting the minutes until we're together once more." They had said more in the privacy of Akira's residence. This was all that could be expressed before others, but his hand held hers tightly for a moment more.

"Be well, my love."

Her mindsight echoed in his heart and mind, bringing a brilliant smile to his face as he accepted the reins from the stableman. With one last kiss on her forehead, he placed their joined hands on his heart for a brief moment.

Isfail stepped away to mount his restless stallion. With a salute to the company, he turned to the road with one look back at Akira.

Refusing to brood over what couldn't be changed, Akira joined her uncle and the protectorate masters for late breakfast at the dining hall. Osharon and Cobon kept up an amusing banter before talk turned to duty schedules and training. Akira silently appreciated their tacit willingness to talk of ordinary things. Somehow they understood that's what she needed now.

When Kilronan mentioned that his team would be returning to duty at the end of the week, Akira glanced at Maran with a smile.

"Lord Corcoran decided you're trustworthy now that Isfail's gone, eh?" Cobon poked, still annoyed by the force jolt.

The others grew silent, waiting for Kilronan's response.

Accepting that he deserved the jab, Kilronan began mending friendships. "He's decided I'm worth the trial." He looked around the table, meeting their eyes openly. "I'll apologize to you all for bad judgment and bad behavior. That's all I can do at this point. I have to prove myself again, and I'm hoping you'll give me a chance."

After a long moment, Cobon grinned. "Aye. We've all made our mistakes."

In the laughter and recounting that followed, Kilronan met Akira's gaze, smiling as she nodded.

The day was long, but Akira filled it with friends, and dinner with Maran and Maronan at the Blue Mountain. But the time had to come when she faced her lonely rooms.

Arla greeted her at the gate, laying a hand on her shoulder as she heard Akira's sigh. "Just call if you want company."

With a faint smile, Akira went in. Someone had cleaned and polished. Fresh flower arrangements brightened the rooms, with a note from Gralla telling her that Isfail had ordered them. Her lips trembled at that.

But his most thoughtful, most endearing parting gift waited on her bed. Neatly folded, with a fragrant white blossom laid on top, was his well-worn gray shirt.

Thirty-One

As if that one event opened the gates of change, the week following Isfail's departure saw the end of the Kilronan family's visit. Since Kilronan was back on duty, the strained relations with his parents eased, helped along by the private, if difficult, session with his father. Even Mara felt some optimism that her brother was on the right path, though they were all careful to avoid any discussion of Akira and Isfail.

Aware of this constraint, Akira spent those days with Maran, Arla, or Kilronan's team. She felt that loss of family and friends was the price, in part, of her relationship with Isfail—but there was more, to her mind.

Kilronan brought it up before his team's turn on guard one evening. "Akira, they'd like to see you. They want to stay in touch after all this time."

He watched as she paced from one end of her terrace to the other.

"It's difficult sometimes," Akira said. "You have such a strong family, they made me feel so welcome, so included."

"Because you've always been a part of their lives."

"Not always. Twenty years have passed. They remember the Akira Muro before that time. Before I became an ambassador, a diplomat, a politician, and an assassin. They don't know the woman who destroys with her hands and her mind."

He caught her arm, turning her to look at him. "Why would that be so different than who I am? Don't you think my father understands exactly what I've done over the years? He has his own militia career behind him."

Akira felt his brief hesitation before Kilronan caressed her face. "My mother may not fully understand your life, but Father and Mara do, as far as they are able."

She shook her head, stepping away. "They don't need to know who I've been, what I've done."

"Akira. They don't know the woman who's run charitable missions in other countries, the one who saved Nina and Ala, the woman who spent untold hours planning and working to save the lives of Mountain Shadows. They'd want to know the woman who cared enough about an elderly woman to beg her to save herself from a terrible fate, who risked herself to save an injured boy and the rest of my team. They don't know the woman who nearly died to save this nation."

His words eased her troubled thoughts, and let her enjoy spending the last evening of this trip with the entire Kilronan family.

The weather was beautiful on the morning the Kilronan family left for home. Maran had arranged to travel back to Psyche Lakes with them. Akira, with Kilronan and his team, joined them for breakfast at the Valley View Inn after the coaches had been loaded and the keys for the cottage returned.

Conversation was cheerful and the boys excited to be taking another journey. Mara was anxious to see her husband, Nian, while Miden and Ara looked forward to being settled back in their home well before winter.

By the time the drivers brought the coaches up to the inn, everyone had said their farewells. With last hugs and kisses, Kilronan handed his mother and sister up into the coach. Akira cuddled the baby one more time before passing little Akira to her mother. Miden hugged her tight as Kilronan pretended to toss his giggling nephews through the door of the coach before turning to clasp his father's arm.

"Have a safe journey."

"It's been an exciting visit, Kilronan." He included Akira in his warm smile. "Now we look forward to home." As he stepped

up into the coach to sit beside his wife, he looked back to say, "And a detailed accounting of the trip to Coroth!"

Having said his farewells to the niece he'd been blessed to reclaim, Maran warned Kilronan to be on his best behavior. But he smiled as he clasped the protectorate master's arm then climbed in beside Mara.

Kilronan chuckled as he closed the door. He signaled the coachman and they waved as the coach rolled down the road to the West Gate.

"I'm sure you'll miss them," Akira said as they walked back through the village.

"Yes. I always miss them to some degree. But this is my home, especially with you here."

Not knowing how to respond to that, Akira just sighed.

"You love me," Kilronan stated resolutely. "I'm not giving up."

She turned to meet his eyes. "I love Isfail, too. I'm not letting go of what I've found with him."

Akira received Isfail's first express six days after he left. She smiled over the letter describing his return trip, how he found things at the Insalat Militia, and the entertaining messages passed on from some of his officers. She ached over the words of love that closed the letter.

When a second one arrived by express courier two days later, Osharon was with her. Rubbing his chin thoughtfully, he said, "I hope his royal connections are backed by some money, Akira. I don't think a militiaman, even a commander, makes enough to pay that much in express fees."

With a wide grin, he teased, "Maybe you should fund a direct horse and rider relay, my lady." Akira laughed, knowing he wanted to cheer her up.

A third letter was hand-delivered three days after, carried by a seasoned falconer, Master Winde, bearing a gift. The dark female falcon perched on his thick leather gauntlet had been born in Insalat. Old enough for training, young enough to bond and

learn new homing territory, she sat like a proud queen on the arm when her hood was removed, surveying new surroundings.

Akira fell in love at first sight. With sleek black feathering on back, wings, and tail, smoky gray plumage on breast and bars, the falcon was boldly beautiful. Her intelligent gray eyes were alert to everything around her.

Master Winde completed Akira's joy by announcing that the bird was a gift from Commander Isfail.

"Aye, the commander knows his falcons, milady. He picked this lovely himself, and put her through her paces afore he was satisfied. Spirit, he called her, and it's a fitting name for this little lady, for she's all that.

"And I'm to stay a week, at least, to introduce you to each other, and get her coop set up proper. The commander's paid all expenses and says I'm to stay 'til I'm satisfied that you and Spirit suit one another."

"Well, then." Akira paused, pressed her hands to her mouth with joy before holding out an arm for the man to clasp. "Let's get you somewhere to stay."

At Corcoran's suggestion, Spirit was set up in a refitted box stall next to Kahshara's. Horse and falcon studied each other with wary curiosity, but neither appeared distressed by the proximity. Akira and Falcon Master Winde were both pleased with the arrangements. Winters in Mountain Shadows were far more severe and dangerous than those on the coast. The protectorate stables were built to protect and provide a comfortable environment for the stock housed there.

The course in falconry drew many interested bystanders over the following week. Master Winde praised the pace and progress of both his pupils. Bird and woman bonded quickly, with the deep affection Winde always looked for with his falcons. By the beginning of the following week, he was packing his gear to return to Insalat.

"Commander Isfail will be pleased by my report, milady," he told Akira while he strapped his gear behind his saddle, adding

the sealed packet she'd asked him to deliver. "I think Mountain Shadows suits Spirit just fine."

Akira nodded, stroking Spirit's soft breast feathers. She felt some apprehension for the coastal-bred bird in the coming winter, but had to trust the falcon's stamina and the master's confidence.

"Thank you, Master Winde. She's a treasure I'll do my best to care for and cherish."

He gave her a broad grin as he swung up onto his horse. "I've no fears on that account, Lady Muro. It's a fine pairing, aye. I hope to see the both of you in Insalat one day." Touching his forehead in salute, he then pointed a finger at Spirit. "Fly well, lassie."

Tilting her head, the falcon gave a trilling twitter, almost as if in farewell. Master Winde's smile held a trace of sadness. Akira felt the man's sense of loss in leaving one of his beloved charges, but she also felt his pride. Spirit sat easily on her new master's gauntlet, and watched with Akira as the falconer headed down the road.

Harvest season saw Mountain Shadows returned to the pace of life known before the Mors threat cast its shadow over the peaceful mountain village. It had seen its share of conflict over the years, but the protectorate had dealt with the more common dangers of smugglers and other hazards of a border crossing with minimal involvement of the citizenry. Most were well satisfied to bring in the crops and prepare for the coming winter—everyday concerns that villagers and protectorate alike handled as they always had.

But Mountain Shadows Protectorate was facing important internal adjustments that would substantially alter the way it would fulfill its duty in the future. The most immediate involved the altered state of the High Pass and their obligation to provide security oversight to that border point. Then there was the integration of the liaison with Coroth, and potentially the Core, which brought a new duality to protectorate administration. Corcoran and Akira spent many hours discussing possible

strategies and organization. They planned to present their thoughts and proposals to the prince after the Grand Reception.

The upcoming journey must be planned for, and was something that Akira experienced mixed feelings about. As the date to leave approached, she found herself eager to see Isfail, Arith, and other friends again, but increasingly apprehensive about returning to the capital.

Corcoran and his masters also had the usual details to see to. Recruits had been decided upon, and there was a less-usual matter of filling one of the master positions. The details of that interesting development spilled into conversation at the *Boar and Panther* one evening.

"Did you hear the latest on Telen?" Osharon began, taking a chair at the table where Kilronan, Arla, Cobon, and Carelon sat.

Glancing over at the urgency in his friend's voice, Kilronan shrugged. "What? I thought he was transferring." The sooner the better, he thought, knowing the man had tried to cause trouble for Akira and her ambassador team.

Carelon shook his head, beating Osharon to the news. "I heard the offer was rescinded. Maybe the other protectorate took heed of Lord Corcoran's honest evaluation. They probably thought they were getting a solid Mountain Shadows master, but backed out when they saw his real history."

"He wasn't even trained here," Arla added disdainfully. "Just a spineless whiner from Onshela Protectorate, who didn't have the guts to fit in at Mountain Shadows."

Cobon set down his mug with a loud clunk indicating his frustration. "So we're stuck with him?"

"Hell, no." Osharon grinned, accepting his ale from the pretty Ala. "Lord Corcoran's done with him. He's already interviewed a couple of strong candidates for master. They're both on second interviews this week. Telen's been notified that his team will be reassigned."

"So he's out of our protectorate, and good riddance. What's he planning to do?"

Osharon shrugged to Cobon's question.

Kilronan sat back, frowning over the news. Telen was the kind to have hard feelings over losing a master's position, and just the sneaky, backbiting sort to want some retribution. He glanced at Arla and saw the same concern on her face.

While his fellow masters were discussing his career options in the *Boar and Panther,* Telen was mulling over the same while he waited outside Anki Corso's rooms, in a residence hall on the edge of the village near the protectorate fortress. She wasn't going to be pleased about the meeting he'd had with Lord Corcoran that afternoon. He knew all too well how vicious her tongue could lash when she was annoyed.

When he'd finally gotten her attention, after lunams of posturing and pleas, Telen had been sure no other woman was as beautiful, or as desirable than the sought-after clerk. His pride had swelled at the thought that he'd stolen her from that idiot Osharon. It had been deflated somewhat when any attempts to taunt the senior master had been ignored or, worse, laughed away.

Now he was beginning to see that Osharon might have been pleased to have Anki off his hands. Beautiful she was, along with demanding, manipulative, and greedy. The pleasure of having her in bed was offset by her constant complaints about almost everything. 'She should have more say in the high lord's administration, no one listened to her, or she deserved a higher wage since she worked harder than anyone else,' and 'everyone paid too much attention to Lady Muro, especially the men,' Telen recalled irritably. He would like to think that this last was an attempt to make him jealous, but he'd quickly learned that Anki had the fidelity of a bitch in heat.

He might have cut her loose by now, but for her usefulness in his most recent and more lucrative employment. Was it ironic that resentment over his humiliation at the former ambassador's hands had opened the door to this exciting subterfuge?

His written complaints to the Ambassador Core had borne fruit when he'd been surreptitiously approached to provide

reports on any information he could find on Lady Muro. And Anki was the perfect resource. The clerk was privy to details on what went on between the high lord, protectorate operations, and any visitors to the lady. Anki's jealousy and spite towards Akira Muro fit neatly with Telen's own resentment, and need for details to report.

The attempted assassination had caused him a few bad moments when he'd worried that his anonymous contact had instigated the attack. Telen valued his own head and knew his life would be forfeit if he were connected to that event. He'd been careful to keep his mouth shut and his thoughts to himself after that. Still, Journeyman Laton had been shown to be part of The Bow cult, which certainly didn't link him to the Ambassador Core.

Telen rubbed his face as he circled the landing. How was he going to carry on as informant once he was released from the protectorate? Lord Corcoran had made it clear that he would be out as soon as a new master was accepted.

The loss of the protectorate transfer had been a shock. It never occurred to him that he'd be rejected. Someone must have ruined his chances, he decided angrily, punching a fist into the palm of his hand. The fools here had always resented him—thought they were too good for him. Well, they'd find out differently by the time he was done.

Footsteps on the stairs told him Anki was home—the look on that stunning face said that she'd already learned he was about to be out of his rank.

"What do you think you're going to do now," she began irritably. "With all your big talk of better opportunities, you're about to be tossed out with no place to go." She unlocked her door and went in.

He followed, feigning lack of concern. "Plans have changed, it's true. But I have other options."

"Such as?" She turned with a smirk.

For an instant, Telen wanted to punch that lovely face. "I could start a business here. I have the means and the experience."

Her response was a disdainful laugh. "You know nothing about small villages, do you? Word's already out that the protectorate is booting you. No one in Mountain Shadows will hire you or support any business you attempt."

That had already crossed his mind, but he didn't need her pointing it out.

"Then I'll move to a bigger town, a city, where I'm not surrounding by idiots and ignorance," Telen retorted, pleased by the flicker of surprise on Anki's face. "You could come with me." He walked out, leaving her speechless.

Telen smiled at that. It felt good, he decided as he walked the lamp-lit streets. Seeing that smug smirk disappear had cheered him up. Maybe he should do the same to this stupid protectorate—just walk out. There was nothing in this nowhere village he wouldn't gladly put behind him, even the spying.

What did he care about Caldalan politics, anyway?

Anki waited, listening at the door until he left the staircase. Closing it again, she hurried to light a thick candle before sliding the lantern chimney down and placing it on a small table next to her bedroom window.

With the night shadows thick throughout the village, the signal would be unremarkable among other lamp-lit windows. But it would catch the eye of the man she wanted in her bed. Anki smiled to herself as she went to prepare for him.

The midnight bell rang while Anki muffled an angry shriek in a pillow. She'd waited for hours, lounging in a seductive sleep gown, expecting him at any moment. Rolling to her back, she glared at the ceiling and hurled the pillow across the room.

"Temper?" he questioned from the shadowed bedroom doorway.

Anki leaped up, opening her mouth to berate her darkly handsome visitor. His hand clamped hard over her mouth as he easily restrained her, pulling her tight against his body.

"Quiet, my pet. We don't want to rouse your neighbors." He grinned when she kicked ineffectually. "You know how that excites me."

Later, after an even more pleasurable and effective bout of silencing Anki's enthusiastic expressions of her own satisfaction, he lay beside her, waiting for whatever information she could provide him.

"Hadson," she crooned in a voice husky from sex and exhaustion. Turning to stroke a hand over hard, lean muscle, she pleaded, "When will we be together, not hiding in the night?"

"Soon," he lied. His name—the only one given him—was Barash, but what was one more lie? Anki Corso was a useful tool with many benefits, he grinned in the dark. "What news, my pet?"

"Nothing interesting," Anki began, her pretty mouth forming a pout as she flung back waving golden hair. "Everyone's talking about Lady Muro and the trip to Coroth. 'Who's doing this? What to send? Who's going when?'" she bit off in a sulk. "Who cares?"

Barash stroked a long, narrow hand along her arm to soothe. "I do, my pet. You have an important position, organizing the high lord's daily schedule. It is all interesting." He sat up to rub her back, listening intently as she went over the dates and details that were of great interest to him.

Thirty-Two

With only two days before they would depart for Coroth, Akira was irritable, and those around her felt the strain. Friends offered entertainment and distracting conversation, which only made Akira feel smothered and edgy. Between the mandated guards and people with good intentions, she needed to escape and have time to herself.

Knowing a protectorate team would accompany her on the smallest excursion into the village, Akira turned to old skills and training. At times like this, she regretted the loss of her transformation powers. But she still remembered more mundane abilities.

A stable boy's old coat covered the well-worn training garb she'd put on. With her long hair restrained and covered by a nondescript cap, she took advantage of the change of guard to slip unnoticed into the secret garden then over the wall. It was merely a matter of knowing when to move, and when to arrange a brief distraction, Akira knew.

Inside the stable, she shed the coat to saddle Kahshara. The mare was pleased with the attention and waited patiently while her master slipped on long leather gauntlets to take Spirit on her arm. With a deep breath, Akira led her horse out the doors closest to the protectorate pastures.

"Out for some exercise, Lady Muro?"

She didn't even flinch at the stable girl's sudden appearance. "Yes. It's a lovely afternoon for it."

"Yes, my lady," the girl replied, looking around curiously. "Would you be needing an escort?"

"Not today, thank you." Akira lifted her arm, sending Spirit soaring into the breezy sky. The bird circled overhead while Akira sprang into the saddle with a smile, knowing it was best to keep any explanations simple. "I'm just going to exercise Kahshara and the falcon." She rode toward the big pasture, leaving the wide-eyed girl staring after her.

Pleased with herself, Akira urged Kahshara into an easy canter around the grassy field. The horses that grazed there lifted curious heads before returning to their own pursuits.

Deciding that the time and location were right, Akira guided the mare toward the back corner and into a smooth, powerful lunge that had them lifting over the fence and into the grassy lane running beside the protectorate walls.

Winding through narrow village streets at a sedate walk, Akira nodded to the few people out and about. When she made her way back to the main road near the West Gate, she kneed Kahshara into a confidant trot, acknowledging the surprised guards as they raised hands in salute. But no one dared to stop her. Akira thought she had a little time alone before one of them thought to mention it to a superior.

Leaning forward with a grin, she whispered in Kahshara's ear. The mare leaped forward, reveling in the freedom of the valley, just as Akira did. Spirit gave her piercing cry and soared overhead. Together they enjoyed the open air, free from walls and restraints.

Stretched out, comfortable on the narrow rock ledge above the hide he'd set up in a tight cluster of trees at the far end of the valley, Barash chewed on a stem of grass and watched clouds scuttle overhead. The backpack with his essentials was close, always ready if he needed to disappear.

He enjoyed the solitude after a night spent listening to Anki's whining. It was too bad that face and body went with a personality so self-serving and needy. Even her talents in bed weren't enough to convince a man to stay. But, she was useful.

Barash reached for an apple from the sack of food Anki had given him, along with the letter addressed to one Hadson Barok—an alias he found particularly amusing—delivered to the common village post. He wondered if the boring gibberish in the letter had satisfied Anki's prying curiosity. The poorly resealed fold had only amused him since the coded message protected the more important content. Crunching on the apple, he rolled to his side, idly scanning the valley below.

He watched a child galloping a black horse on the long meadow. Barash admired the rider's skill and the animal's quality. The mare was obviously of Ishakan breeding, which meant her owner had some means. Maybe the child was an exercise boy, he speculated.

Returning his attention to more pressing matters, he thought about the letter that was now a puff of ashes. *Make sure Akira Muro does not return to Coroth.* Well, Barash mused, Karsh's directive could be satisfied in different ways. He could kill her, have her killed, or abduct her.

By all accounts, the woman was notoriously difficult to kill. Even now, with her lauded powers gone, she was under constant guard. Though he excelled in subterfuge, Barash doubted even he could penetrate the layers of protection around her. Which was too bad, he decided. Akira Muro was said to be a beauty, and Anki's reaction to that comment had enough of the cat in it to support the claim.

Then there was Anki, and Telen. The second directive in the message had been more specific. All contacts were to be eliminated.

A falcon's shadow crossed his face just as he heard the bird's shrill cry. Hunting, he guessed, swallowing the last bite of apple.

He jerked up. Black mare, black falcon, he recalled. Anki had gone on in jealous disdain about the fuss over Lady Muro's gift from her lover.

Barash caught the straps of his backpack as he rolled from the ledge.

When the scents of dry grasses and evergreens blended with the smell of coming rain, Akira drew her thoughts from the pleasure of the ride and freedom. Slowing her horse to a walk, she looked up at a cloud-filled sky and heard the first rumble of thunder. A gust of wind tore the cap from her head and sent it tumbling back toward the village. The long hair coiled beneath was set free to stream like bright fog from her face.

"So you're the white witch."

Akira turned cautiously toward the darkly sensual voice. He stood at the edge of the trees, nondescript clothing blending with the deepening shadows. The man was tall, with a slim, wiry build. His face was attractive and sharply defined. Straight black hair was braided back, and very dark eyes studied her with avid curiosity.

She didn't feel threatened. Yet. But Akira felt an uneasy sense of recognition that she couldn't explain.

"The Bow?" Akira wondered without fear, her hands steady on Kahshara's reins.

The stranger gave a slow smile, inclining his head. "You're not what I expected." He stepped from the trees.

Without a sound or discernible movement, Akira unlocked the knives in her wrist sheaths. Kahshara snorted, striking the ground with her right hoof.

His smile broadened as he stopped, spreading both hands in a placating gesture. "I only want to talk. For now."

"Who are you?"

"A traveler, like yourself."

No, Akira decided, suddenly wishing she had not been so successful in fighting the return of her telepathic skills. No, she thought again, he wasn't anything like she was. Those black eyes were without warmth. He was devoid of feeling, of compassion. Somehow, she knew that to be true. And he was dangerous, though no weapon was visible.

"Your name?"

"You wouldn't know it," Barash replied with a self-deprecating smile that was as false as the game he played.

"Then we have nothing to talk about," Akira stated, signaling Kahshara to back away so she could keep the stranger in sight.

"A woman powerful enough to move the earth and call the storm can't fear one ordinary man, Akira Muro." His eyes glittered with the taunt, but respect replaced it when she refused to take the bait.

Barash tipped his head as he took a long look in the fading light. It was true she looked nothing like he'd imagined from her fearsome reputation. She was tiny, delicate as an exotic flower, and as beautiful. Anki paled in comparison.

It was in those strange eyes, in her control, the underlying command in her voice, and the way she held herself that Barash caught glimpses of the woman some called the most powerful in the world. That woman excited him. He'd been ordered to finish a job, but he'd choose his own path to that end.

"A conversation, Lady Muro, just that. You interest me, I'd like to understand you." Barash edged closer. The horse moved back.

The sound of horns calling the alarm had him glancing across the field with a silent oath. Warriors, on foot and horseback, raced from the gate. He had little time.

Whipping a thin rope out, he sprang toward the woman. Barash snarled when she flipped a bright blade with astounding speed, slicing through the noose he threw with expert skill. Her horse reared, and he narrowly dodged the dangerous hooves as he rolled.

Pushing to his feet, he ran at her again.

The mare spun in a move so fast her flank knocked him back hard. A piercing cry sounded from above.

Barash threw up his arms, but the falcon was faster, raking sharp talons down the left side of his face before he could protect himself. The bird soared up to dive again. He stumbled back into the trees, cursing. Blood, appearing black in the dim light, streamed down his pale skin. There was rage in those dark, narrowed eyes now.

The warriors were closing fast. Conceding the field, Barash melted into the evening shadows.

Lifting a gloved arm to recall Spirit, Akira kept her eyes on the stranger until he was beyond sight. Without her telepathy, she didn't know what weapons he might have hidden, or where he went.

Osharon was the first to reach her. Nodding her thanks, Akira quickly recounted the incident while he sent others scouring the area for the intruder.

"I doubt he'll be easy to find," she said. At his questioning glance, Akira told him, "There was something about him, something canny and dark."

She shifted on Kahshara when Kilronan and his team galloped up. "I'm fine," Akira assured them, meeting his intense look. Giving them the same account that she'd related to Osharon, she automatically lifted her arm to send her restless falcon into the air. Spirit rose, but flew above them in watchful gyres.

Arla's team arrived, and Akira acquiesced when Kilronan and Osharon sent her back to the fortress under her friend's guard. She glanced up, seeking Spirit's silhouette against the stars but there was only blackness. Akira raised her arm with a quick whistle. She felt relief when the bird flew to her immediately.

The wind's howl heralded the coming storm. Brows knitting, Akira realized that she'd been so focused on the eerie stranger, she'd forgotten her surroundings. And that could be deadly.

Later, as she faced the questions and reprimands from her protectorate hosts, Akira lost all the peace she'd found in that brief period of solitude. While refusing to apologize for openly—somewhat—going out for a ride to exercise horse and falcon, and to find some breathing room to think, she did express regret that it resulted in trouble and concern for the protectorate.

Arla gave her a cool stare, but Akira saw the amused sympathy beneath. She understood a strong woman's need to take care of herself. Kilronan and Osharon, her fellow masters—and Akira's childhood companions—were obviously not amused, Akira noted with a sigh.

She held her silence as they questioned her decisions and judgment in riding out alone. Especially with the threat of The Bow already established, and as the encounter with a dangerous stranger had proved. With clenched jaw, Akira withstood the deserved reproach. It galled that she had no rebuttal. She *had* gotten herself into a potentially dangerous situation.

If she'd had all of her abilities she wouldn't have been caught unaware. When everyone but Kilronan left, Akira listened to the boom of thunder, the whistle of the storm winds. And recalled the feel of energy charging her, flowing into her body when she opened to it.

Kilronan watched the struggle on her face, and the grim set to her mouth as she walked to a window. He waited while she reached for the latch, remembering the first time he'd seen her open to power and harvest from a storm.

"Are you afraid nothing will happen? That your full powers won't return?" he asked when she stepped back without releasing the latch.

Akira sighed, refusing to meet his eyes. "No. I'm afraid they will."

Just before midnight, Anki opened the door to Telen's muffled knocks. "What are you doing here?" she hissed as he pushed inside.

"I'm leaving," he muttered, swiping the back of a hand over his rain-streaked forehead. "Come with me."

She stared at him in disbelief, about to let loose a scathing retort. Then Anki noticed the shaking hands, white face, and fear-filled eyes. "What's wrong?"

"Everything!" He wiped at his face before taking a wadded paper from a pocket, thrusting it at her. "God, what was I thinking?"

Anki smoothed the note and held it close to a lamp to read the precise lettering.

You've been discovered. Take your woman and go. Tonight.

They know you've both been providing information to the man who attacked Lady Muro today.

Meet me at the Wayfarer's Inn before dawn. I'll take you to friends.

Burn this note!

H.B.

She could hardly think. What did this mean? What information? Blood drained from her face as she recalled the conversations with Telen, the bed talk with Hadson.

"What have you done?" she exclaimed, whirling on her protectorate lover.

He grabbed the note, shaking it in her face. "How about you? *Both*?"

Speechless, for once, Anki pulled at her hair as she stalked the room. What should she do? She'd be judged before the Masters Council. Maybe sent to Coroth on charges of treason!

Telen grabbed her arm. "We must go. Now."

Anki looked around at her place, all her things, and felt her belly clench, knowing she'd lost everything.

In the last cold wet hour before dawn, they rode together, silent and resentful. As they approached the narrow stretch of road cut from a cliff face, with one side dropping steeply into a deep ravine, Telen had calmed enough to think things through.

He wondered at the ease of their escape. If Mountain Shadows had indeed known, even suspected their involvement, they would have been picked up immediately. He'd sweated as they'd come to the heavy gate, wondering how they'd get through, but Anki's confident excuse of a family crisis in Green River had only brought remarks for a safe journey from the guards.

No, he decided now, it shouldn't have been so easy.

A noose dropped soundlessly over his head, jerking him off his horse. Telen heard a scream as he clawed at the thin rope and fought to breathe.

Stunned by the sudden ambush, Anki froze, screaming as she watched Telen flailing on the road. Before she could recover, a gloved hand caught the bridle of her horse.

"The journey ends here."

"Hadson! Thank God." Relief washed over her. With little thought for the man choking on the rocky ground, Anki slumped in her saddle.

"Interesting sentiment, my pet." Barash chuckled as he pulled her down. He indulged himself, sweeping her into his arms with a last hungry kiss as he carried her to the low wall edging the long drop.

"Goodbye, Anki." With a terrifying smile, he flung her out, listening to the screams until they ended abruptly. He went to Telen, removed the rope and hefted him over his shoulder. Shifting the body onto the wall, he rolled him into the canyon.

It was done, Barash thought, as dawn gilded the mountains. In the dim light, he checked the road for anything that might draw attention before walking to the horses. It was fast work to remove saddlebags and other gear that could be traced back. When those had been sent into the wilderness of the ravine, Barash mounted the larger gelding, leading Anki's horse until he reached the one he'd left tied securely where the cliff face opened to the forest.

Wrapping a scarf around to cover the long gashes that marked his face, Barash planned his next course of action. Akira would be dealt with some another time.

With a feral grin of anticipation, he arranged lead ropes for the additional horses, imagining Ana Karsh's reaction when Akira Muro arrived in Coroth.

Thirty-Three

On The Roads to Coroth

It wouldn't be long now, Akira thought, already tired of the journey. Despite the comfort of Lord Corcoran's fine carriage, it wasn't in her nature to sit idle for hours. She'd argued to bring Kahshara to ride some of the time, but *everyone* had opposed that idea. With the warriors concerned for her safety and Gralla worried about her health, she'd found no one willing to take her side.

But the trip to Green River Protectorate had the beauty of mountains and valleys displaying the changing colors of the season. They'd been warmly welcomed there with generous quarters, and a banquet where local warriors gathered in avid interest for the Mors defense.

Akira left that discussion to Team Kilronan, citing fatigue to seek her room early and avoid those memories. Kilronan and Asura both checked on her frequently after that, so the excuse had its limitations. Resigned to more hovering, Akira tried to appreciate their concern—and hide the effects of the nightmares that plagued her again.

She looked out the windows, but the road between Green River and their next stop at Cedar Springs Protectorate didn't hold much interest. Large stretches of forest shedding gold and yellow leaves were broken by meadowlands with little else to see.

Tomorrow they would angle toward the coast and Ocean Cliffs Protectorate, where an old friend, Liden Amsha, would welcome them.

Smiling now, Akira leaned back against thickly padded leather. Isfail would join them there with a platoon to escort them to Coroth.

The slowing of the coach, and Kilronan's calm orders bringing his team closer around it, drew her attention. Muro shifted to the window as he came alongside while the coachman reined in his horses.

"Is there a problem?"

Kilronan leaned down, keeping his eyes on the road ahead. "There's a large tree blocking the way. Could be just an unlucky fall. I can't get a read on anything else." He glanced at her. "Can you sense anything?"

Shaking her head slowly, Akira tested her telepathy, though her head ached with the effort. "I can't detect anyone, but I wouldn't trust that. Can we get through?"

Before Kilronan could answer, the driver opened the hatch.

"I could probably get some rope around and use the team to drag it out of the road, milady," he offered, peering down at the protectorate master for his opinion.

"It's a good solution, but something about this feels off." Looking back at Akira, Kilronan asked, "Did you bring that crossbow?"

He grinned when she retrieved the bow and a full quiver of bolts from under the seat. "Use it if necessary, but stay in the coach."

Shortly after, the coachman worked the buckles to release the team. When the first arrow flew, striking the flank of the horse nearest him, he dove to the ground beneath the forward driver's seat, swearing viciously as his team reacted with alarm. The injured animal was fighting the traces now with fearful snorts and bucks. He'd locked down the brakes, but if the team bolted they could drag the coach. Taking a deep breath, the man shoved up, ignoring the danger of stamping hooves as he crawled between the pairs of the six-horse team. Speaking calmly, he went on until he pushed up to grab the bridles of the lead horses.

Kilronan and his team reacted with the first snap of a bowstring. Shouting orders to take cover and protect the coach, the master flung out both arms to send a force shield between them and the assailants rushing from ambush. Over twenty, he estimated quickly, seeing men with swords throw off hides of branches and dry grasses while bowmen stepped from the cover of trees. Their arrows bounced off the shield, but Kilronan knew it was a temporary reprieve.

His team was already engaging the enemy coming from the far side. Asura's calm mindsight kept him apprised of their situation as they used their own force skills to fight back. When the arrows thinned, Kilronan gauged his chances. Dropping the shield, he sent force bolts flying with deadly accuracy. Asura kept up a steady report from the other side so he knew they were holding against the enemy, who were armed only with short swords and knives against the advanced abilities of his team.

Then one attacker screamed, going down with a black bolt in his heart. A second, then a third followed. Kilronan grinned at Akira's accuracy, she was making every shot from that crossbow count. The remaining assailants began retreating into the surrounding trees. Kilronan felt the quick burn of an arrow sear his side before ending the bowman with a force bolt.

The attack was nearly over when a gray stallion sailed over the tree trunk, his rider low in the saddle with sword at the ready. The bright blade ended two lives while Isfail's platoon charged around the barricade, flanking the few remaining ambushers. Team Kilronan finished off those closest to the carriage.

Kilronan met Isfail's steely eyes with a quick nod toward the carriage as he swung from his horse, and used his foot to roll a body over.

Dismounting, Isfail called orders to his men, scanning the scene as he strode to the coach. One horse was down, he noted with a frown, giving silent thanks when Akira looked out at him.

"Are you hurt?" he said quickly, pulling the door open.

"No." Still, she welcomed his hard hands pulling her to him. "What about the others?"

Isfail swung her down, but kept her close as he glanced around. "You need to look at Kilronan. There's blood on his uniform." Sword ready, he guarded her as she hurried to the protectorate master.

"Aiden."

Rubbing a hand over blurring eyes, Kilronan frowned at them. "What are you doing? Get her back in that carriage, Isfail."

"My men are sweeping the area," the commander countered. "And yours have a solid perimeter. Akira needs to check that wound."

"What?" Looking down at his bloodstained jacket, Kilronan cursed. "Hell. It's a scratch. I'll clean it up when we get to the safety of the protectorate." He refused to admit to a sudden wave of dizzy breathlessness.

Ignoring him, Akira opened his jacket, tugging at his shirt just before he staggered and dropped to his knees.

White with worry, she called, "Asura! I need the black case from my luggage."

With Isfail gripping Kilronan's shoulder to steady him, Akira took his face in her hands. He was struggling to breathe, lips already turning blue and eyes glazed. She ordered Maronan to pull aside the shirt.

The thin slice across his ribs wasn't enough to cause his distress, she realized. Covering the wound with a hand, Akira focused what healing power she had until she extracted two tiny black slivers.

Maronan helped Asura dose their wounded master with the liquid ordered. Within minutes, the wound had closed and Kilronan breathed easier.

Akira looked up at Isfail. "He'll be all right now, thanks to your sharp eyes."

He nodded and touched her pale cheek. "Good. I'll check with my men, see what they've found."

Watching Isfail stride away, Kilronan blew out a breath. "What happened?"

Opening her hand carefully, Akira showed him the thin black shards. "You were injured by a Black Arrow. The poison must have been old, or you'd be dead."

Asura held out the empty vial Akira asked for, watching as the poison-laden slivers were dropped in and corked. "Ishalian?"

Nodding without a word, Akira watched Isfail crouch beside one of the fallen and rip away the shirt. When he looked back at her, she knew he'd found the mark of The Bow.

It took some time to resume their journey. The dead horse—felled by a more potent arrow—was cut free and moved aside with the help of Asura and Eron's telekinetic abilities. The coachman muttered unhappily, swearing revenge on the 'cowards'. The surviving horses were repositioned in a balanced four-horse team and used to pull aside the tree.

Isfail's men had captured two of the attackers as they'd tried to flee. They were tied securely, straddling the fifth coach horse, with hands bound to waists, and their legs roped together under the horse's belly.

At Akira's suggestion, the warriors cautiously collected any arrows they could find, along with other weapons used by the ambushers. These were secured in empty feedbags and tied down on top of the coach. Isfail's men searched the dead for any items that might identify them or add to the investigation. They left the bodies stacked just off the road until wagons could be sent to retrieve them for examination and burial.

With the road clear and the sun low above the horizon, the driver lit his lamps and snapped his whip to urge his remaining horses into a fast trot. Kilronan's team rode next to the coach while Isfail and his men surrounded them in close formation. Isfail signaled the coachman to bring his team to a gallop to make the final distance to Cedar Springs Protectorate before nightfall.

Staring thoughtfully into his mug of ale, Isfail let the speculation in the dining hall flow around him. The attack on Akira's coach and entourage occurred within Cedar Springs' territory. The audacity and—more troubling—the stealth of the

cult mounting such an attack outraged the protectorate's warriors. Cedar Springs was on alert with extra guards posted.

Akira would want to discuss this latest attack. Isfail wanted her to get a decent night's sleep. Asura was treating her for the headache overuse of her unstable force abilities had brought on, so he'd give them some time before seeking his lady's quarters. He hoped Kilronan would also take advantage of the secure location to rest.

Then another full mug was set in front of him. Leaning back, Isfail considered the man sitting down across the table. "Here I was thinking you'd do well with a good night's sleep."

They tapped mugs as Kilronan nodded. "I'll work on it, but I owe you a drink first."

"How so?"

"You saved my life today." When Isfail's brow furrowed, Kilronan shook his head. "By telling Akira I needed help when you did. Why? If you'd waited to say anything, or hadn't noticed the blood, I'd be dead. That would have been to your advantage."

Taking a deep drink, Isfail pondered on it. "And you think I might want that?"

Kilronan shrugged. "I'd be out of the way." He watched him shove aside the cup and lean toward him, those gray eyes iced now.

"You've a strange way of showing gratitude, Kilronan, insulting a fellow warrior that way." Pushing back from the table, Isfail said coldly, "I don't need or want you dead to win Akira. Think on that."

Watching his rival's long strides as he left the hall, Kilronan swore and pushed off his chair to go after him.

Isfail was still seething when he reached the suite of rooms assigned to Lady Muro. The two guards stationed there tempered his anger. Though recognition showed in their eyes, they scrutinized the silver medallion that gave Isfail's rank and identification before passing him through with a respectful bow.

Closing the heavy outer door, he entered an empty sitting room, moving on to silently open the door to the bedchamber.

Akira sat at a small desk with her back to him as she wrote.

"No," she said without turning. "I'm not resting, as you'd prefer, Dan. I need to record the facts on today's attack."

With a resigned sigh, Isfail went to a tall window. Assessing the security at the outer walls, he stood, hands crossed behind his back, waiting for her to finish.

Turning her head now, Akira studied the grim profile and the stiff set of his shoulders. "Why are you angry?"

"It's nothing, my sweet."

Rising, she came to take one of those clenched hands. "It is. What's upset you since dinner?"

Shifting to her, he stroked his knuckles lightly down a pale cheek. "Nothing for you to worry about, my love. Some things just need to settle."

Simultaneously sensing another's presence, they turned to see Kilronan standing in the doorway.

"It's because of me, Akira. I said something needlessly offensive. The commander chooses to be discreet."

Dipping his head to Isfail, Kilronan went on. "Forgive the offense, sir. I had no cause to impugn your honor as a warrior."

Standing between them, Akira sifted through the confusion of emotions. Kilronan stood, obviously chagrined, while Isfail brooded, deciding whether to accept the apology. Since both responses were unusual with these two, she wasn't sure what to say.

Fortunately, Isfail chose civility. "We'll consider the matter done, Master."

"Thank you."

Akira glanced between them, shaking her head at their silence now as she went out to the sitting room. The men followed.

"You were close behind me, Kilronan," Isfail noted, pouring three short glasses of whiskey.

Nodding as Isfail handed the first to Akira, Kilronan accepted the second. "It didn't take long for me to regret my words."

Avoiding Akira's searching look, he wondered, "You know, most protectorates treat guests with respect, but that's the first

time I've ever seen one receive such deferential treatment after presenting credentials."

Isfail shifted uncomfortably.

"It was his ring," Akira explained with a slight smile. "Ardan doesn't wear it often."

Focusing on the wide, intricately etched band circling the third finger of Isfail's right hand, Kilronan recognized the crest of the House of Coroth. Despite the man's reticence, the commander must be more than just highborn to have the right to wear the insignia of the royal house.

"It has its uses," Isfail murmured, taking a seat on a small sofa. When Akira chose to sit beside him, he smiled into his glass, refraining from aiming a smug grin at Kilronan.

Tacitly accepting his odd man status, Kilronan took a chair by the fire.

"Your team did well," Akira said, looking at Kilronan. "How are they feeling?"

"Good. They're seasoned fighters; this wasn't a challenge after what they've already dealt with."

When he paused, Akira lifted a brow. "You don't need to avoid mention of the Mors or High Pass, Kil."

He studied the serene emerald eyes. "Maybe not. They've all matured. The skills you taught them were useful today. Asura and Eron were able to turn back any arrows and used force bolts efficiently. Celina chose not to use fire, considering the dry terrain, and her other force skills have solidified. And your work with Maronan was put to good use today."

Kilronan grinned. "Your skill with the crossbow helped, too."

"They're impressive young warriors," Isfail praised. "You've much to be proud of there, Kilronan."

"They were good," Kilronan acknowledged, stretching out his legs and crossing them at the ankles. "Akira made them better."

Uncomfortable, she redirected the conversation. "Do we have any news on the assailants?"

"I couldn't get more information from the lord here, or any of the masters I spoke with," Kilronan replied. "They're angry about

the attack and taking measures to investigate and interview the people who live in the territory, but none had heard of The Bow before this. And the prisoners aren't talking. Yet."

"They were bold and well organized," Isfail noted with a frown. "At least thirty strong. And this deep into the country." He looked at Kilronan. "Someone at Mountain Shadows tipped them to Akira's route and timing."

Kilronan nodded silently—he'd already reached the same conclusion.

When both men looked at Akira, she lifted her glass. "I agree. Since we were careful to keep these plans within administration, it seems that someone in Lord Corcoran's staff must be the leak, or the spy."

Leaning forward, Isfail stared into Kilronan's eyes. "Why is your team the only one guarding Akira's coach?" Without shifting his focus, he held up a finger when Akira drew a breath to speak.

Trying not to smile when Akira's eyes narrowed, Kilronan considered what to tell him. "It was a difficult decision for Lord Corcoran," he admitted. "But one of our masters deserted the day before we left. He ran off with the protectorate administration clerk, leaving us short a team."

"You're having me on!" Isfail exclaimed sharply. "What in hell is going on at Mountain Shadows? You people have an unblemished reputation! Now you've lost a master, who leaves his duty for his— ahem." He glanced at Akira as he cut off the extremely rude expression. "My pardon."

Her lips twitched, making him grin. Turning back to Kilronan, he adjusted. "The clerk—was that by chance the one ready to, ah," sliding his gaze to his lady again. "Take a man down at the least provocation?"

Akira fought it, but lost the battle, laughing with Kilronan at Isfail's discreet phrasing.

"That's Anki," Kilronan acknowledged, relaxing back into his chair.

"He has cause to know," Akira teased, giving Isfail's hand a squeeze.

"Interesting. I wouldn't have thought she'd be one to risk a good position for any man." Isfail slid his arm around Akira's shoulders.

Kilronan agreed. "It's strange, but they left together in the night, telling the gate guard that Anki had a family problem in Green River village. It looks like they only took their most important possessions, leaving everything else behind."

Akira studied the men's faces. "You're wondering whether Anki was the source of the leaked information."

Standing up to get the whiskey decanter, Kilronan poured another short round. "She had access to a lot of details on your movements and schedule. Anki was clever enough to find out more if she thought it would be to her advantage. She didn't like you, either. It didn't sit well to have a more beautiful woman in Mountain Shadows." Smiling, he handed Akira her glass.

"And your deserter?" Isfail wondered.

"They were seeing, bedding, one another." He met the commander's eyes. "Telen's his name, and he was a problem for Akira. He took offense to the way she handled some of his objections to the back-up defense for the Mors invasion."

"And who the hell was he to object?" Isfail bristled.

"No argument." Kilronan held up his glass, agreeing with the sentiment.

"Regardless," Akira interjected. "It's possible they could have found some satisfaction in supplying information to those who might want to stop me or the liaison proposal. We can't know without locating him or her and, as far as I've heard, there's no word or trace of them. Besides, whatever harm has been done, is done. There's little to do but deal with the consequences."

After deciding that a private courier would be sent to Lord Corcoran to apprise him of the situation, Kilronan left for the quarters assigned to him and his team. There was little more they could accomplish without more information.

Alone with Akira, Isfail indulged his need to hold her close while they sat by the fire. He'd missed her in the weeks they'd been apart, and the attack today reinforced his fears for her safety.

Feeling his apprehension, Akira turned into him. "I haven't thanked you properly for arriving when you did. Your platoon helped the team end it sooner, and you surely saved Kilronan's life. His injury might not have been noticed in time."

Isfail saw the remnants of fear in her lovely eyes. "We heard the fight before we came upon the downed tree. I'm glad Kilronan's alive, too, my sweet. Though he still challenges my love for you."

His incorrigible grin had Akira smiling and the long day's worries eased. "I thought you were meeting us at Ocean Cliffs."

"I couldn't wait another day or two," Isfail murmured, toying with the lacings on the back of her gown. "My men were assembled so I saw no reason for them to be idle."

Meeting his lips, Akira's fingers slipped down his shirt placket, releasing buttons before sliding her hands over smooth skin and hard muscle. "I like a man who uses his time wisely."

With a sound of agreement, Isfail lifted her into his arms and headed for the bedroom, booting the door closed behind them.

Thirty-Four

After an early breakfast they were on the road again, with the addition of Isfail's militia escort. Two protectorate teams from Cedar Springs rode with them to the boundary of their territory. While Akira had concerns that the large entourage would call attention along the way, there were no further attacks.

The road wound down through low, rolling hills as they neared the coast, with orchards and vineyards blanketing many of the hills. The grapevines appeared to march in long, disciplined rows over the fertile hills. Their driver had grown up in this region, and suggested a pub where they enjoyed a fine meal and local wines. The publican was an old friend of his, and served them well before they moved on.

The high walls of Ocean Cliffs Protectorate were a welcome sight ahead; built strong on low cliffs above the restless sea, glowing warm and golden in the fading light of day. Akira was thoroughly tired of the coach. Only the reluctance to cause more trouble for her protectors prevented her from commandeering a horse for the remainder of the journey.

The beauty of the sunset distracted her with the pleasure of being near the ocean again.

Riding beside the coach, Kilronan felt her surge of emotion. "Did you miss the sea?" he called over the rumble of wheels and hoof strikes. When she nodded with a smile, he touched a finger to his forehead and moved back so she could enjoy the view more clearly.

An honor guard rode out to meet them as they turned onto the broad road leading into the fortress. The carriage rolled through the massive gateway, and continued up the last stretch of road lined by barracks, support buildings, and officer housing. The brief series of switchbacks ended at a wide courtyard fronting the administration complex that boasted a spectacular view of the ocean.

Akira saw the leader of Ocean Cliffs Protectorate waiting at the broad flight of steps. High Lady Liden Amsha grinned, sending a friendly salute to Commander Isfail before coming forward as the coach eased to a stop.

"My Lady Muro!"

Kilronan saluted the striking older woman striding toward them before he opened the door, lifting a hand to help Akira down.

"Ams," she exclaimed with pleasure, clasping arms gladly as they met before being pulled into a hard embrace.

"Lord, Akira, you're little more than skin and bones." Amsha eased her grip. "Aren't they feeding you enough in those mountains?" But she smiled at the protectorate master to take any sting from her words.

"I do well enough. Lady Amsha, I have the pleasure of introducing Team Kilronan to you." Akira gave all their names, praising each one as she touched an arm or shoulder while she walked their formation.

Master and team members bowed respectfully to the High Lady of Ocean Cliffs Protectorate, receiving a courteous bow in return.

"Well met! What an honor to be able to host Lady Muro *and* Team Kilronan," Amsha exclaimed.

"And you know Commander Isfail," Akira continued as he clapped an easy hand on Amsha's shoulder.

Kilronan listened to the teasing repartee between Akira, Amsha, and Isfail. He wondered if the tight friendship evident between them had begun during that rescue mission in Ishal, and supposed it had. Serving under such deadly circumstances had a

way of binding warriors together. His thoughts were interrupted when Lady Amsha offered to show them to the guest quarters.

A short time later the group sat, enjoying light refreshments in the beautiful sitting room of Ocean Cliffs' guesthouse.

"You've certainly done yourself proud this year, Akira. What an adventure that must have been, defeating the Mors," Amsha began, until she caught the look in Isfail's eyes. Her personality might be brash, but Amsha had quick perception and knew when to quell her enthusiasm.

"I couldn't have done it without Team Kilronan," Akira stated with quiet pride as she swept a hand toward them.

"She's too gracious, Lady Amsha. My team held their own, but Ambassador Muro really carried off the mission," Kilronan said.

Amsha studied him appraisingly. "I'm sure she did, knowing the High Ambassador. But I'm also sure you and your team were vital to the success of that mission, Master Kilronan. Commander Muro never tolerated dead weight."

Akira laughed at that. "Ams and I have known each other too long and too well, I'm afraid."

"How long *has* it been, Akira? More than ten years," Amsha noted. "You pulled us out of that Ishalian hell hole before Kittric was liberated."

Kilronan frowned. Amsha was referring to the insurrection and civil war in Ishal. It had been a vicious and bloody internal conflict that had the Ishalian prime minister begging the neighboring countries for help in defeating the rebels.

"Were you commanding militia in Ishal, Lady Amsha?" he inquired.

"I was a captain in the militia then, under Commander Gattes. A great leader, that man." Her voice echoed regret as she continued, "We were too few against the rebels in Kittric though. We had no reconnaissance then, and they were waiting as soon as we landed. Gattes fought at the front line until he was cut down along with most of our soldiers. The rest of us were as good as dead, but we found cover in the harbormaster's station." Amsha glanced at Isfail's inscrutable face and left him out of it. "Probably

would have died there if Ambassador Muro and her scout team hadn't come through Kittric that night. I still don't know what they did, how they got through the enemy lines, but they risked their lives patching us up and getting us out of there. Ten of them—can you believe it?

"There were twenty-seven of us still breathing when they found us. Those ten ambassadors under Akira's leadership got us put back together enough to load on an outward-bound ship to Kilra, then back to Caldala." Amsha's voice held grateful admiration, even after so many years.

Kilronan shook his head in frustration, though he'd already heard part of the story from Isfail. "You couldn't have been much more that twenty-four years old then, Akira. What the hell was the Ambassador Core thinking, sending you into Kittric at the height of that war?" he exclaimed.

Silence dropped as Akira stilled, emerald eyes narrowed as she pinned Kilronan with a cold stare. Amsha looked between the two, a slow grin spreading over her face. She glanced at Isfail, who sat back with an expectant smile, as if looking forward to what might follow.

Her icy voice matching glacial eyes, Akira said with cool deliberation, "Would you care to explain that comment, Senior Master?"

Asura, Eron, and Celina looked to each other in alarm. Maronan just watched curiously.

With the hairs on the back of his neck rising as the voice and the look in her eyes told him he'd just made a serious mistake, Kilronan decided to answer the question literally. "No. I probably do *not* care to explain it since I'd only dig myself a deeper grave."

With an appreciative bark of laughter for his circumspect reply, Amsha said, "A smart man, that one. I'd let him ride."

Akira gave him a speculative look before nodding slightly. Isfail just grinned and remained silent.

"Let's get some dinner. I'm sure you're tired, and you've a big day in Coroth tomorrow," Amsha stated before taking Akira's arm to lead them to the hall's private dining room.

Over a delicious meal featuring local seafood, they were introduced to Lady Amsha's life-mate and several of the protectorate's senior warriors. Akira quickly tired of the requisite questions about the Mors defense and made her excuses to return to their quarters. Amsha waved down Kilronan when he started to stand.

"Don't get up. I'll make sure she gets back to her quarters safely." Amsha gave a nod to Isfail's piercing look.

The two women took their time wandering back to the guest quarters, catching up on conversation since they'd last seen one another.

When they sat on the wide veranda with its spectacular view of the ocean below, Amsha noted curiously, "This man Kilronan seems to take a rather personal interest in you."

"I suppose he does. We've known each other since childhood and were once very close. I guess you'd say we . . . explored the potential of those emotions when we reconnected this year."

"Lovers?" Amsha wondered. When Akira shook her head, she teased, "You're telling me you two aren't sharing a bed? The man's damned good looking! I'd be interested in him if I were unbound and years younger. I'd heard of Kilronan's reputation, even before your mission. He's a good match for you, Akira. A great warrior."

Looking out over moon-sparkled waves, Akira thought about friendship. "Ams, Isfail is courting me. I'm in love with him."

"You always did keep things close!" she exclaimed in delight. "Neither of you revealed a clue. Well, if I'd known about this sooner we could have directed his things to your room. As it is, he'll have to shift himself."

She gripped Akira's hand. "I wondered, you know. Before we got to know one another. There was something there when you found us in Kittric. The shock in the way you held yourself when you first saw Isfail lying in a pool of blood—the hours you spent with him in the captain's cabin on Vaneer's ship before you disembarked with your team. I always wondered, but neither of you said a thing."

Amsha got up with her, smiling with satisfaction as they walked back inside and she prepared to leave. "Isfail's an excellent man, Akira. I'd like to see you happy after all you've been through."

Though he trusted Amsha and her warriors, Isfail walked the perimeter of the guest quarters, noting guard positions and assuring himself that security was tight. The moan of cold wind leading the weather front coming in from the sea joined with the pounding of waves. Rounding the corner of the veranda, he nearly collided with Kilronan.

For a moment they crouched, knives in hand before both grinned and sheathed their blades.

"Same thought," Kilronan offered with quiet amusement.

Isfail nodded and gestured to the short flight of steps up to the guest veranda. "Ocean Cliffs is a solid protectorate. Amsha makes sure of it." He started to say more then caught Kilronan's arm to indicate the woman huddled in a chair beneath a vine-covered trellis. In a filmy white sleep gown, her pale hair highlighted by intermittent shafts of moonlight filtering between denuded wood, Akira looked like a ghost.

The men walked over, careful not to startle her when they saw her gaze fixed on the cloud-laden horizon.

Isfail crouched in front of her, gently taking an unresisting hand. "What are you doing out here, sweet?"

"They find me there," the eerie voice of the sleepwalker replied.

He glanced up at Kilronan, who listened closely.

"Who?" Isfail asked, running a light hand down her arm. "Where are they?"

"Murderers . . . monsters . . . they wait in there." Her voice was full of fear, her body shaking as her hand gripped his tightly. "Help me . . . moonlight scares them . . . they circle in the dark . . . waiting."

"Akira," he continued softly. "It's only nightmares. I'm here with you. There's Kilronan and his team, too, and a whole protectorate of warriors. No one can get through us."

Her staring eyes turned to him, shaking her head against his assurances. "No. No one stays . . . they're afraid of me . . . they leave me . . . alone . . . with the monsters in the dark."

Hearing her dark ramblings, Kilronan touched Isfail's shoulder, tapping his own forehead when the commander looked up. Isfail nodded in understanding, tightening his grip on Akira's hand.

'Akira?' Opening his mindsight, Kilronan recoiled briefly at the echoes of pain and distress in her mind. Nightmare fragments of distraught memories, some recognizable from things she'd told him, while some seemed to be memories of events and violence from her years as an ambassador. He recognized images of Baronan's Keep and the horror they'd found there. To his surprise, none had anything to do with the Mors this time, and there were no nightmare images of the Vrorg. But her pain and fear were too deep for him to reach.

"I can't break through that," he murmured, watching as she turned her eyes back to the shore.

"Then we need to wake her," Isfail replied. He stood before reaching down to gently lift Akira from the chair, murmuring soothing words as the wide-eyed stare turned to his face again. "It's all right now. That's right, put your arms around my neck. I'm going to take you somewhere safe. No one's going to leave you alone."

Kilronan waved her bedroom lamps up to a soft glow. He didn't know how Akira would react to a dark room. When Maronan appeared, rubbing sleep-heavy eyes, Kilronan felt relief for the boy's connection with her. They watched while Isfail settled Akira on the bed, but he could not wake her.

"She's afraid," Maronan whispered, walking over to take her hand.

Isfail urged him to continue.

"Lady Muro's afraid to go back to Coroth." Maronan paused, his eyes deepening as he opened to her subconscious. "She remembers things—things she didn't want to do, things she couldn't stop from happening. She's afraid she'll be caught up in that again."

"Is she worried for her safety, Mar?" Kilronan asked, remembering Recon Alpha's concerns about bringing her back to the capital and Ambassador Central.

Maronan shook his head. "She doesn't fear her own death, only the loss of those she cares about."

Isfail stiffened, and Kilronan felt a wave of those sick feelings he thought he'd put away.

As their anxiety crowded in on the boy's telepathy, Maronan withdrew. He'd pulled whatever he could from Lady Muro's shadowed thoughts. Kilronan read his journeyman's fatigue and sent him back to bed.

"I'll stay with her," Isfail stated, his eyes cool as if he waited for Kilronan to argue. "If she goes deeper or becomes ill, we'll have Amsha send for a master healer. Evani Reva could be here within a day's ride."

Kilronan nodded and left to request a meeting with Lady Amsha.

The protectorate leader heard the news with concern, but a more pragmatic outlook. "That girl who was tough enough to be in Kittric, she's seen and experienced more than any of us in her brief life. More, I'm sure, than is good for her. I'm not surprised to know it's caught up with Akira. You take good care of that woman, Kilronan," Amsha stated as she rang for her clerk. "I'll send a courier to Coroth immediately. The prince is a good man. He'll want her to take whatever rest she needs here."

"Thank you, my lady," he said gratefully.

"It's Amsha, Kilronan. You're a good man, too. You and Isfail take care of Akira now. We'll see to everything else. Let me know when I can visit her."

But Amsha came to the guesthouse late the next storm-drenched morning with disappointing news.

"It's unfortunate," she began, shrugging off a rain-damp cloak before taking a seat with Isfail and Kilronan in a sitting room. "But I've learned that Ambassador Reconnaissance Alpha is not at Central. They've been sent to evaluate border security and the impact of the pass closure."

Kilronan absorbed this news with a frown. Central would have known that Akira was returning to Coroth to be honored. Why would her former reconnaissance command be in the field at such a time? When he caught Isfail's hard eyes and thoughtful expression, he guessed the commander was wondering the same thing.

Amsha's response was sympathetic, correctly interpreting their tense silence. "Karsh."

"Pardon me?" Kilronan responded with surprise.

"Most High Ambassador Karsh," Amsha repeated. "It's her way of punishing Muro for leaving the Core. Keeping Alpha from the Grand Reception. Coroth knows, but she'd already sent them out under orders before the prince could do anything about it."

Lady Amsha looked toward the sea as she continued, "That woman will cause major trouble, mark my words. It's coming."

"No doubt." Akira's low voice had them standing quickly as she entered the room, holding onto Asura's arm. She gave Isfail a wan smile when he hurried to her. "I'm sorry to be such trouble."

"Nonsense," Amsha exclaimed. "Too much, too soon, Akira. I've heard enough about what happened to know that you should have told Coroth you needed more recovery time." Jabbing Isfail in the arm, she scowled. "This one should have interceded with his royal cousin."

Seeing the flash of guilt in his eyes, Akira shook her head. "I agreed to the date, Ams. If there was any fault there, it lies with me. Neither Isfail nor Kilronan would have allowed me to travel if they believed there was a weakness."

With both men looking unconvinced, she decided to reveal more than she was comfortable with. "It's not an issue of my health. I just don't want to go."

"Seems to me you've done a lot of things in your life you haven't wanted to do." Amsha studied her friend as they all sat down again. "Does this upset you so much it makes you ill? Why not just look at this as one of those duties? Just go and get it done—you never know, you might end up enjoying it."

Kilronan leaned forward, his elbows on his thighs. "Is there a problem between you and the prince?"

"No." Akira sighed, glancing up at Isfail. "Prince Logran is a very good man, though a politician, certainly. We don't always agree, but he wants to do what's best for the people of Caldala. I respect him a great deal, and he's certainly been supportive of my efforts. Princess Oona is a wonderful woman. They've both been very good to me."

Laying a gentle hand over the ones she twisted restlessly, Isfail pulled her closer as if to physically shield her from her demons.

"How can I face all those people?" Akira suddenly exclaimed. "Very few outside the Core have seen me. Everyone will be staring at me, talking about me. I can't do this!"

"Easy, love," Isfail murmured soothingly as he recaptured her flying hands. "It's all right. Calm down." He took her in his arms, feeling her racing heartbeat against him as he looked over the top of her head to the other concerned faces.

"I'm sorry, Akira. I didn't realize how strongly you felt about being outside the veil. You've done so well in Mountain Shadows," Kilronan said.

"Those people accept me. They don't make me feel like an outsider. The rest of Caldala sees my reputation. Look at me! Do I look dangerous? Powerful?"

Kilronan considered that, realizing he couldn't truly understand her anxiety. He'd never lived anything like her life behind the mask of the Ambassador Core, or her experiences at home when the Psyche changes began. He couldn't possibly appreciate her fear of being exposed after twenty years, hidden from curious eyes.

"But it's not just that, is it?" Isfail prodded carefully. "It's the memories, and the politics."

When Akira fell silent, turning her face to the rain-splattered windows, he relented.

Lady Amsha stood with a windy sigh. "You'll stay another day. Travel would be miserable in this and you'll be better for the rest." She got up to leave, chucking Akira's chin gently. "You'll make it work, Akira. Just put on your best diplomat's face. It will be done before you know it."

Asura went with her, collecting the rest of Team Kilronan for an offered tour of the protectorate.

"You should go with them, Kilronan," Akira said, forcing a thin smile when he met her gaze. "I'll be fine now."

Reluctantly, he followed after the others.

Why did you want them gone?" Isfail watched as she stood and walked to a pair of tall, windowed doors opening to the terrace.

For a moment, Akira watched the rain cascade down the panes. "Their concern drowns me at times. I feel I can't breathe in it."

Turning her head, she saw the understanding in his eyes. He always understood. "I cannot face Coroth and the curious this way—weak and diminished."

Caught off guard by the suddenness of her action, Isfail lunged up when Akira flung open the doors to the storm. Before he could reach her, she stepped into wind and rain as lighting flashed over the sea.

Rain fell on her upturned face, mingling with tears as she centered herself on the stones. Wind tugged at wet hair and clothing while lightning scored the cloud-dark sky, and thunder boomed after it. Accepting the inevitable, Akira lifted her hands to the tempest.

Rippling green flames ignited on her fingertips, flowing eerily down to cover her in that cold fire. Stunned, disbelieving, Isfail stood in the rain, watching while power seemed to pour into her like water, lighting her from within until Akira's eyes began to glow. That image of her burned into his mind.

Then the flames seemed to slowly extinguish. When she lowered her arms to her sides, she was Akira Muro again. The Akira Muro who had faced the enemy Mors at High Pass, with all her force abilities at full power—the woman who'd been feared throughout Caldala, and beyond.

"It is done."

The sorrow permeating her mindsight pierced his heart. When she turned to him, drenched, white hair plastered to her body, and luminous eyes full of misery, Isfail took her in his arms without hesitation.

"You are still my Akira," he whispered against her ear.

Thirty-Five

They said nothing to the others, but Akira saw Maronan's eyes widen when they all came together for the morning meal. Then Kilronan whipped his head around to look at her, eyebrows lifted in surprise.

What did they see now that she had reclaimed her full powers? Who did they see—the woman she wanted to be, or the most dangerous woman in Caldala?

A warm hand folded over her cold one. Akira looked up into the smile in Isfail's light gray eyes, and found the answers to so many questions.

They took their places at the large table, entering into the planning of today's journey as if nothing had changed. If some of the questions and answers were discussed by mindsight, Akira allowed it to flow naturally now. There was no longer any point in suppressing it the way she had after the ability began to return in Mountain Shadows.

By midmorning, the group was saying goodbye to Ocean Cliffs Protectorate. They would reunite with Lady Amsha and her husband at the Grand Reception so personal farewells were brief and easy. Akira waved, meeting the bolstering smile from Amsha with a reluctant smile of her own.

After winding down through bluffs covered in tough grasses and low, wind-blown shrubs, the road leveled out along the coastline just beyond Corsalat. The coachman turned the team

south on the widest and smoothest road they'd yet encountered, the last leg to the royal city of Coroth.

Celina had never see the ocean before. Everything was new and exciting as she took in the different terrain and the way towns and villages were built to resist the heavy weather from the sea. The others found themselves entertained by her constant chatter and questions.

Grateful for the distraction, Akira enjoyed seeing the familiar through the girl's enthusiastic reaction to the new and infinite horizon.

They'd traveled less than an hour before a full company of Royal Guard approached from the opposite direction. Isfail signaled as they rode closer. The coachman pulled his team to a stop, waiting as the Royal Guard captain greeted Commander Isfail before walking his horse on to the protectorate master.

"Captain Aroth at your service, Senior Master Kilronan. My company has been sent to escort the Most Honorable Lady Muro to the House of Coroth." He offered an arm for Kilronan to clasp firmly.

"Well met, Captain." Kilronan turned back to the coach with him while the company took positions with Isfail's platoon.

"Captain Aroth, what a pleasure to see you again," Akira greeted as she opened a window with a warm smile. "How are your wife and son?"

The captain took the hand she held out to him with a grin, bowing low from horseback. "They are very well, my lady. And we have been blessed by the birth of a daughter. It is kind of you to remember us."

"What wonderful news! Perhaps I will have the pleasure of seeing them on this trip."

"We would be most pleased. But now, my lady, we've been sent to bring you to the palace. By your leave, we'll move on."

Kilronan signaled his team to form up behind him as the leaders took their positions at the head of the group. At the command the coachman guided his team in a dignified pace, in keeping with the importance of his passenger.

By mid-afternoon, they were rolling through the north gate of the capital city of Coroth. Passersby stopped to wave. Some pointed to the coach displaying the Mountain Shadows Protectorate insignia with excitement.

Within minutes they arrived at the palace gates, where a full honor guard waited at attention. They saluted in perfect synchrony as the coach entered the main courtyard. Captain Aroth led the way to a private inner court before halting the cavalcade near the royal guest quarters.

The personal secretary to the prince was there to greet them, with a small army of attendants who came forward to take Team Kilronan's horses and unload baggage.

The secretary opened the door, bowing deeply to the woman inside before offering his hand to assist her down. "Most Honorable Lady Muro, it is a great privilege to welcome you to the House of Coroth. The prince and princess wait eagerly to greet you, but they thought that you might wish some time to rest from your journey."

"The House of Coroth is most considerate. May I have the pleasure of introducing Team Kilronan to you? Senior Master Kilronan," Akira began and led the smiling man down the group.

"It is wonderful to meet you all at last," the secretary stated with sincerity. "If you will follow me, we will see you settled comfortably before I inform Coroth of your safe arrival.

"As you can see, this guest court has been prepared for your exclusive use. Lady Muro, you have the north wing for your personal quarters, Team Kilronan, the south wing. This court is well secured and a full guard contingent will be assigned to you for the time you are with us. Your warriors may enjoy their stay without the need to provide protection to her ladyship," he noted, with a slight bow to Kilronan.

"You have only to ask for whatever you desire. Palace attendants are available to you at all times. I will be supervising all accommodations and needs personally, so please do not hesitate to call for me." The secretary opened the door to Lady Muro's quarters, standing back for her to enter.

"Thank you. This is lovely and so gracious," she said, looking around the large front room. "Celina, would you help direct my things here?"

"Yes, Lady Muro," she replied, relieved to have a specific task amid all this exotic grandeur. Asura and Eron went with her to arrange for Team Kilronan's luggage and field packs to be placed in the south wing.

"Thank you so much for your attention and efficiency. Should we be ready by a certain time to attend upon the House of Coroth?" Akira asked as Isfail stepped in to stand beside Kilronan. He nodded to the secretary, who had paused to greet him with a dignified bow before addressing the lady's question.

"I'm instructed to say that Coroth waits upon you in two hours, Lady Muro." He pointed out a golden bell rope. "When you are ready, simply pull the bell and I will be notified." Touching narrower pulls of assorted colors, he told them, "The blue is for attendants, green for refreshments as desired, and the scarlet will alert us if there's danger or security concerns."

She gave a suitable response and the secretary excused himself to return to the palace and report to the prince.

Kilronan, amused by her transformation, grinned as he watched her take in the details of the grand apartment. "Suits you, I think." He winked at Isfail when the commander chuckled, shaking his head.

"Of course," Akira responded dryly as she gave him a bland look. "I suppose I'll have to live up to it."

"Good practice for our future together," Isfail added, enjoying how fast the humor left Kilronan's face.

"Rode right into that one," Kilronan muttered.

Akira just shook her head and wandered into a dining area large enough to seat ten. Beautifully arranged platters of fruit and delectable finger foods sat ready on the serving tables with pitchers containing a variety juices and water. Decanters of wine stood ready to pour beside bottles of ale. An alcove held a small area with everything needed to prepare tea, including a small burner for heating water.

She watched while Isfail started a flame for the tea he knew she preferred at this time of day. When he tipped his head to the ale with a questioning look to Kilronan, Akira smiled.

Kilronan might not appreciate his sly humor, but Isfail did like him.

A polite knock preceded the entrance of Celina and two smiling, bowing attendants carrying Akira's black trunk. Directing the trunk into the main bedroom, Akira told Celina where to store the crossbow and her smaller cases.

"I'll go over to our quarters with Cee," Kilronan said. "It shouldn't take long to unpack and settle." He nodded to Isfail with a reluctant smile. "Thanks for the drink. I'll get the next round."

Isfail laughed.

The prince looked up from his desk when his secretary came in.

"He's here, sir." The man stepped aside for Commander Isfail to enter, closing the door as he left.

Logran's smile widened as he stood to clasp his cousin's outstretched arm. "Dan. It's been too long!" He pulled him in for a hard hug before taking an arm to guide him to a comfortable chair. "How was the journey?"

"Interesting." Isfail sent a wry smile back to Logran's questioning look. "I sent word that Akira's coach was ambushed just outside Cedar Springs. My platoon arrived while Team Kilronan was finishing them off."

The prince nodded. "I received the packet you sent with the protectorate courier. Your letter and Lady Muro's report were informative, if troubling. No further trouble?"

"No. Akira had a brief relapse at Ocean Cliffs." Isfail scowled. "Probably brought on by the additional stress." Uncomfortable with relating Akira's personal thoughts, Isfail omitted what he knew about her fears of returning to Coroth and Central.

Logran watched emotion cloud Isfail's eyes. "How is she?"

"It passed quickly. She handled the rest of the journey well."

Meeting Logran's eyes, Isfail sat back. "Yes. Some of her powers have returned." Even for his beloved cousin, he wouldn't reveal how much she'd taken back, or what it had cost her. Not yet, at least.

The prince got up to pour two glasses of the red wine Isfail preferred. "I'm glad it was resolved without more serious illness. You heard Ambassador Reva was unavailable, but we would have sent you one of the master healers assigned to the palace if needed."

Taking the glass handed to him, Isfail narrowed his eyes. "We were told that Reconnaissance Alpha had been sent into the field, and will not be attending the ceremonies to honor their former commander. What the hell, Lo?"

Shaking his head as he blew out a long sigh, Logran took a long sip before answering. "Karsh ordered them out before anyone could get word to me. I've learned that she locked down the ambassadors so word couldn't leak out, allowing me to countermand."

He watched Isfail get up to pace the spacious room.

"I've told you she couldn't be trusted, for years now. When are you going to use your authority, Logran?"

"It's already begun." He gave a regal nod when Isfail turned back with relief on his face. "She's been served notice of official investigation. That's the first step. With the information provided through former Ambassador Muro's associates, we have enough for parliament to call a vote." He frowned when Isfail gave a sound of frustration. "I have to follow protocol, Dan."

Reluctantly, Isfail inclined his head in acknowledgment. "Probably better you than me."

Logran laughed. "You have no idea how often I wish it were otherwise." He grinned when Isfail walked over to grip his shoulder then sobered. "The best I could do once I heard about Recon Alpha was to send out a patrol to locate them and bring them back. I don't know if they'll return in time."

"I should have had more faith in you," Isfail offered by way of an apology, then turned when Princess Oona entered.

With a gallant bow to the brilliant smile on her face, he greeted, "There you are, my beauty."

"Dan, you scoundrel! Welcome home. Your suite is ready for you, and I've had food and drink brought up."

After kissing her cheek, Logran waved them off with a smile that faded quickly when he was alone.

Akira Muro's powers had returned. What would that mean for Caldala?

What do you mean Akira Muro has arrived at the palace?" Karsh managed in a hoarse whisper.

Jerrat just closed his eyes to the outrage on his superior's face as he said again, "The Honorable Lady Muro and the Mountain Shadows Protectorate team arrived at the palace only an hour ago. Coroth plans an official welcoming reception this afternoon. You are expected to attend, Most High Ambassador."

He waited to die.

Silence dragged on until he cautiously opened his eyes. Karsh sat, face white as she stared at him with disbelief. Then blood rushed back until her skin grew livid, with purple blotches staining the red, and rage burning from eyes that seemed to bulge. Jerrat actively hoped his end would be quick. He couldn't live with the constant fear any longer.

"Get out," she hissed—a steaming, seething demon about to explode.

Ambassador Jerrat ran for the door.

Thirty-Six

The Palace of Coroth, Coroth City, Caldala

Team Kilronan stood in full dress uniform in the private courtyard. Their master had impressed upon them the need for proper protocol while at the palace. Fortunately, Asura had visited the capital city before and Eron had a personality that was easy with new situations. He'd worked to calm Celina's nerves the night before by answering her many questions about proper court procedures.

Celina stood in place, nervously chewing on her lower lip. "Will Lady Muro *ever* stop changing titles?" she wondered plaintively. "First it's High Ambassador, Ambassador, Commander. Then it's Lady, and Most Honorable. I know I'll make a mistake!"

Kilronan had to suppress his laughter in light of her obvious distress. "She makes the decisions about what to call her, except here. I believe her official title will remain Most Honorable Lady."

The door opened. His team moved rapidly to attention, and Kilronan turned to see an astonishing Most Honorable Lady Akira Muro.

Akira had changed from her traveling clothes and now wore a formal robe of dark emerald with silver threads worked over the fitted bodice. The design of the robe was simple yet elegant, and suited her completely. Her white hair had been dressed to an elegant twist enhanced by green and silver cords. The impressive jeweled chain of honorable retirement finished it off.

Regal beauty, Kilronan thought.

"My goodness, is this what it's come to?" Akira teased. "Won't anyone tell me whether I look well enough to present myself to the royal court?" She smiled when they relaxed their severe formality.

"You look great, my lady," Eron replied as Asura and Maronan smiled.

"Most Honorable Lady Muro!" Celina corrected and had them laughing.

Kilronan went to Akira and brought her hand to his lips. "You are the most beautiful woman I've ever known. Now your apparel suits you."

When Celina giggled, Kilronan smiled at the girl. "All right, *Most Honorable* Lady Muro, now that you've undone all my careful coaching, what next?" Kilronan announced with humor as he resumed his place at the head of his team. The rest immediately snapped back to attention.

"Now we all take a deep breath." Akira demonstrated, nodding with pride for their impeccable appearance. "And present ourselves to the House of Coroth." She turned to the gate with Team Kilronan falling in behind her.

A full contingent of palace guard, also in formal uniform, stood to attention, waiting to escort them the short distance to the palace receiving hall. Taking another breath to gather her courage, Akira drew on past skills to appear taller than her actual petite self. Wouldn't the waiting public expect a more impressive woman?

"Just be yourself." Kilronan's mindsight echoed in her mind as she went forward.

Prince Logran and Princess Oona of Coroth sat in state before a throne room filled with important persons, and others fortunate enough to have earned attendance at this event. All were eager to see the woman who had heretofore come before them concealed behind a black veil. As the honor guard peeled off and the honored guests entered, the initial silence was quickly broken.

Bows and excited murmurs met Akira as she walked down the carpeted aisle. Her appearance apparently satisfied even the deepest of speculation about the woman behind the new legend.

Kilronan's eyes discretely swept the room, searching for potential threats as much from habit as real concern for her safety. His attention fixed on an imposing figure dressed in the black garb of the Ambassador Core. She wore no veil—only the Most High went unveiled in public—confirming Kilronan's belief that the granite-faced woman, who stared back at him with undisguised hatred, must be the Most High Ambassador Karsh. Definitely someone to be reckoned with, he thought as he continued his sweep.

"Other than the older ambassador, I don't detect a specific threat, Master."

Kilronan acknowledged Asura's mindsight with an almost imperceptible nod as Akira stopped before the steps to the thrones.

"The Most Honorable Lady Muro and Mountain Shadows Protectorate Team Kilronan!" the herald announced formally.

They bowed deeply as the royal couple rose. At Logran's discreet signal, Isfail—impressive in state uniform and the jeweled chain marking his royal heritage—stepped forward to offer his hand to Akira. With a quick wink to ease the nerves he felt in her trembling fingers, Isfail escorted her up the steps.

The commander stepped back to stand beside the throne as the prince took her hand in both of his. As Logran led Akira to the delighted Oona, he spoke so that the entire court could hear.

"It is with the greatest pleasure that we greet our noble defender and Most Honorable Lady Muro."

Oona smiled and kissed Akira's cheeks before Logran escorted her to a place of honor, where a chair had been set for her comfort. He gallantly kissed Akira's hand before stepping back to his throne.

Now he turned his attention to the protectorate team waiting at attention. "Senior Master, it is with deepest gratitude that the House of Coroth greets Team Kilronan." The team bowed in

unison then the entire court gasped as their prince acknowledged them with a respectful bow of his own.

"Through our most noble peer, Lady Muro, we are fully aware of the part Team Kilronan played in the defense of Caldala. We shall never forget nor fail to honor your bravery. All Caldala also owes you a debt of gratitude for saving the life of our Most Honorable Lady Muro."

Kilronan said respectfully, "Permission to address the House of Coroth, my prince?"

"Master Kilronan, you do not require permission to speak before *this* court, ever. Say what you will."

"My prince is most gracious. I thank the House of Coroth on behalf of Mountain Shadows Protectorate Team Kilronan for the honor you bestow upon us. However, we wish this court to know that we did our duty to our country, to the House of Coroth, and to then High Ambassador Muro. Nothing more."

Akira listened with pride swelling her throat.

"I appreciate your dedication to us all, Master Kilronan. But I will still continue to regard all your efforts as extraordinary." Logran smiled as he resumed his throne. He understood why the mission had succeeded under the command of these two dedicated leaders.

"My Lady Muro," the princess spoke into the lull. "We are most pleased to see you returned to health. And indeed, to finally *see* you without the veil of the Ambassador Core between us."

Many in the court murmured in agreement, though Karsh scowled her disapproval.

"I thank your highness for her kind solicitude. While I, too, enjoy viewing the world without the veil, I would like the court to know that I am proud of my twenty years of service with the Ambassador Core," Akira responded with utmost diplomacy.

"And a most distinguished career it has been. You are right to be proud of it," the prince agreed. "One we will enjoy celebrating at the Grand Reception. Now, I'm sure you would like to relax and enjoy the company."

Another discreet sign had the commander stepping up once more to offer his hand.

Logran caught the relief in Akira's eyes as she left the dais on Isfail's arm. A light touch on his own arm had him smiling at his lovely lady before leading her into the heavily guarded throng of people.

There were introductions to be made, compliments to receive graciously, and questions to answer. Kilronan and his team stayed close to Akira, while dealing with the same curiosity, and nearly the same level of admiration. Circulating more comfortably with his lifelong experience in court events, Isfail still managed to stay within easy distance of Akira.

He also kept a close watch on the Most High Karsh, who stayed at the perimeter with a small cadre of masked ambassadors. Isfail's concerns eased when the Most High and her attendants left before refreshments were served.

An hour later, the court herald announced the retirement of the prince and princess, marking the end of the welcoming reception. Kilronan assembled his team, offering Akira his arm before the honor guard escorted them back to their quarters.

"You'd rather be with her," Oona said quietly, stepping up to the window where Isfail watched from the private sitting room overlooking the courtyard. She rubbed a soothing hand down his back as he nodded.

"Protocol must be observed, I suppose," he replied, knowing the damage gossip and speculation could cause. "Akira deserves her moment. It shouldn't be overshadowed by rumors."

Oona studied him. "I agree. But love is never wrong, Dan."

It was a relief to return to the temporary sanctuary of the guest court, Akira decided, turning to Kilronan and his team. "See to yourselves for a while, all of you. I believe you'll find a wonderful solarium with a steam room and bath in this building that closes the end of the courtyard." Akira indicated the large windowed building joining the north and south wings. "I'd like

to relax there myself with some tea. Everyone is invited to join me. Say, an hour from now?"

When the team went into their apartment, talking busily about their impressions of the court, Kilronan opened the door for Akira.

Walking to a large sofa, she dropped wearily onto it while Kilronan took a seat beside her. He grinned when Akira laid her head back and closed her eyes. Deciding it was a good idea Kilronan did the same. Neither spoke as they allowed the tension of the day to dissolve.

Kilronan jerked awake, amazed he'd fallen asleep. Akira was curled up next to him, still sleeping. He'd been concerned after her breakdown at Ocean Cliffs, and her evident exhaustion proved she was not fully recovered.

When his mindsight confirmed she slept soundly, he picked her up and carried her to bed, covering her with a blanket. Kilronan indulged himself with a light kiss to Akira's forehead before returning to his team's wing.

Asura looked up as he entered. "Akira's sleeping," he said. "Looks like we'll check out the solarium without her."

"That's all right." Asura smiled. "I think we're all tired from the journey and the reception. We're not used to mingling with royalty and other elite. We're worn out, too."

Kilronan found Eron stretched out on his bed, nodding to him as he passed the open door. Maronan was sprawled on his stomach, sound asleep. The door to Celina's room was closed, probably to keep anyone from waking her. Kilronan grinned at the thought of anything stressful enough to wear out his tireless redhead.

Reaching his own room, he closed the door and changed out of formal uniform. After pulling on a pair of black trousers, he lay on his back with his arms folded behind his head. His thoughts kept returning to his first sight of the Most High Ambassador Karsh.

The look on that woman's face had been pure hatred, he remembered. Why? Kilronan wondered. She'd sent Jerrat to Insalat to try to trick Akira into signing a contract extension. Maybe the Most High still wanted Akira back. And with good reason, he admitted to himself. Though her expression hadn't shown any good will, or appreciation that Akira had returned to Coroth.

He wondered how far Karsh might go to get the former High Ambassador Muro back in the Core. Maybe he should watch his own back. With that thought, he considered whether to talk to Akira about assassination methods used by the ambassadors. Maybe not—she would certainly know why he was interested and would worry.

Kilronan's thoughts were interrupted by the sound of the entry bell tinkling gently in the front room. He grabbed a shirt as he got up, pulling it over his head as he went to answer the door. He saw that Eron was now asleep as he passed the journeyman's door.

Talia, one of Princess Oona's attendants, jumped as the door suddenly opened. Her brown eyes widened as she faced a tall, handsome man with long, tousled white hair, and green eyes.

"Can I help you?"

"Oh, yes, sir!" Talia exclaimed, raising her eyes from the muscular chest visible between the loose lacings of his shirt. "I was sent to speak with Senior Master Kilronan by my mistress, Princess Oona of Coroth."

"Then you have the right person. I'm Master Kilronan." His smile cooled as the young woman's gaze wandered over his body.

"My princess sends me to inquire after the well-being of the Honorable Lady Muro. She asks me to give you this." She handed Kilronan an ivory envelope bearing the personal seal of Coroth.

As the girl waited, Kilronan opened the note and read the flowing script.

Greetings to you, Senior Master Kilronan,

It was so good of you to wait upon Coroth so soon after your arrival. Please be assured that whatever you require, including master healers, will be available at any time. You have but to call. And in all things, anything that can be done to enhance your stay will be.

Coroth and I are delighted to finally meet you all and rejoice in our celebration honoring our honorable lady and your protectorate team. We look forward to the pleasure of your company in the days ahead.

Oona, Princess of Coroth

Kilronan heard Celina and Eron enter the common room behind him. "The princess is most gracious," he said to the attendant. "Would you like to wait while I write a note for her?"

Talia's eyes sparkled at the invitation, but her hopes of being alone with the handsome protectorate warrior were dashed by the presence of a younger man and woman when she followed him inside.

"These are two of my team. Eron and Celina."

Eron nodded politely while Celina examined the girl with suspicion.

Kilronan sat down at the desk and quickly wrote a courteous response to the princess, thanking her and assuring her that her offers of assistance would be accepted if needed. He ended by saying that Lady Muro was resting and was honored by the attention that had been given her by the court. Kilronan signed the missive, added his seal. He gave it to the attendant, who'd struck up a conversation with Eron and Celina regarding the High Pass action.

Although disappointed that the master did not find her as fascinating as some other visiting dignitaries had, Talia left in good spirits. She'd enjoyed a private conversation with the famous

Team Kilronan, the warriors who had helped the Honorable Lady Muro defeat the Mors! Her status in the staff quarters would surely be enhanced as she spoke of her acquaintance with Eron and Celina. Even Talia's forward nature did not dare to imply an acquaintance with their master.

She didn't turn away the discreet intimate relationships that were often offered to a girl of her appearance and personality. Talia enjoyed her pleasurable interludes with men who were in a position to reward her favors with pleasing gifts. It was really too bad that the gorgeous Master Kilronan did not appear to be interested in a casual dalliance. She would have loved to run her hands over that superior body.

Hurrying now to prevent her daydreaming from earning another scolding from the head attendant, Talia entertained herself comparing the protectorate master with the mysterious lover she enjoyed on his infrequent visits to Coroth. With a wistful sigh, she hoped it wouldn't be long before Hadson Barok returned.

Without another thought for the messenger, Kilronan tucked in his shirt, neatening his appearance before checking on Akira. Another bell signaled the arrival of an assortment of sandwiches and other refreshments to stave off hunger before dinner was served.

Celina, Eron, and Maronan fell on the food like starving young wolves.

Asura opened Akira's door as he approached, stepping out to meet him. "Lady Muro is doing very well. I don't detect any health issues; she just needs extra rest. Something that obviously frustrates her," the healer noted with a laugh.

Kilronan showed her the note from the princess. Asura smiled as she read the offer of assistance, pleased by the royal concern.

Thirty-Seven

The next morning, Kilronan rapped on Akira's door. When he heard the lock disengage, he opened it and walked in, wondering if Akira had overslept.

"No."

"All right. Are you ready?" he replied aloud to her mindsight.

"No. I'm getting dressed. And no, don't offer to help me," she responded to the suggestive idea that had possessed Kilronan's thoughts.

He laughed and poured himself a cup of tea from the pot steaming beside a platter of fresh pastries similar to those delivered to his team's wing. A beautiful vase of flowers accompanied the one to Lady Muro's rooms.

A soft swish announced Akira's entrance. She'd left her long hair down, pulled from her face in a loosely bound fall down her back. A lovely dress in shades of blue and green softly outlined her slender figure.

Kilronan thought he could look at her forever and never grow tired of the sight. "You're beautiful."

"Thank you," Akira said with a cautious smile. "Did everyone rest well?"

"Great. They're ready to enjoy our only free day, according to the written schedule we received this morning." He laughed as her eyes sparkled. "Let's not keep them waiting. Breakfast is laid out in the solarium."

"That's a wonderful dress, Lady Muro," Asura greeted with admiration. "What a unique design."

Akira smiled, stroking a soft sleeve. "Isheill, a good friend of mine, is a clothing designer here in Coroth. She had this delivered to the palace as a welcoming gift. It was in my bedroom closet with a note—a wonderful surprise, and just like her. With today open, I'd planned to visit her. Would you and Celina like to come to Isheill's shop with me?" She smiled to their enthusiastic acceptance.

"I'm assuming the men do not care to be included in our voyage into fine women's apparel," Akira teased, turning to them. "Although you are welcome to join us."

Kilronan chuckled as Eron's ears reddened, and Maronan shook his head with a grin. They were saved by Captain Aroth's amused voice from the open double doors.

"I beg your leave, my lady, but I believe these men are touring the royal guard facilities with me this morning." He came in to kiss her hand as she laughed at his fortuitous entrance.

"My goodness, Captain. One would think you planned that rescue," she noted cheerfully.

Aroth greeted the others and clasped arms with Kilronan. "It was good timing. And I did intend to invite the entire team on the tour, and I do." He included Asura and Celina with a smile.

Accepting a cup of tea, Aroth sat with them as he continued, "I also have permission to invite you all to join my family on the beach the day after the reception."

Kilronan saw the pleasure on Akira's face as she looked to him for his agreement. He nodded his approval for her to fix the engagement then put in his vote for the morning.

"As appealing as it sounds to escort you lovely ladies to a dress shop, I don't want to offend the captain by refusing his kind invitation." Setting off a gale of laughter as Kilronan winked at Eron.

Asura and Celina followed Lady Muro into the elite dress establishment simply named *Isheill's*. The younger women were immediately fascinated by the fashionable women's apparel

within. Still, Asura looked back quickly to see their security escort posted outside the door, then spun around at a shrill cry.

"Akira!" A heavily accented voice shrieked happily, before an exotically lovely woman rushed at them to throw slim arms around the beaming Akira.

"It's wonderful to see you, Isheill!" Akira exclaimed with equal joy.

"Yes, Yes! Let me look at you!" the proprietress cried. "*Na, na . . .* as beautiful as ever and far too thin," Isheill scolded as she circled her, examining the white-haired woman closely. "What you do to yourself? How can you wear my creations so?" Throwing up elegantly expressive hands, she hugged Akira again.

"Isheill, I'd like to introduce some friends, Asura and Celina."

A warm smile suffused the striking face as Isheill took each woman's hand in welcome. "You are Akira's friends, you are mine as well." Her deep, dark eyes became intense as she studied each woman while Akira explained.

"Isheill owns this shop and designs all these beautiful clothes herself. You must have some help in making them though, my friend. I understand your apparel has become very popular, from what Evani says."

"Ah, Vani! What does she know? She has no interest in the beautiful clothes! What does she think she will wear when she no longer has the uniforms and the robes and veils?" Glancing back with a smile, Isheill winked at Akira, as if sharing an amusing secret.

"Now, Sheara," Isheill continued happily, "Sheara understands what it means to be a woman, the joy of the fine silks on the skin—our gorgeous Isa as well. They give me hope. Little Aito is consumed by her art and has yet to appreciate the art of the fine clothes. And Lani—well, what can one say? She has different tastes, yes?"

"You seem to know Recon Alpha well, Madame Isheill," Celina said to counter nerves as the designer circled her with slow deliberation.

"No *Madame* . . . just Isheill. My people no use the title." Looking with amusement to Akira, she continued, "Is only one period of my life I use a title, is so, Akira?"

"Yes, my friend." Akira explained for Celina and Asura's benefit. "Isheill was once an ambassador, now retired from the Core after fifteen years of service." She saw the surprise on their faces. "It is hard to believe by looking at her now, isn't it? And thank you for the exquisite dress, Isheill."

The designer smiled thoughtfully as she ran long, slim fingers through Celina's curling red hair. "The Core makes one long for the exquisite dresses some day. Even my so serious Akira."

She stepped back from the girl with a bright smile. "This one . . . Celina, yes? She is wonderful for my creations. The hair, the lovely face, good body." She laughed when Celina blushed. "I have wonderful dress for her for Grand Reception!"

Isheill paused at the look of disappointment on the young woman's face. "No?" she asked, glancing at Akira.

"I wish it could be so. But these women are warriors with Protectorate Team Kilronan. They will be honored at the reception, and must attend in formal uniform this time."

"Bah!" Isheill exclaimed with a frown. "Uniforms . . . I have enough of them."

Turning her attention to Asura, who'd been wandering quietly around the shop, the designer grabbed her hand to pull her back into the best light. "Now this one," she began with a smile while Asura blinked in surprise. "She is almost too classically lovely—the blue of the eyes, the golden hair, fine skin. Her height saves her. So tall . . . statuesque . . . the excellent body."

Celina gripped her sides, laughing now as her teammate colored more deeply at the explicit scrutiny.

Isheill held her long slender arms wide as she indicated her wares. "Well, you look. I give each something you like. But," she wagged a long finger at them in warning. "I must approve of it. You must have what is perfect for you, yes?"

"Now, Akira." She pulled her toward the workroom. "I have your letter. Come. See what I have for you."

Leaving Asura and Celina to browse, they went into a room lined with bolts of fabric, long work tables, and bins of embellishing materials. Dresses and robes in various states of completion hung from a rod at one end of the room. Some were covered in muslin drapes to protect them. Isheill retrieved one of these draped creations, a blissful expression on her face as she stated confidently, "This is one of my best, and only my Akira can wear it to perfection."

She slipped off the protective cloth.

Akira lifted her hands to her mouth in stunned admiration. Then she reached out to stroke pure white silk, admiring the subtle pattern woven into the cloth. But the sparkling overdress, a sheath crafted in tiny beadwork that accompanied the white silk creation, was extraordinary.

"You like it, yes?" Isheill asked proudly.

"Oh, Isheill, it is beyond words," Akira replied softly. She fingered the fanciful overdress, letting cool glass beads slide over her hands. "It is exquisite, my friend. I don't know how to thank you."

"*Sha, sha*," Isheill murmured happily. "It is my best work, this design. It is good for you, Akira. The ocean colors, from pale grays to blues to greens, are yours. They will not overwhelm that cloud on your stubborn head or your ghost-white skin."

Laughing over the familiar, teasing description, Akira touched a smooth, golden-brown cheek before stroking silky black curls. "Not all of us are so fortunate in our coloring, my darling."

Content, the dressmaker kissed her friend's temple. "Not all of us are blessed with such beauty."

Isheill chuckled, turning away to pick up a polished wooden case. "So. I had inspiration, yes? For the gown." With a curious smile, she handed the box to Akira. "From an admirer, so it must seem."

"This is for me?"

Akira opened it, her eyes widening in amazement. On a bed of white velvet was a delicate construction of silver, set with gemstones covering the same sea shades of blues and greens as

the dress beading. Fine curves and windings evoked the arc and spray of ocean waves against the shore.

"It is for the hair, Akira. For you, I will make the perfect hair with this perfect adornment."

"Isheill, it is too costly. You can't give me this. Think what this could do for our mission?"

Hands firmly on her hips, the woman frowned. "I do not give this to you. Did I not say it is from a man?" Her beautiful mouth curved up slyly. "And such a man who knows you well enough to make a substantial donation to our cause."

Laughing softly as she twirled away in a fluid dance, Isheill fluttered her long fingers. "You should see your face. Come, why you keep such a secret, Akira? Are we not longest of friends?"

"How did you get this?" Lifting the magnificent creation, Akira sighed with pleasure.

"It is delivered by private courier, with a letter." Shuffling papers on her overflowing desk, Isheill muttered to herself. "No proper name he signs—only directions and asking me to make a suitable gown for you. But he knows you, Akira, very well."

Turning back with a sound of disgust, Isheill threw up her hands before sending her a piercing look. "Tell me." Her shapely eyebrows lifted as she saw Akira's soft smile.

"Ardan."

Tapping a fingertip to her lips, Isheill squinted her eyes a moment.

"Ha!" Pointing at her, she exclaimed, "The commander. Ardan Isfail."

Seeing Akira's sparkling eyes, Isheill leaned back with a smile. "This makes me happy, my love. Soon you will placate my disappointment that I am not told of this sooner. But now," she noted, looking toward the royal guard standing at the door. "We will have tea before you go. I will deliver the dress myself. Take the ornament with you."

The designer winked at Asura and Celina as they came to them, saying in a conspiratorial voice, "My Akira . . . she will

not admit so, but she loves the fine clothes, the feel of wonderful fabrics against her skin. The way she looks in them.

"It is so, Akira." Isheill laughed when she received a warning frown. "Admit it!"

Akira relented with a smile and took her hand. "I admit that your clothes make me feel beautiful."

"Bah! You do not need my clothes, Akira," Isheill scolded again. "You complement each other—the beautiful woman, the beautiful clothes." She led them to the front of the shop and a seating area where an assistant had laid out tea. "Now, we refresh ourselves and then you take time to look around."

Isheill spent a few minutes asking about their trip from the mountains before answering their questions about recent happenings at Coroth and Central. She gave Akira a sad look. "You know of Alpha?"

"I know they're not in Coroth. Arith got a letter off to me the day they received orders. Garan smuggled it out for him."

"That woman, she is evil! A black spider with all her webs to entrap," the former ambassador declared dramatically.

Akira shrugged. "She's always liked to control things and people. The Most High is using Alpha to try and punish me. I'm disappointed that I won't be able to see them, but I won't allow her that satisfaction."

A short time later, they left the shop with a promise to return in two days to pick up their purchases, including Isheill's selections for Asura and Celina.

As they rode back in a palace carriage with their royal guard escort, Asura smiled with some bemusement. "It's hard to imagine her as an ambassador."

"Yes, Isheill is unique. But she was a great ambassador. She should have received the high ambassador rank. Unfortunately, I believe the Most High refused her advancement from a point of prejudice," Akira told them.

"Why?" Celina exclaimed.

"Isheill and her family legally emigrated from the Ishakan province of Ishal. The Most High Karsh holds very ignorant

and biased positions on non-Caldalan force abilities—a great weakness on her part and a great shame for the Ambassador Core." Akira shook off old resentments. "Isheill's happier now, and satisfies her desire to help people in her own way."

Commander Isfail was waiting to assist Akira and the two women from the carriage at the entrance to the guest court. He saluted the escort in dismissal before tucking Akira's arm around his.

"Your Lord Corcoran and Team Cobon arrived while you were out," he informed them. "They're in the solarium with Kilronan and your teammates."

Akira passed her package to the waiting attendant then continued on to the solarium with her companions.

The men stood when they entered, bowing to Akira, who looked perturbed at the gesture. Isfail hid a smile, stroking a soothing hand down her back before seating her.

"I'm glad to see you," Akira greeted them warmly. "And let's dispense with the formality."

Cobon snorted out a laugh that had Kilronan kicking him under the table.

Amused by the exchange, Akira turned to Corcoran. "Gralla?"

"She sends her regrets," he said with an irritated expression, then shrugged, smiling at Akira. "With Anki gone, there's no one experienced enough to oversee administration. I told her it would survive for the next week, but she wouldn't come."

"No further word on Anki and Telen?" Kilronan asked impatiently.

His lord and Cobon shook their heads in the negative.

"Found a note in Anki's place," Cobon informed them. "With Telen facing dismissal, they decided to leave together and begin again. So it said. Osharon doesn't believe it. He says she's too selfish to leave a prominent position, and too—ahem. Sorry, my lady. Well, you know, to leave everything for one man."

"There's a more likely possibility," Lord Corcoran stated. "Given the timing of their leaving—sneaking out in the middle

of the night after Akira was attacked—and the ambush on your coach, I think we know the informants."

"A moment," Isfail interrupted with deceptive calm, his hand suddenly fisted on the table. "What is this about Akira being attacked?"

All eyes turned to her as she kept her face composed.

"Akira?" he prodded, before stormy eyes scanned the protectorate men. "Someone needs to explain, and quickly."

Corcoran just gave a nod to Kilronan, who met Isfail's hard stare as he related the encounter in the valley. He answered the curt questions easily until Isfail was satisfied.

"You, my lady, know better than to slip your guard under the current circumstances," Isfail stated before allowing the matter to drop. His cool glance told Akira she'd be held to account when they were alone.

"I agree with you, Lord Corcoran, that at least one of the couple was providing the information. Your clerk had access to Akira's schedule and movements. Your master was a malcontent and under notice. The question now is, to whom were they providing information?" Isfail looked around the table. "What about the assailant?"

"The most likely possibility," Corcoran agreed. "My men found his hide, but he'd cleared out and left nothing informative behind."

Kilronan lifted a finger from the table. "And who is he working for? Is he the one organizing The Bow?"

It was Akira who ended the fruitless speculation. "We won't know until he's caught."

"True enough," Isfail said with a mysterious smile. "Now, let's discuss the ceremony at the special Parliament Assembly tomorrow." Dropping his stern demeanor, he gripped Akira's cold hand under the table when she blanched.

Thirty-Eight

Once again, Team Kilronan followed Lady Muro along a carpeted aisle. In the stiff-collared, silver-trimmed black uniforms worn only to the most important events, the warriors moved in precise formation through the wide arch leading into the assembly chamber. Beyond were rows of seats filled with Caldalans, from the wealthiest highborn to those common citizens fortunate enough to secure an invitation.

The thick black-and-silver carpet ended at the intricately carved, multi-leveled stage that seated the elected ministry of Caldala when parliament was in session.

Every minister was present for this special event—standing now along the double tier of wide seats arranged in two curved banks around a central dais, where three carved and gilded chairs were placed. Resplendent in their finest, the High Minister of Parliament, the Prince of Coroth, and the High Lord of Mountain Shadows Protectorate stood before them.

One step down was a wide, tiled platform curving across the width of the room. Princess Oona stood on the right, beside Commander Isfail. On the left were the mayors of Coroth and Mountain Shadows.

A horn sounded a processional cadence, and everyone in the room stood as the Most Honorable Lady, Retired High Ambassador Akira Muro entered with her escort.

Isfail's serious mouth curved up as he watched her come forward with elegantly paced dignity. Behind that serene countenance, he knew she was devising ways to punish everyone

in her personal circle who'd known about this spectacle and failed to warn her.

God, she was incredible, he sighed. Regal and gorgeous in the black-and-emerald gown Isheill had helped her into that morning. The chain of honorable retirement flashed green fire from the twenty faceted gems set in fine gold. Her hair was again dressed up in an elegant twist befitting the import of this unique ceremony. In another world, she would be a queen, a goddess. In this one, he only wanted her to be his.

Her eyes flicked to him as she approached then looked determinedly ahead as she stopped with Team Kilronan where the carpet ended. As one, they bowed to the assembly.

Prince Logran took a step forward. "It is with the greatest of pleasure that the House of Coroth receives our honored guests—the Most Honorable and Valiant Lady Akira Muro and Mountain Shadows Protectorate Team Kilronan."

That was the cue for Isfail to walk down in measured steps, with a deep bow to Akira before offering his hand. With the slightest tip of an eyebrow for the hint of amusement in his eyes, Akira laid her hand upon the back of his and took the two steps up to the platform beside him. Then Kilronan led his team up and into a single line, stopping at parade rest behind the couple.

The commander bowed once more then resumed his place beside the princess.

Logran stepped back while the horn sounded to seat the audience, and the High Minister moved up with a wide smile.

"This special assembly is called to honor these remarkable warriors who stood against our most deadly enemy, the Mors—aggressive invaders who proved their villainy and threat as they advanced through Kuldor, Mildrath, and Ishal. Slaughtering and destroying until they reached Caldala's border at High Pass, above our highest settlement and protectorate stronghold at Mountain Shadows.

"That is where High Ambassador Akira Muro chose Senior Master Kilronan and his team to plan a remarkable action to save our nation. This effort was supported by many, most notably, the

Ambassador Core's Reconnaissance Alpha team—who are unable to be here today—and the Protectorate of Mountain Shadows, represented by High Lord Corcoran." He bowed to him before continuing.

"Caldala can never repay the great debt that is owed these brave citizens for defending our country against the Mors. A mission whose final execution was carried out by then High Ambassador Muro and Team Kilronan alone in an effort to save other Caldalan lives."

The High Minister paused while applause swelled. Raising his hands when it seemed it would go on indefinitely, he waited for quiet.

"Today, we honor the most remarkable warrior Caldala has yet seen. Lady Akira Muro served with the Ambassador Core for twenty years as a diplomat throughout Caldala, and to Ishal, Kuldor, Mildrath, and the island nations. Also a notable commander, she led reconnaissance missions during the Ishalian Rebellion. Her team was responsible for extracting the Gattes survivors in Kittric, and provided intelligence that helped end that terrible conflict. These are just a few accomplishments among many in her exemplary career.

"Today we award Akira Muro the highest honor Parliament, with the House of Coroth, bestows in deepest appreciation of conduct beyond duty, and sacrifice of self for the good of our country. Akira Muro comes before us this day after surviving grave injuries suffered in repelling the Mors, preventing them from entering Caldala, and ensuring that those invaders will never take another life."

The High Minister gestured to his companions. When Prince Logran and Lord Corcoran joined him, they walked down the step in stately procession. Princess Oona stood while Isfail received a carved wooden casket from an attendant.

In unison, the three men bowed to Lady Muro before the High Minister stepped to her. "It is with deepest gratitude and humility that the Parliament of Caldala, under the auspices of the House of Coroth, bestows the Star of the Sea upon the Honorable

Lady Akira Muro for duty beyond self in the defense of her country."

There was a solemn silence in the large chamber as Commander Isfail raised the lid bearing the carved seal of Caldala, and Princess Oona lifted the heavy chain of finest steel mail carrying a gleaming medallion. The thick silver ring enclosed a swirling design of silver and gold links—the fluid beauty of the insignia that graced the seal of Caldala and the House of Coroth known as The Star of the Sea.

Receiving the chain from the princess, the High Minister placed it around Akira's neck and fastened the heavy clasp. With light hands on her shoulders, he placed ceremonial kisses on each pale cheek before stepping back with a genuine smile.

Movement in the high gallery drew Isfail's attention from Akira's words of acceptance. His eyes flicked up to catch the subtle shift of shadow within shadows. In a seemingly casual move, he brought a hand to rest on the gleaming hilt of the sword at his side.

Shifting his gaze, Isfail saw the almost imperceptible nod from Captain Aroth, standing with his guard detail on the main floor at the opposite end of the platform. Isfail's eyes flicked up once more to indicate the gallery. When he returned his gaze, Aroth was already melting back into the guard while his second lieutenant eased over to fill his place.

Moving to the lobby in swift silence, Aroth signaled men to reinforce guards at every door and window. He ran up the single staircase that accessed the galleries that had been swept by handpicked men and sealed an hour before the assembly. Aroth pointed to station soldiers armed with swords and short crossbows while he moved to the door closing the high gallery.

Well-oiled hinges allowed him to ease open the massive door with one hand, bringing up his own sword with the other.

One look at the familiar profile, and the uniform bearing the discreet tone on tone shoulder patch of Ambassador Recon Alpha,

had the captain breathing a sigh of relief as he signaled the stand-down. He walked over as he sheathed his sword.

"Why aren't you and your team down there?" he murmured, placing a hand on the ambassador's shoulder to signal Isfail that all was well. Without seeming to take his attention from the stage, the commander gave a discreet nod.

Beneath his mask, Arith grinned. "And I thought I was good. What tripped me up?"

"Isfail has the eyes of a hawk. You must have moved." Aroth glanced over. "So?"

Elen Arith focused on the woman being honored on the stage below. "It's her day, hers and Team Kilronan's. Recon Alpha just got in. We all agreed we didn't want to take anything from Akira's moment."

Sliding back into darker shadows, he faced the captain. "I just needed to see this. I'd appreciate your discretion."

Aroth dipped his head. "You'll explain how you got past us?" He smiled at the ambassador's quiet chuckle before turning away. "Let her know you're back. Soon."

After one last glance up, Isfail brought his full attention back to the ceremony—and looked full into Akira's gaze. Her eyes sharpened as his hand left the sword to settle by the scabbard. He let out the breath he'd been holding when the High Minister escorted her aside so she could watch Team Kilronan's medal presentation.

Prince Logran came forward once more. "Our Lady Muro has told us of the remarkable actions of Mountain Shadows Protectorate Team Kilronan, not only in enabling this all-important mission, but in saving Lady Muro's life." He raised his arms wide to the warriors standing tall in formal stance.

"It is our custom to recognize extraordinary duty in times of war with the awarding of medals reflecting that historic event. Senior Master Kilronan and his team showed exemplary skill and courage in the defense of Caldala at the border crossing known as the High Pass. Henceforth, the battle that defeated the Mors will be known as The High Pass Victory!"

As Logran's voice rang through the large hall, a long silk banner unfurled from the ceiling to hang behind the central dais. Cheers and applause erupted at the gold-rimmed design of an amazingly accurate rendition of the High Pass ridgeline under a lightning storm.

"In honor of the excellence of his protectorate, I call on Mountain Shadows High Lord Corcoran to announce his team as they receive their medals."

Walking tall and proud, Corcoran came forward, while Isfail once again held up the medals casket.

"It is with tremendous pride that I present Senior Master Kilronan to this assembly."

The prince himself placed the first medallion over Kilronan's bowed head—a bright bronze circle, embellished with the raised relief designs shown on the banner, hanging from a wide, flat braid of black silk cording. Clapping a hand on the master's shoulder, Logran clasped his arm before stepping down the line.

"Apprentice Master Asura," Corcoran stated. The prince took the medallion and placed it over the young woman's head and clasped her arm with a firm grip.

Journeyman Eron, Journeyman Celina, and Journeyman Maronan were announced in turn. Prince Logran slipped a medal over each young head, clasping arms tightly as he smiled into shining eyes that humbled Logran with their youth and courage.

Smiling broadly as the team's youngest member gave him a discrete thumbs up, Logran waited as Oona walked the protectorate line, kissing each forehead with warm words of appreciation. His nod sent his princess to take Lady Muro's arm and lead her to stand beside Master Kilronan.

"The Caldalan Parliament and the House of Coroth do not forget the greatest warrior of all in this action—Ambassador Commander Akira Muro." Logran smiled into deep emerald eyes as Oona handed him the sixth medallion. With great care, Logran settled the medal so that it lay beside the one she'd been awarded for the Ishalian Rebellion and Kittric rescue.

Taking both small hands in his, he lifted them to his lips and quietly murmured, "You once saved my cousin, now you've saved my people. You have my undying gratitude, lady." With a last squeeze of her hands, Logran released her, directing the honorees to turn to face the room.

"Representatives of the people of Caldala, I give you your greatest defenders!"

Logran stepped back, smiling to Oona and Isfail as the sound of applause and cheers swelled to near deafening levels as Lady Muro and Team Kilronan bowed as one to the crowd where everyone stood to honor them.

Thirty-Nine

It was all too much trouble, Akira decided as she sank into the large, hot pool in the solarium that evening, savoring a small window of privacy. Kilronan and his team, along with the others from Mountain Shadows, were out on the town with Aroth and officers of the Royal Guard. That brought a smile and the warmth of pride as she recalled the medal ceremony. Seeing them honored by the parliament and Coroth was worth all her own frustration. Maybe she would forgive Isfail for keeping the little detail of the parliament ceremony from her until the last minute.

As if her thoughts had conjured him, Isfail opened the door and stepped in.

Arching a brow, Akira said, "I believe I locked that."

He grinned, hands on hips as he studied her. "You did." His eyes warmed as he perused the slim pale body barely visible through the rippling water. Her hair was secured in loose coils on top of her head, and those striking eyes dared him.

When he began to undress, Akira looked at the door. Isfail heard the click of the bolt behind him. With a wicked smile, he slipped into the water.

Much later, while she lay with him on a wide, padded lounging platform, warm and sleepy, Akira murmured against the pulse throbbing hard and fast in his throat. "I think I will forgive you."

Isfail's laughter rumbled as Akira rested her head on his chest. "I was worried about that." He chuckled when she tugged hard on a wet strand of dark hair that had escaped his leather cord. Lifting his head, he kissed the top of hers. "I should go."

"Now you're worried about your reputation," she teased as she sat up.

"Not mine," Isfail assured her, reaching for his pants. "Yours, my lady."

Looking at him in consternation, Akira pulled her knees up to rest her chin on them as she watched him dress. "You're serious."

"Of course. Mine is already scandalous." Isfail glanced back at her. A mistake, he thought, as his body stirred again. "You deserve better than that, my love." Retrieving his shirt, he bent down to kiss her forehead. "I'm going to make sure of it."

Akira grabbed his hair with both hands, pulling him down for a more satisfactory parting kiss. "See that you do."

The interlude left Akira relaxed and happy. With a smile on her face and no public events scheduled in the day ahead, she fell into untroubled sleep.

Akira slept so soundly she didn't wake when another man slipped into her bedroom. Silently pulling off his mask, he lowered himself into an armchair across the room. He knew the guards outside were good, but he was better, Arith thought, keeping his silent vigil until the sun gilded the eastern horizon.

Breakfast had been left in the dining area when Akira came out of the bedroom the next morning. Pulling her robe tighter around her, she poured a cup of tea.

As she started to sit down, Akira saw two beautifully made wooden cases left on a small table. She went over and opened the sealed note beside them. They were gifts from Princess Oona—one made for The Star of the Sea with the insignia and date engraved on the lid, the other was customized for the High Pass medal. Pleased, Akira left her cup to retrieve the medals from her chest. As she placed them gently in their cases, a familiar voice spoke behind her.

"They look damn good on you."

"Elen!" Akira spun around and ran to be swept into his strong arms for a hard embrace. "When did you get back?"

"Yesterday," he replied as she led him back to the table. Arith pulled out a chair for her before taking his own.

Akira looked at him as she poured his tea. "How did you get in?"

His shrug was nonchalant. "I was trained by the best." He winked at her before saying, "I'd heard some things and wanted to make sure you were safe."

"You heard about The Bow?"

"Yeah." His face tightened as he remembered Alpha's greeting when they rode in yesterday. There was the confusion of bits of hurried information as they'd checked in, and then the urgent summons to meet with Garan to hear about a second attack on Akira.

"Elen?" her gentle query came as she took his hand.

"Nothing, sweetheart." Giving her a quick smile, he squeezed her hand. "I was just worried about you. Someone should be staying here with you."

Kilronan wandered from his room to find most of his team at breakfast. Feeling the aftermath of celebrations that had continued late into the night, and too many drinks pressed on him by enthusiastic townspeople, he longed for the peace of the steam bath and copious amounts of nonalcoholic beverages.

"You need to go back to bed, Master Kilronan," Celina said after one look at him.

Asura and Eron nodded in agreement as they watched him pull a shirt over his head.

"I'll think about it," he muttered before taking the cup of tea Asura handed him. "What's on for today?"

"A meeting with Prince Logran, apparently," Asura answered, continuing with a smile for the appalled expression on Kilronan's face. "That's scheduled in about three hours. It's to discuss the liaison position." She smiled at Maronan as he stumbled sleepily out of the room he shared with Eron.

"Good morning, Mar. Ready to eat?"

He nodded, any words lost in a huge yawn as he sat down next to her. Still rubbing his eyes, he asked, "Who's with Lady Muro?"

Asura looked at him in surprise. Kilronan was suddenly awake and alert. "What, Mar?"

"Someone's with Lady Muro," he repeated, pulling his plate over.

Kilronan ran for the door. "The guard has orders to clear everyone through us!"

"Celina. Stay with Maronan," Asura ordered as she and Eron followed him out the door in time to hear the guard confirm that no one had come through the courtyard.

They burst through the door, causing Arith and Akira to leap to attack position. For a brief moment, everyone looked at one other in surprise. Blowing out a breath, Kilronan turned to dismiss the royal guard who'd followed, telling them that everything was all right before closing the door.

"Damn it, Arith! You could let us know you're here next time," Kilronan exclaimed.

Akira saw the worry in their faces. "I should have realized you'd sense someone with me. I'm very sorry."

"So am I," Arith said. "I was focused on making sure Kira was safe, I didn't consider what you people might think." He offered an arm to Kilronan. "I won't let it happen again."

Accepting the apology, Kilronan nodded as he ran a hand through his hair. "Well, it woke me up anyway."

Akira invited them to sit down.

The younger members declined, with Asura explaining, "We'd better get back to Celina and Maronan so they know what happened."

Arith watched them walk out before turning back to Akira and Kilronan. "What a way to start the morning, eh?" he said with humor in his voice.

Kilronan scrubbed his face with his hands before taking a seat next to Akira as she passed him a plate. "I think I could use a little less excitement today. How long *have* you been here, Arith?"

"In Coroth or here?" he replied around a bite of poached eggs on toast. "Alpha got back to Central yesterday morning. Everyone there was full of rumors about Karsh's tantrums—hints of mad behavior and screaming fits. Garan called us in for a meeting as soon as he heard we were back, so we finally got the straight story."

Akira looked at Kilronan with concern. "It sounds like there's a lack of authority right now, Elen. Hasn't Garan stepped up to provide some direction and rational guidance?"

"Some, maybe," Arith admitted grudgingly. "Still, he should have warned Coroth. And there's the news about The Bow coming after you again.

"Anyway," he went on, "I came over to keep an eye on things here while Alpha helps sort things out at Central." Arith looked at Kilronan. "I've been here most of the night."

Seeing the surprise on Akira's face, he grinned. "You're slipping, Kira. I came in last night, stayed in your room watching over you while you slept. *And,*" he teased, "You didn't even detect me this morning until I said something."

Akira laughed at his proud grin as she retorted, "My mind was on other things." She narrowed her eyes at him. "You were at the honors ceremony at Parliament yesterday, weren't you!"

She got some satisfaction from the way he gaped at her in chagrin. "That was it. Isfail saw something."

"Damn it," Arith muttered. "I didn't think Captain Aroth would say anything."

"He didn't, neither did the commander." She sent an innocent look back to his scowl.

Kilronan spoke up. "The way you infiltrate secured areas causes me some concern about the royal guards' competence."

"Oh, the guards are good. I'm just better. Don't worry too much. I probably couldn't get in without clearance if an alert was called. Security would be extra tight." He looked over at Akira. "But I wouldn't let your guard down. Someone should be with you at all times." He glanced at Kilronan with a question in his eyes.

"We'll work it out," was all Kilronan said.

"Alpha can help there," Arith continued, seeing frustration cloud Kilronan's face. Getting up, he set his dishes neatly on a tray near the little alcove. "I've got to get back. I'll buy you a drink this evening, Kilronan."

Silencing a groan at the thought of another pub night, Kilronan just nodded, understanding that the ambassador wanted to talk privately.

Arith kissed Akira's cheek as he wrapped his arms around her. "Watch your back. I'll come by later. Officially, this time."

"I love you," she said quietly, smiling as he walked out with a cheerful salute before she turned to Kilronan. "You want to tell him everything."

"Yes," he replied without hesitation. "Alpha needs everything we know and suspect. It won't be long before this cult takes its insanity to the next level. You're the primary target, Akira, but all force-gifted are at risk. The Ambassador Core needs to take this seriously."

He watched her pace to the windows and back again. Then she placed her hands on the table and leaned down with an intense look in her eyes.

"Ana Karsh has tipped into madness. The Core is facing more than one crisis."

With the parliament ceremony behind them and the grand reception tomorrow evening, Logran used this opportunity to call a private meeting with those involved in the proposed Liaison position. Taking his cousin's advice, he invited masters Kilronan and Cobon with Lord Corcoran. While he would have liked input from current ambassadors, especially those of Reconnaissance Alpha, he agreed with Akira that requesting their presence at this time could create a problem at a dangerous juncture.

With Akira and the Mountain Shadows contingent present, they were able to work productively. Suggestions were made, ideas for the liaison's scope of duties, and authority to implement

decisions were accepted or dismissed. Finally, plans to produce the desired results were laid out.

"I believe a sound framework has been agreed upon," Logran stated some time later. "Akira and Corcoran will continue to fill in details. Once all is finalized, I will put this before parliament. Groundwork has been laid there, so I foresee no problems with approval."

Corcoran nodded, leaning toward Kilronan when the master quietly asked a question.

The prince gestured approval for Corcoran to bring up another issue.

"Mountain Shadows Protectorate willingly provides security for Lady Muro, and will continue to do so." Corcoran lifted a hand to Akira when she started to speak. "Perhaps Coroth will impress upon her that continued security will be vital to the liaison."

Logran cleared his throat to disguise the smile that threatened.

"I have been informed of the, ah, delicacy of the situation," he said, wishing his cousin were present to see the frustration on Akira's face. Isfail had warned him that she wasn't likely to accept private security.

Ignoring her polite sign to speak, the prince continued, "However, this is included in a larger security concern. I believe the government needs to address the evolving security of our borders, both land and sea. High Pass may be blocked, but the new barrier can be surmounted.

"Lord Corcoran has presented a plan to strengthen his protectorate's position by building a small fortification with barracks, on or near the plateau. The plan includes details on team rotations manning the site year round. I've discussed this with Coroth's military advisors and it looks good."

Logran looked around the group. "We've confirmed that Ishal is the base of the terrorist group calling themselves The Bow. Lady Muro has been the target of two attacks. This alone is unacceptable, but this group's avowed mission is to end all force-gifted. That's a threat against a large number of Caldalans."

He saw the hard expressions on the protectorate faces. "One man was easily dealt with. The larger group that attacked Master Kilronan's team and Lady Muro's coach recently is evidence that we must actively find and eliminate them before they're able to carry out their heinous agenda. They are infiltrating Caldala by some means, probably more than one. Someone, again probably more than one, is helping them within our country."

Now he looked at Akira. "I've also been informed of the assault by a lone man outside Mountain Shadows. He may or may not be acting with The Bow. With this added threat, lady, you will be provided with personal protection for as long as we deem necessary. The cost will be covered by the House of Coroth."

Turning to Corcoran, he said, "Coroth will present the situation in Mountain Shadows to Parliament. We are requesting government funding to support at least two additional protectorate teams under your jurisdiction. I will meet with you to discuss other ideas tomorrow morning."

The prince stood to close the meeting. His mood lightened with a smile. "I suggest you have an easy day and a good night's sleep. Tomorrow, we will honor our guests with a celebration that will be talked of for years to come."

The pub called *The Dancing Maid* was a favorite off-duty spot for the guard and some of the ambassadors, reminding Kilronan of the *Boar and Panther.* Accepting the ale Arith slid across to him as he took his seat, Kilronan drank deep.

Isfail had arrived at the guest court just as he was leaving to meet Arith. They'd exchanged friendly enough greetings before the commander had excused himself to knock on Akira's door. Seeing Isfail's elegant appearance, and the bouquet of white lilies that he presented to Akira, had soured Kilronan's mood.

Seeing his companion's grim face, Arith frowned. "Problem, Kilronan?"

"You could have told me about a certain Insalat commander when you learned my feelings for Akira. Man to man."

Arith lifted a corner of his mouth, considering. "Isfail? What's he to do with it? Kira's known him almost as long as she's known me."

When Kilronan's eyes narrowed dangerously, Arith grinned beneath his mask and said, "Is that so? Well, Kira's always kept things to herself." Arith nodded his head slowly as he digested this new information.

"Yeah. I can see it, now that it's been brought up. He's been discreet, but you could see he felt something for her. But other men have been interested, you know."

"She was a damn ambassador," Kilronan growled, draining his glass. "How could a man get close enough to be interested?"

Maybe it was perverse of him, but Arith stirred the pot with a shrug. "I know Akira rode with Isfail's militia unit on special assignment, several times in her first years. Probably got to know him pretty well."

Leaning back to signal another round, he met Kilronan's angry stare with quick impatience. "What did you think? That no other man could see how special she is? No other man could want her?"

Arith leaned in. The deep blue eyes peering from the narrow slit in his mask were cool now. "Yeah. When she's been out under a transformation spell, she's attracted attention. There have been those who wanted to get closer. There was a captain in Ishal, as I recall. He was more than interested. So yeah, I can see Isfail falling in love with Akira. He's a damn good man and a great soldier."

Settling back in his chair, the ambassador studied the protectorate man, feeling sorry for Kilronan's obvious heartbreak and frustration. He liked him, and considered him an acceptable suitor for the sister he loved.

Sliding up the bottom of his mask, Arith took a long drink and thought about Ardan Isfail. Celebrated warrior, a leader admired by the soldiers under him, and one of the royal heirs to the House of Coroth. Interesting, Arith thought, smiling over his glass.

Forty

Akira barely had time to eat lunch before Isheill descended on her like an exotic wind full of color and scent. Princess Oona had joined with the dressmaker in insisting that Akira use a suite in the palace to prepare for the reception. Now Isheill tugged and scolded until Akira relented, leaving the others laughing at her dismay over all the fuss.

Hours later, bathed, massaged, and pampered, she sat at Isheill's command. Akira smiled as the woman studied her critically from all sides. "Well?"

"*Sha, sha,*" Isheill replied. "You will do, but you should not be so thin, *asherka*. Now we find the right hair."

Akira laughed, suddenly reminded of her fifth or sixth year as an ambassador, when Isheill had taken her under her elegant wing, determined to make the untamed Psyche presentable.

Now she sat quietly as her friend brushed out the long hair and began twisting and arranging white strands. Isheill clucked impatiently, trying different styles until she found something she liked. Her dark eyes smiled at the emerald ones in the mirror.

"You are too compliant, Akira. Why you not complain to me as always?" her sharp, yet melodious voice teased as she released the handful of hair she was holding to rummage through a large leather handbag.

"I'm just enjoying your pampering."

"Bah! When Akira Muro is still . . . I worry. My Akira is always moving, always working something out. Now, be still."

Laughing at the contradiction, Akira watched her in the mirror as she began the final creation, using silver hair pins set

with fine white gems that glimmered like stardust to hold it all in place. With most of the work complete, Isheill settled the intricate hair ornament, working tendrils and sweeps of hair through the silver windings before brushing out the last smooth fall.

Awed pleasure sparkled like the gems as Akira studied the reflection in the mirror. "I have no words, Isheill."

"*Sha,* it is good," her friend replied with a hug. "You will look a princess, *asherka.* The commander will not take his eyes from you, yes?" She laughed at Akira's sudden blush. "Why I no meet him yet? I must know he is good enough for you."

"As soon as I can arrange it." With one last look at the unreal image in the mirror, Akira got to her feet when a silvery bell chimed the hour. "It's time for your exquisite dress."

The night sky, blazing with stars, covered the palace of Coroth as invited guests arrived and were cleared to enter. Royal Guard Captain Aroth and his company stood in full regalia, waiting to escort Team Kilronan. They snapped to attention as Kilronan and his warriors came from their quarters in full formal uniform once more, returning the salute.

Kilronan looked around at nervous young faces. "Remember what Lady Muro told you. Hold your heads up high and be yourselves."

"But better," Celina added with a weak smile. Kilronan grinned.

Taking the deep breath Lady Muro had suggested, they followed the honor guard from the private courtyard to the grand ballroom of the palace. Caldalans, resplendent in their finest, parted before them as the guard led them to a flight of steps and up.

The court herald was ready, waiting until the royal guard spread out on the wide landing overlooking the grand ballroom and turned to salute the guests of honor. All conversation below quickly ceased as the herald rapped his staff twice before making his announcement.

"Senior Master Kilronan of Mountain Shadows Protectorate."

The Prince and Princess of Coroth stood as all eyes looked up to watch Kilronan lead his team down the broad stairs to the ballroom.

"Assistant Master Asura and Journeyman Eron," the herald intoned solemnly as they took the first step down. "Journeyman Celina and Journeyman Maronan," he announced, with a discreet wink to the youth when Maronan beamed a smile at him.

The youngest warriors were thankful for Lady Muro's coaching on palace procedures and etiquette as they descended the stairs in front of the glittering assembly. Even Celina had no urge to laugh as she came to the gauntlet of people there to honor them, her eyes locked on the proud faces of the royals waiting before the thrones.

Lords and ladies, dignitaries from all over Caldala, lined their way, bowing as Team Kilronan walked in perfect synchrony down the silver-and-gold velvet carpet leading to the throne dais.

Coroth and his princess waited as the team paused in respect before taking the steps up to the broad terrace below the thrones. Then the couple stepped down to greet them while latecomers hurried into the ballroom as the guard cleared the entry hall.

When the herald rapped his staff three times, Logran smiled and led his princess back up to the throne level. Kilronan called his team to attention as everyone turned to the staircase for the entrance of the final guest of honor.

Lifting his gaze to the vision at the head of the stairs, Isfail let out a long, silent breath. He was only vaguely aware of the herald announcing the Most Honorable Lady, Retired High Ambassador Akira Muro.

A long sweep of pure white flowed down that slender body. The gown was enhanced by an elegant overdress of openwork design where tiny glass beads shaded from palest white through aquamarine, bleeding down in subtly blending colors of the sea before deepening to a dark blue-green near the hem.

The ocean theme was echoed in the gems and design of the fine silver headpiece that wound through the elaborate, upswept waves of Akira's luminous hair. One long, silky length spilled

from the crown of her head and down her back, gently swaying as she stepped gracefully down.

The shimmering movement of colors as she descended countered the deceptively simple white gown, with its delicate standing collar and the shallow train flowing behind her. Her beauty eclipsed every elaborately dressed highborn in the ballroom.

The awed silence around him told Isfail the honored woman held everyone's attention.

He walked to her as she reached the final step, as planned. But Isfail's eyes were only for Akira as he bowed low before offering his arm. There was a flash of terror in her emerald eyes that eased when she met the smile in his gray ones. Placing her hand lightly on his raised hand, she walked beside him as they traveled the carpet to stand before the House of Coroth.

With a deep bow to prince and princess, they continued up, passing between Kilronan and Asura to stop before the throne dais. All formality now, the commander stepped back, with a nod to Akira before turning to step to his station beside Logran's throne.

"Here stand the heroes of our time!" Logran began, raising his arms wide as they turned on cue to face the room full of Caldalan nobility. "Tonight we celebrate them and honor their skill, their passionate duty to Caldala, and rejoice that they are here this day after the risks taken so that we might live in peace."

Loud applause filled the air, vibrating chandeliers and the elegant banquet tables laid out around the decorated walls. The sound reverberated, growing louder as the prince stepped down to take Akira's hand and lead her up to the dais. Logran met her questioning eyes with a secretive smile before lifting his hands to quiet the assembly.

"The House of Coroth has little to reward this woman who was willing to sacrifice her own life to protect us all. So it is with great humility and gratitude that we welcome her to the royal peerage, with all rights and privileges bestowed upon her."

Even the rafters seemed to shake with the response from below.

Stunned beyond speech, Akira stood as if frozen as the princess took a delicate silver coronet from the case sitting on a small marble stand beside her throne. Oona slipped it carefully into Akira's hair until its wave-etched center dipped just below the hairline of her forehead. Oona took both her hands and kissed Akira's cheeks as tears glimmered in the astounded eyes.

Regaining her composure with a quick intake of breath, Akira bowed to the royal couple, with a quick glance at the pleased surprise in Isfail's eyes before turning back to the ongoing cheers of the crowd. Her eyes dimmed with tears as Team Kilronan bowed low before rising with huge smiles on the five faces as they joined the applause.

The princess came forward to rescue her as the ovation went on and on. Oona led her to a place beside her throne as Logran raised his hands for quiet once more.

"We have completed the formal presentation of our heroes, honoring them before parliament, awarding their medals, and requiring them to submit to the public stage of acclaim when they would much rather be allowed to quietly return to their own lives."

Kilronan's team nodded, sending laughter rippling through the room.

With a broad smile, Logran raised his arms wide. Silk banners unfurled against walls all around the room, embroidered with the image of The High Pass Victory medal, the dates of the action, and the names and ranks, beginning with High Ambassador Akira Muro, through Team Kilronan, and including Ambassador Reconnaissance Alpha.

"Now we celebrate!" Logran roared over the cheers.

Relieved to finally be released from the stage and seated at a table of honor, Kilronan and his people enjoyed a few moments of peace while the banquet was served. Akira was seated to the other side of the prince and princess, with Isfail

beside her, the head of parliament, and the mayor of Coroth beyond him. Musicians provided a quiet entertainment on one side of the great hall.

Kilronan knew he'd have to wait to discover what Akira felt about Logran's stunning announcement. He didn't think Isfail had known what his cousin was planning, either, since he'd caught the flash of surprise on the man's face before it was smoothly concealed.

As tables were cleared, people began socializing, walking about, greeting people they knew, and hoping for an opportunity to speak with the honorees. This milling around began slowly while people enjoyed beverages and small desserts designed to carry with them.

Drawn to one side by the compassionate Oona, Kilronan and most of his team were rejoicing with Akira and Isfail over having the public acclaim done. They all turned to Lord Corcoran's greeting and Team Kilronan snapped to attention.

"Please, stand down," Corcoran said quietly before clasping arms vigorously all around. "Tonight belongs to you. Protectorate Team Kilronan has brought the greatest honor to Mountain Shadows Protectorate. I'm more proud of you than I can express."

Corcoran turned to the exquisite woman standing with them. Bowing deeply before taking her hands, he lifted them to his lips for a brief moment. "I only wish Gralla could have been here tonight to see you presented with a crown, Princess."

She colored at the reminder but smiled for his words. "The honor is insignificant when compared to the friends and family I've gained through this. Thank you for coming, my lord. It means a great deal to us all."

"Oh, I would not have missed this for anything, dear lady. It's not often that I have the privilege of seeing my own recognized by the House of Coroth. In fact, not ever before!" He chuckled with his men.

Nearly running with excitement, Maronan returned. He remembered his training in time to greet his lord respectfully before exclaiming, "Lady Muro! My grandfather is here."

Master Maran got to his feet when he saw them approach. "Lady Muro," he said with great dignity. "You do this old man too much honor."

"Certainly not," Akira chided gently as Isfail held a chair for her.

Maran clasped arms with Kilronan, nodding to the others. "Another great honor, Senior Master." He put a loving arm around his grandson. The youth grinned at him and the old master grinned back.

Shifting his gaze back to Akira, he sighed. "I knew you would be a great woman someday. You have exceeded my wildest expectations, child."

"Much of that is due to your kindness and support, Uncle. If I hadn't had you those first months . . . things might have been very different."

He shook his head. "You are a survivor, Akira, and a leader. Coroth is wise to recognize that greatness." His green eyes shifted to Isfail, seeing the slight nod of agreement. "Now, all of you go enjoy this ridiculous event before you cause the hoards to descend on me to get to you."

Hours went by as people sought the honor of conversation with them, until time seemed to pass as a series of impressions melting quickly into one another. The occasional pleasure of time spent with friends like Lady Amsha and Lord Orsco, or acquaintances such as Mayor Orfeld and Chief-of-Staff Oshulta from Insalat, helped maintain balance in the grand surroundings.

Drawing together throughout the night for a touchstone of comfort and familiarity, or drifting apart in the crowds, Kilronan and his team found themselves easing into the rhythm and flow of movement. They even enjoyed parts of it, though most of them felt it would never be a comfortable way to live.

Alone for a moment, Kilronan watched while Akira spoke with a group of veterans wearing medals from the Ishal Rebellion. They had her full attention, he noticed. She treated everyone the

same, whether royalty or commoner, prince or warrior. That was another gift, paired with her experience in diplomatic service.

Isfail had been right, Kilronan saw now. Akira Muro was a complex and powerful woman. She moved easily in a world he would never fit in. Akira would always have a place here. Now she was a princess, a royal peer.

From the moment he'd watched her start down the staircase—an unmatched vision of beauty and grace—Kilronan had begun to understand that he'd lost her a long time ago. The girl he'd loved—the village girl he'd left behind because he'd been too self-absorbed to stay—had become a woman he could never equal.

"Master Kilronan."

Startled from those difficult revelations, he turned to the vaguely familiar voice.

"Chief Oshulta," Kilronan said, managing a smile as he forced himself back to the celebration. "If it's appropriate to say so, you're looking lovely tonight."

"Definitely appropriate," she purred. "And thank you, sir. May I return the compliment by admiring your striking presence in formal uniform."

When his body stirred, most unexpectedly, Kilronan wondered how any woman could turn such a simple remark into something seductive. And she was lovely he had to admit, with an amazing figure showcased in deep-blue silk. Who could blame him if he reacted to that provocative combination?

"I was going to find a glass of sparkling wine. Perhaps you would join me? I'd love to hear your impressions of Coroth." Fal Oshulta slipped her arm through his, guiding him toward the far side of the room.

What the hell, Kilronan decided. Deliberately forcing back heartache and his desire for another woman, he escorted her to a long table where serving staff poured a variety of beverages. He was free to enjoy the company of an attractive, intelligent woman for the evening—until he led his team back to their quarters.

In a shallow alcove near the throne dais, Isfail sought a private moment with Akira.

"We'll be missed," she murmured against his teasing lips.

"I don't care," he whispered, taking her in his arms to move slowly into step with the sweeping strains of the music. "I've been good all evening, my princess."

Shaking her head with a long sigh, Akira rested her cheek on his chest.

Drawing her away for a brief moment, Isfail touched his lips to the delicate coronet. "This marks you as a peer of the realm. A princess accepted by the House of Coroth, but who you are comes from your soul and is much greater than any rank. That's the woman I fell in love with and the woman who inspires me." His warm fingers lifted her chin, and Isfail smiled into Akira's uncertain gaze.

Wrapping his arms around her again, he said, "And the one who makes me ache with desire with just a look or a touch." Isfail's amused gaze met Akira's laughing eyes. "But that's not the most important thing between us. I need every part of the woman that you are—the passionate, loving, compassionate, brilliant, courageous, powerful woman that is Akira Muro. I'm not looking for a magical princess, though you are that, too. You will always be the ruler of my heart."

"They make a handsome couple," Oona remarked with a gentle smile, placing a hand on Logran's shoulder. She was very fond of her husband's cousin, and the possibility of a match with the amazing and exquisite Akira Muro pleased her.

Seated on his throne, Logran watched the couple more thoughtfully. If it were only a matter of Isfail's happiness, he could bless their union without reservation. As Caldala's ruler, he had more to consider with a woman as powerful and strategically important as Akira Muro. But he could grant them one perfect night together.

"What say you, my princess? Will we have to turn down the lamps and send them all home?" Smiling at her responding laughter, Logran stood to signal the musicians to the closing aria.

Tucking Akira's arm close around his, Isfail led her down thickly carpeted halls to his suite of rooms in the family wing. Unlocking the carved outer door, he bowed her in.

Fine lamps spread soft light over an elegantly masculine sitting room. Isfail settled on the arm of a deep, leather sofa, keeping his silence while he watched Akira glide slowly around the room.

Enjoying this opportunity to see another side of his private life, Akira took in everything, from the layout of discreetly wealthy furnishings to the portraits and paintings on walls or easels. She picked up a book lying open on his desk. More insight into the intelligent, broadminded, and thoughtful man she'd come to love.

"That one was my father's," Isfail offered.

"I see you have your love of fiction from the admiral," she noted, sending him a mischievous smile. "Did he also enjoy spinning a fine tale?"

He chuckled, sliding down to the cushions and laying an arm along the back. "So I'm told."

She looked up, admiring exquisitely carved panels that wrapped around the walls. Scenes of nature replicated in openwork design, some substantial enough to sweep out, enlarging to form lovely walls that divided the room into separate living spaces.

"I'm sorry Alpha couldn't share in the celebration," Isfail said, getting up to pour them each a glass of wine.

"I had to agree with their decision to remain at Central," Akira replied, gazing out at the moonlit point to the south. "They felt that coming now would only anger the Most High at a crucial and dangerous time."

She turned to him with a smile. "It was very good of the prince to arrange a private ceremony to award their medals. We'll be able to share that moment with them before we return to Mountain Shadows."

When she glanced down a short hallway, Isfail took her hand to lead her to his bedroom. She stopped in the doorway, amazed by a chamber as large as the front room.

Three tall windows faced the sea, currently showcasing the larger moon sliding to the horizon to join its rippling reflection.

Furnishings echoed the quiet taste she'd seen in the outer rooms, but the centerpiece here was the massive bed anchored by four carved posts supporting a sea-green canopy. Head and footboard were engraved with the Star of the Sea motif, while the large headboard also displayed the sweeping grace of a full-sailed sloop, so finely rendered it almost seemed to move over the wooden waves.

"It belonged to my parents," Isfail told her as she ran her fingertips over the carvings. "My father commissioned it as a binding gift for my mother."

Akira's face grew wistful at the thought. "I wish I'd known them."

"They would have loved you." He toyed with the fastenings of the beaded sheath. "I've never taken any lover to this bed."

With a soft, tinkling ripple of sound, colors flowed to the floor.

"Stay here with me," Ardan whispered against her ear. "Stay with me forever, Kira."

The white silk pooled around her ankles, and she left small slippers in the folds as she stepped free.

Without speaking, Akira freed etched silver buttons and pushed the heavy jacket from broad shoulders. Ardan was already pulling the belt from his trousers, moving quickly to the fastenings as his mouth covered hers.

When he lifted her onto soft sheets, Ardan knew why Akira was the only woman he'd ever bring to this bed. She was everything, and she was his in the scintillating flames of the passion that Akira alone could ignite.

Fal Oshulta was enjoying midnight solitude as she strolled the terraced paths below the palace. The soothing rush of water over sand, the gentle wind with its familiar tang of salt settled the ache in her heart caused by tonight's surprising revelations. When she saw Kilronan, walking alone on the beach below, Oshulta watched him curiously, welcoming the distraction.

Light from the large moon hovering near the horizon made it easy to keep him in sight, but her eyes widened in curiosity when Kilronan sat down on a sun-bleached log to remove boots and socks. When he took off, running with astonishing speed along the wet sand of the tide line, Oshulta decided to see what would happen next.

She'd settled on a bench overlooking the strand by the time he returned, still maintaining that all-out pace until he slowed near the driftwood. Her interest piqued when he stripped down to snug shorts before striding in and swimming out into the roll of waves with strong, sure strokes.

This required closer investigation, Fal thought with a flirty smile curving her lips.

The big white moon had almost slipped out of sight, leaving its small blue companion to follow, by the time Kilronan waded out of the sea. He found Oshulta, still in the gown he'd admired, sitting beside his careless pile of clothes.

"You have an interesting way of ending your day," she noted with amusement as she held out his shirt.

"Thanks," Kilronan said briefly, finally spent of frustrated energy. He shrugged the shirt on before pulling on his pants over wet undershorts.

"I hope you brought another set of formals. Those are ruined. The salt water does it." Oshulta smiled as Kilronan shook his head in exasperation. "Don't worry. I know a place where we can take care of that."

"We?" He saw the invitation in her eyes, an invitation he'd ignored lunams ago in Insalat because all he'd seen was Akira. When she only nodded, Kilronan stood, offering her a hand up. Her feet were bare, he noticed with surprising humor.

Oshulta laughed, seeing where he looked. "I left them up there." She pointed to the paved path above. "I quite like those shoes."

She heard Kilronan's quiet chuckle while he collected his boots. As they climbed the winding path through intricate landscaping, Oshulta felt the need to caution him as she picked

up her pretty slippers. "I would be careful of moonlight swims, Master Kilronan. Those deep waters hide predatory fish that have been known to take a person from time to time."

"It's Kilronan, or Kil, Chief Oshulta," he said, meeting her eyes. "And thanks."

"It's Fal."

As they reached the wide arch where the thick gate stood open, both acknowledged the soldier standing guard and were waved through with a nod of recognition. Stepping into the inner courtyard, Fal Oshulta decided to take a chance, and the initiative.

"Lady Muro is a very beautiful woman," she observed.

"Yes . . . in many ways."

They considered each other, alone in blue moonlight.

"Perhaps you would see me to my room." She met his shadowed eyes boldly.

He let himself see—then he made himself let go.

"Perhaps I should." Kilronan took the hand Fal offered.

Forty-One

There was a strangely pensive expression on Akira's face as she stood at a window overlooking the lower courtyard the next morning. Wondering at it, Isfail joined her and watched as Kilronan walked, arm-in-arm with Oshulta. Kilronan stepped away, speaking to the golden-haired woman before leaving her with a kiss on her hand. Slinging his formal jacket over his shoulder, he strode off toward his own guest court.

Looking down at Akira, Isfail saw fleeting sorrow in her bittersweet smile.

"It doesn't have to mean anything, my sweet."

She turned to him, lifting fingers to his lips. "I hope it does. I hope it means he's found his own peace of heart."

When she moved away so he wouldn't see the last tears over first love, he followed, pulling her against him to comfort that loss.

"I love you, Dan," Akira wept against his chest. "Never doubt that."

Drawing back, he gently brushed away the evidence of long-ago heartbreak. "I don't, Kira. I'm honored to have your love. It's a strong, exceptional woman who risks her heart a second time. That's who you are. I would give my life to deserve that love."

With weather continuing clear and warm the day after the big event, Captain Aroth arranged to bring his family to visit with Akira on the private beach below the palace. Under the watchful protection of a company of Royal Guardsmen, Team Kilronan enjoyed the afternoon with them.

On large mats spread over the sand, with fabric and wood pavilions set up to provide shade, Akira enjoyed renewing acquaintance with Aroth and his young wife, Aleesa. Lifting their cheerful toddler into her arms, Akira felt a rare appreciation for the powers she had been born with.

"This must be Aloth. What a fine boy you are," she crooned, making the child giggle by tickling his bare toes.

"And this is our newest," Aleesa introduced proudly, lifting the baby from her sling. "This is Alira. We wanted her name to include yours."

Kilronan watched as Akira handed little Aloth to his father to take the baby. She cradled her close, eyes soft as she examined the child. He saw the single tear that ran down her cheek, and wished he knew what she was thinking.

"I am honored," Akira murmured. "She is so beautiful, her mother's daughter."

Aleesa blushed as her husband put an arm around her with a smile.

Ocean breezes swirled gently around the cove where a narrow outcropping jutted out into the sea and hooked back to the north, creating a more protected inlet of water. The low bluff to their back and a thick stand of ancient cypress on the steeper bluff to the south helped shelter the beach from the stronger sea winds.

They sat or lounged in the shade, talking and enjoying food and drink. Young Aloth toddled about, accepting tidbits. He seemed particularly taken with Celina's bright hair and went to her the most.

"You've made a conquest." Aroth chuckled as the boy tried to feed her a piece of fruit.

Celina grinned and shook her head, making her curls fly. The little boy laughed and sat down abruptly when he lost his balance. Celina tickled his belly until they both giggled.

"He's such a good child," Aleesa remarked lovingly. "Especially considering his rough start in life."

Asura looked over. "He seems perfectly fine."

"Oh, he is. Thanks to Lady Muro," Aroth replied, with a grateful look at Akira, who was playing with the baby. "I would have lost wife and son without her. Several hours into labor, Aleesa was weakening. The midwife said she and the baby would die. I nearly went mad, searching for a way to save them. I ran for the palace to beg a master healer. And literally ran into Ambassador Muro as she walked from the palace gate. She saw that something was wrong. I started to explain and she ordered me to take her to Aleesa."

"She was hemorrhaging, with the baby in the wrong position to deliver safely." Akira took up the recounting as she handed the baby back to her mother. "I was able to stop the bleeding and turn the child. Between the two of us, Aleesa was able to find enough strength to deliver him."

"She makes it sound so orderly, doesn't she? But if she hadn't been there, we would have lost Aloth. I believe that her healing made it possible for me to have more children, our Alira." Aleesa smiled tenderly down at her tiny daughter, peacefully nursing at the moment.

"They would *both* have been lost," Aroth stated. "Lady Muro will always have a place in our home and our hearts."

Feeling awkward at the sentiment, Akira welcomed the distraction when Celina asked permission to take the boy to wade in the waves. Eron, Maronan, and Asura went with them. As Akira watched the child splashing with joy, she thanked whatever higher power had given her the ability to make it possible. Perhaps that one precious life helped balance those that had been lost.

The afternoon wore on pleasantly. With guards positioned discretely along bluff and beach, Kilronan and his warriors were relaxed, enjoying a day of bright sunshine, warm sand, and cool salt water. It wouldn't be long before they would return to the mountains and the cold winter storms that would blow all too soon.

It wasn't so bad, Kilronan thought, stretched out on his back with his arms folded under his head—the sand and sea, some rest

and recreation after everything that had happened in the first half of this year. With the court recognition and public events behind them, he wouldn't mind a few more days like this.

Kilronan glanced over, studying the peaceful expression on Akira's lovely face. He hadn't seen her look that way since she'd come back into his life. There had always been tension, remorse, a war inside her that never let her accept who she was, he realized.

She's found something on this journey, he mused with bittersweet acceptance. It was enough, Kilronan knew as he shifted to sit up and look at the horizon. He loved her, would always love her, enough to want whatever she needed to keep that peace in her heart.

Even as he accepted those feelings, he saw her head jerk up.

More than content, Isfail leaned on a stone balustrade overlooking the sun-washed strand. He chuckled seeing young Celina and Maronan experiencing their first taste of the sea as they splashed and floundered in the easy rolling waves.

His eyes softened as he saw Akira laughing with Aroth's toddler tumbling on the blanket. When she lifted the captain's tiny baby to her cheek, Isfail sighed. If God smiled on them, a miracle might happen, and he'd see her cherish a child they'd make together.

"That's quite a secret you've kept over the years, Commander."

He straightened, turning easily to the woman, his eyes laughing back at the curiosity in hers. "Aye? And what's that, Fal?"

Fal Oshulta held his gaze as she came to join him. "Anyone who wasn't blind last night knows you're in love with the mysterious Akira Muro."

When he only grinned, turning back to watch the people on the sand, she continued to dig. "And I've never seen you flaunt your royal blood like that before."

"It's no secret there." He shrugged. "And I wouldn't say I was flaunting it."

"You were claiming your heritage, Ardan." Oshulta glanced toward the small woman on the sand. "For her? Coroth's honorary princess?"

"No," he replied coolly. "Akira cares nothing for my bloodline." For a moment, he was pulled back to the dark time when his heritage had almost cost him any future he might have with her.

The glance he gave Oshulta now brewed storms. "I do as I please, Fal, and always have."

Her voice was concerned as she laid a hand on his arm. "Will it please you to leave all this? Could you be happy in a mountain village?" She drew away when he looked over with a frown, knowing she'd overstepped.

"It's not your concern. Should I be asking about Kilronan?"

Oshulta lowered her eyes. Damn the man, he always knew more than he should. There had been a time when she'd hoped his observations meant he had a more intimate interest in her—it mattered what she was doing, who she was seeing. Oshulta had long ago learned that Isfail was just very good at knowing everything that went on around him. That innate skill was one of the reasons he was a great commander.

Seeing her discomfort, Isfail tempered his stance. "He's a good man, Fal. You couldn't do better."

"Kilronan's not for me. He is a good man, but he'll never leave his protectorate. Kil's a man for great deeds and a rigorous life." Her face relaxed into amusement. "I'm for city life and I like my own position."

Studying the beauty below, Oshulta acknowledged, "And I'll never be enough to replace *her* in his heart."

Isfail was silent, unable to soothe with a lie.

"But he's learned that she's never going to be his," she announced, surprising the man beside her.

"Why do you say that?"

Tossing back bright curls, Oshulta gave him a wry smile. "I watched him watching her last night. I'm good at reading people."

"You always have been."

"There's you, of course," she continued, leaning on the balustrade with him, comfortably at ease now. "But that's not all. He wants the innocent girl he left behind. Kilronan is a warrior. He needs to protect, and he needs to be the best at what he does."

Isfail thought about that. "He's not an arrogant warrior."

"No. It's inside him, the need to excel. Last night, Kilronan watched everything she did, how she moved, how she spoke with people. I could see the moment he knew that Akira Muro was beyond him."

With a quiet laugh, she glanced at Isfail. "That's when I moved in."

He grinned, and for a moment they shared an understanding. Then his attention turned back to the beach and Oshulta shared Kilronan's heartache. Ardan Isfail had moved beyond her.

Even accepting that, she cautioned, "Akira Muro is a dangerous woman, Ardan."

"You have no idea," he said quietly before turning to Oshulta. "She's a miracle, Fal, and a menace to any who would harm Caldala. We have nothing to fear from her. Akira would destroy herself before she'd harm an innocent."

She heard the certainty in his voice. "I hope you're right."

But when she would have asked more, Isfail spun back to the beach, suddenly alert as he lifted a hand for silence.

Oshulta straightened, studying the scene below, noticing that Akira stood, motionless and wary as if sensing danger. As Kilronan's team moved to surround her, Isfail bolted for the door.

"Send more guardsmen to them," he ordered, moving quickly as she followed. "And make sure the royal family is secure!"

As Isfail ran down the staircase to the hall below, Oshulta hurried to alert the royal guard.

Akira stood very still with all her senses open, looking at the ridge at the far end of the cove. There was no one there, but she spoke to Aleesa without shifting focus.

"You must take the children and go."

"But why, Lady Muro?" Aleesa asked in confusion, while everyone seemed to move at once at the quiet urgency in the woman's voice.

"What is it?" Kilronan interrupted as he signaled his team back to them.

Akira looked down when Aloth wrapped his little arms around her leg, grinning up at her. She picked him up, smiling back as she kissed his cheek before handing him to his father.

"Captain, you must take your family to the palace. They must be moved to a secure location. Now."

Kilronan looked around, searching for whatever had alarmed her. He nodded as Captain Aroth signaled their guards. At the shout from the palace, Kilronan turned to see Isfail running down the stone steps with more soldiers behind him.

Hell, Kilronan thought, girding for something major as he ordered his team to flank them.

Akira stiffened, still staring at the tree-lined ridge. A lone figure in black stood in the shadows, watching them.

"Karsh." It was Aroth who spoke the name. Turning to his wife, he said sharply, "Leave everything and go up to the palace."

"She must have help with the children. Go with her, Captain," Akira commanded as he started to argue. She placed a hand on his arm. "When they are safe you may come back. Your guard is here and well trained."

Aroth looked back at the figure under the trees. "Don't underestimate her, Lady Muro."

"I won't. And this may all be for nothing."

Isfail joined them as Aroth hustled his family up the stairs. With a curt nod to Kilronan, he signaled soldiers to strategic positions nearby while Karsh stalked down the steps to the beach. Even at a distance, the dark rage on her face was ominous.

Akira stood, refusing to avoid a confrontation. The skirt of her pale green dress fluttered in the quickening wind, her bare feet planted firmly in the sand. But she bowed respectfully to her former superior as Karsh stopped several feet away.

"Most High Ambassador."

"Is this what you've come to, Muro?" Karsh spat, disdaining civility. "Playing in the sand with underlings' brats? You squander your power on such as these?" she gritted out, glaring at the warriors around her.

"There are no underlings here." Akira's voice was calm, but resolute. "These are the people the Ambassador Core was built to serve. Many of them are my friends and family."

Karsh's black eyes bored into the dark-green ones, grudgingly admiring Muro's ability to stand up to her. But then, it had always been that way. No whining sycophant here.

"You talk about the Core's mission to protect these people, but you turn your back on them by rejecting your service!" Karsh exclaimed. "And these men who would have you?"

She laughed derisively, pointing at Kilronan. "Who is he? A protectorate hireling not worthy of you! You are made for better things than a mountain village lackey, Muro."

Karsh raised a fist to Isfail's challenging stare. "And a spawn of Coroth who turns away from his own."

"These warriors are greater than you know." Ignoring the personal taunts, Akira spread her hands to indicate all who stood ready at her side. "These are the real heroes of Caldala. They are the true warriors who protect our citizens. The Ambassador Core is a great service for the interests of this country, but the protectorate and militia are the real defenders. And I am proud to live and serve among them now." She stood with her head held high, daring the Most High to contradict her.

Karsh studied the commander and the guardsmen. They were among the best, she knew. But still, no match for an ambassador's powers. Now she considered Team Kilronan. She could see the master was no fool. He might be in love with Muro but that would only make him more cautious, not foolish. The others were well trained. None had been aggravated into taking a false step. Yet.

With a cold sneer, she saw the flames sparking off the younger woman's fingertips. This one has a temper. "Well, girlie? You have guts thinking you could possibly stand up to me," Karsh taunted, speaking directly to the redhead.

Celina's mouth tightened but she stayed in position, refusing to rise to the bait.

Karsh nodded with approval then turned back to Muro—coal-black eyes challenging luminous emerald-green. "They're good, I'll give you that, but you know they cannot stand up to me."

Without warning, flames erupted from Karsh's hand, creating a burning wall aimed at the phalanx of royal guard on the right.

Only to sputter out immediately against the force shield sent by Akira's hand.

The guard stood firm. If some were shaken, they did not show it.

Team Kilronan went to attack stance while Isfail shot up a hand to signal the surrounding archers, but Akira held up a hand to stop them.

"No. Defense only, for now!"

Some moments passed in a motionless standoff between the two women. Akira finally broke the silence.

"What is the purpose of this, Ana?"

"The purpose?" returned Ana Karsh with a sarcastic smirk. "To make you see what a fool you've become! Why do you waste yourself on these?"

Akira's eyes narrowed. "The last time I heard those words they were spoken by a Mors. Is that really how you see them? I've always thought you believed in a higher morality."

"You lecture me on morality when you've given yourself to that *man*!" Karsh raged. "When did you overthrow your vows and allow him to crawl into your bed?"

Akira felt the hot anger from both Kilronan and Isfail. She knew it would do no good to correct Karsh's bitter assumptions.

She countered the enraged woman calmly. "What I choose to do now is not your concern. I believe you are well aware that the vows I took were fully honored while I was a member of the Ambassador Core. You have nothing to gain by stooping to such accusation and insult."

The beach around Karsh began to bubble as her face reddened with insane rage. Sand spewed up in a blinding funnel, spinning out in all directions.

Akira's eyes sparked to glow while the eldritch flames ignited over her. She shot her left arm high with her fingers spread up and out. At full extension, she clenched her hand into a fist and jerked the arm down as if she would slam it onto the ground.

Sand rained around them as the storm lost its energy.

Karsh stared at Akira while the green flames dissipated. "You've learned a few new tricks. Do you know this one?" the graveled voice issued in challenge.

Deadly needles of metal appeared, speeding at Team Kilronan. Akira quickly assessed the danger and let Kilronan and his people handle it. Karsh needed to know that they were a force in themselves.

Asura and Eron halted theirs in midair, Celina incinerated hers and Kilronan sidestepped them, his force shield striking them to the ground.

Karsh clapped slowly, malicious appreciation in every word. "Very good. Let's see what else we can come up with."

Suddenly, Karsh's mad face blanched and her hands moved to her throat. She turned, and saw Akira's hand in attack position.

"No. I'm tired of your games. I am not returning to the Ambassador Core and you need to stop this tirade." Akira's voice was deadly. "There are plenty of worthy ambassadors able to take my place."

"You won't kill me, Muro. You're weak-minded," Karsh rasped. Then choked as the force around her throat tightened, cutting off more air.

"You're wrong," Akira replied softly. "If you attack any more innocent people . . . I *will* kill you." She glanced at Isfail, who sheathed his sword and moved with guardsmen to bind Karsh's hands behind her back, adding the extra protection of a sack covering to prevent her use of force.

Karsh stumbled when Akira released her, gasping for air. She stood a moment, staring blankly at the small woman. When

the guard took her arms to lead her away, she looked back with a mad grin.

"You can't hold me. I'm the Most High Ambassador Karsh!"

On a balcony above, surrounded by his private guard, Logran had watched the duel between the force-callers. Though he'd sent Oona and their children into a heavily secured inner chamber when the alert was sounded, the prince had refused to cower while Ana Karsh attacked on his own ground.

Now he watched her dragged away in restraints, defeated by a woman who looked small and fragile among the stalwart warriors flanking her.

Fragile—until Akira Muro had summoned pale green flames and pulled power from the very air, bringing Karsh to her knees with one slender hand.

Below, Isfail looked up, meeting Logran's eyes before taking Akira's arm to draw her into the palace.

Logran, Prince of Coroth, looked to the horizon, weighing his options, his loyalties—and the House of Coroth's duty to protect Caldala.

Forty-Two

In the outraged recounting and milling conversation that followed Karsh's arrest, it was Asura, Team Kilronan's second-in-command and healer, who focused on Lady Muro. Asura who saw the colorless face, the hands fisted in her lap where she sat in a window seat, staring silently out to sea amid the chaotic speculations winging about the room.

Slipping around gesticulating officers and court dignitaries, Asura found Maronan talking with Celina in a relatively quiet corner. Laying a hand on his shoulder, she called his attention to Lady Muro.

"Tell me what she's feeling, Mar."

The youth's hazel eyes deepened before he murmured, "There's sadness, and there's pain like before. She's controlling it, but it's hard. The migraine makes it difficult to focus, and she's exhausted."

Nodding, Asura turned to Eron. "Find Master Kilronan, better yet, Commander Isfail. He can get a request to Ambassador Reva. Tell him Lady Muro needs a master healer immediately."

In minutes, both Isfail and Kilronan appeared, striding in with concern heavy on each face.

Akira turned when they approached, a faint smile bending pale lips. "It took you longer than I expected."

With a frown, Kilronan drew her to her feet. "Stubborn woman."

Taking her other arm, Isfail agreed, but held his silence as they escorted her into the hall. When he felt her tremble, he dispensed with argument and lifted Akira into his arms.

Kilronan just shook his head when she began to protest.

"Bring Reva to my rooms," Isfail told him, already carrying Akira to the wide staircase. "One of the staff can show you the way."

Later, while Reva examined her not-so-patient Akira in Isfail's bedchamber, Kilronan wandered the living quarters of a hereditary heir of Coroth. If that fact hadn't been clear enough before, he felt it now as he studied the evidence of understated wealth amid elegant furnishings.

"This suits her."

"I'm pleased you think so," Isfail said quietly.

Kilronan turned to take the short glass offered to him with a wry grin. "Did I say that out loud?"

"You did." Isfail raised his glass in salute before downing the contents in one swallow.

With a shrug for the slip, Kilronan returned the salute and did the same. Setting the empty glass on a tray holding cut crystal decanters, he looked at the commander. "What happens now?"

"A court of inquiry will be called," Isfail replied, setting down his own glass. "Likely within a day or two, time to gather the necessary jurists to witness for all sides, to represent all interests." He glanced toward his bedroom. "Once assembled, the trial will begin. Ana Karsh will, undoubtedly, be stripped of rank, removed from the Ambassador Core, and sentenced to prison."

Kilronan wondered if any prison could hold a former high ambassador.

Then Akira came into the room with Reva. Color had returned to her face though fatigue was still evident. Still, she looked stronger.

"Thank you." Akira said, smiling up as Reva settled her on the sofa.

Isfail immediately claimed the place next to her, causing the healer to raise both eyebrows to Akira.

Taking a chair opposite, Kilronan voiced the question that was foremost in his thoughts. "When did that power return?"

Looking back from pouring Akira a glass of water, Reva frowned. "What are you talking about?" Pinning Akira with a warning look, she said, "You didn't tell me much, did you?"

At her friend's noncommittal shrug, Reva swore. Narrowing her eyes, she poured herself a stiff whiskey before bringing the water over and prodding the two men. "Tell me what she did."

After they'd taken turns recounting the details of events on the beach, Reva poured another—larger—measure of whiskey. Meeting Akira's hopeful look, she frowned. "Damn it." But the oath held no sting and she poured a smaller amount into a second glass and gave it to her.

"So. Karsh leaped over the edge." Reva sat on the arm of the sofa beside her friend. "I wonder if the news has reached Central yet. Your messenger was tight-lipped, Commander."

Isfail just gave a slight smile, running a hand over Akira's shoulder.

"You haven't answered my question, Akira," Kilronan reminded. "You knew you could face her." Then he scowled, looking at Isfail. "And *you* knew, didn't you." When the commander remained silent, Kilronan got up to pour his own whiskey.

"I made the decision to accept my abilities at Ocean Cliffs," Akira broke her silence, squeezing Isfail's hand. "After that relapse, I knew I had to choose—either to reject my nature or stop fighting it." She met Kilronan's eyes. "I chose to harvest the storm that evening, after you left with your team."

"You're still healing, Akira," Reva spoke into the charged silence. "You shouldn't pull that kind of power so soon."

"Who would have stopped her if I couldn't?" Akira studied each face and saw the same grim acceptance. "There was no choice this time."

The Prince and Princess of Coroth were seated on their thrones as the court of inquiry was called to order two days later. Royal Guards lined the walls of the huge reception hall, and two ranks of High Ambassadors were present to represent the

Ambassador Core. An equal number of jurists from the citizenry had been called to represent the interests of the commonwealth.

When all were seated, Most High Ambassador Karsh was brought in. She entered with her head held high, defying all in the room to find fault with her. Stopping before the thrones, she gave an insultingly shallow bow.

"Most High Ambassador Karsh appears before this council to answer to charges that she willfully made an unprovoked attack on members of the royal peerage, honored guests of Coroth, and members of the Royal Guard," the court herald announced.

Logran's voice was uncompromising as he began, "Most High Ambassador Karsh, you know the charges against you. What have you to say regarding your actions against the Honorable Lady Muro, Mountain Shadows Protectorate Team Kilronan, Commander Isfail, and the Royal Guard escorting them yesterday afternoon?"

"I never attacked Muro," Karsh retorted contemptuously. "She attacked me. Why is she not standing here to answer charges of assault upon the Most High Ambassador?"

"There are numerous witnesses to your crimes that day. All report that Lady Muro defended your intended victims before directly intervening against you. In fact, she specifically ordered Protectorate Team Kilronan to defend only before she was required to stop you by force," came the prince's icy reply. "That is considered self-defense, and actions taken to protect the citizens of Caldala. Lady Muro has committed no crime."

Karsh sneered while loudly declaring, "I took actions necessary to show all you fools how dangerous that woman is outside the control of the Ambassador Core. All your witnesses will verify that her abilities are far more lethal than you will admit. She must be ordered back to her ambassador commitment before she runs amuck!"

"All you've done is prove to all that your mind is unsound," Princess Oona interjected, to the surprise of many. "It is you who has proved your uncontrolled nature, you who has revealed your contempt for the citizens of this country, and how little you value

their lives. And it is you, Karsh, who has run amuck with this obsession to control Akira Muro!"

Feeling the air in the chamber stir, Logran met the hate-filled malice in Karsh's glare with cold composure. Without breaking eye contact, he saw Isfail shift, lifting a crossbow and taking aim. Akira and Kilronan stepped forward with a number of the ambassadors, hands rising as they focused on their deadly superior. Behind the accused, Captain Aroth had his archers sighted on the Most High as an unnatural wind fluttered tapestries on the wall.

"Back down, Karsh," Logran ordered firmly.

For one frozen moment, he wondered if it would be enough. Then the air stilled.

Forty-Three

The second round of hearings into the charges against the Most High Ambassador Karsh were finished, and Kilronan was done with his testimony. He was thankful it was over. Karsh's mad contempt and ability to convince herself her actions were justified had been hard to ignore hour after hour.

He wanted to find Akira, who'd been the first to testify. Though she'd recovered quickly from the extremes of her force defense, her face had been pale, if resolute, as she recounted the events on the beach two days before.

The serenity he'd seen in her before that confrontation had been ripped away. For that alone, Kilronan thought with a frown, he'd personally execute a madwoman.

"Kilronan!"

He turned to see Isfail striding toward him. "You're finished already?"

"My testimony was inconsequential compared to yours." He took Kilronan's arm to urge him along. "I'd like you to come with me."

"I'd like to talk with Akira first," Kilronan said, wondering at the uncharacteristic strain in Isfail's voice. "What's going on?"

"That's what we need to find out." Looking around to be sure they wouldn't be overheard, Isfail stopped. "I just learned that Akira's been summoned to Central."

"What? How could they *summon* her—she outranks all of them," Kilronan exclaimed, feeling his own blood chill. "Let's go!" Now he grabbed Isfail's arm to hurry him to the stables.

The commander shook him off. "No. We'll take the coast path. It's faster than the road around. She's safe with Karsh in custody. None of the Karsh supporters have anything that will touch Akira. Besides," he muttered, jogging down the steps to turn onto a broad path along the bluffs. "It was Garan who sent the message wanting her to come."

That name was familiar, Kilronan thought, remembering it from conversations with Recon Alpha. "He's one of Akira's people."

Isfail shrugged. "I'd say that's true. It doesn't mean he has her best interests in mind, though."

For once, Kilronan had to push himself to match another man's stride. "What do you mean?"

"There's more at stake than just convicting Ana Karsh. What do you think happens when a sitting most high ambassador dies in office, or is suddenly removed?"

Kilronan pulled up, horror in his eyes. "They call a special assembly to vote in a new one."

Isfail only nodded, not stopping to wait for Kilronan.

Sprinting after him, Kilronan saw that the path angled up to the cypress-crested ridge. Everything became clear when he caught up with Isfail at the top. On the far side, a large compound of white-walled buildings with red-tiled roofs spread over a narrow valley. Beyond them stood a small, stone fortification. Without being told, Kilronan knew he was looking at Ambassador Central—Akira's base for twenty years of her life.

They walked in silence for some minutes until Kilronan asked, "Would they try to keep her there?"

Isfail glanced at him with a hint of amusement. "Akira has more allies than enemies. But that's part of the problem, the number of friends who would want her to return to the Core."

"Akira wouldn't go back, would she?" Kilronan said uneasily, watching Isfail's mouth tighten.

He said nothing as they continued, passing under the cypress trees to arrive at a place where the path forked. One branch led down the far side, toward the sprawling complex of buildings.

Another turned to stairs built in switch-backed sections ending at the beach below. The straight path terminated on the short, rocky point that jutted into the ocean. Dry-laid stones formed a wall curving around the seafront of the remarkably circular formation.

After a harried look down the hill, Isfail took the short walk to the overlook. He stopped there, looking silently out to sea for some moments.

"Akira is loyal. Too loyal for her own good, sometimes," Isfail finally stated. "I don't know how much she's told you, or how much you know. The short version is that Karsh has been making some very strange decisions over the last five years. Many of the Highs called for open forums to discuss the situation. Karsh always quashed them. At first, she made a minimal attempt to listen to the concerns and appear to address them. As time passed, she became more strident in her view that she alone was empowered to decide any course of action."

"What were the other ambassadors doing about this?"

"Those with backbone tried to act through proper procedures, but Karsh always found a way around them. Over time she used more surreptitious methods to get her way."

"How could she do that?"

"How?" Isfail eyed him incredulously. "Kilronan, in your experience is there any organization whose members are all forthright and upstanding? All of the highest moral fiber?" He nodded at the look on Kilronan's face as understanding dawned.

"The Ambassador Core has a few—Akira the best of all. And she always had the force of will to stand up to Karsh. She was the strong light of reason that others would rally to. At first, Akira was able to carry reason in the Core."

"What happened?"

"Karsh started tracking the stronger-willed ambassadors—those who analyzed each situation carefully and were most likely to challenge her. One by one they were stationed away from Caldala: to Ishal, the island nations, Mildrath, Kuldor. Always keeping the more pliant, less courageous, or more malleable

ambassadors here at Coroth with her. She actually sent Akira and Alpha on a prolonged tour of the other nations. To foster trade with Caldala, I believe the excuse was." He sent Kilronan a wry smile. "And she never objected when Coroth requested Akira for one of my assignments."

Isfail frowned as his memories raced. "Then we began receiving word about the dark ones from the deserts. Caldala lost track of Ambassador Carel in Mildrath. An ambassador scout team sent to look for him never returned. Reports from other countries told that an enemy called the Mors had invaded Mildrath. Ambassador Garth was lost when Kuldor fell. Another scout team failed to return."

He threw a stone far out to sea. "Karsh began to take this new threat seriously. She sent word for Akira to return to Coroth via the islands. Several more scout teams were sent out to bring back intelligence about the Mors, with strict directives to avoid the enemy."

Giving him a thin smile, Isfail looked at Kilronan. "I've read Akira's report outlining the protectorate forces research. Your people were a good year ahead and had more specific information than we ever had before Akira became involved. She'd been lobbying Karsh to work with the protectorate forces on security issues for over ten years." Anger creased his lean face.

"Before Akira could get back, Karsh decided to send a formal negotiation team of high ambassadors to talk with the Mors leader. Not an unreasonable idea at the time. If they had used the protectorate data, they might not have chosen that course."

"Let me guess, the negotiators never returned." Kilronan scowled as he spoke. "If you'd seen their leader, the Vrorg, you'd know why."

"Oh, some did—in pieces. One man was sent back, barely alive, in order to bring the Vrorg's response to the negotiation attempt. He didn't live long enough for a master healer to arrive." Isfail hurled another rock.

"Akira arrived in Coroth shortly after that. She'd already collected information everywhere she'd been, and had reports

on the enemy movements, the surrounding countries' responses and their situations. Karsh refused to read them, continuing to delude herself that the enemy could be prevailed upon by the rationale of the Core.

"What a farce!" Isfail exclaimed angrily. "There was no rational thought in Karsh by then. Anyone who spoke out was silenced, either by transfer or threat. The ambassadors based in Coroth were heavily weighted to Karsh's toadies and supporters. There were a few who'd laid low and worked behind the scenes, doing what they could to minimize the damage."

Kilronan hurled his own stone. "What the hell were the prince and parliament doing to stop this?"

"We'll get to that. After Akira returned, she was able to convince Karsh to recall several of the best ambassadors in order to plan a mission aimed at defeating the Mors. By that time, we knew that the enemy had moved into the far regions of Ishal, keeping beyond the major rivers due to their fear of water. Unfortunately, the rivers that protected most of Ishal channeled the invaders toward the High Pass into Caldala." He turned, hitching a hip on the wall.

"Within a month, Akira and the others had analyzed the situation, predicting the probable movements of the Mors based on their pattern of invasion tactics, factoring in the mountainous terrain, and the coming winter. As you know, Akira herself would enable the mission."

Here Isfail paused, his expression somber. "Just before Akira was to head out, Karsh decided to send another negotiation team to the Vrorg."

"Led by High Ambassadors Ruton and Arith," Kilronan guessed, hearing the regret.

Isfail nodded. "There was no reason to risk more lives. Everyone knew that. Even the fence-sitters and many of Karsh's supporters openly opposed the decision."

"But they were sent anyway. Why?"

"The Ambassador Council forced a vote over the Most High's objections. You've seen her wrath for yourself. That time

she leveled a building in the compound, nearly killing several initiates. Despite that, the council, with Akira leading the call, insisted on the vote." Isfail looked away with a sigh.

"Elen Arith told me that that the vote came down to two ambassadors. Karsh carried her way by those two votes. One was the master healer to the House of Coroth."

"Who was the other?"

"High Ambassador Ruton."

Kilronan looked at him in surprise. "One of the ambassadors who died?"

"Yes. Akira was devastated. Elen was outraged and confronted him. Ruton was Eleni Arith's lover, you see. He told her brother he had waited to cast his vote until the last, to see how it would go. When it came to him, Udor, the healer, had already pushed it over the edge to Karsh. She would win if the vote came to a tie. So Ruton voted to go."

"Because he wanted to be on Karsh's side?"

"No. Because he knew Eleni was assigned to that negotiation team and he wanted to be sure that he would go with her."

Kilronan said nothing for a moment, trying to understand the dynamics of people he'd never know. "Akira is haunted by the death of Eleni Arith."

"Didn't she tell you?" Isfail asked with astonishment. "Eleni was recruited just months after Akira. They trained and roomed together for years. Eleni was Akira's closest friend, and an excellent ambassador, though not in Akira's league. I think it nearly killed Akira to watch them go. If she hadn't been committed to stopping the Mors before High Pass, I believe Akira would have forfeited her ambassador status to stop that suicide mission."

Isfail rubbed his forehead as if trying to relieve stress. "I was with the prince when Ambassador Garan reported to him about two weeks after the negotiating team went out. All the senior and high ambassadors had been in conference with Karsh when Akira somehow received their dying cries. She just stood up . . . and transmitted every excruciating detail of those last mindsights to everyone in the room. Then she walked out. The rest of them

sat frozen in horror, until Karsh decided to go on as if nothing had happened. At that point, most of the others walked out."

Jaw clenched, Isfail stood in silence for a moment. "Later that day, Garan came to me, asking to arrange a meeting with Udor. He wanted to be sure there was a witness so that Logran might understand the depth of his trusted healer's betrayal. Garan was the best friend of Ruton. Akira and Elen were the only others who knew that Ruton and Eleni were to be bound when their contracts expired this year, near the same time as Akira's did."

Isfail turned abruptly. "Now you know why Ruton was determined to go on that last mission. He wasn't going to let Eleni Arith die alone. I'd guess you'd understand that."

Kilronan met the piercing gaze and nodded.

"So you might see why we need to find Akira and make sure the vote doesn't turn on her. Akira won't stand aside when these people need her."

Former High Ambassador Muro silently wandered the chamber of portraits. High Ambassador Garan stood near the door, a grim expression on his face. He watched as she studied the portrait of a lovely woman with sunshine hair and a warm smile. Black silk bunting draped the top and sides of the frame.

Akira looked into familiar blue eyes, lost in their final words, so many lunams ago . . .

"Akira! You must be joking. You're not seriously telling us to run away? You, of all people." Sparkling laughter echoed from the past.

"Eleni, please! You and Ruton are going to your deaths. Escape this. Disappear! Have your binding and live a wonderful life." Her own desperate pleas burned in her mind.

Eleni's arms hugging her tight . . . a last sister's kiss on her cheek . . .

Akira kissed her fingertips and pressed them to the painted cheek, whispering her final goodbyes. The portrait was the only image of the person who was Eleni Arith. Akira left a pair of

white roses draped over the plaque that bore her beloved friend's name with the years of her birth, service, and death.

As she moved to leave the room for the last time, she stopped before another draped portrait—the image of a pleasant-looking young man, dark-haired, with a serious expression. "Take care of her, Ruton. At least I *know* you are together in a better place."

Garan came over and offered his arm to walk out with her.

Kilronan and Isfail arrived just before Akira finished her good-byes. They stood, silent and unseen, outside double doors opened to the sea. Akira wore the formal black-and-emerald robe of her ambassadorship, with the emerald chain that proclaimed her retirement. She eschewed the veil, but a black silk scarf draped her head in respect of tradition.

Taking the paved walk around the building, the men entered the main courtyard where Akira and Garan stood, talking with other ambassadors near the central fountain. Akira turned, producing a grateful smile as they walked up. Isfail offered his arm, and she took it with a sigh of relief.

"Senior Master Kilronan, I'd like to introduce my good friend, High Ambassador Daas Garan."

Garan returned the strong forearm clasp, looking Kilronan over carefully before nodding his approval. "I'd like to spend some time with you while you're here. You can give me a personal account of the High Pass action, since Akira won't talk about it."

Kilronan looked at Akira. "We'd planned on leaving a week after the Grand Reception, but this latest situation might affect that. Lady Muro may need more time after dueling with your high ambassador."

"Yes. I can see that she's worn out. I wouldn't have brought her here today if I'd known."

Garan missed the exchange when Kilronan caught Isfail's eye, but Akira didn't.

"I'm standing right here. Could you avoid talking about me as if I were absent?" Akira reprimanded, with a tighter grip on Isfail's rigid arm.

"Your attitude hasn't changed." Garan chuckled before offering more seriously, "I'll have one of the coaches take you back." But he frowned when Akira declined.

"I refuse to be hovered over again," she declared firmly, her eyes daring Kilronan to argue with her. "I'll walk back with these two warriors who took it upon themselves to track me down."

Isfail just grinned unapologetically while Kilronan laughed. The said their goodbyes after Garan requested a meeting at the guest solarium.

With a firm hold on Akira's arm, Isfail drew her away. Kilronan followed, glancing back once to catch Garan looking after them. The ambassador did not look pleased.

They were midway to the palace when Akira looked from one to the other. "What was that about?" When neither man answered immediately, she stopped, pulling away from Isfail to punch them both.

"Damn it," Isfail muttered, rubbing his biceps. "Maybe you could leave out the force boost next time."

Kilronan felt the same as he flexed his abused arm. It was going to leave a bruise.

"You showed up so quickly, I wondered if someone had hinted at abduction," she exclaimed, narrowing her eyes and contemplating the possibility of dipping into their unwilling thoughts.

Isfail crossed his arms and arched a brow. "Remember your ethics, my sweet."

"How did you know what I was thinking?" Akira smiled with honeyed sweetness.

Rolling his eyes, Kilronan threw up his hands in frustration. "What were you doing there, Akira?" When she looked at him in amazement, he added, "That's a reasonable question. Didn't you think we'd be concerned?"

Before she could answer, Isfail said, "At Ocean Cliffs, you were terrified of returning to Central. Of course we were worried when we found you gone."

Cutting off the acerbic retort she'd begun, Akira took a deep breath as she thought about it, and the genuine emotion on both faces. "I'm sorry not to have considered that. And I appreciate that it was a concern."

She turned and began walking slowly toward the palace. Isfail and Kilronan moved up to flank her.

"I don't really know why I went today," Akira admitted. "Things undone, maybe. Words left to say."

And that, Isfail thought, was the crux of the concern.

Forty-Four

Garan appeared the following afternoon while they were enjoying a relaxed luncheon in the solarium. Akira introduced the other members of Team Kilronan, along with Cobon and his team, who'd been invited that day. If Garan felt inhibited by the presence of the protectorate warriors, he masked it well.

When Cobon's team excused themselves to enjoy their last afternoon in the capital city, Team Kilronan went with them. Isfail caught the look from Kilronan and saw them out.

Alone for the moment, Garan studied Akira from his seat across from her, frowning thoughtfully at the subtle evidence of injury and weight loss.

Akira noticed the silent examination and smiled. "Daas, I'm fine. Really."

He sat back with a slight smile. "You always say that, Akira. But this time—" He stopped, not wanting to bring up the High Pass mission. Garan looked down as she reached over to take his hand for a brief moment. Curling his own strong fingers around her more fragile ones, he studied their joined hands.

"It was hard, Akira," he murmured, daring to look in the emerald eyes as he spoke. "When we were told that you had died, all the life . . . the hope . . . left Central. Left me."

She looked at him, feeling some uneasiness. "You could have picked up those reins. You still can."

"You're really not coming back to the Core, are you?" Garan sighed as she shook her head. "What now?"

Akira shifted restlessly. "I didn't expect to survive the Mors. I knew I could stop them, given the right people and circumstances, and I did." She looked out the wall of windows, across the courtyard to the sea sparkling under a bright sun. "But I was done. I wanted to be done. Kilronan willed me to stay alive."

She missed the look of despair that flickered across Garan's face.

"I want my own life now," she stated, looking back at him. "The Core will survive, if you and the others take this opportunity to step forward and avert the crisis."

"Sounds like the best idea to me," Isfail's deep voice came as he returned through the open courtyard doors. He'd stood there, unnoticed for several minutes, listening to their conversation, seeing the joined hands, and adding another piece of evidence to what he'd suspected.

"Yes." Though Garan's response sounded forced as Akira withdrew her hand from his. "We've been discussing what will happen to the Core. Karsh will be removed, but it's going to be difficult to restructure leadership without Akira's participation. We all believed she would stand for the Most High if we were ever able to get Karsh out."

When Isfail looked at Akira, she tried to sooth the fear she saw in his stormy eyes. "And I've just told him that he is able to fill that role himself. I'm willing to lend whatever support I can—from the outside."

Both men leaned back—one relieved, the other resigned.

Most High Ambassador Ana Karsh was officially stripped of rank and position by the decision of the special assembly, three days after the events on the shore outside the palace. Livid with rage, she was removed from the court under heavy guard, to await final sentencing at the prison keep just outside the city.

Karsh had one request as she awaited transfer in the little-used cell in the lowest level of the palace compound, where she'd been held during the trial.

She wanted to talk with Akira Muro.

"No," Isfail ground out when Logran relayed the request in his rooms. "That's not acceptable."

The prince just waited out the expected storm. "She's allowed the request."

"To hell with what she's allowed!" Isfail punched a fist into his other palm in frustration, knowing Akira would agree to it. Raking his fingers through his hair, he tore the neat leather tie free and threw it at the desk. "Hell!"

When he flung himself into a chair to scowl out a window, Logran knew his cousin was resigned.

The prince pushed up from his own chair and walked to the door. "Akira will be in my private office for afternoon tea. Why don't you join us?" Logran grinned at the expletives that followed him out.

Commander Isfail, Captain Aroth and his guard platoon, Team Kilronan and Team Cobon, with the added force protection of Recon Alpha, all insisted on escorting Akira into the dark substructure of the original fortification. Under other circumstances, several in the group would have been interested in exploring the ancient depths where torches flickered to light the way.

As they crowded around the barred cell, Karsh gave a hard bark of laughter.

"You've brought an audience, Muro." She held up her manacled hands, bagged now in tightly secured leather. "Isn't it enough that my fangs have been pulled?"

"You asked to speak with me. I'm here." Akira felt an unexpected wave of remorse as she looked at the woman. Ana Karsh had aged in the lunams she'd been gone. Her former superior, once so much larger in stature and presence, now seemed diminished. Karsh hunched on the one chair allowed in the cell, black eyes sunken, burning with madness as they peered between heavy bars. Her white cap of hair stood out in wild tufts.

Karsh tipped her head curiously as she focused on Akira.

"Why couldn't you do what I wanted you to do?"

"What did you want?

"Everything! With you, your powers, I could make us great. We would rule, Muro!"

Akira shook her head.

"You're a disappointment," Karsh murmured with odd sincerity. "All that ability . . . wasted." Her mood shifted with frightening speed as she jerked up, glaring at those around her. "For what? For people who are nothing compared to us?"

Scrabbling to the bars, she stretched out those constrained hands. "This is your future! Do you think they'll stand by you when the politicians call for your head?" Her face twisted with eerie cunning. "Will they stand in front of you when the arrow finds its mark? When the poison stops the breath?"

Karsh gave a mad laugh when Isfail stepped forward, drawing a flashing dagger.

"You know something, old crone," he snapped. Akira's hand on his wrist had him lowering the blade.

"What do you know about The Bow, Ana?" she asked calmly.

Karsh retreated with the sly smile of a child. "I know who forged the arrowhead. I know who strung the bow. And I know who sent the arrow flying."

The singsong cadence set teeth on edge for many who listened.

That strangely child-like expression tightened, hinting at the power and cunning that had thrived within. "I know you've doomed yourself and all those who hold true power. You've chosen weakness over blood, Muro. Human pity over real strength."

Contempt filled those insane eyes. "It's blood that began this, and blood that will end it."

Her mouth twisted into a feral grin, and it chilled the bones. "Remember Baronan's Keep. The dead keep their secrets there."

Forty-Five

Karsh sat in her cell, rocking and mumbling long after they'd left. She had no sense of day or night though stone-lined circulation shafts, angling from vents above ground level, led to narrow portals at the top of one wall and allowed light to brighten the gloom when the sun was shining.

But in the small hours of the night there was only the faint susurration of the sea flowing with the cool air down those dark shafts. Even the guards, posted in the wide hall outside the thick wooden door to the prison section, were silent in their watch.

Another hour passed then stone grated across stone in a long-forgotten storage alcove. This section of the subbasement extended beyond the foundation of the current palace, and had been sealed off by the previous ruler when the rest of the understructure had been reinforced. There seemed to be little purpose to the ancient and odd cavern-like cellar. If there had ever been one, it was lost to the centuries.

Still, those decades of dust were disturbed tonight when stone moved, grinding shallow grooves into the floor as a narrow slab of the wall slowly rotated. A dark figure eased through the resulting gap, followed by another. Dim torchlight spread from the passage they'd come from. Both were just darker shadows in the unlit space, covered from head to toe in snug black. The taller and heavier of the two moved with silent confidence, gesturing for his more reluctant companion to follow.

Within minutes, they stood at the sealed portal leading to the palace subbasement. The smaller man stepped forward,

removing his glove before lifting a shaky hand to the latch. The other stood by until he heard the reluctant slide of a thick bolt. Cautiously, the larger one tugged the heavy door, pausing when the hinges groaned from disuse. They waited for any sound of discovery then the smaller man shook his head.

A thick chain secured the door on the other side, preventing it from opening more than a man's hand-span. The smaller one slipped his bare hand through, reaching for the heavy lock. A moment later, he had it open. Barely breathing, he worked the chain free so the door could be pulled wide enough for them to slip through.

Continuing down this hall, they paused at the corner where it intersected the wider main passageway. Without a sound, the big man drew a thin blade from its sheath. Turning his head to the man quivering with fear at his side, he tipped his head in the direction they needed to go. When the man stood, frozen it seemed, the larger one eased the flat of his blade across the smaller one's masked throat in silent threat.

Sliding around the corner, they crept closer to the twin torches illuminating the unsuspecting guards.

The sound of the door latch lifting had Karsh stirring from her mad reverie. Then she stood up as the thick door opened and two men in full reconnaissance garb walked in. She grinned, waiting as the smaller one worked the locks on her cage.

"It's been days," her voice was querulous, at odds with her smile.

Neither one spoke, ignoring her while they released the shackles. But when she held up her covered hands, the big man only said, "Not yet, Ana."

She complained, but the familiar voice soothed her temper. He took her arm to guide her out and around the guards lying dead with thin wire garrotes still twisted around their necks. Karsh just gave a cackling laugh.

Placing a gloved hand over her mouth, her rescuer whispered, "Quiet."

Enjoying the game, she nodded rapidly, slapping her bagged hands over her mouth with glee in her eyes.

They went back to the old section, reversing their actions. The small man used his skills to make sure they left no trace, no footprints. Once they were through the door, he threaded the chain back and locked it once more. Moving fast through the abandoned section, they reached the alcove and pushed Karsh into the torch-lit passage. Within moments, the stone slab ground closed.

They walked quickly now through musty passages until the walls darkened with moisture and began to drip, then run with water. Karsh breathed in the scents of closed, wet spaces, and the briny smell of seawater. When they stepped up into the windowless chamber behind a moss-covered wooden door, she laughed long and loud.

The tall man pulled off his hood with undisguised relief. "I don't know why you people wear these." But Barash showed wicked pleasure when the terrified white face of Jerrat emerged from his hood, covered in cold sweat. "You did well, little rat."

The ambassador said nothing.

Karsh was busy foraging in the baskets of supplies that lined the room. Barash watched her while he picked at the annoying uniform and said, "There's enough fresh food for several days, dried and preserved edibles and supplies for at least two weeks. I want you stay here until I come for you. Do you understand, Ana?"

"I understand," she grumbled, rummaging now through a bag of clothing.

Barash shook his head in disbelief. "Look at me." He walked to her, gripping her chin until she met his eyes. "Promise you will not leave here."

Sanity appeared in her black eyes for a brief moment. "I promise not to leave."

"Good."

They left her humming to herself over a basket of fruit.

Jerrat followed as Barash splashed, then waded through tunnels where time and the sea were exacting their toll. The torch in the tall man's hand shone on rippling black water that deepened as they moved cautiously through ancient passages. Stones bulged from deteriorating walls, and ceilings threatened imminent collapse in the flickering shadows.

Extremes of terror had become so much a part of Jerrat's life in the last several lunams serving Ana Karsh that this latest peril had little impact. He let himself relive the brief interlude of hope when she had been detained. The blissful two days of the council hearings and the cautious air of change and anticipation that had swept the Ambassador Core.

But his secret exhilaration when Karsh was stripped from her position had shattered when her most dangerous ally had woken Jerrat from the first peaceful night of sleep in over a year. The hard face hovering over him when he'd opened his eyes was even more terrifying with the three long slashes marking one side of that long, cruel face.

Only hours ago, Jerrat mused, no longer feeling the cold or the fatigue as his feet seemed to move without his direction. Now Karsh was free, and he was party to murder and treason.

When Barash slowed to a halt ahead of him, turning to Jerrat with an oddly gentle smile beneath pitiless eyes, the ambassador stopped. Seeing the intent in those black eyes, a welcome peace spread through him. Spreading his arms slightly, palms out in acceptance, Jerrat never felt the knife that sliced in the dark.

Wiping blood from the finely honed blade, Barash studied the smiling corpse curiously. With a shrug, he stepped over it and backtracked to the turning that led to a hidden door accessible only at low tide. With a grunt of effort, he put his shoulder to the ancient stone slab and struggled to push against shallow, incoming waves. Sweat streaked his face when he let the slab swing closed behind him.

Swiping his forearm across his brow, Barash stood beneath a natural overhang, appreciating some long dead stonemason's art. The carefully quarried surface of the rotating slab had

been further worn by over a century of wave action and was indistinguishable from the surrounding rock. Barash wondered how long it would be until the sea claimed the last remnants of Caldala's founders.

Those idle thoughts entertained him while he donned the hooded mask again to slip undetected into the stables for Jerrat's horse. There was no guard to hinder him as he saddled the gelding and slipped the bridle over his head. He put on the full-hooded black cape that Jerrat had provided. The length fit him well enough. With mask, hood, and cloak, any witnesses might think he was the escaped woman.

Barash led the horse, walking him past sleeping buildings to the road. Swinging into the saddle, he kicked his heels to send the gelding into a hard gallop as he set off on the long ride from Coroth.

Forty-Six

Dawn was breaking while Kilronan and his team traded good-humored insults with Team Cobon over who'd had the most adventurous encounters while in Coroth. Enjoying the comfort of Isfail's arm wrapped around her shoulders, Akira actually laughed at Cobon's insistence that the confrontation with Karsh couldn't be counted.

With horses standing ready, and Lord Corcoran's coach loaded, they waited for him to complete his official farewells to the prince and princess inside the palace. As time passed, they went on to embellish even taller tales to take back to their friends in Mountain Shadows.

Most of the lords, ladies, and other officials from around Caldala had already returned to their cities, towns, or protectorates. Many had left before the crisis and trial of the former high ambassador, and would undoubtedly regret leaving without adding that historical event to the excitement of celebrating the heroes of the High Pass.

The mayor of Insalat and his chief-of-staff were among the fortunate who'd tell the tale from first-hand experience. That contingent would be departing after breakfast today, with a much shorter journey ahead.

The weight of the Karsh situation behind him, Kilronan had accepted Fal Oshulta's invitation to dinner the previous evening as a private farewell. They'd made no plans to see one another again, and parted as friends. He'd chosen to leave her bed shortly before midnight.

Lord Corcoran came out, striding to the cheerful group while pulling on thin leather gloves against the early morning chill. Cobon signaled his team to mount after hearty handclasps all around.

With some final words of proud congratulations, Corcoran also made the rounds with his remaining protectorate team, leaving Kilronan and Akira for last.

"It's been more than interesting." He chuckled, shaking his head at the understatement. "And well worth the journey. I look forward to having you both safely back within my jurisdiction." Corcoran clasped Kilronan's arm with a firm hand.

Turning to Akira, he took the offered arm then pulled her into an unexpected embrace before kissing her on both cheeks. "That's from Gralla. I was under orders." He smiled at her startled laughter. "As difficult as it seems to be for you, my lady, try to stay out of trouble."

That brought a bark of laughter from Isfail to join Kilronan's amusement.

"I'll do my best," Akira returned, stretching up to plant a kiss on his smiling lips. "That's for your lady."

Isfail held out an arm with a strong grip for Corcoran. "Safe travels, sir."

Those remaining stood back, watching coach and escort move slowly around the arc of the courtyard, pausing briefly to clear the guard at the gate before rolling onto the wide thoroughfare and out of sight.

With some talk of finding an early breakfast, they all started for the guest court.

"Commander Isfail!"

Everyone turned to the urgent hail. Isfail stepped forward to meet the captain-on-duty, who strode to him with tension in every movement. "What is it?"

"My Lord! Karsh has escaped."

Security tightened all around the palace, including the court where Team Kilronan hustled Akira while soldiers and

guardsmen rushed to duty stations. After one hard kiss, Isfail had left her to hurry to the prince and await the details.

Akira paced the large living area of her wing, while Kilronan stood by the wide window observing the activity outside, and speculating on what was being done. With Isfail's approval, Kilronan had sent Eron and Celina out on horseback to catch up with Lord Corcoran's coach, and inform them of the escape. The rest of his team was spread around the room, as if the convicted woman might suddenly appear out of thin air.

At midday, a profusely apologetic attendant arrived, leading a guarded detail of staff carrying an elaborate meal to make up for the absence of breakfast. Since none of the guests had noticed the lack once the alarm was raised, it was an unnecessary, but appreciated gesture.

Isfail appeared as they were setting up. "I can stay to eat with you," he said in answer to Akira's invitation. "Then I need to return to the palace. A strategy meeting is scheduled to plan the hunt. Logran would value your input, Akira."

He met Kilronan's hard eyes. "And yours."

When Akira set a full plate before him, Isfail caught her hand, bringing it to his lips for a long moment. "Thank you. I wish you'd returned to Mountain Shadows before this." Releasing her, he glanced around the table to the others. "All of you. Karsh is insane enough to target you."

Taking the place beside him, Akira said calmly, "I don't see how she can hide for long. Her madness impairs her judgment and will bring her out in the open, just as it did before."

"Can you give us any details?" Kilronan asked, his team silently listening while they ate.

Isfail's face tightened in anger, and he drank down his tea before answering. "The guard outside the prison section changed out at midnight. When the dawn shift arrived they found both men dead, garrote wires still around their necks. The door was open and Karsh's cell empty." He took a bite of his food while they absorbed that information.

"The worst of it is there was no indication of struggle, no sign the guards made any attempt to defend themselves or their post." He sat back, staring at his plate without seeing it. "It looked as if they just stood there and let themselves be executed."

"Maybe they did." Akira looked at Isfail with too much knowledge in her eyes, too much experience in her darkest memories. "I believe another ambassador is involved."

The others looked at her, silently waiting.

But it was Kilronan who suggested a name. "Ambassador Jerrat."

Isfail tapped the edge of the table with a restless finger. "Of course. He's a mind-bender, and Karsh's tool for years." Then his eyes narrowed.

"Jerrat, almost certainly—but someone else planned this and carried it out. Jerrat's a proven coward," Isfail said thoughtfully, leaning back in his chair.

"You've sent men to Ambassador Central," Akira stated without needing to ask. "You'll know soon enough if he's there and if anyone else is missing. Garan told me that all ambassadors have been recalled to attend the Council of Ambassadors."

Maronan swallowed his current mouthful. "What's that, Lady Muro?"

"A rare event," she said with a slight smile. "The Council of Ambassadors is only convened to deal with a crisis or elect a new Most High."

Her smile faded. "It appears this council will debate both."

Another debate, an internal one, was taking place in the prince's mind that evening. Each new detail, every new uncertainty accrued over the long day had added a brick to the weight of concerns that had been gestating long before the High Pass Victory. Now one of his greatest, and most secret, fears as a ruler had come to pass.

A formidable force-bender was loose—uncontrolled, and unrestrained by any sense of morality or regard for human lives. An ambassador with decades of experience, mad with thwarted

ambition, and had already proven herself capable of attacking whoever stood in her path.

Logran had honored the laws over the years, refusing to take the expedient path of removing an elected Most High and risking censure by Parliament and the Ambassador Core. He'd put aside warnings from trusted advisors, including the cousin Logran trusted most, Ardan Isfail. He'd wanted to be seen as fair-minded, willing to uphold laws and regulations with absolute lack of bias, though Ana Karsh had grown more dangerous and more powerful with every year.

He'd wanted to represent every individual within his country with equal regard and protections.

Now the House of Coroth once more faced decisions that had been debated centuries before, when the remnants of a persecuted race had sought freedom in an infant nation. Logran weighed the brutal scales of justice. Were the force-channelers a benefit to Caldala? Or were they an uncontrollable force of destruction?

"You wanted to see me?" Isfail asked as he walked into the study.

Logran indicated the door to his private garden. "Let's walk, Dan."

Isfail followed him onto torch-lit paths. "I heard some people saw a rider who might have been Karsh on the coast road early this morning."

"Yes. I'd like you to take a patrol unit and follow that. The reports seem to lead north, toward Insalat. You can link up with your own platoon there, unless something breaks before that."

"Baronan's Keep," Isfail muttered unexpectedly. When Logran indicated for him to go on, he said, "Karsh rambled about secrets at Baronan's Keep. Maybe she's gone to ground there. It's only hours from Corsalat, turning off the coast road."

Feeling some relief with having a direction to pursue, the prince nodded. "Get your platoon first. I'd feel better if you have backup. Whatever you find, send a messenger back to report. We'll go from there."

"I'll leave before daybreak." Isfail silently thought through what he needed to do before then.

Logran braced his tired body against the edge of a burbling fountain while his cousin circled the pool.

"If this had to happen, I'm glad it was after the celebrations, after Coroth honored Akira and Team Kilronan as they deserved." Seeing the tension on Logran's face, Isfail tried to lighten the mood. "I'll have to fall back on my share of the royal blood if I'm going to court the new princess."

"You're going ahead with it, then? After all that's happened?"

Too wrapped up with the thought to notice his cousin's reserve, Isfail smiled. "I know she could be happy with me. We'll work out the details. I've already put in my papers for retirement, though I'll hold off leaving the militia until this situation is fully resolved. With luck, I could be in Mountain Shadows with Akira for the winter."

Logran heard the hope in Isfail's voice and the happiness under it. He really loves her, he realized, with a crack in his resolve. It would be easier if it were only lust. Gripping the polished stone rim, the prince steeled himself to crush that hope.

"She's one of a disappearing race. Kilronan can give her the full Psyche line."

Isfail spun to stare at him. "She's not a horse, Logran. You sound more concerned with breeding than people's emotions."

"No. I'm concerned with what's best for her—and Caldala." The prince raised a hand at Isfail's vicious curse. "Hear me out. Akira is a unique asset to our country. She's still vulnerable. Mountain Shadows is the ideal place for her. It's the strongest protectorate force we have and it's isolated. They can, and have, protected her."

"And I can't?" Isfail retorted angrily, shaking off the hand Logran laid on his shoulder. "The Bow has already placed an assassin in Mountain Shadows."

"And the protectorate was on him when he made his move. You're one man, and Insalat is more easily accessible—more

people, more opportunity to infiltrate. You can't be with her every hour."

"I already said I'm planning to go to Mountain Shadows as soon as I'm free of obligations!" Isfail stalked away to stare up at a star-filled sky that had seemed so perfect just nights before. "What are you really saying? What do you want from me?"

Hearing the bitterness, Logran felt the weight of his crown. "I want you to step away from Akira Muro."

"Just like that. After all my loyalty, all my service to you and Caldala." Isfail felt the betrayal like poison burning through blood and mind. "You'll order me to give up the only woman I've ever loved."

With hard-won calm and quiet authority, Logran met the desolate challenge in his cousin's stormy eyes. "It's not an order. It's a request. For the greater good, I'm asking you to step back—to let Kilronan win her."

There was silence between them for several long moments.

"I know how much I'm asking, Dan."

"No." His back rigidly straight, seething with anger he'd never known for the man who was both family and liege, Isfail felt the first deep rift in a lifetime of trust. "No, Coroth, you have no idea what you're *asking*."

Logran watched his cousin—the man who'd been a brother to him all their lives—execute a deep bow, insulting in its acute correctness, before turning to stride from the garden. Never before had Isfail used such formality when they were alone. It made Logran's stomach churn knowing he'd caused it.

Then he turned and saw Oona, standing frozen and silent at the open door to his private study. His gut clenched at the tears on her face.

"Oona."

"Why?" she asked softly, sorrow filling that one word.

He shook his head, no longer sure of the answer.

The guards at the guest court started to pass Commander Isfail through with only a nod of recognition. The scathing

reprimands from the man recognized by every guard at the palace ensured his credentials would be thoroughly checked, regardless. It wasn't long after Isfail had gone into Lady Muro's wing before every guard received the warning that the commander was in the blackest of moods.

That fact was clear to Akira the moment she saw his face. Even Kilronan and Arith—who were there with transparent excuses of wanting to discuss possible hiding places for the escaped Karsh—considered taking their conversation to the other wing and leaving Akira under Isfail's protection for a while.

"What's wrong?" Akira cut through the matter.

Running both hands through his hair, Isfail fought for control. He would not bring up Logran's ridiculous suggestion. He would not walk away from the woman he loved.

He took a deep breath and blew it out.

"Frustration, fatigue," he ground out, and saw that none of them believed that was all. "There've been sightings of a rider who could be Karsh, maybe an accomplice, on the coast road, heading north."

"Baronan's Keep!" Kilronan and Arith exclaimed in unison, earning sharp looks from Isfail and Akira.

With an edgy laugh, Isfail nodded, calming enough to sit beside Akira and take her hand. "I'm glad that's unanimous. I'm leaving at dawn, taking a patrol to follow that trace and on to Insalat. I'll pick up my command, and backtrack to the keep to see what there is to see." Akira's hand tightened on his.

Leaning over for a moment to rest his cheek on her hair, he ignored any concern about concealing tender feelings from the men who watched. "It upsets me to leave you while she's on the loose."

"We'll be here," Arith stated irritably. "Alpha's priority is Akira's safety."

"As is Team Kilronan's. And mine personally," Kilronan joined in without annoyance. He knew what it was to feel helpless to defend the woman he loved.

Isfail straightened with a nod. "I know. It's the only reason I didn't argue the directive." He met the resolution in each man's eyes. "I know."

"Now that the men have settled their manly egos," Akira began with sarcasm, watching each one wince. "We'll just skip over my ability to defend myself, and discuss the ambassadors most likely to help Karsh in her flight."

She suppressed a smile at their collective sigh of relief.

Later, wrapped close in her bed, Akira and Isfail spoke of happier thoughts and future plans, each hiding the underlying fear for the other. And when Akira knew he'd fallen asleep, she wondered what Logran had said to break his cousin's heart.

Forty-Seven

Clouds filled the early morning sky and a cold wind whipped Akira's emerald-and-black robe around her legs as she walked to the waiting conveyance, flanked by Kilronan and Arith. Though Isfail had departed at sunrise, Captain Aroth's guard completed her protection in an excess of caution. Arith clasped arms briefly with Kilronan before walking over to mount the horse next to Reva, who was waiting at the head of Recon Alpha.

"Everything will be all right," Akira reassured calmly when Kilronan scanned her varied escort with a frown. At Prince Logran's insistence, she would travel by enclosed carriage, with a Royal Guard company and Recon Alpha escorting her to and from the council meetings.

"I'll feel easier when you're back here under my watch," Kilronan replied. He handed her up into the carriage, stepping back as the footman closed the door and Captain Aroth's men moved to take their positions.

Arith nodded to Kilronan as the black-masked ambassadors rode beside and behind the carriage as it rolled through the main palace gate and turned south.

The large assembly hall at Ambassador Central was filled with all ranks of ambassadors, from the youngest recruits to the most senior of the high ambassadors. Whispered conversations created a buzz of sound as everyone waited expectantly for the opening of this rare event—the convening of the Council of Ambassadors to elect a new Most High.

Silence fell over the great room when the large double doors were opened and the woman most were waiting to see entered, escorted by the ten ambassadors of Reconnaissance Alpha.

Akira Muro. The most powerful ambassador the Core had ever known.

The assembled stood in one whoosh of movement as she walked the long aisle to the council stage where High Ambassador Garan and the lead Senior stood before their respective ranks. Everyone in the room bowed to her as she swept soundlessly by, commanding respect in her formal robes with the chain of honorable retirement glimmering around her neck.

Garan came forward as she reached the broad steps, bowing low then offering his hand to lead her up to a seat of honor. Then he moved to the podium, waiting for Alpha to take their seats in the front row before banging a heavy gavel.

"The Sixth Council of Ambassadors is now in session!" Garan's strong voice rang through the hall. "We meet here today—in a time of crisis—to resolve two grave issues." His calm eyes scanned the silent assembly as he continued, "After conviction for acts of treason, the former Most High Ambassador Karsh was officially removed from her position and expelled from ambassador service by the House of Coroth. This requires the selection of candidates suitable to fill that critical post, and the election of the next Most High, whose name will be submitted to the House of Coroth for final approval.

"The second issue is of serious import to the ambassador service and to national security." Garan paused a moment for a deep breath. "Yesterday, we learned that Ana Karsh escaped her prison. It is likely that one or more ambassadors planned and made that escape possible."

From her place of honor, Akira observed reactions. It came as no surprise that most present had heard that Karsh had broken free. She turned her attention back to Garan's speech.

"Due to the crisis of leadership at the highest level, we will move to the election process first," he continued. "The outcome of the election is determined by the senior ranks and the high ranks.

This first session is an opportunity for all ranks to participate, to express opinion, and to question the candidates."

Garan glanced at Akira as he finished his opening. "Today the Ambassador Core and this council are uniquely graced by a former ambassador, one of a very few to have reached honorable retirement after twenty years of service in the Core. The only ambassador publicly acknowledged to have exceeded the greatness of our founder, Anaran. I ask Retired High Ambassador Akira Muro to address you now."

He turned and saw the quickly suppressed shock on Akira's face. But she rose and walked to the podium while everyone stood and applauded.

Raising a hand, Akira waited until all took their seats. Then her low voice carried throughout the hall. "I thank High Ambassador Garan and this assembly for the privilege of addressing you." She noted Arith's amused face as he gave her a discreet wink.

"It is with personal sorrow that I attend this day, when our respected service faces a crisis of leadership and accountability. Anaran himself must look down on us in despair at what we have come to. I ask you all to learn from our history over the past several years, to examine the terrible misjudgments of leadership, and the fracturing of our relations and loyalties by divisive policies. We look at one another with suspicion, not as uniquely skilled individuals united within the service of the Ambassador Core for the benefit of the people and nation of Caldala!" Akira's ringing words challenged them to remember their purpose.

She looked out over the silent membership, her emerald gaze seeming to pierce each soul. "This crisis cannot be laid solely on the unstable mind of Ana Karsh. We are all accountable. Each of us had a part, large or small, in how we've come to this point. Whether by active disaffection and betrayal," using her vibrant words to shine bright light into dark corners. "Or by passive acceptance, deliberate ignorance of the internal disintegration of the Ambassador Core."

Tempering those hard words, Akira surveyed the silent faces again. "I commend those of you who *did* step up once you

recognized the danger. I know who you are, and thank God for your courage and the loyalty that kept our noble service from failing years ago. Now you must *all* search within yourselves, examine your hearts, find your purpose, and heal the Ambassador Core!"

Stepping back from the podium to thunderous applause, Akira bowed her head before returning to her seat.

Garan stood back, applauding with the rest. He'd listened and watched closely while she had spoken. Her speech had both criticized and inspired the weakened ranks. Now he hoped for a miracle—that Akira Muro would return to the Core. He truly believed she was the only one who could provide immediate stability, as he saw smiles on faces that had taken opposing sides over recent years.

As the room slowly quieted, Garan returned to the podium. He looked at the sea of attentive faces. "There you have all the words that are necessary. Now you must act on that guidance." Banging the gavel once more, he stated, "Open forum is now begun."

An immediate rustle of movement and murmurings began until a woman stood to be recognized.

"Ambassador Tenan has the floor." Garan called for quiet.

"Thank you. I need a clarification and I have an opinion." She waited until Garan nodded before continuing, "The Most High must be elected from the ranks of high ambassadors, is that correct?"

"Yes," Garan acknowledged.

"Must that ambassador be active?"

"Yes."

"Then my most respectful request and opinion is that former High Ambassador Muro renounce her retirement in favor of candidacy as the next Most High Ambassador. It is my most adamant position that she is the only one with the experience and conviction to lead us. Especially now." Tenan bowed deeply to Lady Muro.

Her mind frozen by this turn of events, Akira watched in growing consternation as ambassadors began to stand, the groundswell of opinion proceeding rapidly until most of the Core stood looking to her. Only the ambassadors of Recon Alpha continued to sit, resolute in their solidarity. Arith shook his head slowly when his worried eyes met her anxious gaze.

Garan stood with every high ambassador on the stage, looking at her with a silent plea in eyes that became hopeful as she rose to walk slowly to the podium.

Akira took a deep breath, and looked again to Alpha, seeing their concern. They remained seated, with Reva silently mouthing *'no'*. Of all those in the room, they were the only ones who understood everything she'd endured throughout the years, the only ones who believed she should have a life of her own.

She drew strength from their support, and the love she felt from them allowed her to resist. To refuse the part of her nature that needed to fill the void she knew existed in the service she'd dedicated so much of her life to.

The others quieted, taking seats as she lifted her hands.

"Ambassador Tenan, I thank you for your endorsement and your support," Akira began seriously, nodding to the woman before looking around the room. She turned her head, nodding to acknowledge the senior and high ranks behind her. "Ambassadors all, your faith in me is overwhelming. I have no words sufficient to express my gratitude for this honor." Taking another breath, Akira settled her mind and heart.

"I believe deeply in the original purpose of the Ambassador Core. I am proud of the twenty years I have served. I did my best to uphold Anaran's great vision. And I believe that all of you can turn this current crisis to good and rebuild that great purpose." She paused, looking out over the expectant faces.

"But I am not the one to lead you now. I have done what I could within this service." Akira lifted both hands for silence as the murmurs of discontent grew, her head held high and eyes commanding until the room quieted again.

"Now I take on another mission! One I believe is equally important. This new mission will unite this great Ambassador Core and rebuild the bonds with our sovereign government. It will forge new bonds with the other great national defense service of Caldala—the Protectorate.

"The Ambassador Core is unique in the way it utilizes diplomacy and advance force training and skills for the benefit of our country and people!" Her low voice rang out, firm in her conviction. "The Protectorate is equally unique and dedicated to the protection of Caldala." Akira looked out over the sea of surprised faces.

"High Ambassador Karsh led the Ambassador Core down a self-aggrandizing course that turned us away from our people, our government. The House of Coroth stands at a crossroad, not knowing whether to trust us or to sanction us. Which path will you choose to take?"

The emerald eyes challenged them once more. "I have chosen my allegiance . . . and it is to the people of Caldala. I believe they are best served by cooperation between the Ambassador Core, the Protectorate, and the House of Coroth. I have been offered the opportunity to act as liaison for this purpose. The very qualities and experience you laud in asking me to assume the Most High responsibilities make me uniquely qualified to accept this new mission!"

Akira paused, seeing interest in those faces, and the nods of agreement from many of them. "I believe in you. I have served with you. It is time for others to take up leadership in the Ambassador Core," she encouraged with a smile. "Now it is time for me to move on and use the lessons I have learned here to try and make a difference in another way. Hoping that, by a successful cooperation of forces, we will all have a better life. Thank you for the strength you've given me to move on even while I continue to serve you."

Akira bowed deeply as the assembly once more rose in acclaim, now including the ambassadors of Recon Alpha as they joined in with relief.

Asura watched Kilronan pace the sitting room. The hour was late and the rest of the team had retired to bed. "How are you going to take the middle watch if you're exhausted?"

Kilronan looked at her with a slight frown. Then both of them sprang for the door when they heard voices in the courtyard. They went out to find Akira being escorted in by Arith and Captain Aroth while the guard stood to attention.

"We'll be off now, my lady," Aroth said, after greeting Kilronan. "Captain Tern and his men have duty tonight. They know that Recon Alpha ambassadors will also be standing watch, along with Team Kilronan."

Asura was laying out refreshments the palace had sent over earlier. Now she brought a cup of tea to Akira as she settled on the couch with a sigh of relief.

Smiling shyly when Asura offered him a cup, Arith's gaze followed her as she moved about.

"What a day, eh, Kira?" Arith said with a tired grin.

"Were you able to accomplish anything?" Kilronan asked, studying their faces.

"Yeah," Arith replied. "Garan had the vote almost from the beginning." Then he added mischievously, "Once the retired High here took herself out of the running."

"Elen," Akira said in a warning tone as Asura and Kilronan leaned forward in consternation.

Arith chuckled as he dared her retribution. "Oh yeah. The whole assembly was ready to overturn her retirement and elect her to the Most High. We could have been finished hours ago." He dove from his seat as she shot a force push that knocked the chair over.

Laughing as he picked the chair back up, Arith quickly sobered when he saw Kilronan's tense face. "It's all right. She turned them down so brilliantly they didn't even know they'd been refused." Arith sat back with a sigh. "Thank God!"

Seeing the confusion in exchanged glances, he added, "I could see Akira being pulled in for a moment—that look she gets when

she's trying to decide what's best for everyone else, forgetting or denying what's best for her."

Akira gave him a crooked smile. "I had Alpha to keep me from making impulsive decisions."

"Thank God," Kilronan echoed Arith's earlier sentiment.

Forty-Eight

Another day of the council assembly resulted in the installment of Garan as the Most High Ambassador. Prince Logran attended the ceremony with Akira to officially sanction the transition. Half of the third day was dedicated to the appointment of other positions under the Most High as Ambassador Central quickly returned to a sense of order.

Reconnaissance teams Alpha and Beta spent fruitless hours with the scout teams, trying to determine how Karsh had left the prison section, and where she might have gone. No word on her whereabouts, or that of Jerrat, had been heard.

Much of another day was spent in futile speculation and pointless discussion regarding the missing woman. Then Akira tactfully encouraged Garan to close the council session. In a private meeting, they discussed the unresolved situation.

"There's really nothing more that can be done at this time, Garan," Akira told him as he worried over the missing woman.

"She's powerful and dangerous," he insisted, stating the obvious as he watched Akira pace along the portrait wall in his new office.

"And quite insane," she added, looking back at him with a rueful smile. "But until she's discovered, or makes a move that can be tracked, this ongoing discussion is a waste of time."

Coming back to take a seat before the desk, she said, "It's time to move on, Garan. They're waiting for you to take up the reins and go forward. You have the momentum and, right now, you have the backing."

"Thanks to you and your brilliant speeches," he interjected with a mournful smile.

Akira stood and walked to the door. "Then make the most of it, Most High Ambassador."

Garan stared thoughtfully after her as she left, and watched through the window until she appeared in the courtyard below to join Alpha, who waited to escort her to the palace. His thoughts lingered on her slender form even when she was out of sight.

Team Kilronan found themselves with several hours of nothing to do while Akira was with the council at Ambassador Central. Captain Aroth had welcomed their help and their special skills the day they'd found Karsh had escaped. Unfortunately, there seemed nothing to find.

As frustrating as that was, it supported the belief that other ambassadors had been involved in the breakout. Only people with force skills could have carried it off and left nothing behind to track them with.

By the second day, when the search moved beyond the city, with teams of ambassadors and the Coroth militia scouring the surrounding territory, any danger from Ana Karsh seemed unlikely. Aroth encouraged Kilronan to enjoy the seaside in the final days before returning to the mountains. When he offered his company's suggestion that the team spend their off-duty day with them, Kilronan put the idea before them.

"Could we go to the beach," Maronan exclaimed, jumping up with enthusiasm.

"That's one idea," his master said with a grin. "All right. We've only got a few more days to enjoy it. Let's find out if Cee wants to go, and talk to Asura."

Confident the guard would keep them safe, and his faith in their skills, Kilronan sent them off with a warning to avoid the waters outside the shallower cove, remembering Oshulta's warning about dangerous fish.

Completing a necessary errand, Aroth and Kilronan rode to the garment district to collect the uniform Kilronan had ordered

to replace the one ruined by seawater. Afterwards, the captain suggested they walk to his favorite pub.

The way to the pub cut through the section of the district catering to feminine apparel, where the two men found themselves suddenly confronted by a flamboyantly dressed woman.

"You are the magnificent Kilronan, yes?" she exclaimed, pointed a long finger at the protectorate man while he stepped back in startled surprise.

Aroth chuckled, nodding to her politely. "Good day to you, Isheill. Master Kilronan, I have the pleasure of introducing Isheill, Coroth's most celebrated and unique clothier—and retired ambassador."

Isheill's white teeth flashed in the dark honey complexion as she smiled.

"It is my great pleasure, Isheill," Kilronan said. "I'm sorry to have missed meeting you before. The women in my team spoke highly of you and your shop. Not to mention my admiration for the remarkable gown you designed for the reception, and how Akira looked in it."

"Ah, I see why the affection my Akira has for you," Isheill remarked with playful flirtation. "I must go now . . . I interrupt my business when I see the white head go by. I say to myself, must be Akira's companion . . . the other Psyche, yes? You bring my Akira with you tomorrow," she demanded as she turned with a whirl of bright silks and was gone, leaving him looking after her in amazement while Aroth laughed.

"Hard to believe that woman was a fifteen-year ambassador, isn't it?" he said with a grin.

Kilronan nodded, feeling like he'd just been tossed by a whirlwind. "That could be exhausting. Is she always that way?"

The captain shrugged. "No idea. Isheill's well admired but she keeps her personal life to herself. The princess and many of the court ladies seek out her clothes. Isheill's funny about her business. She'll charge a heavy price for her designs to those with the money to spend. And clothes the children at the orphan home for nothing. Good, sturdy clothing, too." Aroth smiled as he saw

the admiration in Kilronan's glance. "Don't tell her you know that though, most people don't. She never speaks of it, that I know of."

"How did you find out?" Kilronan asked curiously.

"Aleesa helps out at the orphanage when she can. She was there one morning when Isheill brought some things in. Aleesa hardly recognized her. She was dressed plainly, in a black robe with a long scarf covering her hair. Isheill stayed for hours, playing, and teaching the children."

Aroth continued as they turned up the avenue to the pub. "Aleesa asked the Sister who keeps the orphanage about it. Apparently, Isheill has been donating substantial funding since she retired, only requiring that her name not be mentioned. Besides providing the clothing, she works with the children, and offers the older ones lessons in design and sewing. The Sister told Aleesa that Isheill often hires older orphans who are ready to go out into the world, if they are interested in learning the business. Pays them good wages, too, while they learn the trade."

"A remarkable woman," Kilronan said quietly.

"Yes. The Core seems to produce many remarkable women." Aroth smiled. "Anyway, Aleesa promised to keep her share of the secret, only telling me about it. I suppose I've broken that confidence," he remarked ruefully.

"Rest easy. I'm good with secrets," Kilronan assured him as they entered the pub.

"I hear you leave in three days," Aroth said, lifting his mug of ale in salute a few minutes later.

"As I understand at this time," Kilronan replied. "Things seem to be wrapping up now." He took a long drink and nodded in appreciation of Aroth's recommended ale. "I'd like to be on the road soon. The mountain weather is unpredictable this late in the season. Lord Corcoran said they had light snow traveling down to Coroth."

"The winter gales will be starting here by the next lunam," Aroth told him. "We've had remarkably good weather while you've been here, with only that one overcast and windy day

when the council convened. We usually have at least one good blow by this time."

The meal they'd ordered arrived in the hands of a buxom girl who greeted the captain cheerfully before casting an inviting look to the stranger.

"Off with you, Shellea," Aroth admonished cheerfully, "The man's spoken for."

"Aye, tis the way of all you fine men," she teased, setting down a second round. "All the handsome ones are spoken for." Shellea smiled, winking at the white-haired man as she sauntered away.

Aroth grinned at Kilronan's disconcerted frown. "I should have asked if you were of a mind to sample Shellea's wares." He roared with laughter at the shock that came over the protectorate warrior's face. Clapping him on the back, he exclaimed, "I didn't think so!"

Kilronan gave him a cautious smile. "You have an interesting sense of humor."

Aroth nodded, still chuckling. "It's a poor way of entertaining myself, I suppose," he said before taking a bite of his food. Wiping his mouth, he explained, "I like to think I can tell the measure of a man within a few days of meeting him."

Kilronan chuckled, tipping back to study him curiously as he asked, "Have you ever found yourself to be wrong about a man?"

"A few times. I had a young second-in-command who seemed a fine soldier and committed to be bound to my commander's charming, and innocent, youngest daughter. Only to find him here one night with an eager hand in places where it shouldn't have been." His face grew hard. "Shellea's free with her favors and free with her tongue. Apparently he was a frequent admirer."

"What did you do?"

"I dropped a hint to the commander's sons as to where to look for him the next night. Problem solved. The young lady is happily married to a better man. And the man in question decided against a career in the militia."

Kilronan and Aroth returned just as Akira's carriage rolled in. Recon Alpha acknowledged them as they passed. By the time they reached the inner court, Arith was assisting Akira from the carriage. She smiled as she saw them.

"You look like you enjoyed the day."

"Unlike us," Arith noted, his smile hidden beneath his mask. "Good thing that's all over."

"Yes," Akira sighed, slipping her gloves off as they walked to her door.

Arith bowed before raising her small hand to his cloth-covered lips. "I'll take my leave now. Reva will be back this evening."

Alpha saluted in formation and turned to ride out the gate. Captain Aroth took his leave, as well.

"Would you like to join me for a walk on the beach?" Kilronan asked Akira as they went in.

"That would be wonderful," Akira replied gratefully. "Just give me time to change from these robes."

Several minutes later they were walking down the steps to the beach, closely watched by another unit of guardsmen that maintained a discreet distance. Akira released her long hair to let it blow in the brisk wind from the sea, removing delicate slippers to enjoy the feel of sand and water as they walked along.

Seeing the pleasure on her face, Kilronan asked curiously, "Do you miss the coast?"

"Sometimes. There's a wonderful beach just past the southern point, on Central land. We'd go there when duty was light." She looked at him with a smile. "I like the mountains, too."

Kilronan grinned. "You may feel differently after spending a full winter at Mountain Shadows."

She laughed softly. They continued walking until they came to the southern cove, empty now in the late afternoon sun.

"My team must have returned to quarters," Kilronan noted, telling her about their earlier plans.

Akira nodded and they wandered on. She led them up the steps into the cypress trees and out to the point. Akira looked

back toward the ambassador compound with a distant look on her face.

"Would you have wanted to be the Most High Ambassador?" Kilronan asked after a few minutes passed in silence.

"No. That part of my life is over."

"Did you ever want that?"

Akira thought about his question, pulling back her hair to loop it into a loose knot as she studied the compound, finally shaking her head. "No. I never wanted that."

She walked out to the end of the point, bracing her hands on the low wall to scan the sea. "If the Mors had never been a threat, if High Pass had never happened," she began quietly. "If I'd never gone to Mountain Shadows, I might have stayed in the Core, lived out my life here. I would eventually have become the Most High. There was no other meaning in my life beyond my service and Elen."

"Isfail?" Kilronan wondered. "Or me?" She was silent so long he thought she wouldn't answer the unspoken questions.

"I didn't believe in you anymore, in us." Her voice held regret and sorrow. "And Dan . . . I didn't believe in me." She gave a deep sigh then turned to him.

"Why didn't you bind with Arla?"

It caught him completely off guard. After some thought, Kilronan gave her that crooked smile. "The easy answer would be I still loved you. That would be true enough. Maybe the real answer is I didn't believe in me."

Akira's eyes met his, and they both smiled.

"It's funny how useful those Mors were," Akira mused. She glanced up to see his eyes dancing with amusement.

As they stood together, looking out over water that darkened as the sun disappeared behind the mass of clouds rising up along the horizon, Akira said, "We should go back. That's a big storm, coming in fast. Coroth will be battening down by now."

The captain of the guard approached. "We should return, my lady." He signaled his men to close in around their charge as they reached the halfway point, providing some protection against

stronger gusts of wind. Roiling black clouds closed rapidly above the white-crested chop of churning gray waves—advance warnings of the storm's severity.

Palace personnel greeted them with relief as they hurried up paved steps. The heavy doors that secured the archway to the beach were closed and bolted behind them. With winds whipping about them now, Akira turned to the captain as they reached the relative shelter of the guest court.

"I cannot bear the thought of your men exposed to this. Surely there must be a better way to honor the prince's commitment to my safety?" she exclaimed, raising her voice to be heard over the howling winds.

"Do not be concerned with our comfort, Lady Muro."

"You could house most of your men in the solarium. They have a clear view of the court from there. Team Kilronan can stay in my wing tonight, so some of your men can keep watch from their quarters as well. Ambassador Reva will also be with us."

Reva came out just then, waving to them as Kilronan took Akira's arm to hurry her along. Leaving her with Reva, he fought the wind back to his own wing.

"I was just about to mindsight you," Asura said. "We were surprised by how fast this storm developed. One of guards told us they were expecting it to be bad. Is Lady Muro back?"

Kilronan nodded. "She's with Ambassador Reva in her quarters. We'll all stay there tonight. Get whatever you need and we'll go over before this gets any worse."

Restless and edgy in her subterranean quarters, Karsh's ranting imprecations competed with the muffled crash of the sea. There was something here that her fevered brain struggled to remember. Something called to her with savage excitement. Something powerful. Something she'd once understood.

Karsh stalked to the door, gripping the handle to tug, her deeply lined face contorting in rage when it didn't open. Her mind was too muddled to lift the latching bar. Frustration peaked and she force blasted the thick door that had resisted time and the

elements. It thudded heavily into the dark corridor—oak planks black with age split and splintered, and hinges crusted with salt-rime now twisted and broken.

Cackling, Karsh ran into the darkness, her memory strangely revived by the humid air moving with the storm surge. She continued unerringly until she stood in absolute dark, running her hands with odd tenderness over the hidden door, her cheek pressed to cold, wet stone as she crooned incoherently. Some fragment of sensibility revived as she listened to the crash of waves against rock, felt the vibration of impact through the stone door.

She couldn't leave this way. Not now, not with the storm surge. But there were other ways, secret ways.

And she *wanted* the storm, wanted the powerful winds touching her, filling her with potency, like a spectral lover. She wanted to feed on its frenzy, share its wild might. And then they would see.

They would kneel before her.

Wild laughter echoed through the warrens as Karsh ran, a mad demon reveling in the blackness.

Forty-Nine

An early night had fallen with the storm upon them. The torches in the courtyard were struggling to stay lit in the strong winds and heavy rains.

Palace attendants delivered an early dinner, with plenty for all. They checked to make sure they had enough to keep them comfortable after Lady Muro politely declined the invitation to shelter in the palace itself.

After the attendants left, Akira and her companions were just sitting down to eat when a loud banging at the door brought Kilronan and Reva to their feet. Akira frowned, saying with some exasperation, "It's only Elen."

Reva opened the door to the soaking wet Arith, who turned to salute the guard who'd escorted him in.

"What are you doing here?" Reva exclaimed as he tugged off his wet jacket. "*I've* got the duty tonight."

"Yeah, I know," he said breathlessly, as he looked around the group. "I heard there was a party." Asura and Maronan laughed as Celina hid a giggle behind her hand. Eron just shook his head with a grin while Kilronan stepped forward to clasp a dripping arm.

"Bring any dry clothes?"

"No," Arith replied cheerfully while Akira rolled her eyes.

Kilronan picked up his field bag to pull out his extra set. Tossing them to Arith, he said, "We're pretty close to the same size."

"Thanks!" Arith disappeared into the second bedroom to change.

When he reappeared to hang his wet clothing near the fire, Akira handed him a plate, directing him to the assortment of food. "What *are* you doing here, Elen?"

Arith hugged her tight to whisper in her ear, "I don't like storms . . . but Karsh does." Stepping back, he said for all to hear, "The Royal Guard, Team Kilronan, and one Alpha are good. The royal guard, Team Kilronan and *two* Alphas are better."

"And what am I, young man? Helpless?"

Akira's dry delivery caused the others to laugh while she shook her head and returned to her dinner. The gathering took on a pleasant ambiance as they exchanged stories of adventures and misadventures while the storm raged outside.

The guard remained vigilant as they watched from shelter, ever more thankful for Lady Muro's concern as the storm increased in intensity. They'd lowered the lamps in the solarium and the south wing to better see the storm-blown courtyard, darker now with the loss of torchlight.

The prince had ordered all personnel to shelter, with guards throughout the palace grounds keeping watch near battened doors and windows, or the safety of covered gatehouses.

Huge waves crashed on the shoreline, some breaking at the foot of the bluffs and over the lower steps of the staircase leading to the palace. Salt spray lashed the seaward walls, but the palace had endured more than a century of such weather and stood solid in the face of the gale.

Only a fool or a madman would be out on such a night.

Celina and Maronan cleared away the dishes and listened to Arith and Reva's fascinating stories. Asura and Eron sat by the fire, enjoying the ambassadors' adventures.

Kilronan moved through the rooms, checking the windows. The heavy outside shutters had been closed hours ago, but windowpanes still shuddered with blasts of rain-laden wind. He came back to find Akira pacing restlessly, her head tipped as if listening for something in the howling winds.

"What is it?" he asked.

"Probably nothing. Storms can affect me, making me restless." Her voice was edgy and impatient, at odds with her smile.

When Asura took the younger team with her to the second bedroom to get some sleep, Arith wrapped himself in a blanket, stretching out on the couch in front of the fireplace. Kilronan took first watch in the main room while Reva joined Akira in her bedroom, settling into an armchair once her former commander had gone to sleep.

Reva listened to the pitch of the winds outside, alert to any sound that might indicate imminent danger. Evani Reva understood the winds—that was her gift as a wind-channeler. She was powerful with the force of her winds. But Reva knew there was a more powerful wind-bender, one who controlled the black winds—the winds of death. Now Reva waited to hear their evil shriek.

Kilronan got up and stretched, watching as Arith moved fitfully in his sleep. The ambassador mumbled incoherent words while pain and fear shadowed his face. Kilronan looked over when Akira appeared, pulling a sweater over her shirt, with Reva close behind her.

"Can't sleep?" Kilronan asked quietly while Reva went to make tea.

"I just woke up." Akira walked to the couch, lightly touching the sleeping man's shoulder. Reva came over with a short glass of whiskey.

Akira bent down to stroke Arith's forehead, speaking to him softly. "Elen, it's all right. Wake up."

They all jerked back when he sat up suddenly, biting his hand to stifle a scream. His wild eyes focused on Akira when she came around to sit next to him, taking him in her arms as he wrapped his tightly around her. Neither said a word until he relaxed enough to pull away.

"Drink this," Akira urged, taking the glass Reva held out, she put it in Arith's trembling hands.

He downed the whiskey in two gulps. Arith ran his hands over his head and saw Kilronan when he sat down nearby.

"Sorry you had to see that," he said, embarrassed by his weakness.

Kilronan shook his head. "Don't apologize. I've had my own demons to deal with over the years."

Giving him a grateful look, Arith lifted Akira's hand to his lips then went to the bathing chamber, dousing his head with cold water to dispel the aftereffects of his nightmares. When he came back, Akira poured him a mug of tea to drink by the fire. He gave her an easier smile as she watched him.

Akira smiled back with a nod and a loving mind touch. "I think I'll try to get more sleep." She wrapped Arith in a hard embrace before returning to share the bed with Reva.

"I'll get some sleep now." Kilronan yawned as he settled on the couch.

Arith appreciated the fact that Kilronan didn't seem concerned by the nightmare incident. He watched while the man fell easily to sleep then walked silently to the window to hear the wild sounds in the night. Arith listened as long rolls of thunder rode the winds.

Lightning forked over tumultuous ocean waves, preceding louder booms of thunder as the most intense part of the storm raced inland. Karsh waited, a black silhouette in the scant shelter of the archway from the sea, backlit by each crackling discharge. Saturated black robes flapped wetly in wind as cold as the black eyes staring across the flagstone-paved courtyard. A grim smile formed on thin lips as she waited for the storm to peak. Black fire began to ripple over clenched hands as Karsh muttered in a moment of increasingly rare clarity.

"Now we end this, Muro."

Kilronan." Arith's voice was urgent as he sensed the change outside.

Instantly awake at the warning in his voice, Kilronan leaped up, running for the bedroom.

Suddenly aware, her senses screaming that danger was near, Akira opened to the night as she scrambled up, her telepathy testing the darkness. Reva moved with her, listening as Akira did until they heard the sound embedded within the storm's natural fury.

"Go!" Reva yelled, grabbing Akira's arm to fling her through the door as windows began to implode behind them.

"Shields!" Akira shouted, running by Kilronan, who pulled the door closed behind them while shards of wood and glass flew into the bedroom.

Pulling Asura behind him when she ran from the other room, Arith braced next to Akira, with Reva on her other side. The three ambassadors lifted hands a split second before the deadly black winds hit the wall, sending broken glass and splintered shutters to shatter against impenetrable shielding.

Kilronan added his force shields to the defense while Asura ordered Eron, Celina, and Maronan to back them up.

The stone exterior wall groaned and began to flex as twisting winds battered it. Arith glanced up when he heard slate tiles sliding and saw the ceiling buckle above them.

"Kilronan!" Arith glanced up to indicate the danger.

Immediately shifting his shields, Kilronan felt Asura and Eron join his efforts. Using telekinesis, they pushed back the failing timbers as Akira ordered everyone to fall back.

Celina pulled Maronan into the tiny kitchen as the others backed toward them. They put everything into their defenses as debris swirled between the disintegrating wall and the force shields in a surreal maelstrom of violent winds.

In the adjacent buildings, the captain and his men watched the voracious black tornado in helpless horror as it tore at the guest quarters. Standing impotent within the glass-strewn wreckage of the south wing and the solarium, this was something they couldn't fight or defend against. The captain sent desperate telepathic calls for help as Lady Muro's wing collapsed.

Karsh looked on with gleeful satisfaction as she released the black winds. Men struggled against natural weather now to reach the devastated guest court. Laughing again in mad glee, Karsh darted past the splintered door behind her to melt, unseen, into the darkness while the storm raged on without further amendment.

Forks of lightning split the night over turbulent seas. Their thundering sound drowned out the high-pitched laughter of an old witch completely beyond reason.

Dancing and whirling on the bluffs, with crashing waves spuming up to add to the drenching rain, Karsh turned her face to the sky, reveling in the night, renewed by the storm's energy.

Reaching the point that demarked the boundary line for Ambassador Central, she dashed out to the point, arms lifted to the rain and wind with ecstatic joy.

Fifty

Logran paced the library in silent despair, glancing at Oona, who sat staring out the window as the new day began with churning clouds over a white-capped sea. She stood up anxiously when the secretary appeared, bowing quickly before holding the door open to admit the blanket-wrapped persons of Akira, Team Kilronan, and Ambassadors Reva and Arith.

"Thank God," Oona breathed, rushing forward to put her arms around Maronan and Celina's shoulders as she called for the master healer. She ignored assurances that no one was hurt.

The prince led Akira to a seat by the fire while attendants hurried to bring comfortable chairs for all. After making sure that they were indeed all right, Logran went to the captain on duty, and the Royal Guard commander who accompanied them.

"They were able to get everyone into the far corner where the kitchen was. With the heavier construction of the corner adjoining the wall behind it, that part of the building provided some protection. The ambassadors' shields held the rest back long enough for our men to dig through to them." Captain Tern's voice was hoarse with strain as he reported. "That wing of the guest court is destroyed. The south wing and the solarium lost all windows and sustained minor storm damage."

Logran turned to the commander. "I want all guards on the highest alert. That may have been an unusually violent storm, or it may not." Lifting a hand in dismissal as the commander bowed and left the room.

He saw Akira looking out the window, her head turned toward the southern point, barely visible through the driving rain. She met his eyes when he came to her, nodding to the question there.

"So it *was* Karsh," he said in quiet rage.

"Yes," Akira murmured. "She used the storm to conceal her attack. She's chosen to target me once again." Akira leaned back on the window seat in sudden exhaustion. Maintaining full shields for so long had depleted her energy reserves. She knew Arith and Reva were tired as well.

"Where is that woman hiding?" Logran exclaimed in frustration.

Oona came to wrap a comforting arm around Akira.

"I've had suites prepared for everyone, my dear. When you're ready, my attendants are waiting to see to your needs."

"Thank you," Akira replied with gratitude. "I'm sure Master Kilronan would like to get his team settled for some much needed rest."

Kilronan nodded but turned to the prince. "I'd like to go out with your men when the storm eases and take a look at the damage."

"Certainly. I'll see that you're notified before we send people in to salvage what they can."

"Thank you." Kilronan managed the proper respect to all three before assembling his flagging team to go to their rooms.

Akira looked after them, her face forlorn when Arith and Reva came to her. "I could not have saved them without you."

"That's what we're here for, Kira," Arith said quietly. "Just like you've done countless times before for all of us."

"That was bad, though," Reva noted angrily. "Karsh is a serious threat."

The ambassadors took their leave, politely declining the offer of rooms in order to take the news to Ambassador Central. Oona slipped her arm around Akira's to escort her to Isfail's elegant suite, and the amenities that had been provided for her use.

"I know you're beyond exhausted," Oona said with regret. "But I'd like to say something while we have this moment alone."

Akira nodded, her shadowed eyes curious.

"Logran is a good man, a conscientious ruler. He agonizes over difficult decisions, and suffers when he feels required to enforce a policy that is only the lesser of evils." Oona picked up a miniature painting of two boys who looked so much alike one might take them for twins. "Logran loves Ardan very deeply."

"Is there something you feel I should know?" Akira asked, uneasy with what was not being said.

Oona's smile was poignant. "I want what's right for both of them, but Logran's done something, said something to Ardan that has caused a rift so deep, it might be irreparable. I won't explain." She met Akira's eyes with resolution. "There is no point in inflicting more harm. I only ask you, beg you—if you love Dan as much as I believe you do, as much as I love Logran—do not give up on him. No matter what might happen."

"Princess—" Akira began.

"Oona," she interrupted. "We are equal alone. Please remember what I've said in confidence."

Akira was silent as she watched the sad woman leave, closing the door behind her.

It was the middle of the cloud-covered afternoon before Kilronan stood with Captain Tern in the ruined court, silently studying the wreckage of Akira's quarters. The rest of his team retrieved belongings from the damaged south wing. Attendants helped them move everything to their new rooms in the palace, while others worked to salvage furnishings, and begin clearing away debris before the next wave of rain.

"Kilronan!" Captain Aroth walked up, nodding to Tern. He looked around in disbelief. "I just got the news. It's a miracle any of you survived that. What about your men, Tern?"

"All safe. Minor cuts and bruises when the windows blew in, that's all. It would have been our deaths if we'd been in the courtyard when those twisting winds began. I've never seen anything like it!" he exclaimed. "Like a black demon it was, slamming again and again into the north wing until it collapsed."

Aroth's grim mouth tightened as they inspected the court to see what could be learned. They ended up resigned to the fact that the black winds had left no clues beyond the proof of their destructive power.

Looking back at the rubble that was the north wing, Kilronan said, "Let the salvage people in when you're ready, Captain Tern. We're not going to discover anything more." He stepped aside as Tern signaled the men and women waiting nearby.

They watched as men began to remove the debris, carting off broken timber, stone, and slate while stacking intact materials to use in the rebuild. The workers reached what was left of the main bedchamber and began to shuffle furnishings and personal items to waiting attendants.

Kilronan watched as they recovered Akira's black trunk, placing it just outside the courtyard to be carried into the palace.

"Pardon me, sir."

He turned to find a young woman holding two cases out to him. Kilronan recognized the one containing Akira's retirement chain. "Thank you." He took the cases from her, and she bowed with a shy smile before hurrying back to her task.

Thunder rumbled ominously as Kilronan tucked the cases under his arm and turned to the captains. "I'd better take these to Akira. Thanks for everything you've done."

"I'll walk back with you," Aroth said. They threaded their way through the deliberate chaos of workers rushing to protect what they could as dark curtains of rain appeared over the ocean.

Kilronan took a brief detour to the arched gate to check the storm's progress—and stared in amazement. The beach they'd enjoyed looked like it had been gouged in half. The upper strand remained as a miniature bluff, falling some feet to a narrower shelf of sand washed over by ocean swells. Several of the lowest steps had broken away, leaving only the handrails continuing into the sand.

Aroth nodded to the man's surprised oath. "Yes. The sea is hungry when the winter storms blow in." They turned back as rain splattered dark spots on the flagstone. "Come next summer

though, it will all be back. The winter takes away, the summer surge brings back. Another cycle of life, eh?"

Kilronan nodded absently as he studied the splintered remnants of the massive door. He paused to check something caught in a crevice of the archway. Aroth saw the triangle of torn black silk hanging like an ominous calling card of evil—fluttering in the brisk wind until Kilronan snatched it from the wall to crush in an angry fist.

"How's Lady Muro?" Aroth asked.

Kilronan made an irritable sound. "She's gone to Ambassador Central with Arith and Reva to tell Most High Garan what happened."

"I can't express how sorry I am that this happened, Kilronan. The trip should have been a celebration for you, not a life-threatening experience."

"Well, it has been a trip we're not likely to forget," Kilronan said with a rueful grin.

Staring unseeing through coach windows washed with rain, Akira searched through memories for possible places Karsh might conceal herself. Everyone believed she must have been hiding close by. The reconnaissance teams searched the coast in both directions. No one thought it likely that Karsh would hide in the city itself. She had no friends there and was well known for her contempt of the civilian population. Unfortunately, the storm's fury had covered any trace of her movements, and all units returned with nothing to report.

Ana Karsh had vanished again.

Akira had used this trip to make her farewells to her ambassador friends. Alpha promised faithful correspondence, and Garan agreed to allow Arith to interview with Mountain Shadows as soon as the current crisis settled.

Thinking back on the events of the past two weeks, Akira wondered if her life was ever destined for peace or normalcy. She laughed at herself, and questioned whether she would even recognize a normal pace of life.

As they turned into the long, tree-lined avenue that marked the limit of the city of Coroth, Akira remembered a promise she'd made and sent a quick mindsight to Arith, riding next to the coach. He dipped his masked head to her before riding forward to speak with the guard captain as Drinin moved up to take his place next to the carriage.

Akira smiled as the procession turned at the appropriate avenue. Arith resumed his position while Drinin turned off and rode out of sight.

Isheill looked up as her assistant came to whisper something in her ear. She put down the dress she was working on, and looked out the double doors to the private court at the back of the shop. Her elegant eyebrows rose in surprise as the royal carriage came to a stop. "We do not expect the princess today, do we?"

"No," her secretary called back to her.

Then Isheill gave a squeal of delight when the Alpha ambassadors rode up. She grabbed a rain cloak before rushing out, calling, "Yes, yes! My Akira comes to see me before she returns to the Mountain Shadows!"

Arith backed away, laughing as Isheill pushed past him to hug Akira before patting his masked cheek fondly. "My goodness, Akira . . . you travel in such state now." She held the cloak over their heads as she hurried them all inside, calling to her assistants.

"We have the important guests! Go to the baker for the nice pastries. See, we are many now, be sure to have enough. Have them send it while you make the tea."

Recon Alpha stood with Akira as they kept out of the way of the whirling woman. Now Isheill turned back to her friends, pulling Akira into the private reception room. The others followed, shedding wet weather gear as they walked.

"Akira." Isheill pulled her down to a settee. "So, why you not bring the handsome commander with you like I ask?"

"He's away. We just came from Central," Akira explained.

"Central? Why you spend so much time there? Garan is Most High, he should do this himself, yes?" Isheill looked around at

the now unmasked ambassadors, frowning slightly as she noted the somber faces. "What? What has happened?"

"Karsh tried to kill Akira last night," Coran said.

Isheill's animated face grew still as she looked at her friend, seeing the signs of strain in the beautiful face. "Tell me." She listened in silence as Arith and Reva described the attack.

Her assistants returned just as they finished, and Isheill excused herself. She came back, pushing a clever wheeled cart holding the tea service, before disappearing once more to get the platters of pastries.

"So?" she began after everyone was served. "What is to be done? How do we keep Akira safe?"

"We leave soon. It's unlikely that Karsh will follow us into the mountains. She can't survive the winter in unfamiliar territory and with her mental condition." Akira added firmly, "Karsh may be unbalanced, but she's not a fool."

"Unbalanced, Akira? Karsh is a madwoman," Isheill stated with conviction. "She goes out into that storm last night to attack you? Comes to the palace boldly and destroys the guest quarters? This is a madwoman." Isheill's blatant accent dropped away as her real personality surfaced.

"That seems to be proven."

They turned at the sound of Kilronan's deep voice as he walked into the room with Drinin. "Thanks for the heads up." He looked around with a terse smile.

"I didn't want you to worry if we were later than expected," Akira told him.

"It is pleasant to see you again," Isheill greeted as she poured him a cup of tea. "We are discussing last night's attack. What do you have to say to the idea that Karsh might or might not follow you into the mountains?"

"I don't know enough about her. But I understand she hasn't left Coroth in many years. She's likely to die in winter conditions if she's foolish enough to attempt this on her own, without shelter and support. Mountain Shadows is a tight community. She'd be

noticed if she appeared there. I've heard that her likeness is being posted throughout Caldala, as a fugitive from justice."

"Yeah," Arith agreed. "We've just got to search out where she's hiding."

Akira decided it was enough. "I haven't come to Isheill's shop to talk about Ana Karsh. Come my friend, what do you have for me to spend my coin on before I go?"

The others laughed, settling in to continue their discussion while Isheill leaped up to tug Akira into the shop.

An hour later, Kilronan sought them out and found them huddled in quiet conference of their own.

"I've made sure the accountant has the funds. You know what is most needed," Akira was saying.

"Yes, my friend. Now we need to expand the apprenticeships. Only so many can become the tailors or the seamstresses, yes?" Isheill replied softly.

"Get Alpha to help you there. They might have some new ideas."

"Yes, Akira. But they are not of the main population. They do not have the insight, the contacts in business."

Kilronan approached them. "What about a discreet liaison who would know the town and the businesses?" He smiled as they looked at each other and shrugged.

"Forgive me for prying into your charitable missions, ladies, but it's my job to know as much as possible about people around Akira." Kilronan silently chided himself at this deliberate overstatement. "I found out about the orphanage, Isheill, and your secret's safe with me. But there must be other volunteers who could help in contacting local shops and trades, for apprenticeships and training opportunities?"

Isheill studied him for a moment before looking to Akira with a smile. "Is good man this one. I like him. And is good idea. I will look into this." Her more flamboyant public persona came playfully to the fore again. "So. That business is taken care of."

"Here, Akira," Isheill said, handing her assistant two more parcels to add to those already taken to the carriage. "Those are

for the lovely Celina and Asura . . . my gifts to them. Say I am sorry not to have seen them again. They must come back when you next visit Coroth, yes?"

"Thank you, dear friend," Akira said affectionately. "I wish things were not so rushed now."

They walked back to the private room where Alpha waited. Isheill glided around to kiss each one before spinning a long finger around to include them all. "You! You will return and we will discuss more about what is to be done!"

"Yes, Isheill," they all replied in teasing compliance.

"And you, Senior Master." Her dark eyes studied him as if taking his measure. "You take care of my Akira like the priceless jewel she is."

"Yes, Isheill," Kilronan promised, before raising an elegant hand to his lips as she beamed her exotic smile.

At last, she embraced Akira tightly, whispering, "You return when the snows have cleared, yes?" Tears shone on both faces as they embraced one more time.

"Yes, Isheill," Akira teased, kissing a soft, scented cheek.

Kilronan and Alpha were waiting outside to walk with them as the two women made their way to the carriage, arm-in-arm in the drizzling twilight. Isheill pulled a bright silk scarf around her shoulders, waving while the carriage pulled away then turned out of sight.

Fifty-One

Baronan's Keep

The keep smelled of decay and disuse—old smoke, old ashes, and old death—Barash decided. He looked up at the dusty, cobwebbed portrait tilted above a large hearth, where ashes spilled in crusted gray rivulets from years of rain down the unused chimney. He met the arrogant black eyes, sneered back at the thin-lipped mouth of a man long dead.

"I'm smarter than you, you bastard," he muttered.

A sudden flutter of wings and the raucous cries of ravens startled from their roosts had him striding for a narrow, multi-paned window overlooking the gate courtyard. Black brows—the left divided by three thin scars—gathered over scowling black eyes as he saw the militia platoon entering through the arch, whose broken gate lay rotting on the stones.

Barash cursed as he ran for the cellars before the intruders moved into the keep. He didn't know the old fortress well enough to find the hidden stairs and passageways where he could hide and evade. Reaching the iron-barred crypt, he found the release, looking back over his shoulder as the counterbalanced panel scraped loudly over dirty flagstone. With a malicious grin for the sound of booted footsteps above, Barash slipped into darkness and pushed the door closed behind him.

Laughing now, he felt his way along cold, damp stone until the tunnel opened into the caves. Years before, man and boy had escaped the same way. For a moment, Barash paused, looking

into a narrow cleft where sunlight shone through the collapsed ceiling, illuminating the moss-covered stones of the cave-in.

As always, he felt a tug in his gut to find out what was beyond that pile of rock. Someday, Barash told himself, and turned for the main cavern.

A horse turned its head to look at him as he emerged into the filtered light of the wide cave mouth. Appreciating the years of caution that had led him to stable his horse here rather than the old stables belonging to the keep, Barash crouched behind tangled brush to gauge the time of day.

He wondered what had brought the militia here. Had Karsh revealed secrets during her mad rambling before the court? Barash frowned. He really should kill her—she was nothing but a liability now. Without her position to influence the infamous Ambassador Core, Ana was useless. Still, he thought—pulling a strip of dried meat from a pouch to chew thoughtfully—she knew more than she'd told him. More about what lay behind the blocked tunnel. He'd get it out of her before he executed his dear old mother, Barash decided with a cold grin.

When full dark came, he'd slip out and take the old trails—leaving his birthright behind, for now.

With his men spread through the abandoned keep, looking for any sign of recent habitation, Isfail cast his thoughts back to when he'd first seen this place. Its stones had been stained with blood and gore from the dead who'd been murdered by a madman. The same one who'd somehow escaped into Ishal to instigate other atrocities and found the cult called The Bow. Baronan had instilled his prejudice and hatred of people with force gifts into his followers. That animosity lived on in those who now infiltrated Caldala to carry out their deadly mandate.

Was he wrong in following his gut intuition to this decaying fortification? Isfail questioned, suddenly doubting his decision to come here. Did the assassins really have a direct link to Arthon Baronan after all these years? Maybe he was just wasting time, reaching for ghosts because he had nothing more

substantial—losing time he should be using to track down Ana Karsh.

"Commander!"

"You found something?" Isfail called, striding toward the barracks where his captain beckoned.

"Someone's been here." Toth pointed out the rough attempts to clear old filth, signs that bunks had been put to use, and fireplaces where more recent char and ashes lay. Though scavengers had been at it, there were still food remnants in a kitchen trash pit.

The lord's manor showed indications of old looting and destruction, probably retribution by those who'd lost family in the massacre, Isfail speculated. Dust and debris blown in through shattered windows lay heavy over all. Isfail didn't think anyone had ventured inside for many years, until he noticed the single set of boot tracks scuffing toward Baronan's personal rooms.

Assigning men to follow the marks through dirt and debris, the commander paused to study the deteriorating portrait of Lord Arthon Baronan. Who knows you? Isfail wondered silently. Who cares enough to come here and remember the dead?

By midafternoon, they'd discovered that horses had been stabled in the old barns within the past few lunams. Though, judging by the manure in evidence, not within the last couple of weeks.

After determining there was little there to guide their investigation, Isfail led his platoon away. They would return to Insalat for a day or two, regroup and arrange a watch on the old keep, he decided.

But the express message from Coroth waiting in his quarters had the commander giving those orders to Captain Toth. With the platoon in his second-in-command's capable charge, Isfail saddled Tempest and galloped down the darkening road toward the capital.

Palace of Coroth

That same evening, Akira went through the things that had been recovered from the ruins of the guest quarters. Knocking quietly to announce himself, Kilronan entered the palace sitting room where recovered property had been secured.

"How does it look? Are you missing anything?"

"Perhaps," she replied, looking over the battered black trunk. It showed dents and scuffmarks, but its locks and latches had held. "Fortunately, I had already packed most of my things for the trip home and the trunk was closed. There were some important items on my dressing table that aren't here."

"Like these?" he said with a smile, handing her the carved boxes he'd received that afternoon.

"Yes! Thank you." Akira sighed with relief as she opened each one to check the contents for damage. Finding them undisturbed in their velvet-lined cases, she closed and secured the lids once more. Akira tucked them safely into a compartment of the trunk before closing it again.

"There were some things in the bathing chamber that were damaged, but they can be replaced easily," Akira told him as she went back to searching the smaller piles of salvage. "What about you and the team?"

"We were lucky, too. Protectorate training pays off," he said with a grin. "We don't spread out much and are encouraged to keep everything in tight order in the field. Besides, our bedrooms were along the back wall where there was no damage. Everyone found all their property." He watched, puzzled as Akira continued her intent search.

"They haven't finished going through the rubble," Kilronan told her. "Are you looking for something specific?"

Akira straightened, pressing her hands to her lower back to ease the ache. "Yes. There are two more small cases, similar to the ones you found. I don't remember where I'd left them. In the bedroom, I think."

Kilronan caught her hand as she moved past him, seeing the worry in her eyes. "We'll find them."

"Aiden," she began, gripping his hand with sudden nerves. "How can we leave before she's discovered? What if they need our help to capture her?"

Studying the sorrow mixed with the resolution in Akira's eyes, Kilronan knew there was more than one reason she needed to remain. Isfail might be gone for days if he followed a good trail, maybe longer if he didn't find anything.

"We'll stay as long as we can, but we have to remember the season, Akira. We could run into severe weather on the road home, snowstorms that could make us hold up someplace like Green River, and ice on that steep track above it."

She nodded. "And you have an obligation to your protectorate." Akira smiled at him, squeezing his hand before releasing it to look out a window toward the restless sea. "You were kind not to lead with that."

"I think Lord Corcoran would understand the priorities."

"I'm sure." With a last glance at the neat piles, Akira gave up. "We should get ready for dinner."

The whole party had been invited to join the royal family that evening. This was Team Kilronan's first opportunity to meet the next generation of the House of Coroth. Whatever tension and formality they might have anticipated was quickly forgotten in the company of the mannerly and well-educated children of the prince and princess.

The eldest son, at fourteen, was a serious minded youth who took an immediate liking to Eron, while Celina discovered another young artist in the twelve-year-old princess. Ten-year-old twin boys completed the family, and Maronan soon joined them in an active table game that soon had them teasing each other like old friends.

Dinner was pleasantly relaxed, with easy conversation, and good food and drink. Everyone kept topics to their more pleasant experiences, with Team Kilronan answering question about the many pleasures they'd enjoyed and the people they'd met or renewed acquaintance with. Soon the family dining hall rang with cheerful laughter and amused recitations.

Akira even brought some good news from her latest trip to Central, announcing that the senior members of Reconnaissance Alpha—Arith, Reva, Drinin, and Coronan—had all been voted into the High Ambassador ranks before the Council closed this session. All ten ambassadors of Alpha had received official commendation for their part in the Mors defense, in addition to the medals and public recognition of the House of Coroth.

In the hour after the children retired, Logran and Oona encouraged their guests to sit around the fire with them to discuss their thoughts about the journey home. They were disappointed with the plans for an early departure, but acknowledged the sense of it with the mountain weather. Both avoided any mention of Karsh, wanting to salvage what gaiety and pleasure they could for their companions, this evening at least.

Logran rang the bell for his secretary, taking Akira and Kilronan to his personal office to study maps of the major roads throughout Caldala. The original plan had been for them to travel down the coast as far as Insalat, taking advantage of the warmer coastal weather. From there, they would take the road to Green River and on to Mountain Shadows.

Now they looked at an alternate route that would climb more quickly, then cut north to Green River. There was tacit acknowledgment that the change of plans from a more logical, easier route to one that avoided the obvious populated areas, did risk more rigorous weather higher in the mountains, but could throw off any pursuit.

Akira lay down, aching from tension and too little sleep. She'd enjoyed the dinner and the effort to bring some normalcy after the horror of the night before. But the plans for return had forced her to the reality that she would soon leave the people she loved the most behind. There was no knowing when she'd see Ardan again, hoping only that he'd return before they started back to Mountain Shadows. Alone in his beautiful bed, she hugged his pillow to her, pressing her face into the softness for the comfort of his scent.

Fifty-Two

The sun had just cleared the eastern horizon, gifting a spectacular sunrise over the hills, under-lighting scattered clouds with rose, gold, and red. Taking advantage of the break in the weather, work details would be continuing in the guest court within the hour.

Captain Aroth turned at the rapid clatter of hooves, his hand already moving to the short sword by his side before he recognized the stallion. Striding forward, he caught the reins as the commander swung from the saddle.

Without a word, Isfail strode into the ruin of the guest court. The team's wing, though damaged, was already being repaired.

Turning slowly, Isfail felt his blood freeze as he faced Akira's quarters. Tumbled stone and splintered wood, torn cloth flapping in the wind. As he stepped closer, shattered glass crunched beneath his boots. Without warning, the remains of a wall collapsed, sending debris slumping, and an intricately carved wooden box skittering across the littered flagstone.

Isfail crouched to pick it up. Releasing the latch of the cracked lid, his breath hitched painfully. Akira's delicate coronet glinted in the sunlight.

"Commander?" Aroth stood by, waiting for direction.

Closing the box carefully, Isfail stood, slipping it inside his jacket. His eyes were cold, his face taut with rage. "Lady Muro?"

"She is well, sir. They all survived." Looking around the court, Aroth shook his head. "Only God knows how."

Isfail nodded. "Karsh?"

"No word, Commander, and no sign of her."

After one last look around, Isfail walked to the palace to follow the only course left to him.

Still wiping breakfast crumbs from his hands, Logran rushed into his private office. "Dan? When did you get back?"

"Not long ago." Isfail turned from the window, where he'd been waiting. "Akira?"

"Safe. She's been moved to your quarters. The guards have been doubled on the family wing."

The prince recognized the rage behind the deceptively calm demeanor. His cousin was a warrior. Yet there was bleak acceptance in Isfail's next words.

"You were right. She'll never be safe this way."

"Dan—"

He held up a hand. "I trust Kilronan and Mountain Shadows to watch over her. Karsh has to be taken down, for everyone's safety."

The prince nodded, but there was no pleasure in his cousin's capitulation. He sighed as he once again watched Isfail stride from the room, wondering how much more Karsh's evil would cost.

Pausing a moment at his own door, Isfail steeled himself to do the hardest thing in his life. Taking a deep breath, he knocked before entering.

Akira was in his arms before he'd closed the door. Holding her close, Isfail breathed in the unique scent of her, buried his face in her hair. He wanted time to stop, right here, right now. He wanted this moment to last forever.

But it could not, so he leaped in immediately, without allowing himself to think, to feel.

"Akira. You should go back to Mountain Shadows as soon as you can."

She felt his despair, and his drawing away. Stepping back, Akira tipped her head to meet his eyes. Eyes that were blank now when they'd once held everything she wanted from life.

"You're going to say goodbye. You don't want me," she murmured, pain in every word.

Isfail shattered, unable to maintain the pretense. "I want you, Akira. More than you know. More than anything I've ever wanted. But it can't be! You deserve better. You deserve your heritage. Kilronan—"

"Don't! Why are you doing this? Now, of all times?"

The agony in her voice was torture, but Isfail did what he believed was necessary. "All this has shown me that you're a unique woman. Kilronan can give you the one thing I cannot." He forced a reassuring smile as he eased back to look into grieving eyes. "The Psyche heritage, my love. He can understand and share that part of you. I'm an ordinary man."

"You're not, I know that—"

Touching her lips as she began to protest, he managed a cocky grin. "Well, maybe not. I'm a great swordsman, and a fine lover." He wiped tears from her face when she gave a weepy laugh.

"Kira. I will love you until my dying day, and I'll never regret it. If you ever need me, I'll come to you, wherever you are. I only want your happiness."

Closing her eyes against the brutal pain in her heart, Akira faltered. Could she survive this again? Arms tight, tight, around him, she opened her mindsight. The first time she'd ever allowed herself to see into his thoughts in all the years she'd known him. The love, the misery, and the overriding need to protect nearly broke her. But the dark resolve to defend had to be stopped.

Her lips against his, she pleaded, "Don't go after her alone. Promise me that."

She saw the lie start to form and gripped his face with her hands. "Promise me. If you love me, Dan."

"Akira."

"You're sending me away so you can end Karsh. You can't! She'll kill you. Do you think I can live with that?"

The terror in her eyes was the last blow to his resolve. "I promise, Kira. I won't search for Karsh alone."

He held her until her trembling eased. Then he stepped away, pulling the coronet case from his jacket while he walked to the desk. Isfail set the case on top before opening a secret compartment and removing a smaller box as Akira watched, silent now.

Coming back to her, Ardan lifted her right hand to hold against his heart as he held up an exquisite ring. Ocean-hued gems flashed in the sunlight streaming through the window.

"This was my mother's." Looking into tear-filled eyes, he slid it on Akira's finger. "It was always meant to be yours, my princess."

Speechless, aching, she shook her head until he touched her face. She looked into clear gray eyes that held no regrets.

"If you love me, you'll accept it. Whoever you choose. Whatever the future brings."

She stepped back, facing him defiantly as she pulled it off. Grabbing his hand, Akira met the shock in his eyes as she slapped it onto his palm.

"No. I know why you're doing this. I know your cousin asked this of you." Her tears were as much from rage as heartbreak now. "And I understand, Ardan. I accept the injustice of being asked to choose between two people you love. Do what you must. But Logran doesn't speak for *me!*" she cried, striking her fist to her heart. "The House of Coroth does not *choose* for *me*!"

"Akira," he began, reaching for her as she spun away, running for the door.

For a long time, Isfail stared at the empty doorway—a ring of promise, of love, of choice, held tight in his fist.

Damn Coroth to Hell.

Fifty-Three

It didn't take long to seal a life, Isfail thought as he pressed his personal insignia into hot wax. The documents had already been written, with most of the information they contained determined years ago, only waiting for his signature and seal. Oona had witnessed it for him; he'd known she would stand for his choices.

His meeting with Logran had been harder. The prince had been forced to approve his commander's plan to hunt down Karsh. Isfail knew it had not been so easy for the cousin. But the hurt was still too deep, the betrayal too bitter to involve Logran in his personal decisions.

The knock on the door had him rushing to answer, praying it was Akira. Isfail hoped he hid the disappointment when he found Asura, Kilronan's second, at his door. She looked as surprised as he did.

"Asura. Please come in."

"Commander Isfail. I didn't know you were back." She smiled a little. "Is Lady Muro here?"

Running a hand over unbound hair, he looked toward the window. "No. She went out some time ago."

Holding out a familiar box, scuffed and water-stained now, Asura said, "We found this today when the men finished moving the larger wreckage. I know it means a lot to her."

Isfail slipped the latch and opened the lid. Precious stones sparkled in the silver hair ornament. "Yes. I believe it does." Lifting his eyes to hers, he thanked her.

Asura saw heartbreak, uncertainty, and sorrow there and acted on impulse, something she rarely did. "Are you still planning to retire and come to Mountain Shadows?"

He lifted broad shoulders in a brief shrug as he placed the box beside the other on his desk. "We'll see."

"Lady Muro told me she wanted to wait until you were there before looking for a private house to live in. We, my teammates and I, had a good time guessing how it would look and where it would be. She's mentioned having one built." Asura saw his brow furrow as he studied her. "I think you'd like living in the mountains, at least part of the year."

"I appreciate that you and your teammates seem to accept me," Isfail said with slow deliberation. "I've wondered, considering your master's relationship with the lady."

Asura sighed over the truth. "I know we wanted that to work out differently. But, it didn't, maybe couldn't." She met his eyes again. "Lady Muro wasn't the same after that mission. I don't think she really wanted to survive."

She lifted her hands then let them drop. "She wasn't happy, not really, not until you came. That's what we all want, for her to be happy."

Kilronan found Isfail in the stable, brushing his stallion with silent intensity. "I heard you were back. Did you find anything?"

"People have been using Baronan's Keep on occasion. I'm thinking someone tipped to the abandoned fortification being a useful place to establish a temporary base for a number of horses and men."

"The Bow?" Kilronan frowned over the cool, impersonal attitude of the man.

"That would be my guess." Isfail set the brush aside and grabbed a hoof pick. "Someone, looks like one man, had been there very recently, perhaps just before my platoon arrived. I left my captain to continue the hunt in that area."

Watching the quick, economic movements as Isfail checked his stallion's hooves, Kilronan wondered what was wrong. "You came back because of the attack."

"Yes."

"Have you seen Akira?"

"Yes," came the next curt response.

Kilronan shook his head with a brief laugh. "You're just full of information, Isfail."

The commander set down the last hoof and slapped Tempest on the flank as he left the stall. "I heard a rumor in a seafarers pub on the waterfront in Insalat. It looks like Karsh might have taken passage to Ishal. And I'll need to go to Ishal for information about The Bow. It doesn't put me in a talkative mood."

"I understand that. We'll be heading back any day now." He watched for his reaction but didn't expect the one he got.

"Good, the sooner the better. Get her out of this place, Kilronan. Keep her safe."

Something had changed, Kilronan realized, seeing it in the tense set of Isfail's mouth when he turned to him, offering an arm in friendship.

"Promise me something," Isfail murmured, pulling him closer. "When she's afraid . . . never let her fall."

Kilronan met the bleak eyes and nodded.

They walked from the stables together and out the arch where carpenters were setting a new door.

Together they looked at the altered shore. "We call that a winter beach," Isfail informed him. "It's early this year."

"It's a dramatic change," Kilronan replied. "I'm glad we had a chance to enjoy the summer one." That got a slight smile from Isfail.

Kilronan looked out over the calm swells. "There's still enough sand to enjoy a walk with a beautiful woman." When Isfail said nothing, just stared at the horizon, he pressed. "Akira's in the room where they've been placing personal things found in the debris. I believe she's missing something very important to her."

Their eyes met, green to gray.

"Don't make the mistake I did, Isfail."

Is this what you're looking for?"

Akira stared at the open case with its glimmering headpiece, fighting for composure before looking up at Isfail's face.

"Yes," she whispered, reaching for it. Clutching the case to her chest, she saw that he'd changed from the uniform she'd last seen him in, to trim black pants and a crisp white shirt. His face was still tired but he'd lost the bleak strain in his eyes.

"Would you take a walk with me? We have a few hours of daylight left." Isfail offered his hand.

She would take what time they had, Akira decided, accepting it. "I'd like to take this to your rooms when we return." He smiled back at her.

Shortly after, they stepped onto the narrow lip of beach, leaving their shoes on the steps to walk barefoot on cool sand. Without a word, they set their course to the north, away from the southern point and Ambassador Central.

The wind off the sea was gentle now, with only the occasional cries of seabirds and the constant sound of waves on sand to break the silence. It seemed they were alone beside an endless ocean.

"When do you leave?" Akira finally asked in a determinedly composed voice.

"Tonight, after dinner. I left Toth in command, but I should be there. Logran sent the Royal Sea Eagle out today. I'll board her in Insalat tomorrow night, bound for Ishal."

She nodded, gripping his hand tighter. "I think we'll go soon. It's time."

"Yes," he agreed, turning to face her. "It is time."

Akira pressed her hands to her mouth when Isfail stepped back into a formal bow. When he straightened, extending his left hand palm up, her smile trembled like the hand she placed on his.

"My lady, my princess, Akira, I offer you all that is mine—my lands, my wealth, my honor, my body, and my heart. Will you

bind your life with mine, accepting this ring as my pledge of love and fidelity?" He held the sparkling band for her approval.

"Yes." There was no doubt, only joy in Akira's response.

That one quiet word healed heart and soul. Isfail slid the ring onto her finger.

On the bluff above, Captain Aroth smiled, seeing the gestures of approval from the normally reserved guard posted all around the oblivious couple. Looking back at the terrace above the beach, he saw Team Kilronan leaning against the railing.

Kilronan waited for the pain to strike, but there was only a reluctant ache. He would always love her, and he'd always cherish the friend. And, maybe, he'd gained a new one. Maronan looked up at him with a grin, bumping shoulders. For a moment, Kilronan wondered when the boy had gotten tall enough to do that. Then he smiled back, laughing as his young team began talking about binding ceremonies.

Over a small but formal dinner that evening, plans were set for the return to Mountain Shadows. Once the date was decided, the coach would be prepared and loaded in its bay in the coach house to avoid notice. Any remaining articles would be taken out while the team was hitched.

There was little talk of Isfail's assignment. No one wanted to spend this last night thinking of Karsh. And there was a polite constraint between the prince and his cousin whenever they addressed one another that didn't encourage conversation.

Kilronan found it curious that there was no mention of the commitment made on the beach that day. The unspoken fact of it sat like an uneasy guest no one seemed to know what to do about.

When Isfail excused himself before dessert, he said his farewells to the group, wishing Team Kilronan a safe journey home. He kissed Oona's cheek before bowing to prince and princess. Taking Akira's hand, he brought it to his lips. They had said their goodbyes earlier.

There was a careful silence when he was gone. Then Oona, a tactful hostess, graciously invited everyone to more comfortable seating. Kilronan's team asked to be excused, leaving him to sit with the princess and answer her questions about his home. Logran accepted the telling look from his wife and invited Akira to sit with him by the fire.

His heart heavy, Logran considered the ring sparkling on Akira's life finger. His aunt's binding ring. He saw the joy, sorrow, and resignation in those unusual eyes, and it weighed on him—just as the acutely correct and formal leave-taking from his cousin weighed on him.

"It should," Akira murmured, looking at him then, too resentful to feel guilt for listening to his thoughts.

The prince met the silent condemnation for a moment. "I did what I believed was right. The choice was always his."

Akira's eyes chilled to emerald ice. "You knew him well enough to foresee the outcome. I believe you understand the chains of loyalty and duty. They bind us all, don't they? How will you feel if he dies hunting Karsh?" Her words sliced like an executioner's blade.

But Logran shouldered the additional weight. That was his duty. "Dan has never failed me. I regret that I have failed him. And you." He sighed, seeing her surprise. "You may not believe me, but I'm glad he chose to follow his heart before duty, Akira. I want him to have the life he's wanted for years. Whatever you believe of me at this moment, my dear, I'm not heartless. I love my cousin."

"I believe you do," Akira replied without sympathy. "So you should have faith in him. And in me."

It was Logran's turn to look puzzled at her words.

Akira touched the coronet she wore, as was required by the occasion. "Do you really think I don't know why I wear this?" She felt a flash of satisfaction when she saw the disconcertion on his face. "Do you really believe I don't understand the obligation you meant to bind me to?"

Logran had the sense not to contradict her.

"You should have known, after all these years, all the ways you made me prove myself, where my loyalty lies."

Oona and Kilronan had stopped pretending not to hear the confrontation.

"Akira," Logran attempted, holding out a hand to placate her. "There was no question of your loyalty, or any desire to insult you."

"No?" she said bitterly. "You decided to award me a pretty link to the chains that bind me to the House of Coroth. The insult is in not trusting that it's my own mind and heart that bind me to Coroth and Caldala!"

Her eyes filled. "You're afraid of my powers and what I might do. And the worst of it is that you don't trust how much I love Ardan. If only for his sake, I could never turn against his heritage."

With that, Akira rushed from the room, leaving an uncomfortable silence behind.

Fifty-Four

Akira learned that alone had a different feel knowing Isfail was far away. He'd left two days ago, and his rooms were even lonelier now after the emotions and dreams they'd shared there. He would not be back in Coroth before she returned to Mountain Shadows the next day.

A discreet message had been delivered to Arith, who would let Garan and the rest of Alpha know the day and time. That way, any leaks to those still loyal to Karsh would be minimized. Akira had written several letters of farewell, leaving them with Princess Oona, who would see them dispatched after they were safely away.

Windowpanes rattled, calling her attention to the changeable weather. Akira prayed that Isfail's ship had sailed well beyond the reach of this latest squall blowing in from the sea. Her own experience of coastal weather told her that this would be another formidable storm.

As she gazed to the northwest, clouds made a dark and foreboding ceiling. The lowering sun sent shafts of light slicing through to shine in molten pools on the water. While Akira watched, fascinated as always by such spectacles of nature, three narrow columns formed, connecting sea and sky with glorious rotating waterspouts outlined in gold. She leaned on the windowsill, enjoying the phenomena until they died as quickly as they'd been born.

Looking southwest, she saw huge pillars of clouds sending out branching shelves of rolling mist. Lightning pierced ephemeral layers on its path to the sea, under-lighting the towering masses

in fire-bright colors shading to pale rose. As the sun slipped below the horizon, more lightning forked, blue-white tracery of power beyond human control, and beautiful in its untamed grandeur.

Feeling the strong, visceral pull of the elemental display, Akira left the rooms for the private terrace of the family wing. In the purpling twilight, with the almost continuous roll and boom of thunder, those storm clouds roiled, vivid bruises above the sea. Multiple jags of lightning continued to light the tumultuous sky with eerie effect.

Alone in his own suite, Kilronan once again thought about the scene he'd witnessed in the dining room a few days before. He hadn't spoken with Akira about that, or the honor of royal status. A mistake, he realized—he should have known it would not sit easy on her. And maybe he should have understood that the prince had political reasons for putting a crown on her head.

He shook his own. Akira had warned him about the intrigue and the machinations of those in power. Kilronan knew how little suited he was to this elegant world that hid darker ambitions and schemes among the realities of governing a kingdom.

But the hardest thing he'd learned was the prince's mistrust of Akira's force abilities. That fear might be seen as prudent, in light of Karsh's defection, but Kilronan knew that dangerous reputation—promoted by Karsh over the years to seed fear of the Ambassador Core—scored deep into Akira's heart and soul. How much damage would be done now?

Akira and Logran had put on a good front these last days, as if that passionate confrontation had never occurred. They'd met together, usually with Kilronan and his team, to solidify the liaison position that would now go forward with a formal alliance including the Ambassador Core, under Most High Garan's authority. There had been State events with the ministers of Parliament, and private dinners with the royal family. Akira had appeared on the most pleasant or intimate of terms in each situation.

And she evaded any attempt Kilronan had made to draw her into conversation with the consummate skill of the diplomat

she'd been. Oh, she was easy enough with him and his team, and spent most of her free time in their company. But any talk about her opinion of the prince was cut off before it began.

Kilronan glanced at the window as another bright flash lit the night with a loud crack of thunder.

Deep in her forgotten warren, Karsh once again felt the crawling along her skin, the tug to seek the world above, to face the storm, and those who had deposed her. She gibbered unintelligible words with no one to hear. Laughed with evil glee over insane plans to regain a throne she'd never held, or been entitled to. And sobbed, clawing at her face in terror when visions of atrocities she'd taken part in rose up to demand retribution and justice for the dead.

Barash guided his horse through the nearly empty streets of Coroth. A brown woolen cloak and a hat pulled low were enough to prevent anyone from noticing him, but the incoming storm was a more effective shield. Most people were already home or closed within their shuttered businesses.

He'd been successful in his diversions, and pleased to watch Commander Isfail board the ship while he observed from the deep shadows of the dock. Barash wondered if the militia commander would be surprised by the changes he'd find in the people of Ishal. No matter, he decided in idle reflection. Isfail didn't concern him, or affect his own plans.

But Ana Karsh still did. Barash had yet to decide what to do about her. She was a loose link that needed to be secured, one way or another. While slouching in corners in the Insalat and Corsalat pubs frequented by militiamen, Barash had learned of Karsh's attack on the palace. He shook his head in disgust. The crazy old witch—he should have known she wouldn't keep her promise to stay put. Those mad fixations could lead to capture again, and the chance of her revealing things that might interfere with his plans. It would be best to end her.

Leaning against the balustrade, Akira faced the sea, palms out to harvest power from the tempest in an instinct that came from her blood. She watched the waves build until they crashed onto what remained of the beach, dragging more away with each outward rush of water. The wind had begun its primal howl and tore at her braided hair, pulling tendrils free to stream back from Akira's face like white mist.

The look of her standing there, defiant before this force of nature, had Captain Aroth pausing as he reached the top of the stone steps. With his men sweeping the perimeter of the castle, he'd come up to secure the terrace.

"Lady Muro!" He shouted to be heard over the tumult. "You need to take shelter."

Akira turned to him with a self-conscious smile, disconcerted at having been discovered in this moment of private pleasure. "Yes, of course, Captain." But his easy chuckle comforted her as he offered an arm to escort her in.

"A nice fire and a glass of wine or whiskey. That's what's called for in this kind of weather," Aroth said with a grin.

"I believe you're right," Akira returned, patting his arm when he left her at her door.

But the seat by the fire and two fingers of whiskey didn't settle Akira, so she found herself at the window once more. Water struck the southern point, spewing up plumes of spray that erupted as brilliant sparks when lightning flashed. Akira watched the way the waves built and swept in fluid sequence around the hooked curve of the small peninsula. Then a multi-branched fork of electricity lit the scene, backlighting the jut of land and striking a chord of memory. Akira leaned closer to the glass, waiting for the image to appear again.

Ana Karsh stretched out both arms to touch the sides of the passage she stumbled through. Some quirk of memory allowed her to negotiate the absolute darkness in this brief period of lucidity. The air around her was cold and damp, smelling of mold, decay, and an underlying odor of death.

She reached a shaft where broken stones jutted out from the walls, creating a dangerously worn ladder to the hatch above. Karsh was beyond comprehending the peril as she felt her way up, with hands and feet reaching for the next slippery knob or handhold. She cackled as she reached the top, where a broader ledge allowed her to brace her shoulders under the flat hewn stone that covered the ancient escape shaft. With groans and creaks from woman and stone, the portal slid aside.

Karsh scrabbled out into the wind thrashing cypress boughs overhead. She drew a deep breath of fresh air, heavy with the scent of the storm, and didn't even jump when a large branch crashed to the ground nearby. Forgetting the black-mouthed hole she'd crawled from, Karsh shuffled toward the point.

A short time later, she limped out onto the circular prominence, laughing as she strained against the wind. Salt-spray drenched her, plastering short tangles of white hair to head and face. Ragged clothing clung to her tall, bony frame.

Flinging her body against the stone parapet, Karsh screamed a challenge to storm and sea with hands stretched to the sky. The challenge was answered when a massive discharge sent a bolt that struck near the rocky headland. Karsh just shook her fists in triumph.

With a stunning revelation that flashed through her mind as bright as the latest lightning strike, Akira knew how Karsh had escaped. And, unless her eyes had been deceived in that swift illumination, she knew where Karsh was now.

Akira paced, working through how to proceed. In her insanity, Karsh was an even greater danger with the magnitude of her power amplified by this gale. Though her force abilities were limited to wind, fire, and telekinesis, Ana Karsh was an unleashed threat of terrible ability. The militia, even the royal guard, could not hope to contain her.

There was no time to wait for ambassador backup. Karsh could slip away at any time. Even if she returned to her hiding place—what Akira now understood to be the remnants of an

ancient fortification—it could be days, and a great risk to flush her out.

Someone at Ambassador Central might alert to her presence, and that worried Akira even more. There was no one there with the power to defeat Karsh. Even a group of experienced ambassadors would suffer severe casualties if they went after her in the state she was in. And Akira knew those who would risk the encounter.

No, she wouldn't take a chance on those lives.

She went to Isfail's desk and wrote a quick note. Folding it in half, Akira removed his ring and placed it in its box. Closing the lid, she set the box on top of her note before running for the bedroom.

Akira was dressed in black reconnaissance clothing and out the door in minutes. But, at the heavy door that separated the private wing from the main palace, she paused, deep in thought as she remembered what was owed.

Kilronan was ready when Akira appeared at his door. Her mindsight had been brief and to the point.

"I know where Karsh is. Be prepared to come with me. Now."

"Where?" he said when she stepped in.

"The point." At his look of surprise, Akira explained, "I've just realized that that land feature conceals part of an older fortification."

"How do you plan to get there without the guard?"

Akira appreciated his apprehension of the situation. "You're an expert shield-bender, aren't you?"

Kilronan gave her a quick smile.

Shielding them from sight was easy, but Akira refused his ability to physically shield them from the buffeting winds and the intermittent bands of rain. "We'll need all our energy against Karsh," she told him as they jogged on the wet path along the bluff.

"Asura will be relaying the message to the prince and Captain Aroth by now," Kilronan said, confirming the plan she'd laid out. "The messenger should be on the road to Central soon."

Akira nodded, saving her breath. If Logran supported the plan, he'd hold back the militia, giving her time to confront Karsh. The message to Garan would mobilize the ambassadors, again giving her time for the initial confrontation. Akira prayed it would be enough to save lives.

And prayed she was right to bring Kilronan with her. She still loved him, though Isfail held her heart and her future. Somehow, she had to trust that they needed to do this together, and that Kilronan, at least, would survive. Akira did not want to die this time, did not intend to lose, but she would risk all to stop Ana Karsh.

Barash had almost reached the place where he'd leave the main road when there came the splashing pound of hooves behind him. For a brief second, he thought he'd been discovered then two horsemen galloped past without a backward glance. Barash wondered at their hurry on such a night. Ambassador Central was the only notable destination in this direction. His eyes narrowed, and he wondered if Karsh had been up to something.

Tugging on the reins, Barash guided his horse between two discreetly marked trees. The dark and the storm made a little-used track too dangerous to risk at more than a walk. As the horse shied and reared away from tree limbs that whipped and creaked in the forceful winds, Barash cursed. Deciding he'd advance faster on foot, he jumped down and tied the reins to a branched stump. Hoping the frightened horse would still be there when he returned, Barash jogged on toward the roar of pounding waves.

Akira and Kilronan stood just within the edge of the flailing cypress stand, watching Ana Karsh's spectral figure weave a strange, halting dance above the fitful sea. *"What next?"* Kilronan asked by mindsight so he could to be understood within

the cacophony of wind and sea. *"You'll know what to do,"* Akira answered, meeting his eyes in the next flash of lightning. Kilronan reminded himself to trust Akira's experience and ability, waiting in the dark while she walked from the trees and down the trail to the storm-swept point.

Akira drew from the storm as she took those final steps. She warmed to the flow of power, felt the energy surge within her. Her vision sharpened in the luminous enhancement, force flames flickered on her fingertips as Akira Muro stopped on the edge of the circular top of a long-forgotten tower.

"Ana."

Karsh turned to the woman in black, whose long white braid tossed in the wind. Ana's haggard face beamed, her thin mouth curving into a smile of such childlike joy it scattered Akira's thoughts for a brief moment.

"Muro, you are here. Have I passed over?" Karsh asked with innocent wonder.

Akira shook her head slowly. "No, Ana. We are not dead."

Frowning at the words, Karsh appeared confused. "But I killed you. I saw it happen."

"I'm alive, Ana. I'm here to take you back. You can't hurt anyone again." Akira took a step toward her, holding out her hand. "Come with me now. We'll return together."

For a moment Karsh raised a hand, reaching out with that childlike happiness. But Akira felt the change sweep through her, the return of that mad cunning. She leaped back in time to avoid the slash of a blade from Karsh's wrist strap.

The two women circled one another in the gusting wind and ocean spray. Akira held her own knives at ready, hoping that was all she'd need to use.

"You're dead, Muro. I killed you," Karsh repeated, puzzlement in those cold black eyes as lightning cracked. "But you were resurrected before, weren't you? What does it take to kill you for good?"

She sent her knife spinning through the air for Akira to deflect into the angry sea. Karsh cried out as Akira's thrown

blade pierced her left shoulder. She jerked it out, flinging it over the wall.

Black flames spurted through heavy rain, only to meet Akira's own fiery wall. Karsh howled in rage and flung her hands wide, throwing them forward once more to send loose stones flying. They broke against Akira's force shield.

"What does it take to kill you?" Karsh screamed it this time as black force flames leaped from her hands. Struggling to harness the storm winds with an incoherent mind, Karsh lurched back against the restraining wall.

Akira watched the black winds erupt, the chaotic spin of the thin column reflecting the strength of the woman's madness. She could not save Ana Karsh now.

Fisting both hands, Akira struck them together with a crack like thunder. She spread her fingers, revealing a glowing orb of pure energy. The translucent ball rippled in unearthly blues and greens, and expanded as Akira slowly drew her hands apart.

Fear came into Karsh's eyes. For a moment, understanding gleamed through the insanity. "No one can do that, Muro!" But she looked into the luminous eyes and saw her death.

Karsh cackled with mad laughter while tears joined the rain on her face. "I'll take you with me! There's no escape from this." Flinging her arms wide, she released the black winds.

Absorbed by the spectacle above the thrashing sea, Kilronan and Barash were unaware of the other. Then Kilronan ran, preparing for the most important action of his life.

Barash barely noticed the other man. His eyes were locked on the women engaged in a deadly duel of elemental power. Then the towering black tornado brought to life by Ana Karsh rotated toward Akira Muro's crackling, sparking orb.

Reaching critical distance, Kilronan flung out both arms, like a fisherman casting a net. He focused on the invisible force shield streaming from his fingertips like a thin sheet to toss over the most important catch of his life.

Using his mind to guide it, Kilronan felt a shimmy in the forces as his shield neared the pulsing, translucent ball now filled with its own forked lightning, and still expanding in Akira's hands. For one terrible moment, he feared his own power would not be enough—that the shield would disintegrate, consumed by the raw, elemental power feeding the energy ball. Then he saw Akira's hands release the orb, and felt the shield drop over her. He yanked his arms to his chest just as the whirling black winds swirled in and triggered the release of devastating force energy.

The resulting explosion leveled the nearest trees and sent Barash flying through the air. Karsh disappeared into the thunderous fall of stone and crashing waves as the sea claimed the ancient and forgotten watchtower of Caer Lunyce.

Standing at a third floor window of the palace, Logran and Oona watched the battle. He held her close when the black funnel rose against a sky lit by multiple streaks of branched lightning. They stared in awe of the unnatural orb that seemed to take on a life of its own, igniting rippling bolts of energy within its glowing sphere as it grew.

Then Logran spun, using his body to shield Oona from the eye-searing light from the explosion. A moment later, windows blew out and the palace seemed to tremble beneath them. Furnishings toppled around them with creaks and groans sounding throughout the great palace. Voices lifted in fear and alarm.

At Ambassador Central, ambassadors and staff had run from the buildings, into wind and wet as news spread of the force battle happening on the ridge above their seaside valley. Voices rising in awe and fear overcame the roar of the storm. When the luminous sphere ignited, older ambassadors paled, recalling whispered rumors of the force phenomenon known as 'The Final Solution.'

The ambassadors charging up the rise to join in the battle against Karsh staggered and fell in the shock wave. Arith rolled into a crouch, scrambling up the hill on hands and feet as he shouted Akira's name. But he dropped to his knees, sobbing as the point disintegrated before his eyes.

In the silence that followed, the storm suddenly ended. Clouds broke up and drifted into insubstantial wisps. Stars appeared in the unblemished sky. The moons floated as interlocked crescents. Even the ocean calmed as if oil suddenly coated the surface.

Becoming aware of shallow waves lapping around his legs, Kilronan struggled to think clearly. He opened his eyes to the star-filled sky. His arms were full of the warm and alive woman who lifted her head from his chest to look down at his grinning face.

"We made it," Kilronan said with a laugh.

Akira grabbed his face and kissed him hard. "We did indeed."

She rolled from his arms to lie beside him on cold, wet sand, taking his hand, and looking up into the beauty of the night. "Let's not do that again."

They turned their heads to look at one another, and smiled.

The quiet moment couldn't last. Hearing shouts and the sounds of running, Kilronan rolled over, pushing to his feet. He held out a hand to help Akira up as people appeared from all directions. Asura and the rest of his team ran down the beach. Soldiers swarmed from the palace bluffs, ambassadors shouted from the broken ridgeline.

Arith leaped down the swaying staircase, closely followed by the rest of Recon Alpha. Grabbing Akira in a bone-crushing hug, he spun her in circles, splashing in the foaming waves.

Kilronan chuckled, accepting the relieved hugs from his younger team members and the tight grips on his shoulders from Asura and Eron. He shook his head as questions clamored around him. There would be time enough to answer them.

Fifty-Five

Kilronan saw the swarm of workmen as he came from the family wing after a hot bath and a change of clothes. Despite the late hour, carpenters and stonemasons were already inspecting the palace structure. He saw glaziers at work on shattered windows as he passed a corner sitting room. Then he walked into the smaller dining hall, where Akira was already sitting at a table with several others.

Seated to the right of Logran, and beside Arith, she smiled as Kilronan entered. He took the place indicated on Oona's left, where she sat next to her husband. Garan and the rest of Recon Alpha, his team, and officers of the Royal Guard filled out the table. Kilronan decided it was a fine idea to get it all out at once.

So, between them, Kilronan and Akira spent the next two hours answering questions over a light meal and glasses of wine.

Eventually, Logran sat back with a sigh. "I wonder that no one, including myself, has ever seen that formation for what it was—a corner section of wall and the watchtower." He looked at Akira. "You really believe it's old enough to be Caer Lunyce? The original fortress raised by my ancestors?"

"Yes. With the lightning picking out the lines, I saw it in a completely different way." Akira turned to Kilronan, including his teammates in her searching look.

"Do you remember our night at Caer Solyce? Before the High Pass action?" At their nods, Akira explained, "That fortress has lost much of the seaward walls to erosion. The remains are still distinct against a clear sky. Last night, the bright illumination from the lightning storm revealed a similar configuration."

Arith spoke up quickly. "Of course! And we've explored a lot of Solyce over the years. There are passages and small cells of rooms inside those thick walls, and more underground."

With a nod, Akira looked back at Logran. "I think you might discover that there's at least one underground passage that links the sealed-off section of the palace basements to the ruins where Karsh was hiding. That may be how she escaped, how her accomplice entered the prison section."

"Of course," he murmured thoughtfully. "It will be searched, from both ends, if possible." Logran lifted a hand toward her. "Now. Will you explain what you did at the end of that battle?"

"Yes," Garan seconded, leaning forward with his arms folded on the table. "I think the Ambassador Core needs to know exactly what that was about."

For a moment, Akira hesitated. If Coroth had questioned her power and allegiance before, the prince had even more reason to consider her unacceptably dangerous now. But what was done, was done, she thought to herself, and hoped they could understand. And accept.

Akira felt Arith take her hand under the table, squeezing it in support. Meeting Kilronan's interested gaze, she nodded. "The Ambassador Core is, as you know, both famous and infamous for the force abilities developed there. Some skills developed by the founders, most notably the Psyche Anaran, were deemed too dangerous to teach. Some were even forbidden, and allowed to lapse from memory."

"Like 'The Final Solution'. A force technique so powerful, so potentially destructive it was banned by the Most High Anaran, never to be taught, or attempted." Garan acknowledged with a wry grin.

Akira gave an enigmatic smile. "Yes. As you're guessed, I called a Final Solution. It requires an extreme source of elemental energy, such as the electrical storm last night. I decided it was the one way to quickly defeat Karsh, and that isolated point reduced the impact of the force blast on innocents." She dipped her head to Logran and Oona. "I regret the damage caused to the palace."

The prince waved that away. "That's why you snuck out without your guards, taking only Kilronan. You didn't want to risk harming others."

"As you say." Surprised by the gratitude and acceptance she saw in his eyes, Akira gave him her first genuine smile in days.

Logran shot Garan a hard look. "You won't sanction her for that."

"I couldn't, even I wanted to, and I don't." Garan shrugged. "Akira is not an active ambassador. She broke no laws. I would be interested to know how you did it, Akira. How did you even know about it?"

She took a deep breath. "The ability was passed down to me—in the blood. Anaran was my great-grandfather. Though I've only learned that this year."

There was a long beat of silence then several ambassadors spoke at once. Only Reva seemed to accept this without comment. But it was Kilronan who lifted a hand for quiet.

"That really shouldn't come as such a surprise, should it?" he began. "Anaran's clan was one of the founders of the Psyche Lakes force-caller colony, that became the village there now. The village Akira and I come from. She's one of the last full-blood Psyches, and one with incredible ability, as has been proven." Kilronan didn't feel it necessary to go on.

"And you, Kil?" Arith leaned forward, a sharp look in his eyes. "How'd you keep Akira from destroying herself in that blast?"

Kilronan grinned. "She needed an expert shield-bender."

With a laugh, Akira added, "Yes I did. I asked him to use that expertise to shield me just before I released the energy sphere."

"So I watched, and waited. Seeing that moment, I threw a force shield at Akira, wrapping both of us in it as I pulled her away. I'd just caught her in my arms when the explosion went off. The shield held," Kilronan said, with a subtle undercurrent of surprise. "But we were sent flying, and ended up down on the beach, at the waterline."

"It was worth the bruises," Akira said. "I trusted Kilronan to do his job, and he pulled it off, as I knew he could."

"No doubt," Logran said, leaning back in his chair. "It seems unnecessary to go into intricate detail of Akira's actions here. The Most High Garan has informed us that this force technique is banned. I believe it should remain so."

Logran looked deep into Akira's somber eyes for a long moment then nodded. "There's only one person I trust with that knowledge."

Despite the drama and the long night, Akira and Team Kilronan kept to their plans for departing early the next morning. Now they stood next to the waiting coach as stablemen brought their horses to them.

Princess Oona embraced Akira tightly, whispering a fond farewell and wishes for a safe return before releasing her. Prince Logran bowed low over her hand. His warm farewell conveyed his concern for her continued safety as he handed her into the coach and closed the door.

Kilronan signaled his team into formation, and they bowed to the royal couple. With a dismissive wave of his hand, Logran grinned and came to clasp arms before the protectorate team mounted their horses.

Akira raised a hand in a final salute as he signaled the driver. Their coachman flicked the whip to set his team in motion, and the carriage rolled to the main gate to join Captain Aroth's unit, who would escort them to the city limits. Team Kilronan kept close behind the coach.

They found Reconnaissance Alpha lining the road beyond the gate, waiting for them. Arith and his fellow ambassadors saluted the coach and its smiling occupant before moving to join the riders around the coach.

Kilronan looked over as Arith rode up next to him. "One last farewell?"

The masked head nodded but remained silent.

"We'll see you first lunam then?" Kilronan asked quietly.

"Yeah," Arith finally answered. "Not too long, eh?" They rode silently again as the procession continued along the empty avenue, until he said, "You promise to take care of her?"

Kilronan reached out an arm to clasp Arith's firmly. "It's what I do. The most important thing I do."

The ambassador nodded, gripping the warrior's arm tightly before releasing it. He pointed down the road to the pillars that marked the limits of the capital city of Coroth. A moment later he nodded to Kilronan and reined his horse around to weave between the members of Team Kilronan, riding beside each to clasp arms and say goodbye. He lingered beside Asura a moment longer before nodding and pulling forward to the side of the coach.

Akira lowered the window, extending her hand for him, clasping his tightly as he rode beside her while they spoke privately then Elen bent low to kiss the beloved hand, releasing her slowly as he pulled away. He fell back with the others as the guardsmen peeled off to each side, saluting as the coach passed. The driver cracked his whip to urge his horses to a faster pace.

Kilronan and his team saluted as they passed the guard, with Kilronan ending his salute with a wave to Aroth as he rode by.

Alpha rode in formation until the coach cleared the pillars, then the ambassadors fell in, single file, behind Arith as they brought their horses to a gallop. They passed the coach on the far side before crossing in front of the trotting carriage team to turn back, riding past Akira's side, arms crossed over their chests as they bowed to her. They held the salute as they galloped past Team Kilronan to head back to Coroth as the coachman urged his team faster and homeward bound.

Akira watched the once-familiar countryside fall behind. She felt relieved to be returning to Mountain Shadows, even as her heart ached to be leaving loved ones behind. Her fingers were wrapped tight around the gift Elen had passed to her in that last meeting of hands.

She saw Asura and Eron pass by to take up their positions at the front of the team. Celina and Maronan moved up to each side

of the luggage box, and Kilronan kept an eye on all as he held a short distance behind.

When Akira felt the first rise of the road, signaling the end of the coastal plains, she opened her hand to study a lovely oval locket, running a light finger over the etched design of 'The Sisters'—Elen's favorite constellation. A tear escaped as she touched the tiny blue gem representing the blue star. A slightly larger, sparkling white stone occupied the white star's position. Opening the locket, Akira smiled as she read the engraving: *"For Akira, My Most Beloved Sister With Love, Elen"*.

Closing it, she fastened the locket around her neck. Akira leaned her head back against the luxurious padded leather, her hands folded in her lap as she stroked her thumb over the ring on her binding finger. Her eyes closed as fatigue and the sway of the coach lulled her to sleep.

Epilogue

City of Coroth, approximately four weeks later

The prince paced his private office, silently cursing the lack of news on Isfail's whereabouts. His ship, Coroth's own flagship, *The Royal Sea Eagle,* had returned late last night without him. Captain Wells himself had hurried to the castle just after dawn to report that they'd been ordered from Ishal's harbor.

When Wells had demanded to speak with his royal passenger before sailing, ship and crew had been threatened with seizure and imprisonment. With a waterfront defended by canons, they'd been forced to withdraw to safer waters. Though the ship held just offshore for days, there'd been no word from Commander Isfail.

Logran resumed his pacing, rubbing his palms in angry agitation while the *Sea Eagle's* captain finished.

"I can't fathom it, my prince. It was like nothing I've seen in all my days." Holding his hat under one arm, Wells scrubbed a hand through grizzled hair. "We were just deciding whether to risk landing a boat to search for the commander when we were signaled by a trading ship. They held a good ways off until nightfall then sent a boat to us in the dark. It was Captain Vaneer and his son, my lord. Ambassador Muro often used their *Maid of Kilra* during her travels."

"Yes. I've met them myself. Lady Muro speaks highly of the Vaneers." His terse response encouraged the captain to continue.

"Aye, sir. They've heard rumors from other trading ships over the last weeks. Seems Ishal hasn't been a friendly port recently,

but few facts are known about the cause. There have been rumors, from another insurrection in the works, to wild tales that the Mors survived and are running the government."

Coroth snarled. "Ridiculous."

"Aye, my prince, but something's wrong." Blowing out a breath, he straightened, believing he'd chosen the best of too many inadequate choices. "Well. My officers and I spoke with the Vaneers at some length. They offered to make careful inquiries after Commander Isfail. If he could be located, they'd get him out and bring him home. Young Micah Vaneer knows the commander from his earlier sea-faring days, considers him a friend.

"With the only other choice being to risk ship, crew, and a bloody international incident, I felt it the wisest move to leave it in their hands and return to Caldala for reinforcements."

Turning to see the man standing rigid and resolute, Logran nodded, rubbing his aching forehead. "It was the only sensible action to take, Captain Wells. Thank you for reporting so quickly. Return to the ship. See that she's fitted for battle and all hands ready to sail. Unfortunately, the cogs of diplomacy must now be set in motion."

When he'd gone, Logran called for his secretary and sat to draft the letters that would start those wheels rolling. The captain was wrong about one thing—it was the Ishalians who'd instigated an international incident.

Another long day of meetings became a test of patience while Coroth conferred with ministers and court advisors. Without solid intelligence on the state of Ishal's government and shifting policies, they had nothing to dictate an appropriate response.

That was Caldala's official position.

Logran was damned if he'd leave his cousin in this untenable situation. Tomorrow he would meet with the new Most High Ambassador, Garan. If politics held no solution, Coroth would demand the assistance of Ambassador Reconnaissance Alpha.

Shifting wearily in his chair, he looked down at the letter he'd received the day before. Akira's latest request for word on Isfail's mission and wellbeing was another boulder on the mountain of guilt. Though she'd said nothing to accuse him—knew nothing of this current crisis—that beautiful script was a silent condemnation.

She deserved to know. Determined to do what was right, Logran drew out a sheet of paper. When the door opened, he didn't pause in his writing. "What is it?"

"Working late?"

The welcome voice had Logran jerking up, face lighting as his cousin walked in.

"Dan!" Rushing around the desk, he wrapped him in a strong embrace. "Thank God."

"Careful, Lo. I'm filthy." But Isfail held tight another moment before drawing away.

Gripping his shoulders, Logran studied the tired—and yes, filthy—man. Wearing a worn seaman's coat over a uniform that showed days of wear, Isfail looked bone-weary as he set aside a long duffle bag.

Taking his arm, Logran guided him to a chair. "What the hell happened?"

Isfail sat, groaning thankfully into the comfort of soft, deep leather that cushioned unseen bruises. "Where shall I start?"

Giving Logran a painful grin, he accepted the offered glass.

Oona rushed in ahead of an attendant carrying a full tray.

"Ardan!" she exclaimed, pressing him back down when he began to rise. Taking his exhausted face in her hands, Oona pressed a kiss to both scruff-laden cheeks. "Thank God you're home."

It was easier for him to smile for her loving concern. "I do, my beauty. Now step back before my grime contaminates you."

"Nonsense." Oona took the tray, directing the girl in positioning a small table before dismissing her. Setting dishes and cups before him, she ordered, "Eat, Dan. You can answer Logran's questions after you tend to yourself."

Logran wrapped an arm around her shoulders while Isfail wolfed down the small feast. When Oona went to pour a tall glass of water, he saw her brush away tears. Sharing her relief and concern, he studied the man.

There was more evidence than his sorry appearance that Isfail had run into serious trouble. Besides the fatigue that etched his cousin's haggard face, there were bruises under the dirt, and wrists displayed raw flesh when ragged cuffs slid back. Isfail attempted to hide a grimace of pain when he shifted.

Silent rage filled the prince. Someone would answer for this. A gentle touch on his arm had him meeting his wife's understanding gaze. Without a word, he settled beside her on the sofa across from Isfail's chair.

They waited until the man's need to fill his belly tapered off.

"Let's start with other news." Logran rose to pour three goblets of wine, handing one to Oona and setting another beside Isfail's plate. "You probably haven't heard that Karsh is dead."

But Isfail nodded while swallowing a large drink of water. "Aroth told me a few minutes ago, but I didn't stop to hear the whole story."

Logran watched his face grow still as he heard the account of Akira's defeat of Karsh. And the relief that filled those shadowed gray eyes when he finished the telling.

"Karsh's scorched remains washed up on the beach just south of the point, ironically, on Central grounds. Jerrat's body was found during a search of what's left of the old fortification. It was hard to confirm from what decomposition and the rats had left, but it appears his throat was cut."

"Sounds fitting," Isfail mumbled around a mouthful of bread. "Have you found other accomplices?"

"Nothing definite, but something else turned up the morning after," Logran told him. "Search teams were sent out all along the ridge to make sure nothing was missed again. The found a horse loose on the main road, saddled and bridled. No one's reported a horse missing."

At Isfail's inquiring glance, Logran said, "The two messengers sent to alert the Ambassador Core reported passing a lone rider that night, not far from the intersection with the lane to Central."

"Yet no one else, no body, was found after the battle?" Isfail wondered.

Logran shook his head. "Jerrat had been dead for some days, and all indications are that Karsh had been living in an underground chamber all that time."

"Another accomplice, perhaps."

"If so, they've escaped without a horse."

There was relief in knowing that Ana Karsh was finished. But Isfail had also been looking for information on another threat to Caldala.

Frustration suffused every word now. "I couldn't find a trace of The Bow before sailing for Insalat, not counting the evidence of squatters in Baronan's old keep, and that might not be a part of this. None of my sources could give me anything. It's as if they don't exist. I talked with every captain that logged out of a Caldalan port. I've sailors and soldiers out tracking runners and pirates down the coast and around our borders. I came straight here, so I haven't checked to see if there's anything new, but my men were instructed to report anything significant to you."

Answering the question in stormy eyes, Logran shook his head. "I've received nothing of import. We've been thankfully free from more attacks. Maybe their Caldalan accomplice fled to Ishal? We still haven't traced the man who threatened Akira."

Easing back carefully, Isfail blew out a long breath. "I don't believe Ishal would knowingly harbor any Caldalan."

Eyes cool with what he'd learned and experienced, Isfail continued, "We've bigger concerns there, Lo. Ishal's government is about to close their ports and borders to Caldala."

"What?" The prince bent forward in his seat. "That's impossible!"

"It's not," Isfail retorted grimly. "I was invited to a meeting with those officials still friendly to us. A secret meeting." He watched his cousin's face harden at the term.

"They confirmed that The Bow was founded by Arthon Baronan, and has resurfaced in recent years. Investigation shows that someone's rebuilding Baronan's following. Somehow, there's enough influence now to turn the government against Caldala and other countries."

Raking thin fingers through his tangled hair, Isfail pushed up to pace. Logran wondered that he could.

"What's happened to set them against us?"

"The Mors defeat." The cold irony in Isfail's reply had Logran staring in disbelief. "Instead of being grateful, they've twisted the fact that Akira was powerful enough to save their worthless lives into a fear that *all* force holders are as dangerous as the Black Death. They're buying the poisonous propaganda that anyone who has force abilities, along with any person or country who knowingly supports them, is the enemy."

"Fools," Logran spat out furiously. "After Caldalan blood was spilled to help them during the Baronan insurrection. After they've used our ambassadors to carry out their judgments. Fools!" he repeated.

"It's bad enough," Isfail went on bitterly. "But they've turned on their own, too, Logran. I was told there's a public call to eliminate the Ishakans. To take over the northern territories."

Aghast, the prince sank into a chair. "Genocide, Dan? How could they even consider it?"

"I don't have a clue." He finally gave in to exhaustion, dropping back into his chair with his head in his hands. "It's madness, Lo. And if—when they hear how Akira defeated Karsh, it will just be fuel for the bonfire."

Looking up now with bleak eyes, Isfail gave him the final blow. "They arrested me. Put me in prison on trumped-up charges that I was a spy."

Livid, Logran stalked the room, newly outraged at this affront. "You were there under royal seal to speak with their parliament. We will not stand for this."

Crouching before his cousin, he searched his face with greater concern. "Are you all right?"

Smiling slightly, Isfail nodded, clasping a hand gratefully on Logran's strong shoulder even while Oona quietly sat on the arm of his chair to take his other hand. "It could have been worse. I spent less than a week in the dungeon. Friends got me out through the sea tunnels Akira once told us about. The loyalist underground network, already in place, got me to Vaneer's ship."

Scrubbing hands across his scruff-heavy face, with misery in a single moan, Isfail asked, "Akira?"

Running a hand over the slumped head, Logran stood, glancing at Oona and knowing his cousin hadn't told them all he'd suffered.

"Safe. I received a letter from her just yesterday, asking after you. I was just writing to give her the latest news when you came. I'm glad to be able to send you back to her in one piece."

Isfail looked up in surprise.

Deeply regretting the distrust he'd planted in his beloved cousin's mind, Logran handed him another whiskey. "I was wrong to do this to you, Dan. Wrong to oppose you. Wrong to part you. I've given Akira my apologies. I beg you'll accept them."

Leaning back in the chair, Isfail drank deep. When he set down the empty glass, he considered his cousin's worried face. "You are my prince and my family. I owe you my loyalty. I give you my love, but I will bind my heart and life to Akira."

"So. I'm forgiven." But Logran's smile faded as he walked away to refill glasses. "I've already sent dispatches to bring in the councils of protectorate lords and militias to address the situation regarding The Bow. Now we'll need to call in our ministers and all defense forces to plan countermeasures, after what you've learned. I'd like to have Akira and Most High Garan's input as well. As soon as possible."

Glancing back at his wife's soft shush, Logran's face eased when he saw that Isfail was oblivious.

The man was sound asleep.

Mountain Shadows Protectorate, A few days later

The woman could tire him out just watching her restless pacing, Corcoran thought to himself. "Akira. We'll be on the road at daybreak tomorrow."

Waving the letter delivered less than an hour ago by express courier, she argued, "We could be on the road by midday today. Coroth has called in the Council of Protectorate Lords and the heads of the militias. Something has happened."

"And we'll get there no sooner by rushing off. I have things to put in place before we go. You could help by advising me on certain matters."

Conceding his sensible position, Akira took a seat and accepted the cup of tea Gralla handed over. "I'm sorry for my impatience."

"You're worried about the commander, my dear," Gralla murmured, covering her hand in comfort.

Forcing a smile, Akira nodded. "Yes. But that doesn't excuse my behavior." Turning back to Corcoran, she sighed. "How can I assist you?"

"Two teams will come with us—Kilronan's and one other. I want your input on the second, as well as your opinion on which senior master is best suited to cover my position while we're gone."

Frowning to himself, Corcoran went on. "The tone and import of this communication, as brief as it is, concerns me. I'm not sure how long we'll need to be in the capital, and away from Mountain Shadows."

He covered Gralla's hand where it gripped his shoulder. "I would have my lady accompany us."

"We've agreed that I should stay here to provide stability," Gralla, his new lady, insisted. "It will be better all around. Whoever stands for you will need my experience, and you'll both be back before the snow stays on the ground," she stated confidently.

Heading off a renewed argument, Akira gave her opinion. "I would choose Osharon to head the protectorate, sir. He knows what needs to be done, and he's well respected by the other warriors. Osharon is a solid asset and has the personality to see this through with minimal disruption and contention."

Smiling his agreement, Corcoran sat back with more peace of mind. "He was my first choice as well. And the others?" He winked at Gralla when Akira resumed that characteristic pacing.

"I'm torn between Team Arla and Team Cobon to make the second security detail. Both work seamlessly with Kilronan's people." She stopped to look up at the mountains. After a moment, she turned to them again.

"Arla is most needed here, with Osharon. She's equally experienced and capable of handling any situation. While I enjoy her company, she needs to be at Mountain Shadows with this new uncertainty. Team Cobon is my choice to make up the second escort."

Pleased with her take on this, Corcoran stood. "Just so. I'll see to those arrangements. Gralla will make sure any travel preparations are made."

"I'll go complete my own," Akira announced, already striding out.

Where was Dan? Akira wondered yet again, as she hurried down the lane. It had been a full lunam since they'd parted. The jeweled band circling her finger was the last tangible link to the man she'd trusted with her heart.

There had been a brief letter from Insalat not long after she'd returned to Mountain Shadows, sent just before he was to sail to Ishal. She shuddered, remembering the last time he'd traveled there. Superstitious perhaps, but personal history in the neighboring country held too many memories of blood and death.

Please, Akira begged an invisible God. Please keep him safe. Lost in silent prayer, she would have walked into Kilronan if he hadn't stopped her with firm hands on her shoulders.

"What's this?" he murmured, lifting her chin to see tear-filled eyes.

Leaning into him for a brief moment, she shook her head. "Nonsense, Kil. Just that."

"I doubt it, Akira. You've never been the nonsensical type." He turned to walk with her to her residence.

Squeezing her hand gently, he added, "I know you're worried about him. It's all right to admit that. Isfail can take care of himself. He'll return."

He pressed his lips to her brow before stepping back. "I hear we're going to Coroth."

Akira handed him the letter she still carried. She poured drinks while he read the brief notice.

Now his green eyes held concern, she noticed. When they met hers, Muro shook her head. "I don't know why. Is it The Bow? Or something new threatening Caldala?"

He leaned against the back of the sofa, watching her restless movements.

"I've heard nothing from Elen or Garan, so this is unforeseen and urgent," she continued.

Her frustration was obvious, stirring his professional concerns. "The Bow?" Kilronan repeated her own question.

"Perhaps, but wouldn't Coroth have warned us? Their attacks have, so far, been against me specifically. He'd want us to know before we traveled. How could they be a threat to an entire country?"

He knew she didn't expect an answer.

"Lord Corcoran will have Team Cobon riding with you," she informed him. "I believe he's leaving Osharon in the lead here."

"Good." Kilronan was pleased with both arrangements. Pushing off the sofa, he stopped her relentless pacing once more. "Go pack, Akira. There's no point in exhausting yourself. It looks like we'll travel hard and fast."

"Kahshara—"

He stopped her with a look, pointing a finger at her from the door. "No. Same reasons as before. Behave."

She swore under her breath as he pulled the door closed, then scowled when he stuck his head back in with a wide grin. "I heard that, Akira."

"Only in your mind, Kilronan," she retorted, fighting sudden amusement.

"True." Pushing the door wide, he tipped his head toward the courtyard. "Come out for a minute."

"You told me to pack," she grumbled.

"There's something you'll be interested in."

Giving up, Akira joined Kilronan at the door. Felt him steady her when she swayed with disbelief.

Ardan Isfail stood on the terrace.

Akira flew into the arms that opened wide.

Joining Arla and Osharon at the gate, Kilronan let out a breath of relief as he watched them. "Glad he's back."

"Yeah. He looks like hell though," Arla noted, but smiled when the commander lifted Akira into his arms and carried her inside.

"Isfail brought orders from Coroth, delaying your departure for two days. He'll bring us up to date tomorrow," Arla told Kilronan.

Osharon threw his arms over their shoulders as they turned to the gate. "Let's raise a glass to them, my friends. Celebrate the good while we can."

A strong gust of cold wind hit them as they passed into the lane. Osharon glanced back, an ominous feeling shivering up his spine. "Something big is in the wind."

The End

Beyond the Veil

Cast of Characters
By
Affiliation
(Last Name, First Name, Title, [Nickname])

Main Players

Muro, Akira, Retired High Ambassador	[Kira]
Isfail, Ardan, Commander	[Dan]
Kilronan, Aiden, Senior Master	[Kil]
Karsh, Ana, Most High Ambassador	
Logran, Prince, Also Titled Coroth	[Lo]

Ambassador Core
(Ambassador status noted by rank with first level shown by name only)

Muro, Akira, Retired High [Kira]
Karsh, Ana, Most High

Anaran, Retired High, Founder of the Ambassador Core
Arith, Eleni, High
Carel, High
Garen, Daas, High
Garth, High
Iro, Meilani, Retired
Isheill, Retired
Jerrat, Senior
Ruton, High
Tenen
Udor, High

Members of Ambassador Reconnaissance Alpha:
Arith, Elen
Coran, Isa
Coronan, Alon
Drinin, Aron
Iro, Alani [Lani]
Kalronan, Kalen
Korth, Sheara
Micharon, Ivano
Oti, Aito
Reva, Evani [Vani]

<u>Mountain Shadows Protectorate</u>
(With Team affiliation or position)

Kilronan, Aiden, Senior Master [Kil]
Team Kilronan

Arla, Jessa, Senior Master, Team Arla
Asura, Assistant Master, Team Kilronan
Capro, Master, Team Capro
Carelon, Senior Master, Team Carelon [Care]
Celina, Journeyman, Team Kilronan [Cee]
Cobon, Senior Master, Team Cobon
Corcoran, Evan, High Lord of the Protectorate
Corso, Anki, Clerk
Eron, Journeyman, Team Kilronan
Juniro, Head Chef for Dining Hall
Karven, Gralla, Administrative Assistant
Leta, Assistant Master, Team Carelon
Marga, Assistant Master, Team Osharon
Maronan, Journeyman, Team Kilronan [Mar]
Mika, Master, Team Mika
Orva, Journeyman, Team Osharon
Osharon, Daan, Senior Master [Shara]
Soren, Senior Master, Team Soren
Telen, Master, Team Telen

<u>Village of Mountain Shadows</u>

Imana, Village Elder
Kellen, Jor, Pub-master of *The Boar and Panther*
Kellen, Ala, Jor's Daughter and Barmaid
Timmel, Avo, Brother of the Temple of Mountain Shadows
Catonina, Chef Juniro's Daughter [Nina]
Shisalla, Girl in a Folk Tale

Village of Psyche Lakes

Aira, Sister of Maran
Bara, Conan, Innkeeper
Kilronan, Miden, Retired Militia Commander, Father of Aiden and Mara
Kilronan, Ara, Wife of Miden, Mother of Aiden and Mara
Lornan, Akira, (baby) Daughter of Nian and Mara
Lornan, Maan, Son of Nian and Mara
Lornan, Mara, Schoolteacher, Wife of Nian, Mother of Maan, Nironan, and baby Akira
Lornan, Nian, Schoolteacher, Husband of Mara, Father of Maan, Nironan and baby Akira
Lornan, Nironan, Son of Nian and Mara
Maran, Retired Ambassador and Retired Militia Commander
Muro, Aino, Wife of Hiro, Mother to Akira
Muro, Hiro, Husband of Aino, Father to Akira

Royal House of Coroth

Logran, Prince, Also Titled Coroth [Lo]

Danis, Princess, Aunt to Logran, Mother to Ardan Isfail
Oona, Princess, Wife of Logran, Mother to their Children
Isfail, Ardan, Commander Insalat Militia, Son of Danis [Dan]
Alsia, Isfail's youngest sister

Royal Guard

Aroth, Captain
Tern, Captain

City of Coroth

Aroth, Aleesa, Wife of Aroth, Mother of Aloth and Alira
Aroth, Alira, Daughter of Aroth and Aleesa
Aroth, Aloth, Son of Aroth and Aleesa
Shellea, Barmaid
Talia, Attendant to the Royal Court

Parliament of Caldala

Iro, Lord Minister

Insalat Militia

Isfail, Ardan, Commander **[Dan]**
Cousin to Prince Logran

Toth, Captain

City of Insalat

Isfail, Armaran, Admiral, Royal Navy, Father of Ardan
Orfeld, Mayor
Oshulta, Fal, Chief-of-Staff
Wynde, Master Falconer

Ocean Cliffs Protectorate

Amsha, Liden, High Lady of Ocean Cliffs Protectorate
Orsco, Lord, Husband to Amsha

Baronan's Keep

Baronan, Arthon, Lord
Baronan, Arda Drinin, Lady, Wife of Arthon

Ishakan Horse Tribes (Territory of the country of Ishal)

Kalronan, Kane, Caldalan Ex-Patriot, Husband of Syrai, Father of Kalen
Syrai, Ishakan *Sha'ala* (leader)

Miscellaneous Characters

Barash, AKA Hadson Barok
Spy, Assassin

Vaneer, Sr., Captain of *Maid of Kilra,* Father of Micah
Vaneer, Micah, First Mate of *Maid of Kilra*
Gattes, Commander, Corsalat Militia
Wells, Captain of *The Royal Sea Eagle,* the royal flagship of the House of Coroth

Mors: An invading race of beings with massive telekinetic force powers, from a distant country. The Mors swept the continent in the first book, *The Black Spirit.* They were defeated by then High Ambassador Akira Muro with the help of Team Kilronan, before they were able to enter Caldala.

Vrorg, The Leader of the Mors

About the Author

After a long career in forensic science, Laurie Rawlinson Evans enjoys the challenge of writing. With the award-winning prequel, *The Lost,* and her first novel, *The Black Spirit,* she shares the fantasy world of Caldala. Laurie lives in Northern California with her husband and son.

Learn more about the world of Akira Muro on the following websites:

theblackspirit.net

laurierawlinsonevansauthor.com

www.ingramcontent.com/pod-product-compliance
Lightning Source LLC
Chambersburg PA
CBHW030921020726
47498CB00001B/53

* 9 7 8 0 9 9 9 3 9 3 3 1 4 *

www.ingramcontent.com/pod-product-compliance
Lightning Source LLC
Chambersburg PA
CBHW030328030726
47499CB00003B/681

Este libro se imprimió en Madrid
en enero del año 2018

Agradecimientos

Estoy casi segura de que alguna vez en la vida hemos pasado por momentos angustiantes, ya sea por alguna pérdida en particular, algún sueño destrozado que no pudo convertirse en realidad, o quizás nos topamos con alguien que nos rompió el corazón en la adolescencia, haciéndonos creer en ese momento que era el final de nuestras vidas. Yo, al igual que muchas otras personas, he experimentado dos o tres ejemplos de esta lista, pero tengo que reconocer que fue gracias a mi familia y a mis queridos amigos que pude salir triunfante de todo eso que me afligía. Y por tal motivo, les agradezco desde lo más profundo de mi corazón el que hayan estado ahí, SIEMPRE CONMIGO, alentándome y levantándome en cada caída que tuve en el transcurso de mi vida, ya que tengo que reconocer que no estoy del todo segura de haberlo podido lograr por mí misma y sin su ayuda. Así que no me queda más que agradecer a todos ellos por haber permanecido y seguir hoy en día a mi lado, disfrutando de su hermosa compañía.

propios; pero lo más importante de todo es que ella y yo nunca jamás volvimos a separarnos y vivimos hasta el último instante amándonos y disfrutándonos cada segundo, hasta el final de nuestras hermosas vidas.